跨度·传奇文库
Kuadu Legend Series

跨度·传奇文库
Kuadu Legend Series

津商传奇

姚鹏　姚一博 ◎著

中国文史出版社

图书在版编目(CIP)数据

津商传奇 / 姚鹏, 姚一博著. —北京 : 中国文史
出版社, 2018.5

(跨度传奇文库)

ISBN 978 - 7 - 5205 - 0137 - 8

Ⅰ. ①津… Ⅱ. ①姚… ②姚… Ⅲ. ①传记文学 – 中
国 – 当代 Ⅳ. ①I25

中国版本图书馆 CIP 数据核字(2018)第 036619 号

责任编辑：薛媛媛　　薛未未

出版发行：**中国文史出版社**

社　　　址：北京市西城区太平桥大街 23 号　　邮编：100811

电　　　话：010 – 66173572　　66168268　　66192736（发行部）

传　　　真：010 – 66192703

印　　　装：廊坊市海涛印刷有限公司

经　　　销：全国新华书店

开　　　本：720 × 1020　　1/16

印　　　张：34.75　　　　字数：679 千字

版　　　次：2018 年 5 月第 1 版

印　　　次：2018 年 7 月第 1 次印刷

定　　　价：88.00 元

目　录

第一章　难忘一八七五

一八七五年,是清朝的光绪元年,这是一个难忘的年份。

这一年初春来临,但是京津冀大地不见一丝复苏的迹象,春禾枯死,赤地千里,见不到一星半点的青绿。这一年,天象怪异,整个寒冬不见一片雪花,腊月天出现雷鸣,阴霾笼罩着整个京津冀上空。

在黄海,天上阴云密布,海上波浪汹涌,层层巨浪向渤海湾压来。

在西天,黑云滚滚,翻江倒海地向东袭来,并夹杂着电闪雷鸣。

渤海西天来的两股妖魔鬼怪,张牙舞爪,它们张开血盆大嘴,肆无忌惮地在京畿上空咆哮着,似乎要把整个大地吞没。

正月十四深夜,在天津杨柳青镇,一阵炸雷撕破了夜空,把睡梦中的人们惊醒。人们从炕上爬起来,小心翼翼地拉开窗帘,望着漆黑的夜空,只见电闪雷鸣。呼啸的寒风,裹挟着一团团的乌烟瘴气,在电闪阴光的照射下,似乎像头怪兽,向人间咆哮发咒。

"人祸来啦!"

"天灾①也来了!"

人们躲在屋内,惊恐地望着那一阵阵的恐怖怪异天象,等待天明。

杨柳青镇有个菩萨庙,位于镇西北方的一个三岔路口。东南面进入镇区,向北有一条小路直通京津官道,西临京杭大运河。菩萨庙前有一个空场,一棵千年古柳依然风雨苍黄地屹立在这块土地上。

每年正月的这一天,杨柳青镇的男女老少们都会集到这个菩萨庙,大家都来烧香拜佛。香客所需不同:买卖人乞求发财;庄稼人求雨盼望今年有好收成;城镇人乞求灶火不灭天天有饭吃的;做了坏事的乞求阎王爷能网开一面;没生男丁的妇女求娘娘让自己早生贵子好传宗接代。

今年的正月十五这天一大早,昨夜受到惊吓、来菩萨庙烧香拜佛的人特别多,几乎全镇的人都来了。面对天灾妖祸、天气怪象,他们多了一种乞求,乞求老天爷派神兵天将,铲除妖魔;乞求菩萨保佑天下太平,百姓安生;乞求菩萨大发慈悲,让人们今年能找到生计,以便养家糊口。

---

① 天灾:史载,光绪元年大旱,禾枯死,赤地千里。光绪二年,旱。光绪三年,特大旱,人相食。

镇子里的几个年轻人，他们叫安文忠、周乾义、戴锦宏、石柱，给菩萨敬了香，磕了头，聚在一起商量着到哪儿去找活儿干，养家糊口。

安文忠，二十三四，中等个头，肤色较黑，身材壮实，络腮胡子，显得做事胆大心细。

周乾义，年纪和安文忠相仿，白净脸，眉清脸方，额头饱满，一双深邃的眼睛炯炯有神，从眼神中即可看出这位青年人有头脑有智慧。

戴锦宏，年龄在十七出头，个头不高不矮，体形匀称，长得英俊潇洒，双目透着一丝聪慧胆大，但又略显得稚嫩。

石柱，高个头，十八岁左右，长得虎背熊腰，从面相上看是个憨厚、实诚、耿直的小伙子。

这几位都身穿黑色或灰色短袄，大裤裆棉裤，腿口扎着灰色绑带，一副短打扮，虽然满身衣裤补丁摞补丁，但是个个显得强壮干练。

安文忠瞧着三位愁容满面，说道："几位兄弟，咱杨柳青是个大码头，如今作坊关闭集市萧条，大运河上船舶稀少，那小码头就更冷清了。看来，这码头上的活儿是不好找啰。即便有活儿，那也是粥少僧多。上哪儿去找活儿干呢？你们几位有何主意？"

周乾义寻思着，抬起头来无奈地说道："文忠啊，你跑码头多年啦，我们有吗主意呀，还是你拿主意吧。"

戴锦宏附和着："安大哥，我们听你的。"

石柱提高嗓门："安大哥，你走哪儿，我们跟你到哪儿，你就是我们的领头人啦。"

安文忠叹了口气，说："嘿，遇上这年头我也没主意了，找个生计很难呀！你们看，好多年轻力壮的庄户人都撂下土地出来了。到了春耕播种的季节，他们不在家刨地，不在家务农，为吗呀？那都因土地干巴巴的，种子撒到地里也长不出苗呀！他们也只好来码头找口饭吃。看来，运河码头上的活儿是不好找啦。"

周乾义："水路没饭吃了，咱就跑旱路，当脚夫。"

安文忠问石柱："石柱呀，你爷爷给骆驼客当过脚夫吗？旱路上的生意还有吗？"

石柱："嘿！往西去的骆驼路早断啦！"

安文忠："怎么断了呢？早在乾隆朝时就由朝廷调骆驼四千峰，开通了一条由河北张家口至新疆哈密的骆驼通道，后来这条道变成了商路，骆驼客们叫'丝绸之路'。"

石柱："那阵子我爷爷就跑过这条路。十年前，因为新疆闹乱啦，这条路就断啦。骆驼客们也只能经太原跑到兰州。一则我爷爷老啦，二来呢，骆驼客也少啦，骆驼帮就歇脚了呗。"

安文忠："水码头没生意了，旱码头这条路也断啦，人们活命的这条路上哪儿去找呢?"

周乾义:"那咱们不跑码头了,去闯江湖。遇到什么活儿就干什么,扛大包也行,干泥瓦匠活儿也行,我在行。我干大工,你们干小工,只要是能挣口饭吃咱就干。"

安文忠:"把人们逼到这份上啦……实在不行,那咱就撒开丫子去外地闯闯,两脚蹚出一条活路来。"

"成!我们跟你去闯!"石柱急迫地说。

周乾义:"年是过去了,现在正是找活儿干的季节,事不迟疑,咱们回家准备准备,明儿就走。"

再说镇子里的几个老者,他们也给菩萨敬了香,磕了头,坐在老柳树下,你一言我一语地说起昨晚的天气怪象。

"你老说昨晚深更半夜地响起了炸雷,干打雷不下雨。再说,介没到打雷的时候呀,打的哪门子雷呢?真邪门了。"

"介雷声不好,六月天下雪,正月天打雷,这不合时节呀,倒像是雷公爷发怒啦。嗨,不吉利呀。"说话者是石柱的爷爷。

一位七旬老者说:"介都是人祸闹的。我打小就听说因为洋人闹大烟,在咱南方打了一仗,朝廷败了,给洋人又割地又赔款的,咱百姓也跟着遭殃。介可好嘛,闹洋人闹得就没消停,闹了三十多年,如今我都快到了入土的岁数啰。"

石柱爷爷说:"昨夜你们听到了没有,好像是鬼祟在咒,'人祸来啦!天灾也来了'地叫……"

"哪儿是鬼祟呀,那是老天爷在告诫人们,天灾人祸又来了。"

石柱爷爷:"不价,是鬼祟在作乱!从西天来的,你没瞧那西天的黑风,整个正月都围着京师团团转。"

戴锦宏爹说:"哎哟,今年正月是光绪帝登基大典的月份呀。"

一位中壮年汉子神秘兮兮地说:"可不是吗!听说皇上登基那天,天象就不好。西太后派一队士兵冒着风沙,到西城醇王府抱四岁的载湉即位。到了紫禁城是狂风怒号,那龙辇都被差点掀翻,大太监只好抱着小皇上登上了金銮殿。后来呢,老佛爷和小皇上到天坛祭天那天,又遇上电闪雷鸣,吓得小皇上直哭,还尿了一裤裆。"

一位听者小声说:"看来,大清朝是走到头啰。"

"念着(别说),念着,小心别让衙门的人听见,那可是杀头之罪。"另一老者紧张而又小声告诫。

"嗨,怕吗,这连年天灾人祸的,吃都吃不饱,活着也是受罪,还不如死了呢。"一位中年壮汉愤慨而言。

"是啊,这一冬没见下一场雪,今年要挨饿啰。"

那位七旬老者感慨而言:"唉,咱杨柳青守着个大运河、大码头,找不到生计

3

还挨饿。我小时候那是什么样呀，咱杨柳青是富饶之地。河里的船，满载货物，南来北往。码头上店铺、茶馆、酒楼、作坊，一家挨着一家，各种小摊小贩挤满了街市两旁，各地的人群来来往往。你再瞅瞅现在，市井萧条，人们都快活不下去啦……"

"各位大爷，在这儿聊吗呀？"来了一位身穿吏服的年轻人，他在杨柳青衙门当差。

"哎哟，姚大人到。"那中年汉子躬身招呼着。

"别称呼大人大人的，我就是个替衙门当差跑腿的小吏。"

这位姚县吏，年岁二十上下，是本镇的一名读书人，在杨柳青县衙做了两年县吏，帮着衙门里料理镇上一些百姓的琐碎杂事，待人热心，深得人们的信任。

"姚大人，我们在聊昨晚的天象。这天象不吉利呀，新皇上登基的月份，怎么西天刮来了妖风，正月天响起了炸雷呢？"

姚大人："是啊，天象大乱了。该下雪的季节它不下，不该打雷的月份它打雷，看来今年是个灾年。百姓发愁，朝廷也犯难呀。"

"朝廷犯的哪门子难呀？它说什么百姓都得听着。"

姚大人："每逢灾年，就要饿死人，民以食为天，朝廷不能不管。否则，就要大乱，还不只这件事哪。"

"还有什么大事呀？"

姚大人小声说："新疆让洋人占了，小皇上才登基，西太后听政，内忧外患，她能不发愁吗？"

石柱爷："我年轻时随骆驼队去过新疆，那儿乃化外之地。大漠茫茫，赤地千里，土地瘠贫，是充军发配之地，占就占了吧，省得咱哪位爷们儿，被衙门治罪了，发配新疆，可就永远也回不来啦。"

戴锦宏爹说："你介是说吗呀？清朝就是再腐败也不能把祖宗留下的疆土，让外国强盗说占就占啦，你大清不管不问？"

姚县吏："听说老佛爷下旨啦，派左宗棠西征收复西疆……得了，不说啦。老几位聊着，我还去办点差事。"

"姚大人走好。"

姚大人走了，老几位的话题又转到新疆的事上。

"你说这洋人对咱中国的什么地儿都想得着，动不动就举着洋枪洋炮，砸开咱的门，进了屋来就抢劫，真他妈不是人操的，一群强盗！"中年汉子骂着。

"咱家贫国弱呀。"

"咱怎么弱呀，咱地大物博人口众多，跟洋人干呀。咱十人打他一个还打不过？"中年汉子说。

"介可不是打群架，人多势众。咱拿着砍刀，人家拿吗玩意儿啊？洋枪洋炮！一炮把你轰躺下一大片。"

4

"咱有火药,也造呀。"

"咱会造吗? 会造洋枪吗? 会造洋炮吗? 会造铁甲舰吗? 不行。唉,干等着挨打吧。"

"还是别打,跟洋人断断续续地打了几十年啦,打一回败一回,败了就割地赔款,这赔银哪儿来的? 全是从咱老百姓身上抠的。我看呀,别打啦,送给洋人得啦。"

戴父说:"你说的吗话呀? 介是败家子儿! 洋人今儿占你一块地儿,明儿又占你一块地儿,洋人再要你的京师,再要咱天津卫,你还有国吗? 还有家吗? 到那时咱就亡国亡家啦,被洋人灭种啦。"

石柱爷:"得啦,咱也别抬杠,给你一杆枪,你去打洋人去,你去吗?"

戴父理直气壮地说:"我老啦,我要是年轻,我就去!"

"你可别吹牛,你老啦不能去,明儿让你儿子去,行吗?"

戴父瞅了瞅那位,调门降了下来,摇了摇头:"不行!"

"为吗?"

戴父:"我家的情况你又不是不知道。我三个儿,大儿子五年前被朝廷征去山东剿灭捻党,走了没两年,没啦。二儿子五岁时咱这儿发大水去逃难,在路上患急病,介又没啦。就剩下小儿子锦宏啦,他再去新疆,那还回得来吗? 锦宏再没啦,我们家不就绝户啦。"

"说了归齐,你是既想要把新疆从洋人手里收回,咱又不派人去,介不是拿着鸡毛打镲吗? 没个响!"

戴父:"绕来绕去的把我自个儿给绕进去了,介是吗事呀……嗨! 介是朝廷的事,咱百姓管不了。"

众人哈哈大笑,在忧愁恐慌中取乐。

安文忠四人来到河北某城镇,一名衙役张贴招募随军小贩的告示。围观的人群中,有四个身着短打扮、背着简单的行李、手拿扁担的,显然是寻找生计的年轻人。他们正是安文忠、周乾义、石柱和戴锦宏。

周乾义读完告示说道:"文忠,朝廷招募随军商贩,跟着大营做买卖,这可是你干过多年的老行当啦。"

大字不识几个的安文忠急着问:"赶大营去哪儿?"

"新疆!"

"谁的大营去新疆?"

"陕甘总督左宗棠率湘军大营。"

"嘿,介可真巧嘛。头几年我从霸州一路跟他们赶到陕西、甘肃兰州,挣回来两百两银子回家,本想用这点银子倒点货,没想到在运河上翻船,货没了,银子也没啦。可是,我学会了不少的经营之道。我还一直打听湘军的信儿呢,没想到在这儿得到啦。眼下没有别的生计,看来这是老天爷给咱的一条生路啊。"

周乾义疑虑道:"这可是去新疆,去打仗,吉凶难料啊!"

安文忠:"舍不得孩子,套不上狼。你不拿自个儿的命做本钱,用什么来挣钱呀?"

周乾义思想了一会儿:"这倒是。眼下也没别的路了,兴许能闯出一条路来。"

石柱急不可待地说:"安哥,咱去吧!我真想去看看那充军发配之地是个什么样儿。"

安文忠有意考验石柱:"介可是万里之遥呀,不是骑着骆驼当脚夫,要用两只脚一步一步量出来的。再说啦,还要挑担背篓,你能受这份罪吗?"

石柱拍拍自己的身板说:"你瞅我这身子骨,赶它个几万里路也没问题。"

安文忠:"介可不是身子骨的问题,那一路要遇到多少凶险,要经历七七四十九难,弄不好还得把命都搭进去。"

石柱:"我不怕!现在这种活法,跟死人有吗区别,活着的人不就是还在喘口气吗。"

周乾义:"唉,石柱说得在理。死是一口气,活也是为了一口气,就看这口气是咽还是喘。"

安文忠:"锦宏,你哪?"

戴锦宏坚定地说:"我去!"

安文忠:"好!咱四人就这么说定啦,跟着大营做买卖。"

周乾义:"回家再把咱杨柳青镇上年轻力壮的人,都蹿腾蹿腾,越多越好,人多力量大,好办事,还安全。"

安文忠:"对!那就回家准备。"

周乾义:"走,咱找个算卦的算算,去新疆是凶还是吉。"

他们四人在集市上寻得一个占卜摊,围了过去。算命先生身穿长袍,白发银须,手拿一把羽毛扇,坐在一个小桌旁,桌腿上绑着一面幌子,幌子上两个大字"占卜",还有两行小字"测人生祸福吉凶,唯我诸葛小神仙"。

安文忠首先坐在算卦先生面前。

"老先生,你老先给我算一卦,算得好啦,我哥儿四个都算。"

"免称先生,我是诸葛再世小神仙。蜀汉丞相诸葛亮乃我老祖,我是他七十二代嫡孙也。"

安文忠:"哎哟,您老是诸葛再世呀。"

算命先生:"来来来,靠我近点,先看看你的面相。"

安文忠的脸凑了过去,算命先生的脸伸了过来,他眯起那老眼昏花的小眼睛瞅来瞅去,面带惊讶之情急忙说道:"贵人伸出你的手来。"

算命先生抓着安文忠的双手,看看左手心,又看看右手心,突然叫道:"哎呀!你这是富贵之相,二十年后,贵人要戴朝廷四品官员的花翎顶戴。小人在此先给大人叩首啦。"

说着话,算命先生起身弯腰就要给安文忠下跪。安文忠也急忙站起,双手扶起算命先生。

安文忠忙说:"别价!这是要折杀我呀。您老是蜀汉丞相诸葛亮之后,不敢当,不敢当。"

算命先生起身说道:"那都是先祖的荣耀,如今我是一介平民,摆个地摊糊口罢了,辱没祖宗呀!惭愧,惭愧。"

安文忠考问算命人:"请问先生,我这之前都干过什么?"

算命先生脱口而出:"你十四岁起做船工跑码头,而后浪迹江湖。挣了点钱,倒卖货物翻了船,最后白白地把银子扔到河里啦。你是火命,不易在江湖闯荡。你的富贵之命在那边,切记。"他指了指西方。

安文忠听后很是惊讶,看了看另三位,对算命人说道:"你说的西方,是否指新疆?"

"然也。唐三藏西天取经,取得真经,获得圆满。"

"请老先生再给这三位弟兄相相面。"

算命先生没有落座,上前仔细看了看周乾义的脸,又惊奇地说道:"好面相!好面相!富甲一方,富甲一方啊。"

算命先生又端详了一阵戴锦宏,说道:"哎呀,你一生要遇到七灾八难,之后,终成家财万贯、人丁兴旺呀。不过,你要见好就收,切切不可贪恋。"

算命先生最后看了看石柱,面带难言之色,却没吭声。

石柱问:"先生怎么不说我哪?"

算命先生:"不好说,不好说。不过,你一辈子奔波在路上,了此一生。"

安文忠要给算命先生付钱,先生坚决不收,临了对安文忠说:"你的红运,在西方。"

安文忠一行四人出门两个月,毫无收获,一边踏向返乡的路,一边议论算命先生。

戴锦宏疑惑地说:"你们说这老头儿算得准吗?他说安大哥二十年后能当朝廷四品大员?"

安文忠:"纯属瞎诌,说得让你听得高兴呗。"

石柱:"江湖骗子,他还说自个儿是诸葛亮七十二代孙呢,你信吗?"

戴锦宏:"那他怎么能知道安大哥十四岁就跑船呢,怎么算出挣了银子倒货在运河翻了船呢?"

石柱:"猜的吧。"

戴锦宏:"他怎么猜得这么准呢?"

安文忠:"我也觉得这真是奇啦。"

石柱:"我才不信这个老江湖骗子。"

周乾义:"信则有,不信则无。咱还是快点赶路回去吧。"

安文忠:"看来咱是无路可走,只有挑担背篓去赶大营喽。"

第二章　菩萨保佑我西征

光绪元年四月初的一天。

这天一大早,来菩萨庙的人特别多,几乎全镇的人都来了,他们扶老携幼来到菩萨庙烧香祭拜神佛,祈祷老天爷保佑他们的儿子或丈夫赶大营去新疆做小买卖。

杨柳青人,祖祖辈辈生活在这片土地上,是大运河养育着他们。他们很少有人背井离乡去外地谋生。这几十年海上闹人祸,海路毁啦,陆上又闹天灾,闹得人们无法生存。商业萧条,手工作坊倒闭,码头也失去了往日的喧嚣,杨柳青人因生活所迫,被逼迫得背井离乡去谋生。

听说镇子里有一帮年轻人去新疆跟着大营做买卖,人们有好奇,也有恐惧,议论纷纷:"新疆是什么地儿啊!万里之遥啊,是把罪犯抓去发配的地方,是把流民弄去充军屯田的地方。""不能去,去了就永远别想回来。""那是去找死呀,快拦住他,千万别让你儿去。"

确实,这条路途遥远而漫长,或遇高山险阻,或遇冰天雪原,或遇戈壁瀚海,或遇飞沙走石,或遇土匪劫道人财两空,或冒着战场上的枪林弹雨,进入生与死的战场;这条路,要忍受着骨肉分离愁断肝肠。也许年迈的父母到死见不到儿子返乡,年轻的妻子青丝变为白发要守寡终身。面对未知祸福的前景,他们只有寄托于菩萨保佑。

这一天,天气阴沉沉的令人心情压抑。今天,是全镇几十名儿郎出征的日子,给西征者和送行的亲人们心头增添了几分悲壮。

长满络腮胡子的安文忠把发辫在脖上绕了一圈,身穿黑袄、黑裤,裤腿扎得紧紧的,显得更加老练。他有几年跟着大营做小买卖的经历,去过西安、兰州,见多识广,是队伍的主心骨。周乾义身穿灰色粗布长袍,袍子的一角掖在腰间,颈上系一条方巾,显得稳重又有头脑,他为具体事物出谋划策。可以说他俩是这支西征新疆、去做小贩生意队伍的组织者和领头人。

安文忠瞅瞅这帮出征的人们,问周乾义:"乾义啊,你数了吗,跟着咱走的有多少人啊?"

周乾义答:"想去的有几十来人哪,还有些十四五的小子也想去。"

安文忠想了想说:"半大小子就别跟着啦,路太远,他们恐怕受不了这份罪。咱们带着也负不起这责任。"

"是啊,没想到这一蹿腾,要去的人这么多。"

9

"嗨,这都是生活所迫,逼出来的。"

周乾义小声说:"也有一些人恐怕去不成了。"

"介是为吗呀?"

"家里老人拦着,怕去了新疆回不来了。"

安文忠紧锁眉头有点忧虑地说:"是啊,新疆自古以来就是个罪犯发配流放之地,人们对去那里都心存恐惧。再说啦,清军收复新疆打赢了还好,那要打败了呢? 咱的小命都得撂在那儿,我心里也怯呀。另外,咱个人死了没关系,带着这几十来号乡亲,万一……哎,他们个个都是家里的顶梁柱呀,柱子倒了,这家不是塌啦。"

周乾义对前途也忧心,他说:"这趟出行是拿命打赌,遇到谁都得掂量掂量,弄不好就永远也回不来啦。"

"乾义,你有决心下赌吗?"

"赌一把! 做买卖投银子也是个赌,舍不得银子就赚不来财,舍不得命,受穷一辈子。"

"做买卖输了,那是输的财,可这是输的命呀。"

周乾义抬头望着天,寻思了一会儿,说道:"石柱说得好,人活着和死,那就是一口气,是咽气还是喘气。要为了喘气,赖活着不如好死,那还不如拿命赌一把。要么死,要么就活出个人模狗样来。"

安文忠听了周乾义的话,坚定地说:"好! 咱下决心赌一把,大不了把命搭上!"

俩人正说着话,戴锦宏跑了过来。

"安大哥、周大哥,虽然家里不同意,我还是要跟你们去。"

周乾义:"你们家就剩你一个儿子,还是听老人的吧。"

戴锦宏说:"家里还有个表姐呢。"

安文忠:"你得跟老人说好,这一去可不是一年二年的事。"

正说着,一位姑娘扶着一位中年男人一瘸一拐地赶了过来。

"锦宏! 你给我回去!"戴锦宏的爹和表姐王秀华赶来了。

"戴伯,你老怎么来啦?"周乾义上前扶了一下戴锦宏他爹。

"他不能去,他要是回不来呢? 我这外甥女怎么办?"

周乾义:"是,你老家里的情况我清楚。"又对戴锦宏说,"你就听戴伯的吧。"

"嗨!"戴锦宏懊丧地拍打了一掌大腿,蹲在地上。

"石柱! 石柱啊! 你在哪儿? 你给我回去!"

一个老头儿边喊边在人堆里寻他的孙子。听到喊声,石柱从人堆里钻了出来。

"爷! 你看我五大三粗的身体,出去闯闯没事的。你老过去不也是跟着骆驼客跑西北吗？我跟着大营客跑新疆又怕啥呀？"

"介是两码事。骆驼客是去做生意,介是去打仗!"

"不是去打仗,是跟着大营去做买卖。"

"放屁!人家去打仗,你去做什么买卖呀?"

"你老让我待在家里没吃没喝没事做,那日子咋过呀?"

"不行就是不行!那新疆我去过,自古就是罪犯发配充军的地方,万里之遥啊!到不了那儿,就得死在半道上,去了就回不来了!"

"爷爷,不会的,我们几十号人一块儿去赶大营做买卖,挣了钱让您老能吃上白面馍。"

"你这是大白天说梦话,那儿是罪犯待的地儿,能吃上白面馍馍?"

"爷,怎么给你老讲都讲不通呢?"

安文忠看到这种情况,向石柱爷爷解释道:"大爷,是朝廷下旨,动员民间组织商贩跟着大营,为军队提供生活物资,我们真的是去做小买卖。"

"我不信!"

老头儿给周围的人作揖:"老少爷们儿,帮我劝劝我这个孙子,别让他去。他这一去啊,我恐怕再也见不到他啦。"

老人说着就要给众人跪下求情。

安、周两人急忙扶老人起来,"老人家你快起来,起来慢慢说。"

"孙子要走,我就跪在这儿送他走。"

石柱也赶快跪下,愁眉苦脸地说:"爷爷,您别这样,我不去行了吧!"

戴锦宏他爹的阻拦和石柱爷爷的闹,引来了周围的一群人,他们说什么的都有。有的妇女怕自己的丈夫被拉去充军,有的父母怕自己的儿子命丧边关,更多的人怕自己的亲人永远也回不来了。

这边,一位年轻的少妇带着幼小的孩子跪在地上,抱着丈夫的大腿哭诉着:"你这一走,我孤儿寡母的可怎么活呀?"

年轻的丈夫仰天长叹:"我不去闯荡挣点银子,这全家老小又怎么活呀?"

那边,一位老妇人拉着儿子的手,悲凄地劝说:"儿啊,咱别去啦,行吗?"

"妈,我不出去挣钱,咱吃吗穿吗,那全家不饿死冻死?"

"儿啊,挨饿咱一块儿挨着,要死咱一块儿死,总比你一人死在边关强吧。"

有的老人干脆把自己的儿子或孙子拉了回去。

一片嘈杂,一片混乱。

安文忠和周乾义看到这场面紧锁眉头,没了主意。

周乾义担心地说:"文忠啊,看这场面麻烦大了,哭的闹的怎么走呀,好像我们去赴法场似的。"

安文忠说:"这就是一场生死离别,谁也保证不了能活着回来。能走多少人就走多少吧,咱也别强求,毕竟路途艰难,前途莫测呀。"

周乾义无奈地说:"那就等着吧,看看能剩几个人。"

这时,不知谁喊了一声:"姚县吏来啦!"

这位姚县吏,一手拿一卷布告,一手拿笔墨纸砚,来到这混乱的人群中。

"大家不要乱,听我说两句。"姚县吏展开手里的一卷纸,润润嗓子眼儿,拖着长腔,慢条斯理地说道,"县衙接到了朝廷的布告,我给大家念念:皇上下旨,陕甘总督左宗棠大帅率大军西征。左大帅上奏朝廷,要求各省、县、镇衙门即可办理……办理如下事项……"

下面依然乱哄哄地听不到说什么。

姚县吏无奈,提高嗓门,急赤白脸地喊道:"大家静一静! 静一静! 事关千家万户的大事!"

场子上静下来了。

姚县吏也不念布告啦,直接喊话:"我简单地说说朝廷的意思吧。第一,这不是充军,更不是发配,而是跟着大营做小买卖,军营在营盘外设有买卖圈子。"

有人问:"啥叫买卖圈子呀?"

"就是在营盘外划一块地界,供百姓们做小买卖。"

姚县吏看了看,场面上静了下来,他接着说:"第二,遵守买卖圈子的规矩,只能经营生活日用品。第三,设立军运局、站,为商贩办理营务登记、发证照。第四,军营在买卖圈子里设立官店,提供住宿。"

有人搭话:"噢,还有住的地儿,那敢情好啊。姚县吏,有行李吗?"

"铺的盖的人家可不管,自个儿带。"

"姚县吏,人家管吃吗?"一位叫二赖子的浑小子笑着问。

"你自己回家吃去吧,要有管吃的地儿,那大清的老百姓全都去啦。"

"二赖子,不但管吃管喝,还给你发个媳妇哪。"另一年轻人取笑,下面又是一阵哄笑声。

"乡亲们,这是朝廷的大事,别取笑啦,我接着说。第五,凡是去赶大营的,到我这里登记,统一发放咱县衙门的文书,你们凭这文书就可以到营盘的买卖圈子领取腰牌经营。"

姚县吏说完,就把布告贴在庙的墙上,人群再次哄哄嚷嚷。

有人问:"朝廷为吗鼓励民间随大军西征呢?"

姚县吏说:"大军西征,粮草军械先行,这就需要几万人的后勤部队。朝廷在后勤上要花大量的银子,可国库亏空呀。十二万湘军在前线打仗,数万后勤在后面跟着,这十几万人需要生活日用品、副食品、药品等,靠谁供应呢? 无奈之下,左宗棠大人上奏朝廷,动员民间力量随大军西征,可以省一部分人力和财力,朝廷还能省一大笔饷银呀。"

姚县吏贴完布告走到石柱爷爷面前,"老人家,您老听明白了吗?"

老人还疑惑地问:"不是拉去充军?"

"不是！"

"不是发配边关？"

"更不是！是随军做小买卖。"

有人起哄说："老爷子，朝廷还管吃住哪。"

石柱爷问："还管吃住？要管吃住我也跟你们去。"

众人哄堂大笑。

有人问："跟着军营做小买卖能赚上钱吗？"

安文忠站出来对大家说："家乡的父老们，我安文忠挑担背篓跟大营好几年啦，不是也赚到钱了吗。今天不是囫囵个地站在你们面前吗？请父老们放心。"

周乾义接茬儿说："当然啦，赶大营不比在家，是有风险。要走上万里路，要遇到我们想象不到的难处。我们但凡有一丝生机，谁还背井离乡弃离父母妻儿的，冒这个险呢？不就为了找条活路吗？请父老乡亲们放心，我们这几十号人相互照应，三年后我们囫囵个地回来。"

场子里再次哄哄嚷嚷，哭哭泣泣，又出现了一片生离死别的景象。

有年迈的父母拉着儿子的手千叮咛万嘱咐，有年轻的妻子怀抱幼小的婴儿向丈夫泪别。这时，无论家中是多么贫困，都要想方设法弄点白面为上路的亲人烙几张千层饼，煮几个鸡蛋，另外多带两双自家做的鞋。

安文忠看到场面缓和多了，便喊道："准备走啦！"

有几十位青年人身背筐篓，筐内放着衣物、食品、水袋准备上路了。领头的安文忠和周乾义大声招呼着这一群情绪各异的上路人。

姚县吏在古柳树下临时放置的条案上，摊开黄色文书的纸，填写着去赶大营人们的名字，填写完文书交给周乾义。

姚县吏："杨柳青的乡亲们，祝他们一路顺风。"

安文忠高声喊道："各位兄弟们，上——路——啰——！"

这一声长呼，引来了人群再次骚动，哭声起伏。上路的后生们痛哭着向父母跪拜不起，年迈的老人泪流不止。小媳妇们拉着丈夫的手不肯松开，不停地哭诉。年幼的孩子拉着妈妈的衣角、爸爸的裤子，满脸疑惑不知所措。

这种场面令安文忠束手无策，第一次遇到。

等待了抽两袋烟的工夫，安文忠站在千年古树的石板上喊话："家乡的父老乡亲们，我们这次出远门，是为了找条活路。更何况，我们这次远行是跟着左大帅的大军走，请父老乡亲们放心。明年，我一定把他们带回老家过个有吃的好年！"

听了安文忠的一席话，大家安静了许多。

周乾义抱来一坛酒一摞碗，放在古树下的石板上倒酒。人手一碗，几十号人围着古杨柳树几圈，双手举碗。

安文忠领头喊道："一拜老天爷，给我一块天！"

此时,天空突然扬起大风。

"二拜土地爷,给我一条路!"

大风扬起地上的土,荒草、枯叶漫天飞舞。

"三拜老祖宗,保我全家顺!"

场上哭声起伏。

"喝了这碗酒,平平安安去上路!"

众人端着酒一仰脖,把一碗酒咕噜咕噜倒进肚里,然后把空碗摔向地下,这叫岁岁(碎碎)平安。

虽然已经进入四月天,寒冷并没有过去,广袤的原野上,不见一星半点的青绿,草木枯黄,一片荒凉。北风依然呼啸,扬起一阵铺天盖地的大黄风,裹挟着满地的枯叶、杂草、泥土、灰尘漫天飞舞,天地之间苍茫无限。一曲悲壮的唢呐声也在空中飘荡。

安文忠带着大家上路了。一长串背篓挑担客,缓缓地向西走去。成群的父母妻儿,跟在后面,哭着、喊着,恋恋不舍,难分难离,送了一程又一程。上路的人停下脚步还恋恋不舍地望着家乡的亲人,送行的人们看着渐行渐远的挑担客,久久不肯离去。

戴锦宏父母回到家中,一直不见锦宏回来,戴父急啦。他非常了解儿子,他往往会干出令人意想不到的事。

"锦宏怎么还没回来呀,他是不是跟着跑啦?"

戴母:"不会吧,他没带行李呀。"

戴父:"秀华,快去追,就说我不行啦。"

秀华急匆匆跑出屋去追赶大营的队伍。

送行的人都看不到了,安文忠发现戴锦宏仍然默默无语地在后面跟着。

"锦宏,你还想跟我们走?"

戴锦宏点点头。

"是条汉子。好多人怕去新疆,好像是去见阎王爷似的,那就跟我们走吧。"

周乾义问:"你怎么没带行李呀?是不是偷着出来的?"

"大哥,家里不让我走,我又偷着跑出来的。"

"哦,兴许是新媳妇还没娶吧?"

戴锦宏不好意思笑一笑说:"家里揭不开锅了,爹让我去南方弄点粮去。"

"锦宏!"秀华气喘吁吁哭喊着跑了上来。

"说曹操,曹操到,没过门的新媳妇追上来了吧。"周乾义笑道,"秀华,你怕锦宏跟我们跑啦!"

秀华扑通一声跪在众人面前,哭着说:"大哥,这个冬天,我姨父的老寒腿又犯了,下不了炕。家里年前就断了粮,一家人都指望他活命呢。姨父回到家看锦宏不在,心一急,他晕倒了。"

戴锦宏急问:"什么?我爹晕倒了!"

秀华点点头。

周乾义听后严肃地对戴锦宏劝说:"你家的情况我清楚,你哥几年前抓兵走啦,至今杳无音信,不知生死。家中就剩你这么个男丁,你爹还指望你养家糊口,给他生个孙子传宗接代呢。"

安文忠说:"锦宏,你还年轻,等我们闯出条路来,明年再去也行。"

周乾义说:"快回吧,别把老人急坏了。"

戴锦宏听说父亲因他而晕倒了,便急忙往家跑,边跑边寻思:嗨,爹娘不让我去,介都是为吗?都是这个表姐拖住了我的腿。我刚十七岁,压根儿就不想结什么婚,一个人走南闯北多痛快。憋在家里能干吗?嗨,我这个当儿子的,又不得不听命于父母。爹因为我,急得晕了过去,我得赶快回去。

戴锦宏家是在一个邻街的大杂院里,住着几户人家。说街也不是街,有几处小摊小贩,小饭馆全关张了,因为没有粮食。进院的第一家就是戴家,一明一暗,里屋有个大炕,睡着锦宏爹娘和秀华。外屋搭了个铺,还有一张破方桌和两条长板凳,这就是戴家的全部家当。

戴锦宏和秀华回到家里,老两口坐在外屋正合计着什么。锦宏爹见他俩进来,长舒了一口气。

"爹,你老不是晕倒了吗?"

"不这样骗你,你能回来吗!"

"嗨!真是的。"戴锦宏沮丧地蹲在墙角,耷拉着个脑袋。

"你俩坐下,我有话要说。"戴父咳了两声开言道,"这年是过完啦,可接下来这日子就不好过了。"

他拿起烟袋,捏了点烟叶塞进烟袋锅里,把一条粗棉线放在石片上用火镰打燃,在烟锅上吸了一口,喷出一团云烟,提了提神,接着说:"去年冬季没下一点儿雪,看来今年是个大旱年,得想点法子填活肚子呀?我琢磨着,家里还有点银子,让锦宏跟着他崔叔跑一趟南方搞点粮,好度过这个灾年,如果多弄点呢,还能卖个好价挣点钱。"

戴父又吸了口烟,说:"第二,我这老寒腿也跑不了船,扛不动包,不能白张嘴要饭吧?我寻思把咱家这外屋隔出来一块,这面墙开个门直通街上,开个小铺,弄点生活必需品卖卖,好歹能挣个仨瓜俩枣的,贴补家用吧。这第三件事也是大事,得办啦。"

戴家爹又抽了口烟,喝了口茶润了润嗓子说道:"秀华妈去世前,就把秀华托付给我们,给你俩定了亲,也算给我们送来了一个闺女。今年秀华都十七岁多啦,给你俩圆房……"

"秀华是我姐,我不结!"戴锦宏回了一句。

"这是亲上加亲,我们不能违背你姨的遗愿。这是双方长辈定的!"

戴父说完,生气地把烟锅在鞋底板磕了磕,丢在小桌上。

"秀华没了娘,把你俩的事办了,也了去了我们老人的心事,你就听听话吧,啊!"戴母劝说着。

戴锦宏低着头,嘴里嘟囔着说:"我明年还要去赶大营哪。"

"赶不赶大营那是后话,年底,你和秀华的事办啦再说。"

"姨父,这事不急。就是不结,我也是您二老的女儿。"

戴母:"傻闺女,女大当嫁是早晚的事,这事不了结,我和你去世的妈,心不安呀。"

戴锦宏不明白,他父母不让儿子赶大营还有一层隐情。

戴氏父母本来有三儿一女,锦宏是最小的儿子。老大是个女儿,早早嫁人了。少个人,就省一个人的口粮,再说早嫁晚嫁早晚也留不住。戴锦宏十二岁那年,他的长兄被抓兵去了山东,剿灭捻军余党,从此未归,对戴父来说是永远抹不去的隐痛。

戴父:"他妈,你把老二的东西拿来。"

戴母从一个木箱子里翻出来一包东西。戴父颤抖着的双手,打开一个红包,里面包着一个红肚兜。

"可惜的是你二哥,要活着的话,今年也有二十岁啦。"

戴父那含着泪的双眼,双手捧着小肚兜陷入痛苦的思绪之中:戴家的二儿子五岁那年,杨柳青周围几条河都发大水,运河的洪水漫出大堤,镇子里都进水了,水深漫过了腿肚子,好多土房子都泡塌啦。房子塌了,庄稼淹啦,生计没了,只好拖家带口地去躲灾。上哪儿躲呢?去天津卫?不行,天津卫大街小巷挤满了灾民。去京师?更不行,那是皇上待的地儿,你进得去吗?那就去济南府,躲过这次水灾,等水灾退啦再回来。没想到二儿子半道上饥寒交加得了急病,没钱治,没啦。

戴父对老伴儿说:"如今就剩这一个儿子啦,万一赶大营出了事,他再没了,那戴家岂不绝户啦。"

戴母见老头子提起往事又伤心了,便上前劝解:"过去的事还提它干吗,都过去了好几年啦。儿子不是也回来了吗,你也放心啦,该让他干什么就干什么呗,这穷日子还得过……"

话没说完,戴锦宏插嘴:"这年头还能干吗?我和安文忠他们到各县城里跑了俩月,什么活儿都找不到,想出把苦力都使不上劲,待在家里白吃闲饭呀,吃完了家里这点粮咋办?"

儿子的反驳,刺激了戴父对全家生存问题的担忧和焦虑,他气呼呼地站了起来,说道:"吃完了再说,我就不信会把人饿死。即便我饿死了,也留口吃的给你们,让你们活着!"说完背着手愤然离开了家。

戴母见老头子气走啦,又来劝儿子:"儿啊,你就别气你爹啦,他是操心你,操心这个家。"

戴锦宏听了他妈的话火了:"我哪儿气他啦,我也操心这个家呀。待在家里明摆着找不上活儿干,全家人等着挨饿。我是个爷们儿,只有靠我撑起这个家。现在唯一的出路就是去赶大营能挣到钱。"

戴母听到儿子又提起赶大营仨字也火了:"你少提赶大营这仨字,你死在赶大营路上,拿什么撑这个家呀!"

戴锦宏反驳道:"你怎么算定了去赶大营就会死呢?"

"你给我住嘴!"

秀华实在听不下去了,上前先劝戴锦宏。

"锦宏,我知道你没去成心里堵得慌,可姨父母那是疼你爱你呀,你看你把俩老人气的……"

戴锦宏没等秀华说完,转身进了里屋,一头躺倒在炕上,拉过一床被子蒙在头上,喘着粗气。秀华又转身来劝她姨。

"大姨,您老别生气啦。锦宏也是为了这个家,他要撑起这个家,他着急。我有个想法,跟您老商量商量。我也老大不小的了,不能待在家里吃闲饭,我想……我想去天津卫到大户人家找点活儿干……"

戴母问:"你找吗活儿呀?"

"给人家洗洗涮涮挣口饭吃。"

"你可别往这儿想,你是我闺女,我能忍心把你卖了?"

里屋传来了戴锦宏粗暴的声音:"秀华,你少添乱!"

天已经很黑了,都睡啦,戴父仍然坐在外面的石阶上吧嗒吧嗒地抽烟,想着心事。儿啊儿,当年你哥去打仗,离别后从此未见归,早已上了黄泉路,那悲、那痛,你可知? 如今新疆又打仗,去那么遥远的西天赶大营,那不是去淘金,那是去送命啊! 儿呀儿,我们老两口就剩你这么个儿,还要靠你传宗接代哪,你怎么就不明白?

戴母从屋里出来,见老伴儿还坐在外面想着心事。

"他爹,你咋还不去睡呢?"老伴一声唤打断了他的思虑。

"我睡不着呀。孩子他妈,咱存的那点银子都拿出来吧,让锦宏都带上,跟他崔叔去趟南方,无论如何,想尽法子也得买点粮。家里有粮,心里不慌呀。"

"都让他带上?"

"都带上吧,如果能多买点,除去留给咱家吃,有余的还能卖个好价钱,可以给他俩好好把婚事办啦。这灾年哪,粮比金子还贵重。"

"他爹,都带上行吗? 我怕万一出事……"

"跑码头,处事警醒一点儿,不会出事。我跑了几十年的船啦,出啥事啦?"

"钱都让他带在身上,我这心啊还是不踏实,全家的吃喝我得操心啊?"

"你说得也在理,那你看着办吧!"

戴父站起来,拍了拍屁股上的土,准备进屋。他迈过一道门槛,停下来说:"明儿,让锦宏把这门儿堵了,在南面墙上开个门,钉个货架隔个小铺。"

"那又得花钱。"

"花不了多少钱。在南墙扒个门,拆下来的土块和土,把北门堵死,这门框、门板装在南边,这不就结了。我明儿找点破板子钉个货架,往这屋中间一隔,外面是小铺,里边住人。"

"咱卖吗呀?"

"我弄两口缸来,一个盛醋一个盛酱油,上他姨父那儿弄点菜卖,油盐酱醋、针头线脑,外带日用小杂货,咱这小铺不就成了。明儿让锦宏就干,他在家闲得慌。等小铺弄好啰,就让他跟他崔叔跑船去南方弄粮。"

说干就干,第二天锦宏拆东墙补西墙。崔叔帮着戴锦宏他爹找来了废旧木板、木箱,拆吧拆吧,锯吧锯吧,又钉吧钉吧,钉了个货架,横在外屋中央。把外屋隔成两小间,一间当小铺,一间可住人,还有个土灶。虽然挤巴巴的,可家里有了自己的小店。这样一折腾,可以把里屋腾出来给锦宏和秀华结婚当新房了。

第三章　去寻点救命的粮吧

在安文忠、周乾义率领几十名家乡年轻人去赶大营一个多月后，戴锦宏要出远门跟着崔叔父子俩走向另一条路，目的一样，找条活路。

这天一大早，戴锦宏收拾东西准备出门去南方跑船。戴母拿出一个长布袋，里面装的是全家积蓄的大部分银子，布袋两头各缝一条带子。

戴母对锦宏说："介是秀华昨夜专门缝的，把它绑在身上。"还亲自把这个布袋绑在儿子衣服内的腰间。

戴父嘱咐说："介玩意儿可要拿好啰，你背负着的是全家人的命呀。尽可能地多买点粮，到乡下去找着买，乡下的粮不经过二道手，便宜。"

"爹，我懂，您老放心吧。"

戴父又嘱咐："还有，遇事要多留个心眼儿，遇到灾年呀，流民盗贼多，可别让人抢啦！"

戴母替锦宏绑着钱袋，听了老伴的这句话，斜瞅了他一眼，说道："你瞧你，人还没出门哪，就说不吉利的话！真是的。"

"我这是给他提个醒！"

秀华拿来一个小布袋，对锦宏说："把这袋粮食带上。"

"带这么多呀，给家里留点。"

戴母："不多，来回要一两个月哪。这里边有野菜饽饽、薯片干，还有点苞谷菜团子。跑船又辛苦又累，吃不饱肚子能行吗？"

秀华又拿着一件衣服说："锦宏，把这件棉袍带上。"

"天气转暖了，不用带啦。"

秀华边整理锦宏的衣服，边关心着说："不行！晚上在船上睡，寒。你看姨父年轻时不是落下病了吗？年轻时不在意，老了就受罪。"

戴锦宏上身短打扮，扎着一条布腰带，下身裤腿扎得紧紧的，腰上绑了个钱袋子，手里提着一个粮袋子。

"爸，妈，我走啦。"

"一路上小心点！"

"哎。"

戴锦宏前头走，秀华提着棉袍随后。

戴锦宏来到杨柳青码头，船工崔叔与儿子铁旦早已在船上准备着什么。

崔叔年龄四十多岁，虽然长年跑船风吹日晒，但相貌富态，不像是苦力出身。他和戴锦宏的父亲早年一起跑船谋生,两人合伙买了这条船。这条船中间有个席棚子,做船舱,可以堆积货物,也可以睡人。船尾甲板上,还有个小火炉,便于烧水煮饭。这条船跑了十来年啦,成了个老破船,年年修修补补,还是能对付着用。

"崔叔,您老早来啦!"戴锦宏向崔叔打招呼。

"行船如行车,提前做好准备。"

崔叔边忙着手里的活儿边问:"干粮带足了吗?"

"带啦,您瞧。"

"今年是旱灾,沿河码头不一定有饭吃,即便馆子有饭,那也贵得吃不起。上路的人,一带干粮,二带棉衣,错不了。"

三人各自准备后,各就各位。

船老大站立船头,锦宏端上一碗酒递给崔叔。

崔叔把酒举过头顶高呼:"敬天,顺风;敬河,顺水。"

然后一饮而尽,把碗摔碎在船头。这叫"顺风顺水,碎碎(岁岁)平安"。

简单仪式过后,崔叔仰天高呼:"行——船——喽——!"

铁旦解开绳索,用撑船杆把船推进河面,然后一个鲤鱼跳龙门跳到船上,船离开码头。

秀华和送行者招手,"路上小心点儿!"船出码头向南驶去。

船行走在河里,水浅道窄。

崔叔说:"看来今年旱得不轻,一个冬季没有下雪,这河里的水就少啰!"

船缓慢地南行,一些小河沟仍旧都是干枯的。河岸两边赤地千里,地上不见一点儿青绿。河边的榆树上,不时见到有孩子爬树采摘树叶。

崔叔看着心寒:"哎哟,榆树叶都被人吃光啦,吃树叶能救人的命吗?"

戴锦宏回话:"人的命救不了。可这树被扒光了皮,摘光了叶,它还能活吗?"

铁旦插了一句:"能活。"

"你说它能活,是吧。好,我把你的衣服扒光,不用剥你的皮,你来试试。"戴锦宏说着就过来要脱铁旦的衣服。

铁旦躲了过去,笑着说:"我说的是树,又没说人。"

"那树也是条生命呀,剥了皮它怎么活。"

崔叔也乐啦,笑着说:"你俩别逗啦,船可别弄……"这翻字没说出口。

船行驶了大半天,来到一个小镇,船停靠在小码头上。

戴锦宏:"崔叔,咱上岸看看。"

"这儿不会有什么。"

"问问灾情吧。"

船刚泊岸,就围过来两个人。

其中一人问道:"有卸货扛大包的活儿吗?给口吃的就行。"

戴锦宏回道:"这是条空船,我们还踅摸有没有拉货的生意哪。"

一个肩披麻袋片子的汉子说:"这年头哪有什么货啊,你瞧我们闲的,快要成要饭的啰。"

"这儿去年的灾情怎样,有粮吗?"戴锦宏问。

"去年秋天只收了四成,现在河北这地界也发生粮荒,粮铺子都关门啰。你没见这小码头上也拥来了要饭的。"

沿运河的大小码头,都有灾民乞讨。正说着上来了几个要饭的,其中一个男人,冲着戴锦宏说:"求求啦,给口吃的吧!"

一个骨瘦如柴的灾民,领着老小向戴锦宏乞求。再看那老人脸上毫无气血,怕是熬不住几天啦,还有两个穿着破衣烂衫面黄肌瘦的小孩。其中有个七八岁的女孩,头上插着一根稻草,这是卖人的招牌。

"你们是哪儿来的?"

"河南来的。"

"河南旱成咋样?"

"一冬天没下雪,入春就没下雨,去年麦收不足三成,有的地方颗粒无收。"

"饿死人了吗?"

"我们村就饿死了十几口子,我老婆也饿死了,不出来一家人都得饿死。"

"不是还有三成收获吗?怎么就饿死那么多人呢?"

那灾民急赤白脸地说:"那你不交租子了?不交军粮了?不交税了?饿不死也让衙门打死!"

戴锦宏看俩小孩怪可怜的,问:"这闺女怎么要卖呀?"

"卖了,让她找条活路,总比看着她饿死强吧。"灾民无奈地回答。

戴锦宏看着心酸,进了船舱,从袋里掏出两个薯干。他拿出来的薯干还是塞给两个小孩。小孩抓过来就往嘴里塞,一片薯干一口就吞进肚里。

那灾民吆喝着:"求求哪位好心人,救我女娃一命吧!"

一位穿长袍的过路男子停下来端详着这个女孩一阵,然后用手托起女孩低头不语的脸看了看,在那张消瘦的小脸上透着一股聪明秀气。

"几岁啦?"

"今,今年虚岁十岁。"卖女的男子露出一种企盼的眼神。

"怎么显得这么小哪,没有十岁吧?"

"有啦,有啦!她是同治三年十月初八生人,能看娃、砍柴、烧饭、割草、喂羊,什么都能干。"

长袍男子面带犹豫不决之色。

卖女的汉子急忙作揖说:"求求贵人救我娃一命,救人一命胜过菩萨,好人一定有好报……"

"你要多少钱呀?"

"不要钱!粮食,啥粮食都行!"

"要多少?"

"五斗粮。"

男子转身就走。

"喂!贵人留步,三斗,三斗,给三斗粮把娃领走。"

男子想了想,"二斗,给二斗就跟我走!"

"二斗就二斗,起码我娃儿能活命了。"

女孩突然大哭,卖女汉子边走边哄着女娃。

"娃呀,你跟着这贵人走,就能活命,有好吃的好穿的。要不然你爹、你爷、你哥和你,全家都得饿死……"

这父女跟着那男人走远啦,消失了。

崔叔叹息道:"嗨,这女孩遭罪了!快走吧,看着都让人心酸。"

崔叔看不下去了,他们登上了船,船离开小码头。这一场景令人心情沉重,三人各自想着心事。戴锦宏试图打破这种沉重而郁闷的心情,说道:"铁旦,你说赶大营的这些人出发已经两个多月了,到了哪儿啦?"

戴锦宏还想着赶大营这事,可崔氏爷俩没回应。

大营客的先行者们,一路走一边打听左帅的军队到了哪里,这天来到兰州。时令已经进入春夏之交的季节,阴霾的天气仍然笼罩着兰州城,天地灰蒙蒙一片。五泉山在阴霾中隐约可见,黄河边上的白塔山被黄河水的雾气所笼罩。这群来自天津杨柳青的挑担客们来到这里,他们的心情跟这天象一样,内心是灰蒙蒙,见不到明亮,看不到方向。

来到兰州陕甘总督府大营,这里冷冷清清。周乾义看到从大营里走出一个军官模样的人,便上前打听。

"这位军爷,我们远道而来,是参加随军小贩的,不知大军去向?"

军爷用眼瞄了这几十来个肩挑筐箩或身背篓的人,毫无反应地往前走。

安文忠赶快跟过来,"军爷,这点碎银子请笑纳。"

军爷止步接过银子,面露悦色。

"哦……左大帅已率大军开拔到肃州(今酒泉市),这可是机密,不许外传!我瞧你们确系随军的买卖人,才告诉你们。"

"请问军爷,随军小买卖,军士们需要什么商品?"

"烟酒茶、常用的日用品,还有中草药。哦,多带点干辣椒,如果有咸猪肉那更好,这都是湘军。"

军爷边说边走,随后又回头说了一句:"有两千多晋、陕、甘、川的小贩早

22

都跟去了!"

大家伙听后既兴奋又着急。

"安大哥,你说咋办?"

"我们听你的。"

"大家先放下担子休息一下,我们合计合计。"安文忠招呼大家坐下。

安文忠说:"我们是晚了一步,这不是主要的问题,大家也不必着急。我问你们,我们远离老家去干什么?"

"赶大营!"

安文忠摇摇头。

"我们背着筐篓,不是去打仗,也不是去要饭,是做买卖,去赚钱! 你们的筐里都有什么? 拿什么去挣钱呀? 我们的筐里篓里要装满货物。什么样的货物,是军士们最需要的?"

这帮初始赶大营的年轻人,不懂这里的门道。

"你说吧,我们听你的。"

"我知道大家带的银子不多,货买少了不起作用,买得不对路又销不出去。因此我建议,我们把有限的资金合起来,由周乾义记个账,找大户的商行统一进货。"

"好! 我们同意。"

"兰州府是西北最大的商市,过了兰州府就没有大地界啦,越往西越贫瘠。因此,在这儿就要把货进足了。"

周乾义接过话茬儿说:"安哥的话说得在理,万事开头难。第一,我们这个商队要有个主心骨。第二要团结携手。为什么呢? 我们的前头有两千多晋商、秦商、陇商、川商,都走在我们前面了。我们只有拧成一股绳,才能后来者居上。现在我们都是小本钱,只有合资经营才能办大事,等大家伙腰缠几百两银子啦,再分手单干也不迟。我建议,我们成立个杨柳青商会,为大家办事。"

众人鼓掌叫好。

大家一扫这两个多月长途跋涉心里没底而产生的满脸阴霾,天空也露出了一道霞光。

在安文忠的带领下,杨柳青小贩们来到商市采购商品,很快淹没到商市的人流中。

一个晴朗的早晨,一队长长的挑夫,筐篓里装满了东西,咯吱、咯吱,有节奏地迈开步履,离开兰州向西而去。

戴锦宏他们的船到了三省交界的水道,灾情越来越重。河南灾情尤为严重,去年夏秋两季大部绝收。大旱之后,必遇蝗灾。百万灾民拥向山东、河北。这蝗虫吃不到粮食,也遮天蔽日地向山东、河北飞。灾民吃光了树皮,树木仅剩剥了皮的枝干,在风中摇摆。饿殍遍野,景象令人触目惊心。沿运河的大小码头,都有成群结队的灾民乞讨。

他们的船来到一个较大的码头停靠。锦宏和崔叔上了岸,来到一家粮店,粮店的门板关着,只留了一个比脑袋大点的窗口。

戴锦宏上前询问:"店里有人吗?"

从里边过来一个中年男人反问道:"你有啥事?"

"咦,这不是粮铺吗? 来这儿就是来买粮呀。"

这男人没有出应,在里边通过小窗口打量着戴锦宏和身后的崔叔,看了看他们的穿戴,不像有钱的,回应道:"我这儿没粮。"

"哪儿有粮?"

"大户人家手上有,你要买我可以给你联系,可贵着呢。"

"多少钱一斤?"

"一斤? 一两银子买五斤。"

"这么贵呀!"戴锦宏听这价码大吃一惊。

"这比天津粮价还贵呀。"

"天津粮价我不知道,反正我们这儿粮价一天一涨,能买上就不错哩。"

"那乡下的粮食呢?"

"乡下哪儿有粮啊,全在大户人手里呢,乡下的庄稼户都要饭去哩。"那男子说完把小窗关上了。

崔叔失望地说:"咱走吧。"

戴锦宏自言自语地说:"这就邪性了,种粮的庄稼人反而去要饭?"

崔叔:"种粮的人得给东家交租,给衙门纳税,到自个儿手中,可不就没粮啦,那还不去要饭。"

"嗨,这是吗世道呀?"

"咱回吧,到下个码头再看看。"

"我看哪,下个码头也一样。"

他们返回码头的路上,突然听到有人喊:"有人跳水啦!"他俩急忙向运河跑去。戴锦宏跑到运河边,见一女子在河中挣扎,被冲向下游,有几个围观者边跑边喊,但不见有人跳水施救。戴锦宏急忙边脱衣服边跑着追去,追到近前,纵身跳入水中,向那女子游去。那女子已经处于昏迷之中,戴锦宏终于抓住那女子,顺水流慢慢把她托到岸边。这时,才上来两人,帮戴锦宏把那女子抬到岸上。

戴锦宏摸了摸她的气息,急忙把她翻转趴着,按压她的背部脱水。经过紧急抢救,那女子仍不见苏醒。

戴锦宏急着喊:"这是谁家的女人!"

人群中没人回应。

"没人认领我就报官啦!"

这时,在人群中才有人悄声回应:"我家的人。"

"她是你什么人?"

"我的女人。"

"她为什么寻死?"

"我把她卖了。"

戴锦宏气得骂道:"为什么卖自己的女人,你是人还是畜生!"

那男子突然咆哮道:"不卖她,我家老老少少都得饿死。"

说着,他来到那女子身边大哭起来。

"娃他妈,你咋就想不开呢?我把你卖了,是为了你能活着,为了咱娃活着。你看你年纪还轻着哩,跟别的男人还能保住一条命,还能生娃。你咋就想不开寻死呢?你这一死我是管,还是不管?不管你吧,你是娃他妈。管你吧,你已经是人家的人了。葬你吧,我还得花钱,弄来弄去我人财两空。不葬你吧,我又于心不忍,官府也饶不了我……"

这时,又上来两个男人,抓着这个号啕大哭的人,在他怀里掏东西。

那卖女人的男子,突然止住哭声,紧紧捂着怀喊道:"你们要作甚?!"

"这女人寻死了,把我们东家的银子还给我们。"

卖女人的男子依然双手捂着怀,挣扎着喊道:"你们东家把人已经买去了,她寻了死,是你们的事……"话没说完,银子被那两人抢走。

卖女人的男子哭喊着:"我日你们东家的妈,我女人死了,银子还被你们抢走,我要去报官!"卖女人的男子哭喊着又扑向躺在地上的女人,然后跳下河。

岸边围观的人,一阵骚动。女人说可怜,男人说可气,但谁都没下河营救。只见那人在河里扑腾了几下又爬上了岸,又哭又喊:"我还不能死,我还有个娃呢,还有老爹老娘呢……"

这一幕,戴锦宏看得惊呆了。崔叔拍了拍他的肩,他才醒过神来。

"锦宏,咱走吧,看着都让人心酸。"

崔叔看不下去了,他们回到了船上,还说着刚才的那一幕。崔叔叹了口说道:"嗨!粮食啊,人活着都为了它。"

戴锦宏不解地说道:"人饿了,怎么就忍心卖儿卖女卖老婆呢?"

崔叔说:"你是没饿到那份上,饿你几天你试试。饿疯啦,人吃人。"

"崔叔,怎么越是小地界,粮荒就越重呢,都到了卖儿卖女卖老婆的地步。"

"天高皇帝远,皇上他看不见呀。饿死多少人,他也不知情。这些小地方的官员和大户人家,可就不顾老百姓的死活了。他们就屯集粮食抬高粮价,大发横财。"崔叔感触很深地说。

戴锦宏说:"这不是逼着百姓们造反吗?"

"百姓闹反,就成了百姓自己的事,皇上再派兵镇压,跟这些官吏们没关系。相反,他们又可以发一笔战争财。"

"崔叔呀，我们到乡下弄粮，看来是没戏啦。"戴锦宏心中犯愁。

"扬州是个大粮市，发往京师的粮大部分从那儿来的，我们到那儿看看。"

"崔叔，扬州的粮市肯定也贵，咱带的这点银子也买不了多少。"

"能买多少是多少，舍了银子保命吧。"

戴锦宏坐在船头，他没心思看运河两岸风光，大地上到处是光秃秃的，没有绿色，没有生气。所路过的大小码头，尽是讨饭的。

他犯愁呀，他愁买不上粮食，今年的日子咋过呢？到了扬州能买到便宜的粮？不可能了。除非到衙门粮库买粮，那是白日做梦，国库的粮能给你吗？这趟行船，沿途码头拉点货挣点银子也行呀，省得空船白跑一趟。哪儿有货啊？哎！可是，话又说回来了，待在家里又能干什么呀？

船进入苏北河道，两岸的情景逐渐好转。

第四章　州官倒粮,我就不能骗粮?

　　崔叔和戴锦宏在扬州粮市上转悠,市场冷清,买卖人不多。他俩奇怪地发现大部分粮店店铺紧闭,门板上写着斗大的字:"无粮"或"粮已售光"。市场尽头有一粮铺门口挤满了人,乱哄哄的,还有军士维护秩序,可能是怕灾民抢粮。看的人多,买的人少。为吗呀? 粮价太高,贫穷百姓买不起。

　　戴锦宏上前问一观者:"请问大哥,为什么这么多粮铺都关门呢?"

　　那人说:"中原大灾,北方粮荒。本省衙门怕本地粮食被外省粮商抢购外流,特布告粮铺限量购进卖出。好多粮铺没粮,他卖什么呀?"

　　戴锦宏又问:"为什么这个粮铺有粮卖呀?"

　　这位爷们儿小声地说:"官库的粮官,是这位老板的姨公公,你想想他能没粮吗。"

　　戴锦宏看到有一车车蒙着盖着的马车,从路上经过,他好奇地问:"这一车车拉的是吗?"

　　那人道:"是粮呀!"

　　戴锦宏又问:"这一车车的粮往哪儿运呢?"

　　"这一车车的粮,都是从官库粮仓拉出来的。你瞧,这辆蒙得严严实实的车内就是粮,后面骑马押车的就是官府的。他们凭衙门的一纸官文就可以拿走粮,这就是贪官污吏借着灾年发财。"

　　"哦。"

　　"再看后边那辆,押车的是个富商,这是官商勾结倒粮食。"

　　目送着这一车车粮拉走,这位爷们儿愤怒地骂道:"呸! 王八蛋们,大清国到这份上,老百姓早晚还会反了! 离它亡的时候不远啦。"

　　戴锦宏纳闷儿,此人为什么都知道? 他不解地问:"请问大哥,你老是……看粮,还是买粮?"

　　"我是卖粮的,就在这儿开了个粮铺,弄不到粮,没粮卖,铺子倒闭了。"

　　"开粮铺也弄不到粮?"

　　"你得在官府衙门里有人,要么你就用大把的银子贿赂官府老爷,才能拿到条子,凭着条子再到粮库进粮。"

　　"库粮和市粮价码是多少呀?"

　　"差价大了去了,从粮库花一两银子买的粮,到了粮市卖五两。这还往上涨哪。"

"哎哟,这么大的差价,怪不得老百姓买不起哪。"

这位小粮铺的店主愤世嫉俗地说:"这都肥了那些官吏和富人。"

"官家粮库在哪儿呀?"

"往前一里地,往左拐,再往右拐,紧靠运河。"

"谢谢大哥指点。"

他俩回到船上,三人商量着怎么办,崔叔吧嗒吧嗒吸着旱烟寻思着。

"崔叔,你老说说看。"

"看来,介可麻烦大啰,买市粮太贵,咱带的银子买不了多少。到官库买,咱上哪儿去弄官府的条子呀?"

崔叔寻思了一会儿,又说:"实在不行呀,带点绸缎小百货回去吧。"

"崔叔,粮是天,天都塌了,命都没有,谁还去穿呀戴呀的?"

"你说得也对,可这粮食上哪儿去弄呀?"

三人商量没有结果,铁旦出苦力可以,这种为难事他没主意,他一声不吭,沉默,着急,发愁,没了办法。戴锦宏一人离开船,心烦意乱地走啦。

戴锦宏来到扬州街市上毫无目的地转悠,转得他肚子里咕噜咕噜直叫。肚子饿了,它能不叫吗?肚子可不管你买得上还是买不上粮,饿了它就叫。这两天因寻思着买粮的事毫无希望,和崔叔三人发愁,他们也没心思弄吃的填活肚子。现在肚子不停地叫,找个饭馆填活这肚子吧。

扬州府的馆子,关门的多,开门的少。无米之炊,没粮这饭怎么做呀?他走着走着发现前面有个饭馆的幌子,上面画了个大大的饭碗,还有两个大字:"粥铺"。刚走到粥铺门口,几个小叫花子从铺子里跑了出来,和戴锦宏撞了个满怀。

"去!去!去!"一个店伙计走到店门口喊。

戴锦宏奇怪地问:"咦,我是来吃饭的,让我上哪儿去呀?"

店伙计不好意思地向他鞠了躬,说道:"对不起,我是轰这几个小叫花子。客官,里边请。"

戴锦宏进到店里,对面墙上有五个大字"天下第一粥"。字下面挂着二十来个小牌子,上面写着各种粥。戴锦宏看着粥的名字和价码,哎哟,好贵呀。心里又想,已经进了这家馆子,怎么退回去呢,要一碗。要碗什么粥呢?南方的八宝粥有名,既然来了,就尝个鲜,别亏了咱这肚子。

戴锦宏挺直了腰杆对店伙计说:"伙计,来碗八宝粥。"

店伙计说:"客官,只有大米粥。"

戴锦宏指着墙上挂着小牌子问:"你这墙上不是有八……"

没等戴锦宏说完,店伙计急忙解释说:"今年闹粮荒,各种食材进不来,只有稻米,请客官见谅。"

"那就来碗大米粥吧。"

"客官请坐。"

不一会儿,伙计端来一碗粥,放在桌子上。正巧,进来两位食客,伙计上前招呼。戴锦宏见这粥,稀里咣当的,还没给勺。戴锦宏看了一眼伙计,人家正忙着哪,我自个儿去拿吧。戴锦宏进到内厨刚拿了只小木勺,就听见那店伙计骂道:"小瘪三,又进来偷食,滚!"

戴锦宏抬头一瞅,几个小叫花子正在抢食他的那碗粥,店伙计赶过去欲打那几个小叫花子。瞧着这几个流浪儿确实饿得够呛,戴锦宏说:"算啦算啦,让他们吃吧,给我重来一碗。"

店伙计赶走了小叫花子,重新给戴锦宏上来一碗,并笑着说:"客官你请,我给你多加了一点。"

戴锦宏看着这碗粥不但盛得可边可沿,而且还有点稠。

伙计主动搭讪:"客官,从北方来的吧?"

戴锦宏问:"是。你店的粥怎么这么贵呀?"

伙计解释说:"客官,本店进来的米成本就高呀。你看,平价米买不上,我们店掌柜的花钱托人找巡抚衙门的人,再给衙门的官老爷送一份钱,合下来这一斤米就贵啰。"

戴锦宏问:"你家掌柜爷到哪儿弄米呀?"

店伙计:"官库呀。"

戴锦宏:"官库的米是什么价?"

店伙计:"官库拿出来的是出库价,平价。可到了市上,那可就涨上去几倍。哎,这群当官的,心太黑,真是鱼肉咱百姓。"

戴锦宏:"官老爷到官库拿粮凭什么呀?"

店伙计:"那得是大官,凭什么呀,就凭他那顶官帽。"

戴锦宏喝完粥,付完了账,走出粥铺,一边走一边想店伙计的话:"那得是大官……"

戴锦宏喝了个半饱。回船?不回去,回去又犯愁。继续溜溜达达地闲逛。突然,见一人提着绸衣锦袍马褂之类的富家衣物走进一家当铺,戴锦宏也跟着进去。

当铺内挂着摆着琳琅满目的绸缎衣物、靴帽、首饰、服装挂件等。戴锦宏一边看着,一边听着那人和当铺掌柜的谈话。

当铺掌柜一边仔细地翻着看着这些衣物一边说:"瞧这件锦袍像是京城旗人大户人家的衣物?"

当衣人:"哎哟,您有眼力。"然后小声说,"我家老爷是京城王爷府的管家,王爷犯事啦,我家老爷也就……回来啦,成为一介平民。如今,连吃饭都成了问题,这不收拾这些衣物当点钱买粮吃。"

戴锦宏看着当品,可耳朵听着他们的谈话。"王爷府管家的衣物?"他默默地听着,脑瓜子却灵机一动。

当铺掌柜对当衣人说:"哎哟,你这衣服不好当,也不好卖呀。穷人要不起,富人也不要。你瞧这价码怎么给你算?"

当衣人:"按衣料的价码算行吗?"

当铺掌柜:"你拿回去吧!按衣料价算,人家就去买新料子了。"

当衣人:"那就打点折。"

当铺掌柜:"五折算。"

当衣人:"五折也太少啦。"

当铺掌柜:"嫌少啊?那你拿走吧。"

当衣人:"好、好,五折就五折。"

当衣人还嘟囔着说:"哎,这点钱还不够买二斤粮……"

在运河码头,崔叔在船上着急了,自言自语:"天快黑了,这人怎么还不回来呀?"

铁旦在码头上张望,"爹,他回来啦,手里提着个包袱。"

戴锦宏一声不言语钻进船舱。

"你这是干吗去啦,大半天的?"崔叔埋怨。

戴锦宏解开包袱,拿出绸缎长袍马褂。

"崔叔,你老把这套衣服换上。"

"介是吗玩意儿啊?不穿!不穿!"崔叔心烦意乱不停地摆手。铁旦看着莫明其妙。

"您老穿上,我看看像不像,不像我还得退回去哪。"

崔叔:"像什么呀?"

"穿上了再说,要像,咱买卖八成能行;要不像,咱就白忙活了。"

戴锦宏给崔叔穿戴好之后,铁旦直笑。

"铁旦你看崔叔像什么人?"

铁旦看着他爹这身行头,不知说什么:"像、像、像个富人,又缺点什么?"

"哎哟,忘了这顶冠,给您老戴上,就像啦。"

"像个富家老爷。"俩人看着崔叔这副模样哈哈大笑。

"这顶帽子上镶着的这块玉,那就不是一般人家,只有显贵人家才配。还有一件重要的东西忘了给崔老爷戴上。"

戴锦宏掏出来一件玉佩戴在崔叔的腰带上,把一个玉戒指环套在崔叔手指上。

"锦宏,你在搞什么鬼?"

"嘘。"锦宏悄声向两人说了自己的计划。

崔叔听后吓了一跳,小声说:"锦宏,介可不能干,要露了馅儿,要犯杀头之罪呀!"

戴锦宏费尽心机想出来的计策,刚一提出就遭到崔叔的反对。对这位长辈又不便力争,他只好装作灰心丧气地说:"崔叔,你要害怕,那只有打道回府吧。"

崔叔听说要回去,这不白出来一趟,他还不甘心,说道:"锦宏,咱再想想,有没有别的法子啦?"

"崔叔,咱这一路你老也看到了,能有啥法子弄到粮呢?这年头你不琢磨点歪门邪道,你就得挨饿受穷,你就没有活路。"

"爹,咱不妨试试,兴许能成呢?"铁旦帮腔。

崔叔:"要露馅儿了咋办?"

"咱要做,就做得添衣无缝。这世道我早摸透了,小官见大官,那是点头哈腰,不敢说半个不字。咱扮成京师王爷府的,他当时上哪儿查去?即便他非要公文,咱转身就走,他敢抓咱吗?"

崔叔说:"唉,不行不行,我演不了这出戏。"

"崔叔,你老就装扮个京城王爷府总管大人,端着个大人的架子就行。话我来说,戏我来演。"

崔叔犹豫不决。

"来、来、来,我爷儿俩先演一演试试看。"

第二天,一乘轿子来到了扬州官署粮库。

跟轿随从对粮库的守卫说:"禀报你们库官大人,京城王爷府官员求见你们大人,速去通报!"

守卫跑进库里,一会儿跑回来向门卫说:"打开门,让大人进去。"

轿子抬了进去,不一会儿从仓房内出来一位粮官。此人肥头大耳,满脸横肉,可长着一对鼠眼,粗短的身材,人未见可肚皮先挺了出来。

随轿的年轻小吏说:"落轿!"

轿里一位长相富态的中年富贵大人被扶出轿子。

粮官上前作揖,"请问这位大人?"

小吏抢先说:"这位大人是京城醇亲王府总管大人。"

粮官一听来者如雷贯耳,急忙单脚跪拜。醇亲王,那是当今光绪皇上的爸爸呀,他的管家那比巡抚的官还大。

粮官急忙弓腰称道:"哦,大人里边请。"把客人让进账房内。

"大人请坐,大人有何要事请吩咐?"

随从小吏说:"为了救灾,以王爷府的名义开设赈灾粥棚,安抚百姓。为拯救灾民,王府差我们到此来购点粮食,可否?"

粮官问:"嗯……不知大人要多少稻米?"

随从说:"不多不多,二十石足矣。"

粮官:"不知多时要?"

"那自然是越快越好,晚一日,那不知要饿死多少灾民哪!"

"好,好,我马上办……是、是否有官文?"

粮官弓着腰,嘴里说着,眼睛从上到下斜视着这突如其来的总管大人。他的目光落在这位大人的脚上,戴锦宏立刻观察到这一细节,心里说:"哎哟,没给崔叔换上一双官靴,他在怀疑我们的真伪?"

他急忙说:"醇亲王为朝廷日理万机,赈灾购粮这等区区小事,怎能打扰王爷亲自劳神。今年大旱,灾民人心浮动,我们微服到此弄点粮食,免得招人显眼。再说了,我家王府是来买点粮,赈济当地灾民,又不是调粮。如果大人有难处,那我们只好因这点粮食再去找巡抚大人啦。"

说着话,两人起身准备走。

"大人且慢,这点小事岂敢惊动大人辛劳,我这就办!我这就办!"粮官的头就像捣蒜锤似的,躬着身子不停点头。

他对身边的粮库小吏说:"速给王府大人发粮。"

粮库小吏退下。

戴锦宏见小吏退下,凑到库官身边说:"一石多少价?"

"不多不多,按库价可好?"

"可,可。"

戴锦宏一边应着,一边寻思着:库价比市价低五倍,这头蠢猪,头戴一顶粮官帽,用国库的粮食养肥了自己,可恶!

戴锦宏从腰间取下银袋递给粮官:"这些银两够吗?"

粮官拿在手上掂了掂,说道:"够!够!"

"多了,就算你的。"戴锦宏望着满脸堆笑的粮官说,"库官大人如此热心,这有一块玉佩赏给大人,免不了以后打扰。"

"岂敢,岂敢。"

戴锦宏显得十分亲热地小声在粮官耳边说:"您就不要客气啦,这块玉佩还是我家王爷赏的宝物哪,来自宫中。"

"谢谢大人,谢谢大人!"

粮官这张猪脸,笑得眼睛眯成了一条缝。几人说着一同出屋。

戴锦宏对轿夫说:"你们把大人送回驿馆,让人派一驾马车赶快过去。"

"不用了,大人,用官库的车给您送到船上。"库官讨好地说。

戴锦宏急忙说:"不烦劳大人了。"

粮官凑到戴锦宏耳边说:"此地流民众多,抢粮的事情经常发生,到了郊外,官家的粮车都敢抢。"

"有这么厉害?"

"灾民饿疯了,不抢就等死。"

戴锦宏一边点头,可心里盘算着:这库官老儿是否有意察看虚实? 若坚持不让他送,他肯定起疑心,那就遭了。如果送去了,被小吏发现破绽怎么办? 事已至此,车到山前必有路,得抓紧时间。

正说着,粮库小吏押了一车粮食来了。

粮官吩咐道:"你选两名军士押送,给王爷府的大人把粮送到船上!"

"多谢库官大人如此热心。"

"免谢,请一路走好。"

粮官目送戴锦宏和粮车远去,一张猪脸微笑着,可脑子在算计:"这笔账目算在醇亲王爷的账上,谁敢查问? 王爷府调粮百石!"库官转动着肥胖的身子,挪进了粮库的账房。

扬州运河码头。

当天下午,一袋袋的粮食堆满船舱,粮库小吏刚刚离开,戴锦宏就匆匆赶到。他狡黠地笑道:"崔叔,赶快开船,此处不能久留。"

船离开扬州码头北上。

戴锦宏:"崔叔,咱还不能走主航道,我怀疑那小吏看出了我们的破绽。你老水路熟,此地河道网密,先找一个僻静之处躲两日再说。"

崔叔应道:"好,你俩撑船,听我使唤。"

猪头库官在账房,他翻开账本,提起笔,在账本上写下某月某日醇亲王府大管家购粮一百石,用于王府设粥棚赈济当地灾民。写完后合上账本,又美滋滋地欣赏着来自王爷家的这块佩玉,"醇亲王爷,不对,应该是当今皇上的爸爸,他家的玩意儿那可值了钱啰……"库官正在得意,粮库小吏突然闯进账房,向粮官回复。

"大人,我,我觉得不对呀! 这车粮食装进一条破旧的船上,不是官船! 再说,那位王爷府大管家怎么还亲自装卸粮食呢? 我看有假。"

猪头库官听此言也一惊,从太师椅上像电打的一样立了起来,猪肝似的脸诧愕间变青,在屋内转了两圈,急着吼道:"快! 快! 带几个军士到运河码头把他们追回来!"

"嗻!"小吏转身要去。

"喂! 回来!"小吏又转回房内。

猪头粮官小声在小吏耳边说:"切莫惊动地方衙门,快去!"

"嗻!"小吏转身跑出门外。

粮官转动肥硕的身躯,气急败坏地拍了一下脑门,"嗨,我这猪脑子怎么就没识破这两个流贼呢! 待抓回来,收回官粮,罚没他们的银两,再把他们投入大牢。"

小吏急匆匆跑到码头，来到崔叔那条破船停靠码头的地方，不见那条船。他询问周围的船户，只见船户们比画说着什么。小吏顺河道往前方望了望，不见那条船的踪影，即转身返回粮库。

不到一个时辰，粮库小吏气喘吁吁跑了回来，急报："大人啊，我等在码头上转了一圈不见贼船。"

"贼船跑啦！你真废物，怎么不沿河追呀！"

"大人，我等徒步，往哪儿追呀？"

猪头粮官焦急地原地转了两圈，气急败坏地说："快，调拨一队快马沿河去追，一定追扣那贼船。"

小吏转身离去，跑了两步又折身返回，"大人，往南追还是往北追？"

"你没听他们是北方口音吗？往北！"

小船在一个主航道支流河湾处的芦苇荡中刚刚停泊，就听到一溜快马声沿河岸传来。

戴锦宏急说："快、快，把船再往里，停在密苇深处。"

崔叔指挥锦宏和铁旦把船藏进芦苇荡里。刚停住船，马蹄声由远而近。

此时，那官家粮库的小吏率七八名粮库守卫军士快马赶到这里，停了下来。他往前看了一眼，前方不见船只。

"停住。"他思索了一会儿，自言自语地说，"那贼船满载粮食，行得再快也只能行到这里，去了哪儿呢？它不可能插翅飞了。难道他弃船转运到马车上走路道？可那条破船应该还停在河里。"

一位军士说："大人，莫非我们追的方向错了，他们向西那条水道去了。"

粮库小吏没有吭声还在寻思，然后又自言自语："这两贼人口称王爷府的，放出话来回京津，莫非使了个调虎离山之计，引着我们往北追，可他们是京津口音，西去干吗？"

军士说："去河南贩粮呀，那儿更缺粮。"

粮库小吏点点头，又说道："再有一种可能那贼船藏在芦苇荡里。"

粮库小吏："各位听令，你二人快马奔陆路查寻有无运粮的车辆；你三人顺运河直追，重点查寻在河弯芦苇荡里驶出的船只；其余者随我南下，追去西面水道的船只。巡查三日后会合。"

"嗻！"

崔叔和戴锦宏他们躲在芦苇荡里的船上，心情紧张而又提心吊胆地听着岸上军士的动向，生怕他们乘船进入河湾。

"崔叔，他们怎么不走啦？好像在岸上说着什么。"

"小声点。"

"崔叔,他们是不是发现了我们停在这儿,会不会找条小船进来抓咱们?"

"别吱声。"

三个人静静地听着,戴锦宏看了一眼崔叔,崔叔瞪大眼睛从芦苇的缝隙间向岸上瞅着,似乎还很平静。其实,什么也看不见。戴锦宏又转过头看了一眼铁旦,铁旦躲在船舱里的粮袋上低着头,不敢动,他似乎很紧张。戴锦宏看到他那害怕的神态,望着他笑了笑。

这时,他爬在船头心里也在想:骗官库的粮食,那是死罪呀!万一官兵发现了来抓我们,那就舍弃这条船和这船粮,跳河逃命。往哪处逃呢?他观察了这片水域,心事已定。

等待了一阵,听到马蹄声分别向运河的南北方向奔去。

"崔叔,我潜水游过去看看。"

"要小心,别弄出响声。"

戴锦宏轻手轻脚地进入水中,一个猛子扎入水中不见了。过了一会儿,他又从水中浮出了脑袋,向船游来。崔叔把他拽到船上。

崔叔问:"怎么样?"

"河岸上不见官兵,来往船只很少。"

"哎哟,我这心都提到嗓子眼来了。"

"崔叔,咱们怎么办?"

崔叔:"不能动,我听那马蹄声,官兵一部向南,一部向北,咱们正好夹在当间,北去的官兵还要回来。"

"崔叔,官兵要是乘船搜芦苇荡呢?"

"这片水域的芦苇荡不大,船要进来,很容易发现我们,这也是我担心的……"

"崔叔,我有个想法。"

"你说说看。"

戴锦宏:"我们的船如今困在这里,官兵两头堵截我们,得躲过这阵风声再说。现在我潜水到岸边放风,你们把船伪装一下。如果官兵来了,我就学鸟叫,你俩就罢手,防止官兵乘小船来搜我们。万一乘船来搜,咱仨悄悄潜入水中。即便官兵发现了船,他们认为我们是弃船而逃。我们仨不能让官兵抓住,那可要砍头的。"

"对,只能这么办啦。"

果然,官兵的快骑来回在这段河道巡察,到第三天下午,四五骑快马向南驶去,再也没有上来。

戴锦宏三人在经过伪装的船上待了三天,看来危机解除了。这天晚上,崔叔憋了几天的疑问终于开口了:"锦宏,你怎么想出到官库骗粮的损招呢?"

戴锦宏:"那天上午,咱俩去粮市,看到官家一车车地往外倒粮,这群当官的王八蛋们，从庄稼百姓嘴里克扣下来粮食，趁着灾年大发横财，养肥了自己。民以食为天呀！逼得百姓走投无路卖儿卖女卖老婆，我气不过。我当时就想，许你州官倒粮，就不许我骗粮？可这官库的粮怎么骗出来呢？咱爷仨在船上也商量不出个结果。下午我心烦意乱，去扬州城逛街！在一家当铺看到有人拿着缎袍马褂去换银子，我就跟了进去。原来是家境破败的大户人家，从箱子底翻出来的衣物到当铺换银子买粮。这时我突然想到，何不装扮成达官贵人去骗粮呢？装扮成县府大人？不行不行。州府大人？也不行。官太小啦镇不住粮库的官员，冒充大官，越大越好。谁的官大呢？我突然想到当今皇上他爸爸醇亲王，何不冒充王府的大管家？这个官大，谁也没见过，谁也不敢惹。于是，就提回来了一包衣服，咱爷俩就演了这么一出大戏。"

"那块佩玉哪？"

"地摊上淘的。"

铁旦听着很快活，大笑着说："介可真逗哏儿呀。"

"你小子可真阴损啊，这是犯杀头的罪啊！"崔叔还有点担心。

"崔叔，您老别怕，我为什么让您把船找个地方躲两天呢？我也怕他们追我们。再说啦，那库官也不敢张扬，事情败露了，他也吃不了兜着走。"

过了三天，粮库小吏回到粮库，进入账房。库官扭动肥硕的身体来回转，见小吏回来急忙问："找到那只贼船了吗？"

"我等快马沿运河北上，不见那条贼船，再走就到山东的地界了。我们返回又一路寻找无踪无影。"

库官捏着下巴自言自语："莫非他们弃船转入旱路？那船呢？或者是南下啦？你走吧。"

粮库小吏转身出门。

"回来！"

粮库官从怀里拿出一锭银子放在小吏手中，小声说："就算没这么一档子事。如果上面有人下来查库，你就说，确实是王爷府的。他身上挂着腰牌，上面刻有醇亲王府。去吧！"

"喳！"

小吏走出屋外，库官一眼看见放在案子上的那块佩玉，疾步上前拿起又看了看，愤愤地摔在地上，摔得粉碎，嘴里骂道："娘的屁，我一个堂堂官员，被两个毛贼骗了。他娘的！"

杨柳青，戴家。

戴父坐在他家的小摊里，守着一些油盐酱醋、针头线脑之类小杂货摊，一月下来也能维持个醋钱、菜钱，也给他找了一点事做。

快到晌午,戴母和秀华提着篮子回来了,里面装着野菜。

"嗨!走了二里地,捡了一晌午,就捡了这么点野菜,那榆树上连叶都快被人摘完了。那地上长的、天上飞的、水里游的,不管人吃还是牲畜吃,都没了。家家听不到狗叫鸡鸣声。"

"那鸡呀狗呀的哪?"

"人都没得吃,谁家还有粮去喂鸡喂狗呀?"

"再这样下去该人吃人啰。"

"介叫吗世道。"

"家里还有多少粮啦?"戴父问。

"就剩下一小袋棒子面,吃完啦咋办?"

戴父说:"等锦宏回来总能弄点粮食,今年还能勉勉强强过这个灾年。要能多弄点粮,还可以卖点钱,今年十月就给他俩圆房。"

"姨父,不急,别逼他。他要不乐意,我俩还是姐弟。我守你二老一辈子。"

戴母笑着说:"你真是个傻丫头,哪能不嫁人呢,我们能对得住你妈吗。"

戴父又对老伴说:"等锦宏回来,把里间屋收拾收拾,给他俩做新房。我俩就睡外屋这半间,这不就结啦。"

戴父走出屋外,望着天空。天上的大雁排成行,飞向远方。

戴父情不自禁地说:"咱杨柳青这帮后生们赶大营,不知走到哪儿啦?"

戴母:"你怎么又想起这赶大营的事了?"

戴父:"唉,这年头不提着脑瓜子去闯也不成,安文忠和周乾义他们也兴许能闯条路。"

六月,安文忠、周乾义率几十名杨柳青赶大营客,肩挑筐篓风尘仆仆地终于赶到了肃州左帅大营,他们来到了军营外的"买卖圈子"。

所谓买卖圈子,就是离大营一里地外划定了一个市场。市场内,中间搭棚住人。这个可住人的棚子,就叫"官店"。

遵照规定,赶大营的小贩们到营务处要登记、领证,才准许进入营盘的"买卖圈子"。营务处就设在买卖圈子内。营务处在一顶军帐内办公,负责买卖圈子内的管理。帐外挂着公告,上面写着登记领证的程序和进入买卖圈子的规定以及惩罚条例。规定中写明:不准打架斗殴;不准赌博酗酒;不准偷鸡摸狗;不准私自进入军营。违者,处罚拘役、罚金或驱逐出买卖圈子。私自进入营盘者,按奸细论处。

安文忠和周乾义看完公告,进入营务处帐内,见一位官人伏案打盹儿。

安文忠上前问道:"请问军爷,领证是在这里吗?"

这位爷正眼都不瞧一眼,手一伸:"拿来!"

安文忠:"拿什么呀?"

"你说拿什么?"军爷不耐烦地瞪起了眼。

周乾义赶忙上前打圆场:"军爷,我们大老远地从天津找到这儿,想加入随营小贩……"

"我管你从哪儿来!这里公事公办。"这位爷站起在帐内溜达。

"哎、哎,军爷,这点碎银子孝敬你,实在不好意思,不好意思。"

这位爷收了银子,他那张脸变得不那么难看了。

"你们有当地衙门的文书吗?"这位爷重新落座。

"有,有!"

安文忠从怀里掏出一张纸文双手呈上。这张纸文是杨柳青镇衙门给开的路条,上面有名单。

"这么多人啊!都在哪儿?"

"都在外候着哪,怕打扰你办公。"

这位爷出了帐子目扫了这一群人,看到了满地的货担,掀开一个个看了看。

"有烟有茶叶……这烟好抽吗?"

"您老尝尝。"

"秃子,拿点烟和茶给军爷送进去。"周乾义赶忙招呼。

这位爷进了帐,登记了人名、居住地,然后打着官腔:"每人交纳登记入册费十文,共计七十六人。交钱领证。"

经过一番折腾,每人领到一块木质腰牌,安文忠一行人这才进入大营的买卖圈子。

当地百姓很穷,十几岁的孩子还光着屁股,大人也是衣不蔽体,根本没钱买东西,只有城外的兵勇手头有点饷银。这里的兵勇们最需要的物品是烟叶、茶叶、干辣椒、糖、针线、脸巾、布袜和中成药等。

杨柳青小贩们在肃州城外营盘的买卖圈子卖了几天,因他们的货源丰富,一入市就挣了点银子。

在运河支流的一个湾道处,河岸上树木丛丛,湖内芦苇荡漾,一轮红日从东方升起。戴锦宏伸着懒腰走出船舱,见崔叔在船头的小炉子上煮着米粥。

"崔叔,又让你老给我们忙活吃的。"

"嗨,我昨晚躺在这粮袋子上,一夜没睡觉,这大米的味儿呀可真香,馋得我一宿没睡着。心想,天一亮我就先熬点粥,你闻闻这味儿,几年没闻见它啦。"

戴锦宏蹲在炉子旁用鼻子闻着,"是啊,好香,我也几年没吃上它啦。我先尝尝。"

"还没熬好哪,就等不及啦?"

戴锦宏急不可待地说:"好啦,好啦,咱吃吧。"

铁旦迷迷糊糊地钻出船舱。

"嗨,你们偷着吃,怎么不叫我呀?"

戴锦宏:"我这是尝尝熟了没有。"

铁旦过来就抢锦宏手里的勺子。崔叔看着他俩抢食的相,笑着说:"好,好,吃吧,都等不及啦。"

三人平均分得一份。铁旦端着碗,笑着说:"我正在梦里端着碗吃干饭,那个香呀,还没等我吃上一口,那碗就被别人抢去啦。我又气又恨上去就夺,一睁眼看见锦宏哥在那儿吃上了。"

崔叔说:"快吃吧,吃完了开船回家!"

第五章　流民抢粮啦

在运河上,戴锦宏和崔叔三人在第四天夜里驶出河湾,进入运河的主航道上,离开扬州地界,沿运河北上。苏北河湖众多,水网密布,不知水路者容易走差。水路有深有浅,水流有缓有急,载重量大的船吃水深,遇到浅水则容易搁浅。他们连夜行船,只为了船少,河道通畅。崔叔在船头举着马灯,看着水道的深浅指挥着,戴锦宏拿着竹竿左右撑船,铁旦在船尾摇橹。遇到浅滩时,两个小伙子还得上岸拉纤。崔叔连年跑船,水路自然记在他心中。到后半夜他们找了个离大路较远的僻静处泊船休息,天一亮又起锚行船,可谓一路顺风顺水。观看运河两岸美景,三人谈笑风生。

铁旦:"看来呀,我们这一趟没白来,值!"

戴锦宏得意地说:"这次远航扬州能搞到一船粮,在大灾的年头,粮比金子还要贵重。这要把粮运回去,既能救命,还能挣一大笔钱。"

"是啊! 多亏你那坏点子,你真是人小鬼大。"崔叔含有褒奖式地骂他。

戴锦宏回话:"想想在扬州演的这场戏,那真叫一绝,崔叔你演王爷府总管大人还真有那么个范儿。"

"老话说,天下无难事,只怕有心人,还真是那么回事。"铁旦一边撑船一边插言。

崔叔问道:"锦宏,赶大营你爹不让你去,你还后悔吗?"

戴锦宏:"今儿弄到了一船粮,那自然是没去也好。"

铁旦插言道:"是没过门的媳妇不让走吧,你走啦人家就得守活寡啰。"

戴锦宏:"你操哪门子心啊,你自己快说个媳妇吧。"

铁旦:"我不找,有了媳妇再去赶大营是个累赘。"

戴锦宏:"你一个光棍,赶大营到了新疆,可就找不上媳妇了。"

铁旦:"那儿有异族女人,大眼睛,深眼窝,高鼻梁,听说长得真好看。"说着傻傻地笑着。

戴锦宏:"乾隆皇上的香妃就是异族女。到了新疆就娶一个回来,生的孩子准聪明。"

铁旦:"你已经有个媳妇了,还不知足,还想娶俩?"

"哈、哈、哈……"

崔叔看着这俩小子穷逗,也笑道:"锦宏呀,你爹打早就给我说,他为两件心事发愁:一是,你和秀华的事需要用钱;二是,这灾荒年没粮怎么过日子? 这次可好,这两件愁事都解决啦。这两千斤粮,一家一半。你们家留五百斤够吃一年的,剩下的五百斤还能卖个好价钱,足够你家一切开销啦。我家有了钱,准备盖间新房子,留着给铁旦将来说个媳妇儿。"

"崔叔,我不想娶秀华,我还是想跟着安文忠和周乾义他们去闯一闯。你老说,今年运气好,弄了一船粮,那明年怎么办哪? 还得受穷。"

"哎,周乾义他们这一路还不知要遭多少罪呢。能不能挣上钱呢,也得两说着。锦宏啊,赶大营的事你还没死心啊? 你爹就剩你这么一个儿子,他怕呀,他舍不得你走,让你尽快结婚给他生孙子哪。"

"崔叔,人们都怕去新疆,说那是罪犯充军发配的地方,似乎到了那儿就进了地狱。我不怕,我想去看看。看看孙悟空三盗芭蕉扇的火焰山、通天河的晒经石、牛魔王的妖魔山。哎呀,这些故事太美啦。"

"噢,说了归齐你想去赶大营是为了这个?"

"当然不是啦,是为了挣钱。做大买卖挣大钱,让我爹妈天天抱着白面馍馍吃。娶上俩老婆给我爹妈生一堆孙子,让他们天天抱着玩。"

"哈哈、哈哈……"说笑声从船上传出,一直远去。

八月,肃州城外。

数万湘军浩浩荡荡向新疆哈密进军,后尾是一条长长的骆驼队,装着军需物资:粮草、被服、军帐。间隔半里,两千多服装各异、操着不同方言的挑担客,他们汗流浃背地行军。在这批身背筐篓肩挑担的赶大营客中,走在最后的就有安文忠率领的几十名杨柳青人。

戴锦宏和崔叔三人沿运河北上。

船经过高邮、淮安、宿迁、徐州,进入微山湖,离开江苏进入山东。向西,直驶临清。运河进入山东境内,水量明显减少,水路变窄,行船缓慢。临清,位于鲁、冀、豫三省交界处,是水、陆交通枢纽。因为中原大旱,波及河北和鲁西。河水少,船只滞留,无人疏导河道出现堵塞。沿途出现逃荒的灾民。进入临清县,运河成为山东和河北的界河,运河东岸是山东的临清,西岸是河北的临西。一座木桥连接两地,这桥成为联结两省的路道。

河北大旱,汇入运河西边的几条河水已经断流,水量减少,河道变窄,南来北往的船只就堵塞于这条木桥的南北两边。几十条大小船只全部搁浅,北边的船过不来,南边的船过不去。有两条大船吃水深横到河中央,靠两岸的纤夫拉,也拖不过去,因为大船的船底已经快触到河床上,动不了啦。

站在大小船头上的船主们吵吵嚷嚷,有的让大船把船上的物资卸到岸上。

"谁来搬卸? 费用谁出? 货物放在岸上丢了怎么办?"

有的建议把大船拖到岸上。

"这么大的船怎么拖到岸上? 然后由谁再拖入河中? 即便放入水中,大船还是不能行呀……"

吵来嚷去谁也没有办法,也没人管。

"天哪! 这到哪天才能拖出去呢?"戴锦宏着急地说。

船在此地已经搁浅了,三人发愁啦。他们带的干粮已经吃尽。铁旦看船,崔叔和锦宏上了码头找点吃食。

岸上的饭馆都出示"无食歇业"的招牌。

戴锦宏奇怪地问:"这是怎么回事呀?"

崔叔说:"找个馆子进去问问。"

他们进入一家半开半掩着门的馆子里。打盹儿的伙计见进来俩人,忙说:"两位客官,没饭!"

戴锦宏:"开饭馆的怎么没饭呢?"

店伙计:"没饭就是没饭!"

戴锦宏:"哎! 你这是怎么说话呢? 开饭馆的没饭,这叫什么饭馆啊!"

饭馆掌柜听到吵声从里间出来,"两位爷别急,是远道来的客人吧? 坐下,坐下,先歇歇脚。"

"小二,去拿壶水来。"

崔、戴没张口,掌柜的先絮叨了起来,"二位爷,先请喝茶,不要钱。这开饭馆呀,他就是卖饭的,你不卖饭开什么饭馆呀? 是这么个理。话又说回来了,去年遭旱,齐、冀、豫三省歉收,粮食减产。今年冬天没下一场雪,今春没下一瓢雨。今年的庄稼地全遭灾啦,禾苗这么高,就枯死了。地裂这么深,泼一瓢水,滋啦作响一声冒烟。这没有粮食,拿什么做饭呀?"

"去年不是还有几成收成吗?"崔叔反问。

"去年歉收可赋税更重,卖了田地不够纳粮,人都饿死啦,可衙门还是征粮纳税。"

"饿死人了吗?"锦宏问。

"就我们这片码头,每天早上都能收拾出几具饿死的尸体,卖儿卖女卖老婆的都有。"

戴锦宏又问:"逃难的灾民都是哪儿来的?"

"河西来的。"

店主问:"说了归齐,二位爷做什么生意?"

戴锦宏:"小本买卖,谈不上生意。我们有些稻谷,想请掌柜的做些熟食带着上路,以解饥饿之苦。"

"你们有粮食?"一听稻谷二字,店主的眼睛一亮。

"寥寥无几,仅为了带回老家自己吃。"崔叔连忙解释。

店主:"二位爷,让给我们一些,多少价都行,以渡难关。"

崔叔拉了拉锦宏的衣角,想制止锦宏说出船上有粮的事。无奈,锦宏没明白其意何在。锦宏脱口而出:"这样吧,我们回去商量一下,一会儿来给你回话。"

俩人临出店门时,锦宏转身又问了一声:"你要多少?"

店主瞬间一愣,马上含笑而答:"您有多少,我要多少。"

三人在船上,戴锦宏迫不及待地提议:"崔叔,咱们这船粮有两千斤,船重吃水深,不容易过去。粮拿回去也是要卖一部分,不如就在这儿卖吧。"

铁旦也帮腔:"是啊,卖一部分,这船就轻了很多。咱的船在浅水区兴许也能过去。这一搁浅就是几日,待在这儿,什么时候才是个头啊。"

崔叔吸了几口旱烟说道:"我本来不想让你说出咱船上有粮,我拽了拽你的衣角,没想到你嘴上不牢,吐露了出来。"

"这也没什么要紧,怕啥呀?"

"人在外,咱不得不防,他万一是个歹人,领来强盗怎么得了?"

"崔叔,你老也太小心谨慎了,我看他不像是歹人。"

"不管是不是歹人,我看这粮还是不卖为妙,咱就悄无声息地待在船上。"

"崔叔,咱的船重吃水深。等河道通了,那非等到猴年马月了。"

崔叔紧锁眉头不吭声,好像在思想什么,吧嗒吧嗒只管抽他的旱烟。

"爹!咱带的干粮都吃完了,不能一直饿着肚子。咱要生火煮粥吧,这一煮粥,那香味儿不也飘出去啦。"

"反正在这儿倒腾粮食我看悬,此地很乱,饥民很多,我常看到有贼眉鼠眼的人在岸上转悠。记着,凡遇大灾必有大饥,就要死人,盗贼蜂起,要小心啊!"崔叔语重心长地说。

"爹啊!在这儿待得越久,不是越危险吗?"铁旦又帮腔。

戴锦宏说:"这样吧,我们卖给他一些,先让他们预付一部分定金,然后再拿货。"

"既然你们俩人都同意倒腾,我也没别的好法子。要注意,白天招人显眼,只能晚上偷着交易。"崔叔特意嘱咐。

当天夜里,戴锦宏上岸不一会儿,带回来一布袋银子,悄声说:"崔叔,卖给他们小一半,先付咱三成定金,约定半夜里来拿粮。这是预付的定金,崔叔,你老放好啰。"

天空渐渐暗了下来,由蔚蓝变成深蓝,过渡到天边成灰紫色,与大地相连。弯弯的月牙儿微笑着挂在蔚蓝色的空中,淡黄色的月光把房舍、树木勾画出一个个黑色的轮廓。大地在月光的照射下,铺洒在屋顶上、船舱上、道路上。乞丐和灾民们一个个躺卧在路两旁房屋的犄角旮儿。店铺关闭,码头上孤灯黑影,道路上行人稀少。到了子夜,码头上一片寂静,静得让人恐惧。若不是潺潺的流水声,若不是月光反射到河水里,泛出星星点点的浪花在流动,这个世界真像进入到黑暗地狱。

子时过后,饭馆掌柜带两人悄悄上船,先看了一下粮,点了点头,指挥搬运粮袋。一袋、二袋……突然听到岸上有人发了疯似的喊:"粮、粮食,救命的粮食啊!"

宁静的码头顿时炸了锅。不知从哪儿冒出来了一群饥民，有乞丐还有流民。这是怎么回事呢？

一位背粮的伙计，被什么东西绊了一脚，摔倒在地，稻米撒了一地。原来是一名乞丐靠在墙角睡觉。饿昏了的乞丐一见粮食满地，见到了活的希望，又惊又喜地呼叫了起来。这一叫，周围的灾民、乞丐、流民、盗贼全跑了过来。为了活命，他们不顾命地去抢，去劫，去打，去斗。他们最终发现粮食是从那只船上来的，便一窝蜂似的扑了上去。

戴锦宏手握撑船杆与崔叔、铁旦站立船头阻止这群流民上船，戴锦宏几杆将两名为首者打落水中。这一下更加激怒了哄抢者。

"大户杀人啦！乡亲们，要想活命就抢啊！"

戴锦宏三人怎能挡得住几十个灾民、乞丐、流民、盗贼，他们不要命地哄抢。锦宏三人被挤打落水，幸亏河水不深。他们爬上船，眼看着哄抢者用衣服包，把裤子脱下来扎住裤口装，有气力者干脆扛起粮袋就走，没气力者用手抓着散落在船上的稻米往嘴里塞。

一片混乱，一片狼藉，一场劫难，这一切眼睁睁地发生了。

崔叔父子死死抱着仅剩的两袋粮食不撒手。戴锦宏拿起船上的砍刀发疯似的挥舞着，要抢粮的流民，剩下这些瘦弱的、没有一点儿气力的、快要被饿死的，见抢不到粮食，只好远远退去。

粮没了，人祸散了，三条汉子在船上悲愤交加。

"一船粮呀，眼看着就被抢没啦！真心疼呀！弄这船粮容易吗？是从虎口嘴里弄来的粮食呀！这可是两个家庭一辈子的积攒，让人怎么活呀！"

铁旦抱着一袋粮食边哭号边说。

崔叔望着这空荡荡的船舱欲哭无泪。

戴锦宏手拿砍刀站立船头，怒火燃烧。他不知道拿这突然发生的劫难怎么办？去抢了那些抢粮的？他们也是被饥饿逼出来的。这手还下不去，这火还发泄不出来。今后的日子咋过？我怎么向父母交代？这一连串的问题在戴锦宏心头缠绕着，悲愤填满心头，这脑袋瓜子都快要爆炸了。

饭馆的掌柜垂头丧气地走了过来，"贵人啊，我买的粮全被抢啦，我给你们的定金咋办呢？"

戴锦宏气愤地说："我还要找你算账呢！是你的伙计招来的祸，我这儿一船粮全没啦！把其余的钱拿来！"

"咦，我一颗粮食都没落下，难道我这几十两的银子就丢到河里啦？"

"我这儿一船的粮食全被抢了，是你的伙计引来的强盗，你负责给我赔！"

一个站在船头，一个站在岸边，吵得互不相让。这深更半夜的，各个船上的船主伙计以及岸上观者，船上岸边里里外外围了一大圈。

"你俩上船把钱要回来！"饭馆掌柜指示俩伙计登船要钱。

戴锦宏拔起插在船头上的砍刀紧握手中要拼命啦，铁旦也紧握撑船杆上前，站在身后助威，吓得两位伙计后退几步。

饭馆掌柜："去！你俩也拿家伙。"

崔叔见状，他怕再生出事来，走出船舱拉住锦宏。

"锦宏呀，遇此劫难谁也想不到。就算是我们这些粮食救济了灾民，就算我们做买卖赔了……这可能也是天意吧。"

围观的人也在劝解："行啦！别闹啦，一头损失了一船粮，一头损失了银子，这买卖也算公平，就认倒霉吧！再闹下去出了人命，你们两家都得吃官司。"

饭馆的掌柜想想此话也在理，态度显然软了下来。

"滚！再不滚我就砍了你！"戴锦宏手握砍刀发疯似的喊。

饭馆的掌柜对俩伙计说："咱就认倒霉吧！走！"

戴锦宏愤怒地、狠狠地把砍刀砸向船头，刀尖扎进船板，砍刀还在摇晃。他举起双拳，仰望着漆黑的天空，大吼一声，似乎要把这个世界砸碎。然而他又显得全身无力地跪在船头，长叹一声，双手砸自己的脑袋。

这时他听到崔叔在船舱里抽泣。最终，戴锦宏大声哭出来了。这哭声似控诉，似发泄，似愤怒，似悲哀。他想起了临出门时父亲的嘱托："介玩意儿可要拿好啰，你背负着的是全家人的命呀！"想到这儿，他痛苦地泣不成声。父亲跑船攒的是一辈子的积蓄、一辈子劳累、一辈子的希望，是全家人的命啊。如今全都没了，今后这日子咋过？他又想起不该上岸卖粮，不该不听崔叔的话。人家在江湖上跑了几十年的船，比我的年龄还大，哪儿深哪儿浅不知道？哪儿凶哪儿险不明白？我怎么这么蠢哪！临出门父亲嘱咐我多长个心眼儿，我怎么这么不中用哪！我的天哪！我真不该显摆有粮，不该卖粮，等就等，起码这船粮还在。我为什么就不听崔叔的话呢？害得人家也倾家荡产……

"锦宏，别哭啦，哭有吗用，哭能把粮食哭回来吗？"崔叔眼含着泪花上前来劝锦宏。

"崔叔呀，我对不起你，后悔没听您老的话，使您老也倾家荡产。"

"不都一样吗，咱两家的本钱都没啦！世上没有卖后悔药的，没有事事都能如愿。如果事事都如愿的话，人们没必要花钱修那菩萨庙，没必要烧香拜佛。"崔叔看了看空荡荡的船舱，又说，"老天爷还算怜惜我们，给我们留了这两袋粮食，还有那些银子。咱还没输光，从头再起。"

船轻了，舱也空了。

第六章　这日子可怎么过

戴父坐在小铺里惆怅地思虑着,看着今年的粮价一直上涨,心里不停地念叨:把所有的积蓄,几乎都搁在戴锦宏去南方买粮的生意上,那真是花了血本呀。如果按照往年的粮价,带去的银子能买个十石八石的,那家里的日子可就好过啰。可是,他对儿子这趟远行心里又总是不踏实。每逢遇上灾荒,都不是一年两年的事,怎么着也得拖个三四年才能缓过这口气。另外,遇灾必有祸患,这已经成了这世道的规律。

"锦宏都走了两月多啦,你寻思有吗用呀!"戴母安慰着,"嗨,掏出血本,这是一次赌呀! 有时想想,不该冒这个险呀,怎么能把所有鸡蛋都放在一个篮子里呢? 万一砸了……不敢想呀。好歹,你把银子留了一些。"

戴父坐在这间清静的小铺里,念叨儿子这趟远行:"锦宏早该回来啦,怕是出什么事了,万一出个事,咱老了倒没啥,可秀华怎么办哪?"

"你别瞎嘀咕,他又不是第一次出远门,再说不是还有他崔叔跟着吗?"戴母开导着。

"你哪知道,跑江湖有风险,更何况这世道太乱,他身上又带着那么多银子。"

"这倒是。可是他人在外,你操心也没用呀。"

"大姨、姨父,别操心啦! 伤了身子。他一个大男人,能出啥事呀。"秀华开导两位老人。

王秀华,是戴母妹妹的孩子,她比锦宏还大几个月。小时候,俩人姐弟相称。去年,秀华娘去世时,将这对表姐弟定了亲。

秀华是个苦命的孩子,她的家境连遭不幸。

秀华的亲爹原本也在镇上。她的爷爷是个生意人,家里有点积蓄。秀华亲爹是最小的儿子,从小娇生惯养好吃懒做,娶了秀华妈后,仍然不思立业养家。秀华出生后不久,她爷爷就去世了。兄弟几个就分了家,把一个小店铺分给了秀华的父亲。她亲爹不好好经营这份继承的家业,游手好闲,并且染上了抽大烟和赌博的恶习。不久,家业败了,铺子抵债了。几个哥哥也不愿意填活这个败家子,秀华从小生活就陷入困境。秀华亲爹性情越来越暴躁,常拿秀华妈出气。铺子抵债了,没有了生活来源,秀华爹又好吃懒做。他想捞回来,又去赌,又输了。秀华才周岁时,她爹变卖了唯一的住房携款逃走,从此不见踪影。几家债主拿着借款字据、房产抵押字据上门逼债,把娘儿俩从家里赶出了门,衣服、锅碗瓢盆扔了一院子。

"就剩下这母女俩要家没家,连个睡觉的窝都没有,这日子可怎么过呀?"同院秀华的大大(伯伯)看着娘俩可怜,便出让一间小杂物间让她娘俩栖身。秀华从此没了家。

娘儿俩没了生活来源,秀华娘只好到天津卫给有钱人家当用人,做饭、带孩子、洗洗涮涮,只管碗饭吃,报酬只是东家给点粮食带回来给秀华吃。

秀华的大姨是戴锦宏的妈,看秀华可怜,来找秀华妈。

"妹子呀!小秀华遭罪啦。我今儿就把她带走,我养活她。"

就这样,秀华来到戴家后,这对表姐弟成了玩伴,白天一块儿玩,晚上一块儿睡。别看锦宏比秀华小几个月,他还处处护着她。有一次,巷子里的一个大男孩欺负了秀华,小锦宏拿了根小木棍打哭了那个比他高一头的大男孩。秀华也心疼这个小表弟。小锦宏调皮捣蛋不听话,常挨爸爸的打。锦宏每次挨打,小秀华总是站出来护着这个小表弟:"姨父,别打弟弟了,你打我吧。"弄得姨父下不了手。小锦宏每次犯了错被戴父罚跪时,小秀华总是和弟弟跪在一起陪着他,逼得姨父只好说:"好啦,好啦,起来吧。"

小秀华虽然见不到妈,姨父母就是她的亲爹妈,小锦宏就是她的亲弟弟,这里就成了她的家。

秀华三岁那年,经亲友介绍,秀华妈改嫁了,嫁给了一个郊外姓王的庄稼汉。秀华的继父老实巴交,没结过婚,婚后秀华妈就给他生了个儿子。

又过了一年,秀华妈非要把秀华接回家。

"妹子呀!你非要接走秀华我也拦不住,你毕竟是她亲妈。可我舍不得秀华呀,毕竟她在这个家生活了两年啦,如同我的亲闺女。"

"老姐姐,我谢谢你啦,我不能不给秀华一个真正的家。"

秀华走的那天,锦宏拉着妈妈的手说:"妈,我不想让姐姐走。"

小秀华挣脱了她妈的手,跑过来紧紧拉住弟弟的手。

秀华娘笑着说:"姐,你看,他俩简直是天生的一对呀。"

锦宏妈也笑着说:"好呀,将来我既得了个儿媳又有了个亲闺女。"

秀华来到王家后,后爹对她如亲爹,她也改姓叫王秀华。秀华又有了个亲弟弟生华,一家四口人,她和妈妈才有了个真正的家。

王家在杨柳青镇北郊的一个小村子里,村子散散落落地居住着几户种菜的农民。地不算多,是老祖宗留下来的,也就两亩三分地。种些蔬菜,养点鸡,供应镇上,养活着一家四口。虽说地少,但南临一条小河,再加上生华爹对庄稼务得好,旱涝保收,一家人的日子还算过得去,秀华一天天长大。

命运总是捉弄着这娘俩,王家和睦平静的日子仅仅过了几年,祸从天降。这祸来自洋人。

王家北面有一条土路,可直通京津官道,王家的菜园子南边是河,北面是路,是一块好地方。

秀华十五岁那年,大路上来了一群蓝眼睛黄头发的洋鬼子,在这块地界指手画脚一番,叽里咕噜一阵。没几天,县衙带着几个洋人来啦,其中还有一个洋教牧师,说要在这儿征一块地,盖一个洋教堂传教。

"盖洋教堂到别处盖去,为什么非要在这儿盖。"

衙门的人说:"洋人就看中了你这块地。前面有河,后面有路,把你的菜地变花园,教堂就在这其间。"

"这是祖上留下来的一块地,多少钱也不行,不行!"生华爹坚持不同意征给洋人。

衙门里的人说:"乡亲们呀,这洋人看中的地方你不能不给。你不给,他们就动洋枪洋炮,连朝廷都不敢惹呀!他们是谁呀?他们就是咱朝廷的祖宗,不依着洋人不行呀。"

百姓们说:"衙门的人又是谁呀,是百姓们的祖宗。不听他的也不行,他会整治你。他会说你犯上,治你的罪。"

"我没罪,治我什么?"王家爹说。

衙役的人说:"你不让他征,那洋人看上了也得给他。你不干,就要蹲大狱。你想想,这孤儿寡母怎么活?老伯呀,这么办吧,你就给洋人那片地,这块地加这屋子还是你的。洋人还给你点银子,你们还能活着。要不然呀,你的地和房子都没啦,你还要蹲大狱。我哪,这衙门的饭碗也砸啦。"

衙役从怀里掏出一锭银子,塞到生华爹手上。

"你先拿着这定金,完了再说。"

秀华妈冲了上来:"不行!这地不能给洋人!"

衙役一挥手,远处几个人开始圈地,秀华妈发疯似的冲上去拼命。生华爹、秀华、生华哭喊着围了过去,秀华妈躺在地上气得昏迷不醒,赶快抬回了家。

就这样,秀华家的地被强行抢去了一半多,他们只扔给了王家一锭银子。

"这点银子管吗用啊!经不住花。可大部分庄稼地没了,这怎么养活家?"想到这儿,秀华娘就是一肚子气,看着这地被洋人占了,就是恨。

"气归气,恨归恨,咱还得活命不是?好歹还剩下几分地和三间破房子,这个家还没塌。"生华爹劝说着。

可是秀华娘气愤不过,瞪着眼冲天喊:"我娘儿俩的命怎么这么苦呀,老天爷你瞎了眼!"

王家爹看她气恨成这样子也只有劝慰:"孩子他娘,你可别气坏了身子呀。"

秀华娘仍然哭诉着:"我十六岁就嫁给一个富人家,可这男人是个赌徒、大烟鬼!秀华周岁就没了爹,没了家。来到王家这才过了几年安稳的日子呀,又没了地,全家四口吃啥喝啥?"

秀华娘病倒了,在炕上躺了一年多,快不行啦。

秀华她娘临终前请来了她姐和她姐夫,也就是戴锦宏父母。

"姐、姐夫,我怕是快不行啦,我最放不下的就是我这闺女秀华。他爷俩实在不行就出外找饭吃,可这秀华不能跟着东跑西颠地到处流浪吧。闺女也十七啦,你们就接过去,待来年就给她和锦宏办啦,行吗?"

戴母安慰自己的妹妹:"妹子,秀华的事你放心,她也跟我的闺女一样啊。你好好养身子,会好的。"

"不!你得答应我。"

"好!好!我答应。"

秀华妈安详地闭上了眼睛,嘴里还嘟囔着说:"好,好呀。我就放……心……啦。秀华呀……"

"妈,我在这儿。"

秀华娘拉着秀华的手,断断续续地说:"秀华呀,你和锦宏的婚事已经订啦,等我走了你姨就把你接过去,剩下他爷俩怎么都好对付。等你过门啦,你要……好……好……孝敬……你姨……姨父母……"

话没说完,手松落,往后一仰,蹬了蹬腿就气绝了。

"妈,妈!你老可别走啊!"

秀华妈就这样咽下最后一口气,甩手走啦。

秀华妈出殡的这天,对面的洋人教堂也落成了。一群洋人、洋牧师、洋教徒和二毛子们在庆贺。他们吹着洋号,敲着洋鼓,跳着洋舞,庆贺他们在中国的土地上又有了一个洋教堂,又有了属于他们洋人的领地。在这块领地上,还有一队洋兵拿着洋枪,守护在这里。

洋人在外面闹腾完了,又跑到里面,向他们的上帝祈祷。

"伟大的主啊,在东方这个大地上,有了你的精神、你的思想、你的信徒。让这里的人们思想开化,让他们赎罪。阿门。"然后唱起了洋歌。

在洋教堂百十步远的王家,办起了丧事。秀华娘的遗体被一块白布覆盖着,秀华和生华披麻戴孝,悲痛啼哭。参加葬礼的亲友个个暗自流泪,烧香,鞠躬,送秀华娘最后一程,然后入殓。唢呐声悲悲凄凄,凄凄惨惨,引领着人们向墓地走去,白纸钱在空中飘飘洒洒,又落在这块土地上。

地被洋人霸占了,秀华娘也走啦,王家的生活遇到了困境。戴母来领秀华,毕竟少一张嘴,少一份负担。再说了,戴母要让自己的亲妹子走得踏实,也给秀华有一个家呀。

秀华天生善良、勤快,来到戴家正好弥补了老两口身边没有闺女的遗憾。秀华受到姨父母的喜爱,他们也把她当闺女看待。秀华第二次来到戴家已经满十七,老大不小的啦。姨父母就是未来的公婆,表弟变成了未来的丈夫,这令她不适应。从小和表弟玩大的她,如今和他生活在一个屋檐下总是羞羞答答。多帮家里干干活儿吧,洗衣做饭照顾全家。秀华想,自己的事由老人做主吧,你让我干啥就干啥。

对秀华第二次来到这个家,戴锦宏很高兴,从小玩大的姐姐回到了这个家。可是为什么自己爱护的姐姐要变成自己的媳妇,这让他心里很别扭。姐姐就是姐姐,媳妇就是媳妇,怎么就被父母强拉硬拽到一起了呢?

锦宏倔强地说:"我不想娶媳妇儿,也不想结婚!"

"儿女嫁娶,自古以来由父母决定,由不得你。"

秀华来到戴家生活,也隔三岔五地回到王家,照顾一下她后爹和她同母异父的弟弟。每次回王家,锦宏妈就说:"锦宏,你陪秀华去,带点吃的看看你姨父。"

戴锦宏也不吭声,扔下手上的活儿,默默地跟着去。一个前头走,一个随后跟着,也没有亲亲热热多余的话。其实,戴母早就看出了他们的心思,有意让他俩单独在一起。

戴母对老头子说:"唉,都长大成人啦,遇上婚姻事,一个躲躲闪闪,一个羞羞答答。"

"他俩呀,结了婚睡在一个被窝里,时间长啦就好啦。咱俩不是一样吗?当初把你娶进门,你也羞羞答答,时间长了巴不得我钻进你的被窝。"

"去你的吧,越老越不正经。"

"那是越老越有感情。"

今年,戴家父母看秀华已经过了出嫁的年龄,生活又很不便,决定今年下半年给他俩圆房,请几个亲戚在家办桌酒席,碰上这年头也就得啦。

"姨、姨父,吃饭吧。"

小店中间摆了个小桌,三碗菜汤和两个野菜多棒子面少的小窝头,基本上是一天只吃一干一稀。秀华仅端起一碗菜汤,把窝头留给二老。

"秀华你怎么不吃?"戴母问。

"姨,我不饿。"

"那怎么行!这么大的人啦,一天干家务活儿,时间久了身体可扛不住。"戴母拿了一个塞到秀华手里。

"姨,还有。"秀华把窝头又给了戴母。

戴父:"嗨,是不是没粮啦?即便没粮了,再说。我就不信,如果我们饿死啦,那全国老百姓也就死得差不多啦。"

"锦宏该回来了,怎么说也能弄回点粮,今年吃饭不是有指望了吗!人是铁饭是钢,不吃饭怎么行呢,该吃还得吃,吃完了总有办法。"戴母也给秀华宽心,又拿起那个窝头塞在秀华手里,"你给我吃了它。"

戴母自己端着碗菜汤。

秀华突然站起来,感觉门外有动静,到门口一瞅,看到锦宏蹲在屋外:"锦宏! 你回来了怎么不进家?"

戴锦宏心神疲惫,肩背小包袱,手提一个小口袋,拖着沉重的步子,来到家门口,正好听到家人对话,不由得鼻子一酸,眼泪夺眶而出。他没脸迈进家门,不由自主地蹲在地下。

秀华扶着锦宏进来,两位老人惊异。

"出什么事啦!"

戴锦宏泪下,他说不出口呀。

"到底出啥事呀? 说呀!"

"一船粮都让流民抢啦。"戴锦宏伤心地抹眼泪。

戴父闻听一惊,站了起来,惊异地问:"粮被抢了?"

粮,是老百姓头顶上的天,天塌啦,没活路了。一船粮被抢,又意味着他多年一点一点辛辛苦苦积攒下来的百十两银子没了。钱没了,粮没了,这日子怎么过? 他顿时感觉天旋地转,好似飘浮在黑暗中,无依无靠,手中的拐棍落在地上。秀华急忙扶住姨父。

"姨父,您别急,坐下来慢慢说。"

戴父坐在凳子上喘着粗气,定了定神,他想不明白一船粮怎么被抢?

"怎么让抢了呢?"

戴锦宏说着被抢的经过。

没等说完,戴父就急赤白脸地斥责:"你就不该出主意卖粮! 惹出事来了吧? 真是个废物! 全部积蓄让你毁了,这日子怎么过?"戴父生气地用拐棍敲打着桌子。

"我能料到会出这事吗?"

"你就不该出这馊主意,就你能是吧!"

"船搁浅在那儿啦,出不来呀!"

"那不许等着吗? 灾民会一个船一个船地搜? 都是你显摆,就你能! 所有的积蓄都让你毁啦,这一家人怎么活?!"戴父生气地打了自己一嘴巴,"嗨! 也怪我呀。"

"他爹! 你别急,急有啥用呀! 也是咱扛着倒霉。咱现在还没到出门要饭的地步呀。"戴母劝说。

戴锦宏见他爹情绪激动,扭头出了门。

"锦宏,你去哪儿?"秀华见锦宏头也不回委屈地走啦。

不一会儿,崔叔和铁旦背着一口袋粮来了。

"大哥,这次出船'黑'啦! 一船粮被流民抢啦,最后剩了两袋半,给您送来一袋。"崔叔见戴父黑着个脸,"怎么? 锦宏呢?"

"滚啦!"

"我就怕你老想不开,这不,赶快过来。"

崔叔停了片刻,他笨嘴笨舌的也不知这话从哪儿说。

"秀华,去把锦宏找来。"秀华追了出去。

崔叔自言自语地说:"我俩跑了十几年的码头,你不知哪儿深哪儿浅,哪儿黑哪儿白。猛不丁地碰上这邪性事,你说咋办? 好歹,人平平安安回来啦。"

"他崔叔呀,我不是生气出了事。你不找祸,祸找你呀! 这也是扛着。我生气的是,一辈子攒了这点银子,一下子没了。现在是要粮没粮,要钱没了钱,你说这日子咋过呀?!"

"大哥,你没见那天夜里,呼啦一下冒出来了几十口子流民,那架势是不要命啦。后来把那家饭馆扛走的几袋粮也抢啦,有幸我们事先收了点定金。否则,血本无归。这点银子您拿着吧,就算是这买卖赔啦。"说着从怀里掏出一小袋银子,放在小桌上。

"他崔叔,你多留点。"

"大哥,我该留的留了,等锦宏回来算算这账对不对,我爷俩走啦。"

"他崔叔,您也回去好好歇着吧,别急。"

戴母送崔叔出门,崔叔跨过门槛,又折回身向戴父忠告了一句:"大哥,我跟着你跑船十来年啦,啥事没遇到? 没有过不去的坎。"

崔叔父子俩走啦。

戴锦宏跟父亲赌气跑了出来,到哪儿去呢? 他无地儿可去。天下之大,怎么就没一个舒心的地方? 赶大营没去成,来年再去也行。去南方好不容易弄了一船粮,又被抢啦。家中要粮没粮,要钱没钱,怎么办? 他又想起了两月前出船时,母亲亲自给他身上绑上了那沉重的钱袋子。父亲深沉地嘱托:"你背负着全家的命呀!"可我……没办法就遇上了这邪事! 日后还有什么事可干? 我是这个家中的顶梁柱,就一天天闲着? 闲得我都快腐啦、烂啦,家要塌啦。这气、这恨,撒不出去,我心里难受呀!

戴锦宏毫无目的、毫无方向地在镇外游荡。前面是菩萨庙,戴锦宏不屑地瞅了一眼,从地下捡了块小石头砸了过去。

"年年给你敬香,你为百姓保佑了什么? 那些官老爷给你敬香吗? 他们为什么活得那么滋润? 你也嫌贫爱富。"

戴锦宏不知不觉来到运河边,这条河既让他爱,又让他恨,是它养育着世世代代的杨柳青人,又是它眼看着人间不平事和百姓受苦难。

大地,渐渐地暗了。他坐在河堤上,看着静静流淌的水花一闪一闪地舞动,水流拖着干枯的黄树叶慢条斯理地游走。戴锦宏的心也渐渐平静。

"锦宏!"秀华的呼唤声向他传来,他回头瞅了一眼,仍然静静地坐着。

"锦宏,你坐在这儿干吗呀,快回去吧。"

戴锦宏不吭声,如同没听到。

"崔叔让我叫你回去,铁旦还背来了一大口袋粮和一小布袋银子。"

戴锦宏仍然不作声,静静地看着河水。

"锦宏,你怎么啦?"

"没事,自己跟自己生气。"

"大姨和姨父在家多着急呀,快回去吧。"

"你回去吧,我在这儿安静一会儿。"戴锦宏开口回应了一句。

秀华坚定地说:"你不回,我也不走。"

"秀华,你放心,我不会跳河找死,要想死早死啦。"

"那我陪着你。"

运河边,秋风,圆月,倒影。树下,秀华和锦宏第一次谈心。

"锦宏,你别跟姨父赌气了,家里的积蓄都没了,以后的日子怎么过,他能不急吗? 姨父也是为了这个家呀。"

锦宏不吭声。

秀华说:"要么我去天津卫。"

"你去那儿干吗?"戴锦宏不解地问。

"我想出去找个活儿干,给富人家当用人也行。"

"你这是胡来,连我都不放心,我父母更不会答应。"戴锦宏火了。

秀华解释说:"我这么大的人啦,在家吃闲饭还靠姨家养活,我心里真不落忍呀。"

"有什么不落忍呢,你是我姐,有我哪。再说啦,给富贵人家当用人,那不是糟践了自己,你少往这儿想! 我就是没吃的,也得让你们活好。"

家庭的困境,使戴锦宏更加坚定了要扛起养家的重任。他不信天,不信命,不信注定要穷一辈子。为啥有的人家不愁吃不愁穿? 为啥有的人家就富? 人都一样,都长着个脑袋长着一双手,我为啥不行?

戴锦宏昂起了头,小声而又坚定地自语:"这个家我得撑起来,想办法也得活出个人模狗样的。"

秀华问:"这年头有啥法子呀?"

"是啊,有啥法子呢? 赶大营兴许是一条路。不管怎么说,它能挣上银子呀,可以积少成多办大事呀。人们都怕到新疆遇上灾,遇到难,躺在家里就没灾没难啦? 那不得把你活活饿死。与其这样,何必来到这个世上。我找人相过面,我这一生要遇上七灾八难,要躲过去了,必成大事。可是,我要走了,父母咋办? 你咋办? 孝顺父母和离家闯出一条活路来,怎么就不能两全呀!"戴锦宏轻声对秀华说,"我也琢磨了,十事九不成,只有赶大营。"

"你心定了?"秀华问。

"这一去少则几年,家里我又放心不下!"

秀华说:"锦宏,你要想好了,就去吧。"

"那家里怎么办?"戴锦宏问。

秀华坚定地回答:"家里有我哪,你放心。姨父母就是我的亲爹亲妈,我守他们一辈子。"

"那你不嫁人啦?"锦宏问,秀华无语。

戴锦宏低着头说:"秀华,那就按父母的意思办吧,我们成婚,父母就交给你啦。"

戴锦宏抬起头来,望着西天,坚定地说:"明年我去赶大营!"

安文忠和周乾义率领着老家的几十来人离开肃州,跟着成千的骆驼队和成千挑担背篓货郎,来到了嘉峪关。

嘉峪关,是万里长城的西部终点,居于南北两侧山地之间,形势险要,被称为天下第一雄关。南面是绵延起伏的祁连山,北面是茫茫戈壁,气势雄伟的嘉峪关雄踞其中。来到嘉峪关,天已经快黑了。望北,是灰蒙蒙一片,天地相连望不到边;望南,是起起伏伏的山峦,占据了半个天。

安文忠和周乾义率领这近百人的杨柳青人大营客,望着这高高的城墙和城墙上的门楼。

周乾义感慨而言:"东有山海关,西有嘉峪关。我们这双脚从山海关之下,走到了嘉峪关门前,万里长城的终点踩在了我们脚下,壮哉!"

安文忠:"西面就是新疆,我们终于要出关了。"

望西天,在黑色蘑菇云和大漠之间,有一层火红的云团,似乎那里的大地在燃烧。大家足足望了一袋烟的工夫,谁也没有说话,深沉地望着那片陌生的天地。那里就是新疆,那里就是血与火的战场。到那儿是去挣钱,还是去拼命?未来是什么结果,谁也不知道……

"兄弟们,今天我们就在这城墙根下睡吧。"

安文忠的一句话,打破了大家的思绪万千,各自打开了简单的铺盖卷儿,一个挨一个地躺在城墙根下,大家望着阴沉沉的天。

不知是谁悄声说:"这仗能打赢吗?"

没有人回答。

谁又哽咽地说:"我们还能回到老家吗?"

然后,传来了轻轻的抽泣声。

安文忠:"大家快睡吧,都累了一天啦,明天我们就要出关进新疆了。"

第二天天刚亮,骆驼队驮着粮草军帐,后面紧跟着三千货郎担,挑子背篓里装着针头线脑、中药、茶叶子、烟叶子、辣皮子、姜皮子……在茫茫的大漠戈壁中艰难地行进。这时,不知是谁喊了一声:"前面就是新疆的东大门——哈密!"

向西天望去,乌云滚滚,遮天蔽日。这时,在驼铃声中隐隐约约传来了天籁之音——一首动听的歌:

哪里来的骆驼客,哎——亚丽美,
哈密来的骆驼客,沙里洪巴嗨。
骆驼驮的啥东西,哎——亚丽美,
胡椒花椒姜皮子,沙里洪巴嗨。
一斤你卖多少钱,哎——亚丽美,
三两三钱三分三,沙里洪巴嗨。

这首歌的歌名叫《骆驼客》。不知道在什么时候,在这条古丝绸之路上传唱。这首歌,时而被大漠淹没,时而又随着驼铃声复出。歌诗不断翻新,民族语言各不相同,但曲调没变。只要有骆驼队在这条丝绸之路上行进,就有这个歌声。

戴父选了个吉日,为锦宏和秀华成亲。今儿,二老让秀华和锦宏请来了生华爹坐在一起一块儿商量。

戴父首先开言:"妹夫呀,今儿请你来商量商量秀华和锦宏办喜的事。秀华妈在世时就已经定了这门子亲事,今儿也到了该办的时候啦。虽说去年你家被老毛子占了菜园子,今年我家被灾民抢了一船粮,咱两家可说是倾家荡产,这都是天灾人祸闹的,挡也挡不住。可他俩的事就因家境困难拖着,拖到哪年哪月呢?我和锦宏他妈合计今年十月初八就办,听听你的意思。"

"姐夫,我没意见,赶快办了好,给秀华她妈有个交代,让她在那边也安心。具体怎么办我听你们的。我这儿呢给秀华办事留了一只鸡一直养在家里不敢放出去,怕被人偷了。"

"哎哟,介可是一件大礼呀,介年头粮都吃不上,哪有粮食喂鸡呀?"

"我从我嘴里省口吃的给它,生华每天在地里抓虫子喂它,一直养到今儿,就为了秀华的喜日子。它还给我们生蛋哪,前儿还生了个蛋,我一直留着。"

锦宏妈高兴地说:"哟,真吉利,这是喜蛋。结婚那天新媳妇儿就得吃红皮蛋。我还直发愁,上哪儿找鸡蛋去。实在不行找家雀(麻雀)蛋、鸽子蛋也行呀,可哪儿有啊?家雀都被人们抓着吃了。妹夫呀,秀华的事你可真上心。"

"我没别的给秀华陪嫁,我家里寒碜,对不住秀华也对不住她妈呀。"

"这就不错啦,比我们想得周到。"

"办婚事总得有桌酒席吧,总得给秀华做两套衣服吧,总得做两套新被子吧,这点钱花光了以后生活怎么办?"戴父发愁地说。

戴母说:"什么都没有,怎么对得起我那去世的妹子呢,也对不住秀华呀!"

"姨父、姨,别为难啦,有啥算啥吧。"秀华劝俩老人。

"成亲是一辈子大事,再怎么着也不能乱了规矩。"戴父说。

戴母："怎么着都得办,家里还有点钱。我陪秀华去买两块布,做一身衣服,再扯床被面。"

戴父："拿点家里稻谷,去换点面,擀点面条,蒸一笼包子。"

戴母："就这么定啦,妹夫呀,你看行吗?"

生华爹："行!行!"

戴父："妹夫呀,迎娶那天,把秀华送回去再接来?哎哟,用什么接呀?雇轿子要花钱,雇了轿子还得雇轿夫,雇了轿夫还得雇吹鼓手……要么,雇个毛驴车……"

戴母："话又说回来啦,到妹夫家接亲,妹夫那儿还得折腾。不能去了就把新媳妇拉回来吧,介不让妹夫你也犯难不是。"

戴父："嗨,要不是去南方弄粮出了事,这……"

戴母："你又提它干吗,闹心人,这儿在商量喜事哪。"

戴锦宏："爸,别为这事发愁啦,秀华不是就住在自己家里吗?还接什么呀,有那钱还过日子哪。"

秀华："大姨、姨父,这儿也是我的娘家呀。"

三位老的听后一怔,齐声说道:"嗯,对!对呀!"

戴父："那就这么办,妹夫和生华那天一早就过来,咱本来就是一家人,共同庆贺秀华和锦宏的大喜日子。"

生华爹："头一天我让生华把鸡和鸡蛋就拿过来,第二天我和生华一大早就来,帮着你们一块儿忙活。"

戴父："好,我买挂鞭炮放放,驱邪迎福,全家一块儿乐和乐和。"

十月初八这天,戴家办喜事。在里屋墙上挂了两幅画张子,《莲莲有鱼》《金玉满堂》。这可是有名的杨柳青年画,再穷的人家缺食少穿也要买张挂在家里,就连京师的旗人家都来求这画张子,挂在家里喜庆。炕上铺的新炕单和两床被子,是新扯了两块被面子,请来了多子多孙的全乎人邻居张大妈缝的,能带来儿孙满堂。

门楣上、窗户上贴着大红喜字,屋中央借来了一张大圆桌。

外屋撤掉了货架子,借来了几条木板凳,屋中间的小桌上摆着枣、花生、瓜子;东西虽然不多但是还算齐全,毕竟这也是锦宏和秀华的大日子。老两口忙活了一大早,几位亲朋好友陆陆续续早早就来啦,街巷的小孩围在家门口,一人给发了几个花生瓜子,"去吧!去吧!别围在门口。"

"哎哟,这鸡还没熬呢。"

"妈,我来熬。"秀华身穿红袄绿裤,头上插朵花儿。

"秀华,你今儿是新娘子,哪有新娘子下厨的,快到里屋坐着去。哎,那红皮鸡蛋吃了吗?"

"妈,我舍不得吃。"

"快给我吃了。"

"老头子! 你把院子里两口大锅的火架上。"

戴父说:"我这儿支应客人哪。"

"妈,我架火。"锦宏说着进了院子。

戴母也进了院,院里支着两口大锅。"李婶呀,先蒸包子,再擀面条。"说完又进了屋子,见秀华给客人倒茶,"秀华,红皮蛋吃了吗?"

秀华笑了笑,没吭声。

"进里屋,我看着你吃。"进了里屋,一个小盘里放着两个红皮鸡蛋。秀华拿起一个鸡蛋说:"妈,我吃一个,这个你们尝个鲜。"

"嗨,傻闺女,我们又不下蛋。"戴母看着秀华把俩鸡蛋全吃了才放心地出了屋。

院里两口大锅冒着热气。一口锅烧着水,备着下面条;一口锅煮着那只鸡。顿时,香味儿飘出,吸引了大人小孩眼巴巴地望着那口锅。忙活了一上午,准备得差不多啦,戴母把老头儿拽进里屋。

"生华爹怎么到现在还没来呢?"

戴父:"兴许人家妹夫讲究女儿出嫁、不见亲家的规矩。"

"本是一家人,还讲什么规矩不规矩的。"

"理是这么个理,可人家毕竟姓王,把女儿嫁给了戴家不是。"

"昨天,生华来送鸡没提不来呀。"

"兴许妹夫主意改了。"

"时辰到了,咱的亲戚也都等着呢。"

戴父:"那就开席。"

戴母:"那就三天后回门,让他们提点东西去看看。"

"放炮!"

噼里啪啦一阵鞭炮声,婚宴开始啦。戴父陪同几位亲戚落座在圆桌一圈,一人俩菜包子、一碗鸡丝汤面条。虽说量少,可在这年头,在普通百姓家就算是难得的盛宴啦。邻居家,戴母给每家端上一小碗稀面条。虽说是稀汤,可这汤是鸡汤,这年头哪能沾上鸡味儿呀。虽说是面少,可这面是白面,谁家能吃上白面呢?

"介都是亲戚家一家一把拼凑的,真不易呀。"

全家人围着这碗面,一人喝口汤吃一根面,还没尝到啥味儿呢,就进到肚里去啦。"真好吃呀!"

婚宴很快就散啦,亲戚们各回各家。

在圆房夜,这对表姐弟怎么也进入不了新婚夫妇的角色。

第二天早晨,秀华已起来熬菜粥。戴母进了屋内看到锦宏面朝炕的一头还睡着,秀华似乎在炕的另一头睡。戴母摇了摇头出去问秀华:"秀华呀,你俩昨儿晚上没脱衣服就睡啦?"

"嗯。"秀华害羞地点头。

"为什么不脱衣服呢?"

秀华:"我铺好被子,让锦宏睡。他坐在那儿一声不吭,想着心事似的。我自己只好和衣而睡。"

"那你为什么不脱了睡呢?"

"我害羞。"

"嗨,你俩真是一对傻子,你……"

这对年轻人,完全不知道娶妻嫁人是怎么一回事,总以为只要在一个屋里睡觉、生活,就会自然而然地生儿育女。当俩人真正躺在一个炕上时,感到羞怯、心慌意乱,不自在地度过了第一个新婚之夜。

第二天晚上秀华把被子铺好,炕头两个枕头挨着。她又端来一盆热水放在板凳上,"锦宏,洗洗睡吧。"

"你先睡。"

秀华含羞地脱去小褂,露出贴身的红兜兜,裹着一对圆鼓鼓的奶子,丰腴的胸和浑圆的臀部暴露在戴锦宏的面前。她赶快钻进被窝,侧过身说:"妈让我们睡在一个被窝。"

秀华闭上眼等着。戴锦宏洗了把脸,也脱了衣服掀开被子一边,出溜一下像泥鳅一样钻了进去。锦宏侧身不敢看秀华僵硬的身体,各睡各的,但是心里好像揣着个小兔子,心扑腾扑腾地跳得厉害,谁都没睡着。秀华羞涩地闭着眼睛,始终没有睁开,两只手攥着拳,但是手心里的汗水已经弄湿了被角。这一夜他俩都在紧张的状态下睡着了。

戴母早上又到里屋去啦,俩人似乎睡在一块儿。戴母从里屋出来念叨着:"怎么不见红呀?"

第三天早上,戴母高兴地对戴父耳边小声说:"见红啦。"

"咚、咚、咚",一阵急促的击门声打破了老两口的对话。

"谁呀! 一大早紧着敲门?!"

"大姨,快开门! 出事啦!"小华(生华)一头闯了进来,"大姨! 我姐结婚那天我家出事啦,洋毛子烧了我家房子,还打伤了我爹!"

戴母:"当天怎么不来告诉哪?"

小华:"我爹说,当天是你姐的大喜日子,不要搅黄啦,这样不吉利。"

戴父:"这两天你爷儿俩在哪儿睡的?"

小华:"在菜地里。"

"啊! 介是吗事呀?"

锦宏和秀华听见小华进屋就已经穿好衣服,听到姨父出事了,戴锦宏一骨碌从炕上爬起来,问小华:"怎么回事?"

"洋人烧了我家房子。"

"为什么?"

"我也不知道呀。"

戴母催促道:"锦宏,你快去看看。"

戴锦宏和秀华随小华匆匆跑去。

第七章　我烧了洋教堂

王生华带着他姐和戴锦宏赶到家,三间泥土屋只剩下断壁残垣,屋顶已经坍塌。生华爹坐在地上欲哭无泪,他的旁边堆着一些从屋里抢出来的铺盖和衣物。远处教堂门口站着几个狞笑着的野兽,戴锦宏气愤地操起一把锄头欲去拼命。

"锦宏,你不能去。"秀华拉住了他。

"锦宏,你去不是白白搭上一条命吗?我怎么向你父母交代?秀华又怎么办?"生华爹赶忙站起来拉着锦宏。

秀华夺过锄头扔在地下。

锦宏紧握着拳头怒视着远处教堂门口的野兽,他此刻怒火冲天,愿自己化成一团火,烧了这洋教堂,烧死那帮野兽。

"这群强盗、畜生,我真想一把火把他们烧成灰!"戴锦宏愤怒地说。

"锦宏,你不能干,否则咱两家人就全都没命啦。"

"在运河上一船粮被抢,我这一肚子火发不出来,如今又遇上洋人欺负咱,我实在忍不住了!"

生华爹也劝说:"锦宏,秀华说得在理。我比你还难受呀,洋人害得我家破人亡,我也想报仇,可不行呀。我死了不要紧,生华咋办?还要连累你们全家。仇归仇,恨归恨,为了生华和秀华,只有把仇恨埋心头。俗话说,'大丈夫报仇,十年不晚'呀。"

这家人望着被洋人烧毁的房子,望着被糟蹋得不成样子的菜地,望着那洋教堂,那痛、那恨只能埋在心里。

秀华:"爹,咱走吧。"

生华爹:"去哪儿呀?"

秀华:"咱先去姨父家。"

生华爹:"我离不开这个家,更离不开这块土地,这是祖上留下来的几代人生活的地儿呀。"

秀华:"爹,家被毁了,地被洋人占了,你老在这儿怎么活呀?"

生华爹:"让我离开生我养我的地方,我心里难受呀。"

秀华:"爹,你老难过也没用,咱先去锦宏家商量以后咋办,咱还得活着呀。"

戴锦宏:"姨父,先去我家,跟我爸商量咋办。"

生华爹无奈地又看了看这片废墟,眼含着泪水,在秀华的搀扶下,一瘸一拐地离开了被毁的家。锦宏和小华背起在大火中抢出来的衣物,向镇里走去。

来到戴家,秀华扶她爹坐下,戴母端来一碗热水递给生华爹。

"妹夫啊,你先喝碗热水,压压惊,顺顺气。让秀华快及嘛地做饭,饿了二三天啦。"

"我呀,不饿。"

"妹夫呀,到底怎么档子事,洋人为吗烧了你的房子?"

戴父迫不及待地要问个究竟。生华爹仍然处于突发灾难的恐惧、惊吓、愤怒、无助与无奈之中,他一时说不出话来。

"祸从天降呀!这个家突然就没了……"惊魂未定的生华爹突然哭出了声。

戴母对锦宏的爹说:"你着哪门子急呀,这两天两宿他们还没沾牙哪。再说,又惊又吓的,先缓口气吃完饭再慢慢说。"

"这些洋人,真不是人操的!"戴父恨恨地骂街。

"你去干你的事。"戴母把老伴打发出去。

在昏暗的一盏油灯下,戴家听着生华爹的讲述:"自从洋人强征了我家的一大块地,盖了洋教堂。从此之后,我家和周围几家农户并没安生。尤其是我家,离洋教堂仅有百步之遥。这个洋教堂,天天不是敲丧钟就是唱悲歌,人去马来的。有穿洋袍的,也有穿洋装的,还有穿长袍套个洋马夹的二毛子,也有骑马背枪的洋大兵。让人越看越生气。可洋人看着咱这三间小土屋和屋后的粪池子也不顺眼。你看我不顺眼,我看你们还不顺眼哪。瞧瞧,你们长的那尿样,高鼻子、蓝眼珠,披着一头的黄杂毛。人,不像个人样;鬼,又不像个鬼样。"

有一天,一个二毛子领着一个穿洋袍的牧师找上门来啦。

"喂,哈喽!来来来。"二毛子向生华爹招手。

生华爹:"什么!你叫我什么,瞎喽?你才瞎了呢。"

二毛子:"我叫你过来,谁说瞎喽。"

"你看看,你连祖宗都忘了,连人话都不会说啦。"

二毛子挤了挤眼,说道:"看来你确实需要让上帝教化教化啦。"

生华爹又骂道:"你瞧瞧你这尿样,留着长辫子,穿着洋马夹,人不人鬼不鬼的。"

"加入教会吧,上帝会保佑你。"二毛子说。

"瞎了眼才入洋教哪。"

"你们中国人,是劣等民族,生下来就有罪,上帝让你们要赎罪,死了后送你们上天堂的。"洋牧师接过来说。

生华爹气愤地说:"你们才有罪哪,抢人家的土地。什么上帝,就是阎王。你们是阎王的小鬼!"

洋牧师听不懂,问二毛子:"阎王是什么东西?"

二毛子向牧师解释:"中国人的阎王,就是……就是你们的上帝。中国人叫王,你们叫帝。"

洋牧师:"小鬼是什么意思?"

二毛子:"小鬼……这小鬼就是阎王手下……手下干活儿的,就跟你们传教师是上帝手下的小鬼一样。哎,no、no、no,中国没开化的刁民,把你们外国人都叫洋鬼子,他们这是骂你们洋人哪。"

洋牧师冲着生华爹咆哮:"你、你这个不可教化的、野蛮的刁民!"

"从此,洋人和二毛子不断地找碴儿。骑着洋马,扛着洋枪,踩踏我房前屋后的菜地。三天前,来了个二毛子让我在三天内搬走,洋教堂在这儿要修花园,不搬走后果自负。我忍无可忍打了那个二毛子。没想到第二天一早,来了几个背枪的洋鬼子兵,就……一把火烧了我的房子……"生华爹说不下去啦。

"真是一群强盗!"戴锦宏实在听不下去啦,骂了一句。

生华爹:"哎! 没了地,这又没了家,以后的日子怎么过呢?"

"明天你到衙门告洋人去!"戴母气愤地说。

戴父:"衙门管得了吗?"

戴母:"这也是没办法的办法呀。"

大家沉默。

第二天,生华爹带着生华去了一趟杨柳青镇衙门,无果而回。

刚迈进了家门,戴父急着问:"衙门说吗了?"

生华爹:"他们又能说吗,说说我爷儿俩可怜。我说,你们管不了,我就去天津卫的大衙门,大衙门还不管,我就一把火烧了那洋教堂。他们一听急啦,劝我忍下这口气吧,朝廷对那洋人也在忍呀。"

戴父也生气地骂:"介他妈的,洋人祸害咱老百姓就没人敢管啦? 天理王法遇上洋人就没啦,任凭他们杀人放火? 介叫吗世道?"

大家都在屋里犯愁,这爷儿俩的日子今后怎么过?

"哎,好歹秀华和锦宏的事办完啦,我也放下了一半的心。看来我只有带着小华背井离乡去要饭啰。"秀华的养父无奈地说。

到了晚上,衙门的姚县吏悄悄地来啦。戴父急忙迎上去问道:"姚大人,衙门能管吗?"

姚县吏摇摇头,对生华爹说:"王伯呀,你今儿去衙门告洋人的状,有些事不便在衙门里说,我特意过来告诉你实情。洋人占地盖教堂,洋人跑马圈地建兵营,他想占哪儿就占哪儿。洋人的事,不但咱县衙管不了,你老就是去天津的大衙门它也管不了,就连老佛爷也得让洋人三分啊。我劝你老别去天津府衙了,一来没用,二来呢,没准还把你老送进班房,或者把你老送到边关去屯田。为吗呀? 怕留着你给衙门生事。"

"洋人抢了我的地,烧了我的房子,就没人管啦?"

姚县吏摇了摇头,无可奈何地又对生华爹说:"王伯,你老另谋生计吧,再闹恐怕要搭上你这条性命呀。"

"我豁出这条老命,跟洋人拼了!"

"你老的命是豁出去啦,您这儿还有个不成年的小儿子哪,他咋活着?"姚县吏进一步劝说。

"哎!"生华爹无力地蹲在地下,双手拍打着自己的头,他这口气怎么都吐不出来。一旁的家人也没法儿劝,都窝着一肚子气。

生华爹老泪纵横站起来,向天挥动着拳头,"老天爷!你也瞎了眼啦?洋鬼子抢了我家的地,害得秀华妈死了!如今,又烧了我的房子,害得我家破人亡,你就看不见?你就不让雷公爷把他们劈了!你就不让火神爷把他们烧了!天哪!"

秀华和生华也抱着他们的爹痛哭一场。

姚县吏看到眼前这悲痛的场面也无能为力,只好从怀里掏出一点碎银子对戴父说:"这点银子是我对王伯的一点安慰,让他老想想日后的生计吧。我走啦。"

"锦宏,送送姚大人。"

戴锦宏把姚县吏送出了门,回来不知拿了个什么玩意儿,然后走啦,他就再没有回来。

天色黑了,越来越黑。

"天晚啦,有话,明儿再合计。我和小华凑合着跟他小两口在里屋睡,你俩老爷们儿在外屋。"锦宏娘安排着。

秀华进里屋铺炕,突然想起什么问道:"妈,锦宏哪儿去啦?"

"我也不知道呀。"

"他送姚县吏出门可再没见他回来。"戴父不安地说。

"这个愣小子是不是……"锦宏娘不敢往下想啦。

"快去找找吧,别惹出事来!"生华爹给秀华说。

"小华,跟姐走。"姐弟俩匆匆出门去找。

秀华带着弟弟生华边走边望,街巷一片漆黑。

"天这么晚啦,他会到哪儿去哪?"

生华:"他会不会去串门不回来?"

"家里出了这么大的事,哪儿还有心思串门。生华,他送姚大人出门后,你再见过他吗?"

"哟!姐,我想起来啦,锦宏哥送走姚大人不久,他回来过一趟,然后他拿了个东西后又匆匆走啦。"

"拿什么走啦?"

生华想了想:"好像是个火镰。"

"他拿这玩意儿干吗呀?是点火用的,坏了!生华,咱去家里看看。"

生华问:"家被老毛子烧啦,去那儿干吗?"

秀华没吭声,她断定锦宏是去了教堂。肯定有事,她不敢再往下想啦,一路小跑着往前奔。

黑咕隆咚的天,没有月亮。黑咕隆咚的地,伸手不见五指。

戴锦宏利用夜色,悄悄来到王家废墟。他带来了火镰、灯油。他蹲在残壁下,望着百米外的教堂,只见教堂门口一盏鬼魂似的光,一个鬼魂似的黑影抱着一杆长枪在走动。

戴锦宏望了望教堂周围,树丛环绕,没有围墙。为什么没修围墙呢?教堂建成后又打算修花园,扩张其领地,所以没建围墙,由洋兵持枪日夜守护。戴锦宏又仔细观察了教堂周围的地形、树丛、掩体,在他脑中形成了一整套火烧教堂的实施方案。在秀华家的废墟上,抱着一捆草,向教堂潜去。他绕过教堂,消失在夜幕里。

今夜的西北风刮得呼呼的。

不一会儿,教堂后面闪出一点橘红色的光。云生风,风生火。这光变成了火,火经风一吹,越烧越大,越烧越旺。抱枪的黑影惊叫着,像狼嚎一样跑向教堂的后面。不一会儿,又蹿出来一个人影,来到教堂门前,点燃了一把火,迅速地砸破了门上的花玻璃,将火球扔了进去,火光照亮了教堂,浓烟滚滚,火光冲天。

戴锦宏神不知,鬼不觉,迅速地消失在茫茫黑暗中。他站在离教堂一里地外旷野地,看着远处被烈火浓烟包裹着的教堂,他站在那里开心地狂笑不止,似乎这个笑声是在控诉不平,也是内心压抑很久的一种释放和欢快。但是在狂笑后,戴锦宏痛哭,流下了他的泪水,他知道这个火的放纵意味着什么!戴锦宏此刻内心也已经打定主意,以后该如何……

在戴家。都后半夜啦,不见找人去的秀华和生华回来,也不见被找的戴锦宏回来。三个老的,在家里急得团团转。

"嗨,秀华和小华出去一个多时辰,介是到哪儿找去啦?黑灯瞎火的,一个姑娘家……"

"这锦宏呀,怕是惹出事啦,这两天他心神不定的。"戴父在担心中猜测。

戴父常年跑船,凡是跑江湖的,要对事物的发生发展提前预测或判断,以防不测之风云出现。戴锦宏在全家人愤恨无奈中出走,就是一个不祥预兆。

夜深人静,一串脚步声由远而近。

"兴许回来啦!"戴母悄声说。

脚步声走来啦,吱呀一声,戴母推开了门。戴锦宏一头闯了进来,后面紧跟着小华和秀华。

"你介是干吗去啦?"戴父既担心又气愤地问。

"嘘,小声点,院里的人家全睡啦。"戴母提示。

戴锦宏站在屋子中间不作声,似乎要接受审判的样子。

"爹、妈,锦宏烧了教堂。"秀华带着恐慌的口气,小声地向大人们汇报。

"啊!"戴父和生华爹惊恐地站了起来,似乎挨了一炸雷还没醒过神来。

秀华接着说:"我和小华在镇子里找了一圈没见锦宏,运河边也没有,我想他是不是去了教堂? 我越想越怕,越怕越担心,不知不觉地向咱家跑去。半道上就见到北边火光冲天。不一会儿,见一人影跑来,像锦宏。我俩站在那儿等着,到跟前就是他。锦宏看是我俩,说:'我把洋教堂烧啦。'"

"你知道不知道你闯了大祸!"戴父又气又吓地问。

"洋人烧了姨父家,就算白烧?"锦宏不服。

戴父:"你瞧吧,明儿一早,这洋人和衙门就要抓你姨父。"

"又不是我姨父干的,凭啥抓他?"戴锦宏不服地说。

戴父:"你这脑瓜子进水啦? 这不是'秃子头上长虱子——明摆着的事'吗?"

戴锦宏:"我干的事我顶着! 要抓就抓我!"

戴父:"洋人砍了你的头是小事,秀华怎么办? 年轻轻的一辈子活守寡?"

生华爹急忙问锦宏:"锦宏,洋人看到你了吗?"

"黑咕隆咚的天,谁也没看到谁。"

生华爹点点头,"没看见就好,没看见就好呀。"转身对戴父说,"姐夫、姐,我现在就带小华逃了,等天亮就来不及啦。"

戴母:"你们能逃到哪儿去呀?"

生华爹:"姐,这是早晚的事,只不过这口气没吐出来。今晚好,今晚好呀! 是锦宏替我报了仇,替我出了这口恶气,值啦!"

"爹。"秀华实在忍不住啦,哭着跪在地上。这是一场生死离别啊。

"姨父,我害了你。"锦宏没想到他一时的激愤所带来的严重后果,他也跪地痛苦地哭啦。

"生华爹,这是姚大人给你的银子,带上。"戴父又从家里木箱子里的包袱中掏出点碎银子转过身来说,"你把我这点银子也带上。"

"你家里也紧呀。"

"别操我这儿的心啦,你爷俩逃命要紧!"

戴母拿来一小袋粮食,"把这点粮带上。"

秀华看到养父和弟弟走上一条逃亡之路,或许被官府所抓、砍头,或许今生永远也见不到了。家破人亡,骨肉分离,她忍不住又哭了。

生华爹:"小声点,别哭啦,我逃出去后给你们捎个信。"

生华爹带着十四岁的生华,背着两件行李,打开房门出了院子,消失在夜幕里。

第二天一大早,天津府衙、洋人使馆、洋兵、衙门差役捕快和杨柳青知县快马赶到教堂。教堂被烧得烟熏火燎,面目全非。他们把周围几户农民抓来拷打审问无果。几个洋人和衙门侦探来到王家废墟转了一圈回到教堂,侦探向洋人和天津府衙大人汇报。

"大人,凶犯来自王家废墟,有脚印和草秸从王家断断续续来到教堂后面为证。待人们到后面救火,又有一人潜至教堂门前放火。"

神父:"这么说是两人纵火,凶犯是王家父子必定无疑。"

使馆洋人:"府衙大人,这是对我帝国的侵略行为,照会你们限期抓捕罪犯,并赔偿我们的一切损失。"

杨柳青镇知县:"大人,昨日姓王的村夫曾到县衙状告教堂烧了他家房子,我没受理,他还口口声声称要烧教堂,肯定是这爷俩报复纵火。"

"那王家父子哪?!"

"下官不知去向。"

府衙大人打了知县一个耳刮子,"你明知王氏父子要纵火还不把他们抓起来,造成今日严重后果,你该当何罪?"

"大人,昨儿他父子是来告状,尚未纵火犯法……"

"你还强词夺理。送上门来的罪犯,你把他们放了,昨夜就烧了洋教堂,给朝廷带来多大麻烦,你还不知罪吗?"

"小的当时没想到,小的知罪。"

"来人,摘下他的顶戴花翎,等候发落。"

第二天晌午,府衙带着洋人、神父,还有两个扛枪的洋鬼子果然来到戴家,姚县吏也跟来啦,来的目的是抓捕纵火烧教堂的王家父子。两名洋鬼子大兵气势汹汹地砸开了戴家的房门。戴家父母和秀华惊恐地迎了上去。

"洋大人,闯到我家何干?"

两位洋鬼子大兵推开戴父,直接闯进里屋,见炕上还躺着一个人,用刺刀挑开被子。戴锦宏躺在炕上,揉了揉眼,看着俩洋人平静地没言语。府衙官老爷和穿长袍的洋神父跟着进来。

"起来!"府衙老爷气汹汹地说。

戴锦宏坐起来看了一眼,说:"在我自己家睡觉,管得着吗。"

神父说:"不是他们。"

府衙老爷说:"那两个姓王的罪犯没来过你家?"

"什么罪犯不罪犯的,不知道。"

府衙老爷又问戴家父母:"姓王的犯人不是和你家是亲家吗?"

"是,是,儿女亲家,两家少有来往。"戴父回答。

66

姚县吏接过话茬儿："中国人有个风俗,女儿出嫁就是婆家的人啦,跟娘家脱离了关系。"

洋人眼睛盯着秀华。

"你的父亲没有来过?"秀华惊恐地站在墙角,摇了摇头。

府衙老爷厉声对戴父说:"昨天夜里,你们的亲家父子放火烧了教堂,犯下死罪。如果你们知情不报,和罪犯同等论处。"然后躬身对洋教父说,"洋大人,我们全力搜捕,一定抓到罪犯,对知县的失职严厉处分。"又对姚县吏说:"从今天起我提升你,速速把通缉告示贴遍直隶,组织捕快搜捕王氏父子。"

"嗻!"

神父傲慢无礼地对府衙老爷说:"府衙大人,你们马上把我们的一切损失进行赔偿。否则,我们也不客气。"说完扭头就走。

府衙老爷紧随其后,不停地唠叨:"我们马上上奏朝廷,向贵国赔礼道歉。"

洋人走后,惊恐的秀华瘫倒在地。

"我爹和我弟能逃出去吗?"

"那就看老天爷的啦。"

火烧教堂的当天,杨柳青镇上的百姓议论纷纷。

"这是雷公爷下凡除恶。"

"这是老天爷发怒啦,派火神爷烧了洋教堂!"

"烧得好,烧得痛快呀!"

紧接着,衙门到处张贴告示。杨柳青镇上的百姓们,看着告示,又在议论:"嘿,这爷儿俩干大发了,可给朝廷添了天大的麻烦啰。""没看出来,这一老一小还干了一场惊天动地的大事,好!""哎,抓着这爷儿俩还有赏银哪。两千两银子呀,一辈子吃喝都够啦。""这是黑心钱,能要吗?!"

第八章　营盘断案不公

安文忠、周乾义他们挑担随骆驼队来到了哈密。

哈密,是新疆的重要门户,自古就是兵家必争之地。当时,受清政府册封的哈密王控制着这里。

哈密营盘外的买卖圈子很大,但是好的地盘均被当地商贩和晋、陕、甘籍商贩们抢占。安文忠他们是初来乍到,市场内各籍商贩之间关系复杂,且竞争激烈。尤其是没有和买卖圈子的管理者建立信任关系,处处受制于人。

俗话说:"同行是冤家。""卖石灰的见不得卖面的。"安文忠和周乾义带领一帮人想借个地界摆摊,插不进去。石柱见有一处空地,将挑子挤放在两个地摊中的空地处,外籍摊贩硬是不让。

一外籍摊蛮不讲理地说:"你要作甚?"

石柱也不示弱:"我也摆摊呀,许你摆就不许我摆吗?"

"那圪垯旮旯去!"

"凭什么不让摆,这又不是你们家的地儿。"

外省摊贩一脚踢翻了石柱的箩筐。

石柱也气愤地掀翻了他的地摊。

"日你妈的!"俩人动起手来。石柱从小练过拳腿,加之体壮,对方显然不是其对手,三拳两脚就被打得鼻青脸肿躺在地下。对方上来几个老乡助战,杨柳青商贩中几个年轻人生怕石柱吃亏,也上前帮着石柱。于是,一群人打在一起。地下的小商品地摊、箩筐在众人的脚下踩来踩去,市场混乱了。

第一回合,杨柳青商贩占了便宜,打得对方两人躺在地上爬不起来。安文忠和周乾义怕事情弄大,赶快上前劝解。正在这时,对方唤来了一帮人,个个手拿扁担,气势汹汹地上来了。为首者有三十来岁,疙瘩洼什的脸上,还有一块刀痕。

为首者喊道:"谁一个?"

被石柱打的那人,指着石柱说:"领头的就是他!还有这几个屄。"

为首者看着石柱说:"把他家的,一个碎崽子,你还老到得不行,给我打!"

对方抢起扁担劈头盖脸地向石柱打来,石柱只有用手抵挡这突然的袭击,对方其余的人拿着扁担把其余几个杨柳青商贩围着打。安文忠和周乾义见势不妙,企图劝解,但这种混战的局面控制不住了。

石柱在招架之中被一个箩筐绊倒,那为首者乘势举着扁担向石柱头上打来。石柱转身一滚,躲过了一扁担,顺手抓起了地下的一只筐,向为首者扔了过去,然后一个鹞子翻身立了起来,正好抓住了为首者的扁担。对方在躲石柱扔过来的筐时,就在这一瞬间扁担被石柱夺了去。这一次石柱转守为攻,打得对方只能招架,而无还手之力。

第二回合,石柱等人以守为攻,以弱转强,把这一伙人,像赶鸭子似的打得到处乱窜。

这事,可闹大啦,买卖圈子的公人赶来了。

公人喝道:"谁在这儿闹事?"

外籍摊贩:"是他,他强占了我的摊位。"那人左手护着打肿的眼睛,右手指着石柱说,"还打了我。大人你看,把我的鼻血都打冒腾出来哩。"

公人:"把他给我捆起来!"

公人不问青红皂白,上来俩军士把石柱绑了起来。这是怎么回事呢?百年前的买卖圈子里,就有它的道道。在一个大的买卖圈子里,摊贩多,买卖竞争激烈。而管理买卖圈子的公人也有利可图,于是,欺行霸市的黑头与公人联手牟利。

石柱辩解道:"他推翻了我的箩筐,先打了我。"

公人:"我只看见他被打出了鼻血,没见你哪儿出血呀?"

石柱:"确实是他不让我在这儿摆摊,还推翻了我的筐。"

公人:"你的摊位在哪儿?"

石柱:"我是新来的,没有摊位。"

公人:"没摊位,你就占人家的?扰乱市场,把他捆起来!"

那位满脸疙瘩洼什的为首者向公人说:"还有那几个也跟着打捶。大人,我来制止连我都给打哩。你看,我这手上臂上全是青一块紫一块的疙瘩。"

公人:"把他们几个也捆起来!"

安文忠、周乾义忙上前向公人叙说事情的经过,那公人根本不听,把石柱等几人带走啦。

不一会儿,公人在买卖圈子开设法场断案,目的是整肃市场,惩恶扬善。在一处空地摆了个案子,一名军爷端坐案后,把惊堂木一拍:"带原、被告上堂!"

军士带被捆绑着的石柱等几人,未捆绑者是原告。

军爷:"原告,你如实把事实说来!"

"禀告军爷,他抢了我的摊位打了我,还损坏了我的货物,望军爷明断。"

"他胡说!"石柱不服。

"大胆的歹徒,本爷让你张嘴了吗?原告,你陈述完了吗?"

"我要求他们赔偿我们这些被打被砸和受到损失的摊贩,请军爷做主。"

军爷:"被告,你还有甚可讲?"

石柱争辩:"军爷,原告说辞不符合事实,我见他处尚有一席之地,便把我的笭筐放在空地,他无理地踢翻了我的笭筐,望军爷明察。"

军爷:"大胆歹徒!是你强占人家摊位,还强词夺理不成!"

石柱:"大人,我并没强占他的摊位呀!"

"你俩是谁先动手施暴?"

"军爷,是被告先动手打我,大人看看,我这满面是伤。"

石柱:"军爷,他先踢翻了我的笭筐,我才动手的。"

军爷:"被告,是你抢占他人摊位,还动手打人。现本官宣判如下:主犯罚纹银十两,从犯罚银五两,立即交付本官。不交纳罚银者没收财物,收回经营腰牌,赶出买卖圈子。另外给受到损失的摊贩进行赔偿。否则,欠一两,罚劳役一天,欠十两罚十天。退堂!"

周乾义拉安文忠小声说:"断案明显袒护一方,这其中必有亲疏因素。我们必须想法改变这种不利地位。"

安文忠问:"你有什么法子?"

周乾义:"罚银拿不出来,我们全体给他们服劳役,然后想法拉近与军队大员的关系,便于今后从事。"

安文忠:"怎么能与军队的大员接近呢?"

周乾义向安文忠耳语。

第二天,周乾义、安文忠带领全体乡亲敲锣打鼓,后面跟着几十个小贩,肩挑烟酒、蔬菜、瓜果。他们直奔大营,慰劳湘军。仗还没打,就有商会前来慰问,营盘好奇。一名高级军官来到大营门口,前来接见慰问者。

安文忠递上一封慰问信,双手抱拳躬身相拜:"将军大人,天津商会前来慰劳大军,祝愿大军旗开得胜。营盘需要什么,本商会供应什么,愿向大军效犬马之劳。"

这样地宣传造势,大军当然乐不可言。这位大人将安文忠、周乾义请进军帐叙谈。烟酒蔬菜瓜果由一名军士引领直接送进伙食营地。

在帐中,将军大人首先开言:"商会此举,我们深表感谢。军中甚缺蔬菜肉食,尤其是猪肉啊!自大军进驻新疆,生活甚苦,将士们就没有见过猪肉,若能吃到一顿红烧肉,那能大大鼓舞士气,望天津商会协助供应。"

安文忠:"大军需要什么,我商会想方设法去采购。"

将军大人:"商会有何难处不妨提出。"

周乾义:"将军大人,协助大军后勤食品物资供应是本商会责任,营盘缺什么食品,我们努力做好。只是,我等不能在买卖圈子内营生。"

将军大人:"为什么呀?"

"昨日,我等到买卖圈子想摆摊,一来无处设;二来,人家老户也不让我等摆。结果打起架来,把我们几位兄弟抓了去罚劳役。我等众人愿意替罚劳役,希望把我们那几位兄弟放出来吧,请大人开恩。"

军官爷笑道:"还有这种事,这好办。若确实如此,我让他们放人。另外,你们也不必替罚。这样吧,你们从明儿起,到乡下采买蔬菜供应本营,如果能买到猪肉就更好啰。大营可以给你们发放一张特许营牌,凭此牌可以出入营地。但只许你们商会一家,否则这营盘重地不就乱了套了。"

"小人们明白,我们保证遵守军规。所有供应物品我们薄利收敛。"

"那好,就这样定啦!本将军公事缠身,不再相送。"

杨柳青,戴家。

秀华爹和她弟逃亡一个多月了,各地衙门到处张贴布告悬赏捉拿。这父子俩被抓住了吗? 他们逃到哪儿去啦? 戴氏一家非常担心他爷儿俩的安全,对他们的生存牵肠挂肚。

戴母一边做着针线活儿一边对秀华说:"这爷儿俩一个多月啦,逃出去了吗? 就是逃出去了吃吗喝吗呀?"

秀华:"妈,我昨儿夜做了个梦,梦见我爹和我弟被衙门五花大绑,交给了洋人。衙门说:'把他俩砍了吧。'洋人说:'不行! 砍了头便宜了他,他们把我们的教堂烧了,还烧死了我们的人。我们要在你们衙门大门口搭个木架子,让你们中国人亲眼看着这两个野蛮的中国人被痛苦不堪地活活烧死。'我被吓得哭啊喊啊的,我不忍心睁开眼看。后来睁开眼一看,那熊熊烈火烧的不是我爹我弟,而是洋教堂的洋人。那些个洋人在大火里吱哩哇啦地叫。"

戴父听后若有所思地说:"嗯,这梦做得好,梦是反的,他爷俩还活着。如果被抓了,肯定在咱县衙或者天津衙门受审。可是,这爷儿俩上哪儿去了呢?"

"爸,我想去找找。介都是我惹的祸,我心里不落忍啊。"戴锦宏内疚地说。

"你上哪儿去找啊?"

戴锦宏说:"我一直在想,东面是天津卫,北面是京师,姨父不可能往那儿跑。南面又是直隶平原,灾情重难民多,衙门的捕快又都在那儿查找,我想到西面找找。"

戴父叹了口气,说:"这可是在大海里捞针,难呀!"

"爸,反正在家里闲着,又没活儿干。我在家闲着,成天满脑瓜子都是姨父的事,我这心里也不宁呀。这一路上,我顺便找活儿打打零工,能挣两子儿,就挣两子儿,补贴家用,顺便也可以探探姨父的消息。如果这一路探听不到什么消息,证明姨父还没事。"

戴父不吭声,看了看娃他妈。

戴母:"那就让他去探探,可别走远了。"

戴父一再嘱咐儿子:"人在外,多一事不如少一事。遇事,能忍则忍,忍则为安呀。"

戴锦宏备了个简单的行李卷,踏上了寻找姨父的路。

杨柳青小贩们住在哈密营盘所设的官店。

所谓官店，其实就是一个个大棚，能容纳上百人，地下铺一层草。只能遮风避雨，好歹哈密很少下雨。安、周两人召集大伙开了个会。

安文忠："报告大家一个好消息，大营给咱发放了一张特许营牌，我们可以直接到营内做生意……"

"好呀！"众人欢呼鼓掌。

安文忠："先别忙着高兴。人家不是要咱直接到大营内摆摊去卖针头线脑，人家让咱供应蔬菜肉类，直接送进军营，尤其是活猪。"

"这里是回部地区，上哪儿找猪呀？"

安文忠："是啊，这是个难题。可是，数十万湘军，不爱吃羊肉又吃不到猪肉。如果想办法弄到猪，这是一个多大的市场啊。"

周乾义："哈密是个多民族聚居区，几百年来有大量的内地人迁移新疆，尤其是甘肃籍百姓很多。他们移民到此，世代居住在哈密、古城子一线，在城镇周边的戈壁荒地上开荒种地、养殖、放牧，有好多农户自家养猪自己吃。"

"我们到乡下去找猪。"

安文忠："好！我也有此意。我们不去与外籍商贩争抢寸土地摊，不把眼光放在那针头线脑上，而是紧紧抓住市场需求的动向，去找猪！"

周乾义："咱们三人分一组，分头到乡村收购。"

从这天起，凡是大营需要什么，杨柳青商贩们想办法弄什么。他们租借当地的毛驴车到远郊采购肉类蔬菜，直接送到营盘内。但是，在采购猪的问题上遇到了困难，因为饲养猪的农户太少，杨柳青商贩们到乡下找甘、陕、宁、川籍的汉族农户采购猪。

新疆是个多民族的地区，有着与口内不同的宗教信仰、文化差异和风俗习惯。在清朝把新疆称为回部，因为在新疆有众多的民族都信仰伊斯兰教，他们有忌猪的风俗习惯。

有一次，一个采购蔬菜的小组在农户家发现了猪，经过讨价还价用生活日用品换取两头猪。在返回的路上经过一个民族聚居点，一头猪从毛驴车上掉下来，跑进了人家的院落，进去抓猪，没想到的事情发生了。

院落主人是个少数民族，人家非常气愤，拿起一把农具不但打猪而且打人，双方发生激烈的冲突。经过当地一个会说少数民族语言的汉族农民从中劝解，并向人家道歉，此事才算了结。

为此，安文忠和周乾义专门把大家召集起来，并请人讲解了少数民族的风俗习惯，并且做出了具体规定：不准把猪带到少数民族聚居区；不准在水源地洗衣服、洗脸、洗脚、洗澡；不准当着少数民族的面吐痰、擤鼻涕、打哈欠，尤其不可放屁；不准随便进入人家屋内和清真寺。必须尊重他们的风俗习惯和宗教信仰,才能和他们和睦相处。要逐渐学会少数民族的语言,有利于与他们沟通。

功夫下到了,必然有成果。不几天,天津商会拉着十来头猪送到军营。军营立刻杀猪烧肉,一年多未吃红烧肉的湘军将士,端着菜向送肉的杨柳青商贩竖起大拇指,津商受到湘军官兵的极大欢迎。

聪慧的杨柳青人,紧紧抓住了市场需求的动向。在哈密的几个月间,策划并成立了采购队、运输队、营销队,靠集体力量合股经营的方式,人人挣了个盆满钵满。俗话说:"人心齐,泰山移。"杨柳青商贩们正是依靠这种思想,在后来闯出了一片天地。

秋末冬至,天气越来越冷,北风呼啸。

在河北西部的一个山区农村小镇,来了两个叫花子乞讨,长者有四五十的年纪,跟着一个半大不小的少年。两人衣衫褴褛披头散发满身污秽,似乎从泥草中钻出来的。长者拄着一根棍子,精神萎靡,步履蹒跚,似乎有病缠身。这俩人正是生华爹和生华。他们叩开每户房门,开门看一眼,即把门紧闭。

终于,有一户中年汉子打开了房门,看了看这一老一少,中年汉子从脸上露出一丝怜悯之心。

生华赶快说:"大爷,给口吃的吧,救我爸一命。"

中年汉子看了看仍没吭声。

"大爷,求求你老给口水喝也行。"生华继续哀求。

中年汉子终于开口了:"在这儿等着。"然后关上了门。

不一会儿,门又打开,中年汉子端来一只土碗,把一碗菜汤递给生华爹。生华爹撂下棍子,双手接过碗说:"生华,你喝了吧。"

"爸,你喝吧,你老都病成这样了。"

"不,你喝,你爹死了没关系,你不能死。"

"爸,你不能死呀,你死了我咋办。"

中年汉子见这要饭的爷俩很奇怪,问道:"你们从哪儿来的?"

生华爹犹豫了一会儿说:"从河北来。"

中年汉子:"河北哪儿的人?"

生华爹:"河北保定的。"

中年汉子:"听你这口音不像是河北保定人,倒像是天津杨柳青人。"生华爹闻听一惊。

那汉子又接着说:"来来来,进来吧。"然后把门打开。

生华爹不敢进去,心想:莫非这人知道我们是衙门正在抓捕火烧洋教堂一案的杨柳青父子俩?坏了,跑了一路没被抓住,今儿在这山村翻了船。

中年汉子:"你别害怕,我不是歹人,让你们进来吃点东西。"

生华爹心想,遭罪也遭够了,活着还不如死了的好,进去再说。他们随那汉子进到屋内。这间小土屋也很破败,看来是个穷庄稼汉。正想着,那汉子又端来一碗菜汤和一碗地薯,往炕上一放说:"吃吧!"生华爹也不管那么多啦,心想吃完了再说,总不能当个饿死鬼吧。

那汉子也没吭声,看着这爷儿俩吃完了薯喝完了汤才开言:"我为什么知道你俩是杨柳青人呢,我原先就住在离你们杨柳青不到五十里的村子。所以,我从你的口音断定你是杨柳青人,咱们还是半拉老乡哪。"

"你为什么住在这儿?"生华爹问。

中年汉子:"和你一样,衙门抓我。不过,我的罪没你那么大。我后来逃到这个小山村,就在这儿待了下来,这一待就是几年,在沟里种了点薯,养了几只鸡。看来,我只能在这儿葬身了。"

"你怎么知道衙门到处抓我们哪?"生华爹又问。

中年汉子:"前不久我去过保定,看到一路上的城镇城墙上到处都张贴着抓你们父子俩的告示。你俩的年龄、长相、胖瘦都与告示上说的相符。再一听,你们的口音是杨柳青人,我断定告示上通缉的要犯就是你俩。所以,我才请你们进来。"

生华爹:"我更糊涂了,既然我父子俩是朝廷缉拿的罪犯,为何让我们进来,并且给我们食物吃?"

"大哥,我很佩服你们爷俩呀!火烧洋教堂,干了件轰动天地的大事,你替咱百姓解气呀。"

生华爹:"我父子俩可值两千两白银哪,你不动心吗?"

中年汉子:"别人动不动心我不知道,我不动心。因为我恨衙门里的人,更恨洋人。就因为洋人蛮横无理我打了他,不但关我进班房,还让我服劳役。我后来逃出来到了这里。害得我家也没了,老婆带着孩子跑了。"

生华爹:"惭愧,惭愧呀。其实,烧教堂不是我干的,我替别人顶罪。"

中年汉子:"此话怎么讲?"

生华爹:"洋人霸占了我的地,又烧了我的房子,害得我家破人亡。是别人烧了洋教堂,替我出了气,解了恨,报了仇。"

中年汉子:"此英雄是何人?"

生华爹:"此人我至死不会提的。"

中年汉子:"好!大哥也是义气之人。我敬重啊,大哥若不嫌弃我拜你为兄!"

生华爹:"你救助我爷儿俩,我终身感激。我愿意与你结拜兄弟!生华,快给你叔叔叩首。"

生华跪地给中年汉子磕了三个响头。

中年汉子:"大哥,咱们以水代酒结拜异姓兄弟。"

中年汉子和生华爹向着天空叩首结拜。中年汉子把生华爹扶起,俩人坐回原地。中年汉子又说："大哥，我看你身体有病，不便路途劳累，先藏在我家养病，调理好身体。不过，我们这村也不是安全之地，衙门的探子常来。待你的病好了后，我送你上山，逃得越远越好。"

生华父子在这位好心人家躲藏了几天，待生华爹身体康复，中年汉子在某日清晨偷偷地把这爷儿俩送进通往山西的山路。

哈密的秋季过去了，农户们开始猫在家里，大营客的小买卖日趋清淡。

新疆的冬季又是寒冷的。为了迎接寒冬的来临，睡在官店里是过不了冬，安文忠他们这几十来人，面临过冬的问题，大家商量后决定，在一个空地处，安营扎寨。大家一齐动手，挖了几个地窝子，伐来树木、树枝、杂草铺上了顶。一个地窝子里挤了十来个人，大家躺在一起互相取暖，倒还过得去。新的问题来了，冬天的生意怎么做？这时，他们已经离开家乡小一年啦，人人都思乡心切呀。

寒露这天，天上飘落雨点，到傍晚雨点变成雪花，纷纷洒洒飘落到地上，又立即溶化，不见了踪影。

大家吃过晚饭，不约而同地来到安文忠和周乾义住的地窝子里。

"安大哥，你看这个冬天怎么办呢？买卖还能做下去吗？"

"我看人家甘肃、陕西的小商小贩们都撤了，准备回老家过年。"

有个叫顺子的说："我们出来小一年啦，家里的父母还惦念着我们。"

"顺子，你想老婆了吧？"

"嘿嘿，都想。"

"那就回去别来啦！"

"那也不行，在老家干什么？又挣不上银子。"

"你瞅瞅，顺子两头都想得着，那哪成啊。"

安文忠："大家都进来，挤一挤，坐不下就站着。"

几十口子人，一个地窝子挤不下，门洞口外还站着些人。

"大家还有什么要说的都吐出来，让心里畅快点。"周乾义说了一句。

大家互相望了望。

安文忠："我看哪，大家说的就两个问题：第一，冬天的生意做不做？怎么做？第二，回不回老家？第一个问题解决了，第二个问题就好办啰。"

周乾义："大家说说看。"

"我们一路上都听你俩的，你俩说，我们听吆喝。"

安文忠问大家："那我俩就说说，你们听完了自个儿拿主意。我和乾义商量过当下怎么办。冬天来啦，有些陇商、秦商准备回老家过年。他们回去还来不来？我打听过，他们明春还来，不但来，而且带货来。他们不想失去这个市场。那么，我们打算怎么办呢？回去过年？还来不来？"

有人说:"回去过年,明春再来。"

有人说:"来回就是小一年呀,全都撂在路上啦,这买卖咋做?"

还有人说:"我不回,谁回去给我家捎个信,让父母放心。"

"马上过冬啦,货源也少啦,冬天的买卖怎么做?"

大家提出了各种问题,都等着他俩回答。

周乾义看了大家一眼问道:"想回家的有谁呀? 举举手。"

"嗯,小一半。"

"回去后不想来的有谁?"

"没有。"

有人说:"在老家没事干还饿肚子,在这儿虽然辛苦能有饭吃,还能挣上银子。"

周乾义:"我说说我的想法。我不回去,只要大营在,我就跟着赶。为吗呢? 跟着大营能挣上钱呀。我想不想父母老婆孩子,我比你们都想。如果儿子大啦,我让他也来,爷俩一块儿赶大营挣钱。话又说回来啦,出来干到至今,都挣了百十来两银子,太少啦。如果再回一趟老家过年,来回这么一折腾,钱全没了。明年再从头来? 咱老家太远啰,不像人家甘肃、陕西,不到俩月到家了,人家回家的成本少。另外,咱好不容易闯下了一条路,要是回一趟家,来回就小一年,等你再回来,又落在人家后面啦,还得从头来。还有,钱越多越挣钱,这叫钱生钱。你一年挣个二三百两银子就满足啦,那仅仅够一家人糊口,成不了气候。我准备五年之内不回去,攒足了钱,甩掉小摊小贩的帽子,回老家立字号做大买卖。"

"好! 不回啦!"大家鼓掌叫好。

安文忠也笑着站了起来,"我来说说第二个问题,今年冬天的买卖怎么做。季节换了,我们的货源也得换。大量的外籍商人走啦,给我们提供了一个有利的机会,抢占市场。重点瞄准春节前后的市场需求,大量地进一批年货。哈密等地屯兵数万,将士们也得过年吧,在这儿生活着几十万的汉族百姓也得过年吧。我和乾义商量,丢掉咱的挑担,派几个人雇一个驼队,到兰州府采办年货拉回来供应市场。雇的驼队也不能空着手去兰州,把新疆的棉花、干果、土特产驮上,销往内地。从明天起,我负责带人下去采办新疆的货,乾义带几个人提前去兰州打通销路和选购年货,年前驮回来过年。"

"好,我们听候安排。"

周乾义:"还有一件事也得立马办。我们派俩人回老家,给我们的父母捎去平安信,让老家的亲人们放心,给他们捎点银子好过年。派谁去呢? 我选两人:一个是石柱,一个是顺子。石柱身体强壮又会点拳脚,遇上三两个毛贼不敢惹他。顺子呢,遇事谨慎办事顺当,他媳妇生孩子,生了个男孩女孩? 他心里一直不放心。"

"顺子,放心吧,你媳妇一窝生了个龙凤胎,都会叫爸爸了。"大家哄笑。

杨柳青小贩们在哈密召开了地窝子会议,明确了今冬的营生行动,稳定了人心。不几天,他们的行动开始实施。

石柱和顺子,一人一个背篓,背篓里装满两人的干粮、水和各家的信。石柱还给他爷带了一小袋白面。

"石柱,你给俺家捎点儿白面行吗?"

"你快打住吧,一人带一点儿,非把我累死。我带这点儿还是为了明年春天给我爷过六十大寿,让他老人家能吃上一口长寿面。"然后又拍了拍他腰上绑着的长袋子说,"瞅瞅,这还有哪,一人给家捎二两银子,这几十人,是多少呀,都得靠我俩人背。"

安文忠:"哎,石柱把银子到钱庄兑成银票。"

"钱庄要折扣呀!"

"那也比你带现银强呀,又重又不安全。"

不久,一支十几峰的骆驼队,在周乾义的率领下离开哈密,在广袤的戈壁路上向东行进。随着驼铃有节奏的响声,驼帮主唱起了《骆驼客》那首动听的歌:

> 哪里来的骆驼客,哎——亚丽美,
> 哈密来的骆驼客,沙里洪巴嗨。
> 骆驼驮的啥东西,哎——亚丽美,
> 棉花羊毛羊皮子,沙里洪巴嗨。
> ……

第九章　十事九不成,只有赶大营

杨柳青镇,戴家。

秀华在家门口石头上纳鞋底,戴母在屋里缝补衣裳。戴锦宏外出去打听秀华爹的下落已经快两个月了,戴父坐在那儿含着个旱烟袋锅又在念叨。

"他妈,锦宏走了仨月了吧?"

"没有仨月,还不到俩月呢。"

"我怎么觉得那么长呢。"

"你介是操心操多啦?"

戴父心烦,回了一句:"不操心行吗? 吃吗喝吗?"

戴母心里也躁,顶了一句:"你操心管什么用呀,操了心那吃的喝的就自个儿来啦,没吃没喝又不是咱一家,你没瞅瞅咱这镇上家家都挨饿,街上到处都是要饭的,真是瞎操心……"

"你介是成心抬杠!"

秀华看老爷子要火啦,急忙站起来对戴母说:"妈,爸操心是着急,操我爹的心,操心咱家的日子。爸又有腿上的病,出不了门干不了活儿,他能不急吗? 等锦宏回来商量商量想想办法。"

戴母:"唉,锦宏上哪儿找去呀,别说是这么大的地儿,就在咱镇上藏个地方也不好找呀。"

秀华:"不找,他心又不安。"

戴母:"他会不会找上活儿干了?"

戴父:"年初和安文忠他们几个人跑出去俩月,都没找上个活儿干,要有活儿干,安文忠和周乾义他们就不会去新疆赶大营了,背井离乡的遭多少罪,还担着风险,这都是被天灾逼的。秀华她爹也是被人祸逼的,还带着个小生华,担惊受怕忍饥受饿的,还不如个要饭的哪……唉,天越来越凉啦,这爷儿俩挨饿受冻又东躲西藏的,怎么办呢……"

"别瞎叨叨啦,越叨叨越烦,秀华听着更难受。"戴母越听越烦,打断了戴父的唠叨。

戴父停了片刻又转到另一个烦恼的话题,"今年的灾是熬过去了,可明年又怎么办?"

"你有完没完呀,拣点高兴的事说说不行吗?"戴母烦心地打断了老头子的话。

戴父又火啦："这年头哪有高兴的事,除非眼瞎了,耳聋了,脑子被狗吃了。"

戴母:"那就别活了呗。"

戴父:"想死!又死得了吗?"

老两口谁都不说话了。戴母静静地干着手中的活儿,一针一线地缝那件锦宏的破棉袍。戴父叼着烟袋锅,又没烟叶,坐在那儿发呆。秀华坐在屋门口一边纳鞋底,一边不停地瞅着巷口。

只见戴锦宏风尘仆仆、疲惫不堪地走来。

"妈,锦宏回来了。"

戴母放下手里的针线一边往外走,一边说:"念叨念叨,给念叨回来了。"

戴锦宏刚迈进门槛,戴父站起来急切地问道:"你姨父有信吗?"

戴锦宏摇了摇头坐在板凳上,大家瞅着他。秀华接过他的行李拿到里屋,给他倒了一碗水。戴锦宏接过水来,咕咚咕咚喝了个底朝天,用手背抹了抹嘴,还是不吭声。

戴父:"你倒是说句话呀,出去俩月了回来一声不吭,真让人着急。"

"我说吗?吗事都办不成。"

戴父问:"你都上哪儿找去了?"

"去了霸州、保定、石门,周围全找遍了,在各地只见城门上贴着抓我姨父和生华的告示,围着看的人很多,说啥话的都有。有骂洋人的,说教堂烧得好的;也有骂官府的,说衙门是洋人的奴才;还有的人见悬赏两千两银子,都想去找,抓着了那可就发财啦……"

戴父问:"你没打听到底抓住了吗?"

"没有人说看见抓了。"

戴父:"介就是好消息呀,要是抓住了那不得审,那不得拉到法场上砍头。"

戴锦宏:"都是我惹的祸。"

戴父:"外面能找到活儿干吗?"

"我一边寻找姨父,一边寻找活儿干,哪儿有啊。到处是灾民,到处是拖儿带女要饭的,看看那情景真惨呀。"

兰州府。周乾义率领着一个骆驼队,第一次驮着新疆的特产——棉花和干果来到兰州。人生存的基本条件是吃和穿,粮食和棉花就成为人的两大需求。因为新疆盛产棉花,自古以来棉花成为输入内地的主要商品。同样,新疆的瓜果早就名扬海内外。这次,杨柳青商贩的驼队满载着棉花和瓜干、葡萄干、杏干、石榴、巴旦木、核桃等商品进入兰州,很快被在兰州的各省客商抢购一空。

石柱和顺子在兰州逗留了两三日。这一天,在兰州的一个车马店,他俩要和周乾义他们分手啦。

石柱:"周大哥,我和顺子要走啦,祝你们在兰州府买卖顺利。"

周乾义:"回老家的路还长着哪,你俩不好好再休息两天,心急火燎地往老家赶?"

顺子:"回老家心切呀,出来小一年啦,恨不得明儿就进家门。"

周乾义:"我看你是想媳妇想得急。"

顺子:"都想,想父母想媳妇,抱一抱我那还没见过面的儿子。"

有人逗乐儿:"顺子,我看你进门先抱媳妇。"

顺子笑着说:"进门先给我爹妈磕头,然后抱抱儿子,抱媳妇那是夜里的事啦,谁也管不了啰。"

众人开心地笑。周乾义走到石柱面前深情地说:"快回老家吧,老家的亲人惦记着我们啊,早一天见面,家乡的父母早一天安心。把各家的家书和捎去的东西一一交给各家手里,他们会安心地过个好年,顺便替我向你爷爷问个好。"

石柱:"周大哥,我准备在家给爷爷过完了六十大寿再回来。"

周乾义:"明年四月大军要开拔,争取赶回来,我们在哈密等着你。"

石柱和顺子各背了个大包。周乾义又上前拍了拍石柱的肩,嘱咐道:"来回的路上一定要小心啊!遇事冷静,多留个心眼儿。"

"大哥,我俩走啦。"石柱俩告别众人向东走去。

看着远去的二人,周乾义又大声喊了一声:"一路上小心点啊!"送行的人都一声不吭,招着手,眼含着泪花,望着他俩的身影,望着东方他们的老家。

周乾义等人在兰州府待了七八天也办完了事,很快购置了年货,洋布、黑条绒、吃的喝的用的都有啦。

"黑条绒好呀,新疆的少数民族喜欢。"

"还有湘军和蜀军喜欢吃的腊肉、咸肉、腊肠子,这可是好东西,回去准能卖个好价儿。"

"还有针头线脑、中草药,烟叶和酒也买上,过年少不了烟酒。"

"把砖茶、茯茶多买点,新疆人爱喝奶茶,拿到新疆那可是抢手的好东西啊。"

"对,新疆人离不开咱关内的茶,尤其是牧区的牧民,不管是什么民族,在牧区吃不上蔬菜,只能喝茶。这条路,古时候都称呼是丝绸之路。其实,这条路不仅仅是把中国的丝绸输入世界各地,还有茶叶。洋人管这条路又叫'茶阿纳'。"

"采购上一驼,带回去。"

"一驼不够,多带点。"

"哎呀,咱就只有这十几峰骆驼,带不了那么多呀。"

"那咱们也别空着手,每人挑一副担子装满了,上路!"

年货都办齐啦,他们忙前忙后地装驼,周乾义一个个地检查。

"嗨,这峰驼是谁捆的? 捆得松了吧唧,走不了几里地非散了不成,再捆捆。"

上来俩小伙子又重新捆这峰驼。

"你们的水和干粮都带好了吗？咱这一道可不停要赶路。中途吃饭可不在馆子吃，耽搁时间。拉屎撒尿自个儿掌握着，知道了吗？"

"知道啦！"

"周哥，我去拉泡屎。"

"真是'懒驴上磨屎尿多'。还有谁？快去快回。"

一袋烟的工夫拉屎撒尿的人都回来了。

周乾义问："人齐了吗？看看还缺谁。"

有人说："于子还没来！"

"他上哪儿去啦？"

"他说去馆子吃点东西。"

周乾义笑着说："嗨，这小子真是个吃货，临上路了还赶着吃一顿。"

正说着于子来啦。人们问："于子，你吃什么好东西去了？"

于子："兰州牛肉面，回到新疆就吃不上喽。"

"哎哟，你真是个吃货。"

周乾义发话："兄弟们，上——路——哩！"

十几峰骆驼的驼队，响起了悦耳的驼铃声，后面跟着十来个挑担客，离开兰州城向西进发。

《骆驼客》这首歌，又在这条丝绸之路上传唱。

杨柳青镇。腊月寒冬，燕北方向的寒风呼呼地吹，刮在人脸上，像小刀割的一样疼，裹挟着渤海湾的湿气令人湿寒，把所有的衣服裹在身上还是觉着寒风刺骨。入冬以来没下一场雪，今年旱灾过去了饿死了不少人。按这种天象，人们预感到明年旱灾饥荒会更加严重。

在杨柳青人们心头，除了操心天象外，还操心的另一件大事，就是去赶大营亲人们的生死安危，它牵连着杨柳青人的千家万户。这年头，已经没人相信福气会降临在自己头上，没人相信百姓会发财致富，只奢求有口饭吃，能活下去。

这年年底，正在人们对前景无望、为生活发愁的时候，杨柳青镇家家户户传递着一个好消息。"昨儿赶大营的人们派信使回来了，他们不但平安到了新疆，而且还挣上了银子。"这如同在黑暗的世道上，发现了一丝曙光。

一群妇女在一家大门口凑在一起谈论着：

"赶大营去的队伍派人回来送平安信，还捎来了银票。"

"派谁来啦？"

"我家顺子和石柱。"

"怎么只回来俩人呀，我那口子怎么没让回来？"

"顺子说，他们在新疆刚站住脚，买卖不错。要是都回来，这来回就得小一

81

年。再赶过去那买卖不是都没啦,又得从头来。大姐,明儿顺子和石柱在菩萨庙给各家发捎来的信。"

"大妹子,我家兄弟捎信了吗?"

"在石柱身上哪,着什么急呀,明儿在菩萨庙前给大伙发,还捎了银票哪。"

"不行,我现在就去找石柱,让我父母早点放心。"

另一边,一群老头儿在巷子口一边晒着太阳一边聊着天。

"没想到,边关发配罪犯的地方还能做买卖挣到钱,真是奇啦。"

"那儿去了十万大军,给大营供应吃的用的。"

"我家孙子石柱回来了,他说有住的地儿,天天吃得饱饱的,还给我捎回来了白面。昨儿一进门就给我做了一顿白面疙瘩汤,那可是真香啊。当初我还急赤白脸不让他去。他说过年给我包肉饺子,给我过六十大寿下面条哪,我真是做梦也没想到。"

"石柱还去吗?"

"去!"

"我让我儿子也去,在家待着就是等死。今年饥荒过去啦,看这天象明年饥荒更厉害。哎,这日子咋过呀?"

"明儿咱也到菩萨庙去看看,这帮后生们商量着也去跟着顺子赶大营哪。我要年轻二十岁我也去。"

"哎哟哟,你看你这把老骨头,非撂在半道上。"

"嗨!哪儿的黄土不埋人哪,在家挣扎了一辈子,免了死了成了个饿死鬼。"

"得了,都请回吧,回家躺在炕上挨饿去吧。"

第二天,大家不约而同地向菩萨庙聚去。菩萨庙的神佛是他们心中唯一剩下的精神寄托。戴锦宏双手笼在袖筒里,缩着个脖颈,躬着身子迎着寒风也来到这里想打听点消息。

石柱和另一位回来的兄弟顺子,站在古树下的石条上,周围一群人。

石柱拿着一沓书信念着人名发放:"安文忠家书、周乾义家书、贾绍山家书、杨绍周家书、郑子澄家书、韩绍棠家书……"有好多人还捎回银两。

这是杨柳青人在一年中最大的,也是唯一一件高兴事。他们在新疆不仅平安,而且能吃上白面,还挣了银子。

"介可真是天大的奇事、幸事、好事。"

石柱和顺子回老家送信,老家人一扫对去新疆赶大营的恐惧感。包括一些拖家带口的汉子也想去。

"只要能挣上银子,吃上白馍,再苦再累那也不是个事。"

"石柱、顺子,你俩多会儿走? 我们跟你去。"

当时就有近百人要跟他们去新疆。等众人高高兴兴地散去,戴锦宏上前。

"石柱哥,你多时还去新疆?"

"过完年让顺子带着一批人先走,我给我爷过了六十大寿后再走。怎么,你也想去吗?"

"去!还有铁旦也决定去。"戴锦宏坚定地回答。

"你俩跟着我走吧,我也好有个伴儿。临走前我通知你。"

戴锦宏问:"就咱仨人,行吗?"

"没问题,我来回走了两趟了,你哪,就把心搁在肚子里。"石柱满有信心地回答。

"那就一言为定。"

戴锦宏见着了石柱,高高兴兴地回家告诉了父母和妻子。

"爸,石柱和顺子年前回来了,赶大营的人们已经到了新疆的哈密,这次回来是专门给各家各户捎来了平安家书。他们说,在新疆能吃上白面馍馍哪,还挣上了银子。"

"这么说他们这趟冒险还真成啦?"

"我跟石柱聊了好一会儿,他准备给他爷爷过了六十大寿再走。"

"你决定跟他去?"

"嗯!"

"我也不是非不让你去,你看我这双腿干不了重活儿,指望着你养家糊口哪。好歹你和秀华的事办啦,那秀华吗意思呀?"

秀华接嘴说:"爸,我俩早就说好啦,让他去吧,家里有我哪。"

"爸,人家能挣上银子,我也行!我保证每年捎银子回来。"

戴父无奈地说:"眼下也没有别的生机,十事九不成,看来也只有赶大营这一条路啦。"

"要走多久才能到新疆?"戴母问。

"石柱说,我们三个小伙子路上不耽搁,最多百十来天就能到哈密。"

秀华担心地说:"就你们仨,一路会遇到危险吗?"

"石柱说,去年他们走的这趟,出了嘉峪关遇到戈壁荒漠,就是苦一些。只要带足了水和干粮,不会有问题。"

戴母:"带上件棉袍,备个大水袋子,家里的粮你多拿点去,我们在家怎么着都好对付。"

"妈,石柱说,这一路在山西和陕西都能买到粮,家里这点粮留给你们吧。"

戴父:"那就多带点钱。"

"爹,石柱说,沿途可以打打短工,也能挣口吃的。"

戴父:"他娘,想想办法再弄点面,出门的饺子一定要吃。另外,给他多做两双鞋。"

"爹,鞋我做,我今儿就找点布头打褙子,赶着多做几双。"

戴锦宏全家为他出远门做着准备工作。晚上，秀华为了省点灯油，在月光下纳鞋底。

"秀华，天黑看不见别纳啦。"

"好，我给你铺炕，你先睡。"

秀华铺好炕，在铺底下拿出一个红兜兜。

"锦宏，把这个兜兜戴上，避邪。"

秀华给他把褂子脱了，露出了结实的身子骨，把兜兜亲自给锦宏戴上。

一束月光透过窗子，洒在秀华隆起的胸脯上，丰满的乳房像波浪一样，随着呼吸的气息一起一伏。

戴锦宏抓住了秀华的手，"秀华，我谢谢你，二老交给你伺候啦。"

"看你说的，我是你媳妇，是我应该做的。"

戴锦宏一把把秀华拽到怀里，"秀，别纳鞋底啦，咱们睡吧。"

"哎。"

到了阳春时节，没有一点儿显露出万物开始复苏的迹象，北风瑟瑟吹着。今天是二月二龙抬头，不见龙王爷给大地一丝雨点。大地赤黄，一道道干巴巴的裂缝。这一年，河南、河北、山东连续遭遇到春旱，灾情依然严重。

过了三月初八，石柱给他爷也过完了寿。

今天，是石柱、锦宏和铁旦三人出发去赶大营的日子，石柱爷、崔叔和锦宏一家都在菩萨庙会聚，前来给他们送行。他们都向菩萨上了香，磕了头，拜了三拜，然后合掌闭目念叨着心里的话。此后出了庙，背上了篓子，准备出发。远行人心寒，送行的亲人们伤感；出行的人默默地听着亲人们一遍遍嘱咐，送行的人有着说不完的担心话。

崔叔："铁旦呀，你没出过远门，胆子又小，遇事多听听石柱和锦宏的。到了那儿，人生地不熟的，别一人乱跑，跑丢了可就回不来了。"

石柱："崔叔，介你放心，有我哪。我像老母鸡护小鸡似的护着他。"

崔叔："那敢情好呀，你们仨可千万别分开。"

戴父："锦宏呀，出门在外多长个心眼儿。遇到麻烦事让着点，该让就得让，保住自个儿平安就行。"

戴锦宏："爸，你们放心，我有记性，吃了一次亏，让家里损失这么大，我也该明白这道上的风险了。"

戴母："遇事别由着自己的性子乱来，能忍就忍，路上打听点你姨父的信儿。"

戴锦宏："哎，我都记住了。"

石柱爷："石柱呀，你的身子骨爷爷我不操心，我就担心你的烈性子，别以为你会两下拳脚就什么也不怕。记住，人身是肉长的，不是铁打的。老话说，强龙难压地头蛇，在江湖上该让让就让让，这不是吃亏，吃亏不一定是坏事，占便宜不一定是好事。"

石柱："爷爷我懂，你老就别操心啦。你老保重好身体，等着我回来。等我挣了钱，把那间破房子重新盖两间大房子，让你老有白面吃，有好房子住。"

石柱爷："我一定等着你回来，看着你娶个媳妇再给我生个重孙子，我就知足了，爷爷等着你回来。"

戴锦宏等三人离别了家乡的亲人，开始了万里西征。他们也怀着一种忐忑不安和难分难舍的心情，含泪告别了爷爷、父母、妻子等亲人，踏上了一条路途遥远而吉凶未卜的西行路。

戴父拄着拐棍，眼含着泪望着儿子渐渐离家远去，身影越来越模糊，越来越小，消失在天地苍茫之间，向西天漂泊而去。

"哎，仨儿，俩没了，就剩下这么个儿子，还远走边关……"

"别想啦，回去吧。"

戴锦宏身穿棉袍，脚穿一双新做的布鞋，如同书生模样，肩背筐篓，内装一个灰色的包袱，低头不语地在前面走。他身后紧跟着一位满脸忧虑且清秀质朴的女子，身穿蓝底白花袄，梳着发髻，是他新婚仅几个月的妻子秀华。

石柱和铁旦走在前头，秀华紧随锦宏身后，送了一站又一站。

天空混沌，雾不是雾，云不是云。

大地灰黄，一片苍苍，一片茫茫。

一只孤雁在空中飞过，它时而飞上高空被雾霭蒙蒙遮蔽，时而又从雾霭中钻出，哀鸣着向天边飞去。传来了一首凄凉的歌：

> 天苍苍，地茫茫，孤雁西飞上。
> 路遥遥，荒草黄，离别心断肠。
> 这一走，何年往，莫把亲人忘。
> 问苍天，情存上，日出是东方。
> 喝干酒，再斟上，今夜梦回乡。
> 情歌长，飘天上，飞到我家乡。

戴锦宏、石柱和铁旦原计划去保定，这里原是左帅的西征大营，然后随军西行。但是，左帅大营早已开到肃州（酒泉）。

他们去赶大营有两条路，一路是南下河北、河南走一条大路，这条路一方面绕远，二方面此路灾情严重，草根树皮都被饥民吃光。这条路承担饥饿的生死关,是一条死亡路。另一条路是经山西到陕西,这条路多山地沟壑,行路难,常有土匪出没。但这条路可以找到水和食物,不至于饿死。

河北闹荒逃山西,河南闹荒逃陕西,山西闹荒走西口,山东闹荒闯关东,这已成为定律。戴锦宏三人选择走山西转道兰州,尽快地赶路,早一天赶到肃州,随大军西进。

第十章　土匪劫道

戴锦宏三人离开家乡经霸州、过保定往西走山西,通过晋南到陕,这样行路短。开头半个月,三个小伙子一路说笑,满怀着希望前行。

"石柱,你此前出过远门吗?"锦宏问。

"没有,最多也就到过天津卫。这次好了,跟孙猴子似的,一个筋斗云翻了十万八千里,去了西天。这又一个跟头折回去,这才看明白了,咱这个国家真大呀,到处都有新鲜事。"

铁旦:"有吗新鲜事,说说。"

石柱:"比如说,有的地方就很穷,有的地界就富,差别太大了。总之富人少,而穷人忒多。太原府的大商人,那富得脸上都流油。"

石柱又问:"那为什么山西人还走西口哪?"

"山西人多地少,逼得那些穷人到外地谋生,所以形成了晋商帮,全国各地都有,连新疆边关都有他们的买卖人。人家在新疆做了好几年啦,那生意都做到洋人那儿去了,越做越大。还有陕西人、甘肃人、四川人,在新疆干什么的都有,人家在新疆生活了好几代人啦。我们天津人这才头一回跟着大营去新疆。"

石柱再问:"哪个地方最穷呀?"

"哪个地方都有穷人,穷山沟里、偏僻地区、黄土高坡、甘肃的河西走廊,十几岁的大闺女没裤子穿,你给她一顿饭,她就给你当婆姨。"

石柱好奇:"婆姨是什么呀?"

"就成了你的女人啦。"

"也不拜堂,也不成亲?"

"拜什么堂呀,撂到炕上就睡吧。"

"那好,给她一口吃的,她就跟你睡。"

"好什么呀,你得养活人家。"

"石柱哥,那儿的女人长得好看吗?"铁旦问石柱。

石柱说:"女人都好看,就看她心好不好。"

"石柱,你都十八啦,有对象吗?"锦宏问。

"没有,还不想娶媳妇,娶了媳妇怕对爷爷不好。父母去世早,是爷爷把我养大的。我那嫂子容不得我爷,哥嫂过人家自己的日子,我和爷爷俩人就在一间小破屋里自己过。如今爷爷也老啦,我总想挣点钱让爷爷能有个不愁吃的晚年,有个像样的房子,总是不能如愿,这不是去赶大营了吗?"

石柱望着天,满怀着对未来美好的憧憬。

"等我将来挣了钱,在老家盖个房子先把我爷爷接过来,我要好好孝敬爷爷。然后再娶个心眼儿好的媳妇儿,生几个孩子。"

石柱边走边规划今后的美日子。

铁旦:"你看人家锦宏都有媳妇了。"

石柱:"锦宏,娶媳妇好吗? 跟媳妇睡觉啥嗞味?"

"舒坦。"锦宏笑着说。

铁旦:"你媳妇的奶子大吗? 摸上去是啥感觉?"

"去、去! 找个女人摸去,看是啥感觉。"

三人开怀嬉笑。

铁旦:"我要是碰上对心的女人啊,先跟她睡一觉,死了都不冤。"

"那你现在花点碎银子,去找个山西女人睡一觉,然后跳黄河,不就死心了吗?"石柱打趣。

"那不行,不是白来世上这么一回?"

戴锦宏:"瞧瞧,你又不甘心不是。"

"哎,锦宏,你那老丈人火烧洋教堂这事干得漂亮,这把年纪还演了这么一出大戏,是条汉子,我佩服!"石柱赞叹道。

"衙门四处抓捕,抓人告示都贴到了山西境内,看来给衙门造成的麻烦事大啰。"铁旦附和着。

"你说,衙门能抓住你丈人吗?"铁旦问锦宏。

戴锦宏不吭声,似乎想着心事。

"铁旦,打住了,别给锦宏心里添堵。"

三人沉默。

提起这事,戴锦宏心里打碎了五味瓶,有内疚,有兴奋,有担心……他一时激愤,彻底毁了一个家,使自己的姨父,尤其才十四岁的表弟从此走上逃亡之路,不知要受多少苦多少难呀。兴奋的是,运河一船粮被抢和看到洋人的恶霸行为,这两股积累起来的火那一夜被点燃了。火烧洋教堂,痛快呀! 事后他又担心,姨父和表弟万一抓住,那不是要被砍头的吗?

姨父呀姨父,我对不住你。我的过错让小表弟背上一个逃犯的罪名受这么大的罪……

石柱见戴锦宏好长时间低着走路不吭声,"锦宏,你在想吗事了?"

"没什么。"

"那怎么不言语呀?"

戴锦宏:"算啦,别提它了。我给你们唱一段梆子戏《逼上梁山》。"

"好!"

戴锦宏唱道:

88

最恨奸谋欺白日，

独持义气薄黄金。

迢遥不畏千程路，

逼上梁山聚义厅。

三位年轻人边说边唱，向石门走去。没想到走错了路，走到西临山西的一个小镇。小镇较为偏僻，人口不多，外地人很少到这里。经过十余天的行程，三人都感到有些疲惫不堪，决定在这里吃顿饭休息一夜，次日再赶路。他们见到了一个茶馆走了进去。店伙计迎了上来："三位客官请坐。"

店伙计拿下肩上的毛巾，掸了掸桌子和凳子，请他们三人坐下。

"三位来壶什么茶？"

"你这儿有什么茶？"

"红茶、绿茶、花茶，还有砖茶。"

"就来壶砖茶吧。"

"再来点儿吃食吗？"店伙计问。

"吃食又有什么？"

店伙计介绍："五香大豆、干炒黄豆和盐水蚕豆。"

"全都是豆。"石柱摆了摆手，店伙计离开。这时又进来两位茶客，店伙计又迎了上去。戴锦宏他们拿出了干粮放在桌子上，吃起干粮。

石柱："咱为了赶时间，走错了路，这一耽搁多走了两三天。"

这时店伙计端上来一壶茶和三个碗，给三人斟满，说："请三位客官用茶。"

戴锦宏："请问，从这儿到山西怎么走啊？

"你是走大路还是小路？大路绕得远，好走。小路近，要翻座山。"

"那小路怎么个走法？"

"出了我们这个镇子的西门，有一条上山的小路，沿小路翻过山，一直向西。"

"好，谢谢。"

戴锦宏边倒茶边说："石柱哥，你看走哪条路？"

石柱："走小路吧，小路近得多。"

戴锦宏："你走过吗？"

石柱："没走过。嗨，他不是说沿小路翻山一直往西，不绕弯子。"

这时，戴锦宏听到对面桌子上两位茶客聊起了衙门告示的事。

茶客甲："衙门告示上说，抓住了火烧洋教堂的罪犯赏银两千两白银哪。"

茶客乙："这是真的？"

茶客甲:"我亲眼看到在衙门门外贴着,上面盖着这么大的官印。要是我能碰上那两名罪犯,抓住送给衙门,那可一辈子不愁吃穿啰。"

茶客乙:"咦,我前两日在镇子里看到有俩要饭的,一老一少,是外地来的。"

茶客甲:"一老一少要饭的可不一定就是那俩罪犯呀。你看到的两人是什么年龄?哪儿的人?"

茶客乙:"哪儿的人,口音听不出来。老的有个四十来岁,脸黑,像个庄户人;小的十三四岁,长得瘦小。"

茶客甲:"年龄对,长相也对,你说的这两人有可能是,你在哪儿看到的?"

茶客乙:"就在咱镇上。"

茶客甲:"不管是不是,抓住了送衙门再说。"

茶客乙:"听说经常有抓住要饭的送衙门的事,闹来闹去都不是。衙门的人都烦了。"

戴锦宏喝着茶吃着干粮,可竖着耳朵听那俩人的对话,心里在想:老的有个四十来岁,脸黑,像个庄户人,小的十三四岁,长得瘦小。这都对得上呀,天下哪有那么巧的事?父子俩年龄长相都差不多,莫非真的是姨父爷儿俩?戴锦宏有点坐不住啦,他真想立刻在这镇子上找一找。

这位茶客的话还没说完,一位十三四岁的乞丐,披头散发破衣烂衫,腰上裹着草裙子,赤脚,来到茶馆门口。戴锦宏一抬头,和小乞丐两人惊奇的眼光碰了个四目相对,双方都惊呆了,愣住了!眼前这位小要饭的正是生华。

就在这时,对面茶客乙也惊奇地站了起来,指着小乞丐喊道:"就是他!衙门捉拿的罪犯!"

听到这一声喊,戴锦宏和生华脑袋瞬间清醒了。

戴锦宏也指着生华大喊:"你,哪里跑!"

戴锦宏的这一声大吼,是提醒生华,生华拔腿便跑。那位茶客奔过来要追,戴锦宏抢先一步堵在了他的前面。

那位茶客说:"你为什么拦着我?"

戴锦宏拦着他说:"是我先发现的,衙门的赏银是我的。"

"你,你……"那位茶客不知说什么好。

戴锦宏:"石柱,拦住他,我去追!"

这时,石柱和铁旦也明白了,上前堵住了门。茶客要挤出去抓人,石柱和铁旦挡住不让。

那位茶馆伙计也冲了出来,死死抓住了那位茶客和石柱。

"你们都不能走,先得付茶钱。"

几个人纠缠在一起,茶客嚷嚷着要抓罪犯,石柱嚷嚷着那赏银两千两怎么分,茶馆伙计要他们付茶钱。有人要去抓,有人拉,有人往回拽。行人见状,个个好奇,围在店门口。这时茶馆门口集聚的人越来越多,不知里面发生了什么事。

茶馆的掌柜也出来了,问:"这是咋的哩?"

伙计说:"掌柜的,他们喝了茶不付钱要跑。"

茶馆掌柜:"还有这等事情,喝茶不给钱就要跑!"

伙计:"掌柜的,他们已经跑了一个人。"

茶馆掌柜:"去,报官!"

茶馆里外乱成一团。

戴锦宏没追上生华,待他返回时,衙门知县来了,还有一群衙役。

就这样,戴锦宏、石柱、铁旦和那两个茶客,连同茶馆掌柜和伙计,共七个人,一同被带到衙门里。

知县当即升堂,两边衙役站立两旁,同呼:"威——武——"。

知县把惊堂木一拍,说道:"原告,上得前来陈述状文。"

茶馆掌柜上前说道:"知县大人,这五个茶客来我店喝茶,喝完后不但不付钱,而且在我茶馆聚众闹事,使我茶馆无法营业造成损失,望大人明断。"

知县:"五被告,原告说辞是否属实?"

戴锦宏他们三人默不作声。那两位茶客看了看戴三人,又相互望了望,其中一人说道:"大人,原告说的不实。我二人来茶馆吃茶,说起了衙门张贴告示悬赏两千两白银捉拿纵火烧洋教堂的罪犯父子俩。正在这时,一个十三四岁小要饭的进来,我发现正是告示上所说那罪犯之一,我就疾呼'就是他'……"

知县一听,立马站了起来,急问:"你说的那小乞丐果真是那罪犯?你何以证实?人哪里去了?"

茶客:"我看那小要饭的像是告示上说的十三四岁。"

知县:"还有何证实是罪犯?那个老的哪?"

茶客:"小的像,老的未见。我在前几日确实看到有一老一小来咱镇上要饭。"

知县:"那个小乞丐哪里去了?"

茶客:"我正要捉他,被这人拦住了。"

知县问戴锦宏:"你为什么要拦住他,不让他捉?"

戴锦宏:"大人啊,我并非阻拦不让他捉。我听他说这个小要饭的值两千两白银赏钱,我钱迷心窍,想把小要饭的捉来送官,可他拉着我,一时不得脱身,等我追去人已不见了。"

知县生气地哼了一声,又坐在太师椅上,把惊堂木一拍:"就凭这,就证实是罪犯?咱镇上老老少少要饭的多了,天天有送到衙门来的,真是荒唐。你们这是聚众闹事,罚银五两!"

戴锦宏:"大人啊,此事由他引起,虚喊假报。我为了抢功替衙门效力,罚我实在冤啊!"

知县思量了一会儿,对那个茶客说道:"事发由你引起,罚你一人! 退堂!"

茶馆掌柜:"大人,我的事还没断呢,他们喝茶没给钱耽搁了我的生意。"

知县:"噢,还有你的事。你们,把茶钱给人家付给。退堂!"

"威——武——。"

戴锦宏三人进入山西,路越来越不好走,山连着山,丘连着丘,行路之难令他们疲惫不堪。饿了,吃两口棒子粒;渴了,喝几口渠水;累了,躺在地下休息一阵,起来再走。到了晚上没钱住店,只能找个遮风挡雨的地方睡上一觉。他们逐渐感觉到家乡再穷,它总有个窝,这背井离乡到处流浪的日子确实难熬。他们边走边聊。走到一处有条小河的地方,他们坐下来休息,洗把脸喝点河水,吃点东西然后再走。

铁旦边走边望着这穷乡僻壤、连绵不断的山丘,有点紧张地说:"你们说这山里会有土匪吗?"

戴锦宏说:"那也难说,即便没有土匪也有盗贼、流民,不得不防。我们带的这些银两,是我们的命根子啊,如果被歹人抢去,我们吃什么? 只能一路乞讨。这年头到处都饿死人,哪能讨来吃的。这点银子一定要藏好。"

铁旦:"锦宏哥,你的银两藏在哪里?"

戴锦宏:"藏在发辫里,盘在头上,缝在棉衣裤的缝角里,随身用的碎银子遇到紧急情况,我把它塞进屁眼里。"

石柱笑道:"锦宏,你可真有点子,把银子塞进屁眼里,你的屁眼有多大呀,能塞进银子?"

戴锦宏也笑道:"裤裆下有个兜儿。"

石柱:"我不怕,我的银子就在腰上绑着,随用随取。"

他们休息了一会儿,又开始行军。

石柱突然问:"锦宏,那天在那个镇子,你跑出去找到你表弟了吗?"

戴锦宏:"没有找到。"

石柱:"你是不是看走眼啦? 哪儿有这么巧的事,在这儿遇上你逃亡的表弟。"

戴锦宏:"嗨,我俩近在咫尺,面对面,眼对眼,能看错吗? 这小子俩腿真快,等我跑出去追他,就不见影啦。"

铁旦:"想不到咱出门才一个月,就遇到一场官司。"

石柱笑着说:"这官司打得好,想发财的那人不但没发财,反倒贴进去了五两银子。"

戴锦宏:"这是碰上了个糊涂县官,断了一场糊涂官事。"

石柱:"不都是被你搅的,你小子的脑瓜子转得真快。眼看着你表弟要被抓,你怎么就突然这么一挡横儿,救了你表弟不说,还把这事搅成了一锅粥。茶馆的掌柜和伙计也帮着你搅和,过路的行人围着起哄架秧子,好嘛,越搅越乱。这可给你姨父爷儿俩充足的逃亡时间。"

戴锦宏:"想一想,真悬呀!我表弟要是被抓,那爷儿俩就没命啦。我总算帮了他们一把,心里还踏实点。"

石柱:"你能耐,你姨父更能耐。这么大岁数的人啦,干了一件惊天动地的事情,给朝廷找了多大的麻烦。居然在这山野偏僻的小镇,朝廷都在搜寻抓捕。"

戴锦宏略带得意地说:"其实火烧洋教堂是我干的。"

"你说吗?!"石柱和铁旦停住脚步惊奇地望着戴锦宏。

"是你烧的?"

戴锦宏点点头。

铁旦:"是他干的,我信。石柱哥,你不知道,他去年在扬州,上演了一场官库骗粮的大戏,我就佩服他。锦宏哥,你快说说怎么烧的洋教堂。"

石柱:"怎么着!还有官库骗粮的戏?"

铁旦:"石柱哥,你别搅和。坐下坐下,先让他说火烧洋教堂。"

三人就地盘腿而坐,围成一个三角,戴锦宏得意地说着火烧洋教堂的经过。

戴锦宏说了一半,站了起来,拍了拍屁股上的土。

"往下说呀?"

戴锦宏把手一拍,"要知后来事,且听下回分解。给钱!"

"给什么钱呀?"

"你们听我说书,不给钱吗?"

石柱也打趣地说:"你介是半道上抢钱,不给!"

他们又嘻嘻哈哈又说又笑地继续赶路。

他们进入太行山地区一个叫松岩口的地方,这地方路险道窄,两侧是密林山丘。他们三个人不约而同地打量周围山势环境,幽静而雄险,周围静得怕人。此时三人排成行,默默地往前走。戴锦宏心想:这儿要出现一股土匪,跑都跑不掉。戴锦宏看看石柱,低着头往前走,再看看铁旦,紧张地东张西望。走着走着,铁旦突然小声喊道:"前面有个野人!"

戴锦宏和石柱立马停住了脚步,向前看了看。

石柱说:"哪来的野人呀,自己吓自己。"

铁旦:"我确实看到了一个人影,披头散发钻进了那片树丛。"

石柱:"你是看花了眼啦。我在前面走,你俩跟在我后面,有事我顶着。"

走了十来步，突然在前面钻出来十几个人。这伙人，衣服褴褛，各个手持刀棍，拦住了他们。再往后看，呼啦一声，也跳出来几个持器械的人，堵住了他们的退路。

戴锦宏心想，真的遇上了劫道的土匪啦。再看看这伙人的穿戴，倒像是一群流民无赖，缺吃少穿纠结在一起拦道抢劫。

为首的一人手持大砍刀说着戏里的词："此路是我开，要想从这儿过，留下买路钱！"

戴锦宏上前道："这位大哥，我们都是灾民，想借道去陕西找条活路，请大哥放行。"

为首者绕着他仨转了一圈，"看你们这身打扮不是灾民啊！比我们穿得还好，虽说衣服上有补丁，看起来还平平展展的。弟兄们！给我搜！"几个人二话没说上前就搜，把背篓的东西倒出来一件件地搜，没找到什么，接着开始搜身。

上来俩汉子抓着石柱就要搜身，石柱急了，一推二搡就把他们推翻在地。这时呼啦上去四五个人，举着刀棍围住了石柱，为首者的刀架在石柱脖子上。

戴锦宏和铁旦也被土匪围住。戴锦宏意识到，土匪人多势众又拿着刀棍，硬拼下去他们三人都活不了，大声喊道："住手！你们不是要钱吗？给！"

戴锦宏从怀里掏出个小布带，把一些碎银子散落一地。几个土匪上前去捡。"石柱！你俩快跑！"

不知石柱想什么，没动。而铁旦此刻吓傻了。戴锦宏这一喊，反而提醒了土匪。戴锦宏和铁旦分别被土匪控制住。四个土匪又围住石柱，石柱被四个壮汉紧紧缠住。为首的土匪指着石柱对手下说："先搜这厮，他还厉害得不行，把他的衣服扒光！"衣服扒下来一件件地搜，凡是他们需要的都抢了去。

不料，在石柱内裤的腰上绑了一个小的布袋，一土匪一把撕下，石柱伸手去夺。两土匪上前阻拦被石柱推开，石柱抓住那匪即恨恨一拳打翻在地，又一脚踩踏在他的手腕。只听土匪大声惨叫，似乎手腕骨头断了。石柱夺过小布袋拳脚相加，试图夺路而逃。

"银袋子！银袋子！"

这一声尖叫，令几个土匪扑上来把石柱按在地上。两个土匪抢夺小布袋，石柱不让，扭作一团。匪首拿着砍刀上前欲砍石柱。

戴锦宏又急忙拦阻，"且慢，我劝他交出来。"

"石柱哥，消财免灾吧！"

石柱不肯，仍与土匪争夺。

"石柱哥！好汉不吃眼前亏啊，你就撒手吧！"

石柱性子暴且犟，两土匪一人抱着石柱的一只胳膊，另两人死死压着大腿。石柱把手中的小袋子塞在嘴里，继续反抗。

锦宏和铁旦干着急没办法。残忍的一幕发生了,匪首一刀向石柱喉头刺去,一股鲜血喷出,溅了匪首满面。

"石柱哥!"

石柱在地上挣扎了几下,脖子的血往外喷,不一会儿,人不动啦。

匪首拿过钱袋子,掏出来一块银子掂了掂,狞笑一声:"想拿什么就拿,没得拿的就撤!"

土匪劫得银子,另一个抢走了锦宏的夹袄,消失在荒郊野岭之中。

锦宏和铁旦趴在石柱身上悲痛欲绝。

"石柱哥啊!刚出门就遭此不幸,难道你这样丢下我们走啦……"

俩人悲伤地痛哭了有半个时辰,渐渐静下来面对现实。戴锦宏思考着,这突如其来的劫难石柱就没了?怎么办?这之前还说说笑笑蹦蹦跳跳的。他不相信自己的眼睛,不相信石柱就这么没了。"我不信啊!这是一场噩梦吗?"他又一次摸了摸石柱的脸,已经冰冷,脖子里流出的血浸染了整个前胸并流淌到地下,结成了紫红色的血块,石柱他确实死啦。

铁旦找来了水,擦拭石柱脸上和脖子上的血迹,然后用石柱的一件衣服盖在他的脸上。

"锦宏哥,怎么办呢?"

戴锦宏耷拉着脑袋没吱声。

"锦宏哥,要么把石柱弄回去?"

戴锦宏泄愤似的吼道:"弄回去,石柱他爷爷能活吗?!我们怎么向家里的人交代!"

"那,那,怎么办呢?"

"别哭啦,哭有什么用……把石柱埋、埋……了……吧。"戴锦宏此刻冷静地想了想,刚出来一个多月就遇到劫难,石柱死了。如果把石柱带回去,让老家的人们知道了,那牵扯面太大啦,造成千家万户的亲人担心恐慌,已经在新疆赶大营的两百多号人怎么能安心地干呀?"还是把石柱哥,就撂在这儿吧。"

在路边的附近找了个地方挖坑,俩人用手边哭边刨。坑刨好了,俩人把石柱放进坑里,边哭边埋。

"石柱哥,你就好好地在这儿睡吧,就睡在这路边,我们好找你。你等着我们,有一天我一定把你带回老家,和你爷爷团圆。从今儿起你不再挨饿受冻,不再受苦烦恼,你比我们好啊。"戴锦宏看着这坟堆,控制不住自己的悲痛,又放声大哭。

天,完全黑了,黑得不见五指,两人躺在石柱坟头旁边陪着他。

"锦宏哥,石柱没啦,咱们怎么走呀?"

"铁旦,你是不是怕啦?想回去?"

"我也说不清,总觉往后没依没靠了。"

"出来闯,只有靠自己。你如果怕啦就悄悄回去,见了石柱他爷,见了你爹我爹,就说自己受不了这份苦才回去的,千万不能说出实情!"

"那你打算一人走?"

"现在已经没有别的路了,你想想咱俩都回去了,怎么向父老乡亲们交代?这脸往哪儿搁? 回去又能干什么? 那不是饿着肚子等死? 我不甘心这辈子就这么跟要饭的一样完啦。"

"新疆那么远,又不识路,怎么去呀?"铁旦为难地说。

"鼻子底下长着嘴——问呀! 我就不信走不到新疆。"

"锦宏哥,路上……路上如果再遇上……"铁旦怕再遇上灾难,但是他又说不出口。

"人来到这个世上,就是来遭罪的。要想活着,就得面对七灾八难,就得忍饥挨饿,就得挣扎。今儿晚上你想好了,明天我要上路。"

"锦宏哥,我跟你走! 死了也是一种解脱,我不怕。"

第二天刚亮,东方升起了曙光。锦宏和铁旦给石柱跪拜了三拜,向西而行。小路边添了一座新的坟堆,一位赶大营客永远地留在了异乡。

两个孤单的身影消失在茫茫野岭中。

杨柳青镇。

石柱的爷爷今儿出来遛弯儿,路过戴家门口,见戴父坐在他家的小摊铺子里。

戴父:"老哥,你老介是上哪儿去呀?"

"唉,打石柱走啦,我在家里闷得慌,出来遛遛弯儿。"

"你老身子骨还硬朗呀。"

"嗨,硬朗啥,背都直不起来了,力气活儿也干不动啦,介都是年轻时给码头上扛大包扛的。"

"你老比我强,我才五十出头,跑船跑得落下了一双寒腿,一到春秋下不了炕,家里的生计指不上我啦。我还指望着锦宏把这个家扛起来,这不,他又跟着石柱赶大营去啦。"

"去吧,去吧,没别的生计。去年我还不让石柱去哪,我离不开我这孙子。他从小跟着我,我怕再也见不到他啦。没想到今年过年好好地回来啦,还给我带回来十斤白面,烙葱花饼包饺子让我好好地过了个年。临走前给我吃了一顿擀面条,过了个寿,还给我留下了十几两银子。"

"石柱真孝顺呀。"戴父赞叹道。

"石柱打小跟着我,我这孙子孝顺,我也离不开他。石柱还说,他再跟着赶几年大营,多攒点银子,回来盖间房子,娶个媳妇,好好让我享几年福。"

"你老好好保重身体,等石柱回来过几年好日子。"

"我介不每天活动活动身子骨,能干的干点。过几年石柱回来了,我还想抱抱重孙子哪。"

"就您老这身子骨,肯定能见上重孙子。"

"我就等着这一天哪。"

"他们仁不知到了哪儿啦? 我这心里还是不踏实。"戴父又心生惦记。

"别担心,他们身上都带着银子,只要饿不着,不会出事的。你忙着,我再遛遛弯儿。"

"你老走好,有空就过来。"

"回头见。"

第十一章　骆驼客

戴锦宏和铁旦被劫后,他俩藏在夹衣缝和棉裤腰子、裤裆里的碎银子没被搜出来,他俩靠这一丁点儿的银子和一路打零工讨点吃食来到了太原府。

太原城街道整洁,车水马龙,店铺林立,市场繁荣,就像一个大商城。这里没有天灾、人祸,没有洋人,一派安宁与祥和,如同来到了另一个世界。他俩在大街上走走看看,路边一个个小吃摊连成了串。

铁旦问:"锦宏哥,你肚子不饿吗?"

"饿。"

"饿得我已经前胸贴后背了,咱们买点吃的吧,我越看这些吃食就越饿。"

"铁旦,我知道你饿了,看到这些吃食就觉得更饿了,先忍一忍。咱这点碎银子万不得已才能用,也只能买粮食,买这些吃食不几天就用光了,以后的路还长着哪。咱还是找个给饭吃的活儿吧。"

他俩走不远,见一个商行货栈门口停着好多马车、骆驼队,正在不停地装卸成包成捆的货物。一个身穿长袍头戴瓜皮帽的中年男人,似乎是货栈管家,指挥人们装卸。

货栈管家:"嗨,你快一点儿不行吗? 总是你偷奸耍滑呢。"

那位扛工说:"谁偷奸耍滑哩,我去撒泡尿还不行吗?"

"就你尿多话也多,不想干了是不是? 滚!"

"不干就不干哩,把钱给我!"

"你干了多少活儿就要钱?"

"我已经扛了十大包啦。"

穿长袍的看了看手上的记录,给那人撂了两个铜钱。那扛工从地上拾起那两枚铜子骂骂咧咧地说:"日他妈的,干了一晌午,才两个铜子,早知不干哩。"那扛工走了。

戴锦宏对铁旦说:"一个麻钱能买个大白馍呢,咱干吧。"铁旦点点头。

戴锦宏走上前去对那个穿长袍的说:"掌柜的,还要扛工吗?"

穿长袍的把他俩从上到下打量了一阵,说道:"听你俩口音是从天津来的吧?"

"是,是,从天津来的,准备到兰州投奔亲戚,结果在松岩口遭劫,身上带了点钱都被劫了,连棉袍也抢走了,想打短工挣口饭吃。"

"我说呢,听你俩口音穿戴不像是灾民。嗯,从天津来到兰州去为什么不走官道走松岩口呢?"

"嗨,我们一时图小道近,想早点到兰州,没想到差点丢了命。"

"我听你俩口音有点熟,我有个亲戚就在天津。你俩想当扛工,好说好说。今天的活儿快完哩,明天天一亮就来这儿。想干长也行,我们这儿的大掌柜在东北、天津、上海、西安、兰州都有生意,过去把生意都做到新疆去哩,只因商道断哩,骆驼队过不去哩。"

"好,我俩明早一准来,谢谢掌柜的。"戴锦宏给穿长袍的人深深鞠了一躬。

货栈管家:"明天天一明就在这儿等着。"

来太原府的第一天晚上,戴锦宏和铁旦饱食了一顿乱七八糟的东西。

"这肚子填饱了就成,明天好干活儿呗。"

他们找了一圈睡觉的地儿,没合适的,又回到这个货栈门口,见有一墙脚旮旯儿,两人躺靠在那儿。

"锦宏哥,你说这货栈的买卖生意怎么这么大呢? 你看那货物一车车地卸下来,搬进货栈,然后又搬出来,装上驼队拉到各省。"

"山西人,天生就是做买卖的,这才是大生意,才能挣大钱呀。"

"我能挣上钱,吃上白面馍、葱花饼就知足了。"铁旦的梦想不高。

"我才不那样想呢,我的梦想是挣上大钱,盖上好房子,活得有个人样……"

话没说完,听到有人叫他俩:"哎,你俩还窝在这儿?"货栈管家从货栈出来,见他俩糗在墙根。

戴锦宏赶快站起回话:"掌柜的,我俩不是在这儿等着明天一大早干活儿吗?"

货栈管家:"那也得到客栈睡觉呀?"

"我俩不是在路上遭土匪抢劫了,不但银子被抢了,棉袍也被抢走啦。"

货栈管家:"噢,听你说过。躺在地上后半夜还是冷呀!"

"我们靠在墙根,先对付一夜。"

"哎呀,这要冻坏的……"货栈管家犹豫了一下,又进入货栈,停了会儿,拿出来两个草帘子给了他们。

"把这铺在地上,挡挡寒。"说完就走啦。

铁旦:"看来这世上还是有善人的。人之初,性本善嘛。"

戴锦宏:"这话不对,人之初,性本恶!"

铁旦:"人之初,性本善,这是圣人说的。"

戴锦宏:"那是圣人对人们一代一代的后天教化,《三字经》不是从小教化人吗? 就这样教化,还有恶人哪。土匪善吗? 恶霸善吗? 洋人善吗?"

"怎么你说话都在理呢?"

"那我就是个圣贤之人啰。"

"你都快成了要饭的了,还圣人哪。"

"铺个草帘子,再盖个草帘子,咱就睡一会儿吧。"

戴锦宏和铁旦躺在地上,他俩望着夜空。戴锦宏感叹道:"地当炕,天当被,望着星星月亮睡。"

戴锦宏望着星星月亮,看到那月亮望着他笑了,小星星们纷纷从天上飘落下去,围着他,把他托到天上,跟随着月亮飘呀飘,向西飘去,飘到了一个陌生的地方,一个大大的四合院。进了四合院,看到好多人都来了。咦,全是老家的人,周乾义从人群中向他走来。他手中端着一个盘子,盘子里放着很多白面馍馍。他赶快去拿白馍馍,一伸手抓了一个,急忙往嘴里塞……手里的馍怎么没有啦? 怎么全变成了一闪一闪的小星星。"周大哥,我饿呀! 怎么是小星星呢? 我饿,我饿呀……"

"锦宏哥,你怎么啦? 又抓又喊的。"铁旦把他推醒了。

戴锦宏一睁眼,看到了天上的月亮和小星。铁旦睡在他旁边,盖着草帘子。

"噢,我做了一个梦。"

天亮啦,货栈开始忙碌了起来。

货栈进来了一大马车沁源小米,交给了戴锦宏他俩,从马车上扛下来送到库里。沁源小米是当地的特产。"闻着味儿,真香!"每包谷子足有一百斤。锦宏帮着铁旦把第一包谷子扛在背上。

"怎么样,沉不沉?"

"还行。"

戴锦宏从车上拉过来一袋,双手抓紧了口袋的两个角,往上一拽,扛上了肩头,进了货栈。有人引领送往粮库,这段路程足有两百步。在返回的路上,看着这货栈。"哎呀呀,这货栈好大呀,什么货都有。"

这车货还没卸完,又来了一大马车。货栈管家看他俩干得不错,对他俩说:"这一车也交给你俩啦。你俩可小心,口袋别弄破啦,这可是衙门征的军粮,凑齐了要往新疆送的。"

"好嘞,您放心吧!"

不到晌午,两车货卸完啦。货栈管家检查了一遍。

"不撒不漏码放得整齐,干得不错。每人四个铜子,外带奖励一个。"

戴锦宏和铁旦高高兴兴地每人领到了五个铜子。

"这五个铜子,咱俩能吃两天的饭。"

"锦宏,咱俩吃顿白馍吧!"

"好,吃顿白馍! 解解馋。话可说到头喽,一人只能吃俩,这要放开吃,这五个铜子都挡不住。"

戴锦宏和铁旦连续在货栈干了十来天。有一个骆驼商队来货栈装货物,货栈管家又安排他俩装货,这批货足足装了一整天。捆绑好了之后,戴锦宏问驼帮主:"掌柜的,这批货往哪儿运呀?"

驼帮主:"兰州府。"

"我们也去兰州,道不熟,我俩随你的驼队同行行吗?"

"行啊,你们去那儿作甚?"

"我们经过兰州到新疆哈密去,那儿有我们的乡亲。"

"去新疆?! 就靠你们这两条腿能成吗? 这条路自古就是骆驼路,是商路。这条路十年前因为打仗就断了,驼帮去新疆,也只能到哈密。"

戴锦宏又问:"掌柜的,你去过新疆吗?"

"去过,原先我有上千峰驼,这十年新疆乱了商路断了,没咋去。"

"新疆有什么好东西往关内驮?"

"好东西多咧,新疆的棉花、羊毛、皮子,还有干果,拉到关内好卖得很。从关内驮上丝绸、缎子、茶叶子、瓷器,一直可以卖到老毛子国,也好卖得很。老年间就把这条骆驼路叫'丝绸之路'。"

戴锦宏越听越有兴趣:"掌柜的,你这一驮货拉到新疆收多少银子?"

"新疆大着哩,看你驮到哪儿呢?"

"从太原驮到哈密。"

"一峰驼最少也得三十两银子。"

"哎哟,一峰驼三十两,你这十几峰驼就是四五百两银子呀!"

"你说啥呢! 骆驼得吃吧,它也有病的时候吧? 有老的时候吧? 你得雇脚夫吧? 得住店吧? 人得吃饭吧? 骆驼老哩就没用哩,还得买骆驼娃子,养上两年才能干活儿呢。算下来剩不了多少银子。"

"掌柜的,买一个骆驼娃子多少钱?"

"咋,你也想干这一行? 买骆驼娃子十几两银子,大娃子几十两银子。这一行也不好干! 夏天在戈壁滩上把人晒淋干了,冬天把人冻日塌了。"

"掌柜的……"

"你不要叫我掌柜的,我又不是开铺子的。"

"那叫你什么?"

"赶马车的叫车户,拉骆驼的叫驼帮,反正都是下苦的。人家'骆驼客'才能挣上大钱,我们当驼帮的也只能挣骆驼客的钱。唉! 如今骆驼客少哩,挣不上钱哩。"

"骆驼客?"

"就是做大生意的人,雇我的驼队驮货。我们把他们客商叫骆驼客。"

戴锦宏寻思着,自言自语地说:"我要当骆驼客。"

骆驼队不知不觉走上了一条戈壁路。

驼队帮主说:"骆驼没坐过吧?"

"没有。"

"那就坐在驼上,当一回骆驼客。"

驼队在茫茫戈壁路上行进。驼铃响起有节奏的音乐,驼帮主哼起了一首动听的歌——《骆驼客》:

> 哪里来的骆驼客,哎——亚丽美,
> 山西来的骆驼客,沙里洪巴嗨。
> 骆驼驮的啥东西,哎——亚丽美,
> 羊毛棉花牛皮子,沙里洪巴嗨。
> 一斤你卖多少钱,哎——亚丽美,
> 三两三钱三分三,沙里洪巴嗨。

戴锦宏:"帮主,这歌真好听。"
帮主:"过去,在这条商道上来来往往的商客们都会唱。"
戴锦宏也兴奋地跟着哼了起来。

光绪二年五月中旬,顺子率领百十来人从老家匆匆赶到哈密,这两股人马在哈密地窝子会合了。地窝子的人都跑出来,欢呼着,跳着,大家拥抱在一起,争着抢着问老家的情况和老家的亲人。

安大哥高兴地对周乾义说:"没想到呀,老家又来了这么多人,我们的队伍更壮大啦。"

周乾义:"好哇,人多力量大。哎,顺子,石柱怎么没来呀?"

顺子:"石柱要给他爷过完六十大寿再来。"

周乾义:"嗯,听他提过,我把这茬儿忘了。他一人行吗?"

顺子:"戴锦宏和崔铁旦跟他来,现在可能正在路上。"

周乾义对安文忠说:"戴锦宏总算出来啦。"

安文忠对大家说:"你们来得正是时候。湘军后勤大营准备开拔啦,马上就要打仗。好多外省小贩听说要打仗,不敢随着大营走。大营让我们带个头,去古城子,我真担心你们赶不上怎么办哪。大家休息两天,跟大军开拔。"

安文忠和周乾义带领两百多名杨柳青商贩,赶着几辆马车满载货物,余者肩挑担,背筐篓,跟随骆驼队的后面,顶着烈日,迎着风沙,穿越百里风区,向古城子行进。

第十二章　山丹丹开花红艳艳

戴锦宏和铁旦离开太原,随驼帮走了十多天来到兰州。

戴锦宏和铁旦商量:"我们身上又没多余银子,别在这儿耗时间啦,抓紧时间赶到哈密,早一天见到咱老家的人吧。"于是,他们拿出身上的一点钱,买了点便宜的生活必需品,备好了他们的粮和水,又上路了。

过了凉州(武威),前面有五个大站就到肃州。这一条路就是河西走廊,古时候丝绸之路的必经路段。甘肃河西走廊,东西千里,在大漠戈壁之中点缀着几块小绿洲,因严重干旱缺水人烟稀少,有时走上一两天见不到一个村落。这是戴锦宏和铁旦自离开老家一路行程中遇到最困难的路段。饥饿、缺水、体力不支,成为他们征途中最大的威胁。

他们走过了一个叫河西堡的地方,天色快黑了。看看前方戈壁滩灰蒙蒙的茫然一片,前不见村后不着店,怎么办呢?

"锦宏哥,咱们还走吗?我这两条腿已经迈不动步子了,脚上打了疱,走路疼得不行。"

戴锦宏看铁旦确实一瘸一拐的,行走困难,说:"咱们赶路是有点心急,听这儿的人说到肃州还有几百里地,咱们带的水和干粮都不多了,我想赶一赶路,早点走出这戈壁区。看来今天天也晚了,人也累了,那就不走啦,找个地方歇息。"

他们找了个背风的洼地,铁旦把行李一撂就躺在地上。

"铁旦呀,你趁着还能看得见,赶快把脚上的水疱挑了,要不然明儿咱走不了路,困在这儿怎么办。"

两人脱了鞋,扳着脚看着这满脚的水疱。

铁旦:"我这双脚长了五个疱,有一个大疱。拿什么挑呢?"

戴锦宏在一丛骆驼刺(一种耐旱灌木)里拔了几根刺,交给了铁旦。他们俩掰着脚丫子挑,挑完了,铁旦拿过来干粮和水袋子。

"锦宏哥,吃口干粮喝口水吧。"

"水还多吗?"

"就剩这一点儿啦。"铁旦摇了摇水袋子。

"这点救命的水还得省着喝。"

此时,天完全黑了。戴锦宏站起来看了看四周,在月光的照射下不远处似乎有一摊水,于是他一瘸一拐地向那片洼地走去。

"锦宏哥,你干吗去?"

戴锦宏没有吭声,继续摸黑往前走。走了一会儿,他停了下来向前看了看,然后返回到驻地。

"铁旦,那个空水袋给我。"

"干吗?"

"我看到不远处似乎有个水洼。"

"你怎么知道是水洼。"

"在那堆灌木丛旁边有一小片洼地,月光下有发白发亮的东西,我去看看,兴许是水。"

戴锦宏拿着空水袋又一瘸一拐地向那儿走去。停了一会儿,他左手拄着一根木棍,右手拿着空水袋回来了。

"有水吗?"

"有水,不过是臭水,臭水我也忍着喝了几口,一股子什么东西腐烂的味儿。"

"你就喝这袋子的新鲜水吧。"

"这段缺水的路不知走到什么时候才能碰上个人家,好啦,咱睡吧。"

天很黑,空旷原野很静,静得瘆人。远处,隐隐约约传来狼的嚎叫声。

"锦宏哥,狼群会不会来吃咱?"

"别怕,你睡吧。我这儿捡了一根棍子,就是备着打狼用的。"

俩人躺着谁也不敢睡,狼的嚎叫声越来越近。

"铁旦不好,快起来!狼已经闻着咱的味儿了。"

他俩站起来,一人拿着一根棍子看着周围,眼前一片漆黑。在黑色的夜幕下,一双双绿色发亮的小点向他们移动而来,离他们不远处停了下来继续嚎叫,那声音令人毛骨悚然。

戴锦宏数着:"一只、二只、三只狼。"

"我怎么看不见呀?"

"那闪着亮的小绿点就是狼的眼。"

"看见啦。"

"铁旦不好,远处来了一群狼!"

铁旦惊恐地说:"那怎么办呢?"

"狼群来了,靠打狗棍不行,快拿火镰点火!"

"拿什么点呀?"

"找一些枯草,快!我护着你!"

说着话,狼群从三面合围过来,戴锦宏举着棍左右监视着,狼群步步逼近。

"铁旦,快点呀!"

铁旦拢起一小堆草,他那双颤抖的手怎么也打不着火苗,急死了。

"铁旦别急,有我在,心静下来再点。"

戴锦宏举着棍和狼群对峙,狼群随时会发动袭击。就在这时,漆黑的夜空亮起了一团小火苗。不一会儿,小小的火苗又要熄灭,铁旦趴在地上,鼓足了腮帮子一个劲儿地吹,火渐渐着了起来,火越着越大越着越旺。他俩的两条腿顿时软了,不由自主地瘫在地上,狼群也停止了脚步。

"铁旦,咱还得往这堆火上添草,你盯着狼,我往火上加料。"

戴锦宏从篓里取出砍刀,砍了一些红柳枝、骆驼刺、芨芨草,加在火堆上。一堆小火变成了一堆大火,一股浓烟向四周散去,狼一个个向后退。

他俩终于松了一口气。但危机并没有解除,这群狼退到较远的地方,有趴着的也有站着的,看着他俩不肯离去,兴许这也是一群饿狼。

戴锦宏又点燃了两堆火,他俩位于三堆火的中间,坐在地上背靠背休息。他俩心惊胆战地熬着这漫漫长夜。

东面的天空渐渐亮了起来,狼也慢慢散去,危险化解了。但是,戴锦宏的肚子突然痛了起来,他提着裤子去拉屎。不料,他开始上吐下泻,一会儿的工夫,他又拉又吐,折腾了三次。

戴锦宏昨晚上可能喝了那臭水,夜晚又与狼战斗了一夜受了风寒,他躺倒了。铁旦摸了摸他的额头,他发起了高烧。

"锦宏哥,你病啦,能走得动吗?"

"不走怎么办,不能待在这荒野喂狼。我拄着这棍子,走!"

茫茫荒野无边无际。

往前走,戴锦宏体力渐渐耗尽,迈不动双腿。如果停下来,前不着村后不着店,在这戈壁荒野怎么办呢?戴锦宏的生命受到威胁。

又走了一段路,戴锦宏不停地又吐又拉,浑身没有一点儿力气。天哪,到了如此境地真是进退两难呀。

"铁旦,我,我实在走不动啦。你撂下我吧,自己去找条生路。"

铁旦顿时急啦:"锦宏哥不能呀! 到了这份上,我俩是拴在一根绳上的蚂蚱,要死一块儿死,要活一块儿活。"

"可我实在走不动了,这儿又没水,我怎么活? 我总不能绑着你一块儿死。"

"锦宏哥,我背你走,走到哪儿算哪儿。"

铁旦背起了戴锦宏。经过昨天晚上一夜与狼折腾,铁旦的体力也渐渐不支,走一段缓一会儿,再走,铁旦也气喘吁吁。

"铁旦,你先放下我,咱合计合计。"

铁旦又把锦宏放在地下,把行李卷垫着他的头。

戴锦宏喘着粗气问:"铁旦,咱还有多少水和干粮?"

"就剩这点干净水和这几把苞谷粒了。"

"这点水你留着应急,拿把苞谷咱填填肚子,缓一缓再说。"

铁旦抓了一把苞谷,往锦宏嘴里填点,咽不下去。

"铁旦,你有尿吗?"

"尿? 你要干吗?"

"给我接点喝。"

"你就喝这水吧。昨晚你非要喝那小坑的污水,结果弄成这样。现在又要喝尿,那尿能喝吗?"

戴锦宏躺了一会儿,问铁旦:"铁旦,我的好兄弟,你是不是想回去啦?"

"我真不知道能不能走到新疆?"

"我问过当地老乡,过了这个地方就快到肃州了,肃州离关口不远。也就是说,新疆快到啦。"

"锦宏哥,我听你的。"

"听说这里不只是戈壁滩,南面有山,也有绿地,只要有绿地就有人家。只要找到人家,就有救了。"

俩人休息了一会儿,戴锦宏在铁旦搀扶下拖着沉重的腿,艰难地往前迈,走一会儿歇一会儿。

突然,铁旦喊:"锦宏哥,你看前面,前面有一片绿色,还有几棵树。"

戴锦宏向前望去,在戈壁中似乎有一条干枯的河滩,河滩上有树,还有一条沟,沟的南面通向一道山梁。

"啊,那沟是绿色的……我的眼怎么花了呀?"

戴锦宏出现了幻觉,他努力睁大眼,眼前的绿色斑斑点点的越来越大,遮住了天遮住了地,在眼前的绿色中长满了鲜花,红色的,黄色的,白色的,还听到了一股山泉的流水声,哗啦哗啦地流着……戴锦宏吃力地向前迈了两步,想奔向那绿沟,两腿一软出溜一下倒在地上,他终于昏倒了。

"锦宏哥! 你怎么啦?"戴锦宏躺在地上不省人事。

铁旦见戴锦宏昏迷,惊慌恐惧。在这荒原上叫天天不应,叫地地不灵,这可怎么办呢? 难道走入了绝境?

王生华爷儿俩离开小山村,翻山进入山西境内,一路要饭来到太原。

生华爹:"儿啊,咱还得寻点活儿干,这要饭的营生不是个活命的办法。"

"爹,我去给人扛活儿,有吃的就行。"

"上哪儿找活儿干呢?"父子俩为难啦。

"儿啊,咱到乡下去给人家种菜,这是我的手艺,混碗饭吃就行。"

于是,爷儿俩来到乡下,寻种菜的菜园子,终于找到一家种菜的地主。这位地主得知生华爹种了一辈子的菜,是个种菜的老把式,想收留他。双方谈好条件:只管吃饱,没有工钱;不管住房,自己在田间地头搭个棚户栖身,夜间看着菜地,防止人偷菜;春夏秋翻地、种菜、收菜,冬天挑副木桶到镇子里掏茅坑积肥。但是生华不用。这个半大小子能吃,养不起,不用。

"东家,我这儿子咋办呢?"

东家说:"这我就不管哩,我又不是救济灾民。我要的是种菜的把式,你看不行就算哩。"

"爹,你留在这儿总能吃饱肚子,搭个睡觉的窝;我去城里找零活儿扛大包。"

"儿啊,你才十四,扛得动吗?"

东家说:"十四的娃哩,你得让他外出营生。太原府有好多货栈,去扛活儿也行嘛。"

爷儿俩一商量,生华爹只好留下给东家打长工。生华帮他爹在地头搭了个窝棚,晚上有睡觉的窝。第三天一大早,生华又来到太原城找活儿干。

人生在世,往往无巧不成书。生华正好也找到戴锦宏在太原打工的这家货栈。货栈管家见又来了一位天津杨柳青人,奇怪地问:"你们杨柳青人怎么都往西北跑呢?"

生华:"老家遇上了大灾年,实在没法儿活了,都出来下苦。我们老家还有好多人去了新疆,跟着大营做小贩生意。"

"噢!我知道有十万湘军去了新疆,我们货栈有大批的粮食等着往新疆运哩。咦,要不然你等着当脚夫,跟骆驼队到新疆去?"

"当脚夫?都干什么活儿呀?"

货栈管家:"活儿不重,牵着头骆驼走,住店时给骆驼喂料,就这。"

生华问:"管吃住吗?"

"不但管吃管住,跑一趟哈密,往返一趟你还能拿几两银子呢。"

生华惊喜:"还能挣银子?!这么好的差使那不是都抢这碗饭吗?"

"因为新疆远,往返一趟得半年,就是要吃些苦。再加上新疆在打仗嘛,一般人都不干。"

生华:"大伯,我回去跟我爹商量商量。"

十余天后,十四岁的王生华跟着上千峰骆驼队,驮着军粮踏上了这条丝绸之路。目的地是古城子清军大营,来回一趟十两银子。

戴锦宏在路途中生疾病躺倒了,生命受到了威胁。铁旦在荒漠路上也感到极大的恐惧。天无绝人之路,铁旦隐隐约约听到前方飘来了歌声。

"是歌声吗?谁在这荒野唱歌?"

顺着歌声传来的方向望去,山沟沟里隐隐约约飘来了一个牧羊女,身后还跟着两只小山羊,走出山沟走上了坡,人影越来越清晰。啊,这不是幻觉,确是一个姑娘,她那柔媚的身姿犹如一个仙女,看得真真切切。

铁旦又怀疑自己,是我看花了眼,还是在梦中?这山沟沟里怎么会出现一个姑娘?啊,确实是个姑娘。

"姑娘，救人哪！"铁旦大声呼叫。

牧羊女听到了喊声，站在那儿见远处有人在喊，她不紧不慢地赶着羊向这儿走来。

"姑娘，行行好，救救他的命呀！"

牧羊女听清楚啦，是有人向她喊救命，她紧走两步，看到有人躺在地上，她急忙跑了过来。牧羊女看到躺在路边的一个人快死了，她甩下羊飞快跑去。

"她怎么跑啦？"

不一会儿，她领着一个中年汉子赶了过来。汉子走到跟前看了看，问："咋个弄的？"

铁旦："他昏倒了，救救他吧。"

甘肃汉子摸了摸戴锦宏的额头没有言语，背起戴锦宏快步就走。精疲力竭的铁旦紧跟后面，牧羊女赶着羊不紧不慢随着，通过路边一条曲曲弯弯的羊肠小道来到她家。

这是一户简陋的土屋，干打垒的墙，屋顶用草木蓬顶，为保暖铺上一层泥土。屋内一半是火炕，炕上是一张破草席，席子上一条破被和两件羊皮袄。靠门处有一个土炉子，火炉的墙上架一条木板，上面放些土碗。炉灶旁是一口大水缸，这口缸是这家人唯一财产。墙壁被烟熏得已看不出是土黄色，屋内黑洞洞的。南边的墙靠土炉一边留了个门，靠炕的那头留了个小窗洞。

戴锦宏躺在炕上，仍然昏睡。

"山丹丹，快，冷水帕子给敷在头上。"甘肃汉子招呼姑娘忙活。

"这娃烧得太厉害了嘛，把胳肢窝也擦。"

姑娘有点不太好意思。

"羞个啥呢，救人要紧！"甘肃汉子说那姑娘。

"叔，我来。"铁旦接过来给锦宏的额头、腋下冷敷。

戴锦宏仍然昏迷不醒。

"日头快下山哩，这娃浑身还这么烫。山丹丹，弄点油来，找个铜钱。"

"大叔，我这儿有铜钱。"铁旦从怀里掏出一枚铜钱递给甘肃汉子。

山丹丹在小碟中倒了几滴油，山丹丹爹把锦宏上身衣服脱掉，用铜钱蘸点油在前胸上刮，皮肤被刮成了紫红色，然后又翻转身体刮后背，刮完之后给锦宏穿上上衣。他仍在昏迷之中。

"山丹丹你给这娃多喂些水，我去山上采些药来。"

"大（爹），天快黑哩，能找到草药吗？"

"那也得去找呀，要不然这娃醒不来。"

铁旦："大叔，我陪你去。"

"快走！"

山丹丹爹拿了把铁铲和铁旦急忙而去。山丹丹守着戴锦宏，一会儿喂水，一会儿冷敷。天完全黑了,山丹丹爹拿着一把草返回。

"山丹丹,把这草药洗洗煮上。"

山丹丹用盆洗草药,她爹过来小声问道:"小米子还有吗?"

"大,只剩一点点了。"

"给那娃煮点粥。"

屋内很黑了,只有从小窗洞透过一束月光,只看到戴锦宏昏睡的面庞和山丹丹用木勺一点一点地往戴锦宏喘息的口中喂汤。

今晚的夜怎么特别长,三个人不安地守了一夜。

小窗洞投射进来一束淡淡的蓝色月光,这束光逐渐变白,天快明了。这束白光慢慢地变成淡黄、橘黄,变成了一束阳光。太阳升起来了,那阳光越来越亮,映亮了整个屋子,阳光照在戴锦宏的脸上,他脸庞抽动了一下。

山丹丹进来看了看,摸了摸锦宏的额头,这时锦宏微微睁开眼。在他眼前模模糊糊有个人影,这人影越来越清楚,像是个姑娘。看清楚啦,是个姑娘。他惊奇地发现这个姑娘站在他身边看着他。我是在梦中? 他不相信自己的眼睛。他睁大了双眼,站在他身边的真是一个如此亮丽的姑娘。戴锦宏的眼睛都看直了,愣愣地盯着看。姑娘笑了笑,害羞地转过身子。

戴锦宏自言自语:"我这是在哪儿?"

山丹丹发现锦宏醒过来了,高兴地跑出去,"大,他醒了!"

铁旦和甘肃汉子跑了进来,看到锦宏奇怪地看着这房子。

"哎呀! 我的老天爷呀,你终于活过来啦,你昏死了一天一夜啦。"铁旦高兴地说道。

戴锦宏问:"我怎么到了这儿啦,这是哪儿?"

铁旦告诉他:"是这位大叔和姑娘救了你。"

锦宏想起身,他挣扎了两下起不来,浑身又酥又疼,没有一点儿力气。

山丹丹忙说:"你别起身,身子还弱着呢,好好养着。"说完转身离去。

戴锦宏满脑瓜子都是那姑娘的影子,躺在这个炕上,他还想起身,稍一动身,觉得浑身到处都疼。姑娘那幽幽的眼神似一口深井,那浓密的睫毛撩拨着他的心。他的脑海反复着姑娘的每一个影像,又迷迷糊糊闭上双眼昏昏沉沉地睡过去了。

戴锦宏躺到第四天早晨才有了精神,身子也轻松了好多。

戴锦宏:"铁旦,我以为我这命就算撂到这儿,我要死了你咋办?"

铁旦:"你昏昏迷迷地躺了三天,总算把你救过来了。这位甘肃大伯给你上山采药,还拿出来自己都舍不得吃的小米给你熬粥。姑娘每天给你熬药,并一勺勺地喂。"

戴锦宏心想:我碰上恩人啦,救命之恩啊,我怎么回报人家呢?

又休息了几天后,戴锦宏可以下地活动啦。

戴锦宏、铁旦和甘肃汉子一起在屋外,中间扣着一个筐,山丹丹端上一盘烤熟的土豆放在筐上。

汉子说:"吃洋芋蛋蛋。"

"大叔,你家几口人呀?"戴锦宏想拉家常。

"婆姨死了,留下个男娃和这个碎女子,男娃到城里干活儿去啦,不常回。我就成天家守着这个碎女子,等她寻上个人家,我也就自由啦。"

戴锦宏:"那你靠什么生活呀?"

"种了些洋芋蛋蛋,养个羊和鸡换些粮。"

山丹丹:"大,我去山上砍些柴。"

"我们也去吧。"戴锦宏总想着怎么能回报人家的救命之恩,同时能接近这个心爱的姑娘,向她报恩,起码向人家说点感恩的话呀,只是愁于没有机会。

"你身子还弱着哩,不要去啦。"汉子阻拦。

"叔,我现在能下地了,也得活动活动这身子骨。"

两人随姑娘而去。

出了她家,沿一条人踩出来的小路进入河滩,通过河滩进入一条沟,再翻过一道梁。啊,这里生长着好多树,有草,还有灌木丛。

一边砍着柴,又登上一座山梁。一路上,山丹丹开口唱起了山歌:

> 翻过一道梁,梁下一道沟,
> 沟沟里的花草树木绿油油。
> 过了一道滩,蹚过一条河,
> 小河水欢声笑语向坡下游。

戴锦宏和铁旦站在山梁梁上,眼前出现的美景让他俩梦幻般地进入了世外桃源,一扫几个月来的所有劳累、痛苦、烦恼和恐惧。

山丹丹在花草丛中采花,戴在头上。在阳光的照射下,被风吹日晒成红褐色的小脸显得分外美丽。她一蹦一跳的身姿犹如在舞蹈,两只小山羊围着她前后转,随着微风又传来了她那悦耳的歌声:

> 叫一声干哥哥呀铁旦旦,
> 你爱吃酸来我就来个酸。
> 绿格铮铮的清油炒鸡蛋,
> 笑格吟吟的干妹妹站在你跟前。
> 绒格墩墩褥子软软个毡,
> 不如干妹子胳膊窝里钻。

铁旦看傻了,听呆了,说:"她在唱我铁旦旦。"两眼直勾勾地一动不动。

"小妹子,你唱得真好听!"戴锦宏赞扬道。

姑娘不好意思地说:"我们这儿的人都会唱。"

铁旦这才缓过神来,自言自语地说:"啊,真美啊!"

下山了,两只小羊在前面走。锦宏把山丹丹背的一捆柴抢过来自己背上,俩人一前一后下山。铁旦也背着柴远远地看着姑娘。

锦宏不知被什么绊了一下,失去平衡向前栽去,山丹丹转身要扶他,没想到俩人都摔倒了,锦宏趴在了姑娘身上。

锦宏赶快把山丹丹扶起,问:"摔坏了吗?"

"没有。"

戴锦宏涨红着脸,想向姑娘说点感恩的话,可他又不知怎么说好,吞吞吐吐,语无伦次:"姑、姑……我,我想、想……"

山丹丹看着他那涨红着的脸,又吞吞吐吐说不出来,以为他要说爱慕的话。山丹丹的脸一下红了,娇气地小声说:"你不要说哩。"脸红着向山下跑去。

铁旦凑上前,用嫉妒的口吻在戴锦宏耳边说:"怎么好事都让你碰上了啊,给你擦身上给你喂饭,今天又把你往怀里抱,老天爷真不公平。"

第二天,山丹丹爹去地里干活儿,山丹丹去山里砍柴放羊。

锦宏小声说:"铁旦,你怎么没点眼力见哪,咱俩大爷们儿不能坐着等吃啊,你去帮大叔到地里干活儿。"

"那你哪?"

"我跟着山丹丹去砍柴。"

"你怎么净想美事呀?"

"你看我这身子骨还没好利索嘛。"

"哼,你是端着碗里的,还瞅着锅里的,等我回老家告诉秀华嫂子。"

戴锦宏的病经过十几天的休养,完全好转,准备向山丹丹父女俩告别。怎么向救命恩人报恩呢? 不能就这样甩手走啦。戴锦宏心里盘算着。

这天一早,戴锦宏问山丹丹的爹:"大伯,县城远吗?"

"县城不远,要走上半天的路程。你要弄啥呢?"

"你们为了救我,把你家舍不得吃的小米都吃完了,我心里不忍,买点小米给你们还上。我们明天上路,也要买点干粮带上。"

"你咋说这话呢,救人要紧。等秋天到了,我家的羊也养大哩,再换点粮也就罢哩。再说了,我家里还有些洋芋蛋蛋。你们要去新疆扛活儿,那路还远着呢,我看你俩也是下苦的人,钱不多留着路上用吧。"大伯很憨厚地说着。

"大伯,我们到了肃州就有活儿干了,不愁。你不说县城在哪儿,我自己去找。"

"你非要去吗? 我今天要下地干些活儿。"

山丹丹抢着说："大,我带大哥去。"

"那就快去快回吧。"

铁旦急忙说："锦宏哥你刚好,身体还弱,我跟山丹丹去吧。"铁旦看了一眼山丹丹。

山丹丹瞅了一眼铁旦直率地说："你就不要去哩,你跟我大下地去。"

铁旦很尴尬地笑了笑。

山丹丹带着戴锦宏赶到县城时已经到了晌午。所说的县城,其实就是一个较大的村落,村落里有几家店铺,有粮铺、布店和一家小饭馆。走了大半天的路,两人都饿了,他们在饭馆每人吃了一碗浆水面。戴锦宏第一次吃,味道酸酸的,怪怪的。但是,难得吃上了面。

"山丹丹,好吃吗?"

"好吃得很,我这辈辈就吃过一次,还是我大给我过十四岁生日的时候做的。我大说,女娃到十四岁就成人哩,该寻婆家哩,早晚要离开他。这碗面祝我长命百岁,将来寻个好婆家。"

"你们这儿,女孩十四岁就要出嫁?"

"我们这哒儿穷,女娃早早就寻婆家哩。"

"你十五了,你大给你寻人家了吗?"

山丹丹含羞地说："没。"

戴锦宏换了个话题："山丹丹,今天我请你吃浆水面是感谢你的救命之恩,也祝福你找个好婆家。"

山丹丹含羞地笑了笑。

戴锦宏和山丹丹来到粮铺,买了一袋小米和一袋苞谷粒。他们背着粮食经过一家布店看到了花布,绿底红花真好看,山丹丹停住脚步注视着这块花布。

"山丹丹,这花布好看吗?"

"好看得很。"

"掌柜的,这块布按姑娘的身材给扯一块。"

"大哥,我不要,这些银子你路上要用呢。"

"山丹丹,这钱花完了还能挣,你和你大的救命之情,我永远也还不清。这块布你自己缝件衣服,留个念想吧。"

布店掌柜的一边扯着布,一边说："这是你没过门的婆姨吧?"

戴锦宏和山丹丹都笑了笑。

在回去的路上,戴锦宏身背两个粮袋,山丹丹怀抱花布,边走边聊。

"山丹丹,我和铁旦明天就要走啦,感谢你一直照顾我。"

山丹丹突然站住,抓住戴锦宏的手,含情脉脉地望着戴锦宏,小声说道："大哥,你还来吗?"

"我一定来,我这辈子忘不了你,还有你大。"

山丹丹紧紧地抓着戴锦宏的手说："我等着你，你可一定要来呀。"

戴锦宏望着山丹丹，一双清澈妩媚而又透着淡淡忧郁的眼睛，眨动着长长的睫毛。娇如凝脂的脸上，两个浅浅的酒窝，一张小巧的嘴，嘴角微微上翘。左边嘴角下一颗小小的美人痣，使得这张脸更加妩媚动人。

在这块黄土地上，两双脚脚尖对脚尖紧紧地挨在一起，那双穿着花花绣鞋的双脚，脚尖慢慢地抬了起来。

黄土地上吹起了一阵清风，扬起尘土，天地混沌，一片灰黄，两个紧紧依偎在一起的身影，渐渐模糊不清。远处传来了一首动人的情歌：

> 叫一声干哥哥呀铁旦旦，
> 你爱吃酸来我就来个酸。
> ……

今天，戴锦宏和铁旦向父女俩告别。父女俩把一口袋烤土豆一定让他俩带上。

戴锦宏眼含泪水，深深地向父女俩鞠了三个躬，双方无言。锦宏和铁旦恋恋不舍地转身而去。他俩走了十来步，听到山丹丹小声在唤："大哥！"

戴锦宏停住脚步转过身，山丹丹小跑到他跟前，眼含着泪花花深情地对戴锦宏小声地说："大哥，路过这儿一定要来呀，我等着你。"

戴锦宏点点头，他的眼睛也湿润了。

山丹丹和她大目送戴锦宏和铁旦远去。

戴锦宏和铁旦经历了生与死，饱尝了千辛万苦，终于来到了肃州大营。营盘外的买卖圈子里，摆摊的小贩大部分早已随大军离开肃州去了哈密。

他俩在买卖圈子转了一圈，得知后勤营盘每天都在装卸军械物资、粮食、军马草料。营盘也招募民工，干一天给两天饭钱。于是，他俩在后勤营盘做了十来天短工，替军中搬运装卸粮草。十几天后，他俩挣足了路上吃的粮食，随粮草骆驼队离开肃州，又向西而去。

第十三章　黑风啊,我操你姥姥

从肃州到哈密这段荒漠路,是跟着押运军用物资的军队西行,戴锦宏和铁旦心里还算踏实。于是,他俩跟着营盘的骆驼队一路来到哈密。哈密,"天山第一城"。

两人高兴地大喊:"终于到新疆啦!"

哈密,由老城和新城组成。老城当时是哈密回王的封地,哈密王是由清乾隆帝所封。哈密郡王拥有自己的大片封地、农奴,用自己的封建制度管理他的臣民。每年哈密王都进京朝见清朝皇帝。在哈密王的贡品中,皇帝最爱吃的是甜瓜。

当时的京城流传这么一段顺口溜:

> 东海的螃蟹,西海的虾,
> 南海的荔枝一朵花,
> 比来比去都不如,
> 吐鲁番的葡萄,哈密的瓜。

戴锦宏说:"老家的亲人们在哈密等着我们。"

"走! 去营盘外的买卖圈子找咱老家的人。"

他俩高高兴兴地找到了哈密大营外的买卖圈子。这里的买卖圈子很大,都是各省随军小贩,有上千个小摊。他俩找了一圈不见一个老家的乡亲。

"怎么不见老家来的人呢?"

小摊贩告诉戴锦宏:"天津来的小商贩们早就随大营走哩。"

"都到哪儿去啦?"

小贩说:"都去了古城子。"

两人一听老家的人不在这儿都走了,顿时像泄了气的皮球。铁旦扑哧一出溜坐在了地下,垂头丧气地说:"这一路怎么这么不顺呢? 坏事都让咱俩赶上了,真倒霉。"

戴锦宏呆呆地站在那儿,自言自语:"听石柱说过,老家的人五月去古城子,咱紧赶慢赶还是没赶上。太原耽搁了十来天,在山丹丹家住了十多天,在肃州又耽搁了十来天,加起来一个多月了。这是老天爷有意在难为我俩啊!"

"铁旦,反正咱已经到了新疆,听老乡说下一站就是古城子。站起来,走!

进哈密城逛逛,吃一吃哈密瓜,让咱肚子里也甜一甜。"

戴锦宏和铁旦一进入哈密回城,那异样高耸的清真寺,阿訇站在顶上在唤礼。清朗悠远的唤礼声,萦绕在哈密回城上空,透着原始和神秘。看到了从没见过的造型独特的宫廷式建筑,内地的雕梁画栋与伊斯兰圆顶拱伯孜、月牙的异族建筑风格融为一体。它像一个华丽的魔匣,走近它闻到它的古老气息。这就是哈密回王府,历经一百多年啦。

那高低错落的民房,以及异族的民族服饰、民俗风情,把两人深深地迷住了。

铁旦看着擦肩而过的姑娘小声说:"你看,那丫头长得多好看。"

弯弯的眉毛,杏核儿眼,
深深的眼窝,高鼻梁尖。
无数的小辫,披在肩,
长长的纱巾,把头缠。

他们一手拿着葡萄,一手拿着瓜,一边吃着,一边在争嘴。

"这葡萄比哈密瓜甜。"

"不对! 哈密瓜比葡萄甜,这可是皇上吃的贡品。"

"那我们也当一回皇上老儿!"

戴锦宏和铁旦游完了老城,来到新城,这儿是大军的后勤基地。

在哈密新城有一条街,商户店铺较多,商家从内地运来的货物大多集中在这条街上的商行、货栈。哈密有好几家货栈批发商。戴锦宏和铁旦没有资本在买卖圈子摆摊,他们只有在货栈打短工扛大包、搬运货物挣点小钱,等待着有老家的人来哈密办货,随他们再一起走。

可这一等就半个多月过去啦,戴锦宏等不下去了。

"铁旦,咱俩这样瞎等着也不是个事呀! 既然已经到了新疆,那安大哥他们也不会离这儿太远。"

"掌柜的,请问来新疆赶大营的天津人在什么地方呀?"

"半个月前有两个天津人来过,在我这里拿了几驼货。他们说各省大营客大都集中在古城子。"

"古城子离这儿有多远呀?"

"不远啦。"

他俩听说不远,无比喜悦,总算快熬到头啦。

初来新疆的人,千万莫听远不远。新疆人对一地到另一地的距离,没有距离公里数概念。如果说个"不远",可能要走上几天。即便在同一地问路距,只能听他拖着长音,来判断距离。他若说"在那儿——哪",你可能走一天都到不了。正是这句"不远",戴锦宏决定在哈密不等啦,思念老家的人心切呀。

"铁旦,咱别在这儿耽搁了,我们自己走。"

他们购得一些必需的生活用品,带足了食物和水放在背篓里,又上路了。

从哈密到古城子,修了一条运输军需和军事信息投递的大路。这是一条百里戈壁路,气候变化无常。冬季经常出现大风和寒流,春秋季风口刮起大风来,天昏地暗,飞沙走石。此段路干旱缺水,不带充足的水很难过去。

戴锦宏和铁旦在经哈密到木垒的路上,每隔几十里不等就有一个站,这些站设置在离水源近的地方。这是大军在这条运输线上专门设的点,为东来西往的人们提供生活上的用水。他俩为了省钱一般不住店,睡在露天。为了补充途中的饮用水,只好在各个站买点水。水还要花钱买吗? 店主告诉他们这一路找不到水,是衙门的人花钱找人打井才有的水。军队到这儿取水不收费,而商队或百姓到这儿取水就收钱了。

戴锦宏和铁旦离开哈密已经走了几天,走得精疲力竭。这一天走到了一个叫七角井车马店的地方,准备在这个店好好睡一觉,恢复体力再上路。此地的水极苦,不可下咽。

戴锦宏问店主:"掌柜的,这儿的水怎么这么苦啊?"

"这哒儿是戈壁滩,地下的水都是苦的,牲口都不喝。过路的人们都叫这地方'苦水'。"

"苦水,那你们吃水怎么办呢?"

"骆驼来了到十里外的山上驮点水,这哒儿的水比金子还贵重。"

"你们长年生活在这里行吗?"

"还长年呢! 短年都不行。夏天热球子的,冬天冷球子的,待上几个月就烦球子的。春天秋天又天天刮大风,那大风刮起来天昏地暗把人都能刮上天。"

戴锦宏笑道:"有那么大的风吗? 你说得也忒悬啦。"

"你不信?"

"我不信,我还真想见识见识这样的大风。"

车马店掌柜听了后,摇了摇头。

戴锦宏接着问:"你干几个月走啦,这儿就没人管啦?"

"咦,这哒儿的车马店是衙门开的,没有这一站还不行,衙门派人换。来的人主要是安排过路客人吃的水,你们走时只能给一水泡子的水。"

第二天一早他们准备上路,店主告诉他们:"二位客官,今天风口有大风,你们过不去。"

戴锦宏看了看天,晴空薄云,微风拂面。

"这天气多好,即便有风也无妨。"

"我们这哒儿的天,像碎娃的脸一样说变就变。再说,你们不等一哈后头的驼队一哒儿走吗?"

"这得等多久啊?"

"三五天,七八天,都有可能。"

戴锦宏想,这位店主可能想多留些天,多赚点钱。何况这四个多月,我们什么样的天气没遇到过,荒漠戈壁也走过,刮大风算什么呀。他们没听店主的劝告就上路了。

茫茫无际的大漠戈壁一望无边,与天边相连,向四处瞭望分不清东南西北。一个人行走在大漠中就像一个小蚂蚁在爬行,戴锦宏心中多少有点恐惧。他看了一眼铁旦,低着头一声不吭地走着。

"铁旦,害怕吗?"

铁旦摇摇头。

"后悔吗?"

他又摇摇头。

"你看那天边似乎有什么楼宇、树木。"戴锦宏指着远方。

铁旦极目望去,"我怎么什么也看不到呢?好像是烟,又像雾向上升。"

"过去只听说大漠戈壁的海市蜃楼,这次真见到了,不亏!老天爷!我来啦!"戴锦宏在壮胆。

在苍苍茫茫的大漠中,骆驼刺、芨芨草、红柳一丛一丛点缀在戈壁原野中,一点一点地向天边消失。

"过去说,新疆是不毛之地,我看还有毛呀。"

"我们走到多会儿才能见到人啊?早知道这样,我们应该在哈密等上一段时间,跟着商贩的驼队走就好啦。"铁旦锁紧眉头,自言自语地说。

"这不是急着早一天见到咱老家的人吗,唉,既然已经这样了,就沿着这条路走,总有个头。"戴锦宏安慰铁旦。

时直正午干热难忍,鼻孔干燥,嗓子眼冒火。

戴锦宏说:"铁旦,咱们坐在路边这丛红柳边休息会儿,吃点东西喝口水吧。"

铁旦不吭声,一屁股坐在路边。

"铁旦你的精神头不好呀,不舒服吗?"

"没有,我想我爹妈。"

"是啊,谁不想守在家安生过日子啊,可这世道不好呀,你不挣扎行吗?总得闯一条路活命!不想啦,我给你唱一段咱河北梆子腔。"

戴锦宏扯开嗓子吼了起来:"……哎哟,不行,这嗓子疼。"

突然,北面天边,一团黄褐色的东西翻江倒海般地升起,云不是云,烟不是烟。这团东西由黄褐色变成褐黑色,越升越高,越来越大,铺天盖地向他们压来。他们明显地感到这个庞大的怪物似乎要把整个天地吞没。伴随着轰隆隆的巨响,一股强大的气流掀起地上的沙石,推打着他们站立不住,要把他们掀到上空,被怪物的大口吞没。天地陡然一片昏暗,白昼立刻变成黑夜。这是沙暴,他们从没经历过,甚至于从来没听说过,飞沙走石一点儿不差。他俩惊恐失措。戴锦宏想见识的"大风",老天爷给你送来啦。

"铁旦快躲!"

"往哪儿躲啊?!"

话没说完,就被沙尘噎着了嘴,鸡蛋大的石头砸向全身。黑风暴笼罩了整个天地,看不到身边的一切。他们装满食物和水的背篓好像被一股强大的力量瞬间撕碎,刮得无影无踪。人被刮得在地下翻滚,感到天在旋,地在转。不知有多久,一丛红柳挡了戴锦宏一下,在迷迷糊糊之中仅存的一点儿意识告诉他抓住抓住!他本能地抓着它,否则要被刮上天。

戴锦宏抓着这棵救命的红柳。否则,自己要被这黑魔活活吞掉。他躺在那儿,又感觉到一层一层的沙土往自己身上覆盖,压得他喘不上气来。不能让这黑魔活埋了自己,他拼命挣扎着,渐渐失去意识。

不知多久,他苏醒了,微微睁开眼睛,眼前灰蒙蒙的一片罩着大地,巨大的灰罩子上面透着亮光,嗯,那是天空。他努力地摇了摇头,让头上的沙土散去。他活动了一下胳臂,两只手伸了出来,拨去覆盖在身上压得令人喘不上气的沙土。

到天快黑的时候风沙小了,天空渐渐清澈起来,看到了蓝色的天空。戴锦宏艰难地坐了起来,巡视周围不见铁旦。他浑身疼痛,躺在地上呼喊着铁旦,不见一点儿回应。他又艰难地跪起来,环顾四周,不见铁旦踪影。他又栽倒在地上。

天地全黑啦,看不到一丝光亮,他似乎到了阴曹地府。

他迷迷糊糊念叨:"怎么听不到阎王爷的声音?可能来到地狱的人太多太多,阎王爷顾不上判我。我在阳间没有作什么恶呀,不就是骗了一船粮食,我还付了银子哪。按理说应该把那些大大小小的贪官污吏统统打入地狱,是他们把天下百姓交纳的粮食中饱私囊,养肥了自己,而百姓被逼得走投无路。不公!不公!

"要么就是我烧了洋教堂?阎王爷,我烧得对呀!这些洋人跑到咱的土地上来横行霸道,祸害百姓,你该把他们也打入十八层地狱才是。你评评理,我做得对不对?你说话呀?

"今儿个你要是断案不公,我要打闹阎王殿。"

想着想着,他又昏了过去。

第二天,太阳从地平线升起,一缕金黄色的斜阳照在戴锦宏的身上。他微微动了一下,又艰难地睁开了眼。忍受着干涩的喉咙,嘴张了张,满嘴的沙子吐了吐,没力气吐出来,只好又闭上眼静静地躺着。心想:阎王爷不收我,把我又送回人间来了。看来这阎王爷也怕小鬼难缠。

不知又躺了多久,阳光射在他脸上,他艰难地举起疼痛的双手遮住阳光,再慢慢地睁开眼睛。湖蓝色的天空被昨日的怪风荡涤得没有一丝云彩,空荡荡的天空没有一只飞鸟,空旷的原野没有一丝声音。四周空旷无垠,一片死寂,寂静得令人生畏。

他又懒懒地躺了一会儿,才试着挣扎坐起身。浑身就像散了架似的疼痛,他呻吟了一声,又颓然倒下大口喘息着。他慢慢吐出嘴里的沙子,慢慢地活动两条腿,虽然钻心的疼,但自己庆幸骨头没断。

不知是个什么小虫在他脸上爬着,他用手划拉了一下,侧过脸来一看是只小蚂蚁。小小的蚂蚁艰难地爬行着,它要往哪儿爬?它肯定是为了生存,寻觅食物。也许是这场风暴毁了它的家,它正在努力地建立它自己的新家。戴锦宏艰难地坐起来,注视着小蚂蚁的去向。在这大漠戈壁中,这只小蚂蚁能如此顽强地生存,真是不可思议。这可能就是人们常说的"蚂蚁啃骨头的精神""蚂蚁搬家的毅力"等赞美词。

戴锦宏看着这只小小的蚂蚁越爬越远,他寻思:难道我就站不起来啦?难道我就躺在这儿等死?难道我不如一只小蚂蚁?

不!我要活下去!

他意识到要想活命,必须站起来找到那条救命的路,他忍着疼痛慢慢地站立起来,这股力量兴许是小蚂蚁带给他的。他张望四周,太阳是在这边升起,这边是东。再看这丛红柳的枝条都向这头倾斜,对!路在那个方向,那边是北。

戴锦宏在旁边的一丛红柳上做了记号,向南走了一里地,一边呼喊铁旦一边寻找。最终他不敢走了,然后返回向北。

快到下午时,发现前边似乎是路,生的希望出现了,他跌跌撞撞地奔去。

"是那条路,那边不是我和铁旦坐下休息的那丛红柳吗?"

戴锦宏趴到这丛红柳前抱头大哭。铁旦兄弟呀,昨儿这个时候咱俩还坐在这儿,突然间的这场黑风把你刮到哪儿去啦?这方圆一里多路怎么就不见你的踪影?难道阎王爷把你带走啦?阎王爷呀!你为什么不带我走,还让我留在人间受罪?

铁旦到底是死是活?找,到哪儿去找?不找,又难以割舍。

一天一夜的饥寒交迫下,这时,他心里发慌得厉害,豆大的汗珠子从脸上流了下来,全身没有一点儿力气,他知道饥饿向他袭来。他挨过饿,但从来没有像今天这样难受,他忍不住了。他尝到了当人将要饿死的时候是什么滋味。这时,他想起了在运河上抢粮食的灾民,如今轮到他,他也会不要命地去抢。

口渴难耐,喝了自己的一口尿。饿,饥不择食,用全身的力气刨出一点草根往嘴里塞。到后来尿都没啦,草咽不下去了,他的体力也完全耗尽了,昏沉沉地又睡了过去。他,命在旦夕。

不知过了多久,他的喉咙湿润了,好像是甘露。他睁开眼发现两个异装的汉子给他用皮囊喂水。这两个汉子看他睁开了眼,也高兴地对视一笑,向他点点头示意:"喝吧!喝吧!"

戴锦宏喝了不少,恨不得把它都喝完,但他不好意思再喝啦,用表情示意:"谢谢!"

这时,一个汉子从马背上的褡裢里取出一块食物让他吃。他毫不客气地狼吞虎咽。这是他有生以来感觉吃得最香的食物,后来他才知道这是哈萨克人用面和肉干烤制的食物。

两个哈萨克汉子看他精神上好啦,能站起来,身体上没有大碍,向他连说带比画告诉他,在这儿不要动,指指远处,又指回来。意思是让他在这儿等着,有人会来,并给他留下了那半袋皮囊水和一块食物,骑马走啦。

这两位救命恩人他永世不忘,经常讲给他的儿孙听。那个皮囊他一直存着。并且他有意要学会少数民族语言,如果还能见到恩人,他一定要用哈萨克语谢谢他们。

戴锦宏面朝大漠,又想起了铁旦,想起了在河西堡铁旦对他不离不弃。他跪在地上,悲痛哭喊:"铁旦兄弟,分别时你没留下一句话,怎么就这样消失了,是老天爷把你带到了天堂?

"黑风啊!我操你姥姥,你夺走了我兄弟的命!"

他在路边做了个明显的标记留给铁旦,希望他还能活着出来。

戴锦宏为了保存刚刚恢复的体力,他躺在地上等待救援,眼望着无边无际的苍天和茫茫大地。他在天地之中如同一个微弱的小小生命,随时都会消亡。不知姓名的少数民族兄弟,留给他的一点救命的水也快喝干了,他还有机会报答救命恩人吗?在这儿躺多久才能等到人过来呢?

他想起了老家,想起了父母,想起了和他们生活在一起的一件件小事,这是最幸福的、不可求的。

他又想起了石柱的爷爷,还在老家日夜盼望他这个孙子早点回去结婚生子。他老人家哪里知道这是永远见不到的美梦。

他又想起了崔叔,和他一块儿去南方倒买粮食的喜与悲。可如今铁旦永远回不来啦……

而他自己,等待着死亡的来临。

天际苍苍,大漠茫茫,天地之间混混沌沌的地平线上有一串生灵在蠕动,渐渐向这儿走来。啊!是个骆驼队。戴锦宏见到了生的希望,他也不知哪来的气力又让他站立起来,不断地挥舞着手中的衣服,用尽生平最大的气力狂喊着救命。

一首动听的歌——《骆驼客》,伴随着驼队传了过来:

哪里来的骆驼客,哎——亚丽美,
哈密来的骆驼客,沙里洪巴嗨。
骆驼驮的啥东西,哎——亚丽美,

胡椒花椒姜皮子,沙里洪巴嗨。

一斤你卖多少钱,哎——亚丽美,

三两三钱三分三,沙里洪巴嗨。

从光绪初年起至二十世纪三十年代前,这条古丝绸之路又迎来了驮运业最兴旺的时期。在这半个多世纪,每年从津京各省贩运到新疆的绸缎、布匹、茶、糖、日用百货、中药,以及从新疆运往内地的皮毛、肠衣、棉花等,都靠驼队来往于这条古道上传送着。这条驼队运输线繁荣了半个多世纪,到一九三一年,因新疆战祸而终止。

今天,它引领着一个上千峰的骆驼队过来了。驼队装满了粮草,驼队后面跟行着十余辆马车,有十几名客商与驼队同行。

戴锦宏老远就喊道:"掌柜的! 救救我……"

牵引驼队的是一名十四五的脚夫,这个脚夫就是秀华的弟弟生华。

生华在太原跟着一位骆驼帮主装着几百峰军粮,行走了两个多月来到这里,遇到了在大漠戈壁面临死亡的戴锦宏。

怎么这么巧? 各位读者,这就是"无巧不成书"。

自从当年三月,戴锦宏在山西河北交界的小镇茶馆偶遇生华,并救了生华一命,这表兄弟就失散了。生华在小山村陪他爹养病半月,他哥俩先后到了太原城,各自在太原逗留半月。生华当了驼帮的脚夫,于是哥俩又先后踏上这条骆驼路,向同一个目的地走去。没想到戴锦宏生病在山丹丹家养病,途中又耽搁了十余日,兄弟俩正好在这戈壁大漠的路上相遇。

王生华发现前面躺着一个人,对驼主说:"驼主,前面躺着一个人,怕是不行啦。"

驼帮主:"你去看看。"

生华跑到近前一看,两人都大吃一惊。

"姐夫! 你怎么躺在这儿?!"

"生华! 你是生华吗?! 你怎么到这儿来啦?! 这是在做梦吧?"戴锦宏不相信自己的眼睛,用手把眼揉了揉,说,"是,是生华,这是真的?"

生华也惊奇地掐了掐自己的脸,"……姐夫! 是真的! 你怎么在这儿?"

"生华,一言难尽呀。"

这时驼主走过来看了看,说:"把他先弄到后面的车上,驼队还得赶路呢。"

生华把他抱到车上给他喂水,给他一点食物。两人惊喜相遇,且不言表,读者已心知肚明。戴锦宏在赶大营的路上,第三次死里逃生。

生华牵着驼队,缓慢地向古城子走去。

第十四章　老天哪！我可见到老家的亲人

古城子(今奇台)坐落于准噶尔沙漠南缘与天山北坡间狭长的通道上,是古丝绸路上的重要商埠,被称为"旱码头",又是交通枢纽和军事要镇。

清军大营设在这儿,随军商贩经哈密也来到古城子。

古城子是骆驼队运输的终点,又是个军需货物集散地,几千各省籍的赶大营商客们也都集中在这里。这时,杨柳青籍商贩在此已经会集了二百多人,号称"天津帮"。身上的资金最少者也积累了几百两,多者上千两。有的大户开始筹建自己商铺,成立货栈。有的修建了车马店,开饭馆,或者购买马车和骆驼成立运输行。

商贩们有的往前线输送货物,有的返回筹备物资,还有的往返于古城子至哈密一线,从哈密采购大批货物靠驼队输送到古城子。

天津商贩在安文忠、周乾义率领下,十余挂马车返回古城子采办货物。

此时,传来消息:光绪二年八月十七日,清军首战收复古牧地(今米泉)。九月二日,清军收复玛纳斯。

戴锦宏进入古城子,一下被这里的繁荣惊呆了,街道上商铺、车马店、饭馆、澡堂子、药铺、钱庄一家接着一家,满街的骆驼、马车东来西往,操着天津杨柳青、甘肃、陕西、山西、四川以及湖南腔的人群熙熙攘攘。当时有两段顺口溜:

> 古城子的人,古城子的话,
> 南腔北调都在咋。
> 千峰骆驼进,万辆大车出。
> 要想挣银子,就来古城子。
> 一进古城子,跌个跟头拾银子。

生华随骆队去卸军粮。戴锦宏在别人的指引下很快地找到了家乡人的驻地——古城子西街一个车马店里。

戴锦宏衣服褴褛,面黄肌瘦,活像一个叫花子。他一进车马店的大院,见到的第一个人就是周乾义。

"周大哥……"他的声音哽咽了,那种九死一生的悲喜交织于心头。

周乾义见到戴锦宏,一时没认出来。一个披头散发、破衣烂衫、赤着双脚、面黄肌瘦的叫花子叫他。"你是谁呀?"

戴锦宏撩开乱发:"我是戴锦宏呀!"

周乾义惊异地看着戴锦宏:"你、你、你怎么一个人呀?这是怎么回事呀?"

"老天哪!我可见到老家的人啦!"他仰天大哭起来。

戴锦宏见到了家乡的亲人,那种历经磨难而复生的悲喜交加的感情喷泻出来,他只有哭而无语。

家乡的人们纷纷围了过来,你一言我一语地安慰他,"老乡见老乡,两眼泪汪汪"在新疆得到了深刻的体会。

"你不是跟着石柱吗?还有铁旦呀?"

"周大哥!石柱死啦,铁旦也没啦!"

"石柱怎么死的?"

"石柱被土匪杀啦,铁旦被大黑风刮跑啦,找不着啦……"戴锦宏提起这两个同伴,又泣不成声。

家乡人围着他,听他讲述那一路上的苦难遭遇……

乡亲们听说石柱惨死在土匪抢劫的屠刀下,无不悲伤落泪。活蹦乱跳的一个人,勇敢胆壮的一个人,好打不平的一个人,怎么说没就没啦,再想见都见不着啦。大家伙想起了他在哈密买卖圈子打的那一架,虽说咱被罚啦,但是,石柱带头打出了个名振新疆的"天津帮",打出了天津商贩的一块天地,打出了天津商会和湘军的互信交情。

铁旦失踪了,到底是死了还是活着?生不见人,死不见尸呀,这给大家伙的心里总留下一块心病。眼睁睁地看着快到啦,快见到乡亲们了,怎么让黑风暴刮走了呢?大家对铁旦的失踪,既伤感又惋惜。在人们心里还老惦记,永远也抹不去呀。

面对这突如其来的噩耗,大家都很悲伤。周乾义看着戴锦宏破衣烂衫面黄肌瘦的模样,安慰道:"锦宏别哭啦,伤心也没用,先换上衣服剃个头洗个澡吃饱了肚子再说。"

大家伙为戴锦宏捐资捐衣物。戴锦宏面对乡亲们给他捐的钱他不敢收,不能收。

"各位老伯伯(小叔叔),各位大哥,这钱我不能收。我们远离家乡干吗?不就为了挣钱活命吗,你们的父母妻儿在老家等着你们寄回银子活命哪。我一个汉子随你们而来受点磨难没啥,你们不都是这样过来的吗?大家的好心,我在这儿领啦。"戴锦宏跪谢。

周乾义:"戴锦宏是个爷们儿。起来,听周哥我的。现在换上大家相赠的衣服,总不能还穿这身破不遮体的衣服吧,把旧的全扔了,扔掉那些带给咱的穷日子,重新开始。然后,我带你去洗个热水澡,去去这一路上沾在你身上的晦气。然后我请你吃顿饱饭,总行吧。"

安文忠:"我借你十两银子置点东西,等你挣了钱再还我总该成吧。"

大家你一言我一语地安慰他。

这时,生华卸完货也找到这里。

戴锦宏:"生华,快来见周大哥和咱杨柳青的乡亲们,咱俩总算找到亲人啦。"

周乾义问:"这是谁呀?"

"这是我表弟王生华,他给驼帮当脚夫,我俩在戈壁路上遇到了。"

周乾义:"不多说啦,拿上这几件衣服,你哥俩跟我走。"

戴锦宏、王生华跟随周乾义首先进了一家澡堂子。在一间大屋子内,蒸汽弥漫,一口口大木桶摆放着一圈。戴锦宏、王生华把破衣烂衫丢在外面,学着周乾义,把大伙送的衣裤挂在墙上,跳进桶内,半年多第一次舒舒服服泡了个热水澡,顿时觉得身上轻松了许多。

出了澡堂子,仨人来到一家饭馆子。

周乾义说:"兄弟,你们想吃啥尽管说。"

戴锦宏看了看吃客碗里的东西,他没吭声。

周乾义见他没吭声,又问道:"要么我带你去吃新疆的手抓肉,那肉可肥啦,是大尾巴羊,咱老家没这种羊。"

戴锦宏想了想说:"我想吃一种发面饼似的,一圈厚边,中间薄,饼里还有肉块。是我一生中吃过的最好吃的东西,我永远都忘不掉。"

"那是什么东西呀?你是在哪儿吃的?"

戴锦宏说是他在途中被两位哈萨克族兄弟救了后给他的那种食物。

周乾义恍然大悟,哈哈大笑:"那是维吾尔人的烤肉馕,好、好、好,我带你去,管你吃个够。"

他们来到一家维吾尔族饭馆,饭馆门口就有一个烧着火的坑,肚大口小,形似坛子。维吾尔族老乡把面饼贴在里面烧烤。馕坑也可以烤羊肉串或烤全羊,烤出来的食物外脆内酥。

戴锦宏吃了一顿香甜美味的饱饭,还喝了从没喝过的奶茶。

周乾义问:"吃得可口吗?"

"这是我长这么大,吃得最美的饼。"

"这叫馕!"

戴锦宏到古城子的第一天,洗了个热水澡,换了新衣服,吃了顿有生以来最好吃的饱饭。在这里,他新置办了一副箩筐担子,添置了一些生活日用品。

到古城子的第一天夜晚,他躺在十几个人睡的大炕上,想起了老家的炕,又想起山丹丹的炕。半年多来,他终于睡了个囫囵个的觉,一睡睡到第二天中午,叫他吃饭才醒过来。

王生华来向戴锦宏告别,准备随驼队返回太原。

"生华,你不回去行吗?"

"姐夫,我爹还在太原哪。"

"姨父身子骨怎么样?"

"我爹经过这一难,身子骨大不如昔,在菜园子给人当长工,总算有口饭吃。"

"噢,你还来新疆吗?"

"我家帮主给官家往新疆运粮,肯定还来。"

"那好,有机会见。"

十八日,古牧地大捷的第二天。天津商会用古城子杨柳青刘家的车马行,拉载了三十头猪、十车蔬菜,王家骆驼行驮着二十几峰骆驼的大米,后面紧跟着二百多人的挑担客,头车上插着一面天津商会的旗帜,浩浩荡荡地来到古牧地。他们庆贺古牧地大捷,预祝光复迪化一举成功。

正好这一天,刘锦棠大将军也赶到古牧地,亲自接见了安文忠和周乾义率领的杨柳青二百多人的商贩大队。刘大将军讲了一番勉励的话,并邀请他们参加晚上的庆功宴。

湘军厨营,当天下午杀猪切肉,搭灶煮米,烧锅炖肉。

杨柳青小贩在营内摆设地摊。有金创膏、消炎粉、膏药等中药材和医用棉纱,以及茶叶、烟叶、古城子酒、布袜、缠腿带、裹脚布、面巾、针头线脑等日杂用品。

晚饭时,安、周二人被一位湘军提督请进营帐用餐。得知湘军督统刘大人要接见一介商民,安、周二人真是受宠若惊。

"不知刘大人召见我俩有何事商议?"

提督说:"先用餐,等刘大人来了,你们就知道了。"

周乾义急忙传呼外面的人:"顺子,搬来几坛子酒献上!"

暂且不提营帐内刘锦棠大人接见安、周有何要事商议。在帐外,湘军士兵们个个手端一碗米饭,分得几块红烧肉喜不开言,夸奖杨柳青小贩,使他们能吃上大米饭和家乡的红烧猪肉。

夜里燃起了篝火,湘军将士们唱起了花鼓戏和湘歌湘调。

安文忠和周乾义在营帐内和湘军将领一道用餐,餐后他们受到了湘军最高统帅刘锦棠的接见。他俩出了营帐边走边谈。

安文忠小声对周乾义说:"乾义啊,在大帐时听说督统大人要亲自接见我们,我当时很是疑惑,我们不就是挑担小贩吗?大将军要亲自召见我们,说有要事要跟我们说,我这心里一直嘀咕,介是为吗呀?我坐在那儿一直寻思,桌上的饭我都没心思吃。"

周乾义说:"是啊,我坐在那儿也忐忑不安。我当时寻思,莫非是瞅咱天津商会人多有钱让咱出钱出力呗。出力可以呀,我们一直冲在战场的前面给大军供应生活用品,还让我们干吗? 如果让我们出钱,我们每人身上也就千儿八百的银子,这是咱提着脑袋挣来的,来得不易呀。是让咱捐点,还是在咱身上搜刮点? 我坐在营帐里心里也是七上八下。"

安文忠笑着说:"咱这些顾虑呀,好比是'裤裆里放屁——两岔子去了'。没想到督统的意思是等拿下迪化后,让咱留在迪化不跟大军走啦,帮着大军重建迪化城。你说这是好事还是坏事呀?"

周乾义仍然心怀顾虑地说:"你说迪化拿下来让咱建店坐商,城里没人这买卖跟谁做呀? 岂不是让咱唱'空城计'?"

安文忠:"我当时也这样想。后来听说古城子后勤大营要移到巩宁城,在迪化城还要成立善后衙门。有了后勤大营又设衙门不就有了人了吗?"

周乾义:"巩宁城离迪化有多远呀?"

安文忠:"听说就隔一条河,河东是迪化城,过去住着千户百姓。河西是巩宁城,是清朝驻军的地方。阿古柏来了后把巩宁城一把火烧了。"

周乾义:"咱现在面临两条路,要么留下来重建迪化城,要么跟着大军继续南下。咱这是又面临一场赌呀,赌好了咱们由行商变坐商,赌不好咱身上挣的这千儿八百两银子就打了水漂啦。"

安文忠边走边低头私语:"跟着大军继续赶大营,最多也再挣个千儿八百的银子。如果留下来……"他突然抬起头来望了望天,对周乾义说,"我想,这兴许是老天爷给咱的一次发财致富的机遇,让咱坐地经商。你忘了小神仙给咱算的那个卦吗?"

周乾义笑着说:"你真信呀?"

安文忠:"信不信在天! 走! 咱回去跟大伙合计合计。"

周乾义:"先别给大家伙说,咱再好好想想,等进了迪化城再说!"

第十五章　站在了迪化的城门楼子上

今日乌鲁木齐的中心地区,在光绪初年,有四座城。

清代乾隆年间,西山下修建一城,周长十一里,赐名"巩宁城",俗称老满城。后来,在河东红山下修建一城,周长六里余,赐名"迪化城",俗称汉城。再后来,又在迪化城东北处建一城,俗称新满城,居住军中家属。一八六四年,陕西回族阿訇妥明,在迪化城南五里外的南梁坡上建皇城(今团结路),俗称回城,并称王。这四座城堡被河滩、草地、荒坡分割,互不连接,形成独立的四座城堡。一八八四年,新疆建省后定迪化为省府,新满城并入迪化城,周长增至十二里。

阿古柏侵占这一地区后,仅存破败不堪的迪化城,其余的城全被毁。

光绪二年九月二十日,收复迪化的战役打响了。湘军占据红山和六道湾山梁后,居高临下,修建炮台架起十余门红夷大炮,炮口直指阿古柏的军营、指挥部和城墙的北门、西门。第一发炮弹"端直子轰塌了北门的城门楼子"。红山上的大炮齐鸣壮哉啊,小西门的土城墙顿时坍塌,北城墙被炸开一个个缺口。第二轮炮弹直发城内阿古柏的兵营,炮弹击中了匪帮的指挥部。炮轰声和枪声,震天骇地,紧接着大批湘军呐喊着从红山、六道湾山梁、西河坝向迪化城冲击。

迪化守敌白彦虎如惊弓之鸟无力抵抗,兵败如山倒,便仓皇逃跑出迪化城。

令人没想到的是,迪化战役没见刀对刀、枪对枪、面对面的厮杀,仅靠大炮几轮轰击迪化城就光复了。后来,迪化百姓把这个六道湾山梁上的炮台称"一炮成功"。

迪化光复后,满目疮痍,到处是残垣断壁,一片瓦砾,成为一座死城。

攻下迪化的第二天,杨柳青商贩在古牧地的驻地来了一队清军的军政官员,安文忠、周乾义等众人赶忙相迎。清军将军府一名大员高声道:"天津商会接将军府嘉奖公告!"

安文忠众人躬身听候宣告。

官人高诵:"天津商会助军收复古牧地、迪化有功,特此准许你会商贩首入迪化城,首入城者,可享在汉城择地开店经商的优先特权,特此布告。"

安文忠上前接过公告,致谢。

手捧将军府的公告,杨柳青二百多名赶大营的乡亲们,反而不知如何是好。在这座断壁残垣无人烟的空城内建房开店,就意味着不跟大营走啦?在这座空城开店跟谁做买卖?能行吗?

为此,安、周二人专门召集二百多位乡亲开会。

有乡亲问："为吗给咱在迪化城择地开店经商的优先权呢？"

安文忠向大家说："除我津商抱团助军有功外，更重要的是让我们天津商会带个头，重建迪化城。"

"大军不是要继续南下吗？"

"我们不跟着大军营盘走啦？"

"迪化已变成一座空城，我们待在这儿跟谁做买卖呀？"

"是啊，有买才有卖呀！没有买家，这生意怎么做呀？"大家七嘴八舌。

"众位弟兄们别急，听我说两句。"周乾义开言，"十八日我们慰劳大军那天，刘大将军亲自召见了我俩，并面谕：收复迪化后要重建迪化城。可是军队战事繁忙大军南下，没有人办这件事。迪化，此地战略地位极其重要，准备在老满城原址上设立驻军营盘，并且把古城子大营后勤基地迁至满城，在迪化汉城成立善后公署衙门。一则便于南疆战事的后勤调配；二则，预防沙俄在伊犁有变。大军主力南下迪化又疮痍满目，到处是断壁残垣，已变成空城靠谁来重建呢？大将军希望我们津商商会带个头，依靠民间力量和资金配合善后公署衙门重建汉城，清除城中废物，加固城墙，修整街巷道路。并且允许我们优先择地建房，开设店铺，其房产归私。"

有人疑问："你老说我们离开老家，为吗？就是为了赶大营挣口饭吃。这儿的大军都南下啦，我们赶什么大营呀？"

"让我们帮着建城，我们的吃喝谁管呀？"

"那不等于我们由行商变为坐商啦？"

"在这儿开铺子做买卖能行吗？"

"我来赶大营，只想干个三五年挣点钱回老家呢。"

"是啊，我们都是光棍一个，在这儿盖房子和谁住呀。"

"在这儿娶个老婆吧！你就别走啦！"有人开玩笑。

"娶谁呀？这儿哪有女人呀？"

"就是有女人，我也不想在这儿安家，老家的父母撂给谁？"

大家你一言我一语，提出种种疑问。

"我来说两句。"安文忠开言，"刘大将军跟我俩面谕时我就琢磨，我们大家伙的脑袋瓜子里只装着赶大营挣口吃饭的钱好活命。有谁想过我们有那么一天，有自己的铺子，有自己的商号，做大买卖，挣大钱，发财致富呢？"

大伙面面相觑。

"做梦都没想过。"

"肚子都填不饱，谁想能发财致富呀。"

"咱家祖坟上就没冒那股烟。"

"能挣个一亩三分地，将来老婆孩子有个热炕头就结啦。"

安文忠笑啦，他接着说："我此前赶了几年的大营，只能糊口养家填饱肚子，

128

到头来还是要吗没吗。啥问题呀？咱这脑瓜子不活泛。刘大将军的话提醒了我。开铺子坐商，总比挑担小贩强啊，那是咱过去想都想不来的好事。问题是这个地界有没有市？当我听说在这儿要建大营建衙门，我感到老天爷开恩，给了我们一片天、一块地，这可是千载难逢的机遇呀。你想想，古城子是个大市，商贾云集，我们到那儿的时候，有你我插一腿的地界吗？没有！如果把古城子的商市搬到迪化来，那真是给你一个机遇。我打算在迪化立足建店铺，挂字号闯一闯，闹出个一方天地来，不白来人世一趟。你要只想着填饱肚子，那你永远也填活不饱。我从今儿，就想着要发财致富！如今大家的口袋里、怀里，最少都揣着千儿八百的银子，捂着它生蛆呀？我决定留下了。"

"安哥这么一说我是茅塞顿开，做生意没有赔就没有赚，这叫买卖。既然在迪化建个大市，我也留下来，在这儿试试看。"有人开始响应。

"我也不走啦，留在迪化开店，省得挑着担子东跑西颠的当个流浪小贩，也没个家。"

周乾义："那就这么着吧，从今儿起咱的合资经营停止，清理相互之间的账目，到了迪化开店挂字号自主经营。"

安文忠："虽然分家啦，但是不散伙。商会继续为大家服务，商会就是我们的家，家里的弟兄好商量。我们进了迪化城后，大家共同规划建店，相互帮扶。"

周乾义："今儿晚上我们摆酒会宴，喝的不是散伙酒，而是庆贺我们今后丢掉小摊小贩的挑子改成建商号做大买卖的酒宴。"

"好！预祝好日子来吧！"

光绪二年九月二十三日，这是迪化光复的第三天，这是一个让天津商贩难忘的日子。

这一天，有一支长长的队伍举行了入城式，清政府派出的迪化善后衙门一行人，带领着天津杨柳青商贩近三百人，赶着二三十辆马车、驴车，车上装满了货物，浩浩荡荡从北门入城。城里响起了阵阵鞭炮声，原清政府委任的伯克带领遗留在城内的少数民众，吹着唢呐敲起鼓夹道欢迎。天津杨柳青商贩随大军第一个踏进了迪化城。日后谁也未曾想到，远在万里之外的天津杨柳青镇与新疆的迪化结缘啦。自始起，杨柳青人西迁经历了半个世纪，在这里建立了一个商业区，并向天山南北城镇扩张，形成了天津客商满天山的局面，竖立起自己的商业大厦。

先入城的杨柳青赶大营先行者们，从小西门进城，向东向南约一里多长的一条路直达南门，他们登上未被战火毁坏的南门城门楼子，迪化城尽收眼底。

"啊！老天爷呀！我们终于站在迪化城的城门楼子上啦！"

迪化，东南北三面环山，西面有条弯弯的河床，迪化汉城位于河东的坡地上。

安文忠极目四望感慨而言:"迪化城四周依山傍水,湖河交织,草地茂盛,土地肥沃,真是块好地方呀。"

周乾义也动情地连指带说:"你看!城中南北这条路是条中轴线,站在南门城楼上,往北依红山,南靠南湖(今延安路一带的河泊水系),由天山流下来的无数小溪,汇集成一条大河,由南向北经迪化城的西面滚滚而下,是块'金盆养鱼'的风水宝地啊。"

安文忠笑着问:"我们的金盆选在什么位置呢?"

周乾义指道:"就那儿,十字路口,直对东南西北四个城门。"

"对!东南西北四门开,让各方财源滚滚来!"

"好,好,大吉大利呀!"众人叫好。

当他们站在城门楼子上鸟瞰整个迪化城时,他们发现从南城到北门,从西门到东门,在这个不足两平方公里的土城内,到处是断壁残垣,不见几处完整的房屋。除南门和东门保留较完整外,北门、西门城楼已经坍塌,城墙受损。城,不像个城。

有人说:"哎呀,这迪化城是满目疮痍一片废墟,这可怎么兴建呀?"

"这得花费多少劳力和银子呀?"

"这城里的居民逃的逃,死的死,是一座空城,就是建起来有人来吗?"

面对这种现状,大家的心情又复杂了起来。周乾义观察到大家心理的变化。周乾义说:"走,咱们下去转一圈。"

众人随安、周二人下了城墙,直奔十字路口。东南西北有四条路,路不宽,仅有通过一驾马车的宽度。十字路口似乎有几处铺面,其余临街全是住宅。两边的住宅只有门洞,窗户不开在临街,也不见有店铺的痕迹,且大部分坍塌。可见这个城,过去没有形成街市,其实就是一个城堡。来到大西门处,有一座庙,叫城隍庙,是乾隆年间盖的。此庙已破败不堪,庙里堆积着马料,阿古柏匪帮们似乎把这庙当作马厩。附近有一块空地,这里似乎是一处马场。来到小西门,城内也有一片空地杂草丛生,有死猫死狗的尸体已经腐烂,发出一阵恶臭。

目睹了这残破的迪化城,杨柳青小贩们发愁啦。安文忠和周乾义见大家转完了迪化城后情绪低落,燃起的梦想之火被这眼前的破败给熄灭了。

安文忠:"走!先找个地儿安营扎寨,饭还得吃,吃饱了肚子再说。"

他们一边走,一边找一个临时安顿下来的住地儿,一直快走到十字路口了,还没踅摸到一个适合安营扎寨的地儿。

来到十字路口,周乾义站住了,他说:"文忠,我看就在这十字路口安营扎寨,地方不够,大伙向东南西北四条路的方向延伸。"

安文忠听他这话琢磨了一会儿,"哎哟嗬,你介话解开了我的死结,对,对!咱就在这十字路口安营扎寨,重建迪化城。让东南西北这四条路,变成四条街,这一拉溜全变成咱天津人的商铺,让它变成一个大商市。"

众人纷纷说:"你快说说你的想法。"

安文忠:"介可不是一两句话就说清楚的。大家都把铺盖卷儿放在这十字路口摊开,今后就在这儿吃住。"

周乾义:"锦宏和顺子在这儿搭个灶,烧水做饭。大家有好吃的都拿出来。"

大伙忙活了起来,在十字路中心留了一块地方,向东南西北四条路,一个铺盖连着一个铺盖,一直往后延伸。

戴锦宏和顺子在十字路口中心架起了炉灶,支了一口大锅点燃了火,烧了一锅茶水,大家把干粮都摆了出来。天都晚了,大家吃着今儿的第一餐饭。安文忠和周乾义坐在一起,一边吃一边合计着什么。周乾义吃完了后站起来,站在中间说话了。

"大家吃饱喝足了吗?"

"吃饱喝足了!"

"请安文忠说说我们的想法。"

安文忠:"今天大家首入迪化城看到了这里破败不堪,没有人烟,哪像个城呀?怎么重建呀?能做买卖吗?说心里话,我也犯难。转了这么大半天前思后想,慢慢地捋清楚了。这里要重建个城,有城就要有市,有市就要有街,有街就要有铺子,有了铺子才能有人来呀。从哪儿捋出来个头呢?周乾义的一句话,令我茅塞顿开。就在这十字路口安营扎寨!瞧见了吗,大家现在摆的这个铺盖,一个挨着一个延伸到这四条路。我们要把这一个挨一个的铺盖卷,变成一个挨一个的店铺。我们首先要做的,以这个十字路口为中心把这四条路变成四条大街。我们的店铺要一个挨着一个延伸到四座城门,这个市不是就有了吗?你有了铺子有了货,就有了市,那人自然而然就要挤进来啦。大家想想,是不是这么个理儿……"

周乾义也迫不及待地插言:"至于跟谁做买卖,这已是老话重谈了。这迪化汉城要设衙门,河西的满城也要重建并驻军,这不是买卖吗?要把古城子那个大市迁到这里,不愁没有生意,不愁没有人来。要让人家客人到你这儿来,你得有个家吧。我敢断言,等我们把家建起来了,店铺开张了,那些晋商、甘商、陕商要打破了脑瓜子往这儿挤。到那时,我们尽地主之谊欢迎他们来,要扎堆做生意那才有真正的大生意。"

"好!"

安文忠:"光说好不行,我们从明儿起就要一起干!大伙都吃饱了喝足了,都围过来商量商量怎么干。"

九月的迪化城,天气已经凉啦,天黑后寒气逼人。戴锦宏和顺子在十字路口中央的空地上点燃篝火,熊熊烈火映红了半边天。篝火上的一大锅水沸腾着,蒸汽冉冉上升。

第二天一大早,杨柳青小贩们卷起各自的铺盖卷,开始清理场地。安文忠和周乾义带着几个人,拿着白灰画线规划十字路口。

迪化善后公署的衙门牌子,在一片鞭炮锣鼓声中也挂起来啦。随后,为重建迪化城的开工举办了简单的仪式。迪化城首先在天津小贩的手中开始重建。

戴锦宏跟着乡亲来到古城子时身无分文,都是家乡的人接济他。在古城子他买了一套箩筐,跟乡亲去前线送菜。后来战事结束,他才挣了点银子。当家乡人在迪化择地建房时,戴锦宏没有资金建房开店。周乾义很忙,张罗着大家的事。所以,他只能帮周乾义忙前跑后地干。

杨柳青人在城中废墟中开辟一条十字街,搭建简易泥土店舍,这样既可以住人又能存放货物,开起了店铺由行商转为坐商。

十几天后,逃难的百姓从西山、东山和远郊荒野扶老携幼才陆陆续续返回,迪化城开始有了人气。随之,湘军和原驻疆清军的后勤基地营盘都由古城子迁到巩宁城,满城也开始兴建。

杨柳青商贩们在这个十字路口创建了一个市场,这个迪化城就是当今乌鲁木齐市最繁华的黄金地段——大十字商业街区的雏形。

大军即将南下,戴锦宏何去何从难以抉择。

这一天夜晚,一轮明月出天山挂在当空,把大地照得一片银光。戴锦宏趁着夜色独自一人来到南门城楼上。他登上城楼向北望去,不远处便是十字街口,他亲自点燃的篝火昼夜不熄,还可以看到乡亲们围着篝火说笑。

乡亲们都准备在这儿安家开店啦,可我呢?身揣这几十两碎银子,能干什么呀?连半间草房都盖不起来,能开什么店呀。看看人家乡亲们个个少则几百两,多则几千两。唉,没法儿与人家比呀。

如果留下,迪化城市才开始重建,居民不多,消费市场尚未形成,大家总不能挤在一个锅里抢饭吃吧?更何况,我也没能力和本钱跟人家抢饭吃。即便留在迪化,只能给人家出苦力、当伙计,赚点饭钱。

大军即将南下,我怎么办?

戴锦宏站起来走到城门楼南,望着南门外黑茫茫一片,不见天,不见地,死气沉沉不见一点儿光亮。天山以南是个什么样呢?

戴锦宏想:如果南下跟着湘军赶大营,又不知承担多少风险。离开了乡亲们,我真是深感独单可怕呀。思前想后,实在拿不定主意。"嗨,怎么办哪?要么找找周大哥,让他替我拿个主意?"戴锦宏正寻思着,听到有人叫他。

"戴锦宏!"

戴锦宏转身到城楼北面,向十字路口望去,听声音好像是周乾义。

"周大哥吗?我在这儿哪。"

戴锦宏见一人影向南门城楼走来,走近一看,确实是周乾义。

"锦宏啊!你一个人在那儿干吗?"

"我在城门楼子上。"

"嘿,你登了个高呀?!你是登高赏月哪,还是观景哪?好,我也上去赏赏。"周乾义登上城楼。

"周大哥,你找我有吗事?"

"大伙都睡觉了不见你的人影。怎么着,你真有闲心思登城门楼子赏景呀?"

戴锦宏苦笑了一声:"我这心里烦着哪,哪还有心思赏景呀。"

"我早就看出来你有心事,这段日子见你闷闷不乐。怎么,想跟我说说吗?"

"周大哥,早就想找你聊聊,看你太忙了不好意思找你。你看看,大家伙都在忙活盖自己的铺子,可我下步棋不知怎么走。留下来只能帮着人家盖房子,管顿饭吃。人家的铺子都盖出来了,我又能干什么?跟着大军继续走吧,我又要离开老家的弟兄们。我拿不定主意。"

"不只你烦呀。大家伙虽然忙着盖铺子,可心里也还是没底呀。铺子有啦,货摆上啦,买卖跟谁做?虽然在这儿设了大营建了衙门,可几万大军要南下。这座破城正在重建,恐怕还得等二年,才有生意。"

"我留在这儿,更没戏。看来,只有跟大营走了。"

"锦宏啊,迪化正在建市,大伙都挤在这一个锅里争。有本钱的都抢了个饭碗,还眼巴巴地等着这锅还没做熟的饭。到底盛在自己的碗里能有多少,谁也不知道。你现在没有本钱还没个饭碗,留在这儿只能给别人下苦混口饭吃。我们大老远地从老家赶到这儿,就为了一口吃的?当初大家都是这样想,现在不同了,人人腰里都有了千儿八百的银子撑腰。想法都变了,都想着致富。你哪,应该想着怎么着能挣上钱,多挣些本钱,别想着能混口饭吃就得。我这次出来赶大营,琢磨出一个道理,哪儿乱哪儿就有机遇,这就是老话说的乱世出英雄。咱们如果不出来,在老家还得闲着挨饿。"

"你说得对,我现在只有一条路,只有跟着大营走。"

周乾义拍了拍戴锦宏鼓励他说:"冲着你的机灵劲、你的勤奋,终有一天你会回来的!"

光绪三年开春,戴锦宏在家乡人的帮助下,赊得一些小商品,挑起担子继续随军南下,随着大营做小买卖。

光绪二年年末,天津杨柳青镇。

大旱的第二个年头过去了,又快迎来新年。今天是"腊月二十三灶王爷上天",家家户户祭灶的日子。可在杨柳青镇,大部分居民家房顶上的烟囱,不见冒烟。大街小巷死气沉沉听不到过年前的鞭炮声,看不见小孩子们嬉戏的身影。他们都猫在冰冷的屋里。大人没有那份心气,小孩没有那股力气迎接新年的到来。因为,今年的旱灾比去年更重。满大街不见店铺开门,只见叫花子挨家乞讨。

"我的丐爷呀,我家几口子苞谷粒从没沾过牙,要不是有这间遮风挡寒的窝,早就跟你一样啦,快去吧,找衙门要饭去。"

民,以食为天。这句老话自古以来朝朝代代传诵至今,不知还要往下传多少朝代?天塌啦,地可就要陷了,百姓岂不反啰?

家家户户的灶火没有点燃,可衙门里垒起了灶,点燃了火。

杨柳青镇衙门外设了个粥棚,这是府衙让每个县、镇都要设粥棚。不然,天下要大乱啦。

今儿,戴父也一大早来到衙门粥棚排队,看看这粥能不能塞住牙缝。每天中午熬仨大锅热气腾腾的"粥",看着这热乎气,就让人肠胃转腰子,肚子里打滚儿。终于挨到戴父啦,锅也见底啦。

"见底好,见底好,见底的粥它稠啊。"

衙役见戴父拿着个瓦盆轮到跟前,"我给你老满满实实载地抄底盛一大勺。"

"谢谢您哪。"戴父满脸堆笑,到底是乡里乡亲的人,待见咱。

衙役拿勺慢慢地在锅底舀了满满一勺,倒在戴父的瓦盆里。戴父端着盆出来,瞧了瞧:"哎,清汤寡水的。"

"戴伯,你家里也断顿啦?"姚县吏见戴父也来领粥,走过来问候。

"嗨,早就断顿啦。没法子,领碗粥回去给儿媳妇下奶。姚大人,这,这粥怎么回事?"

姚县吏明白戴父问的意思,边走边小声解释道:"府衙每天只拨给十斤苞谷楂子熬粥,咱这镇上那么多灾民,哪够呀?不救济也不行,朝廷怕发生民变啊!"

"我那小孙子还没出月,秀华奶水不济,我寻思着领点粥回去。"

姚县吏:"咱再想想法子,孩子不能亏了。"

"还有啥法子,我恨不得在我身上割下块肉来给孙子熬汤喝。"

"别急,你老先回去,我想想法子。"

戴父捧着粥回到了家,进了里屋。月婆子秀华,皱着眉头坐在炕上犯愁,戴母抱着个月娃子,那婴儿闭着眼不停地哭。

"宝贝儿,你饿啦?妈妈没奶呀。哎,介怎么办哪……"

"来啦,来啦,要了一碗粥,快给咱这小祖宗喝。"

秀华接过孩子,给婴儿喂。

戴母看着心疼地唉声叹气:"哎,这日后怎么办呢?"

戴父前脚进门,姚县吏后脚就来了。

"戴伯。"

戴父赶忙从里屋出来。

"戴伯,我从粥棚还没下锅的料里,给您抓了两把苞谷楂子偷着拿出的。"说着话从怀里掏出个包,递到戴父手上。

"哎哟,可谢谢您哪,我说啥好呢,我给您作揖了。"

"别价,别价,这可受不起。"

"您老可真是个清廉爱民的父母官呀。"

"什么官不官的,咱都是乡亲,我和锦宏不打小穿着开裆裤光着个腚,在运河边上玩大的。哎,锦宏没捎信来?"

"没有!"戴父脸色沉重。

"戴伯,赶大营的弟兄们今年没派人回来,可能他们很忙。听朝廷说左大帅在新疆旗开得胜,把迪化收回来啦。接下来往南打,光复整个新疆。我估摸着,再有二三年,锦宏他们就该回来啦。"

"那好呀,有盼头就好。他去一年啦,也没一点儿消息,不知他怎么样呀?"

"你老别担心,他们都在一块儿有二百多人哪,咱镇上还有想去的人呢。"

"遇上这年头,没别的办法了,那就让这些后生们去寻条活路吧。"

第十六章　天山路上有缘分

光绪三年春,四月十四日,刘锦棠率军,乘夜黑多雾包围了达坂城。二十日收复达坂城。

四月下旬,有上千的小商贩们,跟随湘军下南疆。

出了天山关口达坂城,就进入新疆南部,有一条几十里的天山峡谷通往托克逊,这条峡谷叫后沟。三月的一天,从后沟行进着一条长长的驼队,骆驼驮着粮食、军械。骆队后面是数十辆马车,车上满实满载,一辆跟着一辆。车队后面又跟着衣衫杂乱、操着各方口音的挑担客。这支队伍头尾相连数里,沿着天山后沟峡谷的山坡路上,弯弯曲曲行进着。

沟谷有一条河,流水潺潺。河床有宽有窄,河床上长着树木花草,令人心旷神怡。这片美景与前几日在达坂城战役上的炮火轰隆、枪林弹雨、烟雾弥漫,和战场上的厮杀声,形成鲜明对比。似乎突然之间这块区域,由一个黑暗恐怖的天地,转换到柳暗花明的另一个世界。

戴锦宏身上背着包袱,肩上挑着担子行走在这群挑担客的中间。他没有心情欣赏这天山美景,仍然低着头想着心事。

一年前的这时,自己高高兴兴地离开家乡,离开父母,随石柱、铁旦踏上了西行路。那时,他不觉得害怕,这条路是他向往中挣钱养家的活命路。可是万万没想到呀,在西行的路上我怎么就遇上那么多灾难,死了我的两个同伴,我死里逃生。

来到了古城子找到了老家的人们,我这心呀总算踏实了,和乡亲们不分开了。虽然人家比我早来新疆,个个都挣上了大把大把的银子。可是,我总有一天要赶上他们,挣大把大把的钱和他们一道风风光光人模狗样地回老家。

可是,这老天爷似乎有意难为我,不! 是捉弄我!

进入迪化城,老家的人们都不跟大营走啦。人家都忙着盖房开店,可我身上没银子呀,只能眼看着人家创业。我这心里不是个滋味呀,只好躲在南门城门楼子上暗自落泪。

今年春节是我有生以来第一次离开父母在一个陌生而又遥远的异乡度过,甚至有一种被流放边关的痛苦。好歹,乡亲们叫我同他们一起度过了这个难忘的新年。这个年,过得苦啊!

春节期间,戴锦宏无家无业在迪化街上闲逛,而乡亲们的店铺有的已开门试营业。虽然街上没几个行人,店铺里不见顾客,可是乡亲们坐在自己的铺子里乐呀。他们相信在这个刚刚重建起来的迪化城,人会越来越多。反倒是在街上,有三三两两的士兵逛街串店,尤其是在新开张的茶馆里、饭馆里,满口操着湖南腔的士兵在喝茶聊天或喝酒猜拳,热闹异常。这些士兵在春节过后就要挥师南下,提着脑袋拼命去消灭阿古柏,收复南疆。

戴锦宏寻思,我也要离开乡亲们,挑担随军做货郎,又要踏上一条艰难险恶之路,这条路又会遇到什么呢? 我还能回到迪化见到乡亲们吗? 我还能回到老家见到双亲吗……

戴锦宏低着头,挑着担,一路寻思着。突然他的思路被前面行进的队伍中传来的好消息打断了。

"湘军收复了托克逊! 白彦虎死啦! 阿古柏逃啦!"

队伍顿时群情激奋。

随湘军南下的商贩,经托克逊直插西南的阿拉沟,进入天山"丝绸之路"中路故道,这条路是天山峡谷之路,自汉唐以来延续了两千年。征途中,戴锦宏遇到了他人生中一个重要的人物。

在这群身背肩挑的小贩中,有一人还拖家带口,特别引人注意。男的四川口音,满脸沧桑,脸上有一道刀疤,看上去快四十岁。女的二十嘞当岁,面容娇媚,身材瘦骨伶仃,手牵一个八岁左右的女孩。这对夫妻看上去很不般配。

戴锦宏寻思着:这娇娘是被那大汉抢来的,还是买来的? 如果是买来的,那汉子怎么会赶大营呢?

戴锦宏对这对夫妻感觉很诧异,对那娇娘又带个小孩艰难行军,又感到可怜。

当队伍行进到天山山路时,气候逐渐变冷。山里气候多变,忽而晴忽而阴,忽而飘起了雪花,忽而下雨,忽而又刮起寒风。这家人行动迟缓,逐渐落在队伍后面。戴锦宏一路上也没心思欣赏这天山独特的美景,孤独地也跟在队伍后面。

有一天,四川大汉挑着担子在前面行,那娇娘背篓又拖着女孩艰难地在后面紧随生怕被落下。突然脚下一滑,娇娘一个趔趄滚下山坡,那女孩也摔倒在地向坡下滚去。

戴锦宏一边急呼前面行进的四川大汉:"大哥,嫂子摔倒了!"与此同时撂下挑子冲下去,抓住了那个女孩。

四川大汉也赶了过来跑下山坡,到坡下扶起那女人。那女人有些昏迷,脸上有些擦伤。四川大汉把他妻子抱上山坡放在背风处,给她擦拭伤口,精心照顾。那女孩被这突如其来的一幕吓得直哭。戴锦宏把女孩也扶起来,哄这个小妹妹。

"小妹妹别哭,摔疼了吗?"

"我怕。"

"小妹妹别害怕,还有大哥哥哪。"

戴锦宏拍了拍女孩身上的土,给她整了整衣服,擦拭着她脸上的眼泪,把她抱到坡上送到她父母身边。

这时,挑担背篓的小贩队伍已经走远了。

看着这位四川大汉一家的处境,戴锦宏犯难了。去赶队伍吧,看到这家人遇到了难处又不忍心离开,戴锦宏决定留下了。

四川大汉看到戴锦宏没有走,似乎猜出这个小伙子的心事。一路沉默寡言的四川大汉终于开口了:"这位兄弟,你去赶路撒,我们行的。"

"大哥,我看大嫂是病了,这荒山野岭又没人家,你们怕是不能再走了,还带着个孩子。"

"我不让这个大哥哥走!"哭着的女孩突然说出这句话,令人都很惊奇。

"大哥哥不走,我陪着你们。"

戴锦宏蹲下,又擦了擦挂在小姑娘脸上的泪花。这才注意到小姑娘面容清秀,长大后肯定是个漂亮的姑娘。

四川汉子看自己的女人病成这样,又看了看这个孩子,自言自语地说:"看来是走不成啰。"

四川汉子看了看周围的环境,看了看眼前的松树,走到他的挑担,在筐里拿出一把砍刀,走到前面的一棵松树前砍树枝。戴锦宏过去帮他。

砍了一堆树枝,戴锦宏帮助四川大汉用树枝搭一个挡风御寒的小棚子,供娘俩栖身所用。

戴锦宏用三块石头搭建了个野灶,烧着热水放入生姜。戴锦宏经历过野外长途跋涉,在他的行囊中,生姜和酒是必备的,用于预防感冒,消炎杀菌,抗风寒。

天黑了,山里的天气特别冷。娘俩挤在小草棚里。小草棚外,点起篝火。四川汉子从挑子里拿出一个水葫芦,拔出塞子对嘴喝了一口,然后递给戴锦宏,并说道:"兄弟,喝一口酒身子会暖和一些。"

四川汉子和戴锦宏边喝酒边聊着,远处的狼叫声不时地给他们伴唱。

"大哥,相处这么多天啦,还不知你尊姓大名?"戴锦宏问。

"啥子姓不姓名不名的,我从小失去父母,跟着叔父生活;婶娘不容我,我十二岁就开始浪迹江湖码头。后来,一个洪帮大爷收留下我,我就跟他在江湖上混,你就叫我袍哥好啰。"

"袍哥,你老怎么跑到新疆来啦?"

"我是杀了人,被朝廷衙门充军发配到新疆伊犁撒,在那里屯田。"

戴锦宏一愣,"怎、怎么杀人?"

"你不要怕撒,我不是歹人嘛,听我细说。"

"那是同治八年啰,我的一位洪帮的兄弟在外地做一笔生意和当地商人发生纠纷,货被扣,人被打。他来找我替他报仇撒,我带人去砸了人家店铺并打了人。该主也不善,贿赂官府,把我抓到衙门硬称我有命案,就这个样子官府发配我充军来到新疆伊犁。"

"那后来呢?"戴锦宏有一连串的谜团需要解开。

袍哥陷入沉思。

"我到伊犁的第二年,那是同治十年七月,老毛子军队趁南疆阿古柏闹乱趁火打劫,突然用大炮轰击惠远城。"

"他们为什么要侵占我们的土地?"

"老毛子就是一个强盗撒,他看到人家家里的东西好,总要想方设法进去抢嘛。听伊犁的老人说,伊犁以西的大片牧场原来都是咱们国家的,后来被他们一个个地占去。"

"那老毛子总有个借口嘛?"

"有啥子借口。几十年前,原先属咱们国家的哈萨克阿勒班部落首领塔扎别克,在沙俄占领地区起兵反抗老毛子压迫剥削,不幸起义失败,带领一千多户牧民投奔伊犁,被当时的伊犁苏丹(伊犁地方官员)安顿到巩留游牧。老毛子借口发动蓄谋已久的侵略嘛。"

"怎么一打就败了呢?"

大汉有点不服气地大声说:"啥子一打就败啰,我们不管是汉人、塔兰奇(维吾尔)人、卡尔梅克(蒙古)人还是东干(回族)人,就连我们这些'流屯'在内,不分老幼都拿起刀枪棍棒上阵啰。在马扎尔堡和克特缅村,两次打败了沙俄老毛子。但是,在六月三十日这天,沙俄派出两千人用大炮轰开了清水河子城。"

袍哥抬头望了望漆黑的夜空,有点说不下去了,停了停他接着说:"我们拿的烧火棍,怎能抵得住老毛子的火枪和大炮呢? 老毛子攻进了惠远城,伊犁苏丹艾拉汗降啰,各衙门府的龟儿子们也都跑啰,引起一些居民的恐慌也往外跑。就这个样子我自由了撒。"

"那,那嫂子她?"

戴锦宏不好意思追问,袍哥明白了他的不解。

"哈、哈、哈哈。"袍哥爽朗大笑,"你这嫂子是捡来的,哈哈哈哈,并且还给我生了个女娃儿。"

戴锦宏满脑子疑问挂在脸上,等待着揭开谜底。

天上阴云散去,一束月光洒向地面,篝火的火光照红了袍哥那饱经风霜的脸庞。他向火堆又添了两把柴草,火苗又燃起。小草棚里的娘俩似乎睡得很安详,袍哥瞅了她们一眼,依然用木棍捅着火堆,他似乎陷入对往事的回忆。

当时管辖新疆的惠远将军府一片惊慌,驻守惠远的清军无力抵抗,只能向东撤。惠远居住的百姓多为汉、满、锡伯、维、蒙古族,老毛子攻入惠远烧杀掠抢,造成百姓大批外逃。伊犁九城都被老毛子侵占啰,惠远将军府被烧啰、抢啰。

袍哥跟着外逃的百姓一路向东。在这群逃难的人群中,有一个年轻的妇女独身夹杂其中,身上没带衣物也没有干粮,步履艰难。

行至翻越天山的果子沟时,她昏倒在地。袍哥急忙上去把她扶着靠在身上施救,有人递来一碗水给她灌下,不久她睁开了眼。有人给她送了点吃的,她的精神有所恢复。

逃难的人们见这女人醒来,也不愿给自己添麻烦,便一个个急着赶路。袍哥可怜这女人,便一路陪伴她东行。

在逃难的路上,女人讲了自己的遭遇。

原来,这个女人在离惠远不远的一个村子生活,有丈夫。前不久几个老毛子踢开她家篱笆门冲进院子,她家唯一的生活来源是一辆马车,老毛子要抢走她家这匹马,丈夫向前争夺。她闻听狗叫,冲出房子惊呆了。正在她不知所措时,一个老毛子前来抓她。她丈夫见状怒火点燃,顺手拿起一把斧子向老毛子砍了过去。此时,她听到一声枪响,见到丈夫应声倒地。他还抱着老毛子的腿喊着:"快跑!"这时她才惊醒,急忙夺路而逃,她只听到背后狗的叫声和几声枪声。她藏在草丛中,一个时辰后,她听不到一点儿动静。等她回去后,看到眼前的一切她昏厥过去。丈夫和一条狗死在院子,另一条大黄狗为了保护她,死在她逃跑的路上,她家的房子变成灰烬。

就这样,袍哥收留了她。奔四十岁的袍哥在逃亡的路上,捡到了一个媳妇,这也算皆大欢喜。

"袍哥,这是缘分啊!"

"是,天山路上的缘分。"

"袍哥,你这拖家带口的,怎么又跟着赶大营的呢?"戴锦宏刨根问底。

"我们出了果子沟一路往东,见到村镇就找活儿干,挣碗吃的就先给她吃。她看我是个好人就跟了我。我给人家种过地,给人家扛过包,到处流离颠沛。没想到第二年,她给我生了个女娃儿,我是惊喜得很啰。我这一辈子没得亲人,这女孩儿就是我唯一的亲人撒。再苦再累只要见到这个娃儿,我就啥子烦恼的事都云消雾散了。我要把她养大,不让她挨饿受冻,这辈子不离开她。

"娃儿妈说:'女娃儿总要嫁人撒?'我说:'我要挣到钱招个上门的女婿,让他们给我养老送终。'我就拼命地扛活儿挣钱。找个地方盖两间房,开个小店也就罢了,没想到这钱难挣得很呀。只给饭吃,没得银子。"

袍哥停下来,喝了口水,望着漆黑的夜,他似乎回忆着这几年的艰难困苦。

然后,他又接着说:"后来到了玛纳斯,看到这里驻扎着很多清军,都是从伊犁撤下来的。又看到有好多挑担摆摊小贩和他们做买卖能挣到银子,我也就干上了。没干多久,白彦虎打来了,我们随军队又往西撤,当地的百姓也跟着撤出了。去年,湘军来了,和西撤的清军一起攻占了玛纳斯,我跟着湘军一路走到这里。"

东方发白了。

袍哥看了看天,说道:"哎哟,我俩摆了一夜的龙门阵。兄弟,我俩打个盹儿撒?"

天亮了,袍哥和戴锦宏似乎聊了整整一夜,一个靠在树墩上,一个把头埋在怀里睡着了。袍哥的媳妇从草棚里钻出来,看上去她好了许多。她把快熄灭的火重新又燃了起来,拿起盆去找水。

太阳升起,照射在这个山坡上,暖洋洋的。

小姑娘从草棚钻出来,揉了揉双眼,看见她爹和那个哥哥还在睡着,她拔了棵草,轻手轻脚地来到戴锦宏身边,轻轻地用草捅他的耳朵。戴锦宏用手拨了拨耳朵,睁开眼睛一看是小姑娘在捣蛋,也笑了笑,做了个鬼脸。小姑娘笑着又跑到她爹那儿搞同样的恶作剧。父女俩在嬉闹。

袍嫂烧好水提来,"大兄弟,起来喝点热水吃点东西吧。"

四个人围在一起,喝着水吃着干粮。

"大兄弟,我们有缘在天山路上遇到一起,在我家三口困难时,你帮助了我们,仗义!"

"袍哥,同在一条生死路上,相互照应理所当然。我看你也是个豪爽仗义之人啊。"

"既然这样,我认你个小兄弟吧。"

"好!我认你这个大哥!"

"好、好、好,我们以水代酒就在这天山结为异姓兄弟吧。"

两人端起水,背靠天山,跪地仰首对着上天说道:"我俩非同父同母所生,愿结为异姓兄弟。有天山做证,同生死,共患难,相互扶持,永不背叛。"

两人把水一饮而尽,相视而笑。

"哈、哈、哈哈,这是天山路上的缘分呀!"

袍嫂的病还没好利落,烧还没有完全退,体质很弱,袍哥决定在这山里待上几天。戴锦宏也留在这儿陪着这一家人。戴锦宏想,不留下陪着,袍哥三口在这深山野地也不安全,而袍哥想让人家陪着咱多不好意思。

"锦宏,你留在这里陪着我们,不但让你受累,而且也耽误了你随军做生意,实在不好意思。"

"袍哥呀,老话说:'在家靠父母,在外靠朋友。'一点儿不假。我从老家出来赶大营,如果没有好心人相助,我恐怕早就上了黄泉路了。"

"还有这等事情?"

"有,还不止一次啊。我在河西走廊的路上患疾昏死三天三夜,遇上甘肃籍的父女俩把我救活了。从哈密到古城子的路上遇上黑沙暴,我的同伴死了,而我被两个哈萨克人救了,还给我了水和食物。要不是他们,我哪有今天。"

"你的命好大哟,你将来是命大福大。"

"但愿如此吧。喂,袍哥,咱们待在山里也是闲待着,这山里有没有可采的吃食,有野菜也行呀。"

"可采的吃食?"袍哥略微思考,"噢!对啰,这山里有蘑菇,好吃得很哪。"

"我去采点。"

"在这附近可能就有,尤其是下雨过后蘑菇都钻出来了。走,我俩去看看。"

袍哥和锦宏起身要走,小姑娘跟了过来,说:"爹,我也要去。"

"你在这儿陪着你妈!"

"不嘛,我就要去!"

"山上有狼,把你叼跑了怎么办?"

"我不怕,有大哥哥哪。"

"我真拿你没得办法。"

袍哥带着锦宏,在附近的松树下寻找蘑菇。戴锦宏采了一个给袍哥看,袍哥看了看,说:"这是'狗尿台',有毒。"

小女孩采到一个,"爹,这个是蘑菇吧?"

"对头。"

小女孩说:"你看,我采的对吧,刚才你还不让我跟着你们来呢。"

"好,我娃儿行。"袍哥表扬他女儿。

不一会儿,他们捡了一堆。袍哥说:"好啰,咱们拿回去现在就煮了,吃个鲜。"

三人回来,袍嫂洗蘑菇,袍哥生火添柴。戴锦宏拿着一把砍刀向山下走去。袍哥见他拿砍刀向山坡下走去,说道:"锦宏,这儿还有柴哪,不要去啰。"

"袍哥,多砍点柴,夜里还要生火取暖哪。"

锅里的水已经沸腾了,蘑菇的香味儿已经飘出。"好香呀。"小女孩嚷嚷着要吃。

袍嫂说:"那个叔叔还没来哪,就你等不及。"

小姑娘着急地说:"先让我尝尝不行吗?"

袍哥笑着说:"吃,吃,让娃儿吃个够。"

戴锦宏背着一捆柴上来了。

袍哥说:"大兄弟,饿了吧,快来吃饭。"

"袍哥,你们先吃,我在山坡下的草丛里发现了一只野兔子,那儿有个洞,我去捉来,给袍嫂煮汤喝补补身子,让病快点好。"

戴锦宏放下柴,拿了一根棍子转身下山坡。小女孩听说要去捉兔子,放下饭碗非要跟着去。袍哥两口子拦也拦不住。

"这娃儿真不听话,随她去吧。"女孩跟着戴锦宏下了山坡。

戴锦宏带着小女孩来到山坡下的草丛那儿，果真又看到那只兔子出来觅食。兔子听到人的脚步声，掉头往草丛跑。戴锦宏追了几步没追着，兔子钻进草丛里的洞。

"你看，这兔子看见你来啦，它就钻进了洞。"

"那怎么办呀？"

"你藏在那堆草丛后面不要动，也别吭声，看兔子还出来不出来。"

"好吧。"小女孩藏在旁边的草丛后面。戴锦宏躲在这堆草丛后面举着棍子静静地等待着。约一袋烟的工夫，兔子的脑袋伸出洞口到处看着。

"大哥哥，兔子出来啦！"

兔子似乎听到人声，又缩进洞里。

戴锦宏假装生气，"你看，你不听话，兔子听见你的声音又缩回去啦。"

"好，好，我不说话。"

戴锦宏又举着棍子等待着，小姑娘老老实实不敢吭声。又等了一会儿，小兔子的头又伸出洞口，左看看，右看看，慢慢地出了洞。戴锦宏抓住时机，一棍子砸下，正好打在兔子的头上，兔子被打晕了。戴锦宏疾步上前踩住兔子。兔子还在挣扎着，戴锦宏提起了兔子的长耳朵。小女孩高兴地拍着手，"抓住啦！抓住啦！"然后蹦蹦跳跳地向山坡上跑去，向她父母报告捉住兔子的好消息。

今天下的功夫没有白费，采了蘑菇还打了一只兔子，晚上吃了一顿蘑菇炖兔子肉。袍哥和锦宏一人拿着一个兔子后腿大口地吃着。

"哎呀，好久没吃到肉啰。"

"这兔子肉真好吃。"

"这汤才好喝哪，真香。"袍嫂端着碗喝汤。

第六天一早，他们收拾起筐篓向南赶路。走了两天，来到一处大型庙宇群。此处，树木葱郁，奇峰耸立，怪石嶙峋，山泉淙淙，云雾缥缈。此地就是天山深处的巴伦台黄庙。这个庙宇群是新疆最大的喇嘛教寺院，宗教法名为"夏尔布达尔杰楞"，意为"黄教圣地"。始建于乾隆年间，耗资五百两黄金，能工巧匠来自内蒙古、西藏。整个寺庙群绵延五里，由黄庙等十五座庙宇组成。黄庙是主庙，金碧辉煌，气势恢宏，位于寺院中心，其余十四座庙宇分布在黄庙四周。有大小铜佛两千余尊，法器、金佛金器、法铃万余件，各类经书千余部。其中，高达七米的麦德尔佛金身，是从青海塔尔寺奉迎到这里来的，俗称"青海佛"。

戴锦宏他们来到这里看到这么多的庙宇，在群山峻岭树木环抱之中，无比兴奋，无限感叹："太美啦！"他们问庙里的喇嘛，方知叫黄庙。

喇嘛说，这十年间，阿古柏统治天山以南，因黄庙在天山深处，虽未遭到大的破坏，但寺院的金银器被抢劫一空，喇嘛也逐渐减少，这百十名喇嘛坚持守护着这个"黄教圣地"。

戴锦宏他们当夜宿在离黄教不太远的巴伦台镇，镇里居住着很多蒙古族百姓，也有回人、汉人。这些人大多数是从和静县或者是山下焉耆县、和硕县逃亡来的。从他们嘴里得知，湘军已攻占了山下的焉耆，大批难民开始陆陆续续返回家园。

第二天，戴锦宏他们跟随一户蒙古族牧民下山去和静。这家的男人叫巴特尔，骑着一匹马，赶着三十来只羊。老婆赶着一挂马车，车上坐着俩孩子，车上还驮着毡房和生活用具。女主人见袍哥的女儿幼小，主动地让她坐在车上。巴特尔的定居点在和静县郊外的山坡上，那儿有他们的羊圈和两间木屋，还开垦了一块农田，过着半牧半农的生活。自从阿古柏占领了焉耆城后，他们平静而安宁的日子打破了。阿古柏的匪兵们经常上山来抢他们的羊，巴特尔和和静县的农牧民一样，躲进了山。

戴锦宏一路上一边和巴特尔聊着，一边帮他赶羊。经过一天多的山路，走出了山口，眼前豁然开朗，一层层的坡地向前延伸，一条大河从山上弯弯曲曲绕过山坡，流向山下的原野。

巴特尔说，他的家到了。他家的前面是和静县城，再往下走就是焉耆城了。巴特尔邀请戴锦宏和袍哥到他家去。

巴特尔的家在出山口的山坡上，这里散居着几户农牧民。房子全是木屋，木屋的墙体是一根根圆木，屋顶是木板铺成。戴锦宏和袍哥帮助巴特尔一家搭起了蒙古包，清理了木屋。巴特尔留戴锦宏和袍哥一家在木屋住了一夜。第二天一早，他们告别了巴特尔，挑起担子背起筐篓，经过和静去焉耆寻找湘军大营。

迪化城。二百多名天津杨柳青小贩，自去年九月二十三进驻迪化，经过大半年的盖房建店，他们摇身一变，成了拥有自己商铺的商人。杨柳青商家的店铺，除了百货店、杂货店、布庄之外，还有饭馆、小吃店、澡堂、粮铺、客栈。

迪化城原十字路口往东南西北四条坑坑洼洼走驴车的巷道土路，被石碌子压得平平整整并拓宽，能并排跑两挂大马车，变成了东南西北四条街。为吗称街呢，那就要有店铺。在四条街上，咱杨柳青人开的铺子一家挨着一家，这才有了街的气象。有了街市，还得有人气。

清军在巩宁城修建后勤大营，刘锦棠督统大营移到巩宁城，迪化也成立了衙门。随之，迪化的人气旺了，周边的人群不断地往这儿拥。有外籍商贩也来抢地建房开店的，也有流动小摊贩，还有泥瓦工、木工、铁匠等手艺人，还有进城打工来的和到城外周边垦荒种地种菜的。迪化人口迅速增加。

迪化汉城人口的增加，需要建店铺、住房，这就需要地皮。衙门也要规划城市，加固维修城墙，修复庙宇，扩建街巷和公共设施，需要用大量的银子。这些银子从哪儿来，仅靠收商户的税远远不够。衙门的官员把目光瞄向汉城空置的地皮上。于是，衙门张贴布告：凡是随军入城的首批商贩已建成的商宅除外，其余汉城内的空处地皮,一律由衙门公开买卖。城外的地皮如有建房者需交地皮税。开垦农田者,三年后也要纳税。一时间,迪化城的地皮值了钱。

布告一出,需入城者议论纷纷,哪有银子买地皮盖房子呀?

这时已入城的杨柳青商人们看到外地人一批批地往这个新建的大商市拥入,泥匠、瓦匠、木匠、铁匠、剃头的、卖艺的、算卦的、缝鞋的、打把式的等手艺人来到汉城,小摊小贩来城里摆摊,农户来城外垦地种菜。这些人来到城里要住呀,他们看到这城里地皮潜在的经济价值。新入城者没有充足的资金买地皮盖房子,杨柳青商人又抓住了这一商机,于是,纷纷掏出银子购置地皮,置地建房。

迪化汉城从东门到西门,从南门到北门,几乎百分之九十的商铺、住宅、空地,全到了杨柳青商人的怀里。

三年之前,千峰骆驼进出古城子的热闹局面,如今变成了千辆马车进出迪化城的繁荣气象。迪化城,由一个天山脚下一平方多公里的破败城堡,在短短三年间变成了城市,并向城外扩张,变成了天山脚下的一个大城镇。

第十七章 就在焉耆安个家

光绪三年春,清军南下出天山,来到和静下山便是焉耆。

焉耆是汉代三十六国之一,当时称喀喇沙尔。焉耆是南疆东四城的门户,土地平衍,是个小绿洲。开都河水流贯其间,农业与牧业并称繁盛。

刘锦棠率部离和静下山不远,只见山下焉耆城被大水包围。

原来,阿古柏的儿子海古拉、艾克木汗先后逃到焉耆,自知无力抵御清军,下了三个狠招。即,抢先劫掠百姓的秋粮,企图切断清军征粮;把开都河决堤,河水漫灌四野以阻止清军;将焉耆青壮民众全部俘虏裹胁西行。

清军师行泽国,不得不放慢速度,或绕道而行,或凫渡与架设浮桥,直到半个月后才进入焉耆。焉耆城已面目全非。

戴锦宏和袍哥在天山路上耽搁了十天半个月,等他们下山来到焉耆时,水泊已退去,清军在这儿建起大营,驻扎湘军几万人,并在焉耆成立善后衙门。

周边逃难的各族老少妇幼居民也陆陆续续返回,开始清理被烧毁的屋舍和破损的道路。

面对这种破败不堪的局面,摆摊做小买卖是难以维持生计。戴锦宏发现,军队发生粮荒,而当地居民返回后,挖开自己藏匿的粮食,全被大水淹泡而发霉。他们把粮食挖出来摊开晾晒,以解饥苦。

戴锦宏跟袍哥商议:"袍哥,咱们在营盘外摆摊看来挣不上钱,当前最急缺的是粮食啊。军队也到处收购粮食,咱们也没吃的,需要去找粮。"

袍哥犯愁地说:"这方远十几里地都被水淹了,咱们人生地不熟的,上哪里去找粮呢?"

戴锦宏也沉默了,他寻思了一会儿说:"去找粮是唯一出路,我去找当地居民打听打听,周围几十里外哪儿有庄稼地。有庄稼地的地方必有农户,肯定有吃的。不管什么吃的咱都要,买粮也行,用商品换粮也成。"

袍哥:"即便有,这几十里外,你咋子把粮弄回来撒?"

戴锦宏又沉默了一会儿说:"袍哥,这样吧,你在营盘外的买卖圈子先搭个小棚棚,让袍嫂和孩子也有个栖身之处。然后把咱俩的小货摊也摆出来,你盯着卖。我去找粮,只要找到粮咱就有出路了。这儿发生粮荒只要搞到一点粮,就能卖个好价钱。"

袍哥:"几十里外转圈圈跑,那可吃大苦哟。"

戴锦宏:"我年轻,不怕。"

袍哥:"你这一跑就得好多天,我这儿的干粮你也带着些。"

袍嫂也搭腔:"大兄弟,带上棉袍,晚上在野地里睡觉冷。"

"大哥哥,你还回来吗?"袍哥的女儿问。

"回来,我一定回来,你等着。"

十多天后,还不见戴锦宏回来,袍哥有点着急。

"这个小子怎么还不见回来呢? 莫非出了啥子事情?"

袍嫂怀疑地说:"莫非,他见这儿没有生意跑了? 你看,咱还给了他钱和粮。"

袍哥说:"我看他不像是那号子人,他的挑担和货还在这儿撒。"

袍嫂:"他这点货又卖不出去,能顶几个钱? 咱们现在是要粮没得粮,要钱又没得钱,咱怎么办哪?"

袍哥没有吭声,但他心里也忐忑不安。

袍哥的女儿说:"大哥哥说,他一定回来,让我等着他。"

袍哥和袍嫂都没有吭声,俩人各想心事。

袍哥想:这儿如果混不下去,带着老婆和娃儿到哪儿去呢? 要饭都没得地方。

袍嫂想:家没个家,钱没个钱,粮又没,怎么活呀?

又过了几天,戴锦宏赶着个毛驴车,拉了一车粮回来了。

袍哥高兴地迎了上去,"大兄弟,你可真了不起呀,哪里搞来了一车粮?"

戴锦宏:"嗨,远了去啦。你记得咱从天山路上来的时候,曾见过有一块块的庄稼地,好像是苞谷地。我就冲着这条路一直找,哪儿有庄稼地,我就去哪儿找,哪儿有村庄我就进去打听。终于见到了有粮的人家,一斤两斤地一点点收购。收得多了我也背不动,我就花钱买了两个木轮子,请木匠做了个车架子,拉着车去找粮食。后来车子拉着很吃力,我花钱就买了这头毛驴。最后,所有的钱都花完了,这才赶着车下山。"

袍嫂:"大兄弟呀,可把你给累坏啦,我去给你做饭。"

袍哥的女儿说:"妈,我说大哥哥一定回来吧,你还不相信。"

袍嫂:"谁说不信啦。"

他们说着话,毛驴车旁围了好多人。有人问卖不卖,也有人问卖多少钱一斤。从人群中挤进来一名军官说道:"我们军营都要啦! 多少钱都行。"

戴锦宏拿下来一袋交给袍哥当口粮,剩下的都送到了营盘。不一会儿,戴锦宏赶着车高高兴兴地回来了。

"袍哥,这车粮卖得可观呀,营盘说有多少要多少。"

戴锦宏把钱袋子递了袍哥,袍哥掂了掂,笑着说:"锦宏,收起这摊摊,我跟你一道去。"

"袍哥,我听说一百多里外的和硕,那里庄稼地多。你跟我去,把袍嫂娘儿俩摆在这儿行吗?"

"没得问题,这买卖圈子有军队看护。你一人带这么多银子,去那么远,我反而不放心。"

袍嫂:"你们去吧,我看着这摊子。"

"袍哥,咱明儿就上路?"

"好!"

"大兄弟,你今儿好好睡个觉,我给你俩做好干粮带着路上吃。"

第二天一大早,戴锦宏和袍哥赶着毛驴车上路了,沿着崎岖而又颠簸不平的路一直向北走去。

他俩在和硕周围农区采集粮食送到营盘,这一干,就是两个多月,他俩挣了四五百两银子,并且也积累了维持到秋季的粮食。

刘锦棠大军兵临库尔勒城下,阿古柏死了,大军离开焉耆向南开进。

大军走啦,接下来戴锦宏和袍哥一家困在焉耆又何去何从呢?

戴锦宏和袍哥来到焉耆这条小街上转悠,看到回来的居民大都是老少妇幼,有的搭起了简陋的棚户栖息,有些赶大营的外籍小贩也在这儿停下来不打算走啦。戴锦宏在整个镇子转了一圈寻思着,这个被战乱、水淹而破败不堪的小镇,现在开始重建,自己留下来营生,还是继续跟大军走呢? 或者是返回迪化去找老家的人们? 戴锦为难了。

这两三个月,和袍哥在周边乡下跑着找粮,买粮,再卖给营盘是因为清军大营发生粮荒。虽然吃了不少苦,受了不少累,也挣得了第一桶金。目前大军南下,如果再继续跟着大营赶,挑担里没货呀,没有货在营盘能做什么买卖? 再去迪化赊点货? 来回八百多里地呀,不行,不行。如果带着这点钱去迪化,既盖不了铺子又没生意可做,也不行。没有别的办法啰,只剩一条路,留在这儿。

赶大营呀赶大营,好不容易赶上了,可是和老家的人又分开了。好歹,结识了袍哥一家人,让自己不再孤单。这不知是老天爷的安排,还是和袍哥一家人的缘分? 戴锦宏想,留在这儿盖房子开个店? 这得和袍哥商量商量。

"袍哥,这里是一个东西南北的交通路口,咱就先在这儿落脚吧,开个店先试试?"戴锦宏试探袍哥的想法。

"我还想跟你说撒,你看我拖家带口的,老婆身体不好,这娃儿又小,这咋子弄撒。"戴锦宏之意正中袍哥下怀。

"咱盖什么样的房子呢?"戴锦宏问。

"我看临时搭个棚棚,白天卖卖货,晚上住人。能站住脚就站,站不住脚咱拔腿就走撒。"

戴锦宏说:"我一路听人们说,焉耆自古就是个大城镇,过去比迪化城还要大、人口还要多,它是南疆八大城之一。说汉话的民族多,再往南的城镇少数民

148

族多,做买卖听不懂话,这生意咋做。再说,清军的后勤大营设在这里,起码有生意。"

袍哥也在点头。

"从风水上看,焉耆北靠天山,南边是绿洲,通道四通八达,一条开都河会引来滚滚财源啊!"

袍哥沿着戴锦宏手指的四方,赞叹道:"嗯,是的,是的。"

"还有哪,袍哥。焉耆这个地方,从小处看,山下是农,山上是牧,我们把山下的农产品送到山上,再把山上的牧产品送到山下,这么一倒手那就是利呀!"

"对头! 对头!"

戴锦宏又接着说:"再往大处看,往东可达哈密,往南可通喀什,往北可抵迪化,往西翻越天山可就到了伊犁呀。我们坐立焉耆,可以雄视四方,进退自如,游刃有余。"

听了戴锦宏的一番白话,袍哥高兴地说:"你这个鬼儿子,有头脑哇,哈、哈、哈!"

袍哥的鼓励,给戴锦宏增添了信心:"我们盖就盖焉耆最好的房子,铺子好,有财气。你搭个小棚子,那不跟摆地摊一样嘛。将来就是不干啦,这房子也能卖钱呀。"

"你说得有理。"袍哥赞许。

"那我们说干就干!"

"对! 说干就干!"

戴锦宏和袍哥选了一块因战争而废弃的地块,在县善后衙门花了很少的银子买了一纸文书,这块地可供他们使用了。

他俩拿着这张地契文书,来到这个场地。

"哎呀,这块地不小呀,长五丈,宽五丈,方方正正。我们临街盖两大间铺子,开个大门。后面盖三间住房,我一间你两间。院子两侧,一侧搭个牲口棚,将来养两匹马,一挂大车,另一侧修个伙房。中间是个院子,这就叫方方圆圆财气享通。"

建设家业的蓝图,经戴锦宏这么一说,逗得袍哥一家高兴地开怀大笑。

"哎,锦宏,你这一说不是做梦吧,咋个子实现呢?"

戴锦宏说:"你有梦,才有实现的可能。如果连个想法都没有,就永远实现不了。"

"盖房子需要土、水,再坨成土块,那得需要多少土块呀。还有木头、椽子、木板,铺房顶子你不能直接把土倒上去吧。再说了,我们又没得太多银子,还要盖五间房。"袍哥不住地摇头,又接着说道,"行不通,行不通呀。"

"袍哥,你听我说,看能不能行通。"

戴锦宏说出他的计划:"这得分三步走。第一,先清理场地。把我们这块地,先用红柳枝围起来。场地的石料、土块、木头、椽子、草都清出来备好,剩下的都是土了,我们用它坷土块,晒上五六天土块就能用。第二,备料。我用毛驴车去砍木头、砍红柳、割苇子用来铺房顶。第三,我们先把两间铺子盖起来,一边做买卖,晚上睡觉,然后腾出手来再盖住房。你看能行通吗?"

"先盖两间? 哈,哈,让你这么一说,这为难的事就没啦。"

"有,破圆木、锯板板、做门窗和店铺柜台,咱就干不了啦,只有请木匠。还有上房梁,也得花点钱请零工。"

袍哥:"我看行,那就干?"

"现在就干!"

袍哥又有疑问:"哎,这铺子盖好啰,没得货那叫啥子店呀?"

戴锦宏:"你先别急。要想引得水来,得先修个渠;没有个渠沟沟,那水怎么引来呀?"

"嗯,晓得。可是话又说回来啰,咱这点银子盖房花光啰,拿什么去进货呀?"

"袍哥,你死心眼儿啦,我去迪化找老家的人去赊货或者代销,不就结啦。"

"哎呀,我这脑壳儿进水啰。咱就干!"

戴锦宏和袍哥卷起袖子开始清理场地,他俩干了起来。仅三天,场地清理完毕,中间一大堆土,四周堆积着石块、土块、木料、和泥用的草。袍嫂带着闺女到别的废墟上寻找有木头、椽子、门板、门框、窗框等有用的东西。

接下来,戴锦宏赶着毛驴车拉水、到野外砍树。袍哥赤着脚把碎草拌在土里和泥,坷土块。

袍嫂烧了一锅水,往水里倒入牛奶、茶叶,熬了一锅奶茶,招呼着戴锦宏:"快来吧! 喝碗奶茶,吃点东西,歇一会儿。"

戴锦宏坐下来端了碗奶茶,问道:"袍嫂,从哪儿弄的奶子呀?"

"山上的牧民家买来的,你俩干这么重的活儿,吃不饱,总得喝饱吧。"

袍嫂问戴锦宏:"大兄弟,粮食还能弄到一些吗? 听说山上的和静县还能找着买点粮。"

"袍嫂,咱留下的粮食没有啦?"

"还剩下半口袋,你俩干的活儿这么累,总得吃饱吧! 我怕顶不到秋粮下来。"

"袍嫂,你别急,我上山砍树时,找着买点粮食。庄稼户们也都回来了,兴许在他们那儿还能买点粮。今年挨点饿挺过去,到明年就有粮吃了。"

袍哥洗了把手,光着一双泥脚,也端了碗奶茶喝了一口,说道:"锦宏,我一天能坷二百块土块,就能砌半堵墙呀。有个六七天,一间房子的土块就有了。"

戴锦宏说:"我再拉上几天料,坷的土块也干了,我就可以砌墙了。"

他们吃了点东西,休息了一会儿,又热火朝天地干了起来。

天渐渐暗了，一轮弯弯的月牙儿从东方升了起来，小姑娘高兴地叫着："大哥哥快看，月亮冲着咱笑哪。"

戴锦宏抬头也看着月亮，说道："嗯，月亮是冲着咱们笑，它在祝贺我们在这儿盖房子，有了自己的家，让你这个小妹妹住上自己的新房子，再也不让你跟着爸爸妈妈到处颠沛流离。"

"大哥哥，等房子盖起来，我们睡在一起吧。"

袍哥哈哈笑道："你真是个傻娃儿呀。"

戴锦宏也笑道："小妹妹，铺子盖好后，我们再给你和爸爸妈妈盖两间大房子，让你和爸爸妈妈睡在暖和和的炕上，再也不受冻挨饿了。"

"大哥哥，你住在哪儿呀？"

"我自己也盖一间房子呀，我们两家住在一个大院子里。"

小姑娘拍着手，高兴地跳了起来："太好啰，太好啰，我们有家啰！"

第十八章 我当上了骆驼客

一八八七年初秋之际,戴锦宏和袍哥用了两个月的时间,两间铺子盖好啦。他们看着这两间店铺用土坯建的墙,要比当地干打垒的墙和红柳枝扎的棚棚房子好多啦,又结实,冬暖夏凉呀,是焉耆最好的房子。袍哥一家别提多高兴。

袍嫂迫不及待地在房子里搭了个铺,挂了一道布帘子隔开。帘子里睡人,帘子外营生。袍嫂高兴地说:"你看看,我们终于可以在房子里睡觉啦。"

袍哥:"是啊,八年啰,自从老毛子占了伊犁,我们逃出来逃到玛纳斯,刚刚消停,那阿古柏又打来了。我们拖家带口,又跟着大营转,过着流离失所的日子。家没个家,业没个业。今天,总算有个窝啰。"

戴锦宏:"袍哥,我们不但有家,还要立业来养活家呀。"

"对头!"

"袍哥,我们有了铺子可没有货,我去一趟迪化,那儿有好多老家的人,采办一批货。"

"怎么个去呀? 总不能用你的毛驴车吧?"

"咱认识山上那家蒙古族牧民巴特尔,向他们借骆驼。"

"人家牧民有羊有马,哪有骆驼撒?"

"袍哥,我留心过,牧民都有一两峰驼。他们每年春秋转场放牧,用骆驼驮蒙古包和毡房,平时不用骆驼。咱雇他们的人,借他们的骆驼,他们还能挣到驼运费,岂不是双方都得利。"

袍哥笑了,说:"你这个鬼头,点子真多。"

戴锦宏说着就风风火火地要走。

"哎,大兄弟,吃了饭再去吧!"袍哥招呼着。

"袍哥呀,我看着咱这铺子没有货,我这心里着急呀。"

袍哥看着锦宏心急火燎的背影,笑着自语:"还真是个急性子,是个好娃儿。"

两天后的一个清晨,戴锦宏带着四峰骆驼出发去迪化,袍哥为他送行。他坐在头峰骆驼上得意地对袍哥说:"袍哥,我终于当上了骆驼客。"

戴锦宏哼唱着《骆驼客》的歌,沿着丝绸之路的故道,向北走去。

戴锦宏来到战后一年多的迪化城。

哎呀,当初一片废墟、死气沉沉的迪化,大变样了。大十字东南西北四条街,两旁一拉溜,全是杨柳青人的店铺。街上人来人往,马车、驴车串街走巷,吆喝声、叫卖声不时传来。

戴锦宏的驼队，径直来到周乾义的店铺。

店铺有一大间，门脸敞开。经过店门前，一眼就能望见整个铺子里的货物。

周乾义在柜台里正在接待顾客。戴锦宏走进店里看着店里的商品。顾客购得商品，周乾义送客，一抬头看见戴锦宏站在店里。

"哎哟，锦宏！你多会儿来的？"

"我刚到，牵着几峰驼，直奔你这儿来啦。"

"哎哟！你可真有能耐，骑着骆驼当上了骆驼客。"

"就四峰驼。"

"那也不赖呀！今天四峰驼，到明年就要四十峰驼，再过几年就该换成四百峰大驼队的商客啦。我猜想你一准是来弄货的。怎么着，有了自己个儿的铺子啦？铺子在哪儿呀？"

戴锦宏笑着说："让你老给猜准了。我在焉耆安了身，盖了间铺子。有了铺子没有货，介不过来弄点货回去。"

周乾义感兴趣地问："焉耆离这儿有多远呀？"

"离这儿，八百里地。"

"嗬，这么远呀。"

"焉耆是新疆南部第一城，下面还有库车、拜城、阿克苏、喀什、英吉沙、叶尔羌、和田，南部八城哪。从这儿到和田有四千多里地。"

"哎哟哟，新疆这么大呀。你看看，你赶大营去了南面没白受罪，如今你见多识广比我强呀。以后你多给我说说，让我这脑瓜子多装点东西，有机会我也去南边八大城转转。怎么着，想弄点吗货？"

"焉耆那地儿百废待兴，什么东西都缺。可老百姓都穷，又买不起东西，主要还是营盘的军士。我过来看看，小百货呀，日用杂货呀，想进点。"

"看来都一样，迪化当初恢复重建时也是这样。现在可不同啰，城里的人多啦，也有钱啦，百姓的需求也变了。"

"周哥，我在你这儿赊点货行吗？"

"行，介不等于你帮我卖呀，一会儿我带你到后面看看，货不够再到咱老家其他人店铺瞅瞅。"

戴锦宏随周乾义来到后屋进去一瞧，存货不多，并且是积压的货。

周乾义："咱们铺子是有啦，可是货源跟不上。百货店里没百货，这店就不能叫百货。我们想组织十来个人回趟老家，在京津采办一批新鲜货，赶到明年春节上市，并且立字号，挂招幌，规规矩矩地做买卖。顺便还可以回趟老家，给家里报个平安。"

戴锦宏："有这个打算吗？"

周乾义："有这样的想法，快两年没有人回去啦，老家的父母肯定惦记着

153

咱哪。"

"周哥,我给你留封信,再留点银子,有人回老家帮我捎回去。"

"好嘞。哎,锦宏呀,我看你带来了骆驼,突然想起你那个小舅子,他还跟着骆驼帮跑运输吗?"

戴锦宏问:"怎么,你老想用他们那个山西骆驼帮,跑老家进货?"

周乾义:"从长远打算,我们应该有个自己的骆驼队,年年到北京、天津或者扬州、杭州进货,那买卖才能做大。靠现在到哈密捣鼓点二手货,不行!"

"迪化就这么大点,货多了卖得动吗?"

"你瞧你,死心眼儿了不是,货多了不犯愁,咱也给各地批发呀。我听当地的老户说,老年间买卖都做到外国洋人那儿去。老年间的骆驼队,一群一群地东来西往。现在新疆这地界安稳啦,商道也通畅了,过不了两年商贸非火起来,要想让商贸红火起来,没有大驼队不行。"

戴锦宏:"你老想建个骆驼行跑运输?"

"咱老家的人,在这迪化城就开了三百家铺子,哪个都需要货呀。铺子多货多,那些个从西面、南面来的洋商,就得找咱进货。你想想看咱天津商户没自己的骆驼帮行吗? 咱们联络联络,合办呀。"

"你老不打算回老家啦?"

"你挣俩银子回去干什么? 咱挑着担子都能在这儿挣上银子,回去挣什么?咱天津过去为什么由一个海防卫变成一个大市,那是靠海运。这些年为什么不行啦,那是东洋人、西洋人一直在海上闹腾。从香港闹到天津卫,海上贸易断啦。再加上咱老家老闹天灾人祸,回去能干吗?"

戴锦宏:"你老这脑瓜子真活泛,想得远,说得有理。哎呀,我那小舅子跟着山西骆驼队跑古城子,我很难见到。你老留心打听打听,找着他告诉我一声,咱合计合计。"

几天后,戴锦宏带着骆驼队回到焉耆。袍哥听到驼铃声,迎了上来。

"锦宏呀,我听到驼铃铛响,就猜到你回来喽。"

两人卸了货,把这批货分成小百货和生活日杂品分列到两个店铺。俩人高兴地看着自己建立起来的店铺。

戴锦宏说:"我们总算有了自己的店铺了!"

袍哥说:"是的,我们从今天起甩掉了担担、篓篓、筐筐,我们当老板喽! 今儿晚上咱们喝点酒,庆贺庆贺,庆贺我们的铺子开张。"

戴锦宏:"袍哥,咱现在先试营业一段时间,探探这市场哪些货好卖,还缺什么。待到年底我再去一趟迪化,进点我们京津老家的新货。"

袍哥问:"你到哪儿去办京津的货撒?"

戴锦宏说:"在迪化的乡亲们准备组织十几个人带个驼队回老家办货。"

袍哥惊奇地问:"回老家办货?"

"是的,回老家!"

袍哥摇着头说:"哎哟,那可是十万八千里呀! 看来他们是财大气粗呀。"

迪化的商市是兴了,可商品紧缺了。"仅靠从哈密货栈进货的日子是不行啰,不能家家都卖同样几种玩意儿吧,那哪能挣上大钱呀?"

面对这种局面,安文忠和周乾义同大家商量,准备派几个人回老家,在京津地区采办商品,为自己的新店铺增添新货源。

大伙你一言我一语地出主意,想办法。

"咱怀揣银子空手走着回去? 不行吧。"

"一天走个百八十里,中途别停,百十来天怎么也到老家啦。"

"在老家要办大货,总不能挑着背着回来吧?!"

"那能带回来多少东西。"

"让我说呀,把古城子骆驼帮带上,一块儿回老家,回来时拉货。"

"去的时候不能空手去吧,你得给人家付费。"

"也是个事。"

"这么着吧,去的时候带着咱老家缺的货回去,到那儿卖了,再买些带回来的东西。"

"老家缺啥,咱这儿有啥,合计合计。"

"老家遭大旱三年啦,肯定缺粮食。"

"百姓有两大需求,离不开吃和穿。咱口内肯定缺棉花,棉花除了做棉衣外,能纺纱织布,百姓需要,织布坊也要呀。"

"对! 粮食和棉花咱口内哪儿都缺。"

"大家再想想,回来时除了京津百货外还带点吗回来?"

"绫罗绸缎、洋布、瓷器……"

"得,得,打住啊! 这儿的百姓穿的都是麻布,还绫罗绸缎呢,卖给谁呀?"

"你瞧你,死心眼儿了吧! 这条路自古以来叫什么路? 叫丝绸之路。咱做买卖往大处想,别眼皮子底下就盯着油盐酱醋小打小闹的。新疆有好多外国商人,他们大批大批地要绸缎,要茶叶,要瓷器。你瞧,南门外老毛子开设了洋行,喀什、伊犁都有洋行。跟外国人成批成批地做买卖,那才是大生意、大气派、大商家。可惜啊,我手头银子紧家底薄,再干个几年等我攒足了银子,非到洋人那儿做大生意。"

"好! 说得好。等你蹚出一条路,我跟着你走。"

"呸! 你倒想得美,吃现成的。"

"哈、哈、哈哈……"

"好啦,好啦。"

安文忠最后说："咱们分分工，我负责带俩弟兄到南北区调棉花、干果、粮食。周乾义带俩人立马回老家预订回来的货，找棉花、羊毛的销路，建立今后的买卖渠道。等我这头的棉花、粮食弄齐了，咱派上十来人押车去老家，顺便给咱老家的人捎封家书，捎俩银子。咱们在外闯荡，让老家的父老乡亲们放心。"

"我来补充两句。"周乾义说，"咱老家闹饥荒闹了三个年头啦，老家的父老乡亲们的嘴里，就不知道白面是个什么味儿，吃野菜吃得肠子都绿了，我们在外能落忍吗？我建议，一定要给家里带点救命的粮食，粮食比金子还贵重。我们千难万险地出来赶大营不就是给家里人找条活路吗？能让老家的人吃顿饱饭吗？我们这二百来人带回去的粮食，每人捐出三五斤，救济一下老家那些面临死亡的穷乡亲，让他们每人过年时能吃上两个饺子，行吗？"

大家异口同声："行！你说得对。"

"大家要同意，每人捐的粮集中到咱商会，用骆驼驮回老家去。"

主意已定，大家各自做着准备。

周乾义派人到古城子找王生华跟脚的山西驼帮。

光绪三年秋，周乾义和王生华带着骆驼队第一次回老家。周乾义坐在第一峰驼背上笑着问牵驼的王生华："生华呀，你见到你姐夫了吗？"

"自从去年在古城子和我姐夫见了一面之后，至今还没见到他。来到古城子想见他吧，他又在焉耆，实在没工夫。我歇脚的时候，得在太原守着我爹。"

"把你爹接来吧。"

"他这把岁数啦，身体又不好，哪能上路啊。"

"出来前不久你姐夫来过一趟迪化，他在焉耆也有铺子啦。我俩合计，有了铺子没货白搭，将来挣上银子，我们天津商会也弄个骆驼队，每年回趟老家办货。"

生华："那就赶快建个杨柳青人的驼帮，到时候我帮你们跑脚。"

"今儿，我先给你打个招呼，驼帮建起来啦你当帮主。"

"当帮主我哪行呀。"

周乾义说："你年轻呀，在这条路上跑了好几年啦，你是老把式啦。"

骆驼行进到哈密地段，在驼铃声的伴奏下，在这条古丝绸之路上传来了《骆驼客》这首歌：

> 哪里来的骆驼客，哎——亚丽美，
> 哈密来的骆驼客，沙里洪巴嗨。
> ……

戴锦宏和袍哥一边经商，一边也建房。又经过两个多月，通过自己的双手在焉耆建立起属于自己的家。临街一面,两大间铺子,一人一间。铺子旁边是个院门,可以出入马车。里面盖了两套住房,锦宏独间,袍哥一明一暗二间。中间是个大院子,足可以摆两挂马车。

戴锦宏和袍哥一家三口站在这个大院子里,看着眼前属于自己的家业无比兴奋。看着这眼前的房子,锦宏感叹道:"啊,经历了两年东奔西跑,没个栖身之地的日子终于结束啦。"

袍哥说:"是哟,耗子还有个洞,鸟儿还有个窝。咱拖家带口的人,总算有了个家,有了自己的店铺。"

第十九章　今夜回故乡

光绪四年底,天津杨柳青镇。

周乾义带着几人和一个驼队回到老家,给各家捎来了信,捎回了银子,整个杨柳青镇轰动了。

三年前,那帮逼得走投无路的穷苦小子们,如今个个在迪化盖了房,建了店,变成了商人。如今,带着一个骆驼队回老家办货来啦。这一惊人的消息立即在全镇大街小巷传开,真是奇迹呀!这事传到了天津卫,传到了直隶。

镇上的百姓不约而同地聚首到菩萨庙前,烧香拜佛,感谢菩萨大恩大德,感谢菩萨保佑赶大营的儿孙平安,感谢老天爷给他们的儿孙们指引了一条活路。菩萨庙前广场上的古柳树下,人山人海,似乎全镇的人都来了。

有些年轻后生们和半大小伙子们,谈论着赶大营客们带来的信息。围着回来的人问长问短,问他们多时还走,都要跟他们去新疆。

杨柳青家家户户都忙碌起来。从新疆回来的人,高高兴兴地和亲人团圆,采办年货,准备高高兴兴过大年。没人去新疆的人家,也痛痛快快地忙着,缝衣裤,纳鞋底,多做几双鞋,让自己的儿子或孙子过完年跟着乡亲们去新疆。

回到老家的这几个人,分头提着个面袋子,给老家的穷户、邻居或亲戚送上一碗白面让他们沾沾牙,或者年三十包上几个饺子过个年。

周乾义这次回来,让他最为难的是怎么去见石柱的爷爷、崔铁旦的父亲和另两位病亡者的父母家。

"再难也得去呀,总得给亡者的亲人有个交代不是?"

周乾义没敢直接去石柱爷爷那儿,他提了点白面找到石柱哥嫂家。一进门儿,石柱的哥就问:"乾义,石柱怎么没回来?"

"石柱他……他……"

石柱哥见周乾义面色凝重,吞吞吐吐,便急问:"他怎么啦?"

周乾义缓了缓自己的情绪,心想,直说了吧。

"去年春天,石柱他们仨在山西的路上遇到了土匪,石柱没啦。"

"石柱没啦!他前年还好好地回来了,给我爷爷过的大寿,怎么说没就没了?"

石柱的哥哥被这突来的噩耗惊呆了,蒙头盖脑,出溜一下坐在了地上,头埋在怀里,久久没吱声。

周乾义望着石柱哥那悲痛的样子,他也束手无策:"石柱他哥呀,你就是哭也好骂也罢,我都好说都好劝,你埋着头不吱声让我犯难了不是? 我走也不行,坐也不是呀。"周乾义正寻思着怎么办,门外传来了石柱爷爷的声音:"石柱他哥,你去找找回来的人,人家都捎了信,捎回来了白面,怎么石柱没信呀。"

周乾义一听音,脑瓜子轰的一下也蒙啦,真是,怕见谁来谁。他转身往外迎,老爷子已经跨进门槛啦。

周乾义首先问候:"他石柱爷,你老身子骨好啊……"

没等周乾义话完,石柱爷迫不及待地问:"我那小孙子没回来? 去年没见影,今年怎么还不回来看我。"

石柱他哥急忙站起来,扭过头擦拭着眼里的泪花,被石柱爷看到了,"你怎么啦,石柱他出事了?"

石柱哥急忙掩饰:"石柱他、他……没事。"

"那怎么不回来? 他说赶大营去三年准回来,今儿不是三年啦?"

"他石柱爷,石柱病啦,下不了炕。"周乾义只好编了个瞎话,但石柱爷刨根问底,"他病啦? 不,不会! 他长得结实,小时候三九天光着屁股在外面跑呢,从不得病。是不是有事瞒着我?"

石柱他爷瞪着眼珠子追着问,石柱他哥老实巴交的也没词。周乾义没别的辙了,编吧,过了今儿到明儿个再说。

"他爷,您老别急,我慢慢给您说。我们不是跟着军队赶大营吗,军队在前面跟土匪打着,我们挑着担子在后面跟着送那个粮草来着。石柱年轻跟得急,啪的一声他躺在地下了,我们过去一瞅,大脚流血啦。"

石柱爷:"脚被砍了?"

周乾义:"不是砍的,现在打仗不用刀枪把子,用火器,嗒嗒地射铁弹,一发铁弹打进他的脚里。"

石柱爷:"噢,那是中了镖,怎么就那么寸呢……要紧吗?"

周乾义:"不要紧。"

石柱爷:"当真?"

石柱哥捧着这一小袋面粉说:"爷,不要紧,就是下不了炕。您老瞧,这是石柱捎回来的白面,让您老过年包饺子。"

石柱爷接过面粉两眼含着泪花对周乾义说:"他大哥呀,小石柱两岁多的时候,他爹妈前后脚走了,把他甩给了我,我是一把屎一把尿把他拉扯大的。小石柱就是我的命啊! 他要有个三长两短的,我就不活啦。这孩子也孝敬我,前年等着给我过了六十大寿才走的,今年又给我捎来了白面粉。他还说等他挣上钱,把我那间泥草房盖成砖房,下雨天不漏,发大水不倒,他要为我养老送终呢。你回新疆告诉他,让他好好养伤,明年过年一定回来,我等着他……"

周乾义实在控制不住自己的情绪,那眼泪花子在眼眶里转,他扭过头去。

"爷,你老快坐下歇歇,人家还忙着办好多事哪。"石柱哥打岔。

"好，让人家赶紧去办公事。"

周乾义赶快出了大门，还听到石柱爷喊："他周大哥，给石柱捎个话，明年过年一定让石柱回来，我等着他！"

周乾义扶着墙，眼泪夺眶而出，擦干眼泪，他定了定神，想着还有三家得去报丧，这门槛怎么迈进去，又怎么迈出来呢？死者不见尸，活着的人，怎么去见……对啦，先去戴锦宏家，让他爹跟着我一块儿去崔家。

光绪五年，天津杨柳青镇。

正月十六，过完年的第二天。周乾义、王生华一行回来的人，采购了百货、绸缎、生活用品、药材等，装了满满的几十峰驼，后面还跟着百十多位挑担背篓的年轻人，他们也跟着去新疆谋生。

菩萨庙前的广场上，古柳树下挤满了送行的人。大营客的队伍，从天津杨柳青镇出发，又浩浩荡荡地向西而去。

骆驼队在古丝绸路上行进，越过河西走廊，穿过大漠戈壁，骆铃儿响叮当。

天际间传来了一道动听的歌——《骆驼客》：

> 哪里来的骆驼客，哎——亚丽美，
> 天津来的骆驼客，沙里洪巴嗨。
> 骆驼驮的啥东西，哎——亚丽美，
> 绸子缎子茶叶子，沙里洪巴嗨。
> 一尺你卖多少钱，哎——亚丽美，
> 三两三钱三分三，沙里洪巴嗨。

焉耆这座破败不堪的小城逐渐恢复了。

焉耆是个各民族杂居区，原居民有蒙古人、维吾尔人，世代迁徙来的甘、青、陕籍的东乡人在此落脚，开垦荒地种田。

战后，焉耆的人口越来越多，这座小城开始热闹了起来。在这条二里地的街道上，塞满了小吃店、凉粉摊、烤肉摊、面肺子摊、馕坑，还有杂货店、药铺、车马行、客栈，以及各种手工业作坊。有土陶作坊、铁皮作坊、钉马掌子的、拉风箱打铁的，还有拉大锯的。麻雀虽小，五脏俱全。每逢集市，街上摆满了各种地摊，卖菜的、卖鸡的、卖羊的、卖羊杂碎的等小贩荟萃云集，热闹异常。

虽然进入隆冬季节，焉耆并不寒冷，地上留不住雪。阳光普照下感觉暖融融的，和远处的山上一片银装形成鲜明对比。

今天是腊八节，过小年，戴锦宏和袍哥选了这个吉日，他们的店铺准备今日挂彩，正式悬挂字号。

一大早，他们同时打开自家店门，商品琳琅满目。戴锦宏的店偏重食品百货、布料绸缎、针头线脑，袍哥的店偏重日杂用品，他们各自忙碌着做开业准备。

院子里，摆着几张方桌、板凳，袍嫂在灶台忙着开业宴席的准备。牧民巴特尔和他的儿子正在宰羊剥皮，袍哥的女儿兴奋地到处搅和。

院门上，悬挂两盏红灯笼，院门上方贴着四张大红纸，上书四个大字"开业大吉"。院门两侧的店铺上方悬挂两块用红绸盖着的店铺招牌。

维吾尔族乐手前来祝贺，敲响了冬巴鼓，吹起了唢呐。引来了镇上的人们，三三两两地围拢过来。在焉耆还从来没见过如此风风光光的开业仪式，他们隐隐约约地感到这鼓乐声声，将要替代过去的刀枪杀戮声。这店铺开业的鞭炮，预示着他们渴望过上的安生日子，终于到来了。

午时，县衙官吏前来祝贺开业，戴锦宏和袍哥赶忙拱手相迎。

"县衙大人亲临小店开业祝贺，我俩深感荣幸。"

"两位掌柜，祝贺你们开业大吉。这也是镇上前所未有的一件喜事，为繁荣市场你们首开先例，值得庆贺。"

"那就开始吧。"

一位司仪站在院门口大声颂道："聚福盛百货店、隆兴盛杂货店揭牌仪式开——始——。"

鞭炮齐鸣。

县衙大人分别和戴锦宏、袍哥揭下盖在匾额上的红绸，露出了字号。鞭炮声、欢呼声、掌声、笑声融为一体。

县衙官员讲话："今天咱们焉耆城挂上了京津商号招牌，还是开天辟地第一回，可喜啊可贺。希望更多的内地商人来焉耆开店，繁荣当地的商贸……嗯……这个这个，我也不多说啦。"然后转身跟戴锦宏说，"咱们进去瞅瞅，有啥新鲜玩意儿？"

"大人请。"

衙门官吏在众人的簇拥下欣赏着一件件商品。

戴锦宏拿出一件景泰蓝的小器物递给衙门大人，他捧在手心端详着，说道："稀罕，稀罕，没想到相隔万里的边塞小镇上，也有咱京城的玩意儿。"

"大人，这是咱京师景泰坊生产的鼻烟壶，您看着好就孝敬您啰。"

"那，我就收下啰。"

县衙大人高兴地把景泰蓝鼻烟壶揣在怀里。

戴锦宏又说道："大人，院里请喝杯开业酒。"

"开业酒！好、好、好，开业大吉，共庆共贺。"

院子里，摆了几张桌子。

做这桌宴席的菜，戴锦费了一番脑筋，他交代给袍嫂怎么做。按当地回民宴席风俗，每桌"九碗三行子"。请巴特尔的女人做了个纳仁儿，邻居两位回族姨娘做了个面肺子和粉汤，隔壁古扎丽大婶做了个抓饭，桌子中心摆着袍嫂做的一大盘饺子，另外桌子四角儿配了四个小菜。

县衙大人进到院子看了桌子上摆的菜,高兴地说:"哎呀,我吃过那么多宴席,没见过今儿的。这桌子上有纳仁儿、粉汤、面肺子、手抓肉,还有饺子,这是各族各部的团结宴呀,好!来来来,共同举杯,咱们吃饱喝足。"

推杯换盏,猜酒令。

戴锦宏和袍哥既要照顾食客们吃好喝好,又要照料店铺第一天的营业,忙得不可开交。

天色渐渐暗了下来,食客渐渐散去。

戴锦宏和袍哥第一天开张大吉,营业额可观。

天黑了,满天的星星在深蓝色的夜空中眨巴着眼,月牙儿弯弯在微笑着。院门口的两盏大红灯笼亮堂堂的,照亮了店门牌匾——"聚福盛百货店"。

天津杨柳青镇,迎来了大年三十除夕夜。

这几天,大雪纷纷扬扬地下,地下房上全白了。

"下雪喽!下雪啦!好兆头呀!"

"哈哈哈哈,你们瞅瞅,连续三年的大旱灾荒终于过去啦!"

"这是老天爷开恩啦!"

"不,这是赶大营带来的好兆头。"

是啊,连续三年的旱灾终于过去了。京师头顶上的天空怪象散去,杨柳青的天空湛蓝湛蓝的,压在人们心头的阴霾也散去。整个镇子一改过去三年的冷清,家家户户贴春联、挂灯笼、放鞭炮,几年不见的年味终于来啦。

戴家小铺门上也挂着红灯笼,两扇门上贴着春联:

大营客踏遍天山南北　迎来财源滚滚
家乡人翘首天下安康　祈盼合家团圆

戴家收到了周乾义捎来的银子、家书,还有二斤白面粉。

戴父举着戴锦宏亲手写的家书高兴地说:"你们瞅瞅,锦宏在信上说,咱家的店铺开张啦。"

戴母也乐呵呵地跟满地跑着玩的小孙子说:"铁锁,你爸爸来信啦。"

刚两岁的小铁锁瞪着眼睛说:"爸爸,在哪儿?"

秀华笑着说:"在爷爷那儿。"

小铁锁转身问爷爷:"爷爷,我看看爸爸。"

全家人都乐啦。

戴锦宏出家赶大营不久,秀华就怀上孩子,戴家把所有的食物都给这个小生命。年末的月份,产下一个男婴,又瘦又小,皮包骨头。

这孙子的来世,多少给这个不景气的家带来一丝喜气。全家四口人在今年的年三十晚上,给孙子过第一个年有吃有喝的年。因为今年过年,还有饺子吃。

秀华说:"爸,给您老这个孙子起个名吧!"

"起什么名呀? 寻思寻思……就叫纪斌吧。"

"铁锁,给爷爷奶奶磕头拜年啦。"

"给孙子压岁钱。"爷爷掏出几枚铜钱。

"爸,这压岁钱到底是啥意思呀?"

"不叫压岁,叫压祟。"戴父说,"新年的头一个晚上,有个叫祟的怪物,它总是鬼鬼祟祟地来到人间,见谁家有小孩,就伏在孩子身上闹病闹灾的。为了驱赶祟,人们就把钱压在孩子枕头下,这孩子就不会有灾有病的了。后来叫着叫着,就叫成了压岁钱啦。"

"好,听爷爷奶奶的话,给我们小铁锁压祟钱。"

"吃饺子啰。"

秀华端上来一小盘水饺,一共只有十来个。

"小铁锁,这可是爸爸从新疆带来的白面粉包的饺子。"

秀华给戴父戴母各夹了两个,小铁锁吃一个。

"来,让小铁锁吃个饺子,奶奶给喂。"

"妈,我还给小铁锁打了一小勺面疙瘩,我来喂他。"

年前周乾义到家来放下这二斤面,戴父摸着这点面粉感慨地说:"这白面粉来得不易呀,别吃,留着它,给小孙子吃。"

秀华说:"二老岁数也大啦,三年啦没吃一口白面,咱到年三十包上几个饺子,您二老也沾沾牙。"所以,过年三十这才有了这几个水饺。

戴锦宏走了三年,没有音信,戴家不免有些揪心。不知他到了新疆没有?不知他见没见到家乡的人?不知道他有没有挣到点钱?不知他有没有饭吃……常常去给菩萨烧高香,让菩萨保佑。

戴母:"三年啦,终于盼到了儿子捎来的信,还给我们捎来了二斤面,让我们过年能吃上饺子。"

"秀华呀,你也吃个饺子。"戴母夹了个饺子给了秀华。

"妈,就包了这几个饺子,你和爸吃吧。"秀华又把饺子夹给戴父。

"不行,你一定要吃。"戴母坚持着。

"好,我吃一个。"

戴父拿过烟袋,用双手捏着火石火镰打出火花,打燃了火纸,噗的一口气吹出了火苗点燃了烟锅,吸了两口,深深地从腹腔内吐出了一股烟雾。

戴父自言自语地说:"没想到锦宏去了才三年,就开了个铺子。"

戴母:"周家老大不是说,咱杨柳青去的人都有了自己的铺子。"

戴父:"这钱就这么好挣?"

戴母:"锦宏没有留在迪化,他怎么不随着老家的人在一块儿呢,真让人忧心。"

戴父："他一个人在那儿,多孤单呀。"

秀华："爸妈,你老别担心他一个大男人了,兴许他遇上搭伴的人。"

焉耆。新的一年来临了。

戴锦宏远离老家到新疆,他在焉耆迎来了第三个春节。这个年,他又是怎么度过的呢?

年除夕夜,店铺打烊后,袍哥叫锦宏一块儿过除夕夜。

这儿没有在老家的年味,没有鞭炮声,没有挂年画,没有社火。虽然这儿能吃上白面和肉,能吃上一顿肉馅的饺子,但是,没有亲人们相伴,这心头孤孤单单不是个滋味。

他在饭桌上没有一句话,袍哥一家三口亲亲热热的,令他更加孤独伤感。他特别思念老家的亲人。

袍哥说："娃儿,让叔叔喝酒。"

"他不是叔叔,是哥哥。今年过年我都十岁啦,我是大人了。"

袍哥说："对、对、对,我女娃儿也长大啰,是个大姑娘啰。"大家都笑了起来。

戴锦宏说："袍哥,小妹这么大啦,该起个名啦。"

袍哥："女娃儿,起啥子名哟。"

袍嫂说："女儿大啦要出嫁,还叫女娃儿吗?"

"对头,婆娘说得对,咱娃儿应该有个名。锦宏,你有文化,请你给我女娃儿起个名字算啰。"

戴锦宏想了想,"那就叫'蜀秀'行吗? 蜀之地,出秀女。"

"好,好,这名字又好听又有意义。"袍哥夫妇称好。

短暂的愉悦没有抹去戴锦宏思乡的悲情,他回到自己屋内,孤独难忍。他想老家的父母,想新婚的妻子,想远方的老家。他又想起了石柱,想起了铁旦,眼泪止不住地往外流。他拿起小酒坛,摇了摇,往嘴里倒……他晕晕乎乎倒在炕上,一首凄凉的歌在他脑中回荡:

> 天苍苍,地茫茫,孤雁西飞上。
> 路遥遥,荒草黄,离别心断肠。
> 这一走,何年往,莫把亲人忘。
> 问苍天,情存上,日出是东方。
> 喝干酒,再斟上,今夜梦回乡。
> 情歌长,飘天上,飞到我故乡。

年后，戴锦宏坐在自己新开张的铺子里，发愁啦。为吗呀？过年期间，小店热闹了一阵，年过完了铺子冷清了。

一群小媳妇来逛店，看着这绸缎布料赞不绝口："这花绸好呀，多好看！这些洋布也好呀，滑溜溜的，穿上肯定舒贴贴的。可是，咱们买不起呀！"

"就是买得起，咱也穿不起呀。"

"为吗呀？"

"咱都是下苦人，你能穿着绸裙下地下活儿吗？你能穿着洋布上山放羊吗？那都是地主巴依和富家人穿着喝茶、逛街、走亲戚的。"

一对中年夫妇进了店，男人说："这老毛子的方块糖好呀，真甜，就是太贵啦。除非亲戚来啦，客人来啦，在茶碗里放一块，那叫热情待客。自己哪能天天吃呀？"

女人说："这黄纸倒是多买点儿，又薄又软乎，天天要用它。掌柜的，给拿两刀。"

男人说："买那么多干什么？"

女人说："你不天天拉屎擦屁股呀？"

男人说："找个石头蛋蛋擦擦就得啦。"

女人说："亏你想得出来！你们男人拉屎用石头擦沟门眼子。我们女人来了那个，见了红也用石头吗？"

戴锦宏听着这对夫妇的对话忍不住笑了，目送顾客离去。自己叹了口气，自言自语："哎，做生意也难呀！货不对路它就卖不出去，卖不出去它就回笼不来钱。没钱，怎么再进新货。哎，除非自己有个驼队。"

戴锦宏正寻思着，传来了驼铃声，哪里来的骆驼队？戴锦宏赶快跑出店，看到生华牵着骆驼缓缓向他走来。

戴锦宏高兴地喊道："生华！"跑着迎上前去。

"姐夫！我一来看你！二来，给你捎几驼货！"

"你看看，自从古城子一别，又过去了几年。"

"姐夫，我抽空每年来给你送一次货。"

"好呀，快到屋里坐，咱哥俩好好聊聊。"

第二十章　把聚福盛总店挪到迪化去

光绪十年,天津杨柳青的商贩们进驻迪化城第九个头年。迪化,这个昔日的破城堡是个什么样了?

这年阴历三月的一天,春和日暖,阳光明媚。小河的水已经解冻,哗啦哗啦流淌。路边的蹿天杨树已经长出了叶,柳树已经吐露绿芽。远处一丛丛的红柳,一丛丛的芨芨草,点点绿色装饰着这块复苏的大地。

戴锦宏身穿黑色团花锻夹袍,头戴瓜皮帽,一条长发辫垂在腰间,骑着一匹枣红马,风尘仆仆地来到迪化。

戴锦宏这次来迪化有三件事:第一,在迪化买个门面房;第二,找王生华和周乾义筹建津商的骆驼队;第三,到古城子酒坊挖个酿酒师。

到了南门城下,只见城墙大兴土木,工匠们正翻新城门楼子。

新城门楼子上的琉璃飞檐下坠着四个硕大的铜制风铃,在春风的吹拂下发出悦耳动听的铃声。廊柱上猩红的铜漆散发着浓郁气味。紫红色城门是松木的,足有五寸厚,上面钉着一排排铜钉。

他下马看了一会儿这个宏伟气派的城门楼子,想起了八年前首入迪化城时那残破的城门,和他常登顶上去的那破烂的城门楼子。

"啊,一转眼八年啦,破败的迪化变化真大呀!"他感叹旧貌换新颜。

随后,便牵马进了南城门。

他沿南大街一路走到大十字街口,东南西北四条大街的街道路面平整一新,路两边修了排水沟,使春季雪融时马路不再泥泞。街道两边一拉溜,天津杨柳青人的店铺林立,一家挨着一家。

啊,咱天津杨柳青人不但重建了迪化城,而且把这个破城堡建成了一个大商市。你瞅瞅,店门上下左右悬挂着商铺字号和各式各样的"招幌"。

"嘿,这京津味儿的招幌居然搬到了边城迪化,这真是商市兴隆呀!"戴锦宏对眼前的景象无限感叹。

招幌是招牌和幌子的统称,是我国商业习俗的表现形式。招牌,是商店悬挂或摆设的牌子,挂于店门上方、店门柱上或店内柜台上方的墙上。幌子,是传统的店铺标记,分为形象幌、标志幌、文字幌三种。

戴锦宏边走边欣赏着这些招牌和幌子。这家酒馆的幌子用红蓝相间的飘带,称酒旗;这家茶馆的幌子上绘制茶壶茶碗;这家鞋店幌子是鞋靴的模型;还有好多文字幌,当、药、澡堂,几十步开外就知道前面有当铺、药铺和洗澡堂子。

南大街周乾义的"同盛和",杨润棠的"复泉涌";东大街上的郑子澄、杨绍洲的"永裕德",李汉臣的"德恒泰",周质臣的"升聚永",肖连第的"聚兴永",王锦堂的"公聚成",王兴芝的"忠利祥",当时在迪化的商家中,形成津商八大家。

戴锦宏一边看着这一家家招幌,一边心里琢磨:"嘿,咱杨柳青商号真是成了气候啦,以大十字为中心的东南西北四条街几乎成了杨柳青人的商业天下,真乃称霸省城呀。"

街道上也有挑担小贩,带来了京津地区的吆喝声:

"新鲜的半春子萝卜、芫荽(俗名香菜)、茄子嘞!"

"热气腾腾的狗不理包子!"

"卖京糕嘞!又脆又酥的天津大麻花!"

"磨剪子来——抢菜刀!"

街道上的行人也操一口老家的乡音打招呼:

"你老吃了吗?"

"刚撂下筷子。"

"他大大(伯伯),你老介是走吗去呀?"

"待家闲得慌,出来转悠转悠。"

如果不是看到维吾尔族老乡头顶一摞馕卖,戴锦宏误以为回到了老家。

在十字街头南北大街口,正在大兴木工器械。

"师傅!你老在这十字街口修吗呀?"戴锦宏问一位指挥施工的长者。

师傅京腔京味地说道:"这十字街口能修啥呀!肯定是修牌楼啊。您瞧,是仿照咱京城前门大栅栏牌楼。等修好啰,您再瞧,整个一个小京师的模样,那气派大啦。"

戴锦宏:"介可好嘛,看到它就好似回到老家啦。"

"听您这口音是天津杨柳青的?"

"是,我是光绪二年赶大营过来的。"

"我说你们天津杨柳青人来新疆的怎么这么多人啊,把整个杨柳青都搬过来不是!介啦,你瞧瞧。这沿街一个个铺子都是你们杨柳青人开的,就连小贩的吆喝声,也是你们杨柳青人。合着你们杨柳青独霸了这边关省城……"师傅滔滔不绝地说,戴锦宏好不容易插上话。

"师傅,你老是京城来的?"

"听不出来呀,是你们天津商会把我从京师请来的,要盖个天津商会,修这大牌楼。新疆这地界可真远哪,坐车就坐了四个月。不是人待的地界,你说你们大老远地到这儿,干吗呀这是?"

戴锦宏解释道:"当初出来,就是为了赶大营挣碗饭吃,没打算在这儿落脚。没承想,进了迪化城,将军府衙门就让我们留下来重建迪化城,在这儿开店做买卖。于是,老家来的人们就都在这儿安营扎寨啦。"

戴锦宏和那位京城来的老师傅聊上啦。

"这边关流放地也能挣上钱吗?"

"您瞧瞧这一家挨一家的铺子,挣不上钱不是早都撒丫子回去了吗。"

"你们来了多少人?"

"哎呀,每年陆陆续续地都有人来,这八九年算下来,有两千多人啦,大部分还都是年轻的光棍汉。"

"老婆孩子没接来?"

"都在老家哪,这两年也有接家眷来的。"

"哎哟,这可真遭罪呀。光棍一个到边关,那比发配充军好不了多少。我来这趟也是为了赚点钱,来一趟就够了。"

"咱京师这几年怎么样啦?"

"嗨,好不了。在咱国家的南边,朝廷军队在那儿跟法国人又开战啦。在东边那个东洋鬼子又制造事端,派兵到朝鲜,早晚要在朝鲜跟这东洋鬼子干一仗。咱大清朝呀,如同一个头上生疮、脚底流脓的老病夫,顾了头顾不了脚,这头和脚要收拾好了,那屁股眼又长痔疮啦。哎,好不了啦。这一打仗,就从咱老百姓身上搜银子。老百姓都吃不饱肚子,这腰里哪来的银子呀?这不,我这半百的人啦,还来一趟边关,不也是为了赚点银子回家活命呀。我看这儿还好,天高皇帝远,比老家安生。"

"那就留在这儿吧。这儿建省城大兴土木,正需要您这样的师傅大显身手哪。"

"是,是,这儿的活儿不少,要扩建省府衙门,修楼阁,修会所,你们天津商会出资还要修个左公祠……可我这把岁数,老骨头不能撂在这儿吧?京城还有一大家子人哪。上有七十多的父母,下有儿孙,个个张着嘴都得靠我养活。"

"那儿子哪?"

"二儿子跟我来啦,我得把祖宗留下的手艺传给他呀,等我干不动了,他接我的班养家糊口。"

"那么,家里还有个大儿子?"

"嗨!别提啦,提起他我就伤心。老大,从小娇生惯养,长大了好吃懒惰,三十好几的人啦,天天跟着那些旗人,遛鸟、斗蛐蛐儿、逛窑子、上赌场,就差拿根烟枪,整个一个大爷。"

"那老婆孩子咋养活?"

"还老婆哪,谁跟他呀?赖着吃我喝我,等我蹬脚了看他怎么办?"

"哎,家家有本难念的经,您老保重啊。"

一位老师傅的徒弟打断了他俩的对话:"师傅,您看这儿怎么弄?"

"等等。"老师傅转过脸又对戴锦宏说,"您还别说,这地界还真能吃饱肚子,可惜离家太远啦。"

戴锦宏："老师傅,快忙活您的吧,不耽误您啦。"

老师傅客气地回道:"再会吧您哪。"

戴锦宏站立了好久,他似乎触景生情,这里虽然不是老家,但这里有众多的乡里乡亲,在迪化复制着一个小杨柳青。

约莫有半个时辰,戴锦宏才牵着马向十字街东南口的"同盛和"走去。他进到店内,店铺正面柜台墙上挂着一幅大大的招牌,上等的松木制成,黑漆底子上刻着三个大大的金字"同盛和"。

戴锦宏脱口而出:"哎哟,好大一个金字招牌呀!"

一个伙计迎过来问道:"客官,您要点什么?"

"我找你们周掌柜的。"

"在后院,你老请。"然后向后院喊道,"掌柜的,老家来人啦!"

戴锦宏穿过大堂的小门,眼前是一个小院。

周乾义从屋内迎了出来。

"我寻思谁哪,原来是戴家兄弟。怎么,来办点货?"

"这次来,主要想找大哥合计合计给我拿个主意。"

"那就屋里慢慢说。"

戴锦宏来到堂屋内坐定,环顾四周。这是一套一明两暗的房子,中间堂屋算是客厅。两侧屋内既当卧室又兼账房,家具倒很简陋。心想:同盛和这么大的买卖,周大哥怎么不添置点像样的家具呢?

"周哥,你老……就住在这店里? 怎么不盖个大宅子呀?"

"盖宅子的地皮我倒是买了两处,现在还闲置在那儿。一来呢,我顾不上;二来呢,这儿就我和大兄弟俩,有个睡觉的地儿就齐啦。我准备明年盖宅子,再过两年把老婆孩子接来。嗯,打算接家眷来。"周乾义问,"怎么,有吗急事大老远地来找我?"

戴锦宏急不可待地问道:"大哥去年返乡,老家怎么样了?"

"老家这两年不是旱就是涝,这次我回去又发大水啦,咱杨柳青成了个孤岛,老家的乡亲们勉强度日。噢,我亲自去了你家,看望了你家二老,送上你带的信和银子。"

"我父母身体咋样?"

"精神头还行,在家经营那个小店还算马马虎虎。老爷子说冻不着饿不死就行啦。哎,有个喜讯我差点忘了,你媳妇给你生了个小子,你走的那年怀上的,今年该有九岁了,都会干活儿啦,可把你爹妈高兴坏啦。"

"是呀,我那没见过面的儿子都九岁啦,我还真没想到我会当爹。"

周乾义拍拍戴的肩膀:"担子重啦。"

"是啊是啊,家里就指望我了。"

周乾义滔滔不绝地说着家乡的事。

"大哥,我还有一件大事想跟您商量。"

"你说吧。"

"我想把我的买卖挪到迪化,这儿乡亲们多,我在焉耆太人单力薄。"

周乾义指着戴锦宏笑着说:"你瞧瞧,光绪二年深秋季节的有天夜里,咱俩在城门楼子上,我对你说过总有一天你会回来。"

"那晚上你说的话,我始终记着。哎呀,一晃八年多过去啦,那时的迪化破败不堪哪像个城呀。今儿这么一见,哎哟,比咱老家还强,像个小京师。"

"那时谁的心里都没谱,提着个心。你想啊,身上这千儿八百的银子花啦,铺子盖啦,万一没人进来,这买卖跟谁做?做买卖就是个赌呀。从那时开始,咱杨柳青二百多商户费了多大劲啊,光建店盖房子的头二年,就投进去三十万两银子。没想到硬撑了两年,迪化开始火啦。话又说回来啦,你投得多,得到的实惠就多。今儿,迪化汉城变成了一个大商市,汉城成了咱杨柳青人的天地,迪化衙门也依赖着咱哪。"

"周大哥,我看迪化的四条大街铺子都满啦,没有什么空地儿啦。"

"有是有,不是在犄角旮旯,就在城门边上,再就是小西门到北门的那条北梁街上。"

"这四条大街上都是咱老家人的铺子?"

"绝大部分都是。"

"那外籍商户不是也往进挤吗?"

"他们挤不进来呀。外籍户大多数在城边上或城外发展,北梁街、南关。南关那头不是有个叫山西巷的吗?山西人都集中那儿。还有,山西巷街东面,新建了个陕西大寺,那儿住的都是甘陕青三省的回民。"

"我说呢,我从南梁一路骑马下来,南门外到处盖房子。"

"城里让咱天津人都占啦。可不,他们只有在城外建铺子盖房子。在南关那东头,迪化几家商会还准备合起来盖个三层楼的'财神楼子'哪。"

"是,是应该有个迎财神爷的地方,每年正月初一迎财神,到哪儿迎去?上哪儿给财神爷上香去呀?咦,周哥,我还忘了问你哪。我从南梁下来,怎么见到很多老毛子在这条路上盖洋人的商行哪?"

"嗨,这话说起来呀,得从大清国收回伊犁九城说起。伊犁九城是收回来啦,可老毛子在迪化南门外划了一条路要租借,在这儿建洋人的商行生意。"

"呵,老毛子都挤进来啦,那不跟咱天津租借地一档子事吗?"

"是这个意思。"

"嗨,跟你老这么一白话呀,把正事给忘啦。周哥,我想把焉耆的铺子挪到这儿来。"

"那焉耆的铺子就关啦?"周乾义急问。

"我盘算着把焉耆的铺子盘出去,收回资金在这儿寻个地界……"

"别价呀,你能收回多少银子? 再到这儿倒腾,又打头开始? 我还打算到南疆建几个分店呢。这钱要生钱,像滚雪球一样,越滚越大。南疆有南疆的市场优势,就看你怎么琢磨。在南疆做大,资金雄厚了,更有利在这儿扩张。"

"扩张!"戴锦宏第一回听到这个新词。

"我告诉你呀,安文忠带着咱几十号乡亲,跟着金顺将军去了伊犁两年啦。"

"我说哪怎么不见安大哥字号。"戴锦宏又不解地问,"他怎么去了伊犁呢?"

"安文忠给我讲,伊犁九城前年从沙俄老毛子手里收回来啦,伊犁将军府金顺大将军约安文忠同去。"

"他去那儿干吗?"

"伊犁九城要重建,让他带些有资本的商家一块儿去,把伊犁的商贸扶起来。他寻思了几天跟我说,金顺大将军主政伊犁,委任他当钱粮局帮办,筹划财贸商市。他还给我说,咱津商别挤在一处扎堆,挣不着大钱,这锅饭留给你们抢吧。他往伊犁、喀什发展,做边贸生意。你瞧人家外国洋人,脑瓜子削尖了来咱这儿做买卖,咱就不能到洋人那儿做生意? 我琢磨他的话有道理。人家说走就走啦,仅仅去了两年,伊犁九城都有他的分号。"

"他顾得过来吗?"

"他从老家带来了一帮人,大弟二弟,还有叔伯兄弟。就这,他还要往塔城扩张,要跟那老毛子做边境外贸生意,那大发啦。"

"他这儿的总店呢?"

"挪到伊犁惠远去啦。他临走给我说到伊犁新打鼓,另起灶,弄它个锅满盆满,遍地开花。"

"啊,安哥好大的胃口呀!"戴锦宏情不自禁地感叹。

周乾义接着说:"告诉你一个好消息,新疆要建省,省府就选定迪化。你没瞧见迪化在大兴土木吗? 我替你踅摸着盘下个门面来,给你备着。你回去扩大营生,准备好银子吧。"

"谢谢大哥啦。"

"谢什么谢呀,都是乡里乡亲的。"

"大哥,几年前你老跟我说咱合伙建个骆驼队……"

"对啦! 咱现在是有了铺子,有了铺子还得有货呀,货到哪儿进呢? 还到哈密和古城子去进点针头线脑的行吗? 不行喽!"

戴锦宏问:"那到哪儿进货? 兰州?"

"兰州也不行! 咱的货不能跟甘商、陕商的货一样,你竞争不过人家呀。咱要到老家天津进货,到京城进货,到南京、苏州进货,这样咱这生意就活起来啦。"

"哎哟,那得有一个大的驼帮。"

"对！几千峰驼的驮帮。去的时候把新疆的棉花、羊毛、皮子带足了，回来带绸子、缎子、瓷器、茶叶，驮满了，一年跑一趟。"

戴锦宏兴奋地说："哎哟，那可干大发啦。"

"不干大发了不行呀，新疆这地界，大呀！此地原来就有甘、陕、晋商，现在又有川、豫、湘商，还有洋行。在这条道上，客商离不开驮帮。"

"好！我这就去古城子，找找我那小舅子。"

"你介是说走就走啊，心急火燎的。"

"你老三言两语就给我吃了定心丸了。刚才你一说安哥，给我提了一股子劲，我还真有点心急火燎的。您也忙，不打扰您啦。另外，我在焉耆想筹办个酒坊，那儿有市场。听你这么一说，我的心定啦，立马去趟古城子，踅摸个合伙人。"

"这就对啦，生意就得这么做。看准了就下手，等人家干了，还有你的吗事呀，快及嘛地办吧。"

"我就走啦。"戴锦宏转身而去。

周乾义望着他的背影，笑了笑自语："也是个心急火燎的人。"

戴锦宏离开迪化，直奔古城子，他去探访古城子酒坊。

古城子的老烧酒在新疆有生意。焉耆人不远千里到古城子来弄酒，如果在焉耆开个酒坊辐射南疆广大市场，那真是一本万利的事。戴锦宏来到古城子，通过老家在古城子开店的王掌柜，找了酒坊的一位张师傅。戴锦宏请他们吃饭。

戴锦宏点了一桌菜，买了古城子酒坊酿的酒，三人坐定。

戴锦宏开门见山："张师傅，今年贵庚呀？"

"三十多岁啦。"

"哎哟，长我几岁呀，我该称呼您大哥哪。"

"兄弟，都是兄弟。"

"哪里人氏？"

"算是新疆人啦。我太爷爷辈上就来到新疆，最初在伊犁酿酒，老毛子占了伊犁后，全家人死的死散的散。后来，我一人流落到古城子，在这儿扎了根，给人家酿酒，马马虎虎地混碗饭吃。"

"张师傅，我就直说了吧，我请你去焉耆，我开个酒坊，您当掌柜的。"

张师傅惊异地问道："你开酒坊，我当掌柜，天下哪有这等好事？"

戴锦宏坚定地说："对！我投银子做东家，你投技术做掌柜。"

张师傅："这，这我想都没想过，我家三代人只会给人家酿酒，开酒坊可投资大啦，买场地，建厂房，买原料，进设备，雇工人，跑销售……"

"您若有意，我请你去，你只管酿酒，其余都是我的。你建账目，年利，二一添作五,对半分。"

张师傅摸了摸自己的头,笑着说:"我没做梦吧?"

戴锦宏:"现在还是梦想,我俩合伙做这事能不能梦想成真,就看你啦。"

"我家里还有老婆孩子,这……"

"我雇车,全家搬过去。"戴锦宏痛快地说。

"我回家跟老婆商量商量。"

"我等你的准信。"

张师傅:"好,明儿给你回话。"

王掌柜一看,这三言两语痛痛快快就把这合伙的买卖做成啦,他也高兴地端起酒杯:"那就举杯,祝你们合伙成功!"

三人举杯畅饮。

戴锦宏这档子事办了个八九不离十,又想起找王生华办骆队的事。

"王掌柜,咱古城子有个山西人的骆驼队,现在在这儿吗?"

"你有吗事呀?"

"我表弟给这个驼帮跑脚,几年不见啦,我想找找他。"

"前几天从关内来了个驼帮,你去打听打听?"

"好,我就不再耽误二位啦,你俩忙你们的,我去找我表弟。"

张师傅:"戴掌柜走好,我明儿一准给你个准信。"

戴锦宏从饭馆出来直奔骆驼队客栈。踏破铁鞋无觅处,得来全不费功夫,经客栈老板引领,直接找到生华。此时的生华正是二十三四岁的壮汉,他正在指使伙计给这群骆驼加料。

客栈老板喊道:"王帮主,有人找你!"

生华一转身,见是戴锦宏,"姐夫,你老怎么来啦?"

戴锦宏:"找你呀! 几年没见你,你模样儿大变,我猛地一瞅,差点儿认不出你来啦。"

生华:"我也一直想脱开身子去见见你。"

"怎么着,脚夫变成驼帮帮主啦?"

"一两句话说不清,我请你下馆子,咱到馆子边吃边聊。"

"哎哟,我刚撂下筷子,就找你来啦。"

"那咱哥俩到茶馆聊聊。"

两人来到茶馆,找了个角落坐定,要了一壶好茶。戴锦宏急不可待地问:"快说说,你怎么成了带驼帮的帮主啦?"

"嗨,什么帮主呀,就这几十峰老骆驼,驼主跑不动啦,交给我让我带着。"

"驼主多大岁数就跑不动啦?"

"快奔五十啦。"

戴锦宏奇怪地问:"怎么四十多岁就跑不动啦?"

"跑驼帮,吃的就是个年轻饭。你想呀,一年四季在戈壁滩上跑。夏天风吹日晒,冬天寒风凛凛,上了四十的岁数,就落下一身的病。"

戴锦宏点点头,说:"这倒是,这跟跑船一样,十有八九落下个老寒腿。"

"再加上我那驼主跑了半辈子挣了些银子,盖了两间房子买了块地,四十多岁的人啦娶了一房媳妇。媳妇儿子热炕头,就不想动啦。他看我老实,人又实诚,就把这几十峰驼交给我啦,我俩四六分,他拿大头。"

"噢,是这么回事。你以后有什么打算呀?"

"我想再干个一二十年,攒点银子。反正是老家也回不去啦,在迪化买块菜地盖间房子,后半辈子种点菜养活肚子也就齐啦。"

"咦,你爹不是还在太原?"

"唉,这一聊,我把这茬儿忘啦,我爹前两年就没啦。"

"哎哟!姨父走啦!岁数不算老呀?"

"他给人家种了几年菜,我在外成年跑脚。他一个人孤苦伶仃,身子骨又有病,熬不住啦。那年我回去他已经没啦,东家心善就帮着给葬啦,我都没能见上一面……"

生华声调哽噎,说不下去啦。戴锦宏也眼含泪水,两人沉默哀思。还是生华打破这悲凄的气氛。

"姐夫,你和周大哥想建个驼帮跑运输,建了吗?"

"我正为此事找你商量。你跟着骆驼队十年啦,这条道你熟。咱几家津商早就打算合伙建个几千驼的驼行,每年到咱老家跑一趟。"

"哎哟,几千驼的驼行?"

"是啊!像你这几十峰骆驼队,驮不了多少货,也只能是小打小闹,跑几千里地去趟京津,带回来的那点货还不够塞牙缝的。"

"咱津商好大的胃口呀!"

"买卖做大了才能攒钱,才能致富。我问问你,驼队跑趟京津要多少天呀?"

"骆驼路有三条道,一条从北京出来通过张家口直奔绥远,一条直线可到哈密。这条骆驼路最近,不到仨月就能跑一趟,路上不停往返五个月就够啦。你若想走太原,也可以直接到哈密,这条路远点,半年多一个来回。还有一条沙漠路,到巴里坤,绕开哈密直接到木垒。"

"哎呀!要是这么算下来,这一年跑趟京城回来后再跑趟塔城,去跟洋人做趟生意也来得及。"

"还跟洋人做生意?"

"是啊!咱关内的丝绸、缎子、瓷器、茶叶,洋人喜欢。然后再从洋人那儿带来洋布、洋火、洋灯、洋铁炉子、铁器、铜器、方块糖、钟表、毡筒、玻璃,都是好卖的洋玩意儿。还有吃的皮芽子(洋葱)、洋芋、洋柿子,咱新疆人也喜欢吃。"

"你老这么一说,这买卖做大啦。"

"我们几家商号现在怀里有银子啦,买两三岁的骆驼娃子,养上一两年就能跑脚,搞他一个上千峰的骆驼队,到时候交给你管,让你也当一回真正的骆驼队帮主,咱们几家劈账,你看行吗?"

"行!我爹也走啦,如今我无牵无挂,我这趟回山西向老帮主辞行,回来就直奔迪化,建驼帮。"

"好!我也打算在迪化城开个总店,到时候咱和杨柳青的乡亲们在一块儿扎堆。过几年,把你姐也接来。"

"好,我听姐夫的。"

"走!咱找个好点的客栈住下,今晚上咱哥俩打上二斤酒,买些羊杂碎,好好聊上一宿。"

短短三五天收获不小,偷偷地挖了个酿酒师傅,说好了合伙干。筹划在迪化建个总店,再开个骆驼行。戴锦宏办完这三件大事,满怀信心地返回焉耆。

戴锦宏来去匆匆,第十二天黄昏时分进了焉耆大院。还没等戴锦宏卸下马背上的东西,只听得"锦宏哥!"一声喊,蜀秀就冲出房子,扑在戴锦宏背上。

"锦宏哥,你怎么去了这么长时间呀?"

"你这个疯丫头,都老大不小啦,过两年该嫁人啦,还这么疯。"袍嫂埋怨着自己的女儿。

蜀秀:"我才不嫁人哪。"

袍嫂笑道:"我不能养你一辈子。"

过去了这好几年,蜀秀已经是十五岁的大姑娘啦。女大十八变,越变越好看。戴锦宏刚开始,感觉蜀秀就是个小黄毛丫头,也拿她当小妹妹待见。一转眼变成了个大姑娘啦,就有意回避了。

"锦宏,这么快就回来啦,办了些啥子事呀?"袍哥闻声从小店里出来。

戴锦宏:"一会儿屋里谈,跟您好好商量商量。"

袍嫂:"锦宏来这儿吃饭吧,你们哥俩边吃边聊。"

蜀秀拉着戴锦宏进了她家屋子。

在饭桌上,戴锦宏拿出一个葫芦,拔下塞子,倒了一小碗,说:"袍哥,您尝尝这酒怎么的?"

袍哥端起酒品了品,"嗯,不错!哪儿的酒?"

"古城子烧酒。"

"你去了趟古城子?"

"对,我想在这儿开个酒坊。"

"那可好呀,我天天有酒喝啰。不过我要问你这酿酒撒,有酿酒的一套花花样子,不是说想酿就能酿出来的哟。它不是你买卖花花布那样简单。"袍哥提出忠告。

"我仅出资金,用来购原料、场地、设备和销售,生产技术和管理由别人出,利润对半分。"

"啥子人?"

戴锦宏小声说:"我从古城子酒坊偷偷地挖了个酿酒师傅,等我准备好了就请他过来。"

"你真有鬼点子哟。"

"袍哥,你入伙吗?"

"我不担这份风险,万一赔了,我老婆、娃儿喝西北风去。"袍哥接着说,"南疆地区回教教民多,他们不喝酒,这销路想过没有啊?"

戴锦宏:"我早想啦,我发现袍哥喜欢喝酒,常常从迪化带酒,太不方便啦。南疆没有一家酿酒作坊。焉耆驻有清军官兵,蒙古牧民也不少,他们有这种买卖需求。南疆也有很多好喝酒的民族呀,只不过这商家不敢投本钱,怕销路不好,本钱都回不来。再说酒是个好东西呀,逢年过节酒必不可少,红白喜事酒必不可少,请客送礼酒必不可少。所以,我早就产生了在此办个酒坊的想法,要办成了,那可是南疆独一份。"

袍哥听了戴锦宏的一番话,也频频点头,说道:"是啊,酒是个好东西,高兴了想喝,心烦啰也想喝。我别的帮不上你,你的店铺我们替你看着,你就抽出身子去办你的酒坊好啰。"

"谢谢袍哥,来,干一杯!"两人碰杯一口下肚。

戴锦宏接着说:"袍哥,还有一件大事情。"

"还有啥子大事情?"袍哥好奇地问。

"新疆要建省,省府定在迪化,将来肯定是新疆的最大商市,大有发展的机会。袍哥不想到那里伸伸胳膊腿?"

"哈、哈哈,我已是老胳膊老脚的啰,黄土已经埋了大半个身子了。老老实实地在这里挣点养老的钱,老了后带着老婆娃儿回四川老家养老啰。"

蜀秀:"爹,我才不陪你回四川,我要去迪化看看。"

袍哥:"好啰,把你嫁给这儿的长胡子回族人。"

"我才不呢。"众人笑。

袍哥:"锦宏,你还想把这店铺搬到迪化去?"

"不是搬过去,而是扩张,在省城迪化建个总店。"

"啥子叫扩张呀?"

"扩张就是伸开你的腿脚,把你的买卖伸展到各地去,建立你的买卖分店。"

"人只有一双手脚,哪能顾得过来,又没孙悟空那个本事来个分身术撒。"

"你可以雇二掌柜的。比如,我想办个牧场请个牧民给我管着,他当管家我当牧场主;办个酒坊请个师傅干着,他当掌柜的我当东家。挣了钱两人分呀,总比抱着一个饭碗强撒。这就叫孙悟空的分身术。"

"噢,我明白啰,你是守着一个锅,再从别的几个锅里往你这儿舀饭饭。"

戴锦宏大笑:"袍哥的比喻太对啦!不从别的锅里向我这儿舀饭,我这口锅就大不了,就富不了。"

"好!你有雄心。我这儿的富余钱你需要就借给你。"

三个月后。

戴锦宏租了一个民宅院子做酒坊。经过一个多月的忙活,酒坊建成了。酒坊的大门用木架搭成,高高的架顶上插着一个高高的酒旗,酒旗边缘是红蓝相间的飘带,酒旗中央是一个大大的"酒"字,二里地以外都能看到这个幌子。

不久开始试生产了。酒坊前摆了一张条案,条案上摆着一幅酒神像、一盆五谷杂粮及香炉、酒坛、酒碗。自古以来,祭祀活动都离不开酒,更何况酒坊开业要祭祀酒神呢。

戴锦宏和张师傅点燃三炷香,插在香炉上,跪地三拜酒神。

张师傅倒满两碗酒,递给锦宏一碗。两人同时祭天、祭地、泼洒酒坊,剩下的一口而尽。碎碗,岁岁发财。

然后,张师傅高呼:"点火开炉,红红火火。"

鞭炮齐鸣,酒坊开工了。

当天晚上,戴锦宏邀张师傅和袍哥在镇子东头一家回族馆子吃饭。

袍哥说:"清真馆子没得酒喝,去啥子呀。我还有一小坛子酒,还是锦宏送我的,舍不得喝,今天献出来祝贺酒坊开业。不过,我有话在先,等你俩酒坊的酒酿出来,先得送我一大坛子酒。"

张师傅:"好!没问题,把你天天泡在酒里。"

戴锦宏:"那就这样吧,你俩先到我家去,我买点好菜回去,咱仨今儿喝个通宵达旦一醉方休。"

袍哥:"好!就这么办。"

戴锦宏屋内,半间是炕,炕上有个小饭桌。袍哥和张师傅刚刚坐定,锦宏提着一堆东西进来啦。在小桌摊开,一个热气腾腾的羊头,还有凉拌羊肚丝、辣皮子爆炒羊肠、蒜泥羊蹄。袍哥一见辣椒,高兴地直叫好,拿起筷子夹起来就往嘴里塞。

袍嫂端上来一盘四川泡菜和一盘凉拌酸辣萝卜丝,说:"净吃肉也不行呀,我给你们拌了俩小菜。"

张师傅:"好!这比在馆子的菜好。"

三人推杯换盏,开怀痛饮。

喝到兴头上,袍哥说:"焉耆这地方,酒坊有啰,酒馆没得,再开个酒馆咋样?"

戴锦宏:"好主意,那就咱三家合开个酒馆?"

他二人同声赞同。

今天是令人高兴的一天,戴锦宏喝多了,他结结巴巴地说:"那要声明在先,酒馆的掌柜,袍、袍、袍哥不能当。否则,这、这酒馆的酒,都、都让他一人喝光了。"

袍哥馋酒,他喝得更多,说话已经不利落了,"我……我……我,就想,想当这个酒馆的掌柜,天天泡、泡在酒缸里……"

三人哈哈大笑。

袍哥又端起酒碗说道:"来,来! 再干一碗!"

这笑声引来了蜀秀。

"爹,你还喝呀,都喝醉啦。"

张师傅不愧是酿酒师傅,对酒精毫无反应,看到他俩都喝多了,又碍于面子,没有阻拦。见蜀秀说话了,他才回应:"袍哥,别喝啦,等酒坊出酒啦,我请你好好喝。"

袍哥:"不行! 不是说,今儿要喝、喝一个……一醉方休!"

蜀秀从她爹手里抢过酒,咕咚咕咚喝了个精光。三人看着愣了。

袍哥满自豪地说:"我娃儿行! 有、有情义,有、有胆量……"

张师傅看到这局面不能再喝了,"袍哥,咱回去吧。"

袍哥:"我,不回去! 喝、喝个,一醉方休!"

张师傅:"蜀秀,咱俩把你爹弄回去。"

张师傅和蜀秀搀扶着袍哥回屋。袍嫂一见袍哥喝成这样,心疼地说:"哎哟,怎么都喝成这样子,不难受吗?"

袍哥嘴里还说着:"喝,痛快! 高兴! 喝……"

袍哥躺在炕上醉成了一摊泥。

张师傅:"袍嫂,我也走啦。"

"张师傅你慢走,蜀秀,送送张师傅。"

蜀秀目送张师傅出了院门。回到屋,对她妈说:"妈,锦宏哥也醉成那样啦,炕上弄得乱七八糟,我去帮着收拾收拾。"没等她妈回话,蜀秀出了屋门。

"快点回来,都这么晚啦。"

蜀秀又回到戴锦宏屋,见他趴在小桌子上。

"锦宏哥,躺好啦睡呀!"

戴锦宏睁开眼看了一眼蜀秀,又合上了眼,仍然趴在小桌上没动。

蜀秀爬上炕,把枕头摆好,铺好被子,抱着锦宏的腰,拖到铺上。蜀秀解戴锦宏衣袄上的扣盘,帮他脱袄。戴锦宏的头刚一挨枕头,加上这么一折腾,突然恶心,他急忙坐起来趴到炕头,哇的一声吐了一地。蜀秀急忙给他拍背,吐完后,戴锦宏仍然趴在炕沿上没动。蜀秀下炕给他拿水漱口,把毛巾拿来给他擦脸,又用小铲子在炉膛里铲了一铲炉灰垫在呕吐物上。然后上炕,又抱着他的腰往铺上拖。戴锦宏倒下了,拖带着蜀秀趴在了他的身上。两人的脸快要贴在一起,互相默默地对视着。

戴锦宏经过这么一吐清醒了,看着蜀秀那纯清的面容,动情地说:"秀,你真好看。"

而蜀秀呢,替她爹喝了一碗酒下肚,酒劲上来啦,头开始晕晕乎乎,仍然趴在戴锦宏身上,一双含情的眼睛望着他。

戴锦宏亲热地小声说:"秀,你亲亲我。"

蜀秀热烈地把自己的脸、自己的小嘴贴到他的脸上。

这个小姑娘就像一只可爱活泼又调皮的小兔子似的,头一拱,就把那毛茸茸、细绵绵、肉透透的小身子拱进了他的心里。

"蜀秀!还不回来!"

袍嫂的一声喊,打断了戴锦宏美好的梦境,也浇醒了蜀秀美好的醉意朦胧。蜀秀赶快下炕,收拾炕几上的残羹剩饭。

袍嫂推门进屋,满屋一股酒气,见戴锦宏和衣躺在炕铺上睡着。

"哎呀,吐了一地。男人们真是见酒没命,有啥好喝的呢?"袍嫂也拿起扫帚,帮着清理地上的呕吐物。

这时,蜀秀才转过身上,脸上仍然留着红晕。

"蜀秀,你的脸怎么红啦?"

"还不是我爸那碗酒,我抢过来喝啦。"蜀秀没敢正视她妈。

袍嫂仍然看着女儿那张脸,不知是看着女儿那张脸突然显得漂亮美丽,还是感觉女儿的脸色有种异样。

"妈,我爸怎样啦?"蜀秀有意转移她妈的疑心。

"你爸睡啦。"

蜀秀吹灭了油灯,娘俩出门。

不久,酒坊出酒之日来临。

由张师傅、戴锦宏的酒坊提供酒,一家提供场所并负责经营的三家合营的酒馆也正式开业。开业这天,热闹非凡,请来了县衙官吏、各商铺掌柜和当地蒙古部落头人齐聚这个酒馆。

酒馆的门楣上有块匾,上书"醉仙阁",两条竖幅,上面写着:

　　天不管,地不管,酒馆。
　　兴也罢,衰也罢,喝吧。

第二十一章　活在世上,不能没有朋友

戴锦宏的生意走入正轨之后,他并不满足于现状,又动起心眼儿来了。

有一次,戴锦宏正在他店铺的柜上,一个人身穿黑色条绒面上衣,外挂羊毛皮大衣,腰间系一条镶着银饰宽皮带,上挂一把精美小刀,头戴一顶白色毡帽,帽檐上卷,黑边镶嵌。这副扮相配上他那魁梧的身材,显得粗犷彪悍又透着一种豪爽气质。这是一位哈萨克青年牧民,他罗圈着腿进来了。

戴锦宏用哈萨克语问:"兄弟,你好!需要点什么?"

哈萨克牧民一听他会说哈萨克语,脸上立刻显现出亲近感。戴锦宏知道,语言是沟通情感的桥梁,这是他在焉耆经商多年的体验。他不但会说哈萨克语、蒙古语、维吾尔语,还能听懂半截子俄语。

哈萨克牧民:"我听说这里开了个大铺子,什么东西都有,下山来看看。"

"您请。"戴锦宏热情接待。

哈萨克牧民拿了一块砖茶、一包盐、一包火柴。他发现一面小镜子,好奇地拿着照来照去,满脸喜色,爱不释手。

那个时候,玻璃镜由国外进口,非常稀少。哈萨克妇女用铜镜梳洗打扮,久之铜镜失去光泽,从没见过把人脸照得如此清清楚楚的玻璃镜。年轻牧民高兴地说出了他的秘密。

"我爱上一个美丽的姑娘,总想送她一件令她高兴的定情物,苦苦地没有找到。这个宝贝一只羊换吗?"

戴锦宏一听大吃一惊。心想:一面小玻璃镜换一只羊,看来物稀为贵,这小镜在他眼内是稀罕之物了。戴锦宏笑了,说:"你要送给你心上人,向她求婚。我也成人之美,送给你啦。"

哈萨克青年简直不敢相信,"你——给——我?"用生硬的汉话确定。

"对!"戴锦宏点头确认。

哈萨克青年出门从马背上抱进来一只羊放在店里,"我——给——你!"

俩人同时哈哈大笑。

接着又拿进来羊皮、羊毛,问:"这些东西要吗?"

"要,要!你们跟前有多少我要多少!"戴锦宏心想,羊皮和羊毛是好东西呀,外国洋行专门收购这些原材料加工成皮革和毛线,咱内地也需要这些原材料。

戴锦宏又把他所需要茶、盐、火柴和几块他喜欢的衣料送给他,进行交换。

哈萨克青年把这些东西装进马上驮的袋子里。

戴锦宏又跑进店拿了一条彩色的花头巾,送给哈萨克青年。

"送给你未来的新娘子。"

哈萨克青年高兴地握着戴锦宏的手,"我们是朋——友! 我叫塔斯肯。"

"对! 我们是朋友,是兄弟。我叫戴锦宏。"

哈萨克青年拥抱着他说:"等我娶新娘时,我请你,你的,一定来!"

"好! 我一定去!"

戴锦宏挥手送走这位哈萨克兄弟后一直在想,一只羊换一个小镜子? 看来,物的价值在于人的需求。用羊、羊毛、羊皮换他所需要的物品,如茶叶、盐、火柴、针线、玻璃镜之类的商品,戴锦宏发现大有利可赚,比卖这些商品还有利。羊本身全是宝,羊毛、羊皮国内外畅销,羊肉、羊头、羊蹄、羊内脏,都是必不可少的肉类食品。

牧民们手头都没有现金,必需的生活用品买不来。利用物物交换满足了他们的需求,同时换来的羊,仍可以变成资金,而且比单一地卖商品利高。牧民们都分散放牧,这给物物交换带来不便。那就送货上门?

说干就干。于是,戴锦宏采取上门服务的办法。

他每隔一季,用马车拉着牧民们必需的生活用品到牧区去,到蒙古包前、哈萨克毡房旁,做起了生意。收获丰厚但很辛苦,甚至有时还很危险。遇到狼群那是常事,戴锦宏采取燃放鞭炮驱狼法,倒很有乐趣。一边赶车一边放炮,大灰狼们就是不敢上前。

有一天,塔斯肯专门下山邀请戴锦宏上山参加他的婚礼,他欣然接受邀请。他准备上山专门找巴特尔协商建牧场的事,然后再进天山到哈萨克牧区看看。一则去祝贺塔斯肯新婚,二则考察天山里的哈萨克牧区有多大市场需求和牧场资源。

这一天,他向袍哥说了要到巴特尔家去商量事,然后进天山,估摸着四五天回来。他赶着一辆马车,车上装着牧民们常用的商品进山了。

车行到和静。和静一带多是蒙古族牧民,巴特尔就在这儿定居。

戴锦宏的货车在一个个的蒙古包同牧民们进行物物交易,换来的羊或毛皮暂且存放在他们处。戴锦宏的羊越来越多,暂时由巴特尔代牧。

有一次他发现一只母羊怀孕啦,羊可以繁殖,促使他办个牧场。他这次来就是专门商量与巴特尔合作办牧场的事。

他与巴特尔商定,由他出资兴建羊舍、马厩、牧场围栏等设施,雇人放牧、喂养、打草、剪毛、储备冬料、接生羊羔、秋后以羊代资,整个工作交给巴特尔管理,戴锦宏当牧场主。

俩人高高兴兴地谈了一夜,当晚夜宿巴特尔蒙古包。

第三天一大早,戴锦宏离开巴特尔家开始进山。

翻过一座大坂,就进入天山草原,哈萨克牧民的毡房,星星点点地坐落在山坡的草甸上、河谷里。周围的高山、峡谷、松林,在云里雾里忽隐忽现,如同人间仙境,此时此刻会忘记所有的人间烦恼。

行至中午,在一个山谷里隐隐约约传来了女孩的歌声:

> 可爱的一朵玫瑰花,
> 莎里玛丽亚。
> 那天我从山上打猎骑着马,
> 正当你在山下歌唱,
> 婉转如云霞。
> 歌声使我迷了路,
> 我从山坡滚下,
> 哎呀呀你的歌声如云霞。

这是一首哈萨克民歌。传说在很久以前,一位哈萨克小伙子,他是一位勇敢的猎手,爱上了一位俄罗斯农民家的姑娘玛丽亚,姑娘的父母坚决不同意。姑娘和小伙子的爱情坚贞不渝,感动了一代一代的人们。这首歌经阿肯(歌手)们之口一代一代地不断传唱、加工、翻新,成为一首精典的爱情民歌。

戴锦宏被歌声迷住了,顺着歌传来的地方,赶着车走去。

在一个山谷一片向阳的缓坡上,绿草茵茵、郁郁葱葱地覆盖着山坡地。在阳光的映照下,绿草荡漾,各种野花点缀在绿坡旁上。坡下一条小溪旁,几个白色蘑菇似的毡房,镶嵌在小溪两旁的草地上。

一位姑娘身穿紫红色连衣裙,外套一件黑色坎肩,坎肩胸前还缀满了彩色的扣子、银饰等装饰品。她头戴一顶圆形花帽,帽子上缀满了珠子和金银片,帽顶插一束鹰羽毛,在玫瑰丛中摘着玫瑰花。

戴锦宏停下车,向她走去。卧在毡房旁的黑狗摇着尾巴警觉地站起身,两个本来伏在脑后的耳朵一下子竖了起来,"汪汪"叫了两声,似乎告诉主人,有人来啦。

姑娘也看到有人过来,停止了歌声。

戴锦宏用哈萨克语问道:"请问塔斯肯的家在哪里?"

姑娘尚未回答,从毡房里出来一个小伙子,这个小伙正是塔斯肯。

"啊,戴大哥来啦!"

"你好吗?"

两人行哈萨克人的见面礼。戴锦宏拴好马,从车上拿下一个麻袋交给塔斯肯。

"送你的礼品!"

"啥东西？你来了，我们就高兴得很，拿东西干啥呢！"

"你打开看看，喜欢吗？"

塔斯肯打开麻袋，拿出一个马鞍子，摆在草地上。他搓搓手，一脸惊喜，嵌着银饰的马鞍子，精美华贵。

"戴大哥，太漂亮了！真的，太漂亮！"

马是他们离不开的伙伴，这个精美的马鞍子，成为戴锦宏送给塔斯肯最美的、最珍贵的礼物。

他搂着戴锦宏，兴奋又有点炫耀地给聚拢过来的人们介绍："他，我的汉族兄弟。"

众人抬头看了一眼戴锦宏，又把目光落在马鞍子上。

塔斯肯说："戴大哥，你早一点儿来就好了，看看我的新娘子是怎么来到我的身旁。"

戴锦宏说："非常遗憾，没有亲眼见一见你是怎么把新娘娶进门的。"

哈萨克人的婚嫁，与其他信仰伊斯兰教的民族不同，婚礼是由伴娘、伴郎和大家一起歌唱，在歌中进行。哈萨克人称婚礼歌"阿吾加尔"。姑娘出嫁要离开自己的父母时要唱"哭诉歌"，表达对亲人的留恋和对新生活的忧虑。当新娘送到婆家门口时，陪嫁人要拉起红色帐布，让新娘走在中间，女方家把准备的糖果、奶疙瘩撒向人群，男方家出来迎接。主持迎新仪式的小伙子唱"开场白歌"。这时，新郎新娘来到父母毡房正式举行婚礼。这对新人在火塘前向父母三鞠躬，主持人拿着系有红绸的马鞭在新娘面前唱"揭面纱歌"，内容是怎么料理家务，尊敬公婆等。然后用马鞭将新娘头上的面纱揭去，使她和亲人见面。婚礼虽然结束，但婚庆活动仍然继续三天。

塔斯肯把戴锦宏请进他的毡房。

毡房内富有浓厚的民族艺术特色。毡房内围着一圈哈萨克绣品，一侧有一张床，床前挂着幔帐，床上放着被褥，地上铺着花毡。正中央的天窗下放着一个铁炉子，烟囱从天窗伸出。

塔斯肯向戴锦宏介绍刚才见到的那个姑娘。

"这就是我的新娘子，古丽亚。"

古丽亚行过见面礼，拿出一块绣花白布单，铺在毡子上。

戴锦宏想起什么，走出毡房向自己的马车取礼物，塔斯肯跟了过来。戴锦宏拿了一包水果糖，递给他。"这是送给你们的喜糖，祝贺你们的生活像糖一样甜。"又拿出一条花头巾，"这是送给新娘子的。"

"太谢谢了。古丽亚，来，来，来，这是戴大哥送你的。"塔斯肯给自己的新娘围上。

"太好看了！"古丽亚害羞地说了一声谢谢，转身去干自己的事情。

塔斯肯向着山谷打了一声长长的口哨，这是哈萨克牧民常用的联络方式，他通知附近的牧民来他这里。

他俩再走进毡房，地毯上的白单子上摆满了食品，酸奶疙瘩、烤馕等。戴锦宏和塔斯肯盘腿坐下，古丽亚把一碗热乎乎的奶茶端了上来。戴锦宏边喝奶茶边环顾毡房四周，一面小玻璃镜子挂在毡房壁上。

塔斯肯笑着说："这个镜子，她非常喜欢，马上就答应嫁给我了。"

俩人都笑啦，古丽亚害羞地笑着出去。

说话间，邻居们都来了，长者进了毡房聊天。

毡房外架起几口大锅，蒸腾起一片水汽，两个小伙子在宰羊割肉，妇女们烧水做饭。一群小孩在草地上、松树间穿梭嬉闹，四处人欢马叫洋溢着喜庆。

转眼之间，烧烤的肉端了上来，撒上盐末，大家开吃。古丽亚煮了一锅奶茶，给每人碗中倒茶。

吃完之后，塔斯肯带上戴锦宏骑马上山去看"姑娘追"和"叼羊"比赛，古丽亚也一同前往。

首先是"姑娘追"。一群姑娘和小伙子骑上骏马，同时起跑。如果那位小伙看上这位姑娘，有意跑慢马步让姑娘追上自己。如果姑娘也看上这位小伙子，就用马鞭轻轻地抽。如果看不上，就使劲抽打。"姑娘追"结束，就有成双成对的谈情说爱去了。

"姑娘追"之后，开始了"叼羊"。

这是哈萨克的一项隆重的庆祝活动。

站在塔斯肯身边一位长者主持活动。一位骑枣红马的小伙子跃马到长者面前，施礼后请求开始。长者把一把刀子交到小伙子手里。小伙子骑枣红马而去，不多时，骑枣红马小伙来到草地中央，抛下一只宰杀的羊。长者举臂高呼一声，百骑竞驰，蹄声隆隆向羊驶去。一匹白马首先赶到，弯腰，探身，抢羊，一气呵成，取得羊便跑。众人围追堵截，白马左闪右突极力奔驰。突然，一匹枣红马斜插上去，贴上白马。两马纠缠在一起，马上两个汉子你争我抢互不相让，周围一群骑手也围着争抢。

羊被几经抢夺，最终又被白马和枣红马夺下，一人拉着一只羊腿扯撕着难解难分。这时，一匹黑马不知从何方蹿出，直插两马中间冲去，顺势抢过羊，冲出重围驰向坡顶，黑马骤然停住，来了个前蹄腾空。这时人们才看清，骑手是塔斯肯。

众人一片欢呼。

有人不服，冲上去试图堵截，塔斯肯驾驭黑马迎头冲下。这一招令所有骑手未曾想到，他们尚未反应过来，塔斯肯已经冲入阵中，左冲右突冲出重围，直奔长者面前，一声嘶鸣骤然挺立，把羊掷于长者脚下。又一个欢声雷动。

"塔斯肯！塔斯肯！"

长者哈哈大笑，把一朵红色绸花戴在黑马头上。

戴锦宏和古丽亚上前祝贺。

戴锦宏："塔斯肯，你真是草原骏马、天上雄鹰啊！"

塔斯肯笑着说："这是你们汉人所说的……什么？乘人不备，出奇制胜！"

俩人哈哈大笑。

那天晚上，在塔斯肯毡房不远处，点燃起一堆篝火，周围已经围坐了一大圈男女老少。

塔斯肯提着一件半个葫芦似的东西，有一个长把，上面拉着两根弦，这是哈萨克人的乐器，叫冬不拉。塔斯肯把戴锦宏让在主宾席上，大家盘腿而坐。塔斯肯拨弄琴弦，放声高唱：

> 天山草原里多么欢乐，
> 是阿肯在纵情歌唱。
> 青年人，跳呀舞呀，
> 欢迎我们尊贵的兄弟。
> 眉毛黑呀，眼睛黑，
> 眉毛眼睛不分离。
> 手足亲，兄弟亲，
> 各族人民兄弟不分离。

大家围着篝火坐一圈，载歌载舞，不时发出阵阵欢叫。

塔斯肯唱了一段又一段。

阿肯们都拿起冬不拉弹奏了起来，一股气势磅礴的音乐在天山牧场回荡，似乎万马奔驰在天山草原上。

古丽亚给大家提来了马奶子酒。

塔斯肯说："戴大哥，喝马奶子。"

古丽亚给大家敬酒，大家都举起碗一饮而尽。

戴锦宏还是第一次喝马奶酒，他学着大家的样子也一饮而尽，一股酸溜溜的气味从胸腔直冲鼻孔喷出。第二碗感觉有味道了。

塔斯肯拿起了冬不拉，调了调弦，弹唱起来。他唱了个哈萨克的敬酒歌：

> 雄鹰不能没有天空，
> 骏马不能没有草原，
> 人生活在这人世上，
> 不能没有朋友。
> 啊！朋友，我们为友谊干杯！

大伙一边喝着，一边唱着跳着，不知不觉到了午夜。

戴锦宏感到头晕目眩，因为他不会唱又不会跳。他不知道马奶子是哈萨克牧民的酒饮料，越喝越兴奋。

当牧民们都散尽时，戴锦宏已昏睡。

第二天戴锦宏醒来时，天已大亮。他非常不好意思地向主人道歉。

哈萨克牧民纯朴好客，不管什么人，只要来到他们毡房做客，都是尊贵的客人，他们会像亲人一样对待。

戴锦宏吃完早茶，套好马车上路啦，塔斯肯夫妻一直把他送到路口。

戴锦宏赶着车，沿着路上山，翻过这座大坂，就可到和静地区。车上装着几只物物交易的活羊和羊皮，他准备到巴特尔那儿交给他。

戴锦宏一边赶着车，一边欣赏着天山美景，口中还哼唱着古丽亚的歌。

戴锦宏赶着车却迷了路。

马车驶进了一条牧羊小道。山路崎岖难行路又窄，马能过去，车后轮过不去。只好自己下车试着托起轮子过，戴锦宏不小心脚一滑，手一松，车失去平衡，车上重心外移，车体随着往坡下滑。最终，连车带着马翻下山坡，戴锦宏被翻滚的车砸了一下，他失去了知觉。

等他清醒过来，他觉得左腿剧烈的痛，想伸伸腿动弹不了，知道自己受伤了。山坡下的车还连着马，好歹马站着吃草，有时还抬起头来看看卧在半山腰的主人，发出嘶鸣声，好似在安慰它的主人。

黄昏，冰凉的空气在山谷间弥漫。一轮巨大血红的太阳正慢慢地从对面的山间沉下去，像落入了一个不见底的黑潭，收走了山峦间最后一片金色霞光。天地陡然变得暗淡下来，就像拉上了黑幕，一下将天光蔽住。

天黑了下来，身体感到很凉很冷。如果没有保暖设备，山里的夜晚很难度过。戴锦宏开始自救。他首先把附近的粗树枝找了两根，解下裤腰带撕下一条，把两根树枝捆绑在腿上，然后爬行，把散落在山坡上的羊皮捡过来，铺盖在身上。

夜深了，戴锦宏不敢睡着，听见有狼的哀嚎，凄厉哀婉又悠长的狼嚎声穿透一切阻隔它的物体，让人禁不住地起了一身鸡皮疙瘩，脊背上也透出凉气。他从怀里掏出一盒洋火和一把鞭炮，做好狼袭击他的准备。想想也不必恐惧，他那几只跑散的羊肯定就在周围，可以把狼喂饱。

终于熬过了一夜。到第二天，一位牧民骑马发现了一只羊。是谁的羊丢了？他又听到不远处有马在哀鸣。牧民可以听出马叫的语言，马似乎在喊着："快来救我的主人吧！"他顺着马的叫声，发现了戴锦宏。这位牧民正好参加了昨晚在塔斯肯家的聚会。他看到这惨景，自知一人力量有限，便纵马去通知塔斯肯。

不多时,塔斯肯带人策马赶到。

"戴大哥,你是怎么搞的?"

"昨天晚上的马奶子把我喝醉了,就迷迷糊糊地……迷了路,我从山坡滚下,哎呀呀,你的歌声入云霞。"

"你都摔成这样啦,还有心思玩笑地开呢?塔什郎了(死了)怎么办?"

"哎,有胡大(安拉的音译,编者注)保护我哪。"戴锦宏笑着说。

他们把车拖了上来,把马架好,把戴锦宏小心地抬到车上。塔斯肯牵着马车向山下走去。

第二十二章　这女娃儿真添乱

太阳刚刚升起,一缕阳光洒进戴锦宏和袍哥家的小院,小麻雀在枝头飞来飞去,叽叽喳喳叫。

蜀秀一大早从自家屋出来,进了戴锦宏的屋,见屋内空空荡荡,如同自己的心空落落,无比烦恼。她从屋里出来,树上的麻雀似乎有意向她叽叽喳喳,叫得她心烦意乱,她顺手拿起扫院子的扫帚,向树上的麻雀打了过去,嘴里还骂着:"滚!烦死人啦!"

扫帚打到树枝上,麻雀扑扑棱棱飞走啦。扫帚在空中划过一道弧线落了下来。"哎哟!"她爹刚推门从屋子里出来,正好砸在他的头上。

"你这是干啥子嘛,发疯啰?!"袍哥生气地骂道。

蜀秀一见她爹那模样,捂着嘴扑哧笑出了声。

"你这娃儿真是疯了!"

"这麻雀一大早就叫,叫得烦死啦。"蜀秀上前抚摸着她爹的头,并撒娇似的说,"爹,锦宏哥还没回来,都好几天啦。"

袍哥也自语道:"锦宏上山最多三四天,这回怎么这么长时间哟?"又问蜀秀,"他出门没跟你说啥子话?"

蜀秀:"那天他很早就走啦,我没见到他。"

袍哥:"怕是出了啥子事情。"

"那怎么办呀,你想想办法吧!"蜀秀哭了,向她爹央求着。

蜀秀妈也出来啦,对袍哥说:"要么你到巴特尔那儿看看。"

袍哥:"你们俩看着铺子,我骑马上山看看。"

袍哥骑马走啦,蜀秀心急火燎地在院里转圈圈。

袍哥骑着马,来到山脚下,远望着进山的山坡。绿色的草地在阳光的照射下呈现淡淡的黄绿,又一层层地过渡到青绿色与一群青色的大山相连。一棵棵翠柏青松疏疏密密插在这片草原上。有一排木屋,躲藏在翠柏青松之中。一条小溪从山沟弯弯曲曲地绕过青松,绕过木屋,向山坡下流去。一个蒙古妇女在小溪中提了一桶水,婀娜着向木屋走去。这是蒙古牧民定居点。

袍哥骑马向木屋走去。袍哥随戴锦宏曾经来过巴特尔家,那是八年前的一个晚上,如今这个蒙古牧民的定居点也发生了变化。来到木屋前,见一蒙古妇女从木屋里出来,她望着这一来客。

"请问巴特尔家在什么地方?"袍哥问。

"哪个巴特尔?"妇女反问。

蒙古人的名字叫巴特尔的很多。

"就是和焉耆的戴锦宏常来往的那个。"

那妇女听到戴锦宏的名字就明白了,因为他和这一带的牧民很熟。

随着妇女的一声长呼,从木屋后走出一个汉子,正是巴特尔。

袍哥走过去和巴特尔说着,巴特尔也皱起了眉头。

巴特尔从马棚里牵出一匹马,他骑马上山去找戴锦宏,袍哥骑马返回。

整整大半天,蜀秀像丢了魂似的坐卧不安,不时地在门口向街头张望。她见她爹骑马回来,跑上前去打听。

"爹,锦宏哥没找到?"

"我到哪里找去撒?"

"你就没去找,是吧?"

"山上的路我又不熟,山又那么大,我到哪儿去找? 走,回去!"

"我不回!"

"你不回在这儿能干啥子?"

蜀秀被迫跟她爹回来,一路上噘着嘴,怪她爹没有好好去找。

进了院子,袍嫂问:"见到巴特尔了吗?"

袍哥说:"巴特尔说,锦宏四天前的一大早儿就离开了他那儿,进山啰。也许在山上多住两天。"

"那就吃饭吧。"

蜀秀站在院子不动。

"蜀秀! 吃饭啦!"

蜀秀:"我不饿!"

蜀秀又出了院子向外走去。

袍嫂问:"你又去哪儿?"

蜀秀没理她妈。

袍嫂对袍哥说:"这娃儿六神无主的,怎么啦,怕是喜欢上了锦宏?"

袍哥说:"娃儿大了,心也野啰。"

袍嫂:"她从小就任性,想干啥子事就要干啥子。"

袍哥:"还不都是你从小宠的。"

袍嫂:"你就没有宠她?"

袍哥:"好啦好啦,她不吃咱们吃。"

袍哥两口子一对一答,进屋。

蜀秀从外面回来直奔屋子,拿了件衣服就往外走。

"蜀秀,你这是又干啥去?"

蜀秀并不理睬,出了院门向街头走去。

"娃儿她爹,蜀秀又跑出去啦!"

"唉,这娃儿真是添乱! 不管她!"

吃完午饭,袍哥进了他的小店,袍嫂在屋里,各忙各的。

太阳已经转向西山。

巴特尔骑马刚进入山口,碰到塔斯肯驾车送戴锦宏下山。见戴锦宏躺在车上,两根棍子夹绑着一条腿,脸色煞白,满脸痛苦。

巴特尔问:"哎,兄弟,你这是咋啦?"

戴锦宏:"嗨,别提啦,下山时走错了路,车翻啦,腿断啦。幸亏塔斯肯兄弟赶来救了我。否则,我就成了狼群的美餐。"

巴特尔:"哎呀,真是危险得很哪。"

戴锦宏:"没事,我曾算过命,说我这辈子要遇到七灾八难。这才是第四难,还有三难哪。"

巴特尔:"别说笑啦,都摔成这样啦,快下山找先生看看。"

塔斯肯驾车,戴锦宏躺在马车上,回来了。他们把戴锦宏抬进屋里。

袍嫂站在院子里,她不知戴锦宏伤得怎样,又不便进去瞧。过了一会儿,塔斯肯和巴特尔都出来,给袍哥说了几句话,袍哥送走了塔斯肯和巴特尔。

袍嫂问:"咋的啦?"

"昨天在山里翻车啰,摔坏了身子,幸亏被牧民发现,要不然就喂了狼啰。"

袍嫂说:"哎呀,你看多悬,可能一天一夜还没吃哪,我去给他熬点粥。"

袍哥没见蜀秀,问:"娃儿她妈,蜀秀哪儿去啰? 让她去请先生,快给锦宏看看,腿可能摔断啰。"

袍哥:"秀啊! 秀! 娃儿哪儿去啦?"

袍嫂:"坏啦,她午饭没吃就出去啦,再没见她。"

袍哥到锦宏屋里问:"你回来时在路上没见蜀秀?"

戴锦宏:"没碰到。"

袍哥:"坏啰,这娃儿下午可能找你去了。"

戴锦宏:"袍哥,先别管我,快去找蜀秀。"

袍哥:"这娃儿真是添乱!"袍哥赶快牵出马,骑着马又上山了。

蜀秀丢了,急坏了袍嫂和锦宏,他们也干着急没办法。

天渐渐黑了,西边的山峦一片朦胧,大地也灰蒙蒙的一片。坑坑洼洼的路,伸向山边,渐渐地看不到远处。路两边的灌木丛里,不时听到小动物出来寻食的叫声,偶尔听到一两声犬叫,令人毛骨悚然。

袍哥也怕啦,他怕找不到自己的女儿,他大声呼喊着,希望女儿能听到,结果毫无结果。这娃儿哪里去了? 她肯定是在这路口处等锦宏。莫非她遇到了歹人……坏了，坏了，娃儿丢了。袍哥不敢往下想了，他又大声呼唤着蜀秀，前面的大山传来回声。

夜深了，怎么办呢？袍哥回家不是，找也没处找，急得他团团转。

她会不会回去了？我没碰到她。

袍哥只好返回，一边观察路两边有没有动静，希望女儿突然出现。但是，带给他的是失望。他怕啦，恐慌啦，怕女儿遭到不测。袍哥诚惶诚恐地回来了，他不知怎么向妻子交代。他刚把马拴好，听到蜀秀的叫声："爹，你怎么才回来？"

袍哥转身一看，蜀秀从锦宏屋里出来。此时的他不是喜出望外，而是气愤至极，上去把蜀秀踹了一脚，骂道："害得老子到处找你，找了半夜！"

袍嫂急忙从自家屋里出来解释："你刚走，娃儿就回来啦。"

袍哥对袍嫂说："都是你生了这么个孽种！"袍哥愤愤地要进自家的屋子，突然又想到什么，问袍嫂，"大夫请了吗？"

"大夫刚走，说是左腿小腿骨折哩，给他打了夹板并缠上了绷带不能动，连翻身也不许，要躺一百天。"

"哎，真是遭罪啰，我去看看。"袍哥走进戴锦宏屋。

天黑了，半个月亮孤零零地挂在广阔的夜空，天地静悄悄。可是，蜀秀还站在院子里，似乎等待着什么。袍哥从戴锦宏屋里出来，瞅了一眼蜀秀，想发火又没发出来，进了自家屋。

月光照在蜀秀身上，地下留着一个孤零零的影子。

第二十三章　做人要仗义

　　戴锦宏卧床一个多月,今天第一次扶着拐走出房子,抬头看了看明媚的阳光,一颠一拐地走到自家店铺。袍哥见戴锦宏出来了,忙说:"你怎么下地啰?"

　　"我实在躺不住,躺得我浑身难受。这一个多月让你们全家受累了,怪不落忍的。"

　　"一家人莫说两家话,我们家的事情也靠你在帮嘛。"

　　"我这腿摔坏,让你全家忙得不可开交,你看着店有时还跑外,袍嫂一天做三顿饭,蜀秀还帮我洗洗涮涮地伺候,我这心里啊真是着急。"

　　"着急没得用,伤筋动骨一百天哟,让骨头长好啰。去吧,要好好躺着。"

　　戴锦宏又一瘸一拐进了院子,栖在树枝丫的麻雀叽叽喳喳。蜀秀闲着没事拿个树枝赶麻雀玩。

　　戴锦宏:"蜀秀,我给你抓麻雀。"

　　"你能抓到麻雀?"

　　"是啊!不信咱俩打赌。"

　　"赌什么?"

　　"刮鼻子。"

　　"行!"

　　"去拿一个大筛子来。"

　　蜀秀拿来了一个晾干菜的两尺大筛子。

　　戴锦宏:"再把这块地扫干净。"

　　"有完没完呀?"

　　"你不干就别抓麻雀了。"

　　"好、好、好,我扫。"

　　蜀秀清扫出一块干净地,上面撒上鸡食,用木棍支起大筛子,再在木棍上拴好细绳子,俩人远远地躲起来等麻雀进到筛子底下啄食。麻雀在树上叽叽喳喳地叫着,就是不下来。

　　蜀秀小声问:"它们怎么还不下来呀?"

　　戴锦宏说:"别急,一会儿就飞下来啦。"

　　等了一会儿,有几只站在筛子上跳来跳去,东张西望,小心翼翼地落在地上扑扇着一对翅膀,好像在兴奋地招呼同伴:"快来吧!这儿有好吃的。"

　　随后,一大片麻雀扑啦啦全都落下来,争先恐后地钻到筛子底下抢食。

"钻进去了,钻进去了!"

"小点声!"

戴锦宏不失时机地拉动绳子,啄食的麻雀好多被扣在筛子里。

蜀秀高兴地拍着手叫着:"锦宏哥,你真能!"

"我赢了,刮你的鼻子。"

蜀秀把脸伸到戴锦宏面前,望着他,他也望着她,俩人对视着。戴锦宏轻轻地刮了一下蜀秀的小鼻子,蜀秀露出了甜蜜的笑。

戴锦宏上前按着筛子使劲地转。

蜀秀问:"为什么要转筛子呀?"

"把麻雀转晕,就好抓啦,快去拿个盆来。"戴锦宏命令到。

蜀秀从屋里拿着盆跑来了,她娘也跟着出来。

戴锦宏撸一撸袖子趴在地上,把筛子揭开一点,手伸进去一个个往外掏。掏出一个麻雀,把头拧一下,丢在盆里……最后数一数,有十几个麻雀递给蜀秀她妈。

袍嫂问:"这麻雀怎么吃呀?"

"袍嫂,你用开水烫一烫,去毛,一会儿我来做。"

整个一下午,戴锦宏在院里用柴木土块搭建的小厨房忙活着,把去了毛的麻雀开膛破肚掏出五脏,剁掉头和爪再用清水洗净。挑出四个大点的放在瓦罐,放上葱姜用慢火煨汤,不一会儿那香气扑鼻而来。

"好香啊!"蜀秀没得事做,就一直围着他转。

"一会儿熟了,你吃吗?"戴锦宏逗她。

蜀秀:"我不敢吃。"

"你把柴火往炉子里再加点,你出去玩会儿回来饭就好啦。"戴锦宏指挥蜀秀干点活儿。

戴锦宏把剩下的十几只麻雀用葱、姜、盐、少许酱油腌制起来备用,然后用自己家存的大米煮了三碗焖干饭,最后准备再炒两个菜。

袍嫂:"大兄弟,我来炒菜吧!"

"不用啦,袍嫂,这顿饭我来做,慰劳慰劳你们。"

一盘烤麻雀、两盘炒菜和一盆煨汤,做好了。

蜀秀拍着手,悄声说:"锦宏哥,你真有两下子。"说着话,朝戴锦宏脸上亲了一口,然后端着一盘菜走出厨房。

"开饭啰!"

戴锦宏望着她那可爱调皮的样子,爱意而笑。

蜀秀把一盘盘菜端放在炕上的小饭桌上。袍嫂盛着米饭,蜀秀拿来了四双筷子。

袍哥人未到,他的叫声先到:"啥子饭,好香啰!"

"今天是大兄弟做饭,三个菜一个汤。"

"哎哟,好久没得吃上大米饭啰,还有好多菜呀。"

袍哥脱鞋上炕,坐在正中,蜀秀和袍嫂坐在左侧,戴锦宏坐右侧。

"这是啥鸽子这么小撒?"

"你猜猜?"袍嫂说。

蜀秀忍不住抢嘴说:"麻雀,大哥今天上午捉的。"

袍嫂说:"就你话多。"

戴锦宏:"袍哥你先尝尝这烤麻雀怎么样。"

大家看着袍哥抓起一只,咬了一口,在嘴里品着。

"哟嗬,真好吃嘞。"一只烤麻雀两口就塞进嘴里。

戴锦宏:"袍嫂,你尝尝,我在老家经常吃。我们老家到了旱灾年份还抓蚂蚱吃。"

袍嫂问:"蚂蚱还能吃?"

戴锦宏:"蚂蚱吃的是粮食,怎么不能吃。老家有个菜,叫烙饼炒蚂蚱,可好吃啦。"

袍哥:"对头,这麻雀儿也吃粮食撒。"

戴锦宏问:"蜀秀你怎么只看不吃?"

"早晨,这些小麻雀还欢蹦乱跳的,这阵……我不吃。"

戴锦宏:"袍哥,你再尝尝这汤,这可是大补啊!"

袍哥喝了口汤,吧嗒吧嗒嘴,"嗯,香!香!哎哟,今天可吃到鲜啰。娃儿她妈,酒还有没的,拿出来喝上两口撒。"

"早都被你喝光了。"

这时从里屋出来了一只猫,似乎嗅到了味儿,"喵、喵"叫着,跳到炕上,蜀秀把它抱在怀里。

戴锦宏:"哪里弄了个猫?"

蜀秀说:"我在街上捡的。锦宏哥,为什么咱家的大黄狗见到猫就追着咬?"

戴锦宏:"你快吃,吃完了我给你讲个故事。"

大家吃着喝着,蜀秀三下五除二就把饭扒进嘴里,"你快讲!"

"很久很久以前,猫和狗是好朋友。有对老夫妇,养了个狗,养了只猫,猫在炕上跟着老夫妇睡,暖暖烘烘的真舒服。而狗呢,得睡在外面,要看家护院。有肉呢,就给猫吃;而狗呢,只能啃骨头。这狗从来没有怨言,见到主人就摇摇尾巴,在腿上蹭来蹭去很亲热。对猫也处处护着它,猫和狗相处很融洽。慢慢地老夫妇越来越老啦,走不动啦。猫也没有肉吃啦,猫就离开主人跑啦,另寻新主人去啦。可狗呢,仍然忠心耿耿地守护着主人,白天去找点吃的,晚上回来替他们看家护院。"

戴锦宏吃了几口饭。

蜀秀急不可待地要听下去："后来呢,你快讲呀!"

"你快吃饭。"

蜀秀往嘴里扒了几口饭,"讲吧!"

戴锦宏接着说:"有一天,猫来了,看到狗还在这儿守着。猫说,狗大哥,你怎么还在这儿守着,没吃没喝的,真傻! 狗一见猫还说这话,就扑了上去。我咬你这个忘恩负义的东西。从此,它俩变成仇人,狗见到猫就扑上去咬,而猫则赶快逃到树上。"

袍哥听完带头鼓掌,"好! 好! 讲得好! 狗都有一颗感恩的心,做人,就更要仗义撒。"

"那我把猫丢了去。"蜀秀说。

戴锦宏:"那也没得必要,救它一命也是善事,留着它捉耗子吧。"

过了几个月,戴锦宏在店铺门口和袍哥说着话,蜀秀带着一个七岁左右的小女孩来了。这女娃衣服破烂,满面污垢,头发如杂草一般。

袍哥不满地冲蜀秀说:"十五岁的女娃儿啰一天天地耍,还领来个小要饭的一起耍。"

戴锦宏仔细端详这个小女孩,小女孩闪着一双清澈妩媚而又明亮的大眼睛看着戴锦宏,长长的眨动着的睫毛。脸虽很脏,但仍然透着娇如凝脂的面庞。两个浅浅的酒窝,一张小巧的嘴,嘴角有一颗痣。尤其是她身穿一件绿底红花的袄,这件衣服穿在她身上极不相称,显然是大人穿过的。衣服虽然破旧,那绿底红花分外显眼。

戴锦宏想,这件花布在哪儿见过? 这张脸也似曾相识……戴锦宏努力地在大脑思索着,想起来了。这件花布跟我送给山丹丹的一模一样。这张小脸跟山丹丹长得真像,莫非她是山丹丹的孩子? 不可能,不可能,哪有那么巧的事。

戴锦宏看着这个女孩问袍哥:"哪儿来的女娃?"

袍哥说:"女娃儿跟她爹从甘肃一路乞讨来的,娃儿妈死了,娃儿的父亲有病,实在没得办法养活这女娃儿,想把她卖掉,还问我要不要。我生气地问娃儿爹,她是不是你亲生的,是你亲生的为什么要卖掉? 娃儿爹说,我怕我死了,这娃怎么办? 趁我死前给娃儿安顿个好人家。他这么一说撒,我的心也乱了。我就给他说,娃儿没得饭吃就到我这儿来吃。后来这娃儿就常来找蜀秀耍,家里的啥事她还抢着干。"

戴锦宏笑着说:"这孩子挺机灵,给蜀秀找个玩伴也好。"又冲着女娃问,"你这衣服是谁给你的?"

"俺娘的。"

"你娘在哪儿?"

"俺娘死了咧。"

戴锦宏心里咯噔一下,增加了对女孩的同情与怜悯。

"你爹在哪儿?"

女娃指了指那头。

"走,带我去找你爹。"

女娃带着戴锦宏来到一家饭馆前,在店门口的角落里蹲着一个人,两手拢放在膝上,头抵在拢着的手上,让人看不到他的面目,只看到一头乱发,似乎是刻意让人注意不到他的存在。他穿一身已经辨不清什么颜色的破袄裤,两个袖口黑亮黑亮。脚上还趿拉着一双破棉鞋,像被狗啃过似的。戴锦宏见到这个男人,内心一揪,立刻产生一种不祥兆头。再看这个小女孩,让他心神不安。

戴锦宏回去后,小女孩的面容神态一直在脑海中挥之不去,似乎向他乞求着什么。尤其是她穿的那件绿底红花袄,总在他脑中缠绕。

今儿,他坐在铺子里,又想起那个小女孩。这两三天怎么没见呢? 这熟悉的面容,那件绿底红花袄。

"掌柜的,我家的洋芋蛋蛋在这儿吗?"

戴锦宏一抬头,正是前几天见过的那个要饭的。

"什么洋芋蛋蛋?"戴锦宏好奇地问。

"就是这么高的女娃。"

"噢,是那个女孩子啊,她叫什么?"

"洋芋蛋蛋,就是土豆。我们那哒儿把土豆就叫洋芋蛋蛋。"

"噢,我才明白,你找那女孩,那个女孩叫土豆。"

"是的,是的。"

"嘿,真够绕的。"

"你是那女孩的什么人啊?"

"我是她大。"

"大?"

"我们那哒儿把爹就叫大。"

"噢,我想起来了。你们那儿叫什么地方?"

"甘肃河西堡。"

"河西堡?!"戴锦宏惊奇地听到这个令他难忘的地方。

"是的,是的。"

"你们那儿有个叫山丹丹的姑娘吗?"

"就是娃她妈。"

戴锦宏心头一惊,天下之大,哪有这么巧的事? 戴锦宏为了进一步证实,又问:"山丹丹家住在河西堡什么地方? 她家有什么人?"

"她家住在山边边的大路边,有个大,没有娘,还有个哥。"

"你是她什么人?"

"我是她男人,她是我婆姨。"

"你是怎么娶的她？"

戴锦宏像审贼似的审他，因为他一直惦记着他的救命恩人山丹丹。

"她哥在镇子上犯了事，被衙门抓起来关进了班房子。她大为了救她哥，需要钱，我就把我家毛驴子卖了，卖的钱给了她大，她大就把她给了我。"

戴锦宏一听心头一惊，心想：哎哟，一头毛驴换了个山丹丹。他真替山丹丹怜惜。他急问："那山丹丹在哪儿？"

"去年来新疆的路上，她，她病死了。"这个甘肃男人也讲不下去了。

戴锦宏听说山丹丹死了，非常悲伤，鼻子一酸，眼泪快要溢出眼眶。他赶快转身装着拿什么东西来掩饰自己。他控制了一下自己的情绪，才转过身来。

这时，蜀秀正好带着土豆回来啦。

"掌柜的，你认识俺婆姨？"这甘肃男人反问。

"不，不，你找你女儿有事吗？"

"我在那家打了两天短工，现在闲暇了，东家不用了，我带我娃走。"

此时此刻，戴锦宏的大脑完全混沌了，那个要饭的接下去说的什么，他全然没有听到，他的思绪回到了几年前那个甘肃的村镇……

"锦宏哥，你在发什么愣呀？"蜀秀叫他，戴锦宏才醒过神来。那男人和小女孩早已不知去向。

戴锦宏沉默了一会儿，他想这孩子早晚要被这个没法儿养育自己孩子的父亲卖了，他要救这孩子，回报山丹丹。

"蜀秀，你帮我看一会儿铺子，我去办个急事。"

"锦宏哥，你办什么急事呀？"

戴锦宏急忙去找那个女孩。他向街北边跑边瞅，一直到尽头不见人影。他又转身往南跑，终于在大车店门口发现了女孩。这时看见在女孩的脖子后面插着一根草，这是卖孩子的标记。

戴锦宏问："你为什么卖你的孩子？！"

"实在活不下去了，这娃儿不卖就得饿死。"

戴锦宏想了想说："这样吧，你的女儿留在这儿，保证她不受冻不挨饿，我把她养起来。你呢，到前面的那个酒坊去，能干什么就干点什么，管你吃住。如果不想干，我给你些银子，自己干点什么。你看怎么着？"

甘肃男人满脸笑容，说："谢谢掌柜的，你真是我娃的救命恩人哪。"

"那还得看你女儿愿意吗？"

女孩子不吱声，看看她爹，又看看戴锦宏。在她那小小的心灵里经历了太多的苦难，她感受到这是好人，跟着他不会挨饿了。

甘肃男人蹲下身子拉着娃的手说："娃呀，爹没有能力养活你，让你挨冻挨饿。今后你随着这好人生活，你妈在天上也会放心的。"

女孩子眼含泪花，默默地听着，可以说是无可奈何地接受大人们对她的人生安排。

戴锦宏见小孩默认要留下,又问那男人:"那你干活儿去,还是要银子自谋生计?"

"我要银子。"

"走,跟我去取。"

戴锦宏又把他领回店里,拿出一包银子,对甘肃男人说:"这些银子足够你买头毛驴了,你用它找个营生的办法。"

甘肃男人突然拉着女孩给戴锦宏跪下,对女孩说:"快叫干大。"

戴锦宏急忙把他们扶起。

甘肃男人擦着泪,抱了抱女孩转身而去。

女孩子突然哭出了声,"大!"

这一幕令在场的人们无不心酸落泪。

土豆的生活安顿下来了,她的一切生活费用由戴锦宏承担,晚上跟蜀秀睡一个铺。第二天早上戴锦宏推开房门,在房门口伸了伸懒腰,听到院内有响声,扭头一看,看到土豆穿着蜀秀穿过的衣裤,头发梳得光亮,两个小辫子向上翘着,正在拿着扫帚扫院子。

"土豆!"戴锦宏喊了一声。

土豆拿着与她不相称的大扫帚,转身一看是戴锦宏,便不好意思地叫了一声:"干大。"

"你怎么起这么早,昨晚上睡得好吗?"戴锦宏边说边走到她跟前。

"睡得好,就是……"

"就是什么?"

"就是睡不着。"

"没睡着,怎么还说睡得好呢?"

"被子暖暖的,从来没盖过。"

"嗯,盖被子睡觉不习惯。"

"我还梦到了妈妈。"

"妈妈说什么啦?"

"妈妈没说话,只是笑。"

戴锦宏陷入沉思,眼前这个小姑娘的脸逐渐放大……山丹丹在对他微笑着,清澈妩媚的双眼,两个浅浅的酒窝,小巧的嘴,嘴角微微上翘,一颗小小的痣……

袍嫂推开房门出来,打断了他脑海中的影像。

"大兄弟起来啦,我去做饭。咱们一起吃午饭,做点好吃的庆贺庆贺你认了个干女儿。"

"袍嫂,不用啦!今儿中午咱们到馆子吃,再把酒坊的张师傅请来,你们做个证，我收下土豆做我的养女。"

"锦宏啊，你做了一件天大的善事。"袍哥不知什么时候出来笑着说。

"袍嫂，这么办吧，请你替我领着土豆，到布店买上些布料，再去裁缝铺给土豆里里外外做上两套新衣裳。"

"好！好！说去就去。"袍嫂高兴地答应着。

"锦宏哥，我也去！"蜀秀披头散发，睡意未散在屋里喊着。

"这娃儿，没大没小的，这辈分都乱了撒。"袍哥说着自己也笑了。

这天中午，戴锦宏举办了认土豆为自己养女的仪式，土豆给干爹跪叩了三个响头。戴锦宏向众人讲述了土豆妈救自己的经历，众人一致称赞戴锦宏是个有情有义的汉子。

"穷人家的孩子早当家"，一点儿不假，土豆小小的年纪就有抱恩之心，扫院子、洗菜洗碗、拾柴火、割羊草、喂鸡……这些活儿都承担下来，同时还是蜀秀的玩伴和使唤丫头。

第二十四章　我宁肯不嫁人

时间过得真快,一转眼又过了一年。

戴锦宏在焉耆经过多年努力拥有了百货商铺、牧场、酒坊。他以京津商品,扩散到南疆市场,又收购畜产品,把棉花、干果、羊毛、羊皮,销往内地,再把当地农产品蔬菜、水果,销往迪化等北疆地区。戴锦宏完成了由小贩转商户,由商户发展到商贸的巨大发展。具备了这种条件,戴锦宏等待机会。这一天终于来啦。

有一天,戴锦宏正在店里打着算盘算账,土豆进来说:"干爹,外面有人找你。"

戴锦宏出了店,一眼就看见周乾义带着两人站在院门口。

"哎呀!周大哥,是哪股风把您老吹来啦?"

"东风!我去了一趟喀什、和田,路过这儿,来看看你。"

周乾义向戴锦宏介绍随行的两人:"这是我大儿子周恒正,这是我的大柜。"

戴锦宏把三人领进家内。

"土豆,烧壶水,给客人沏茶。"

"哎!"土豆撂下手里的扫帚,跑了出去。

"周大哥,你老准备往喀什发展吗?"戴锦宏问周乾义。

"对,喀什、和田我建了分店。"

"周大哥,这就是你老教给我的,叫什么,连锁扩张。"

周乾义:"先告诉你一件大事。去年,朝廷正式下旨新疆建省,定省府于迪化,老佛爷赐名'迪化州',现在迪化已经是省府啦。刘锦棠大人坐镇迪化府任新疆巡抚,魏光焘为新疆布政使。省府衙门就设在藩台巷子(今明德路),在巷子东西各修建两座木牌坊,并以木栅栏环绕入口处,以示行人禁区。"

戴锦宏高兴道:"哎哟,迪化城变成省城啦?介可好呀。"

周乾义兴奋地接着说:"上个月,省府衙门魏光焘大人专门把迪化各商会'八大帮①'的会长和咱津商'八大家②'的掌柜人叫了去议事,委任咱迪化津商

① 八大帮:清末迪化(乌鲁木齐)商业八大省帮。有津帮、陇帮、晋帮、鄂帮、湘帮、豫帮、秦帮、川帮,史称八大商帮,津商冠首。津帮以货郎担赶大营起家;湘、鄂、豫、川帮多为驱逐阿古柏收复新疆时留下的退役军士;其余各帮是定居新疆的移民。

② 津商八大家:辛亥革命前,在乌鲁木齐经商的资产雄厚的津商八大商号。即同盛和、复泉涌、永裕德、升聚永、公聚成、聚兴永、德恒泰、忠利祥史称津商老八家。一九九一年大十字纵火案火烧津商后,又形成津商新八大家。

八大家掌有代办协饷的实权。"

"什么是代办协饷?"戴锦宏不解地问。

土豆端着茶壶进来上茶。周乾义喝了口茶,高兴地说:"自收复新疆,朝廷每年给新疆补助库银八十四万两,为行政经费。各省给新疆各地对口援一笔不等的援助饷,叫'协饷'。省衙门进京领'库银',或到各省领'协饷'。这事令衙门头疼多年啦。从新疆到京城押运官兵五百多人,镖车、粮车、行李车百辆,领一次库银耗时半年。况且路途险峻,耗资巨大,也不安全。而我们呢,又每年带着大量的黄金白银,到京津内地去采办货物也很麻烦,又不安全。咱迪化津商八大家联名上了一道折子,由商家代办饷银,如有闪失由商家家产抵押。商家在京城领到的库银即可在京津采办货物,回来后按期把库银上交省衙,岂不是两全其美。如今朝廷批下来啦,这不是一件大好事吗!"

戴锦宏高兴地说:"这倒是天大的好事。如若这样,每次咱商会替我到口内进货,那也不用先付银子啦。"

"不用啦,等货到啦,你把你的货提走,留下货款,由咱商会收齐啦统一交给省衙门。"

戴锦宏又问:"迪化这两年又大变样了吧?"

周乾义:"可不是吗。这一建省府,迪化又要大变呀。省城的夯土土城,用大青砖加固。东南西北四个城门进行维修,并命名为肇阜门(南门)、庆丰门(西门)、惠孚门(东门)、景惠门(北门),城门上修建了门楼,扩建了小东门、小南门、小西门。在南门外又向南扩建了南关城墙,还修建了南稍门、西稍门(马市巷一带)。同时扩建了以大十字为中心的东南西北四条大街。市区内新修了观音阁(解放前改为第二小学)、关帝庙、老爷庙(山西庙巷)、老君庙(春风巷)和南关的财神楼子等建筑,还有几处戏园子哪。你想想,这一变将给我们带来多么大的商机啊!"

戴锦宏:"哎哟,我听你老这么一说,我可真坐不住啦。"

周乾义接着说:"还有,在迪化的八大帮,成立了迪化总商会。魏光焘大人想让我任总会会长,我说我这胳膊脚不灵啦,建议让岁数年轻的人担当,大伙就选了杨绍洲。"

戴锦宏问:"周大哥为吗不干呢?"

"跟官府打交道,"周乾义摇了摇头,又说,"介活儿不好干呀。"

戴锦宏不解地问:"介是为吗呀?"

周乾义说:"自古以来,官商勾勾搭搭。可商家,又在官家手心里捏着,一旦出了事,倒霉的首先是商家。与官家相处,若即若离为好。"

戴锦宏恍然大悟:"你老说的我明白啦。"

周乾义的大柜插话:"周掌柜还是咱天津商会会长。"

周乾义:"介活儿我干还行,介是为咱乡亲们办事,我乐意。"

周乾义越说越兴奋，戴锦宏越听越高兴，不知不觉到了掌灯的时候。

戴锦宏说："我尽地主之谊，晚饭我请吃馆子，晚上就挤在我这儿住一宿。"

大柜说："不便，我们去旅馆对付一宿。"

周乾义说："你俩去旅馆，我在这儿和戴老弟再聊上一宿。"

晚上，屋里点着灯，他俩躺在炕上还聊着。

"周大哥，你老去喀什有买卖吗？"

"这次我去喀什、和田转了一圈。喀什是南疆的中心大商市，随着贸易的衰亡，街市萧条，只有一些零星的商店，商品不多，品种简单。和田是南疆另一重要城镇，只是沙漠阻隔，交通难行，商贸落后。但是这里资源丰富，地毯、纺织品、玉石闻名于世。我的分号主要经营京津日用百货，批发零售，同时收购当地的玉石、黄金、地毯、棉花、羊皮和药材。把这些货物运回迪化和内地销售，再把京津商品运过来，这样一倒腾，利润颇丰啊。"

周乾义还滔滔不绝地接着说："我在吐鲁番看好了一个荒芜的葡萄园和一个棉花地，准备把它们收购过来，雇人种植、管理经营。这件事，我回去路过吐鲁番，看中啦，就把它敲定下来，每年收获的葡萄干和棉花可远销内地大城市。锦宏呀，钱要生钱，不让银子长期闲置。"

"你老说得对，钱放出去，一两变二两，钱要揣在怀里它不还是一两吗？"

"对了，我跟你白话了大半天，差点把正事忘了。"

戴锦宏问："什么正事，你老快说。"

"我给你看好了一个门脸，在大十字东街头上，是孙麻子的铺子。"

"哪个孙麻子呀？"

"其实他脸上没麻子，就是脸上长得不平整，瞧着坑坑洼洼的，大家伙开玩笑，孙麻子孙麻子的就叫顺口啰。"

"孙掌柜是哪年来的？"

"也是光绪爷登基那年，我们第一批人里头，岁数最大的那个。"

"我晚来一年，印象不深。"

"孙麻子来的时候还是个老光棍，在这儿也找不上媳妇。干了这十年挣了钱，回老家娶了个小媳妇，这个小媳妇不来新疆。这个老孙啊，做买卖死性一些，虽说也挣了些钱，但他把钱老捂着。再加上岁数也大啦，身体又不好，思乡心切，怕这把骨头撂在这儿，想回老家。我就跟他说，你打算过来。我这次到你这儿，主要是为这件事。"

"周大哥，我要。您回去跟孙叔说说，你老做个中间人，盘多少钱我出。"戴锦宏心急火燎地说。

周乾义："只要你定了，我回去就办。"

"谢谢您啦，这两天我腾出手来就去迪化。"

"不急不急，孙麻子回老家又不在乎这一月俩月的。"

"周哥,我急呀,恨不得早一天把我的聚福盛挪到迪化,和乡亲们在一起我高兴呀,也可缓解这思乡情愁。嗨,离开老家都十年啦,真想家呀……"

戴锦宏听到周乾义扯上了呼噜。

而戴锦宏怎么也睡不着了,躺在炕上翻来覆去地寻思着:真没想到啊,刚进迪化那年,城镇破败不堪,还没到十年,迪化成了省城啦,成了个大府市,变化真大呀,怪不得人们都往那儿挤。我也要把我的总店搬进省城,抖擞精神风光一回,给老家的人们看看,我戴锦宏也行!可焉着这老店咋办呢?关了它,实在可惜。人家都到处扩张自己的买卖,不能关。哎!自己缺人手呀,我要有个弟兄多好,铁旦要活着多好。实在不行先托付给袍哥。不行,发生在蜀秀身上的矛盾,怎么好张口呢?不想啦!睡觉。

戴锦宏还是睡不着觉,又想起了蜀秀。

我要到省城迪化,蜀秀又割舍不下。蜀秀呀,我明白你的心思,我也爱你,离不开你呀。蜀秀呀,蜀秀,我老家有老婆,你愿意我愿意,可你爹不愿意。嗨,都怪我爹妈,好好的一个表姐,非要给我当老婆。

周乾义给戴锦宏在迪化盘下了店铺的事,袍哥一家都知道了。

他们两家在艰难中相互帮扶也有十个年头了,他们之间建立了友情。天下没有不散的宴席,作为袍哥夫妇,心理早有思想准备。如今,戴锦宏年轻气盛,想把生意扩大到省城迪化是他的目标。而袍哥夫妇这十年的经商,也有所积累,衣食无忧。他们打算再干上几年,也过了半百的年纪,到那时招个女婿带着女儿回四川老家安度余生,也算了去袍哥落叶归根的情结。他们担心的是女儿年方二八,怕她爱上了锦宏怎么办?

有一天晚上,袍嫂做了两个好菜叫锦宏过去吃饭,锦宏打了点酒和袍哥对饮。酒足饭饱,戴锦宏要离开之际,蜀秀非要拦着锦宏不让他走。

"锦宏哥,你知道的故事多,给我讲个故事吧!"

袍嫂说:"人家要回去睡觉啰,讲啥子故事嘛。"

蜀秀撒着娇说:"不嘛,不讲故事,我不让你走!"

袍哥:"你这娃儿,都十六啰,又不是小娃儿,真不懂一点儿规矩。"

戴锦宏:"好,好,好,我给你讲一个当地古老的传说。"他又盘腿坐在炕上,喝了口茶,思想着。

"快讲呀,我都等急啦!"

袍嫂:"这娃儿!"

袍嫂收拾残羹剩饭,袍哥点着一锅旱烟吸了两口。

戴锦宏:"咱这焉着有一条河,叫开都河,养育着一方水土,养育着一方人。在古时候就有一个富裕的焉着国,国王老啦,身边只有一个女儿,叫左赫拉公主。这个公主已经十六岁啦,国王想给她选一个称心如意的女婿,将来好继承王位。国王给公主选婿之事早就被一位野心勃勃的大臣谋算着,想着怎么能让公主嫁给自己的儿子。可他这个儿子好吃懒惰不务正业,国王根本看不上他。这个大臣手握重权,很让国王为难。"

戴锦宏说到这儿,停了下来,端起碗喝了两口水。

"快点往下讲呀!"

"别急,讲故事要一环扣一环,那才有听头。"戴锦宏润了润嗓子接着讲,"老国王为难之际,令他想不到的是,公主那边也出事啦。"

此时,袍哥两口子也在聚精会神地听着。有了知音,戴锦宏的情绪也来啦。

"你猜公主那边出什么事啦?"

"你快说吧!公主咋啦?"蜀秀急不可待。

"公主爱上了王宫的一位年轻奴仆。"

蜀秀问:"奴仆是什么人呀?"

戴锦宏:"奴仆就是奴隶。"

蜀秀仍然不懂,又问:"奴隶又是什么?"

这一下把戴锦宏问住了。

"奴隶,这么给你说吧,奴隶就是只给主人干活儿,不给工钱,又没有人身自由的下人。"

"那不是跟毛驴子一样吗?"

"也可以这么比喻。"戴锦宏接着说,"这个奴仆是王宫内花园的一名年轻花匠,叫塔依尔。他勤劳又英俊。公主每天都去花园采花、荡秋千或在湖边看鱼玩。采花时,她让塔依尔帮她采;荡秋千时,让塔依尔推摆她。有一天,塔依尔划着卡盆清理湖中杂物树叶,公主看到了,她非要划这个卡盆。"

蜀秀问:"卡盆是什么呀?"

戴锦宏:"卡盆就是一根粗大的树干,把它一劈二,中间挖空,当小船使,在湖里捕鱼。划卡盆是个技术活儿,生手划不了,并且只能坐一个人。"

蜀秀:"快接着说。"

戴锦宏:"塔依尔说,公主,你不会划,可公主非要上去划!塔依尔又说,公主,卡盆翻了你会掉进湖里的。公主说,那咱们两人一起划。塔依尔说,公主,俩人站不下。公主说,那我抱着你的腰。公主非要上船,怎么办哪?"

戴锦宏端起茶碗,没水。蜀秀赶快说,我去给你倒水。蜀秀把茶碗倒满水,急不可待地说:"怎么办啦?"

戴锦宏喝了口水接着说:"其实呀,公主早就爱上了塔依尔,否则她不会天天往花园跑。塔依尔急忙对公主说,不行,不行,国王要知道了会惩罚我。公主却说,我阿大国王惩罚你,有我哪!公主硬是上了卡盆,抱住了塔依尔,结果卡盆翻了俩人落水。塔依尔把公主救上岸,俩人都成了落汤鸡,浑身湿透了,塔依尔很害怕,不知怎么办。公主拉着塔依尔钻进了小树林藏了起来,把衣服裙子脱下来晾干。结果,他俩相爱了。后来,两人经常到小树林约会。这一切事,让大臣安插在王宫内的线人看见了,并告诉大臣左赫拉和塔依尔每晚都在王宫花园的小树林里偷着约会。这天晚上,大臣借故请国王到花园赏月,正好碰上公主和塔依尔偷偷约会。国王气愤地抓了左赫拉和塔依尔。"

戴锦宏故意不说了,站起来准备走,蜀秀抓住戴锦宏。

"他俩怎么办啦?你没说完哪!"蜀秀完全被故事所感染。

戴锦宏:"这是讲故事,别替古人担忧。"

蜀秀把戴锦宏按到炕上,"你快讲呀!"

戴锦宏:"左赫拉公主被国王囚禁起来,塔依尔被拉到铁门关杀了。"

"那公主后来呢?"

"公主听说她心爱的人被国王杀了,她冲出牢笼奔向铁门关,哭了三天三夜最后跳崖殉情。"

蜀秀:"他俩都死啦?"

蜀秀被故事感染了,双手托着下巴泪水涟涟,还在悲痛沉思自言自语地说:"要是我,我也不活啦。"

自从戴锦宏腿摔伤之后,蜀秀天天在他左右守着,袍哥夫妇不好说什么。戴锦宏的腿好啦,蜀秀仍然随着他,这可令袍哥又生气又发愁。

"你看这么大的女娃儿,又跟着人家出去啦。"袍嫂抱怨。

"怎么办呢?"袍哥拿着烟袋锅一边吸烟,一边无奈地摇头。

袍嫂生气地说:"管不了,咱就不管了,由她去吧。"

袍哥拿着烟锅敲打着桌子喊道:"那怎么行呢?人家有老婆,还有个娃儿。她天天缠着人家,出了事咋办?"

"出了事就嫁给人家。"

袍哥听袍嫂说这句话,更火啦,冲袍嫂发泄:"让女娃儿去给人家当妾,去当小老婆,去受大老婆的气!"

"人家的大老婆不是在老家吗?"

"你就知道人家不把大老婆接来!"

"行啦,你别把火撒在我身上,你这娃儿我管不了!"袍嫂也赌气走啦。

有一天,锦宏牵出马来给马套上马鞍子。

蜀秀:"锦宏哥,你要去哪儿?"

"我去牧场。"

"我也去!"

"牧场太远,你就不要去啦。"

"不——嘛。"蜀秀撒娇。

"这一匹马,两人咋骑呀?"

"你抱着我,就像左赫拉和塔依尔一样。"说着就要上马。

"蜀秀,你这娃儿怎么这么不懂事撒?!"袍哥都看到了一切,终于忍不住发火啦。

对于爹的话,蜀秀根本不予理睬,踩上马蹬就要上马。袍哥忍无可忍,上去把蜀秀拽了下来,啪啪抽了两大嘴巴。在场的人都惊呆了,包括锦宏。

戴锦宏非常尴尬,只能牵着马出了院子。

蜀秀蹲在地上号啕大哭,"你打我,我走!"蜀秀站起来就往外走。

"你敢走,我就打断你的腿!"

蜀秀根本不示弱,袍哥夫妇上去连拉带拽把她拖进了屋。

土豆看到这一切也傻了,呆呆地站着。当院子空无一人时,小小年纪的她知道她应该为大人做点什么,她在院子灶火前开始做饭。

在屋里,蜀秀哭着,袍哥骂着,袍嫂无可奈何地瞧着。

"你这娃儿,都十六岁啰,还死皮赖脸地缠着人家,还要人家抱着。人家去办事情,你跟着人家干什么去?耍去?不要脸的东西!"

"你说我不要脸就不要脸,我就是喜欢他,就要跟着他。"

蜀秀任性地犟,更加惹恼了袍哥。

"你要干啥子?给人家当婊子!没出息的东西。"

"你也好好说,骂得那么难听。"袍嫂婉转地责备丈夫,并劝解女儿,"你也不小啦,该到了说婆家的时候。儿大当婚,女大当嫁,自古以来受命于父母,你不能破了这个规矩,不让人耻笑吗?"

"我宁肯不嫁人!"

袍嫂:"你要嫁什么人?人家在老家有个老婆,你去当小妾?去受气?我们能忍心让你受委屈吗?你爹离不开你,你是他在这世上唯一的血脉,过几年我们都要回四川老家。"

蜀秀:"我不去!"

袍哥:"我打死你这个不孝的畜生!"

蜀秀:"爹,我是你生的,你想怎么就怎么!"

没想到蜀秀倔强地站在她爹面前等着他打。袍哥举起手,却落不下,袍嫂赶快把丈夫拉了出来。

这天夜里,戴锦宏住在牧场没有回来,也可能他预料到会有难堪的局面发生。他决定马上去迪化盘下老孙的铺子,离开焉耆躲开这场无法解决的情感矛盾。

第二天一早,戴锦宏备好了几天的干粮,骑马直奔巴伦台,翻越冰大坂直抵迪化。

在丝绸之路上。一片戈壁滩中,星星点点的红柳丛、芨芨草、骆驼刺,向远处延伸。在天边传来了驼铃声,一队长长的骆驼队,驮着货物在天边蠕动。

第二十五章　我不能休了她

戴锦宏赶到迪化,直接奔周乾义店内。

进门就说:"周大哥,我专程来看孙掌柜的铺子。"

周乾义见戴锦宏心急火燎地大老远地赶来,他撂下手中的活儿,说:"我这就带你去。"

周乾义带着戴锦宏来到东大街的一家店铺。店铺简陋,土坯墙体,房顶是泥草盖顶。店内是一大间铺面,里面一个小门进去,有一个不大的小院。院内有三间房。看这房子是十年前盖的。

周乾义上前招呼:"孙掌柜!"

孙掌柜从屋内出来。

周向孙掌柜介绍说:"这就是戴锦宏,咱老家人,来看看你的房子。"

"噢,是咱老家的,好说。"

"孙掌柜为啥要卖铺子呢?"戴锦宏问。

"唉,老家的父母都上了岁数,我得尽尽孝呀。老家的媳妇又给我生了一双儿女,孩子又小。我这四十好几的人,这身子骨也慢慢地挣扎着费劲了。再加上我一人在这儿思乡心切,在这儿干了这些个年,积蓄了一点银两,回老家做个小买卖养家也够了。"

周乾义开玩笑说:"孙掌柜惦记着老家的娇妻贵子是回老家主要原因吧。"

孙掌柜也乐了,"不瞒你说,想媳妇,想孩子,想父母,都想。我活了大半辈子,前几年回老家才说了个媳妇。我这岁数一人在外还挣扎吗呀,回去就图个和家人团圆,今生别无他求啦。"

戴锦宏:"我哪,在焉耆开了个店,那儿没咱老家的人总觉得孤孤单单;虽然挣了些银子吃喝不愁,可总缺点什么。这儿老家人多,也是图个和乡亲们在一块儿乐和。"

孙掌柜:"你要是看上啦,有周掌柜做个中间人,这钱呀好商量。"

戴锦宏:"行,我要。我先给您付一笔定金,您老慢慢收拾不急着搬。咱们找个馆子商量,谈妥了就签个字据。"

孙掌柜:"戴老弟真是个痛快人。"

戴锦宏:"孙掌柜,咱仨找个馆子边吃边聊。"

三人来到杨柳青饭庄,店主一看乡亲来啦,忙迎过来。

"哎哟,周掌柜、孙掌柜来啦,想吃点咱老家什么? 我这儿新从老家请来的厨子,炒一手地道家乡菜,还有狗不理包子、锅贴。"

周乾义:"李掌柜,我给你介绍一下,这也是咱杨柳青人,戴锦宏兄弟。在南疆有个字号,买卖也越做越大,准备来迪化大显身手。正巧呢,孙掌柜想回老家,我从中撮合撮合。"

"介可是好事呀,里边请,里边清净。"

饭庄掌柜把三人领进雅座,一个方桌四把椅子。周乾义坐在上座,戴、孙面对面而坐。

"既然都是老家的人,这顿饭我请!"饭庄掌柜的说。

戴锦宏忙说:"那哪行呀,我请你们,该多少就是多少。"

店伙计满脸堆笑把手中毛巾往肩上一搭,说道:"我给您报报菜名:回锅肉、红烧肉、糖醋里脊、溜三片;熬茄子、贴卷子、宫保鸡丁、芙蓉鸡片;烧丸子、炸丸子、四喜丸子、狮子头;红烧鱼、清蒸鱼,最拿手的糖醋鱼。"

周乾义:"我看呀,点他一个芙蓉鸡片、糖醋鱼,再来个熬茄子、贴卷子就齐啦。"

最后,戴锦宏又点了两个热炒和两个凉菜下酒,共八个菜一壶烧酒。

不一会儿,伙计端上来两凉菜两热炒和一壶烧酒。

周乾义是个干脆麻利之人,斟满酒端起酒杯,首先说道:"都是老家来的兄弟,在这儿,就是亲人,咱们先干个见面酒。"

三人一饮而尽,然后直奔主题。

周乾义说:"买家和卖家是有缘分的,人和房子也要有缘分,介要是相中了,怎么都好商量。要是相不中,再谈也没用。锦宏,你看这地段儿和房子能中意吗?"

戴锦宏说:"这地段不错,铺面和房子我也看中了,只不过这房子是光绪初年建的吧?"

孙掌柜说:"对,兄弟有眼力。按理说这房子和铺子十年啦,也该翻新了,只因我回老家心切,就对付着用。"

戴锦宏问:"地基有多深?"

孙掌柜说:"不瞒你说,地基两尺,四梁八柱,榫卯结构。顶子都是碗口大的椽子,别瞧那墙根儿土坯有些酥了,那里面是木头框架,结实。"

戴锦宏:"孙掌柜开个价码。"

"哎哟,都是老家的人,我怎么好说哪。"

周乾义接过来说:"一个买一个卖,就是个价码嘛。分三档子事:一是铺面和后面三间房子一共值多少,二是铺子的存货盘一盘值多少,三是怎么个付款。我看呀,主要是房价值多少,其他两项都好说,你俩也都别客气,先跟我这儿报个价儿。"

周乾义先和孙掌柜在袖筒里捏了个价,然后又和戴锦宏在袖筒里捏了个价,然后笑着说:"你俩有缘! 你俩的价码相差不太大。我看呀,在买家和卖家取个中间价,行吗?"

"行!"戴锦宏和孙掌柜异口同声。

周乾义:"好,你俩的买卖八成成啦。存货呢都是老货啦,盘一盘按批发价八折算。这付款呢,锦宏说说怎么个付法?"

"我先付三成定金,等孙掌柜交付房子时,尾款一次付清,你老看行吗?"

孙掌柜说:"行! 戴掌柜真是个痛快人。"

在周乾义的帮助下,戴锦宏很快地和孙掌柜达成了一个买卖协议。

周乾义:"既然谈妥了,来来来喝酒,祝贺买卖成功,吃菜。"

"糖醋鱼来啰。"店主亲自上菜,并坐在下首。

"哎,李掌柜,这芙蓉鸡片真地道,怎么做的?"周乾义问店主。

店主一听说菜好,话匣子打开啦。

"介个,得用鸡脯肉,去筋膜,用刀背拍成泥,加葱、姜再用水澥开,加入鸡蛋清、盐、淀粉搅匀,再用油锅摊成片,配上青菜和各种作料上锅炒,火候可掌握好啰。做出来使鸡片白亮,红绿相映,肉嫩味鲜。"

"嗯! 这糖醋鱼也好吃。"

"这鱼的做法可有一绝,属于醋溜一类。选鱼大小要适中,用刀片成牡丹瓣花刀。用酱油、料酒擦遍全身,鸡蛋清和淀粉搅成糊。锅内放多量的油,旺火烧至七成时,把鱼炸至皮酥色金黄时捞出。锅底油烧热,放入姜末、葱末,爆出香味儿后,立刻倒入兑好的白糖和醋汁,待汁油融为一体时均匀地浇在鱼上。"

戴锦宏:"好、好、好,这手艺地道。我在焉耆可吃不上这么好的菜呀。"

李掌柜:"和戴掌柜初次见面,今儿,我就借花献佛敬戴掌柜一杯。"

戴锦宏急忙说道:"岂敢,感谢三位掌柜热心帮忙,我敬三位。"

周乾义摆摆手说:"嗨,都别客气啰,都是一家人。你的事,我的事,都是咱大家的事,碰一杯!"

四人起身,碰杯,一饮而尽。

周乾义:"好好,今儿是酒足饭饱买卖成。那就签吧!"

周乾义用毛笔写好两份契约,买卖双方又看了一遍,双方签名,按手印。中间人周乾义也签名盖章,双方各持一份。戴锦宏掏出银票,付了定金,交易成功。

戴锦宏抱拳施礼:"感谢三位大哥,兄弟不耽搁你们啦,我心里也急着赶回焉耆筹备资金呀。"

周乾义忙说:"你别急呀,还有一档子大事呢。"

戴锦宏问:"什么大事呀?"

"你小舅子带着十几峰骆驼来啦! 我帮他在南关外的马市街租了个车马店先住下,咱们筹划筹划建个驼队的事呀。"

"哎哟,你瞧瞧,这是大事!我现在就去找他!"

周乾义说:"你头里先走,到晚上我约上那几个掌柜就到。今晚上咱把骆驼帮的事定下来,咱建一个千峰骆驼的大驮帮,红红火火地干起来。"

戴锦宏离开家半个多月后回焉耆,在大门口正碰上袍哥。

"锦宏,这次上山怎么这么久啊?"

戴锦宏:"我在牧场待了一天,然后经冰大坂直接去了迪化府。"

蜀秀听到戴锦宏的说话声不由自主地出来了,她那含情脉脉的眼神瞅了锦宏一眼转身又进屋了,这在以往她会高兴地扑过来耍闹。

"干爹!"

土豆什么时候来到他旁边,他都没看到。"土豆,在家帮大妈干活儿了吗?"

"干啦。"

"都干什么活儿啦。"

"帮大妈做饭、收拾屋子,还去割草料。"

"土豆这娃儿真懂事。"袍哥也夸奖。

袍哥又说:"锦宏,晚饭过来吃吧。"

袍哥的神态不像过去那样和锦宏自然随便,说完之后去干他的事情。

戴锦宏进到自己屋内,屋子被土豆收拾得干干净净,整整齐齐。他坐在炕上,环顾四周,"这房子是自己亲手盖的,住了快十年啦,如今要离开它,还真有点舍不得呀。"

他站起身来走到屋门口,没有迈出门槛看着院子,不知道他在看什么或者是在等谁。他又转身走回来,坐在炕沿上还在想着什么心事。

蜀秀她看到我回来了。这在以往,她会蹦蹦跳跳地进来,抱着我的胳膊肘子撒娇。蜀秀真的长大啦,知道害臊了。要么就是,发生了什么,爷儿俩闹翻啦?或者,她听了她父母的话有意躲避我?嗨,不想那么多啦,躺下歇会儿。

戴锦宏躺在炕上,可这脑瓜子里还是装着蜀秀的影子。

在另一头,蜀秀一个人坐在里屋心烦意乱,她寻思着:你一去就是十来天,我这心里可六神无主,你到迪化去买房子开铺子,你还回来吗?你是不是躲我?不行!你不能走,要走,我跟你一起走。我得去问问他。

蜀秀起身出屋子,看见她妈和土豆正在做饭。她妈见她出来,眼睛直瞪着她,好像在说:"你要到哪儿去?小心你爹骂你!"蜀秀停顿了一下,向院外走去。站在大门口,她心想:我这是到哪儿去呀?噢,找他问问。

哎,还是回去吧。蜀秀又回到屋里发呆。

这天晚上,袍哥叫戴锦宏过去吃饭。饭间谁都没有开口说话,不像过去又说又笑气氛欢乐。袍哥烦躁地抓起一个羊蹄,狠狠地咬了一口,端起酒杯吸溜一声,喝了一口酒,叹口气,又夹了一筷子菜塞进嘴里。

锦宏为打破这种沉默寡言的局面说："袍哥，这次我到迪化盘下一个铺子，等铺子拿到手，我雇了个老乡看着给重新翻修一下。趁这个时机我准备回一趟老家，置办批货物准备迪化的新店开张时用。我十年没回家了，去看父母。我这一走恐怕需要小一年时间，这儿的店我先休业。"

"那也没必要关门撒，我在这儿捎带给你看着。"

袍哥起身慢悠悠地倒了杯水，吸溜了一口，拿过来烟袋，用纸卷了一支莫合烟，用火石打火捻子，打了几下怎么也打不着，生气地把火石带烟扔在了炕上。

"你准备接家眷来吗？"袍哥在试探着摸戴锦宏的底细。

"我的父母都上了岁数，难离故土啊！老家再苦再穷，老人们总认为是祖宗的土地，根在那里。来到新疆的老乡们，虽然都拼命地挣钱，其目的也不是在这儿扎根，都想多挣点钱回去盖房子、置地、开铺子。"

"那你是不是该把你老婆接来陪着你呀？"

"我上无兄下无弟，把老婆接来，父母咋办呀？"

袍哥再次卷了支烟，把火打着，深深吸了一口烟，瞬时一股烟雾自他的鼻孔和嘴里喷了出来。他深思着，好久没有言语。

大家又都沉默一阵，戴锦宏也没话可说。此刻，他感觉到他和袍哥的兄弟情分已然走到了尽头。吃完饭，他就回到自己屋里。

当天晚上，戴锦宏躺在炕上怎么也睡不着。回忆起和袍哥在天山路上结拜兄弟的情义，在焉耆寻粮买粮的艰辛，一块儿盖房建店所获得的快乐，可如今……

又想起了和蜀秀的相处：她由一个小女孩，不知不觉地变成了一个大姑娘，又不知不觉地爱上了她。回忆起喝醉酒的那天晚上，蜀秀趴在自己身上，脸对脸地望着我，她是那么的清秀、好看。我的心突突突地直跳，好像要从嗓子眼里蹦出来一样。我全身的血液，好像一个劲儿地从下往上涌，涌得我浑身燥热恨不得把她裹在我的怀里，永远也别分开……

唉，这人真是个怪物，送到你身边的女人怎么就没有这种感觉。想得到，而又得不到的女人，怎么就更加爱她恋她呢？怪物！怪物！人就是个怪物，为什么一个男人，非得有一个所爱的女人陪着呢？

真犯愁呀，真苦恼。赶快离开这儿吧，兴许我这心会好受一点儿。明儿去酒坊，后儿上山，把手头的事办完，带着钱进迪化城。

第二天，戴锦宏去酒坊找张师傅商量酒坊的事情，选定了一名专门替戴锦宏跑酿酒的原料和负责销售的人。这件事定下来，戴锦宏就可以专下心来在迪化干他的事情。

第三天，戴锦宏上了山，把今年的几十只淘汰羊转手卖给卖羊肉的贩子。然后进山，把收购来的羊皮、羊毛装载了十来车卖给了外国商人。哎，这些羊皮羊毛卖得可惜呀！本想自己建个毛皮坊，在迪化这一置地建店，建骆驼队，就没顾上。嗨,这些皮毛舍了吧,留着青山在,不怕没柴烧。咱的牧场还在呀,总有一天,我要在迪化建个毛皮坊。

戴锦宏忙忙活活地就过去了一个月。心想,我不在家,幸亏有土豆给我看着店。老家还有个没见过面的儿子,比土豆还大,把他弄来就好了,起码能帮我一把。我回老家能把儿子带来吗?

一个多月后,迪化有人捎信,孙掌柜要走啦,让戴锦宏去接收房子。

戴锦宏带着巨资又赶往迪化,把孙麻子的房子和铺子接收了过来。这一天,戴锦宏拿着房子的钥匙,心情格外畅快。心想:这省城迪化终于有了我的铺子,我戴锦宏时隔十年,我和我的字号一起来啦。

他打开店铺的门,仔细地看着店铺,盘算着这店铺内今后进点啥货呢? 商品摆放在什么位置,柜台和货架怎么放,他一一盘算着。噢! 还有我的字号招牌是挂在店内还是外面门脸上方? 他又穿过店堂内的小门,进入小院,院内有三间住房。打开房门是一明两暗式的三间屋,屋内黑乎乎的。这墙得好好刷刷,窗子和门换新的,屋子里得扎个顶棚,住着干净整洁不是。

戴锦宏走出屋子和店铺,站在街上看着这门脸。门脸,门脸,这是店铺的脸面呀,要好好改修一下。看着这旧店铺需要维修,得需要个人盯着呀,这可怎么办哪? 戴锦宏又遇到了难题。

戴锦宏站在街上,看着这铺子正在发愁之时,过来一个人向他搭话:"掌柜的,你老这儿雇人吗?"

戴锦宏一听,一口的乡音,顿时有一种亲近感,转身一瞅是一个像四十上下的长者。说他像长者,是因为他脸上刻满了岁月沧桑留下的痕迹,一看,就知道是一个老实巴交的下苦人。便问道:"是咱杨柳青人吧。"

"可不是嘛,听你这口音也是咱老家的。"面前这位长者也流露出满脸喜悦。

戴锦宏又问:"多咱来的新疆?"

"前年随咱赶大营客来的。"

"哎哟,这么大岁数啦还背井离乡,这儿有亲戚吗?"

"这儿没有,老家也没人啦。在老家活得难呀,都说新疆好混,干点什么都能吃饱饭,我跟我家里的内人一商量就跟着来啦。"

"儿女也跟着来啦?"

"哪有儿女呀,我俩是半道上的夫妻,无牵无挂。活一天算一天,走到哪儿算哪儿吧。"

戴锦宏听后,一种凄凉之感涌入心头。不知是为这位长者的身世感到凄凉,还是为自己孤独一人的处境而感到凄凉。人家还有个伴,而我连个伴都没有。人家是有家没业,而我是有业没家,真是同命相怜呀。此时此刻,他远离老家的亲人,又要离开袍哥和蜀秀,这种孤独和凄凉油然而生。

他正寻思着,听到那长者说:"你老忙,不打扰你啦。"

"哎,大哥! 你老别走,咱再聊聊。你们老两口靠吗生活呀?"

"我家内人给人家当用人,做做饭带带孩子混碗饭吃。我哪,给人打打零工。我们都是一把子岁数啦,又没什么能耐,对付着活吧。"

"大哥,你老贵姓呀?"

"免贵姓张。"

"张大哥,你老要不嫌弃的话,就跟着我能干什么干什么。眼面前是给我看着这房子,这铺面和房子我要翻修。我哪,又准备回一趟老家,正发愁没人给看着,请你老给我盯着点,行吗?"

"成!"

"张大哥,你老看这佣金怎么算?"

"唉,什么佣金不佣金的,就这点小事,又不用费什么力气,只要能吃饱,冻不着就行啦。"

"好,那就从今儿起,你老吃、穿、住的费用我全包,每月再给二两银子的零花钱。"

"用我做长工? 那敢情好哇,省得我为吃喝到处奔波。"

"那咱就说定了,这钥匙就交给你老一把。从今儿起,你老就搬过来住。白天有人来给我修缮房子,你老盯着就成。"

"把房子交给了我,你信得过我吗?"

"都是老家的人,有吗信不过的。这房子你不可能给我背走啦。从今儿起,我请你老当我的管家。"

"嘿,我这辈子遇上好人啦。掌柜的,你就放一百个心吧。"

"等我下次来,给你先付一笔佣金。"

"不急不急,掌柜的,你老忙你的,修房子的事交给我啦。"

戴锦宏办完了这件事,心里轻松多了。他又急急忙忙去找生华,一边走一边寻思:哎呀,生华也忙活了一阵子啦,看看他那儿有了多少峰驼,能添上几百峰驼,带着这个驼队回老家。

光绪十一年,戴锦宏在省府迪化州有了自己的铺子。他安排好了迪化的事,即返回焉耆。

戴锦宏一进焉耆的院子,就碰上了袍哥。

袍哥问:"迪化的事情都办完啦?"

"都办完啦,雇了个人替我看着维修,我回来收拾收拾准备回老家。"

"来家里吃个饭,算是给你送行。"

袍哥的这顿送行饭,没有喝酒,也没什么多余的话,各自端着碗,吃着自己碗里的饭。

戴锦宏没话找话,对土豆说:"土豆呀,干爹回趟老家,这一来一往也得小一年。咱这铺子里也没什么新鲜货,我走后就关门吧。你替大妈多干点活儿。"

戴锦宏的话引起袍哥开了口:"用不着,你开你的店铺,有啥子事情我看着。娃儿吃饭就来家里吃。"

"袍哥,我这次回老家返回时,在京津采办一批货回来,准备投到迪化的新铺子里。你需要什么货一块儿带来。"

"远水解不了近渴。我这小店养活一家还有余,将来走啰给哪个去?"

戴锦宏:"我从老家回来恐怕在迪化要忙一阵子,这儿烦请袍哥给照顾一下。"

袍哥:"你放心,你的事就是我的事情,你在迪化忙你的去吧。"

又是短暂的沉默之后,袍哥内心深藏的话不得不说了。

他对老婆和娃儿说:"你们吃完了饭出去耍去,我俩有事商量一下。"

吃完了饭,袍嫂带着蜀秀和土豆出去啦。

袍哥开门见山地说:"蜀秀这娃儿十六啰,她看上了你,非你不嫁,你有啥子办法?"

这个非常为难的问题直截了当地甩给了锦宏,看他说什么。

锦宏最近也深深陷入和蜀秀的情感之中。当初总把她当妹妹待,爱她,喜欢她。这么多年过去啦,小姑娘长成了待嫁的大姑娘,越来越离不开她,这种爱变了。每当蜀秀和他接触时,他浑身上下产生一种心跳的激情。过去,在秀华身上从来没有这种感觉。

袍哥提出的这个问题,如果老家没有媳妇,他会巴不得地接受这桩美事。如今没有如果,只有现实。袍哥的问题实难回答。"她非你不嫁,你有啥子办法?"袍哥提出这个话题是什么意思呢?如果他答应女儿嫁给我,他爷儿俩不会闹得这么僵。他问我有啥办法?是不是让我躲开蜀秀……

戴锦宏:"袍哥,我一直拿蜀秀当小妹妹看待,如今她长成人啦,仍是我的妹,我把她当亲人一样地爱。再说我老家有媳妇,她替我伺候父母,替我尽孝心,我总不能休了她吧。"

"我不能休了她。"袍哥听得很明白。

而戴锦宏在这场矛盾中占得上风。他了解蜀秀,她想干的事谁都挡不住。他更了解袍哥,他爱独生女儿成为他的致命弱点,他最终会输给女儿,静观其变吧。

第二天,戴锦宏在家收拾准备回老家所带的东西。蜀秀不知什么时候进来,突然从后面把他紧紧抱住。一股急促的喘息声扑面而来,戴锦宏全身顿时燥热起来,心跳加快。

蜀秀微弱的语声进入他的耳膜。

"宏哥,你去迪化那么久,我都想死你啦。现在你又要回老家,那得多久才回来呀？我,离不开你……"边说边把他抱得更紧。

戴锦宏转过身来抓着蜀秀双肩看着她,蜀秀眼含泪花。蜀秀的真情实意,深深地打动了戴锦宏,他在这爱情的泥塘里,也不能自拔。人家一个黄花闺女,不顾父母的反对,非要跟我,我有何理由拒绝她?我良心何在?

"蜀秀,你等着我,我尽量早点回来。"

蜀秀自然地松开手,含着泪低下头,用两手摆弄着发梢,这条黝黑发亮的大辫子搭在胸前,胸部的薄衫下顶起两个馍一般的小包,随着呼吸的起伏,若隐若现。红润的面容,映出一层美奂的光晕。红嘴唇像个菱角似的迷人,透着一股不可改变的调皮、任性和迷人。戴锦宏的心,仿佛要从嗓子眼儿跳出来。他的双手从她的双肩滑到前胸,抚摸着那双柔软又富有弹性的丰乳。蜀秀陶醉得闭着双目,那双菱角似的嘴唇微微张着,在等待着……

戴锦宏久旱逢甘露,激情从下到上喷发而出。他把蜀秀抱在怀里一阵狂吻,蜀秀呻吟着……

"蜀秀!死丫头哪儿去啦?!"

袍嫂的一声呼叫,如同一盆凉水浇灭了刚刚燃起的热烈火焰,蜀秀沮丧地埋怨道:"我在这儿哪!叫什么叫。"

随着叫声,锦宏紧张地松开紧紧抱着蜀秀的双手。蜀秀擦拭了发烫的小嘴唇,捋了捋长发,整了整衣服,柔情地说了声:"你早点回来!我等着你,可不许把她也带来!"说完转身而去。

杨柳青,这个古老的小镇,随着年轻人不断地去了新疆,它越来越失去了生机和活力。它像一个上了岁数的老者,越来越显得苍老和孤独。

自从戴锦宏离开老家,秀华就在墙上年年划一道,已经划了第十个道。这十年记录了她在这个家的艰辛、思念与苦闷。虽说每年都有赶大营的人回来,丈夫给家捎点钱带封信,也解决不了她活守寡的内心孤寂。好歹有儿子陪伴着她,给她内心一点安慰。

自从锦宏离开家,秀华就从里屋搬到外屋,让公婆睡在里面安静。

秀华收拾完里屋出来,公公坐在门口看着小摊,婆婆在做饭。

"妈,我来做吧。"

"秀华,水缸里快没水啦,你去挑点水吧。"

"好。"秀华拿起两个木桶和扁担正要出门,儿子背着一大捆柴回来啦。爷爷赶快站起帮他。

"妈,您老把水桶放下,我去挑。"儿子说。

"我这孙子长大啦,能顶一个大小伙子用啦。"爷爷高兴地说。

"河边上滑,娘不放心,怕你掉到河里。"

"没事的。"

215

铁锁还是挑起水桶,他那小小的身体挑起两个大木桶显得极不相称。

秀华跟着儿子走了足有一里多地来到运河边,用葫芦瓢把两桶水舀满提到岸边,秀华站在岸边,望着西方。

"妈,咱们走吧,您还愣着干吗?"

"铁锁呀,当年你爸就是从这儿走的,都十年啦。"

"我爸在哪儿呀?"

"你爸来信说在新疆的焉耆。"

"有多远呀?"

"好远好远,在西天的边上。"

"他为吗不回来?"

"他那儿有买卖,离不开。咱家每年买粮的钱不都是你爸托人捎来的,不然咱们吃啥。"

"我爸一个人在那儿不孤单吗?"

"是啊,咱这儿还有爷爷奶奶,四口人过日子。可你爸就自己一人,多苦呀,兴许他……"

"我爸多会儿回来?"

"他来信总说着回来、回来,可年年回不来,怕是脱不开身吧,回来一次来回得小一年……想你爸吗?"

"我不知道。"

第二十六章　一走就是十年，儿子不孝

戴锦宏离家赶大营后，一转眼就过去了十个年头。

光绪十一年的年底，他第一次回老家探亲，同行者有安文忠等十余人的津商骆驼帮。这几支共三千余峰的骆驼队，携带疆内棉花、羊皮、羊毛和肠衣等原材料，高高兴兴地离开迪化，浩浩荡荡穿行在丝绸之路的古道上，头看不到尾，尾望不到头。骆驼队后面还跟着一辆"官车"。

一首歌《骆驼客》，在驼铃的伴奏下响起，王生华牵着头驼哼哼这首歌。

坐在头驼上的戴锦宏笑着问："生华呀，这支骆驼帮你算什么呀？"

生华笑着说："我是脚夫呀。"

"不，你如今高升啦，是驼帮的帮主。"

"姐夫，都是你们津商抬举我的。"

戴锦宏："不敢，不敢，隔行如隔山。你在这条道上磨炼了十年啦，你是行家。没有你这个骆驼帮，我们这些个客商生意哪能做大呢。"

"对！这些年，这条路上的骆驼客又火起来啦，我每年走在这条道上，东来西往的骆驼帮络绎不绝。"

"生华呀，我有十年没回老家啦，你想你姐吗？"

"想啊！天底下就剩下我姐这一个亲人啦。"

"我不是你的亲人？你外甥不是你的亲人？你姨、姨父不是你的亲人？"

"是是是，老家的乡亲都是我的亲人。"

哥俩正聊着，一位公差追了上来，说安大人有请戴掌柜。戴锦宏下了驼，向官车迎去。

官车里坐着安文忠。

安文忠于光绪八年，随金顺将军去了伊犁。如今，安文忠可是伊犁将军衙门里的官钱局帮办。戴锦宏今年回老家，正巧碰上安文忠官私两差，坐着官车去京津领库银和协饷，他们不约而同行。

"锦宏，来来来，搭我的车。"

戴锦宏看了看两名骑着高头大马、腰间背着短枪跟车护卫的镖师，有点敬畏地说："安大人，我一介商民，这官车我可不敢坐，坏了衙门的规矩。"

"嘿，你瞧你说的，什么大人不大人的，咱还是老家的兄弟。快上车，咱俩难得一见，在车上聊聊，省得一路寂寞。"

借安文忠的光，戴锦宏搭了个官车。

"安大哥,瞧你老今儿的身份,我想起十一年前咱们在河北小镇上找再世小诸葛相面的事,他说二十年后你老是朝廷四品官员,还真说准啦。"

安文忠一听哈哈大笑,说:"当时感到来新疆赶大营凶多吉少,这心里怯呀,找个算命的算算吧,没想到呀还真让他算准啦,你说这事也真是奇啦。"

"安大哥,我当时就奇怪,他怎么把你年少时的事说得那么准哪?我真信服,他说周大哥富甲一方,也说准了吧;说石柱要避讳西方,没想到……哎!"

"那要怪石柱的性子太犟,不服软,要不然他也不会遭难。人在外要记住,别逞性子,要得过且过得势别狂,始终夹着尾巴处世。"

"你老说得对呀,我这性子也急,吃过亏。道理也懂,往往摊上事就忘了这个理儿。"

"要修身养性呀。摊上事别急,不管是好事还是坏事,掰开揉碎了想一想。坏事让它变成好事,好事呢,别让它变成了麻烦事,引来了祸。这次长庚将军给我戴上这顶官帽,看似好事,风光,有利可图,实则暗藏凶险。可是你不干又不行,那不把官老爷得罪啦。所以我就帮他们到京师外省去取协饷。借用协饷我在京津和上海进货,回到伊犁我立马把协饷交上,两清了事。其他衙门的事,我一概不掺和。"

戴锦宏感慨而言:"修身养性,这四个字要做到,难呀!"

戴锦宏和安文忠一路上说说笑笑,难得有这样充足的时间回忆着来新疆这十余年的经历、经商创业的艰辛、做人做事的艰难、如今获得收获的喜悦、对未来的美好憧憬。不知不觉到了嘉峪关。他俩下了车,望着这高大的城楼,无限感慨。

戴锦宏:"大哥呀,你说人的这两条腿真有能耐,谁也没想到在这个乱世之时我们离开老家,从天津杨柳青一步一步地走了半年,七灾八难都碰上啦;来到西部边关找条活路,谁也没想到会在新疆发家致富。"

安文忠插话:"这就叫乱世出英雄。"

戴锦宏问:"为什么乱世出英雄呢?"

"你想呀,如果这个世道规规矩矩,四平八稳,那些有头脑的能耐人,能有出头的机会吗?比如说诸葛孔明没有那个乱世,他能从一介村夫当上了蜀汉丞相吗?朱元璋从一个要饭的当上了开国皇帝。再说现在南方的胡雪岩,从一个小商贩变成海内外的大买办,左大帅当初率大军西征,都得求他从洋人那儿弄枪弄炮哪。"

戴锦宏连连点头说:"是啊,要不是这天灾人祸,咱也不可能从老家到新疆,更不会有今天。嗨,这一走就是十年。"

戴锦宏看着这嘉峪关关口,不知这心里是苦还是甜呀。

"我来的时候望着这道关,离家越来越远,想将来能回去吗?我大哭一场。今儿,我望着这道关,离家越来越近,我又想大哭一场。离家十载,父母怎么样啦？是不是老啦？身体好吗？秀华替我侍奉双亲十年啦,没有她我哪有今日？没见面的儿子十岁啦,他长得咋样……"戴锦宏有想不完的思乡、思念、思情,想得苦呀!

安文忠问:"锦宏,咱们出来十来年啦,你介是第一次回老家?"

戴锦宏点了点头。

安文忠也感慨地说:"难怪呀,经历了十来年的酸甜苦辣,到今儿能不落泪吗。我比你强,还回过几趟老家。前年,我这个三十好几的人啦,才娶了媳妇,有了儿子。有了儿子,更想家啦。"

"安大哥,你现在是官钱局帮办,可以每年回老家。"

"是呀,这份差使我所以要接它,就是看中了每年回京津领库银领协饷,顺便可以回趟家,由衙门出官车送我,何乐而不为呢。"

"自个儿的生意谁照料?"

"伊犁有我俩弟弟,每个地方的分店有我的经理,我在大事上拿拿主意就行了。"

戴锦宏听了安文忠的话感慨而言:"你老有几个弟弟帮扶你,省心多啦。"

"省心吗呀,在伊犁、塔城的几处买卖处处得操心,到处跑,没有一天闲的工夫。有道是每年出来一趟,这往返的路上能让我松口气,睡个囫囵个觉。你瞧,咱俩聊着聊着,我犯困了。"

"那你老靠在行李卷上眯个盹儿。"

安文忠靠在行李上,眯着眼问:"锦宏呀,你这次回老家顺便把你媳妇、儿子接到迪化陪着你,不好吗?"

"安哥呀,老家年迈的父母交给谁呀?不像你,两兄弟来新疆帮你,老家还有弟弟陪着父母。我没你这个福分。"

"这倒是个难题呀。不行这么着,你在新疆再娶一房,没个女人陪着,这家里家外怎么弄,忙不过来呀。屋里有个女人知冷知热地疼你,你总能回到家缓一缓。什么是家呀,家就是老婆孩子热炕头……"安文忠说着,闭上眼睡着啦。他这一句话随口而言,却勾起了戴锦宏对蜀秀的思念。

戴锦宏回忆起在焉耆准备出门远行的那美好回忆……

马车突然颠簸了一下,打断了戴锦宏的相思梦。车身斜了,马车停住。

安文忠迷迷瞪瞪地问:"车这是怎么啦?"

戴锦宏迅速跳下车查看。原来车户在车上也打了个盹儿,一个车轱辘陷到沟坎里。

"安哥,没事!车轱辘陷到沟里,这道坎儿没过去。"

安文忠:"嗯,这跟人生一样,这辈子不知道要遇到多少道沟沟坎坎。"

戴锦宏和俩护卫搭了把手,把车推出沟坎,车继续行驶。戴锦宏没上车,跟在车后面行走,可脑海里仍然是蜀秀那一幕幕的影子。

焉着。土豆在店里帮着看店,袍嫂在厨房做饭。蜀秀从屋里无精打采地出来,又懒懒散散地慢步向大门口走去。袍嫂瞅了她一眼没吭声,看来蜀秀和父母的关系并没有因戴锦宏离开而解冻。蜀秀走到大门外站定,望着街口那远远的北方,她寻思:那头是迪化,他的老家又在哪头呢? 听说是很远很远的东方。他还会回来吗? 他离开我时说啦,他早点回来让我等着他。

过了会儿,蜀秀又六神无主地回到院里,要进屋。

"蜀秀,过来帮我切切菜。"

袍嫂知道她这个任性的女儿鬼迷心窍啦,一时还拉不回来,有意叫她来干点活儿,观察她的思想动态,劝劝她,免得她犯神经啦。

"切什么菜?"蜀秀瞅都没瞅案子上摆着的是什么。

"你没瞅见这儿摆的什么菜吗?"

蜀秀瞅了一眼说:"又是大白菜,从冬天吃到现在,都吃腻啦。"

"还有人吃不上菜哪。"

蜀秀顺手拿起菜刀,有心无心地切着。没切一会儿,只听蜀秀哎哟一声,袍嫂回头一看,只见蜀秀的手指头出血啦。袍嫂生气地说:"你看看,你能干啥? 切个菜都心不在焉,往自个儿的手上切。"

蜀秀切了自己的手,也很恼火,赌气道:"我还想往头上切哪! 来个一了百了,省得你们烦我。"

袍嫂一听,心里咯噔一下:莫非这娃儿真的有点疯啦? 心软了下来,"快,到屋里我帮你包扎一下。"

天津杨柳青镇。

经过三个多月的长途跋涉,戴锦宏随安文忠终于回到老家。王生华带着驼队直奔北京西直门外的骆驼客栈。戴锦宏随车到了镇子口,他从安文忠车上下来。

戴锦宏背上系着包袱,风尘仆仆地踏上了老家的这块土地上,他双手捧起了田里的土,闻了闻,喊道:"老家,我戴锦宏终于回来啦!"然后,又把双手捧的土撒回田里。

他走到菩萨庙前的老柳树下,见到一个老头儿,披头散发衣衫褴褛,拄着一根棍子坐在石头上。老头儿见从西边大路上走来了人,急忙站起颠簸而来。戴锦宏还没看清是谁,那老头儿便问:"你老是从新疆赶大营回来的? 见到我家崔铁旦了吗?"

戴锦宏猛不丁地才反应过来,"您老是崔叔啊! 你老还认识我吗?"

崔叔双目痴呆地望了望戴锦宏,说:"我不认识你呀。"

"崔叔,我是戴锦宏呀!"

崔叔摇了摇头。

"崔叔，我送你回家吧？"

"不，我不回，我等我儿子，他赶大营去啦。"

戴锦宏意识到崔叔疯啦。崔叔十年前的那种富态相一扫而光，脸面消瘦，脸纹像刀刻一般，精神萎靡。戴锦宏的脑海里出现了铁旦在黑风暴中的影子，他控制不住自己的悲痛，两行泪流了出来，他哽咽地说："崔叔，跟我回家吧。"

"我等我儿子，等我儿子，他去了新疆……他该回来啦。"

戴锦宏擦干了泪，走进了杨柳青镇，这里的面貌一切照旧，只不过又增添了几分苍老的痕迹。

戴锦宏一进家门，十年多没见的双亲苍老了许多。父亲的头发胡须全白了，瘦弱的脸庞刻着一道道深深的皱纹，手持着木杖，眼含泪花站了起来。不满六十岁的父亲，像七十的苍弱老人。戴锦宏鼻子一酸，泪水夺眶而出，声调哽咽地吐出了几个字："爸，妈，你们的儿子回来了……"

"宏儿，你可回来啦。"戴母喜极而泣。

戴锦宏赶忙给双亲跪拜。

"爸、妈，我一去就十年，儿子不仁不孝！"

"人囫囵个地回来了就好啊，快起来。"戴父弯腰去扶他，秀华急忙上前扶丈夫起来。

"秀华，这十年你受累啦。"

丈夫的这一句话引来了秀华满腹的辛酸和苦楚，同时又给她带来了莫大的安慰。她满足地流着泪笑了。

戴母："好啦，都别哭啦，这不是大喜事吗。"

对双亲来说：儿啊，你总算平安回来了，当爹妈的想你想得苦啊。不知有多少去赶大营的年轻人，活不曾见人，死又不见尸。如今，儿子能活着回来，这确实是天大的喜事。

对秀华来说：自从我嫁给你，你就走啦，这一走就是十年呀。这十年我空房守寡，我自己也说不清我是嫁人啦，还是没嫁人？今儿，你总算回来了，是我的丈夫回来啦。这十年我没白受苦，我丈夫今儿变成了一个富商。他回来啦，似乎有一种衣锦还乡的荣光，我这苦等的十年，值。

对于戴锦宏来说：哎呀，老家仍是那么穷，一点儿没变，所变的是双亲苍老的面容，父母操心操得变老啦。秀华，这十年来替我服侍双亲，十年来的劳苦孤独，她那秀丽的容貌一扫而光，二十多岁的少妇倒像一个中年农妇。

秀华招呼儿子："铁锁！快来见你爸。"

让戴锦宏意外的是：我有儿子啦，从没见面的儿子，已经长成半大小子啦。

戴锦宏第一次见到儿子。儿子陌生地站在他妈身后，秀华把儿子推到他爸面前。

"叫爸爸。"

儿子看着爸爸,不言语。

"叫什么名啊?"

"爷爷给起名叫铁锁,大名叫纪斌。"

戴锦宏摸了摸儿子脑袋,问:"铁锁,念书了吗?"

秀华:"就念了一年书,这几年家里太难了。只好出去打小工,一天能挣两个棒子面的饽饽。"

"儿子比我强,我十四开始跟你爷爷跑船。"戴锦宏拍拍儿子的肩膀,"有出息!"

秀华:"叫你爸!这孩子从小不爱说话,有时也倔着哪。"

戴父:"孩子长这么大没见过他爸,猛不丁地让他叫,他口生。"

戴锦宏:"铁锁,长这么大,爸还没给你过压岁钱,这锭银子补上吧,拿着!"戴锦宏掏出十两一锭的银子塞在儿子手上。

"谢谢爸。"铁锁很不好意思,终于叫出口,戴锦宏很高兴。

戴锦宏拿出一个布包,打开后是金灿灿的金条和白花花的银子。

"爹,这二百两银子留给家里用,这些金子我准备在京津进点货带回去。"

戴父:"秀华,你把它收起来。"

戴父知道儿子在新疆有买卖,挣了钱,每年都托人给家捎点,但不知他的买卖有多大,便问道:"锦宏啊,你在新疆的买卖有多大呀?"

"在焉耆有一个铺子,经营京津百货;和别人合办了个酒坊;还有个牧场,有几百只羊,也是和别人合办的;现在又在迪化盘下个铺子,翻新一下门脸,这次回来就是为这个铺子办点货。"

"这么多的生意,你一个人能顾得过来吗?"

"确实顾不过来,又没家人帮我,只好靠朋友。"

"那就少弄点生意。"

"做生意就得往大里做,才能赚钱,小打小闹的最多只能养家糊口。我现在最难的就是没有自己的人帮我。周家大哥把他的兄弟、儿子都弄去了,安家也是这样,买卖都做到了国外,越做越大,那银子自己往口袋里流。"

"是啊,咱杨柳青除大户有钱人在老家守着,平民百姓家的年轻人都往新疆蹦跶,都说到新疆有饭吃,到新疆干什么都能挣到钱,是真的吗?"

"到新疆能挣口饭吃倒是事实,能发财致富的还是少数。这要看自己手脚勤不勤,脑袋瓜子活不活泛。"

说着话,乡亲邻居不断有人来。

戴锦宏衣锦返乡也同样引起老家民众的热议和仰慕,这破败不堪的土屋顿时显得热闹非凡。

一位老妇人向他打听亲人的消息:"锦宏啊,我那个栓子你常见吗?"

"大娘,新疆地方很大,不知他在什么地方?"

"他捎信来说在什么古城子。"

"噢,在迪化的北边,我在迪化的南边,我们相距有几百里地哪,我有机会去找找他。"

一位半大小子问:"锦宏老伯伯,我也想去新疆,他们说你在路上遇到过土匪?"

"虎子,那是十年前的事啦,现在好多啦。你年纪还小,过几年再去吧。"

"你讲讲遇上土匪的事。"

戴锦宏笑一笑说:"等有时间我给你讲。"

还有个年轻妇女问:"他大哥呀,听说新疆到处都是戈壁滩,我们这小脚女人是没法儿去呀?"

"张嫂,新疆有戈壁滩,不是到处都是。是不是想去新疆找张哥?你这双小脚可走不到,别急,咱有人打算建家眷车行,到那时可坐车去。"

"那得到猴年马月了。"

"张嫂,别心急呀,这不是一家两家的问题,在迪化咱老家的人有几千口子哪。在新疆各地做买卖的就有三千家,还有种菜的、做小吃的、拉大锯的、干泥瓦匠的、练把式的手艺人。家眷车行马上就有啦,专门拉咱家属坐着车去新疆,百十来天就能到。"

乡邻们你一言我一语地问着说着。

晚上,全家吃了顿白面面条,"出门的饺子,进门的面",迎送出远门的亲人,形成了一种风俗,一直延续着。秀华做了俩小菜,戴父还高兴地翻腾出一小坛酒。

"锦宏,全家盼了十年,总算把你盼回来了,这小坛酒我年年拿出来等着你回来。可左等右等不见你,又把它放回去,一个人不想喝呀。今儿,打开喝!咱爷儿俩好好说说话,我这一辈子的话没地方说去,只能夜里黑灯瞎火地躺在炕上,自个儿跟自个儿说。"

全家围坐在炕上的小桌吃着饭,爷儿俩喝着酒。戴锦宏和他爹喝了一小盅,第二盅举在手里喝不下去了,他想起了崔叔。

戴父见儿子举着小盅发愣,问:"锦宏,怎么不喝呀?"

"爸,我回来的时候,在菩萨庙前的古柳树下碰到了崔叔……"

戴父一听,把手中的酒盅也放在炕桌上。

"嗨,你崔叔他疯啦。"

"怎么会疯的呢?"

"光绪四年末,周乾义带着几个人回老家办货来啦。周乾义找到咱家跟我说到崔叔家看看,告诉他铁旦没了。我问怎么档子事呀?他说你俩在戈壁滩遇上了黑风沙暴,你逃出来了,铁旦失踪了,估摸着铁旦死啦。我想,不能告诉你崔叔铁旦没啦,就说找不着啦。可你崔叔是个死心眼儿,他不知道戈壁荒漠有多大,人在里边出不来会渴死。他不相信铁旦会死,每年这个时候有赶大营的回来,他天天到菩萨庙前等。过了两年听人说石柱死了,他怕啦。还是年年去等,谁劝都没用,慢慢地疯啦。嗨,也怪我,当初让周乾义给他说明白了,悲一阵子也就过去啦,不至于会疯。"

"崔叔家的日子怎么过呀?"

"现在就剩他一个人啰,大家伙都救济他一把。嗨,你崔叔活着的日子不多啰。"

"爸,我走时再留点银子,万一崔叔走啦……"

"不用,到时候我找两人,弄几块板,就办了。"

戴母:"别说这不吉利的话啦,高高兴兴地吃个团圆饭。"

"爸,我敬你一杯,祝你老长寿,等着过好日子。"

戴父高兴地端起酒盅笑着说:"我这个大孙子也喝一口。"

戴锦宏回到老家也没闲着,第二天他就乘船赶到北京,王生华帮着他赶在年前把新疆带来的棉花、皮毛销了出去,又开始忙着在京津采购货物,预付了货款,他心里才踏实。这一忙活就是好几天。忙完了,戴锦宏带着生华回家。

"生华呀,你十四岁离开老家,这一晃就十一年呀,如今是个二十四五岁的汉子啦。想你姐吗?"

"想啊,虽说我带着驼队回来过,可在梦里老梦见她。"

"这次回来多待几天,陪陪你姐!"

"不行,只能待两天,我就得回西直门驼行。"

"不是有伙计看着咱的骆驼吗?"

"伙计只能看着喂喂料。这一千多峰驼跑了仨月,总有头疼脑热得病的,我得一个个调养,躺下俩骆驼怎么办?"

"没看出来,咱生华是养驼的行家里手啦。"

迪化要建店,焉耆又有生意,戴锦宏两头忙活。于是,他想把这个说大不大、说小又不小的儿子带过去,起码能看家护院吧,也可以替他看着店铺吧。但是,这"剃头的挑子一头热",儿子与他没感情不愿去。媳妇在家守着年老的父母,儿子又要离开,她感情上很难割舍,爷爷奶奶又舍不得孙子。戴锦宏想到这些,也是个十分为难的事。

戴锦宏空闲下来主动地帮媳妇做饭、挑水、劈柴,这令媳妇非常感动。丈夫如此疼她,能不感动吗?二来是亲近媳妇,让她感觉到丈夫的爱。三者是经常地提起他一人在新疆的重重困难。秀华是个贤妻良母型的女人,她真心地疼爱丈夫,为了丈夫她可以牺牲一切。

夜里,里屋一盏微弱的油灯还亮着,铁锁躺在炕的一头已经睡熟。小两口躺在炕的另一头,合盖一个被窝说着知心话。

"你一人在新疆很难,我不放心,你就把儿子带去吧;多少有儿子陪你在身边,还能帮你一把。"

"家里怎么办?"

"家里有我哪,你就放心吧。"

"爷爷奶奶能舍得吗?"

"爷爷说,孙子大啦,该带着他干事啦。舍不得也得舍,霸着他,就把孩子耽搁了。"

"家里没人帮你啦。"

"这不,十来年也过来啦。"

"父母岁数毕竟大了,需要你照顾。"

"我能行,家里的事你就别操心啦。"

"要么,我给家里再留点银子?"

"不用,家里怎么都好对付,你每年捎来的银子都用来买粮,一年也差不了多少。"

"我再干几年,攒点钱在迪化建个宅子,把你们都接过去。"

"离开老家,都到那儿过日子去? 行吗?"

"刚开始谁也没想到在那儿安家,干了这十来年,等于在迪化又建了个杨柳青。有家有业,干得红红火火,越来越离不开了。这几年,那儿的老家人开始有人结婚生子,有的干脆把老家的老婆孩子接了去。"

"老人恐怕不愿去,金窝银窝不如老家的穷窝。"

"是啊,这确实是个难念的经。"

"再说吧,爹妈不去,我怎么忍心离开他们,他们身边不能没人照顾。"

"秀华,你真是个好女人。"

油灯的火苗,越来越小;屋子,越来越暗。

没过几天的一大早,有人来报信,说崔叔昨晚走啦。

戴锦宏和他爹急忙赶到崔叔家,推开两扇快要倒的破房门,进到屋内,崔叔和衣仰面朝天躺在土炕上。两间小破屋多年没维修,墙壁房顶四面透风,屋内的墙壁斑驳陆离,窗户的窗格也已破损。屋内已经没有什么家具,炕洞口还留着没烧完的一根桌子脚。

戴父含着眼泪大声说:"兄弟呀,你走啦,走了好哇! 免得你再受罪。锦宏回来啦,我带他来送送你。"

"崔叔,我对不住你,我没把铁旦领好,在新疆遇到一阵黑风,把铁旦送到了天上……让你老苦苦等了十年呀……"戴锦宏也哭出了声。

戴父:"锦宏呀,别哭啦,让你崔叔早点入土为安,早一天和铁旦会面。我找两人去挖坑,你去给崔叔买个棺材,顺便买套新衣服。我给你崔叔洗一洗,收拾干净利落了,送你崔叔上路!"

第二天,戴锦宏守了一天一夜的灵堂。

第三天上午,在郊外墓区多了一个新坟头。坟头前插了一个船桨,上面写着崔叔的名字,戴锦宏戴着孝带,给崔叔烧纸上香。还有十几位街坊邻居参加崔叔的安葬仪式。

戴父高声为崔叔送行:"兄弟呀,咱俩合伙干了十几年,还受了一辈子的穷,活得不易呀。末了,儿子去赶大营还走到你前头,你又受了十年的苦呀。今儿好,你的苦,你受的罪,一股脑儿地受完啦!去吧,到儿子那儿团圆!"

崔叔走啦,他代表着杨柳青成百上千个老人,带着临终没能与自己的儿子见一面的遗憾,永远地走啦。

过完了大年初五,一位身穿朝服的大官来到戴家,他是安文忠。

"哎哟,安大哥,我没顾上去看你,你老反到寒舍来啦。"戴锦宏把安文忠领进屋里。

"我是路过此地,顺便看看戴伯伯。"

戴父傻傻地看着这位又熟悉又陌生的大官。

"这是文忠吗?前几天见你还……怎么突然穿上朝服啦?"

"爹,文忠是朝廷四品官钱局帮办。"

戴父急忙起身,"小民给您老跪拜请安啦。"

"戴伯,您老快起来,您老这是折我的寿呀。"安文忠扶起戴父。

戴父:"怎么不经商当大官啦?"

"爹,经商还是经商,现在是衙门从四品官钱局帮办,商官。"

"这是光宗耀祖呀,咱杨柳青自古还没出个四品大官哪,老家的人们都跟着你沾喜呀。"

安文忠:"戴伯,啥官不官的,我是替衙门跑跑腿办办事,我还做我自个儿的生意。"

安文忠又对戴锦宏说:"锦宏呀,我还要去办协饷,再准备到天津去看看那儿的商情。委托你把咱们这几家办的货安排妥当,让生华押运回去,你年轻辛苦你啦。"

"安大哥,我一定尽心,你老放心吧!"

"戴伯,我事多,我就走啦。"

"有空来呀。"

安文忠离去,戴父还在琢磨,自言自语地说:"这新疆真是个既能当官又能发财的地方?"

过了十五,戴锦宏带着儿子上路了。

226

戴父拄着棍,和戴母泪流满面地把这父子俩送到镇子口,目送最亲的人远去。

戴父眼看着儿孙走远了,老泪纵横地喊道:"锦宏啊!过两年回来一趟,我这一辈子的话呀,总想找个机会咱爷儿俩喝点小酒白话白话。可,总看你忙活没机会。锦宏啊,爹怕你……你下次回来,见不着你啦……"

戴锦宏听到亲爹叫他,转过身子,看到父亲老泪纵横难舍难分的样子,他摔掉身上的包袱跑了过来紧紧抱住他爹,哭着说:"爸,过两年我一定回来,接你们去新疆,咱爷俩儿天天晚上喝点小酒聊天。"

"锦宏,快去吧,队伍走远啦。"

一队长长的骆驼队驮着大包,后面还跟着几挂马车,拉着货,坐着人,从杨柳青镇出发向北京走去,与在北京的驼队会合,途经绥远(呼和浩特),过大坝,走北路,直插新疆的哈密,经古城子到迪化。

在这条道上,驼铃声又伴起了那首丝绸之路上古老的歌——《骆驼客》:

> 哪里来的骆驼客,哎——亚丽美,
> 天津来的骆驼客,沙里洪巴嗨。
> ……

第二十七章　非他不嫁

光绪十二年春,迪化东大街。

在鞭炮声中,众人帮着吊装店铺商号的招牌。匾文是三个大字:"聚福盛"。戴锦宏有心,他回老家时专门找名人写了这幅匾额。商号的牌匾相当讲究,要上等的板材,经过风吹日晒不变形的,上等的漆,经风吹日晒不脱落起皮的。最关键的是要用名人书写,这叫店不在大,有名则兴。

悬挂时要放鞭炮庆贺,这是店铺开张的第一炮,一定要打响。

戴锦宏站在街面指手画脚指挥着。

周乾义率领一帮掌柜的前来祝贺。

"锦宏啊,津商商会的各位掌柜人都来啦,杨掌柜、郑掌柜、李掌柜、肖掌柜、王掌柜……祝贺聚福盛开业大吉。"

"谢谢众位商界前辈们的扶持,晚辈向你们鞠躬啦。"

"都是家乡人,亲不亲一家人嘛,我们相互帮衬着。"

戴锦宏宣布:"聚福盛百货店迪化总店,正式开业。"

鞭炮声和烟云笼罩现场,在烟雾中"聚福盛"三个字越来越大,填满了人们的眼睛,印在了人们的心里。

戴锦宏在人们的庆贺声中说:"各位前辈掌柜的,进我店里看看。"

周乾义摆摆手说:"先等等,戏还没完哪。"然后转身向后面招手,"把匾请过来!"

接着是锣鼓喧天,两个伙计抬着一面五尺长的大匾走过来啦。到跟前一看,大匾红底金银字,右首竖着两排凹面银白小楷,上书:

逢天时,占地利,得人和,成大业。

匾中央,由右到左横着四个凸面隶书大字:

宝地生金。

左首又竖着两排凹面银白小字,上书:

聚福盛开业大吉,天津商会贺。

戴锦宏高兴地说:"哎哟哟,给我请来了个财神。你看看'逢天时',正赶上迪化建成省府,这是建大市呀。'占地利',大十字四条大街是块金盆养鱼的宝地,风水好。'得人和',咱天津杨柳青人在这儿扎堆做买卖,有人气啊。'成大业',我谢谢大家伙的祝福,宝地生金。"

周乾义:"锦宏呀,这块匾金银字配红底,你这买卖注定是红红火火,金银滚滚来啊。"

"我谢谢大家啦!把这财神爷请进去,挂在大堂上。"

人们进入铺子里,店铺呈开放式,正中和左右是柜台相连,柜台后面是货柜。正面是南方产的绸缎布匹专柜,左边是京津日用百货,右边摆着来自各地的生活杂货。柜台有三尺高,其中有一尺多的格子摆着生活常用的小物件。店堂顶上也利用了起来,也挂着既醒目又漂亮的商品。当顾客走进店堂,仿佛被琳琅满目的商品包裹着。

"新鲜!真是繁花似锦,要什么有什么。"

众人赞叹商品,又赞叹布置的新颖。开业大吉,总是要庆贺一番的,戴锦宏在杨柳青饭庄摆了几桌,一切都办得顺顺当当。

迪化的总店开业,戴锦宏聘请了一位大柜李师傅,并把儿子留在店里。总店开业让利八天,顾客络绎不绝,开业前后忙活了一阵之后,戴锦宏准备回焉耆。

回焉耆的头天晚上,爷儿俩躺在一个炕上,戴锦宏向儿子交代店里的事。

"铁锁呀,每天早点起炕,吃完早饭先打开店门板,清扫大堂擦柜台,让铺子干干净净的,好迎接客人。要记住,在这条街上,咱家要第一个开店,最晚一个闭店。为吗呀?这就是争取客人对咱的信任,日子久啦你就看出来啦。第二,收拾利落之后,站在店门口笑脸恭候客人。介又是为吗呀?要知道,买家就是你爹。不管他买不买东西,你都要把他当成你爹、你爷一样地伺候。这叫留住客人的心。谁的买卖得人心,谁就站住了市场。有时会遇到矫情的客家,你也得把他当爷,慢慢说,千万别急。不管老少,都要做到迎来送往,时间长啦他就变成了长客,你这店就有了人气。另外,做生意可不是买和卖那么简单,这里面的学问大啦,多跟着李叔学。别着急,多用点心,慢慢来。还有要学会自己照顾自个儿,别弄坏了身体。时候不早啦,明儿还得早起,睡吧。"

"爸,我记住啦,你老也睡吧,明儿一早你老不是还要去焉耆吗。"

"是啊,我离开焉耆快一年啦。"

戴锦宏吹灭了油灯,屋子全黑啦,只有从窗外投进来一束月光。不久,铁锁发出了鼾声。可戴锦宏想起明儿要去焉耆,他怎么都睡不着。

嗨,去年离开焉耆,这一去一来用了快一年了。袍哥、蜀秀又怎么样呢?买卖上出点问题或有点损失可以再找回来,和袍哥、和蜀秀的关系怎么处,着实令他为难。

离开蜀秀快一年啦,我这脑瓜子里,怎么始终留着蜀秀的影子。和袍哥谈谈,我要娶蜀秀? 不行不行! 袍哥决不会让他心爱的女儿当小老婆。要么放弃蜀秀,一走了之。不行不行! 实在舍不得她呀。

戴锦宏回焉耆的一路上,怎么都想不出一个头绪,苦苦思索了三天,不知不觉地到了焉耆。

自从戴锦宏离开焉耆,蜀秀也像丢了魂似的,情绪烦躁不安,每天去几趟大路口遥望北方。蜀秀心里念叨:掐指头数数,戴锦宏这趟走了三百零八天,按理说早该回来啦。莫非他路上出事啦? 不会的,他命大。他要真出了事,我也不活了。像左赫拉公主那样,到铁门关上跳崖。莫非他把老家的女人接到了省城,两人过上了小日子? 不会吧,他说过老家的父母需要那个女人伺候……要是真的把那女人接来了,怎么办哪……蜀秀想到这儿,不敢往下想了。

"哼! 不想啦,回家!"

"咦,怎么我心发慌,脚抽筋呢?"她伸了伸脚脖子,蹬了蹬腿。坐在地上自己捋了捋心口,缓了缓神。感觉这口气顺了,脚不抽啦。她心烦意乱地给自个儿说:"天天在这儿瞎等!"

在回家的路上,脑子里又出现了一个未曾相识的老女人,和戴锦宏在一起。"咦,我怎么又慌神了呢?"蜀秀赌气地说,"哼! 他要真把老家的女人弄来,过上了小日子,我就到迪化找去,跟那个老女人争,看谁能争过谁。我要是争不过那个老女人,我就死在他们面前。"

蜀秀想着心事,从外面转回来啦,一进院子碰上了她爹。

袍哥瞧她那无所事事的烦躁样子,生气地说:"好大岁数的丫头,一天天地耍,啥个事情都不干,我们把你养到什么时候?"

"我走! 行了吧,省得你天天见我烦,我明儿就走!"

"你想走哪里? 想去找戴锦宏? 人家把话说得清清楚楚,老家的媳妇不丢。你去给人家当小姜,不知道害臊!"

"我就是喜欢他,非他不嫁!"

"你去嫁,永远不要回来!"

"不回来就不回来!"

袍哥的气话,惹翻了宝贝女儿。蜀秀哭着进了屋,拿了个包袱皮,包裹自己的衣服。

"蜀秀,你包衣服干吗?"

"我走!"

"你走哪儿去?"

蜀秀不吭声,仍然往包袱里塞衣服塞鞋,然后背起包袱推门就走。袍嫂从屋里跑出来拉女儿。

"你这是上哪儿去?"

"妈！你要是认我这个女儿，就给我点钱！"

"你要钱干吗？"

"路上吃饭！"

"你到底上哪儿去？"

"去迪化城，找戴锦宏！知道了吧！"

"你疯啦？不行！"

"不给钱，我就要饭！"蜀秀说着话，甩开了她妈的手，转身要走。

袍哥站在院里一直生着气看着，女儿发疯似的要走，他实在气愤不过，上前对女儿抽了个大嘴巴，"不要脸的东西！"抢过包袱，把蜀秀往屋里拽。

"娃儿她爹，好好说撒。"

"啥子好好说，给她讲了好多道理，哪一件事她听你的，把她捆倒！"

袍哥连拉带拽地把女儿关进屋里。

土豆站在那儿看傻了，她不知怎么办好。这时袍哥屋里传来了蜀秀的哭声和袍哥的骂声。过了会儿，袍哥从屋里出来，正在这个节骨眼上，戴锦宏牵着马进了院子。

袍哥看了一眼戴锦宏，淡淡地说了一声："你回来啦。"头也不回地进了自家小店，在小店里转了个圈圈又走出店铺，站在院门口似乎也六神无主，不知道干啥子好。

戴锦宏看出刚刚发生的事情肯定跟他有关，否则袍哥不会不理睬他。他看了看袍哥家的屋，从里面传来蜀秀的哭声。

"干爹，你回来啦。"戴锦宏这才发现土豆紧张地站在墙角。

"土豆，你没事吧？"

土豆摇摇头。

"刚才怎么啦？"

土豆低下了头没吭声。

戴锦宏把马上驮的东西取下，土豆接过来拿进屋里。戴锦宏把马拴好，也进了屋。

蜀秀好像听到什么，从房子里冲出来，一眼就看到了戴锦宏的马拴在那儿，推开房门就想冲进戴锦宏的屋。袍哥疾步上前拦住了她，连拉带拽又关进了自己屋内，屋内传来了哭闹声。袍嫂无奈地摇了摇头，也进了自己的屋。

土豆从戴锦宏房间出来，小小年纪的她也看懂了大人们的好多事情。在偌大的院内，没有她的去处。

一个小女孩在空荡荡的大院内打扫着。

天快黑了，院子里没有一点儿动静，戴锦宏从屋里出来，看了看袍哥家的房门紧闭着。他走到院门口，见土豆蹲在地上。

"土豆，没吃晚饭吧？"

土豆点点头。

"土豆,别害怕大人的事,跟你没关系。把这些钱拿上,去买点吃的,给蜀秀家也送点去,他们也没吃饭。剩下的钱,你装着吃饭。土豆,过几天干爹要搬到省城住,你跟干爹去省城好吗?"

土豆看了看戴锦宏。

"干爹,你再不回来啦?"

"不回来……哎!"

这一问,问到了戴锦宏的疼处,这里有蜀秀,还有自己的铺子,不回来行吗?可眼下不走又不行啊,和袍哥一家低头不见抬头见,今后怎么处?

"土豆,干爹不会扔下你不管,你亲妈是我的救命恩人呀。我带你去省城。"

土豆点了点头。

"这几天,我外出办事不在家住,你就别跟蜀秀睡一屋啦,你睡在咱家。吃饭呢,自己会做就做一点儿,不会做就买点儿吃。"

土豆:"干爹,我自己会照顾自己,你老别操心我。"

"好孩子,你真让干爹省心。"

几天后。

戴锦宏的店铺用大锁紧锁着,院里一驾马车装满了东西。戴锦宏锁了自己的房门。蜀秀从她家夺门而出,袍哥嘴里骂骂咧咧追了出来,袍嫂拉着丈夫。

袍哥对蜀华喊道:"我看你敢走!"

蜀秀根本不吃这一套,她是"王八吃秤砣——铁了心"。

"蜀秀,听你爸的话,快回去! 我是有家属的人啦。"戴锦宏不得不劝说,实际上是说给袍哥听的。正在气头上的袍哥,听了戴锦宏的这句话,反而被惹恼了。

"你不要得了便宜还卖乖,就因为你,闹得我家鸡犬不宁!"

"我……我又没勾引她。"

"天晓得! 她为啥子会疯成这个样子?"

"爹! 我不许你这样说他!"蜀秀完全站在她爹的对立面,还护着戴锦宏。蜀秀护着戴锦宏,等于火上浇油,她的话音没落,叭的一个大嘴巴落在蜀秀脸上。

"我就跟他走! 非他不嫁……"蜀秀干脆挑明了,非跟戴锦宏不可。袍哥气急败坏的,当着戴锦宏的面,对蜀秀连踢带打。

蜀秀:"你打吧,打死我好啦,省得我自己去死。"

袍嫂紧紧拉着蜀秀往屋里拽。

这种难堪的场面,戴锦宏也六神无主。他也只能赶快牵马离开院子,然后驾车而去。他一人坐在车上,可大脑仍然停留在刚刚发生的事件之中,仍然担心蜀秀会发生什么不好的后果。

蜀秀被她爹拽进屋里,爹和女儿的火都无法控制。袍哥拿起一根绳要捆蜀秀,蜀秀见炕上的针线笸箩,拿起笸箩里的剪刀对着自己的胸口,怒言:"你要捆我,我今天就死在你跟前。"

袍嫂大惊,抱住了女儿,大哭:"你这娃儿真疯啦,你先把我捅了吧……"

袍哥悲哀地将手中的绳子狠狠地摔在地上,抱头抽泣。

再说戴锦宏赶着车行驶在路上,满脑子也在翻江倒海。

蜀秀啊蜀秀,不是我不爱你,不是不带你,不是不娶你,每天晚上我躺在炕上都想你啊!蜀秀啊蜀秀,你可千万别想不开。你等着,我想想法子。嗨,我还算爷们儿吗?撂下蜀秀自己跑啦?戴锦宏自己给自己抽了个大嘴巴。

不行!我不能就这样走啦,蜀秀出事了咋办?不,她肯定会出事!

戴锦宏又调转马头,疾驶回来,到院门口听到袍哥屋哭声、喊声、骂声和砸饭碗声。

戴锦宏跳下马车跑到院子中央大声喊道:"我戴锦宏好汉做事好汉当,我爱蜀秀!我娶蜀秀!蜀秀,你等着,不管等到哪一天,我一定用花轿把你抬到我身边!"

屋内的袍哥夫妇听到戴锦宏在院内的喊声,一下子呆了,屋内顿时安静了下来。躲在院子墙角的土豆,看到这种场景吓得全身发抖,戴锦宏根本就没看到她。戴锦宏喊完转身而走,跳上马车,调头驾车而去。

行至一小会儿,戴锦宏听到蜀秀在喊。

"锦宏哥!"

"吁……"戴锦宏赶忙停住马车,回头看见蜀秀追了上来,他急忙跳下车,迎了上去。

蜀秀哭着扑向戴锦宏,抱着他不撒手,他也紧紧抱着她。

"蜀秀,你……爹妈让你来的?"

"我就要跟着你,你不要我,我今天就死在你跟前!"

"要!要!我已经向你父母发誓娶你。"

"我就是要嫁给你,蜀秀的名字是你给我的。从今儿起,我蜀秀,就是你的女人啦!"

"好!好!我娶你。"

满脸泪花流的她,破涕为笑。

戴锦宏给她擦拭着眼泪,"你这小脸儿阴得快,晴得也快。不要你爹妈啦?"

蜀秀没吭声,又回头望着家的方向。

"我没家啦,永远也回不去……"蜀秀突然跪在地上号啕大哭。

"你这是怎么啦?"

戴锦宏此刻明白了蜀秀的复杂心情,他也很为难,他要把蜀秀带走,可对袍哥来说他这样做实属不仁不义。

"干爹!"土豆提着个大包袱赶来了,"干爹,蜀秀妈让我把包袱给蜀秀送来。"

蜀秀一听破涕为笑,"我妈同意啦?"

离他们远处,蜀秀妈的身影向这儿张望。

"妈!"蜀秀喊了一声。

蜀秀妈转身,边擦着眼泪边往家跑,逐渐看不见了。

蜀秀眼含泪花呆呆地站在那儿,望着远处的家。这一走,意味着从此和父母分离。还能不能回来?

戴锦宏安慰蜀秀说:"蜀秀,咱俩成了婚以后,你爹妈会同意的,上车吧。"

"干爹,我……"

土豆失落地叫了一声,后边的话没说出来。

"哎哟,干爹糊涂了,这一乱,把你给忘了。快上车!"

戴锦宏把蜀秀和土豆扶上车,然后驾车离开了这个他生活了十多年的家,和他辛辛苦苦创立的一切。

一阵旋风,刮起了地下的落叶,落叶飞上天空,越飞越远,没了踪影。

蜀秀妈满脸泪水地回到家里,一进屋放声大哭。

袍哥躺在炕上闭着双眼,脸色黑中发紫,鼻孔喘着粗气。听到老婆进屋大哭,他从炕上坐起来火冒三丈,骂道:"哭啥子哭,都去死去算啰!"然后气愤地把炕桌上的茶具砸到地上,抓起小炕桌又摔到地下,然后又恨恨地踢了一脚,小炕桌的一条腿断了。"这个日子不过啰!"袍哥踹开门出了屋。

屋里传来了袍嫂声嘶力竭的哭声。

戴锦宏驾着马车沿着开都河上山,长这么大没出过远门的蜀秀,像一只从笼子里飞出来的小鸟,看到什么都无比兴奋。

"锦宏哥,你看那条河那么宽呀。"

"它叫开都河,从天山上流下来的水,汇集了无数的山涧小溪,成为一条大河,流入博斯腾湖,是它养育着我们焉耆的百姓呀。《西游记》知道吗?"

"《西游记》?"

"就是孙悟空、猪八戒。"

"噢,知道,知道。我爸给我讲过这个故事。"

"唐僧师徒四人去西天取经,回来时就路过这条河,《西游记》称'通天河'。他们过河时,不小心把经书掉进河里,他们师徒四人把经书从河里捞出来,放在一块大石头上晒。在开都河的那头,真有一块大石头,人们都说是《西游记》中的晒经石。"

"孙悟空、猪八戒真来过焉耆?"

"要真有孙悟空,肯定把你变成一个老太婆。后来,就被猪八戒背到高老庄成亲去啰。"

"去你的！真坏！"

"你看，土豆笑得腰都直不起来啦。"

"前面是什么山？"

"这就是天山。你忘啦，你小时候我们来焉耆时，走的就是这条路。"

"没忘，我记得我妈领着我走山路时，妈和我突然滚到山下去了，还是你跑下去把我抱上来，当时把我吓哭啦。"

"哎呀，这一晃就是九年呀，那时你才八岁吧。"

蜀秀沉默。

"怎么不说话呀？"

"我想我妈。"

马车在山路上颠簸着走着，土豆听着他俩的谈话，慢慢地睡着了。眼前的天山风光看的时间久啦，蜀秀没有了兴趣，又烦啦。

"锦宏哥，在山里转来转去，多会儿是个头呀？"

"早着哪，今晚住巴伦台，明儿过阿拉沟，还是在山里转。"

"那明天住哪儿？"

"托克逊。"

"那多会儿才能到迪化呀？"

"后天晚上啦。"

"这么远呀！我要睡觉啦。"

"你睡吧，小心猪八戒下凡就把你背走啦。"

"去你的！"

第三天早晨天一亮，戴锦宏他们离开托克逊车马店，向迪化方向驶去。这段路途和头两天大不相同，戈壁、大漠和光秃秃的山丘。在山里穿棉衣都凉，可到这儿干燥炎热，烤得人火辣辣的，大地好像在燃烧。

"锦宏哥，这儿怎么热得像火烤的一样？"

"东边就是吐鲁番的火焰山。孙悟空就在这儿偷了铁扇公主的芭蕉扇，才把火扑灭。要不然人们都过不去啊。"

"咱们到吐鲁番去看看，吃葡萄瓜果。"

"你是又贪玩又贪吃，你这张嘴是不是又馋了？去了吐鲁番今儿可就赶不到迪化城啦。"

"去吧！到了迪化城就再也来不了吐鲁番啦。"

"说得也是，那就到吐鲁番转一圈，让你俩开开眼。"

"驾！"戴锦宏驾着马车向吐鲁番驶去。

"蜀秀，怎么没话啦，是不是热晕过去了？"

"这阵不想说话啦。"

戴锦宏赶着马车转完了吐鲁番，饱食了甜如蜜的葡萄瓜果，当晚夜宿达坂城。第四天中午,来到迪化驶向南城门。

一进迪化地界,一身疲惫靠在他身上的蜀秀一下子坐了起来。

"土豆! 你快看,这么高的城门,上面还有楼。"

"这是前两年新修的城门楼子,气派吧?"

戴锦宏一边赶车,一边讲沿途的所见所闻。车进了南大街,眼前的繁华使蜀秀更加激动起来。

"看这街,这么多铺子,铺子一家挨着一家,百货店、杂货店,这儿还有银楼! 锦宏,银楼是什么呀?"

"哪天我专门带你进去看看,你就知道啦。"

"说话算数。"

不知不觉车行至东大街,来到一家店铺前。

"咱家到了。"

车停在一间挂有"聚福盛京津百货店"的铺子门前。

"聚福盛,这是咱家的?"蜀秀惊奇地问。

"那当然啊!"戴锦宏自豪地说。

"你真行!"

"哟,掌柜的回来啦,大老远的先进屋里歇歇,纪斌早都把屋子收拾好啦,盼着掌柜的早点回来。"大柜迎出来招呼着。

"让纪斌来搬行李。"

"纪斌有事,一会儿就来。行李您别管啦,我先把它放在大堂里。"

戴锦宏扶蜀秀下车,跨上一层台阶,一起进入店铺内。

蜀秀惊喜地看着店内琳琅满目的商品,"哟,这么多的货呀,穿的用的样样都有。"

"咱这是个百货店呀。先进屋吧,坐了四天车啦。"

店铺右侧有一个小门,出了小门是一个小院子,小巧的天井式小院。院子北面是一排房子,四梁八柱有屋檐的房子。

进了屋子是一明两暗三间。中间是个堂屋,两侧是卧室,堂屋和卧室的隔墙有大火墙。火墙是用堂屋烧炉子的热量通过墙体的烟道,保持墙体的温度而取暖。

进入右边卧室有一个大炕,上铺花毯。

蜀秀进入卧室惊呼:"哎呀,这么漂亮的房子,墙这么白,还有花顶棚。这比焉耆的泥土房强多了。哎呀,这炕还有木板炕沿,油得多光。"

蜀秀不停地赞美着,一屁股坐在炕沿上,美不滋的。

"做梦都想不到有这么好的房子。"

戴锦宏说:"你就睡在这屋吧。"

"我们俩睡这屋。"

"谁跟你睡一屋,你是我妹,哪有兄妹睡在一起的。"戴锦宏跟她逗闷子。

"嗯,你不是我哥,你都抱过我,亲过我的嘴,还摸过我的奶子,我是你的啥人? 你说。"

蜀秀一头钻进戴锦宏怀里,戴锦宏顺势把她抱住,微笑着问:"你是我的啥人?"

蜀秀突然收住笑容,用手指在这个男人的额头轻轻点了一下,含情脉脉地说:"你把我抢来,我就是你的女人啦,你想咋样就咋样。"

戴锦宏一种熟悉的久违而又新鲜的感觉迅即涌遍全身。蜀秀急促的呼吸扑向他的面颊,藏在衣服内两个隆起的丰乳一起一伏。一刹那,戴锦宏的血液像开闸的洪水往上涌,他的下体在膨胀,胀得似乎要裂开。他扯开蜀秀的衣衫,露出一个红兜兜,蜀秀本能地用双手护住胸。

蜀秀颤巍巍地说:"你等不及啦? 快把门扣上。"

蜀秀闭着眼静静地等待。

这是一块久旱的处女地,渴望雨露,渴望被耕作、播种。在蜀秀惊喜、快乐的呻吟中,她热爱的男人,用他热烈的身体俯在这块处女地上,犁尖深深地插了进去,翻天覆地,掀起层层浪花。蜀秀叫得更加欢畅而急促,积聚已久的情绪释放着,得到一种如痴如醉的快慰……

突然一声"爸"的叫声和随之一阵拉门声,破坏了他们的好梦。

"等一等。"

随着门打开,纪斌提着行李进来了,看到眼前一位年轻女人坐在炕上扣着衣服的纽襻。纪斌和蜀秀都惊异地相互望着对方。

"铁锁,这是你……你就叫姨吧。"

铁锁没有吭声,仍然呆呆地望着这个比他大不了几岁的女人。

蜀秀看到眼前这个比她小不了几岁的半大小子也很惊异,她没听戴锦宏说过他还有个儿子。

纪斌愣了一会儿,放下东西就走啦,再也没见来。

蜀秀坐在炕沿上久久地发呆,土豆在收拾着另一间屋子。

戴锦宏说:"蜀秀你发什么呆,快归置东西。"

蜀秀在愣神中清醒:"我问你,你什么时候有这么大的一个儿子?"

"老家的。"

"你怎么没给我说?"

"我这次回去才第一次见到这个儿子。"

"那就是个野种。"

"你胡说,是我那年离家赶大营临走时她怀上的。"

"你给我说清楚,你这儿子是咋回事?"

"说什么清楚? 我儿子在老家出生时,我还不认识你哪。"

蜀秀自己念叨："真扫兴！"

"我们还是分开睡，你和土豆睡这屋，我和铁锁睡那屋。"

"为什么啊？！"

"听我说，我俩没结婚，你就跟我来啦，这叫私奔。别人对你怎么看呢？要举办婚礼，名正言顺地娶你，大家才能认可。否则，你算我的吗呀，我怎么带你出门应酬？再说，我俩结婚得告诉你爹妈，让他两人放心。还有，万一我俩没结婚你的肚子就大啦，这不叫人笑话？"

蜀秀扑哧一声笑出了声，"你真坏。"

戴锦宏转身要走，蜀秀拉住他，"你带我去逛逛街。"

"刚来就要逛街，有日子逛。我得到柜上看看。"

戴锦宏说完来到店铺，大柜在柜台上忙活。

"李师傅，我走后这些日子柜上怎么样？"

"掌柜的，您老走后这些日子生意还不错，一个是咱这批货新进的，品种多；二来呢，开张一月是让利促销，买家自然就多。您有空看看账？"

"不用了，咱一个月盘点一次。我那儿子怎么样？"

"好学，懂事，有眼力见，是个好坯子。"

"那他哪儿去了？"

"没在里头？"

戴锦宏出了店，消失在人流中，不知他是去找儿子，还是去办什么事。总之，他陷入家庭矛盾中。小媳妇接纳不了这个比她还高一截的儿子，儿子也接受不了从天上掉下来这么一个女人。

戴锦宏也清楚蜀秀和儿子在他心目中的位置。他要有个家，家里必须有自己的女人。儿子是他的血脉，家业要靠他延续下去。家和业都不能少啊。他思考着，怎么和儿子拉近感情。

当夜纪斌很晚才回来，也不吭声。店门已经关了，他仍然坐在店里不肯回屋。戴锦宏进来，亲自端来一盘吃的放在柜台上，抚摸了一下他的头。纪斌从没享受到父亲的关爱，这是第一次，真有点受宠若惊。

"铁锁，晚上等你吃饭，你一直没回来，吃吧。"

"我不饿。"

"大小伙子啦，不吃饭怎么行呢。生爸爸的气啦？"

铁锁低着头默不作声。

"你看爸爸一个人在外做了这么大的生意，都是为了谁？为了你奶奶、爷爷、你妈不至于挨饿。可有谁能帮我呢？没人啊。我在赶大营路上遇到过土匪，我死里逃生。在甘肃病倒在路上，是土豆她妈救了我。在戈壁滩遇到沙暴，我的同伴失踪，我活下来啦。在天山牧场摔伤，是当地牧民们救了我。"戴锦宏停了停又说，"我需不需有个人关心我？需不需有个知冷知热的女人陪着我？

你妈能来陪我吗？有些事你还不懂,等你结婚后就知道啦。"

"快吃吧。"

纪斌这才端起碗吃饭。

"今晚跟我睡,我们爷俩好好聊聊。"

焉者。袍哥躺在炕上,蜀秀妈端着一盘菜从院里进来,看见丈夫仍然躺着,生气地说:"你怎么还不下炕呀?那铺子三天都没开门啦,你真的不打算过啦?"

袍哥把身子动了动,坐起来,拿起炕桌上的烟袋,卷了支莫合烟,用洋火把烟点燃,狠狠地吸了一口,把他呛得不停地咳嗽,眼泪花子都流下来啦。

蜀秀妈过来拍打着他的后背,劝道:"咱的娃,到了出嫁的年龄早晚得离开咱,咱们的日子还得过呀!"

"我不是舍不得她出嫁,你看!她心甘情愿地给人家当妾,怎么就这么没得出息呢?"

"她非要跟人家走,你能打死她?你要把她捆起来也不是个办法,这娃儿痴情了,万一她想不开去跳崖,去跳河,咱不更后悔。事到如今,只能由她去吧。"

"她不好好地选个女婿,风风光光地嫁出去,非要给人家去当个小老婆。"

"这是咱的一厢情愿,可是这娃儿从小就任性不听话。"

"都是你惯的。"

"得了吧,是你宠的,她要干什么你都依着她。你从小把她顶在头上,她在你脖子上拉屎撒尿,你还咯咯地笑。嗨,再说啦,戴锦宏这人难得,对咱娃也好,要不是他老家有老婆,我还巴不得有这么个好女婿哪。那天,人家走的时候不是扯着嗓子在喊,要娶咱娃儿。"

"他是咋子个娶法?老家的老婆来啰,咱娃儿往哪儿摆?那不得受气!"

"既然咱娃儿已经跟了人家走啦,你也没办法,兴许日子能过好。要是你真给她找个咱不知底的男人,没准还不如他呢。这是老天爷安排好的,由不得谁。"

袍哥站起来,穿上鞋,拿起店铺的钥匙,说了声:"我开店去,这日子还得过撒。"

蜀秀来到迪化第二天一大早,起来就缠着戴锦宏带她上街逛。

戴锦宏:"你也不看看我手头这么多事要等着办,一睁眼就闹着去逛街。"

蜀秀:"你昨天不是答应陪我去吗?"

"好、好,去!把你最好的衣服穿上,别给我丢人现眼。"

"我哪有好衣服呀,你也不给我买。"

"好,今儿就买。"

在迪化大十字街,俩人从百货店出来,蜀秀提着一包包东西。俩人又从另一个店出来,又增加了一包包东西。

蜀秀:"我都拿不下了,帮我拿点儿。"

戴锦宏:"你不是要看看银楼吗?"

两人进了一家银楼店。

银楼掌柜:"哎哟嘿,戴掌柜有空光临,请问,这位是?"

戴锦宏:"是我还没过门的媳妇。"

银楼掌柜:"祝贺、祝贺。戴掌柜陪着没过门的媳妇逛街,您可真时尚,要点儿什么?"

戴锦宏:"打对金戒指、一条金项链。"

银楼掌柜:"您瞧瞧这几种样式?"

蜀秀不同的样式戴着,试着,照着镜子看着。

戴锦宏:"好嘞,就是它啰。"

银楼掌柜:"我给您包好了,拿着。"

戴锦宏:"再见您哪。"

银楼掌柜:"戴掌柜,大喜的日子您言语一声,我也好凑个份子,喝杯您的喜酒,沾点喜气儿。"

戴锦宏:"好嘞,谢谢您啦。"

银楼掌柜:"请慢走。"

两人提着一包包的东西进了家门。

蜀秀:"哎哟! 可累死我啦,这么多东西。"

戴锦宏:"你见了好看的就想买,多了提着又嫌累。"

"我得谢谢你呀,我叫你什么来着?"

"叫哥!"

"嗯,叫夫君。你想让我怎么谢你?"

蜀秀搂着戴锦宏的脖子狂吻。

戴锦宏:"好啦,我还有事呢。土豆呢,让她看看那两块料子。"

蜀秀:"土豆!"

土豆从院里进来。

蜀秀:"土豆啊,你干爹给你和铁锁一人买了两块衣服料子,你看看,好看吗?"

土豆:"谢谢干爹。"

戴锦宏:"快过年啦,给你们每人做套新衣服,有空就去裁缝铺做吧。"戴锦宏刚迈出门槛,又想起什么,转身说,"对了,还有件事得办。我派个人去趟焉者,给你爹妈捎点什么好呢?"

蜀秀:"你就看着办吧,给我爹妈捎个话,告诉我俩结婚的日子,请他们来参加咱的婚礼。"

第二十八章 娃儿傻,有傻福气

焉耆。袍哥坐在自家小店,商品不多,生意清淡。戴锦宏的店铺仍然上着一个大锁。小街上似乎也失去了往日的喧闹。

袍嫂进来,"娃儿她爹,我在这儿看着,你去吃饭。"

"一点儿都不饿。哎!娃儿走了一个多月啰,就剩下我们两个,冷冷清清的,啥个事情都不想干啰。"

"女娃儿是给人家养的,她迟早要走,早走啦早清静,省得天天吵架。"袍嫂有意替丈夫宽心。

"没有风风光光地把她嫁出去,就跟着人家私奔了,心里总是堵着。"

"你生的娃儿你不知道,从小长这么大,哪件事情听过咱们的? 她要干的事情你能拦住,哎,就随她去吧。"

"咱们也别在这儿待了。自打锦宏的店铺关了门,咱这小店也冷冷清清,我也没得心思进新货。你在这儿守着也瞎耽误工夫,没得生意,关门! 回家吃饭。"

袍哥锁上店门,两口子进了院子。袍哥停住脚步,环顾这个大院。

"看看这空荡荡大院,心里总是想着过去的事情,干脆咱们也走,躲开这个地方。"

"也去迪化?"

"那里不行,省城的地价太高,我们十多年积攒的这点钱,都丢进去也不一定能置个铺子、房子。我还要留着它回四川老家养老。我想在迪化的附近小县找个地方开个小店,一来离蜀秀近一些,二来小店进货也方便撒。"

袍嫂:"你还是惦念着你的女娃儿,那多时走呢?"

袍哥:"我想年前在迪化周围转一哈子再说。如果有合适地方就搬过去,没有,咱就回四川老家养老。"

一只喜鹊站在房头上喳喳地叫,蜀秀妈看了一眼对袍哥说:"娃儿爹,一只喜鹊在房头上叫。"

袍哥见喜鹊又叫了两声飞走啦,然后说:"喜鹊叫,喜事到。咱家有啥子喜呀? 烦恼的事情别来找我就行了。"

"这几年,娃儿闹得咱心烦,如今娃儿跑了,这不是烦事过去了吗。"

"娃儿养这么大跟人跑了,我这心里堵着能放下吗?"

"你这人真是,娃儿在你嫌烦,娃儿走了你更烦。我看你这是自找的。"

说着话院子进来了一个人。

袍哥问:"你要买东西? 我刚把铺子关了。"

"我不买东西,我找个人。"

袍哥问:"你找啥子人?"

"听口音要找的恐怕就是你,你是袍哥掌柜的吧?"

"是的,你有啥子事?"

"这是戴锦宏给你带的东西,这儿还有一封信。"来的人从怀里掏出一封信,递给袍哥。

袍哥展开信为难啦,"我斗大的字识不了几个,我那个女娃儿生活得怎么样?"

来人说:"戴掌柜和你家小姐准备选个吉日举办婚礼,他们特意让我告诉你们,请你们去。"

"他们要举办婚礼?"袍哥感到意外,看了一眼蜀秀妈。

"不但办,而且要隆重地大办,证婚人是迪化商会周乾义会长,并邀请迪化津商八大家所有大掌柜。"

袍哥心里念叨:大办婚礼?怎么个大办?袍哥对来人说:"嫁女儿,我们去?这不太方便撒。"

来人说:"这是你女婿和女儿请你们去,参加他们的婚礼。"

"请问,你是?"

"我是同盛和喀什分店的大柜,拉了几车货回喀什路过这里,顺便捎个信的。没啥事我就走啦。"

"谢谢你啰。"袍哥拱手相送。

送走客人后,袍哥拿着信自语道:"名正言顺地娶咱娃儿?"

"娃儿爹,这下你放心了吧。人家锦宏这是明媒正娶。"

"也可能咱这娃儿傻,有傻福气。"

袍嫂问:"娃儿他爹,那咱去吗?"

"嫁女儿,丈人和丈母娘也跟着去,这不合规矩撒。再说,过去闹得那么紧张,咋个好意思去撒?又没得陪一点嫁妆。"

"那偷偷去看看,也让咱们放心。"

"对头,我们偷偷去看一哈,让我们放心就行啰。"

六月初八,聚福盛掌柜举办婚礼,半个迪化城的人们都知道了。一大早,街道上围满了很多看客,袍哥夫妇也藏在人群中。他们来仅仅是为了目睹女儿的迎娶仪式,女儿能不能坐上花轿,是决定女儿今生命运的标志。

在那个贫富贵贱的封建社会,女人出嫁有几种等级。有新郎牵头毛驴把新娘牵来的,也有用马车把新娘拉来的,富贵人家则是用花轿抬来的,这些都属于明媒正娶。如果纳妾,这些形式则可无了。

戴锦宏老家有原配夫人,他怎么娶蜀秀呢?

当袍哥正寻思女儿是怎么出嫁之时,聚福盛门前响起一阵鞭炮声。路人攘闹着,议论着:"来啦!来啦!看,新郎官骑着高头大马。"

"哎哟,还有花轿哪!四个大汉抬着。"一位岁数大的妇女惊呼。

"咱这儿还从来没见过花轿。"另一小妇人说。

一位上岁数的长者说:"听说这家掌柜为了娶这个媳妇,专门从口内雇来的工匠做了个花轿。"

"那得花多少银子呀?娶完了,这轿子不就废了吗?"

"怎么能废呢,可以开个婚庆行,留着租给别人再用呀。"

"这是图个京味儿,一辈子就这一回,值!"

"快看!快看!新媳妇下轿啦。"

"哎哟,这婚服真好看,跟戏上的一样……啧、啧。"

"新娘子才好看呢。"

噼里啪啦,又一阵鞭炮声淹没了人们的议论和赞叹声。

蜀秀娘高兴地说:"她爹,这下你放心了吧。"

袍哥眼含泪花说:"咱这娃儿有主啰,没得咱们的啥事了。我们俩该走啰,过咱们安安静静日子去。"

"我早给你说过,戴锦宏虽说老家有个老婆,我看得出来,他是个有情有义的人,咱就放心吧,想娃儿咱就过来看看。"

"来啥子啊,娃儿是人家的啦,泼出去的水,收不回来了。"

"你不打算见女儿啦?"

"哎,见不见就是个念想,今天见了娃儿坐上了花轿,心里就了结了,让娃儿去过她自己的日子去吧。"

"不再见娃儿啦?"

"人要拿得起,放得下。既然咱娃儿是花轿抬到戴家,就到此为止不要再掺和了,咱们该回老家去了。"

在喜庆的鞭炮声里,袍哥夫妇俩孤独地消失在烟雾中。

中午的婚庆宴,新郎新娘都破了规矩,去招待客人。不去咋办,这么多客人不能没人陪吧?新郎新娘桌桌敬酒,这顿婚宴足足吃了两个时辰,然后送客人。等两人回到家中已经到了下午,俩人腹中咕噜咕噜直叫。

"干妈,向你老道喜。"土豆改口称呼蜀秀干妈。

蜀秀亲昵地拥抱土豆:"土豆你怎么没去吃席呀?"

"今儿是干爹干妈的大喜日子,我替干妈守护新房呀。"

蜀秀转身对戴锦宏说:"你瞧,多懂事。"

"人家土豆都改口称呼你妈啦,还不赶快给孩子红包。"

"哟,我怎么把这事忘了呢?"

"我早准备好啦。"戴锦宏从怀里掏出两个红包,递给土豆一个,"拿着,铁锁呢?"

"铁锁哥看今天进来出去的人杂,一直守着店。下午他还帮我收拾屋子,这阵儿，不在大堂里？"

"今儿这一忙活，顾不上你俩啦。土豆，你俩中午没吃饭？"

"我俩对付着吃了点。晚上我做的长寿面，祝干爹干妈长寿。"

"土豆真懂事，我们应酬了一天，我这肚子还真的饿了。咱一块儿吃饭，我去找铁锁。"

戴锦宏的店铺今儿停业一天，只留了个出入的小门，大堂内光线较暗。他来到大堂不见铁锁，走出店门，左右瞅了瞅，自言自语地说："这孩子哪儿去啦？"

店内传出铁锁的声音："爸，我在这儿哪？"

戴锦宏转身又进店堂内，这才发现铁锁靠在堂内的一个角落。

"你怎么糗在这儿哪？"

"我看着店。"

"都回来啦，关门，咱吃晚饭。"

一家人刚吃完了晚饭，就传来了店门的敲击声。

"戴掌柜的，这么早就和新娘子钻被窝啦？快起来，我们闹洞房来啦！"

"掌柜的，闹完啦你俩再睡！"

戴锦宏笑着来到店堂开了店堂的门。李大柜带着几个人笑着说："掌柜的，今儿是你大喜的日子，今儿可不论大小贵贱，我们闹洞房来啦。"然后又对来人说，"今儿晚上别饶了戴锦宏，有气的出气，没气的拿他开心。过了今儿晚上，咱这辈子对他都得规规矩矩。来，把戴锦宏抬进洞房。"

几个小伙子连笑带闹地把戴锦宏抬进新房。

铁锁从堂屋里出来，独自一人坐在黑灯瞎火的店堂里。土豆洗完了锅，又烧了一壶水，沏好茶，放在堂屋供客人们用，然后来到店堂。

"铁锁哥，你怎么不点灯呀？"

铁锁没吭声。土豆点着了店堂的油灯，店堂里亮啦，这才看见铁锁趴在柜台上发愣，似乎在想着什么。

"铁锁哥，你想吗呀？"

"我在想我妈。"

"嗨，你还有妈可想，我连个妈都没有。"

"那你妈哪？"

"我妈早死了……"土豆给铁锁讲述她悲惨的童年。

午夜，客人们都走啦，热闹了一天的戴家突然静了下来。戴锦宏小院内仍然张灯结彩，门上、窗子上贴着红双喜的窗花。院子里撒满了一地爆竹残片，堂屋内的八仙桌摆着两盏红烛和几盘糖果、瓜子、花生。右手房子是新房，门紧闭。土豆和铁锁收拾完东西，铁锁进了店铺。土豆从左屋抱着一床被褥出来，对着新房说："干爹、干妈，你们早点休息吧，我去给纪斌哥把铺铺好我也睡。"

戴锦宏："你们也早点睡，都忙活一天啦。"

土豆穿过小院，进入店堂，把被褥铺在柜台上。

"纪斌哥,大堂里冷,晚上睡觉把你的衣裤都盖在身上,别感冒了。夜里解手就解在尿盆里,我早晨倒。"

"土豆,你要去睡?"

"还有事吗?"

"没有。"

"今天太晚了,明儿有空我陪你聊。"

土豆穿过小院推门进入堂屋,新房的红烛还亮着。土豆进入左屋,关上了门。

新房内小两口还没睡,蜀秀手上拿着一对白玉镯仔细地看着,眼泪不住地往外流。

"刚才还好好的,你哭啥?"戴锦宏不解地问。

"想我爹妈,他们既然来了为什么不见我?"

戴锦宏问:"土豆也没见到他们?"

"土豆说,她随我下花轿时,有个路人给她说,那边有一双老夫妻叫她过去取个礼品。土豆过去后见是我爹妈,我妈就塞给她这对玉镯让她交给我。土豆叫我爹妈进来,爹妈说你们都快去忙吧。土豆回来告诉我,我让她快去把我爹娘请来,等她再去人就没了。"

"这是你爹妈不想来,他们还生咱的气呢。看来这人啊,你得到这头,就会失去那头。老天爷不会都给你。这档子事办完了,我带铁锁回一趟焉耆,把酒坊、皮场的事安排一下,想法子把焉耆老店再恢复起来。顺便把你爹妈接来,在这儿住上一阵子。"

"那就早点去,我心里愧疚……"蜀秀没说完又掉泪啦。

"好啦,别想啦,睡吧。"

蜀秀没有反应。

戴锦宏逗她开心,"没结婚时你嚷嚷着要跟我睡,今儿个反倒装正经了。"

"去你的,你搂着我才跟你睡。"

"好、好、好,我的心肝宝贝蛋。"

戴锦宏钻进蜀秀的被窝,紧紧地抱着她。红烛渐灭。

睡在大堂里的铁锁,翻来覆去地怎么都睡不着,他感到失落。原本,他和父亲睡一屋,土豆和她睡一屋。如今她和父亲结婚了,土豆是女孩子睡另一屋。虽然是自己主动地要睡在铺子里,但是总有被赶出家门的感觉。

妈妈呀,你知道吗? 我爸爸又娶了个女人,他为啥抛弃你? 你说呀?

在蒙蒙眬眬中,妈妈的脸若隐若现。妈妈凝目,她终于启口:"孩子,你爸爸身边需要个女人陪着他呀!"

"接我来新疆不是由我来陪着他吗?"

妈妈笑了,她说:"傻孩子,这是两码事。你还小,不懂。"

"你为什么不来陪着爸爸呀?"

"爷爷奶奶这么大岁数了,谁管呀?"

"妈,早知道我就不来啦。"

"孩子呀,你也要成人,将来要成家立业,不可能一辈子在你父母的庇护下生活。你要跟你爸好好学做生意,将来好继承家业呀。"

妈妈说完,人影就没啦。

"妈!妈!"铁锁惊醒,原来做了一场梦。

远在天津杨柳青镇的戴家。

今儿晚上,在一盏小油灯微弱的灯光下,戴家三口围着小炕桌,又说起了铁锁。小铁锁的出生,似乎是老天爷给这个贫困交加的家庭,献上了一位可爱的小天使,给家里带来了温暖和快乐。

爷爷说,小铁锁是家里的开心顺气丸。

奶奶说,小铁锁是开心果。

小铁锁又是妈妈的什么呢?心头肉呀。

眼看着从小懂事听话的小铁锁在这个不景气的家中成长,长到十岁,能帮家里干活儿了,让他爹给带走啦。带走了家中的温暖和快乐,带来了无限的苦恋。

秀华躺在外屋的铺上,想起儿子暗自流泪。

"哎,孩子是我让他带走的。要不,锦宏他一人在新疆多孤单。孩子走了一年多啦,可这一年多我也苦呀。天天夜里想儿子,我这心想得都碎啦,不想啦,睡觉。"

秀华在迷迷瞪瞪中,看到了铁锁在黑暗中向她走来。秀华急忙赶过去问:"铁锁!你怎么孤零零的一个人呀?这是什么地方?黑咕隆咚的,什么都没有,什么都看不见。"

铁锁停住了脚步,迷茫地望着周围,然后转过身,又向远处走去,越走越远。秀华着急地直追,追呀,追呀,怎么也追不上。她大声呼叫着:"铁锁!铁锁!"

秀华在梦中惊醒,"嗨,怎么做了这么个梦呀?"

黑咕隆咚的屋子,小窗洞透进一束寒光,洒在秀华身上。秀华呆呆地坐在铺上发愣,惊出了一身冷汗。

两个月后,一位郎中坐在堂屋的八仙桌边,给蜀秀号脉,戴锦宏站在一旁。

郎中号了一会儿,微笑着站起来说:"恭喜掌柜的,夫人是喜脉,没病,不需要开方子。每天给夫人熬鸡汤或羊肉汤喝,不要加盐和调料,另外注意保胎。我就告辞了。"

戴锦宏:"有劳大驾寒舍,谢谢先生。"

"请留步。"

郎中一出院,蜀秀就乐不可支地跑过去搂着戴锦宏的脖子。

"我怎么就怀孕了呢,还没玩够就要生孩子。"

"哎!先生说注意保胎,不要蹦蹦跳跳的,别把孩子蹦没了。"

"蹦没了再怀,哎,要男孩女孩?"

"给我生十个八个孩子,花搭着生。"

"美得你。"

戴锦宏:"土豆!"

"哎!"

"土豆,每天给你干妈炖只鸡或者羊肉骨头汤,我走啦。"

土豆:"干妈,你怎么啦?"

蜀秀:"怀上孩子啦。"

土豆:"那太好啦!"

"也好也不好。刚到迪化才两个月,就怀孩子。等孩子生了又得养孩子,哪儿都去不了。"

焉耆。院内停着一辆马车,车上装着行李和生活用品,袍哥夫妇在捆绑着车。酒坊的张师傅走进院内。

"袍哥,这是上哪儿去呀,把这些家伙什儿玩意儿都带上啦。"

"挪挪窝儿。"

"不回来了?"

"不回来了。哎呀!跟着大营来到这里,这一转眼就是十来年,在这里有了家,开了店,还真是有点舍不得呀。"

"不到女儿那儿住住?"

"女娃儿出嫁,就是人家的人啦。只要是娃儿过得好,就心满意足了。"

"锦宏是个有情有义的男人,明媒正娶,你女儿没嫁错。"

"张师傅,我请你来一哈,就想托你给他们留个口信,娃儿出嫁没得陪嫁,这间店铺和那个房子就给她。还有,我们两口子攒了一辈子,留下这几根金条,是备着嫁女娃儿的,也托你给她。"

张师傅:"好,你放心,我一定交给你闺女。女婿那儿还是去看看吧。"

袍哥:"人老啰,该舍的就要舍得下。你不舍,就得不到晚年的安生。"

张师傅:"是这么个理儿,能放得下也不容易啊,那您一路走好。"

袍哥:"再会。"

张师傅目送袍哥夫妇远去。

苍茫大地,一棵老胡杨盘根交错,像一个驼背的老人弓着腰,站立在大地之中,只有几只昏鸦在它周围盘旋。一辆马车向天际驶去。

第二十九章　怀了个娃,咋就留不住?

　　这天,蜀秀收拾得利利索索,让土豆陪着去逛街,她俩刚走到店堂,碰到戴锦宏在店里。

　　戴锦宏问:"你俩介是干吗去?"

　　蜀秀答:"我让土豆陪着我去逛逛街。"

　　戴锦宏:"别乱跑啦。"

　　蜀秀:"你说我在家干吗? 闲得难受,你又不陪着我。"

　　戴锦宏:"我生意上忙呀,哪有时间成天陪你。快回去,你有身孕,别到处乱跑,小心孩子别掉啦。"

　　"瞧你说的,逛逛街这孩子就掉了,人家成天干着农活儿,怀一个生一个,真是的。"蜀秀无奈,回到自己屋内。

　　这位少夫人,成天闲得没事做,她待在家里闲得慌。她回到屋里坐在炕上自个儿生气,并自言自语:"还不如在焉耆,成天到处去玩。到了这省城,外面多热闹,有好吃的、好玩的。可他不让我瞎跑,说我是结过婚的人,成天在外面跑,让人家笑话。哼,这还没生孩子哪,要有了孩子,更出不去啦。"

　　"干妈,我去做饭啦。"土豆在屋外说。

　　"哎,土豆,你到前面看看你干爹在不在店里?"

　　土豆去了一会儿,回来说:"干爹出去谈生意了。"

　　"哎,土豆,你还是陪我出去转转。"

　　土豆为难地说:"干爹不让出去。"

　　蜀秀马上不高兴地说:"你听他的还是听我的!"然后又缓和地说,"咱出去转一会儿就回来。"

　　土豆无奈,俩人偷偷地出了门。

　　她俩从东大街转到大十字,又从大十字来到北大街。在路口两个路人说庙会的事,吸引了蜀秀的耳朵。

　　"今天是七月七,关帝庙有庙会。"

　　迪化有个老红庙,也称关帝庙,是乾隆年间驻防在九家湾的清军修建的,坐落平顶山的南端,前几年又重新修复一新。每年七月初七,在老红庙子举办庙会,吸引了数以万计的城里人来赶庙会。

　　蜀秀不懂这庙会是什么呀,问那位路人。路人说,好吃的、好玩的都有,还有唱戏的。

唱戏的,蜀秀听她爹说过可好看啦,蜀秀没见过。又问那路人,说在小西门坐"六根棍"可到老红庙。

六根棍是什么呀? 六根棍怎么坐呀? 路人说,六根棍是个马车。蜀秀听到了一连串的新鲜事。

"土豆,咱去小西门看看。"

俩人来到小西门,几辆漂亮的马车,又吸引了蜀秀的眼球。

这种车共有四个车轮子,前轮小,后轮大,车身低,重量轻,时速快,很灵活,这就是当时称"六根棍"的马车。车体装饰得十分漂亮,由六根小碗粗细的木棍组成,上铺毛毡和花毯,坐客分坐两侧,坐着很舒服;车后有挡泥板,后轮带起的泥土不会溅到客人腿上。车顶罩着有彩色的篷布,布边有锯齿形图案,不仅富有艺术风味,而且可以防雨遮阳。马身上的套具是用牛皮制作,上面嵌有金属铆钉,闪闪发光。马辕和拥脖子处有一个弓形木架,马头正好在木架之中,十分别致。在马脖子上系有一串铜铃,车跑起来,老远就能听到清脆的铃声。

蜀秀很有兴趣地欣赏着六根棍马车,这种车在焉耆没见过。据说,这种车才从老毛子那边传过来的。

"姑娘,去赶庙会吗?"车户问。

"哪儿的庙会?"

"关帝庙庙会,还有唱戏的。"

原来,车主在着拉客去赶庙会。马车夫们抓住这个庙会,也挣点小钱。蜀秀早就听说庙会好玩,便不假思索地上了马车。

土豆:"干妈,我去给干爹说一声。"

蜀秀:"别说,你一说他就不让去啦,快上车。"

就这么着,两人坐在马车上,出了小西门。

出了小西门就是西河坝,河坝足有十多丈宽。河坝上有一座木桥连接东西两岸。车上了木桥,见到一条条小河弯弯曲曲、自由自在地流淌着,由南而来。到大桥处汇集成一条大河,河水汹涌澎湃地流过木桥。这条河向北又分成几条小河,在宽阔的河床上,又慢条斯理地向北流去,在广阔的原野上消失了。

"干妈,你看,北面河坝边突起一座悬崖峭壁的山,多像一只老虎卧在这河滩边,山顶上还有一座宝塔。"

"嗯,这岩石是赭红色的。土豆你看,山上还有红色的庙。"

车户告诉她们:"这座山叫红山。每年的春天,红山也有庙会,你们逛过吗?"

"我们搬来时间不长,还不知道哪儿有好玩的。"

车户又说:"迪化好玩的多啦,慢慢玩吧。"

车过了西大桥顺路往西北方向走,不远处又有城墙。

"前面有城门楼子,又是一座城吗?"蜀秀问车户。

"前面是巩宁城,又叫满城,住的都是将军府的人,还有他们的家眷。"

过了满城,是一条高高低低坑坑洼洼的土路,一路上颠簸了足有十里地。来到红庙子,两人付了钱下了车。路两边摆着各种地摊,有吃的、玩的。她俩随着人群进了庙内。

庙内人头攒动,香烟缭绕,她俩也买了三炷香,点燃插在香炉里,学着别人的样子磕头,作揖。

庙内正殿三大间。进入关王殿,正对门就是关帝塑像,殿内绘有《三国演义》的故事。蜀秀小时候听她爹讲过关公爷的故事。今天见到了关公像,还看了墙上画着《三国演义》图画。

一阵锣鼓声响起,她很好奇,随着人流进了一个院子。院子两侧是厢房,正殿对面前厅是一个古戏台,台上有几个人打鼓敲锣拉弦。

这一切,蜀秀从来也没见过,好看好玩好热闹啊。正看着周围的新鲜玩意儿时,台上锣鼓奏响,人们都拥向舞台前。她俩个头小,看不见台上在干什么。

问了旁边一位老妇人。

"大妈,台子上在干什么?"

"唱戏。"

唱戏听她爹说过,有时还给她哼哼两句川戏。

"唱什么戏呀?"

"湖南戏,《薛平贵征西》。"

"我们挤进去看看。"

几万湘军屯兵北疆,每年都有湖南地方戏曲班社进疆演出。

蜀秀拉着土豆没挤进去,她俩又挤出来,向厢房跑去。厢房前有三尺宽走廊,走廊有一道围栏栏杆,栏杆两尺多高,面板半寸,好多游人站在上面看戏。蜀秀找了个空当儿,土豆扶着蜀秀站在栏杆沿上。

"啊,看到啦,戏装真漂亮。土豆,我拉你上来。"

话音未落,蜀秀一趔趄,失去平衡,她急忙抓旁边的人,连带着别人摔了下来,屁股重重地砸在地上,心也跟着一沉,肚子猛地一抽,瞬时有种不祥之兆在她肚腹间弥漫。

"土豆快把我拉起来!"

土豆把她扶起来,问:"没摔坏吧?"

蜀秀站起来,摊开两只手,掸掸身上的土。土豆帮她拍拍身后的土。

戏台咚咚锵锵又响起了锣鼓声。土豆扶着她,她还想上去看戏。

"哎哟,怎么这肚子绞着疼。"

蜀秀轻轻抚摸着肚子,忍着。渐渐地肚子就像刀绞一般的疼,蜀秀终于忍不住了,脸色蜡黄,豆大的汗珠儿滚下,身体渐渐地坠躺在地上,哼哼地呻吟着。周围的人群顿时乱了,土豆也没了办法。

"这姑娘是不是突发急症,满脸大汗珠子。"

"是羊痫风病吧,你瞅她嘴吐白沫子。"

一位老妇人着急地说:"赶快弄回去找郎中瞧瞧吧,还愣着干吗?"

在众人的帮助下,土豆把蜀秀弄上马车急忙往回赶。

戴锦宏中午回到家来吃午饭,家中没人,"咦,人哪?"

急忙到铺子里问铁锁:"她们这是上哪儿去啦?"

纪斌:"她俩早就上街啦。"

"逛街也不会这么久呀,饭也不做,一沾上玩什么都忘啦。"

戴锦宏显然是生气啦。他走到店门口望了望街上,不见蜀秀她俩的人影。又进了店铺对铁锁说:"纪斌,你到馆子买点饭吧,和李叔先吃。"

纪斌刚出店门喊道:"来啦来啦,她们坐车回来啦。"

"你去买你的饭,她们回来让她们自个儿做。"戴锦宏显然气还没消。

一辆马车疾驶到店门口停住。

土豆着急地喊:"干爹! 干妈她摔倒啦。"

戴锦宏过来一看,蜀秀面色苍白躺在车板上。他急忙把她抱进屋里,让她躺在炕上。

"介是上哪儿去啦,摔成这样?"

"去赶庙会,在栏杆上摔了下来……"土豆像是做错了事似的说着。

"怀着孕还到处乱跑,我去请个先生来瞧瞧。"

蜀秀摇了摇头,"不用啦,没伤着哪儿,我躺一会儿再说吧。"

戴锦宏瞅了瞅她那难受的样子,叹了叹气,又摇了摇头,显得无奈的样子走了出去。蜀秀躺在炕上迷迷糊糊睡着啦。

土豆把晚饭做得了,等着店铺打烊后全家一起吃晚饭。蜀秀说她肚子不舒服,不想吃饭。"不吃就不吃,咱吃咱的。"戴锦宏显然还是有气。

半夜,蜀秀在睡梦中疼醒。初始还忍着,渐渐地肚子就像刀绞一般的疼。她终于忍不住了,呻吟着,推了推熟睡的戴锦宏。

戴锦宏迷迷糊糊地"哼哼"了一声,听到蜀秀痛苦地呻吟,一骨碌翻起身,摸索着点亮灯,看到蜀秀一头汗水脸色煞白。

"你咋了?"

"肚子疼得很。"

"这咋办呢?"戴锦宏拿手巾给蜀秀擦汗。

"我去请先生看看。"戴锦宏看到蜀秀痛的样子着急了。

"这深更半夜的上哪儿请去呀?"蜀秀深深地喘了两口粗气,缓了缓,突然惊叫两声,嗫嚅道,"下面流的什么呀……"伸手摸了摸:血。

戴锦宏掀开被子,发现裤裆被血染透了。

"土豆! 快端盆热水来。"土豆迷糊糊地醒来,烧水。

戴锦宏穿上衣服后,给她脱了裤子,土豆把水端来。土豆帮着给擦洗之后,盖上被子。

"土豆,你看着干妈,我去找大夫。"

戴锦宏深更半夜匆匆走了。

过了一个时辰,东方天边已经发白,戴锦宏领着先生来了。

先生号完脉,站起身来对戴锦宏说:"戴掌柜,借一步说话。"先生小声地说,"夫人流产了。"

"流产?"戴锦宏很吃惊。

"我事先就带了点药,现在就给她熬上喝,喝上几服就没事了。不要受风寒,这是小产。"

戴锦宏送走了先生,回到屋里,蜀秀大声哭号:"怀了个娃儿,咋就留不住!"

"土豆,这是怎么搞的?"

土豆心情内疚地讲述着事情的经过。

天亮啦,土豆把熬好的药给蜀秀喂下。

戴锦宏在屋内给卧床的蜀秀一边擦脸一边唠叨。

"这么大的人啦还跟小孩一样那么贪玩,这下玩出乱子来啦。孩子没了,身体垮啦,谁伺候你?土豆还是个孩子,有些事她也弄不了,我又这么忙。原打算结完婚去焉耆,把那儿的生意得赶紧恢复起来,酒坊的事安排一下,牧场的账结一结,这下可好,把我拴住了。"

"过两天你去吧,这儿有土豆哪。"蜀秀说。

"那我能放心吗。"

"你去吧,借这个茬口儿把我爹妈接来。"

过了几天,蜀秀身体慢慢恢复,戴锦宏着急焉耆的一摊子事和蜀秀爹妈的近况,便急忙去焉耆。

第三十章　就是个天生的穷命

戴锦宏骑着马来到焉耆老宅,见店铺锁着,院门掩着。下马,牵马,推开院门进入院子。院子凌乱不堪,走到袍哥门前,门虚掩着,推门一看,阴暗的屋内空荡荡的。锦宏诧异,"袍哥夫妇走啦?"

转身来到自己屋前,门锁不在,并有门锁被砸的痕迹,推门一看炕上似乎躺着一人,戴锦宏一惊。"谁!"喊了一声,从炕上爬起来一个蓬头垢面的人,戴锦宏吓了一跳。蓬头垢面之人坐起来看着来人,突然大叫:"戴掌柜的,我可见到你哩。"

"你是什么人?"

"我是土豆她大。"

蓬面人撩起杂乱如草的头发,确实是土豆她爸。

戴锦宏问:"你怎么成了这等模样?"

土豆爸闻此言,号啕大哭。

"我离开这哒儿,一路打工想挣些钱,垦块地,盖间房,寻个婆姨,没想到钱全被人抢走哩。"

戴锦宏问:"好啦,好啦,别哭啦。你到这儿想干什么?"

土豆爸满脸痛苦地说:"想看看我娃儿见上一面,我也就不打算活哩,跳水也好,上吊也罢,就痛苦一阵子,也就解脱咧。"

戴锦宏不耐烦地说:"行啦,别装啦,想死还不容易吗,现在你就跳河去吧。去! 没人拦着你。"

土豆爸止住了哭声,眨巴眨巴那双干号无泪的眼,说道:"我还没见我娃儿哩,见了娃儿再死。"

戴锦宏又问:"你到底想死还是想活?"

土豆爸:"我也不知道,就是想见我娃儿一面面,我娃儿到哪哒儿去了。"

戴锦宏说:"你女儿嫁人啦,过得很好。你如果还有点当父亲的心就别打扰她,让她好好地生活。"

"嫁人啦? 你咋让她嫁人呢?"

"土豆大了,不嫁人你养活她吗?"

"我是她亲大,嫁人得告诉我这个亲大呀!"

"你还知道你是她亲爹,当亲爹的还卖女儿吗?"

"那是没有办法的办法,是为了给她找条活路。我娃儿她,她嫁人哩?"土豆

253

爹寻思了一会儿突然着急地问,"那彩礼呢?"

"嘿,这阵儿又想到女儿出嫁还要彩礼? 你把女儿卖了,跟你没关系了。"

土豆爸后悔地拍着腿:"嗨,当初咋就没想到,女娃儿长大哩还能嫁人,嫁人就有彩礼……或者卖到窑子也行呀……嗨,娃儿现在嫁人了,嫁了人就是人家的人了。"土豆爹寻思着,突然显出了无赖相,"掌柜的,我没活路哩,我今天就死在这儿!"

"好啊,我给你一条绳子,你死在屋里也行,到院里上吊也行。我看着你上吊,等你死了我找两人挖个坑把你埋了。"

"掌柜的,你咋就见死不救呢?"

"我已经救你一回啦,你还要怎么着?"

土豆爹扑腾一下跪在地,央求着:"掌柜的,你再行行好,最后一次,最后一次,你是菩萨心肠,我求你啦,求你啦……"

"起来,起来!"

土豆爹又坐在地上,眨巴着眼看着戴锦宏。

戴锦宏:"这么办吧,我给你一点银子,现在去剃个头买件衣服换上,把这院子、房子好好打扫打扫,回头再来见我。"

"是的,谢谢掌柜的。"

"哎,剩的钱给我找回来。"

"是的,是的。"

土豆她爹拿着钱走了,看着他那猥琐的背影,想起了山丹丹,戴锦宏又气又恨,骂了一句:"真是不争气,天生的穷命! 哎,山丹丹命真苦,都是这个男人害的。"

戴锦宏离开大院到酒坊去,一边走,一边寻思,这个爷怎么打发呢?

一进酒坊,一股蒸汽夹杂着酒曲味儿扑面而来,两名工人翻动着大缸里的发酵谷物。大棚内热气腾腾。

戴锦宏喊道:"张师傅!"

蒸汽中钻出来一个人影,是张师傅。

"哎哟,掌柜的来了。"

"嗨,迪化那头太忙,新店开业后这才走向正轨。然后又娶媳妇,您瞧我这忙忙活活地才来。"

"哎哟,你这是双喜临门啊,可喜可贺!"

戴锦宏:"走吧,咱去馆子里边吃边谈,我的喜酒您还没喝呢。"

"我在这儿天天喝酒,天天醉。"

焉耆一家回族人开的小饭馆。

戴锦宏和张师傅面对面坐定。伙计端上来一盘热腾腾的手抓肉、一碟盐末、一碟皮芽子和一盘凉拌羊杂碎,一人面前摆上一碗奶茶。

张师傅首先端起奶茶说:"奶茶代酒,给戴掌柜祝贺双喜临门。"

"别价,您是我大哥。咱兄弟谁跟谁呀,都是掌柜的,这酒坊就是咱兄弟俩的。来!先干一杯。"戴锦宏接着说,"我离开这阵子,咱酒坊生意怎么样?"

张师傅说:"还那样,回头你翻翻账。还是老问题,销路没打开,所以不敢扩大生产。"

"原因是什么呢?"

"喝酒的还是营盘里的军士、蒙古牧民和咱内地人。维吾尔人信教不喝,只有少数年轻人偷着喝。"

"哎,我有个主意你能不能试试。"

"你又有什么高招?"

"自古以来人都离不开酒,哈萨克牧民喝马奶子,它就是一种奶酒。维吾尔族人也酿一种饮料,我们能不能生产出一种适合他们的饮料。"

"那是什么?"

戴锦宏:"穆沙莱斯。"

"穆沙莱斯?"

"我去过吐鲁番种葡萄的果农家,他们把自家酿的一种饮料给我喝,味酸带甜,喝多了也醉。只有客人来啦,他们才拿出来喝,这就是外国人喝的果酒。咱的白酒是曲饼发酵,果酒酿造方法是酵母,吐鲁番葡萄园多,好多葡萄都烂在棚里。用葡萄做原料可比粮食做原料成本低得多呀。这样吧,我弄几十斤红葡萄来你先试试。"

张师傅:"这倒不妨试试。"

戴锦宏:"好,就这么定啦。来,再干一杯。还有一件事,我那丈人哪儿去啦?"

张师傅:"哎哟,你要不问我差点忘啦。"

张师傅挠了挠头说:"三个月前,你那老丈人叫我去,我进院一瞧,行李装了一车,说要离开这儿不回来啦,到哪儿去没说,让我给你捎个口信,他的店铺和房子留给女儿算是陪嫁,还留下了两根金条托我交给你们。"

戴锦宏:"看来还在生气,不想见我们啦。"

"那也不是。你结婚时两口子去啦,你没见着?"

"土豆见着啦,送给蜀秀一双玉镯,再去找人就没啦。"

"两口子回来给我说过,没想到蜀秀是用花轿娶的,还说这娃儿傻人有傻福。我看他们的内心对女儿嫁给你,还挺满意哪。"

"他们离开这儿,到哪儿去呢?"

"听那话音,兴许是回四川老家啦。"

"回老家啦?"戴锦宏寻思着:袍哥老两口没见自己的亲闺女一面就走啦。唉,怪我!我早就应该亲自来一趟请他老两口呀,净顾了自己的面子。人家的面子哪？这可好,面子里子都没啦。这,这,蜀秀怎么受得了哪？

"掌柜的,你在想啥呢？事都过去啦。"

"嗯,张师傅,吃完了再跟我去办一档子事。"

戴锦宏和张师傅吃完了饭,来到戴家院子,只见土豆爹剃完了脑瓜子,梳好了辫子,换了件袍子,正在扫院子。

戴锦宏看到土豆爹换了个样儿,说:"你这还像个人样。找的钱哪？"

土豆爹停下活儿望着戴锦宏,小声地说:"钱都花完哩。"

"怎么会都花完了呢？"

"洗头要花钱,剃头要花钱,刮脸要花钱,梳辫辫子要花钱……"

戴锦宏不耐烦地说:"这都是一码子事,还有哪？"

"还有这件衣服。"

"行了,行了！别哄我了,用多少钱我还不知道。我是看你老实不老实,你要不老实,我立马把你轰走。"

"好、好、好,我老老实实给掌柜的说,我,我还下了馆子哩。我好长时间没吃上肉哩,没喝上酒哩,馋得不行。"

戴锦宏气得笑道:"你是逮着了就得吃得喝,还有零碎钱哪？"

土豆爹又装出来一副委屈相说:"实在是没有哩！"

"真的没有了？"

"真的,都花光哩。"

"把鞋脱下来！"

"脱鞋？掌柜的,就剩几个铜钱。"

土豆爹无奈地脱掉了那双破棉鞋,里面塞着铜钱。他小声念叨:"我是想留着买馍吃哩。"

戴锦宏看着他那一脸的穷酸相,没好气地问:"好啦,好啦。我问你,你到底怎么办？你想活,打算怎么个活法？"

土豆爹:"我听掌柜的。"

"好,我看在你是土豆她爹的分上,有张师傅做证,我给你配一辆毛驴车,酒坊里有拉的活儿你就去干。酒坊没活儿你用这车去拉活儿挣钱,挣的钱归你。"

土豆爹:"谢谢掌柜的,我老老实实听你的。"

戴锦宏:"还有,你再要赌博赌输了,你就跳河去吧。"

土豆爹奇怪地问:"哎呀,掌柜的,你咋知道赌输了的？"

"老天爷告诉我的！"

"哎呀,掌柜的,上次输了那些银子,全是那伙人合起来整我。我,我再也不赌哩。掌柜的,你,你是给我配个毛驴车吗？"

"那得看你以后的表现。"

"我一定好好干,我向老天爷发誓！"

戴锦宏："还有一件事,这个院子你给我看护好啦。下次我来,若看你还是不务正业,我收回毛驴车,就把你撵出去,永远别再来,你也没脸见你女儿! 听明白了吗?"

土豆爹："听明白了。"

戴锦宏牵马和张师傅走出院子。

"戴掌柜,去年年底酒坊的结算,你那儿一份红利还没拿呢。"

"不急,等我走的时候再说。我现在就去买上四五十斤葡萄,拿回来你先试。然后,我去巴特尔那儿再看看,估计需个四五天。等我回来咱再商量酿造酒的事。"

张师傅笑着说:"你这是说干就干。"

"酿造葡萄酒的事,我琢磨了好长时间啦。就因为事忒多,老忘。今儿想起来了,咱就办。"

"好,你把葡萄拿来我就试。"

"张师傅,刚才我说给那个不争气的人配个毛驴车,你找个人给办办,让他有个吃饭的生计。钱,记在我的账上。他如果改了毛病,我就留着他看家护院。"

"戴掌柜的,你真是菩萨心呀。"

"那怎么办呢? 谁让他是土豆的爹呢。好啦,我现在先去弄葡萄。"

"您把葡萄拿来我就开始试。"

戴锦宏当天就弄来五十斤红葡萄,交给了张师傅,张师傅开始试验。戴锦宏又上山去牧场待了几天,返回后和张师傅一块儿倒腾葡萄酒。半个月后,葡萄酒初试酿成后,并不令人满意,戴锦宏又派人去买葡萄。这次酿造换了一种方法,把挂霜的葡萄直接放入坛中密封起来,过几天搅拌一次再密封发酵……

戴锦宏等不及了,返回迪化。

第三十一章　给他成家立业

戴锦宏迁入迪化,转眼间又几年了,这几年对戴锦宏的人生来说,发生了很大变化。第一,在省城迪化创建了他的总店。第二,在生活上娶了蜀秀有了家。有家有业啦。除去这两件喜事,还有两件烦心事在他心头缠绕。

一是儿子铁锁。

铁锁跟他生活好几年多啦,仍然是一天沉默寡言,只知闷头干活儿,除了吃饭之外很少进屋。见了蜀秀总是躲着,不叫爹妈。

另一件,他这次去焉耆,袍哥走啦,他越发感到焉耆必须得去个自己的人,尽快恢复焉耆老店,否则他在焉耆这十几年的打拼将付之东流。

这两件事搅和在一起,令他找不出一个解决问题的头绪,怎么办呢?

这天吃晚饭,铁锁吃完了饭,撂下碗就走。

"铁锁,你不吃啦?"

"吃饱啦。"

"再喝点汤吧。"

"我去大堂。"

"现在天凉啦,在堂屋里搭个铺睡吧。"

"不啦。"

纪斌的回答最多三四个字,说完就走了。

戴锦宏很无奈,显然儿子有气,他自个儿也很委屈,"我这辈子不顾生死,辛辛苦苦为了吗呀?"戴锦宏的悲哀挂在脸上。

蜀秀在一旁端着饭碗都看在眼里,她讥讽道:"还不都是你自个儿找的。"

这句话如同在烧红的锅内浇了一勺油,噗的一声,火着啦。戴锦宏把筷子啪的一声拍在桌子上,吼道:"是的! 是我自个儿找的! 娶了你也是我自个儿找的,养活一大家子吃穿我图了什么? 我这是自作自受!"

蜀秀也不服气,摔下饭碗,也吼着:"你冲着我干吗? 有气往我身上撒,我说什么啦。"

戴锦宏:"你没说什么,我自个儿找的!"

蜀秀:"我的天哪,这才过了几年,你对我就这样啦。我为了跟你,父母都不认啦,我又图了什么?"蜀秀哭着进了里屋。

铁锁在店堂听到父亲和这位二妈拍桌子砸碗地吵了起来。他知道起因在他,他对父亲又找了个女人不满意,他认为父亲抛弃了他妈。他对这个女人怨恨。听到父亲和这个女人大吵了起来,又听到这个女人哭,他心里很解气。他到店堂铺自己的睡铺。

这时,戴锦宏的火是发出来啦,可这火儿并没熄灭,他想不通,过穷日子犯愁,如今过上富日子了,怎么还有这么多不顺心的事呢?

"干爹,别生气啦,快吃饭吧。"土豆的劝慰让戴锦宏感到一丝温暖。

"不想吃了,把饭收了吧。"

戴锦宏仍然坐在那儿寻思着。先说这儿子吧,既不称呼我,也不称呼二妈,他这是不接受这个家,更不接受这个二妈了,说来说去儿子和我没感情呀。谁的错呢?儿子的?不对。他在老家长大,跟了我才这几年,这些年把他放在柜上干活儿,除了供他吃穿我还给他什么呀?嗨,看来儿子缺少我的关心和爱呀。

再说铁锁,拉开了铺躺在铺上。今晚发生的事,爹发了这么大的火,他还第一次看到。嗨,跟爹来新疆这些年啦。刚开始和父亲睡一个屋,感觉爹就在我身边。可是没多长日子,那女人来了,爹娶了她,他俩睡在一个屋,就把我撵了出来。我成了没家、没有爹妈的孩儿。我想老家,想我亲妈,想爷爷奶奶。妈呀,你老知道吗?这二年,我都没个睡觉的窝。睡在这二尺宽的柜台上,翻身都不行。有一天半夜从柜上掉下来,幸亏被子裹在身上,没有摔坏身子,我只好睡在地上。冬天,冻得我睡不着觉。妈呀,我想你,想爷爷奶奶,想回老家。怎么回去呢?路太远啦,又没有钱,路上吃什么。噢,我这儿有爸给的红包,才五两银子,怎么够呢?

土豆在院里已经洗完了锅碗,进了堂屋见干爹还坐在那儿寻思。

"干爹,累了一天啦,到屋里睡吧。"

"土豆,我还不困,你睡你的去吧。"

土豆吞吞吐吐,似乎有话想说。

"土豆,你有话就说。"

"干爹,让纪斌哥到我屋里睡吧,我去睡店堂。"

"那哪行哪,你一个女孩子家,时间长了把身子睡坏啦。"

"干爹,纪斌哥睡在地下,太冷啦。"

"他怎么睡在地下呢?"

"他给我说,他从柜台上掉下来过。"

戴锦宏听后站起来,到店堂看铁锁。店堂里黑灯瞎火,见铁锁躺在地下。

"铁锁!"戴锦宏叫了一声,铁锁没吭声。

戴锦宏摸了摸被褥,站起来又看了看。他在想,得问问铁锁的心里话,可儿子跟我没话呀。有谁能和他说点知心话呢?他想到土豆,或许这两个同命相怜的年轻人能说到一块儿,她能打开儿子的心结。

戴锦宏进了堂屋,土豆还站在那儿。

"土豆啊,你从小就懂事,跟干爹生活了这么多年,如今也是个大姑娘啦。

259

干爹有件为难的事,堵在心里解不开,想跟你说说。"

"干爹,是你把我养大,我还没机会报答您哪,您老说,是啥事?"

"自从我把你们接过来,和你干妈结了婚,在铁锁心上就结了疙瘩,不愿理我们,我这心里也堵得解不开。你说我一人忙活这么大一摊子事,总得有个知热知冷的女人陪着我吧。把铁锁他妈接过来行吗?老家还有爷爷奶奶谁管?我要有个灾有个病的,这一大家子人吃啥喝啥?人活在世上总得有个家,这个家就是男人和女人在一起生活过日子,然后生儿生女。你们还不到成家的年龄,男女间的事还不懂,等你们结婚就知道了。你闲下来多和铁锁哥说说话,开导开导他好吗?"

"干爹,我现在就去找铁锁哥。"

"好,你去吧。"

戴锦宏看着土豆进她屋抱着一床被子出来。

"干爹,我把我的被子铺在铁锁哥的铺底下,他睡在地下凉啊。"

"那你盖什么?"

"干爹,我屋里不冷,盖件衣服睡就行。"

"嗨,干爹没你想得周到,明儿再去买条被子吧。"

土豆关心铁锁的这一细心举动,令戴锦宏无话可说,又令他内疚,看着土豆出了屋进了店堂,他内疚地拍了自己的脑门子,"嗨,我怎么就想不到呢?"

戴锦宏进到里屋,蜀秀已经盖着被子躺在炕上,似乎是睡着了,其实她听着外屋戴锦宏和土豆的谈话。

"没睡着吧?"

蜀秀没吱声。

"你已经当妈啦,跟铁锁也亲近点。"

"他承认我是妈吗?"

"他还是个孩子啊,你就不能容他点儿。"

"我怎么不容他啦,又没把他赶出去。"

"好啦,好啦!不说啦。"

戴锦宏知道谈不通,赌气又回到堂屋。

土豆抱着被子进了店堂,里边黑洞洞的。

"铁锁哥,你怎么不点灯呀?"

铁锁没吭声。

"铁锁哥,你睡着啦?"

"没有。"

土豆把被子放在柜台上,然后点着了油灯,店堂亮了,她看见铁锁穿着衣服躺在地铺上,睁着眼似乎想着心事。

"铁锁哥,睡在地下凉,干爹让我给你添床被子。"

"不用啦。"

"起来吧,我给你铺好。"

"是我爸让你来的?"

"是啊,干爹还让我跟你说说话。"

土豆把被子铺在地铺上,然后又把铁锁的被子盖在上面。

"铁锁哥,你累了一天啦,你要困了就先睡,明儿抽时间再聊,要不困咱俩说说话。"

"说吧。每天你忙你的,我忙我的,哪有闲工夫。到了晚上我躺在这黑乎乎的店里睡不着,天天夜里想我妈,想我爷爷奶奶,我想回老家。"

"你回老家干啥去,你在老家能挣上钱养活你妈,养活你爷爷奶奶吗?"

铁锁被问住了,他没说话。

"铁锁哥,我听干爹说,在老家没吃没喝挨饿受冻,没法儿生活才来到新疆。在来新疆的路上他差点死过三四回,还要过饭。要饭的滋味我知道,我小时候就是要饭来的,要不是干爹救我,我恐怕早死啦。"

"我爸怎么救的你?"

"那还是我小时候……"

土豆给铁锁讲了她的身世和她那悲惨的童年遭遇,铁锁听着入了神。

"你爹是你的亲爹吗?"

"当然是亲的。"

"亲爹为什么还把自己的孩子卖掉?"铁锁第一次听说,他想不通。或者,爹和爹不一样呀?

土豆说:"铁锁哥,你有个好爸爸呀!你老家还有疼你的妈妈、爷爷和奶奶。而我什么亲人都没有,要说有亲人的话,只有干爹,他是我唯一的亲人。"

铁锁又在沉思:好爸爸,他对我哪好呀?我看他对那个女人好。

"铁锁哥,你有什么心事告诉我。"

铁锁不言语,还在想着心事。

土豆站起来说:"你睡吧,我走啦。"

"土豆,你能不能给我爸说一声,我想回老家,想我妈,想爷爷奶奶。"

土豆有点吃惊,问:"你真的要走?你为什么自己不说?"

"我说不出口。"

土豆回到堂屋,见干爹还坐在那儿犯愁。

"土豆,你和铁锁聊了吗?他有吗心事?"

"铁锁哥他说,他想回老家。"

戴锦宏一听吃了一惊。接他来干吗?是培养他,将来继承家业。他倒好,来了这几年就想回家。这孩子,岁数长了,怎么不懂事呢?他有点生气。他站起来,走了两步,似乎想找铁锁问问,骂他不懂事。但是,他又停住脚步,想了想。

"土豆,你去睡吧。"

戴锦宏仍然坐下,寻思:铁锁虽然十五啦,看来还是个孩子。我把他接来,让他在柜上,照顾他吃穿,还做了些什么呢?连他有什么心事都不知道,我跟他聊天少啊,压根儿就没聊过。

想到这儿,戴锦宏站起来进到里屋,抱起自己被子来到店堂,店堂的油灯还亮着。铁锁看见他爹进来,很纳闷地望着父亲。

"铁锁呀,爹今儿晚上跟你一块儿睡在地下。"

"爸,地下凉,你老别冻坏了身子,还是回屋里睡吧。"

"地下冷,是吧。儿子啊,你爹十七岁出来赶大营,在野地里睡了一年多,哪有被子盖呀。地当炕,天当被,两眼望着星星月亮睡。那不知冻病了多少回。一直到了焉耆盖了房子,有了炕,才能睡个囫囵觉。哎呀,一晃过去了十来年,今儿躺在地上睡一回,好回忆回忆那时的苦日子。"

戴锦宏一边说着一边把被子铺一半,盖一半儿。

"爸,你老把土豆拿来的被子也盖上。"

"不用啦,介还是在屋子里的地下睡,还有被子盖,比赶大营那阵子强多啦。当然啦,现在不能和过去比。我们都睡在暖暖烘烘炕上,让你一人睡在大堂里,也不是个长事。我总想,你是个大小伙子,吃点苦是好事,看来爹想错啦。"

戴锦宏看看铁锁,铁锁望着顶棚,一边听着一边在想着什么。

"铁锁呀,我听土豆说,你想回老家,想你妈。我也想我妈呀,我想了十几年啦,我不是那种铁石心肠的人啊。我为吗收养土豆?我看土豆可怜,早晚被她那个浑蛋爹害死。你是我亲儿子,我对你能不好吗?只不过因为忙,关心你少了点。我不能拿我年轻时跟你现在比呀。"

说到这儿,两人都沉默。

戴锦宏叹息了一声,似乎又在自语:"铁锁,你要实在想回去,我就送你回去吧。"

铁锁没有吭声,两人各自想着心事。

过了几天,铁锁跟他爸的关系有所好转,开始叫爸,开始跟他爸说话啦。戴锦宏乘着转好的机会,劝铁锁搬进屋里住,能跟这个家亲近点,铁锁也同意啦。于是,戴锦宏亲自给儿子在堂屋搭个铺,铁锁见他爹给他搭铺也进来帮忙。

蜀秀从里屋出来,见父子俩搭铺,不高兴地明知故问:"这是倒腾吗呀?"

"给铁锁在屋里搭个铺。"

"这么点的屋子,又是桌子又是柜子的又支张铺,身子都转不开,真是的。"

戴锦宏生气地说:"不能老让他睡在大堂上吧!"

"大堂上睡了好几年啦,怎么今儿就不行啦?"

"冬天冷得像冰窖,夏天热得像蒸笼,时间长啦行吗?你试试去!"

"今儿就睡在大堂!"

"爸!不搭啦,我还睡大堂。"

"你就睡家里,哪儿也不去!"

戴锦宏火啦,蜀秀知道是冲着她来,又没词反驳他。心想,到底是人家的亲儿子。女人哪,一嫁给人家那就矮了一截,还是得有自己生的儿。

"干爹,我睡大堂吧。"土豆过来解围。

"你别添乱啦,你就睡在你屋。"

"好,你们个个都是好人,就我不好。"蜀秀发火了。

戴锦宏还没结没完,"你一个当长辈的,就容不下个孩子吗?"

"谁容不下谁?是他自己愿意睡外面的,今儿反倒怨我!"

"你就是自私,容不下人。"

"好好,我容不下人,我走!"蜀秀走出屋门,突然大哭起来,"我往哪儿走呀?我的妈呀!我这是图了个啥呀?为了跟他,亲爹亲妈我都不要啦,我真是后悔呀……我的妈吔,我上哪儿找你去呀?"

蜀秀连哭带说地走啦。戴锦宏也无奈,向土豆使了个眼色,土豆跟出去了。

"爸,因我闹了这么大的事,我还是搬出去吧。"

"铁锁,包括土豆,你们仁都是我的亲人,手心手背都是肉。我以前关心你不够,总觉得自己在野地里都睡过,大小伙子吃点苦不是坏事。没想到我以前那是赶大营吃苦,现在是在自个儿家,两档子事。以后,你对你二妈尊敬点就行啦,慢慢来,好吗。"

蜀秀这一走,就是大半天。她到哪儿去了呢?反正有土豆陪着,愿上哪儿就上哪儿吧。

蜀秀出了门,本身是怄气,出来转转消消气,见土豆出来啦。

"你跟着我干吗?"

"干妈,你别生气,干爹让我陪着你转转,让您消消气。"

蜀秀不吭声地往前走。心想:我跟了他,爹妈走啦,这才过了几年他就对我这样,我心里有苦跟谁说去?

"干妈,上哪儿去啊?"

"走到哪儿算哪儿,这个家我是不回啦。"

俩人过了大十字向北,到北门处,看到不远处有一座漂亮建筑。向这栋建筑走来,到了门口问了问路人,说是"文庙"。

"文庙是干吗的?"蜀秀问人。

"文庙是文武二圣庙。"

蜀秀仍然不解。

路人说:"就是孔子庙和关公庙。"

蜀秀不解地自语:"噢,关公知道,打仗挺厉害的,孔子不知道。为什么给他俩修个庙呀？"

庙里一位长者听到了，笑着解释说："二位小姐，孔圣人讲的是一个仁字。"

"仁，是什么意思呀？"

"仁者，爱人也，人与人之间相互爱护。儿女要孝敬父母，父母要爱护晚辈；国，乃一样。君爱民，民崇君，此乃宗法。武圣人讲的也是一个字，忠。做人要讲忠义之道也。"

蜀秀听来听去听不明白，只听懂了人与人之间要相爱。她对土豆说："那就进去看看吧。"

文庙，坐落在北门城楼东侧一条巷子内。坐北向南，有山门、角门、前殿、后殿、钟鼓楼及配殿，是乾隆三十二年扩建迪化新城时修建的。清光绪十年新疆建省，为纪念收复新疆而阵亡的清军将土，改名"万寿宫"（又名昭忠祠），专供祭祠（民国初，改为"上帝庙"，一九四五年复名为文庙，至今），是当今乌鲁木齐市唯一幸存下来的一座古建筑。

蜀秀从文庙出来，不知还去哪儿。

"干妈，咱回家吧，省得干爹着急。"

"不回去！他跟他儿子过去。"

"干妈，铁锁哥总是干爹的亲骨肉呀，你老没听庙里讲的仁义……"

"怎么，你也教训我！你走！"

"干妈，你还生气哪？别生气啦，咱还上哪儿？"

"咱去爬红山，听说红山上有好看的、好吃的、好玩的，咱去看看。"

她们向北，上了道山梁，又向西，登上了"虎头山（红山嘴）"，站在十三级古塔处眺望，城内房屋鳞次栉比，尽收眼底。城外农舍，掩映于绿荫之中，万顷田畴，碧波起伏。

"土豆，你看，一大圈的城墙，这儿是咱们来的北门城楼，那儿是小西门。"

"干妈，那儿是西大桥，咱俩去年去红庙子坐马车就走的这座桥。"

"对，河西面是老满城。"

"大十字在哪儿呀？"

"在那儿，正南正北四条大街口。"

"看见了，大十字的牌楼。"

"那儿是观音阁、娘娘庙、大西门的城隍庙。"

"干妈，你看，红山下那么多庙宇，咱们上山时怎么没见到呀？"

"土豆，听说每年四月十五山下的庙会比红庙子庙会还热闹。你干爹每年都说忙、忙，就是不带我去。"

乾隆十四年在红山上修建了玉皇阁，庙会文化逐渐兴起。

嘉庆元年在红山脚下又修建了寺庙建筑群，有大佛寺、地藏寺、北斗宫，后山有三皇庙，从而形成了一个古庙群。这些庙宇、楼台、亭阁，依山而建，错落有致,重檐挑角,雕梁画栋,古木森森,蔚为壮观,是老迪化城古建筑的荟萃。

红山庙会是迪化居民一项传统的民俗活动,每年农历四月初八佛祖诞辰日庙会开始,持续半个月。它始于乾隆年间,一直流行于民国中期。到迪化战乱,庙宇遭毁,庙会才逐渐消退。

庙会期间,各庙寺全部开放,庙内钟鼓齐鸣,香烟缭绕,人头涌动。古庙群前的广场上锣鼓喧嚣,有杂耍的、变戏法的、玩幡的、拉洋片的,还有耍猴的。

变戏法的身穿一个大袍子,手拿一块大方巾,往肩上一搭,就掏出一个玩意儿……最后又把方巾往肩上一搭,来了个前滚翻,捧出一个大鱼缸,鱼缸内有水有鱼。看着变出来的满地玩意儿,人人称奇,掌声一片。观者从怀里掏出铜钱丢到场子上,蜀秀也效仿观众给丢了几个铜钱。

玩幡的手托一个碗口粗的竹竿,约一丈高,竿头挂着彩幡彩带,双手托举着在前胸后背舞来舞去,有时顶在头上,有时扛在肩上。最叫好的是,玩幡者托着又重又大的幡,居然翻了个跟头,吓了蜀秀一大跳。蜀秀睁开眼一看,大幡还在玩幡人手里托着,闻丝不动,真是叫绝。蜀秀高兴地又掏出几个铜子摆在摊上。

拉洋片的,蜀秀就更没见过了。

"介是个吗玩意儿啊?"

拉洋片小贩是个天津人,他说:"这是个洋玩意儿,是从皇宫里传出来的。洋人想讨得慈禧太后的喜欢,拿着这玩意儿逗太后玩。后宫的太后、娘娘、妃子们玩腻了,慈禧太后发话,这洋玩意儿让百姓们也瞧瞧。"

拉洋片这个洋玩意儿传入天津。天津的玩家拆开这个魔术箱子一看,"嗨,就这玩意儿啊,几个镜头,一卷子透明画片,罩个大箱子,用轴卷来卷去,好弄。照着这样子弄几个,可以卖钱。"于是,拉洋片的玩意儿到了天津街头,后来又跟着大营客传入迪化。

蜀秀很好奇,围着这箱子转,"介没啥好看的呀。"

拉洋片的小贩说:"姑娘,你看这镜头里面。"

"看一回多少钱呀?"

"一个铜子看一会儿。"

蜀秀扒着这个大箱子的窟窿眼儿往里看。

"嘿,里面有好多穿着花花绿绿的小洋人,骑马的,坐车的,还有在洋人的皇宫里的。我的手一转这个轴,里面的小洋人还会动,风景也在变。"

"土豆,你看看。"

蜀秀开了眼,玩了皇宫里娘娘妃子玩过的拉洋片。

她又听到敲锣声。前面围了一圈人,挤进去一瞅,"唉,原来是耍猴的,走!猴子耍得见人就要钱,没什么看头,咱去看唱大戏的。"

唱大戏的是临时用草席子搭的戏台,每天都唱庙戏,吼桄桄戏的、唱梆子腔的,还有新疆曲子戏,轮换上演。

此时到了中午,蜀秀感到肚子咕噜咕噜直叫。

"土豆,咱去吃点饭。大戏下午才唱哪,咱吃了饭再看戏。"

她俩沿着庙会南北一条碎石路走下,看到还有激烈的赛马术。有哈萨克族、蒙古族、锡伯族、满族的一个个骑手,轮流上阵。骑在马上倒立的,翻身贴着地面摘红绸的,还有骑马射箭。骑手们一争高下。决胜后,跳起麦西来甫。麦西来甫就是维吾尔人跳集体舞,汉族人称"围囊"。蜀秀玩高兴啦,也跟着大伙手舞足蹈扭动着脖子。土豆看着蜀秀的样子捧腹大笑。

"干妈,你老的肚子不饿啦?"

"好、好、好,咱去吃饭。"

民间流传了一段描述庙会盛况的顺口溜:

> 红山嘴子妖魔山,两个塔儿对得端。
> 庙会逛了十来天,大人娃娃挤成山。
> 陕西人的桄桄子,天津人的拉洋片。
> 河南耍猴卖膏药,河北耍的三节鞭。
> 维吾尔族敲起冬巴鼓,大伙围囊跳得欢。
> 凉皮子、烤包子、烤肉炉子油抓饭。
> 聚庆庄、三春园,搭起帐子酒席办。
> 盖碗茶,往上端,看戏吃喝都方便。

蜀秀耍脾气出家玩了一天,玩得筋疲力尽,在土豆的劝说下回到家中。戴锦宏做好了晚饭,已经摆在桌子上。

"回来啦,洗洗手吃饭吧。"

土豆赶快把水打来放在脸盆架子上,"干妈,洗把脸吧。"

铁锁把饭都已盛好,放在桌子上,低着头不好意思地对蜀秀说:"你老吃饭吧。"

大家谁也没吭声,各自吃各自的饭。蜀秀吃完饭撂下碗,就进了里屋。铁锁收拾着碗筷,土豆卷起袖子洗碗。戴锦宏喝了杯茶,坐了一会儿也进了屋,点着了里房的油灯。蜀秀已经脱了衣服躺在被子里。

"今天累了吧,出去了一天。"

蜀秀没吭声。

"都上哪儿玩去啦?"

蜀秀还是不理他。

"哟呵,气还不小。"

戴锦宏吸了一支烟。他平时不怎么抽烟,除非有烦事或麻烦事解不开,才吸支烟。他抽完烟,听得外屋铁锁也睡了,才吹灭了油灯,脱了衣服上了炕,躺在被窝里悄声说:"今天是你做得不对,他是我儿子,没人疼行吗? 让他一个人睡在大堂里好几年啦,连个睡觉的窝都没有,他心里能好受吗?"

"我又没把他撵出去。"蜀秀不服地说。

"怎么才不算撵呢? 非得把他赶到大马路上,那才算撵? ……铁锁不小啦,他有思想。"

"是啊,他都十五啦,人家十四的小伙子早都出去闯去啦,就你还把他关在家里,他能懂事啊?"蜀秀反而埋怨起戴锦宏。

"我把他从老家带来,就是培养他个几年,替我独当一面。"

"那就让他到焉耆盯着去。"

"几档子生意交给他,他一个孩子,行吗?"

"那也比焉耆没人强吧。"

"你说得也在理,可他总还小点,又没人陪着他。"

蜀秀神秘地说:"哎,我一直留意着,你儿子跟咱俩没话说,可跟土豆有话。土豆呢,也挺关心他,只要家里没事就去店堂上。"

"是吗? 我没看出来。"

"你一天东跑西颠的,哪注意这个。"

"看来这俩孩子有点同病相怜。土豆呢没爹没妈,铁锁妈不在,跟爹又不亲。"

"那就把他俩撮合在一起,定个娃娃亲?"

"咦,我还真没想到这儿。"

"你就成天想你那生意。"

"定个娃娃亲,这事我想想,先睡吧。"

过了两天,吃完早饭,铁锁和土豆不在,蜀秀问丈夫:"哎,那天说的那件事你想好了吗?"

"啥事呀?"

"你都没往心里去,就是铁锁和土豆的事呀。"

"噢,事是好事,土豆那孩子不错。可俩人岁数小点了啊。"

"是定亲,又不是现在就结,再过两年十七啦,还小啊。"

"铁锁快十五岁啦,土豆也是十四岁的大姑娘啦,也到了考虑的时候啦,你看他俩合适吗?"

"我看他俩是天生的一对,是老天爷把他俩拉在一起,这是天意,又是缘分。铁锁娶了土豆,你还能省一大笔彩礼钱,岂不是两全其美吗?"

"没想到你学会算账啦。"

"这都是跟你学的! 我以后也得长个心眼儿啰。"

"好! 跟土豆说说,看她的意思。我再跟铁锁谈谈。"

戴锦宏仰首对天长叹:"哎呀,你说这是天意,我看还有缘分。"然后又对蜀秀说,"和咱俩一样,是天意,又是缘分。当初你爹用棍子打,用脚踹都踹不开咱俩。"

蜀秀给逗乐儿了,说道:"去你的!"

正说着,土豆进来了。

戴锦宏:"土豆,你干完了活儿过来,我跟你说说话。"

土豆:"好,我收拾好啦就过去。"

土豆片刻就回来啦。

"干爹,有事吗?"

"坐下,我们说会儿话。"

土豆坐在板凳上。

"土豆,你跟我们生活好几年啦,想你爹吗?"

"不想!"

"为什么?"

"干爹比我亲爹好,要不是干爹救我,我早都没了。"

"你也十四啦,早晚要嫁人的,你的婚姻大事我这个当干爹的不得不操心。"

"我不嫁人,我伺候干爹干妈一辈子。"

"傻丫头,我们就是亲父母你也不可能跟我们一辈子呀。"

"反正我不离开你们。"

"我们也舍不得你离开。将来把你嫁给外人,女婿选好啦,是个好事;选不好,你可就遭罪了。

"干爹,我小时候看到我妈遭的那罪,我就想等我长大啦不嫁人。"

"那怎么行呢。我再问你,纪斌哥好吗?"

土豆低头不语,还是点了点头。

"土豆啊,再过两年你俩都到了成家的年龄,你若喜欢纪斌哥,我和你干妈商量了,给你俩定个娃娃亲,你愿意吗?"

土豆不吱声。

"虽然我是你养父,我把你当自己的亲闺女。我想,你亲妈一定会高兴的。"

"干爹,我这命是你给的,我听您的。"

"好! 我再听听纪斌的想法,然后选个吉日,给你俩定亲。"

土豆干脆利落地点点头。

"我有时顾不上你俩,你俩互相多关心着点。"

土豆又点点头。

对于土豆来说,她由一个被贩卖的使唤丫头,变成一个富家的儿媳,她的命运发生了天大的改变。

对于铁锁来说,和这个家缺乏感情,离开这个家,去创造一个属于自己的天地,他乐意。

对于蜀秀来说，这个比她才小五六岁的"儿子"成天在她眼前晃来晃去的，多让人笑话，明摆着告诉街坊邻居"我是二房"。另外，土豆早晚要出嫁，不可能跟她一辈子。她依靠的只有丈夫。

对于戴锦宏来说，希望儿子早点成人能替他独当一面。

各人有各人的想法，最终自然地捏在一起。

不久，戴锦宏为纪斌和土豆定了亲。

两年后，戴锦宏给铁锁和土豆举办了婚礼。

一个是亲儿子一个是养女，不需要媒人，也无需花轿，倒省了不少事。

儿子养女要成家立业，戴锦宏给他俩实实惠惠地办。婚房就在土豆的房子，戴锦宏为他俩打置了一张新式样的木床，床比炕好，多时尚，还能挪窝儿，还可以拆卸，便于带到焉耆去。还做了两口木箱，用牛皮包了边边角角，钉了一排排黄铜铆钉，箱盖装了一副大铜扣，红漆一油，锃光瓦亮。买了一张桌子和四把椅子……蜀秀看着这些家什玩意儿都吃醋。

婚礼在家举行。"三叩九礼"必不可少。这俩当爹当妈的，给他俩每人一个一百两银子的红包。铁锁和土豆痛痛快快地叫了"爸"和"妈"。蜀秀高兴地眼泪花子转，土豆高兴得乐极而泣。戴锦宏高兴地说："你俩今日大婚，老家的爷爷奶奶和你亲妈，此时一定高兴地向你俩祝福。"

婚宴在杨柳青饭庄举行，共请了九桌。九这个数字吉利呀，"九九归一"，又有长久之意。婚宴上收到礼包银子两百多两，统统交给他俩作为到焉耆去的置家费。儿子儿媳高兴，戴锦宏更高兴，一桩心事终于放下啦。

第三十二章　后继有人

立春后的一天,天空晴朗阳光明媚,柳枝吐出了绿芽。

在迪化东大街戴锦宏店铺的马路边,停着两辆马车,人们忙着装东西。一辆车装着家具和行李,留出一块地方坐人,另一辆装了一车货物。戴锦宏检查着捆绑货车的绳子系紧了没有。蜀秀在旁边招呼着,她旁边站着一位十二三岁的小女孩,这是戴锦宏新雇用陪伴蜀秀的使唤丫头小花。

"好嘞,我们上路啦。"戴锦宏对着媳妇说。

"再带件棉袍吧,晚晌冷。"蜀秀嘱咐着。

"不用了,越往南走越热。"

"还是带上。丫头!去屋里把老爷的棉袍拿来。"小花转身跑进店里。

戴锦宏对新婚不久的纪斌和土豆说:"你俩上车吧。"

铁锁和土豆双双来到蜀秀身旁。

"二妈,我俩走啦。"这是铁锁第二次喊妈,第一次是在婚礼上拜堂才改的口。

土豆:"二妈,您老多保重。"

土豆说着就哭啦,土豆伴随蜀秀有十年啦。由最初的玩伴到侍女,又从侍女到干女儿,如今变成戴家的儿媳。经过了三次身份转变,她还都能适应。虽然蜀秀也打骂过她,但她俩还是建立了较深的感情。

蜀秀一边给土豆擦着眼泪一边说:"快别哭了,再哭我也要掉眼泪了。"蜀秀说着,眼泪也流了下来。

"好啦,快上车,天黑前要赶到托克逊哪。"戴锦宏催着。

马车起步了,坐在车上的土豆喊道:"二妈,我们有时间就来看你!"

"好,常来啊!"

蜀秀说着眼泪珠子流了下来,她急忙转过头去擦拭眼泪。

送行的和出行的相互招手,马车向南门驶去。

马车驶出三甬碑,前面就是一片戈壁荒野,一望无边。马车沿着一条弯弯曲曲的小路行驶,一阵阵旋风卷起地上的沙土,时而笼罩了行进中的马车,时而又引导马车前行。到了乌拉泊,有条宽宽的河滩,几股水流从南山各沟口自由自在地分流而下,一直汇集到迪化西河坝向北流去,滋润着那里的农田。再往前走,大地出现了植被,有芨芨草、骆驼刺、红柳丛、灌木林和绿色的庄稼地。一座座小土屋隐居在高耸的白杨树下,或躲藏在老榆树的怀里。再往南走是柴窝堡,它位于天山脚下。这里有个湖,有沼泽、芦苇荡、草原和毡房,白色的绵羊像珍珠一样散落在绿色的草原上。离开迪化城后,眼前由灰黄色的戈壁荒漠变幻成河流、湖泊、草原、森林、天山……景色越来越好看。

"爸,咱们出城后,一路上都是戈壁滩,光秃秃的。这条路怎么走着走着,风景越来越好看,有草了,有树了;走着走着又有河啦,有湖了;走到这儿还有草原、森林和大山。"

"铁锁呀,人生的道路也是这样,人要吃苦受累,要走不顺的路,要经历七灾八难,你要坚持下去,这条路一定有好的风景等着你。你爹不是这样走过来的吗?"

铁锁对眼前的风景越看越兴奋,跳下马车挥舞着双手,似乎想要拥抱这如此丰富而又美丽的画面。他像一只囚在笼中的鸟展开了翅膀,被放归大自然。

突然,铁锁发现在天山峡谷的树丛中有城墙。

"爸!前面山谷有个城!"

戴锦宏笑着走到儿子身边说:"前面山谷中,就是达坂城。过了这道天山山口,就是南疆了,焉耆是南疆第一城。"

"爸,咱家的生意从南做到北,你一人真不易呀。"

"儿子,咱俩好好干,挣了钱,盖个大宅子,把你妈和爷爷奶奶雇个车接过来,让他们也过上不愁吃不愁穿的好日子。"

戴锦宏爷儿仨天一亮就赶路,天黑才住店,紧赶慢赶,经过三天车程,晚上来到焉耆。

焉耆街道已经昏黑,只有个别房子从小窗洞透出微弱的橘黄色光亮,马车的车轱辘声引来了几声狗叫。车停在自家门口,破败的大门虚掩着。进到院里空荡杂乱,房门和窗户好像是被人拆了。

戴锦宏叫了两声:"土豆爹,你娃儿来啦。"

不见动静,只听一只狗汪、汪、汪地叫着进了院子。

"嘎利!"

戴锦宏认出了自己看家护院的狗。狗也嗅到是自己的主人,亲昵地摇着尾巴在戴锦宏腿间转来转去。他伏下身子摸了摸狗。

"呀!狗瘦得成皮包骨头啦。"

戴锦宏心疼地抚摸着狗,自言自语:"狗比人强啊,它到这份上还不离开你。"

"纪斌,拿点干粮给狗吃。"

纪斌给狗喂了点馕,狗狼吞虎咽地吃着。

戴锦宏进房子看了看,空空荡荡。

"纪斌呀,车别卸啦,旁边有个小旅馆,你和土豆在那儿开间房子。我就在这儿凑合一宿。"

"爸,我在这儿看着。"

"那怎么行啊,去吧!狗跟着我哪,我不能让它再离开我。"

第二天天一亮,爷儿仁就开始清理房子、院落和店铺。他们请来了工匠,修理门窗,用白灰粉刷房屋。

酒坊的张师傅来啦。

"掌柜的,昨天来了怎么也没言语一声。"

戴锦宏:"昨日太晚了,没敢惊动您。"

"纪斌,来,见过张叔。"铁锁和土豆从屋里出来。

戴锦宏:"这是我儿子纪斌。"

"张叔。"

"哎哟,掌柜的还有这么大的儿子,你后继有人啊。哟,土豆也来啦。"

戴锦宏:"他们俩已经成了亲。"

张叔:"土豆啊,你现在是少夫人啦,恭喜恭喜。土豆啊,你的命好。"

"我是碰上了干爹,才有了好命。"土豆感激地说。

戴锦宏问张师傅:"土豆亲爹是怎么个茬儿呀,是不是又跑啦?"

张师傅:"嗨,别提他啦。我当着土豆的面直说吧。土豆爹干了一阵子,连车带人又跑啦。"

戴锦宏:"这人怕是没救啦,可怜了我们土豆,有爹跟没爹一样。"

"我早就没这个爹,他但凡好一点儿,我娘也不会死。"土豆有些悲伤。

戴锦宏:"好啦,咱不提他啦。你俩收拾东西去吧。"

张师傅:"掌柜的,咱俩上次捣鼓的葡萄酒经过几次试制,终于成啦。你老把家安顿完了,上酒坊去看看。"

"是吗?我现在就去。"

戴锦宏跟着张师傅来到酒坊,进入一个地窖,地窖内摆着四个大木桶,木桶有个小口,小口被封死。张师傅打开封口,用小提子打了一提子,倒进碗里。

"掌柜的,你尝尝。"

戴锦宏接过碗来,尝了一口,品了品味儿。

"嗯,对,是这个意思。怎么捣鼓出来的?"

"葡萄不能沾水,带着霜酿。水也要讲究,最好是山上的泉水,密封一百天,这中间五天要搅拌一次。当然啦,这里面要加一种料,料的量要合适⋯⋯"

戴锦宏:"得,打住!这是秘方,不用说啦。上市了吗?"

"拿到咱小酒馆试销了一下,还不错,喝多了也晕晕乎乎、兴奋。"

"那就对啦,就是让他醉,不醉不兴奋。他们喝了咱的葡萄酒兴奋了,他们下次还来。但有一样,喝醉了不难受,睡一觉醒了没事,就是好酒!"

张师傅:"咱的酒喝醉了不难受,但是还没完全定型,水的质量、料的多少,还把握不准。定型了用什么装？用陶罐？"

"嗯……"戴锦宏想了想说，"用小葫芦！"

"用小葫芦装酒？"

戴锦宏："你看，京戏《林冲夜奔》中的林冲，腰上就挂着个小酒葫芦。"

张师傅："好、好，有意思，就这么定啦。掌柜的，给酒起个好听的名吧。"

戴锦宏："你让我想想，博斯腾葡萄酒，不好。铁门关果酒，太俗。哎，就叫'焉耆红'吧！"

"'焉耆红'？"张师傅品了品这名字。

"好！好听。让咱'焉耆红'葡萄酒红起来！"

戴锦宏："哎呀，我多年的愿望终于实现啦。"

几天后，焉耆老店焕然一新。张师傅、巴特尔和焉耆商界人士前来祝贺聚福盛重新开业。在一阵鞭炮声中，戴锦宏父子俩揭开牌匾上的红绸，一幅红底金字的崭新招牌又悬挂起来。

戴锦宏："各位大人、各位同人掌柜的，我聚福盛今天重新开业啦！"

众人掌声。

戴锦宏接着说："聚福盛焉耆分店，从今儿起交给我儿子戴纪斌掌管，望众位多多给予帮助，鄙人感激不尽。"

酒坊的张师傅喊道："聚福盛后继有人啦。"

"今儿中午在饭馆备下我们酒坊新酿造的'焉耆红'果酒请大家品味，各位有请！"

简单的开业仪式结束后，戴锦宏请客人到馆子吃开业宴，主要目的是给儿子铺垫，让他熟悉人脉关系，利于他接手这份家业。

开张宴结束后，爷儿仨回到家，戴锦宏还有好多的话要跟儿子说。

纪斌："爸，今天你老喝了好多酒，先睡一会儿，起来再说。"

戴锦宏："不用啦，我今天特别高兴，今儿是双喜临门呀。一喜是老店重新开业交给你喽，这叫聚福盛老店后继有人。二喜是咱那酒坊酿的葡萄酒都说好。我多喝了几杯，觉得晕晕乎乎、兴味盎然，高兴！"

戴锦宏兴奋地站起来，在门口看了看店门和院门上挂的彩，转过身来对铁锁接着说："我活到今儿，两个地方是我人生最重要的地方：一个是老家，那是生我养我的地方；一个就是焉耆，是我立业的地方、我的福地，我对这儿有感情。"

戴锦宏停顿片刻，情有感触，接着说道："儿子，焉耆老店荒废了几年，我心里疼呀。为什么把你接来，叫你继承这儿的家业。这可是我十几年的心血啊，今天看着这老店救活啦，我能不高兴吗。"

"爸，喝杯砖茶。"土豆端上来一壶热气腾腾的茶。

"嗯，这茶好。土豆知道，我和袍哥吃肉喝酒后就喝砖茶，能消食解酒。"戴锦宏喝了几口茶，又接着说，"要想发家致富，单打独斗不行，你身边要交一帮朋友,这就是老话说的,人在外靠朋友。介不、袍哥、你张叔、巴特尔、塔斯肯……"

"爸,我听爷爷说过,处朋友容易,交同行朋友难。"

"哎,你问得好!老话又说了,同行是冤家,关键在利字。钱,得大家一块儿挣。靠自己个儿,挣不来钱。当然,有了朋友就有了各自的利益,你不能老算计人家,净往自己口袋里划拉,时间长啦就成了孤家寡人,成不了气候。"

戴锦宏又点燃一支烟,深深地吸了两口,深思了一会儿。

"说了归齐,记住我一句话,做人要直,做事要曲;处人要随和,处事要活泛。"

戴锦宏越说越有兴致,不知不觉到了晚上。

土豆:"爸,吃饭吧,吃完了你爷儿俩再聊。"

"哟,吃汤面条。好、好,这碗面吉利,咱聚福盛老店必能长命百岁。"

吃完饭,戴锦宏兴致不减。

"儿子,我性子急,这儿的事没安顿利索我回去也不放心。原本想把土豆爹留下,总能看个家护个院吧?没承想他又跑啦。"戴锦宏非常失望地摇摇头。

土豆:"爸,我当时虽小,但我早就看清我爹是啥人了。我听我娘说,我爹家在当地算是有钱有地的人家,只因他要钱,把祖上家业都败了。他输了钱有气就打我娘。后来听人说到新疆好混,就往新疆走。家里所带的东西吃光了,盘缠用完了,要把我卖了。我娘不许,他一路上打我娘,后来我娘就生病了,他也不管,我娘又气又恨,后来就走了……"

戴锦宏也难过地仰首对天说:"山丹丹啊,你放心去吧……你的闺女,就是我闺女。"戴锦宏接着对他俩说,"你们俩啊,在这儿雇个上岁数的妇人,看看门做做饭。万一铁锁去牧场和出个远门,总得有人陪着土豆啊。土豆呢,也可以腾出手来盯盯柜上,帮你一把。这样,介不又省出一个柜上的人吗?"

"对,是得雇个人。爸,酒厂和牧场多会儿去呀?"

"今天吃饭不是都见了你张伯和牧场的巴特尔大爷。明儿去酒厂,就在镇上。酒厂的活儿,都由你张伯管,原料和销售由咱负责,你多听他的。明儿去主要让你熟悉熟悉,明白这酿酒是怎么档子事,用的原料是什么,料的产地、质量和成色不能马虎。牧场咱后天再去。这些事,一件件地给你讲清楚。"

天完全黑了,土豆给戴锦宏铺好炕,又烧了一锅热水,端来了一盆洗脚水。

"爸,累了一天了,你老泡泡脚,早点歇着。"

"我有福,老天爷给了我一个闺女。"

戴锦宏洗完脚,躺在炕上仍然没有睡意,眼瞅着这房子。在灰暗的油灯下,引起了他的回忆,又给儿子和儿媳讲着他和袍哥在废墟上亲手盖房子的辛劳与喜悦:"这个家建得不易呀!"

戴锦宏安排完焉耆的事,又匆匆赶回迪化。

两辆装满羊皮的马车驶来,停在迪化聚福盛店铺门前,戴锦宏下了车,大柜迎上来。

　　"掌柜的回来啦,一路辛苦啊,您屋里歇着,我让人卸货。"

　　车夫问:"这货放在哪儿呀?"

　　戴锦宏:"先放在院子里。"

　　戴锦宏交代完,穿过院子进入堂屋。

　　蜀秀迎上来说:"你这一去就是一个月,可把我急死啦。丫头,快给老爷打洗脸水来。"蜀秀帮戴锦宏边脱长袍边说,"你们一走啊,屋里立马空荡荡的,我还不习惯了,天天盼着你早点回来。"

　　"人都在这儿你瞅着烦,人走啦你又闷得慌,真难伺候。"

　　戴锦宏又拿出一个小口袋。

　　"交给你一件东西。"

　　"什么?"

　　"放好啦,这是去年结的账,给铁锁那儿留了些,带回来了两千多两银子。"

　　院子里传来了大柜的喊声:"掌柜的,我看天气要变,这羊皮放在院里不行吧。"

　　"哎,知道了,我想办法。"

　　戴锦宏看了看天,阴云袭来。

　　戴锦宏和店员用油布把皮子蒙了个严严实实,一切都收拾利索了,天也黑了。

　　吃完晚饭,俩人躺在炕上说着话。

　　"看来这房子还是小啦,有店铺没仓房,货物没地儿存;夜里值班的店员没地儿睡;还没有个账房……"

　　戴锦宏突然间下了个决心:"盖个宅子!咱搬出去住,就这么定啦。"

　　蜀秀不解地问:"你上哪儿去盖房子? 想一出是一出。"

　　"趄摸一处地皮买下来,咱盖个大四合院,到那儿去住。将来你生了儿子闺女,再有了孙子,一人一间那多热闹。"

　　"你想得真好,我同意!"

　　说得蜀秀高兴地直乐。

　　"这儿呢,扩大店铺面积,这三间房两头的做仓房存货,中间这个堂屋当账房和夜里守夜的店员休息,这不都齐啦。"

　　"对! 住宅和店铺分开,搅和在一起,又乱还休息不好。那你抓紧时间去找找地皮。"蜀秀附和着。

　　"你高兴吧?"

　　蜀秀乐呵呵地说:"高兴。"

　　"高兴就好,睡觉。"

戴锦宏脱光了衣服,光溜溜地钻进了蜀秀的被窝。

"哎,不行。"

"一个月不在一块儿了,你不让我舒坦舒坦?"

"我下身日子都过了好多天啦,怎么到今儿还不见红呢?"

"莫非有啦?"

"我也怀疑是不是怀上啦。"

"今晚舒坦完了,明天一早去先生那儿号号脉。"

"一天你都等不急了。"

"你就不想我?"

"想,想死我了。"

"想,咱就舒舒坦坦地在炕上干一夜的活儿,别的事啊明儿再说。"

第二天,先生一号脉,说是喜脉,可把俩人高兴坏了,回来时特意雇了个马轿子车把蜀秀拉回来啦。蜀秀笑不滋地一手抚着肚子,另一手扶着戴锦宏进了店铺的门。

"掌柜的,夫人这是病啦?"李大柜问。

戴锦宏笑着说:"怀上啦。"

"哎哟,恭喜掌柜的。"

戴锦宏把蜀秀一直扶到屋里,小花也过来帮着把蜀秀扶上炕。

"小花! 去买只鸡炖上,太太怀孕啦。"

"好,我这就去。"

小花转身出了门,戴锦宏还喊着:"小花,买老母鸡,肥点的,还有瓜子、花生、大枣,啊?"

"知道啦。"

"锦宏,你能找两张画张子吗? 我见人家家里挂的《金玉满堂》《福寿三多》多喜庆呀,要一张来,咱也把它贴在墙上。还有,去孩子多的人家,寻几件小小子的衣服,我压在枕头底下。"

"好,我这就去,你记住,千万别蹦蹦跳跳的。"

"知道啦,你快去吧。"

中午,戴锦宏拿着好几张杨柳青年画回来啦。

"哎哟,我都把人家店内胖小子的画包圆啦,看这张叫《莲生贵子》,这些叫《金玉满堂》《鲤鱼跳龙门》《福缘善庆》《百事如意》《长命百岁》《掰瓜露子》……还有《金鱼多子》。"

"我看《莲生贵子》和《金玉满堂》好,让我肚里的孩子也天天看着画里的胖小子。咦,你是从哪儿讨来的?"

"咱这儿有几家铺子就有年画,你不知道?"

"我就不进这些铺子。"

"哼,你就只知道逛百货店呀,或者银楼呀,没文化。"

在清末,杨柳青人大批家眷西迁时,杨柳青年画也随之传入。一些店铺里兼营书画。到民国初年,在迪化就有了专营的字画店。

"小衣服可不好找,寻了件衣服、一顶小虎头帽子、一双虎头鞋。"

"哎哟,真好看。"

小花进屋招呼:"老爷、太太,吃午饭啦。"

戴锦宏:"起来吃饭吧。"

"我就不下地啦。小花,给我端到炕上来。"

不到三天,蜀秀躺不住了,要下地活动活动。又过了半个月,想到街上转转,在家待不住了。

有一天,周太太来看她。

"大妹子,你成天在家糗着也不行呀,将来孩子不好生。有空上我那儿坐坐,打打牌,要活动活动。"

"我不会打牌。"

"嗨,打两把就会啦。"

戴锦宏也劝道:"去吧,天天在家待着你也烦,让小花陪着你去。"

蜀秀常去周太太家去打牌,不到一个月,小花急呼呼回来找戴锦宏。

"老爷!太太在周家打牌时把把和,她一高兴站起来伸了个懒腰,打了个哈欠,就出事啦!"

"出什么事啦?"

"她肚子疼,疼得都直不起腰来,周家派人去请先生了。"

戴锦宏急忙赶到周家,先生刚号完脉。

戴锦宏急问道:"先生,怎么样?"

先生把戴锦宏拉到屋外,"戴掌柜的,夫人的脉象没啦,带回去休息吧。"

把先生送走,戴锦宏进了屋,蜀秀急问:"先生说啥啦?"

"你没大事,让你好好休息,咱回吧。"

回家后蜀秀又追问:"我一路琢磨,没出大事,那还是有事?"

"在人家家里我不好说,你肚里的孩子……没啦。"

"啊!我的天哪……"蜀秀大哭一场。

蜀秀又流产啦。

第三十三章　好气派的戴家大院

戴锦宏恢复了焉耆老店,了却心头一件大事,他在焉耆十来年的艰苦创业,没有付之东流,而且有儿子继承发扬。

光阴似水,又过了几年。

戴锦宏筹备了十几年的资金积累,在迪化要盖一处大宅子。一方面,他觉得新疆是个好地方。这里山美、水美,尤其是给他带来了好风水。在这里,给他带来了财运,使他过上了富足安宁的生活。他已经离不开这块土地了。更重要的是,建个大宅院把年迈的父母接过来,让他们也享受不愁吃喝的好日子。把劳累了半生、替他侍奉双亲的发妻秀华接来,让她也享受清福,这是他剩下的最大愿望,他开始为此而努力。

主意已定,他开始选址。

在大十字周围的各个巷子里,已经住满了杨柳青人。况且,这里的地价年年增高,选个合适的地界盖宅院很困难。

一个偶然的机会,在东门内的三角地,有一处山西人的车马店失火了。大火把车马店烧得荡然无存,只剩下一道道被烧焦的断壁残痕。马车店老板走投无路要自尽一了百了,被人们救了。

戴锦宏听到这个消息来到这个车马店巡视一番。

周围的街坊也对此事议论纷纷。

有人说:"这块地方不吉利。"

有人说:"这火着得也怪,大白天的突然一阵黑风,就在车马店里转,转着转着房子冒烟了,一眨眼的工夫房子起火啦。还没等人们提着水去灭火,轰的一声,那火呀烧着了整个车马店。院里的马圈着了,马也惊啦。料草棚着了,噼里啪啦冒火星子。人们提着桶端着盆不敢进去,也不知先从哪儿下手呀。正在这时,店主牵着一匹马从大火里冲了出来。"

有人说:"那马的尾巴上还着着火哪!"

有人一盆水泼在马尾巴上,马惊恐地跑啦。

"坏啦!坏啦!你们看,房子要塌啦!"

话没说完哪,轰的一声,房顶全没了。

这时,旁边的邻居老爷子也急啦,喊道:"老天爷呀,你老行行好,别烧了我的家呀!"话音刚落,突然下起了一阵瓢泼大雨,火被熄灭啦,周围房子都好好的。你说这事蹊跷不蹊跷?

有人悄声说:"这家店主是不是……作了孽……"

"你老可别这么说,人家倾家荡产都不想活了。"

"为吗这火着得这么稀奇古怪呢?"

人们都百思不得其解。

车马店烧得精光,除过救出了一匹马外,没剩下一点儿有用的东西。老板一家三口生活都遇到困难,想回老家也没盘缠。

车马店店主说:"这块地皮给钱就卖。"

烧毁的车马店一个多月无人问津。

正在这个节骨眼上,戴锦宏找来了。

"你这块地皮卖吗?"戴锦宏问。

车马店老板:"卖。"

戴锦宏又问:"那也有个价码呀?"

车马店老板说:"房子烧毁了,你给个价吧。"

戴锦宏似乎表现出犹豫不决的样子:"哎呀,人们都说你这块地皮风水不好。你瞧瞧,别人家都好好的,就你这个车马店烧了个精光,这块地皮能干吗?盖宅子不吉利,盖铺子风水不好,盖个猪圈还凑合。"

车马店老板说:"这、这,我也不知道咋回事。你看着给吧,够我回老家的盘缠就行哩。"

很快,车马店老板以很低的价,把这块地皮卖给了戴锦宏。

周围的街坊不解地问戴锦宏:"这块不祥之地还盖宅院?"

其实,戴锦宏早就请风水师看验了这块地方,风水师说:"车马店的大门开得不吉利,迎着风口,阴气不散,污浊之气在里面旋转,久而久之污浊之气越积越重,一遇火星,风口之风一吹,污浊之气顿时爆燃。"

"那为什么突然下了一场暴雨呢?"

风水师干笑了一声,"有些事能说,有些事就不能说,只有天知道,掌柜的见谅。"

"我要在这块地皮上建个宅院行吗?"

"行啊,为甚不行。这一片地方不都是宅院吗。建宅院,大门一定要建在胡同里。"

戴锦宏买下这块地皮之后,就开始着手兴建宅院。

三角地,大十字东大街东南侧。随着杨柳青人的不断移民,迪化城也在扩张,这里成了杨柳青人的聚居区。三角地多是一些简陋的泥土房。戴锦宏请杨柳青工匠们设计施工。他的要求只有一条,把老家的四合院搬到这里,以解他思乡之苦。

随着开工,这银子的投入就收不住了,尤其是后期的装修。施工历时近两年,在光绪二十年,迪化三角地一条胡同内,一座很有气派的新宅子落成,引起这一带居民的轰动。

"三角地新建了一个好气派的大宅院。"

"谁家的大宅子?"

"听说是东大街聚福盛戴掌柜的。"

迪化城有十余处漂亮气派的大宅子,为什么戴锦宏的新宅子引起轰动呢?因为,迪化大商户和在衙门里当大官的宅子,都集中在大十字周围的八大巷,这儿是黄金地段,上档次。而三角地的民宅,都是普通杨柳青人和少数其他省籍迁徙来的平民,他们住的都是泥土房或大杂院。在这个平民区出现了一个好气派的大宅院,岂不是鹤立鸡群吗?

当初新宅子开工那天,戴锦宏设了香案,拜祭四方神仙、土地爷。

新宅子竣工这天,也举行了一个仪式:大门上悬挂一对大红灯笼和红彩带,这叫"挂红"。放了鞭炮,噼里啪啦的鞭炮声足足响了半个时辰,这叫"驱邪"。然后在院里摆了流水席,不管是认识或不认识的,只要进了院子任你好吃好喝,这叫"旺人气"。

街坊邻居都来参观。

首先映入眼帘的是翘角木雕门楼,门楼下两扇黑漆大门,上面贴着门神爷,看家护院又避祸就福。活插板式门槛,取下门槛,一挂车可以进去。门前两个石狮镇守大门两侧镇宅院。院墙下部一溜烟青砖,下雨下雪不怕腐蚀了墙基。

推开两扇大门,直面影壁墙上用青砖镶嵌了一个大大的福字。走过门道左转,眼前是大院全貌。北房是一明两暗三间,东厢房两间,西厢房两间,南面两间。院房一圈是走廊台阶,中间是方砖铺地的院子。另外厨房、炭房、茅房各处院子的另三个角落里。院内有渗水坑,还有一口水井。所有的房屋均为木框架结构,房顶伸出近三尺的房檐。门窗均为花木格子装饰,用桑皮纸糊在窗格上,每个窗子中间贴一幅杨柳青剪纸窗花。窗子以下全是青砖到底。

邻居们赞不绝口,当时虽然不是迪化省府最好的宅院,但也是为数不多的大宅子。他们感叹主人的运势和精明,私下里议论戴家的兴盛。

人们称:"好气派的戴家大院。"

戴锦宏两口子送走了邻里,站在大院回顾四围,显得空荡荡的。

蜀秀:"当家的,我站在这个大宅子怎么觉得空落落的,就咱俩。你要出远门,就剩下我和丫头,可怎么办哪?"

戴锦宏:"这人哪,总没有合适的时候。你赶快生孩子,生个仨男俩女的,等儿女长大啦,再生七八个孙子,这大院不就热闹啦。"

戴锦宏半真半假地开着玩笑。

"去你的,到那时我都成了老太婆啦,不行。咦,上次小产到现在都三年啦,我怎么不怀了呢?"蜀秀说。

"那都是你的日子过得太舒服喽,一天吃喝玩乐像娘娘一样。你看那皇宫里的娘娘有几个生皇子的。在庄稼地里刨食受苦的女人,十个八个地生,没听说越穷越生吗?"

边说着双双进入卧室。

卧室内一个土炕占据了房子的一半,炕上有个炕柜。炕前是一个新打制的两扇门榆木大红柜,中间有两个大抽屉,上面装着黄铜的虎头钉扣,大铜锁锁着抽屉。靠窗子是一个长条梳妆台,立着一面大玻璃镜子。

玻璃镜子可是既时尚又贵重的玩意儿,为吗呀?介玩意儿没法儿运输呀。靠骆驼驮行吗?不行。靠马车拉行吗?不行。那条道都是沟沟坎坎的,车轱辘颠一下,咔嚓,大玻璃不就全玩完了。所以,从口内和国外,运这大玻璃到新疆,难呀!

靠门的墙角放着一个脸盆架,脸盆架六条腿,稳当。架子上放着一个搪瓷新式脸盆,脸盆里还印着花草鱼。介比铜盆好,又光滑又漂亮。这搪瓷盆也是新鲜玩意儿,听说是洋货。

洋货还有哪,您瞧堂屋放着个生铁火炉子,介是老毛子的货。炉子底部三条虎腿,支着整个铁火炉稳稳当当。炉子有俩小门,上门添炭,下门掏灰,干干净净。上面圆形的炉板,一圈一圈地套着,用大锅烧饭取炉圈,用水壶烧水套小圈,用起来方便。

炕上的两床大红缎子被,叠得整整齐齐码放在炕柜上。浅粉色的炕裙子上绣着鸳鸯戏水的图案,绣工讲究。墙上贴着一张杨柳青年画《金玉满堂》。

蜀秀望着花纸糊的顶棚说:"我爹妈要在就好啦,这么大的院子,把他们接过来住。"

"你爹妈我估摸着回老家啦。"

"我还能找到他们吗?也没地儿找去。哎,当初都怪我。"

戴锦宏看着这个大宅子,也想起了老家和他的父母。

"老家!一转眼又快十年没回啦。"

戴锦宏陷入沉思。

在新疆闯荡了二十年,家业兴盛,这两年总算松了一口气,但思乡之情越来越浓。尤其是住进这个大宅院,他常常梦见他的老父亲。昨天夜里他做了个噩梦,一堆黄土下伸出来两只手,那双干枯如柴的手到处乱抓,似乎要抓挠什么。戴锦宏心中恐惧,怎么这土下还有活人呢?不行,救人要紧。戴锦宏抓住两只手想把人拉上来,可这双手不让他抓。他就使劲地用双手刨土,可这双手慢慢下沉,他拼命呼喊,让人来帮他救人……

蜀秀把他推醒啦,他长长地出了一口气,才知自己做了一场梦。

"这梦不好。"自己想着,他失眠了。

他心里总不踏实,一定要回老家看看。他决定把父母和秀华接来。回趟老

281

家怎么着也需百十来天,我走啦这儿的买卖怎么办?回趟老家要办批货来,又需要用钱呀,这个大宅子花去了他的积蓄。还得想法扩大经营范围,仅靠这店铺不行。戴锦宏思考了两天,今儿有谱了。他早晨起来吃完了饭,就去找李大柜。

李大柜刚把店门板卸下来,戴锦宏就来啦。

"掌柜的,今儿怎么这么早您老就来啦?"

"这些日子总寻思点事,来找你商量商量。"

"哎哟,您是大掌柜的,您老怎么吆喝,我就怎么干。"

"别总是老、老的,你比我还长一岁哪,按理说我该叫你哥。"

"别价,君是君,臣是臣,哪有君臣不分的道理呀。"

"好!我就请你当我的总理大臣,店里的一切经营全交给你啦。现在有个新词,叫经理,今儿起,你就是聚福盛的经理啦。"

"那不成了二掌柜啦?不敢当不敢当。"

"自打这个店开张,你就跟我干,干得顺心吗?"

"顺心呀,不顺心能跟您干这么久。"

"你只要顺心,就接过这个经理的差使。你的酬饷改为年金,这一年你经营得好,就多提成,介不调动起你挣银子的积极性啦。"

"哎哟,我别给您干砸啦。"

"干砸了你就少拿!第二年就逼着你动脑门子想办法。你呀,都好,就是太小心谨慎了。"

"看您说的,给主人干活儿哪能不谨慎哪。"

"做买卖呀,别怕赔,怕赔就赚不上大钱。还有,那眼珠子别净盯在那针头线脑上,往远处看,凡是能赚钱的就干。"

"既然掌柜的下旨啦,我就领旨谢恩。"

"从今儿起,你就把这个店当成你的,干好了是你的,干砸了也是你的。我就只看账,经营什么我不管,怎么经营我也不管,我腾出心思还想别的事哪。"

"掌柜的还有啥事让您费心思?"

"我早就寻思再干点别的,一来这店脱不开身,二来这盖宅子又费了好多功夫。如今这宅子住上了,该考虑点正事啦。"

"掌柜的还想再开个分店?"

"头几年不是从焉耆拉回来两车皮子吗,那阵子就想在这儿建个皮毛坊,结果顾不上,把皮子贱卖了。还有,最近听说水磨沟有几家磨坊不干啦,我想抽时间去看看。然后,该回趟老家啦,有十年没回啦。大前年你还回去一趟呢,把你媳妇接来了,我老家的爹娘还等着我哪,再不回去怕见不着啦。"

"您就放心去吧,这儿有我哪,我替你好好地经理经理。"

"我走时你给我个进货的单子,还有给你老家的父母带点吗?"

"好,您走的时候再说。"

"店里事有你这个经理,我腾出手来今儿就去水磨沟。"

迪化东北郊的东山,有一条山沟,沟里有一条河。河水来自天山长年不化的雪峰,到夏季水流丰沛,且长年不断流。在这条山沟里,有好几处水磨坊,人们给这条沟起名"水磨沟"。

就在这年春天,一场十几年未遇的大水冲毁了几家水磨坊。有的磨坊主无力再投资经营下去。戴锦宏敏锐地觉得,这又是一个发展家业的天赐良机。

投资磨坊是个一本万利的事情,省钱,省力,省心。只须一次性投资,把磨坊建起,有个人看管,就等着收益吧。虽说挣的是小钱,那也是钱呀。家产万贯,也是一点一点的小钱积累成的。

这一天,他来到水磨沟探查。

不几天,他毫不犹豫地把一家姓马的水磨坊盘下了。

有人好心地提醒他:"水磨沟那地界,邪! 三年两头地发洪水,一旦发大洪水就毁了磨坊,你哪能三年两头地往河沟里扔银子啊?"

戴锦宏笑着说:"我就是想听听银子扔在河沟里的响声。"

"你没发神经吧? 钱多了撑的。"

其实,前两天他请来了风水师踏勘。

戴锦宏问:"张道士,为什么这里的磨坊一遇洪水就常被冲毁?"

张道士上了河岸的高坡上,水磨沟弯弯曲曲,河水有缓有急,河道有宽有窄,由南向北一览无余。张道士指着马家被毁的磨坊说道:"此处河弯水急,建磨坊是对的。但是,看似聚财,实则聚险。处于浊气不泄的凶险之地,一旦发洪水必然冲毁。"

"那怎么办呢?"戴锦宏请教。

张道士说:"旁边可引一条泄洪渠,虽然耗费工力,花点银子,脉气可通畅,凡事则通顺。"

"再请教大师父,你看那马掌柜的面相是招财还是散财?"

张道士:"此人面相可聚不疏。"

"既然他有聚财之相,那他的磨坊为什么被冲毁?"

张道士:"这是他只知聚而不知疏。他的手捏得太紧了。他花点银子雇些人修一条泄洪通道,每年发洪水前打开,这不就行了吗。"

戴锦宏:"你看我俩能否搭档做生意?"

张道士笑曰:"他倒是一个本分的守财奴,而你……"

道士笑而不答,末了说了一句:"天生的一对搭档啊。"

戴锦宏大喜,随后,他和马家签订了契约,盘下磨坊。新磨坊建成后,雇用他管理,年终三七分利。

不到三个月，戴锦宏的磨坊挂彩开业啦，直径一丈的大水轮剪彩后开始运转，成为水磨沟最大的一家磨坊。开业七天优惠磨粉，六道湾、七道湾、八道湾的种粮农户，每天赶着马车，拉着麦子来磨面。

水磨坊的事安排顺当了以后，今儿晚上在馆子摆了一桌饭，和磨坊的马师傅、店铺的李经理等人吃了顿生意上的团圆饭。戴锦宏喝了点酒，兴致仍然很浓，又拉着李经理陪他在家喝茶聊天。

"小花，沏一壶上等的香片茶。"

"哎！"

蜀秀："当家的，这是到哪儿喝酒去啦，红光满面的。"

戴锦宏："介不，磨坊的事安排顺当啦，了去了我一桩心事，今儿晚上在馆子吃了顿咱生意上的团圆饭。"

李经理："掌柜的，我真是服了你啦，不到三个月，又建了个自家的水磨坊。"

戴锦宏："这才是起了个头，还没完哪。"

李经理："有了磨坊还要干什么？"

戴锦宏："来来来，先喝茶。"

戴锦宏端起盖碗茶，揭起茶碗盖，吹了吹，吸溜了一口，品了品："啊，真是回味无穷呀！"

李经理："我怎么喝着这茶发苦呀。"

戴锦宏："你看看，这茶就得沏得浓点，苦中带甜，一股清香直冲你脑门子，能使你清心养神，这脑袋瓜子里的灵气一下就通开了。"

李经理："有这么大的功效？"

戴锦宏："你不信是不是？咱回来的路上，我一直在琢磨，这磨坊是开业了，咱就替人家磨磨面，收个三成麦谷？当然，吃粮钱、吃菜钱一家子够了，可这利太小啦。介不叫你来合计合计。"

李经理："磨坊、磨坊，不就是给人家磨粮食吗？"

戴锦宏："这口茶喝下去，我这脑门子立马开窍啦。"

李经理："咦，我还真好奇，怎么个开窍法？"

戴锦宏："你想想，开磨坊不能仅仅停留在给人家加工成面粉上。一斤小麦能加工成八成的面粉。一斤麦子才多少钱呀，可加工成面粉是小麦的四倍，那价比大了去啦。我们为何不自己去收购小麦磨成面粉，开个粮铺子直接上市，这就是利滚利，这才是第二步。"

李经理："还有第三步哪？"

戴锦宏："咱磨出来的面粉、米粉、豆粉再深加工，再开个食品坊、点心坊，做天津大麻花、油糕、晶糕、切糕、花糕、糖皮果子、什锦点心……"

李经理："哎哟，您别说了，说得我嘴里直流口水。"

戴锦宏:"不说啦,这是下一步考虑办的事。磨坊先这样干着,我得办回老家的事啦。你合计合计,咱店里在京津进点什么货,给我列个单子。"

戴锦宏开始筹备回老家的事。

戴锦宏自从上次回老家,一转眼又十年啦,思乡之情越来越浓。尤其是今年,他常常梦见他的老父亲,他心里总不踏实,一定要回老家看看。这个家他得安顿好,才能放心地走。

戴锦宏领着一对四十多数的老夫妇,进了家。这位男的长者,就是当年替戴锦宏看着修铺子的老张。

戴锦宏对蜀秀说:"这是张大哥和张嫂,也是咱杨柳青人。张大哥看家护院,张嫂做饭搞家务,住在南屋那间。店铺那头请了个学徒帮着李经理料理铺子,都安排妥当啦。"

张嫂对蜀秀躬了躬身,说:"太太有什么事就吱一声。"

蜀秀:"张嫂先去收拾你那屋,回头有事我告诉你。"

戴锦宏进屋收拾需要带的衣物。

"出远门呀,你不知道带什么东西,棉袍、干粮可不能少。"蜀秀嘱托着。

"那你也跟我回老家吧?"戴锦宏试探着说。

蜀秀:"我才不去哪,到你们老家,我算老几呀?那儿不是我的家,这个家我才是女主人,我说了算,记住!"

"我这一去,可就大半年,你不着急?"戴锦宏问。

"急有什么用,等你回来好好伺候我吧。"

"今儿晚上,你得伺候我。"戴锦宏嬉皮笑脸地逗。

"我现在就伺候你。"蜀秀钻进戴锦宏怀里,即将离别的苦痛泪水从眼眶中流了出来。

第二天一大早,戴锦宏坐上回老家的马车,马车前面是生华带领的驼帮。一串长长的骆驼队,尾望不到头。迎着东方的日出,伴随着悦耳的驼铃声,一首动听的《骆驼客》又唱起来啦。

天津杨柳青镇,戴家。

今儿一大早,久病卧炕的戴父,从炕上爬起来穿衣服,戴母奇怪地问他:"你今儿是怎么啦,精神头这么好,穿衣服干吗去呀?"

"我出去转转。"

"嘿,真新鲜。你不是不舒服吗,在炕上躺了那么多天。"

"今天精神爽快,有点事去办办。"

"你这么大岁数啦,还有吗事呀?"

"你就别问啦,好久没出门啦,你让我出去畅快畅快不行吗!"

秀华在外屋准备弄点早晨的吃食,听说老爷子突然要出去,便说:"爸,办啥事呀,吃点东西我陪你去。"

"不啦,我出去透透风。"

戴父拿着拐棍就急急忙忙地走啦。戴母非常奇怪,对秀华说:"老爷子今儿是怎么啦? 一直在家躺着,让他在门口晒晒太阳他都懒得动。"

"是啊,这么大岁数啦,自个儿出去真让人不放心。妈,要么,我出去看看?"

"让他去吧,这些日子,他晚上躺在床上天天念叨儿子、孙子。他说想铁锁,铁锁跟他爸走了快十年啦,他说,恐怕见不到孙子了。就连死了多少年的老大和老二他都念叨。兴许,他找那些老爷们儿说说话。"

戴父出去了两个时辰还不见回来,戴母着急啦。

"秀华,你去找找,这么大岁数了,别出什么事呀。"

"哎。"秀华撂下家务活儿就出去啦。胡同口没有,来到菩萨庙前的老柳树下,见几个老头儿聊天,问了问也没有。

"这么大岁数了,还能到哪儿去呢?"

秀华感到不妙,匆匆赶回家告诉戴母。戴母一听也着急啦,和秀华一块儿出来四处打听,没有一个人看到。

戴母说:"咱到码头上找找。"

"爸到码头上干吗来呀?"

戴母说:"这两天,他天天念叨你崔叔。你爸是不是快要走啦?"

"妈,您老可别这么说,我怕。"

她们来到运河码头。码头萧条冷落,几个年轻人身背绳索手拿扁担,似乎等扛活儿的生意。其中有一个后生她们熟,他叫姚修贤。人到了着急的份上,见人就打听吧!

"修贤,瞅见过你戴大爷吗?"

其中有一个后生说:"大婶,我今儿一大早见戴爷手里拿着黄表纸,在这儿念叨了几句,烧了几张,然后到郊外去啦。"

戴母一惊,对秀华说道:"坏了,现在都到了晌午,你爸肯定出事啦。走! 去你崔叔墓地看看。"

姚修贤见这一老一妇着急的样子,对秀华说:"大婶,我跟你们去。"

姚修贤,姚大人的独子,名不知道叫什么,大家都叫他的字"修贤"。看来姚大人想把独子培养成圣贤之人,为拯救这个乱世培养出一个人才来。为了从小培养他,省吃俭用送他读了几年私塾。姚大人这辈子最多混了个县知事,他希望儿子将来有出息,起码要比他强。如今已十八的姚修贤生不逢时,从出生就遇上社会动乱和天灾人祸,到此时,连秀才的功名都没取得。姚大人悲哀而言:"嗨! 让这乱世闹得耽误了。"

姚修贤随戴氏婆媳来到墓地,果然发现在崔氏墓前有一堆刚烧过的黄表纸和从坟头上拔下来的草,坟头上还撒了一层虚土,却不见人。

戴母对秀华说:"你崔叔家没有人来给他烧纸,肯定是你爸。可这人哪儿去啦?"

看看这荒野乱坟岗子没一个人影。秀华喊了一声,听到这附近有人声。姚修贤顺着声音跑了过去发现一个坑,坑里躺着一个人,一看正是戴爷。

"大婶,戴爷在这儿哪!"姚修贤喊完跳入坑内。

她俩急忙跑过去一看,戴父躺在一个被人挖过而放弃的坑。

"大婶,戴爷还有气。"

受了惊吓的戴母此时两脚发软,全身无力,趴在坑边哭着说:"你这是干吗呀,大老远地跑到这儿躺着?"

"妈,别问啦,赶快把爸弄回去。"

幸亏姚修贤跟来,就这么着,把戴父背回了家放在炕上。秀华端来了一碗水,戴母给一勺勺喂着。秀华又熬了点粥给戴父喂下,戴父才有了点精神头。戴母不明白,一大早往坟地跑,这是怎么档子事? 秀华说先别问啦,让爸睡一会儿。

戴父下午睡了一觉,醒了过来,正赶上吃晚饭,只吃了一点饭,说什么也不吃。戴父看看这屋,问老伴:"我这是怎么回来的?"

戴母反问:"你一大早去哪儿啦?"

"我到他崔叔那儿去,看看他。"

"你平时大门都不出,到他那儿干吗?"

"这两天我天天夜里梦见他,他说他过得挺好,不用吃不用喝,就是有点寂寞,让我过去陪陪他。我寻思,老崔那儿是否缺钱花啦? 或者是这么多年没人理他? 给他上坟的人都没有。今儿一大早,我在街上买了点纸钱去看看他。"

"你怎么不告诉我哪?"

"我告诉了,你们能让我去吗?"

"那你为什么躺在坑里?"

"我到他那儿,拔了拔坟头上的草,培了培土,给他烧了点纸,说了会儿话,我说该回家了。走着走着脚下一出溜,滑进一个坑里。我寻思,这事怪了,我来的时候没见有坑呀? 这坑看着不深,可怎么爬都爬不出来。我想坏啦,这下让他给留住我啦。我就躺在那儿跟他说,老崔呀老崔,你别催我呀,让我回去见我孙子和儿子一面,我再来陪你,行吗? 他说不行! 我没见到我儿,你也就别见你儿啦,咱老哥俩就在这儿划旱船。我正和他在那儿矫情,听到秀华喊我。"

戴母听到此,悲伤地哭啦,"他爹,你可别撂下秀华和我就走啦,剩下我娘儿俩咋活呀?"

"孩子他妈,我怕是见不到儿子和孙子啦。我要走啦,锦宏和铁锁他们回来,到坟上看看我就行啦。"

"他爹,你别想那么多,这儿还有我和秀华哪,你就不管啦?"

戴父嘴里嘟嘟囔囔说着,一会儿叫着孙子铁锁,一会儿又叫着儿子锦宏,不知道念叨着什么。

"妈,让爸睡一会儿吧,他跑了一大晌午,兴许累啦。"

娘儿俩离开老爷子,来到外屋,戴母心里不安。

天渐渐地黑了。

"秀华,快把灯点上。"

秀华点燃了灯,只见那油灯火苗一闪一闪,越来越小。

"秀华,那灯怎么又快灭啦?"

"妈,灯油没啦,现在是干烧灯捻子。"

"往灯里添点油呀。"

"妈,瓶子里没油啦。"

灯的火苗越来越小,慢慢地熄灭了,戴家屋内一片漆黑。

停了一会儿,戴家传来了撕心裂肺的哭声。戴锦宏的父亲走啦,他睁着眼,张着嘴,似乎依然呼唤着他的儿子和孙子。

第三十四章　青梅投河啦

　　鸦片战争以来,这几十年灾难总是接连不断地缠绕着这个东方大国和这个国家每个百姓的心头。一九○○年新世纪来临,它并没有给中国的老百姓带来好兆头,而是新的灾难开始。

　　新世纪刚开头,义和团"扶清灭洋"的大旗从山东刮到天津。山东等地的义和团、红灯照分乘民船沿运河北上天津。义和团散发的揭帖"挑铁道,烧教堂,再毁大轮船,使黄毛强盗势萧然"散发到杨柳青。

　　在菩萨庙前的大柳树上贴着帖子,上书:

> 曹州来了义和拳,扶清灭洋去京城。
> 扒铁路,杀汉奸,驱逐洋人保平安。
> 晚上演习义和拳,地点就在运河边。
> 男女老少都去看,人人都学义和拳。
> 进了坛,刀枪都不入,益寿又延年。
> 进了坛,四海皆兄弟,吃饭不要钱。
> 学了义和拳,朝廷就招安。
> 一旦招了安,人人做大官。
> 封妻又荫子,分粮又分田。

　　义和团扒鬼子的铁路,烧洋人的教堂,后来进京围攻洋人的领事馆。义和团运动迅速发展,席卷整个京津冀,引起帝国主义列强的惊慌。当年英、俄、美、法、德、意、日、奥组成八国联军在天津大沽口登陆,侵华战争即将爆发。

　　几个老人在菩萨庙前广场的古树下议论着:

　　"未曾想到这洋人没见灭,可洋人举着洋枪洋炮打到了咱家门口,占领了整个天津卫,杨柳青要遭殃啦。"

　　"洋人骑马圈地,跑上一大圈就变成人家的地界,地被洋鬼子占了,房子被洋鬼子拆了。"

　　"青壮汉子们就去拼命,结果把命也搭上了。"

　　"这上哪儿去讲理啊!这衙门也不管!"

　　"它也管不了啦!听说慈禧老佛爷又把胶州给人家洋人割啦,拿出银子给洋人赔啦。"

杨柳青大街小巷的人们你一言我一语地议论着,谩骂着,发泄着心中的愤恨,但谁也无能为力,还得回家商量着怎么活命吧。

这群老者中,有个人们叫他姚大人的,他就是二十五年前安文忠和周乾义率众去赶大营时的姚县吏。因他为人随和达理,替乡亲们办事勤快,由县衙普通小吏升到知事。前两年义和团闹到杨柳青,清政府想借助义和团抗衡洋人,县衙门奉朝廷密旨也暗中支持。谁知后来天变啦,朝廷又下旨镇压义和团。他们这批下级官吏就成为清政府的替罪羊。姚大人的官帽给摘了。乡亲们尊敬他,见到他仍然称呼姚大人。

"嗨,还叫什么大人呀,现在是小人啦。"

"叫就叫吧,叫什么都行。"

如今的姚大人,总算幸运地成为一介草民,但是日子越过越难。他只会写写算算,别无技艺,也不会做买卖,顶多摆个小摊,卖个醪糟,艰难度日。

姚大人的独子姚修贤,遇上这么个乱世,还考什么功名呀,全给耽搁了。眼看又快过了娶媳妇的年龄,姚大人着急了。两代单传呀,到他这代不能再耽误了传宗接代,赶快给他相个媳妇,为咱生孙子,延续姚家的香火。

姚大人贬了官后,家境困难,这媳妇可难说啰。前半年媒人给说了一家女子,看着身体好,胖乎乎的,生个三男两女没问题。可人家要二石粮做彩礼,二百斤粮呀!姚大人咬了咬牙说,就是砸锅卖铁要凑上这份礼。可这小子太轴,死活不娶,真是一头犟驴。

姚大人出来遛弯儿,听了人们对社会的满腹牢骚,满怀愁苦的心事往回家的路上走,低着个头,叼着那袋旱烟,吧嗒吧嗒地不停地抽,又琢磨着这兵荒马乱缺吃少穿的,这日子可怎么过。

姚大人正低头寻思着,传来了马车吱吱嘎嘎的车轴声,抬头一瞧,坐在马车上的是去了新疆多年的戴锦宏。

"哟,这不是姚大人吗?停车!"

戴锦宏赶快下车,作揖,向姚大人打招呼。

姚大人瞅着这人,有点面熟。

"姚大人,怎么认不出我啦?"

"哎哟,眼熟,可就是想不起来啦。"

"我是戴锦宏。"

"噢,都过去二十多年啦。想起来啦,光绪爷登基的二年你去赶大营,还是我给你签的路条呢。发财了吧?"

"是挣了点钱,这次回老家看看。姚大人,你老还在衙门里行走?"

"嗨!别提了,被罢免啦!"

"这是怎么一档子事呀?"

姚大人说:"前年开始闹义和团反洋人,朝廷私下让各衙门支持,义和团就闹大了,烧教堂,扒铁路,红红火火地闹到了京师。这可好嘛,烧了洋人的领事馆,得罪了洋人,八国洋人兵临咱大清国门,这一下朝廷害怕了,尿啦!为了讨好洋人,就把我们下面衙门的官,个个拉出来当了替罪羊,给罚的罚,贬的贬。"

"哎哟,这可真冤呀。"

"还有更冤的哪,知县被充军,撂下这一大家子人怎么过?这样下去,咱大清就成了人家洋人的喽!"

"姚大人,你这衙门的差使被免啦,这日子咋过呀?"

"过一天算一天吧。你这趟回老家是办货的吧?"

"来接父母去新疆,顺便办点货。"

"去吧,咱杨柳青人,年年都有接家眷去新疆的,到那儿还能图个安生。"

"姚大人,那我回去了,以后见面再聊。"

"快请回吧!"

姚家在杨柳青并非大户,虽说也有几门亲戚,但各家都是度日艰难。姚大人在衙门时,亲戚们常来沾点光。姚大人被贬,同族兄弟各家都少来往,谁愿意交结这穷亲戚。

姚大人回到家也犯愁,索性看书,看书能消愁。

老伴进来了。

"当家的,家里已经没有一把粮,这日子怎么过?你被贬啦,待在家里成天看书,那书能解饱吗?"

姚大人瞅了瞅老伴,边看书边说:"我这半百的岁数啦,你让我干吗?"

"你呀,肩不能挑担,手不能提篮,我看呀,你在街口给人写写信,写写状子什么的,也能挣个仨俩铜子。"

"哎哟,你让我在大街上去丢人现眼?"

"我看你穷的还没到那份上,到时候要饭你也得去。"

"到那步再说吧。"

"在衙门里干了二十几年,没攒下几个子儿,也不想想养老怎么办,白干了。你瞧瞧人家,当官比你短,又买房子又置地的,满嘴流油。"

"他是他,我是我,我宁可要饭,也不失一身清白。"

"清白顶个屁,你是清白了,活到这份上全家该要饭了。老的活成这样,小的都十八啦,也没个正儿八经的活儿干。让他当学徒学做买卖,他不好这口饭,就喜欢写写画画刻刻印印,写写画画能当饭吃?"

老伴唠唠叨叨地叫苦,姚大人也不吱声。因为他也没法子,他是个实诚人,更拉不开脸面低三下四地求人。

老伴唠叨够了,突然想起一件事,对当家的说:"哎,安家看上咱儿子了,想替他家姑娘提亲。"

姚大人满脸的愁纹一下舒展开了,惊奇地睁大眼问:"哪一个安家?"

说起杨柳青安姓氏族，那是根深叶茂枝枝杈杈多了去了，捋不清谁跟谁是亲戚，反正三百年前是一家。这些个安家，穷的多，富的少。穷的都赶了大营，在迪化姓安的就有四五家。这个给姚家说媒的安家，是杨柳青镇的富裕户。

"就是那个在天津卫开铺子的安家。"

"是吗？这可奇啦，人家怎会看上咱家呢？"姚大人又问，"他家哪个闺女？"

"那还用问吗，就是那个十八啦找不上婆家的老闺女呀。"

在那个时代，女孩子十六七没说上婆家就是剩女，十八还没出嫁，就算是没人要的老闺女啦。

姚大人又低下了头，若有所思，寻思了一会儿，叹口气说："我说哪，谁家闺女能看上咱家。"

"人家看上咱家，是因为你在衙门里待过，咱姚家算官吏出身。"

"咱现在是一介草民呀。"

"人家不图钱，图的是个名声。"

姚大人坐在那儿寻思：要说这安家呀，在杨柳青算得上是个大户。人家是做生意的，家底富，不缺吃不缺喝的。人家能把闺女给咱，算是低就啦。话又说回来啦，正因为家庭经济条件优越，使得这个老闺女从小受到父母的宠爱，什么活儿都不叫她干，造成了大姑娘家还不会做饭，不会做家务，不会绣花，不会做针线活儿。这老闺女从小受她父母的娇惯，加上这位老闺女又先天的个性放纵，养成了爱串门走巷、说话嗓门大的习惯，不贤惠。在这种世道，人家认为这女子无德。

"没德就没德吧，能生孩子就成。"

这位老闺女从小不裹足，她受不了这番罪呀，脚大。

"嗨，脚大就脚大吧。脚大能走四方，将来遇到个逃荒逃难的，人家自己能走，不用你背着抱着。"

脚大不美。

"美管吗用呀，能当饭吃？"

姚大人对老伴说："哎，不管这安家老闺女贤惠不贤惠，只要给咱生孙子就行。可话又说回来啦，咱拿什么娶媳妇啊！"

姚大人又高兴又发愁。

安家父母犯愁，在家唠叨："咱这老闺女呀，都十八啦，还嫁不出去，怎么办呢，愁死人啦。"

"还不都是你宠的惯的，成天不着家，一说话就骂骂咧咧，哪像个大家闺秀。"

"你就没宠她惯她呀，弄得她，饭，饭不会做；活儿，活儿不会干，从小就不教她做。"

"现在寻个好点的婆家都犯难了，再说后悔话，晚啦！"

“你看这兵荒马乱的，一个大闺女家还到处串门子，介要出个事怎么办哪？”

“快及嘛地给她说个婆家，只要是正儿八经的好人家要，咱不收彩礼，咱不缺那几个钱。”

“给谁家说呀？咱镇子里正经人家有几家？都是穷光蛋。”

“咦，姚知事那儿子正当年，虽说姚家被贬官啦，家境穷点，可姚家总是官吏出身，是正经人家。”

“那就找个媒人去说说。”

就这样媒人找到姚家。

“安家免了彩礼。”姚母解释着，“不但免了彩礼，而且还要给咱送点粮食。”

“天底下还有这等好事？看来上辈子咱家积了德啦。”

“不是上辈子，是你这辈子积德了。”

“再怎么说也得买点东西去提亲吧，再穷这个理儿也得讲究吧。还有，总得办两桌结婚酒席吧，这钱又从哪儿去弄？”

最终，姚大人还得拉下脸面，去找同祖亲戚借了点银子和粮。提上礼物上门见了未来的亲家，就算是订了婚，并商定年前迎娶，一切还顺当。老两口也高兴地回来准备和儿子提及婚事。但没想到他儿子姚修贤这头又出了麻烦。

姚修贤有文化，人也长得英俊。他父亲原本希望儿子能有出息，改变家境的困难状态。可谁知这些年来国破家败，洋人横行霸道，拳民聚众造反，弄得街市商铺破产，手工业作坊倒闭，河运码头停运，市民无生存之计，农民失去土地。在这种社会背景下，已成年的姚修贤肯定无谋生之路，心情异常烦躁。

姚修贤性格倔强，不善言语，不善交际。他到木版印刷作坊做了一段时间印刷工，画年画，没多久作坊倒闭。

“这年头饿得肚子都吃不饱，哪还有人来买画张子呢。”

于是，他到码头扛大包，又很难找到活儿干。他也曾想跟亲戚到新疆去，可父母坚决不允。原因是，去新疆，一没有本钱，其二若是儿子在外有个三长两短，这老两口依靠谁？这姚家不就绝户啦。这念头又打消了。

某一天，姚修贤到码头上转了一天，也没找到活儿干。晚上，无精打采地回到家，家里正要吃饭，姚母做了好吃的，是野菜饽饽。虽然野菜里掺杂了点棒子面，但总算见到了粮食。姚修贤抓起一个就往嘴里塞。

姚父问：“你知道这粮食是哪来的？”

姚修贤问：“哪来的？”

“是安家给的。”

“安家怎么给我们粮食？”姚修贤不解地问。

“安家托人来提亲，想把他家的老闺女给你。”姚母笑着说。

没想到儿子很生气地说：“我不娶！”

姚大人火了：“这门子亲事已经定了，你不娶也得娶！”

儿子转身走啦,爷俩闹翻了。

姚修贤为什么胆敢拒绝呢?他决不仅仅是看不上这位安家老剩女,而是另有隐情。

封建伦理道德虽然有男女之间不能私下交往、不能自由恋爱的清规戒律,但是,人性中的情感和男女爱慕之情,是不可能因为严厉的戒规和惩罚而不存在的,这种行为和情感只不过被压抑和隐秘起来。

到了谈婚论嫁年龄的姚修贤,必然有他心中恋爱的对象。是谁呢?是从小一起长大的姑娘,这个姑娘叫青梅。

青梅是隔壁邻居家的孩子,家里姐妹多,家里比姚家还要穷。他俩从小一起长大,到如今是大姑娘啦,秀美、善良、勤劳、能干,总之可以把最好的赞美词都集中在她身上。青梅见到修贤越发羞涩,但盼望着天天能见到他。俩人心里都明白对方心思,只不过这层窗户纸没有捅破,他们也不敢捅破。

在运河边上,柳树下,一轮残月的倒影被水浪荡漾着。

姚修贤约青梅偷偷出来,终于捅破了这层窗户纸。

姚修贤:"青梅,除你,我宁肯一辈子不娶!趁着尚未订婚,你快让你爹妈请人去说媒吧。"

青梅:"修贤哥,我家的事你又不是不知道,弟弟年纪小,家里还有三个妹妹,一大家子都张着嘴等着吃呢。今年春天借了人家的几斗粮,债主隔三岔五地上门讨债。每次来那双贼眉鼠眼在我身上转来转去,我真怕。你能替我家还上债吗?你快想想办法吧。"

"怎么办哪,不行,我带你跑吧?"姚修贤想了这么一招。

"家里这么多弟妹,我是老大,不忍心呀!"

"那不是等死吗?"

"死啦反倒痛快。"

"可别说这样的话!实在不行我俩去新疆。"

"我没一点儿办法,就指望你哪。"青梅痛哭流涕。

性格懦弱的姚修贤对青梅说:"我有啥办法呀,我家也逼我娶安家的那个疯丫头呢。"

"那我俩就算啦。"

青梅哭着起身要走,姚修贤一把把她抱在怀里。

"青梅,我跟爹说说,我娶你。"

青梅高兴地流着泪,点点头。

青梅潮润的气息滚滚地向他脸上扑来,这气息让他迷醉,他紧紧地抱住青梅,隔着一层小棉袄,挤在她胸前,他俩的呼吸突然急促,两颗心脏似乎长在了一起。

他的嘴在急迫地寻找着,他触到了青梅沾满泪水的脸,那种陌生的欲望像电一样击打着全身,嘴唇用力地蠕动着,两张嘴叠加在一起。

"修贤哥,你、你快娶我吧,那个满脸横肉的老东西就不会再打我的主意。你家,也不会逼你……娶那安家的老闺女。"

"嗯,你、你容我,想想办法……"

戴锦宏在镇里遇到姚大人闲谈了几句后,匆匆往家赶,他总觉得家里出了大事。果然,一进家门一眼就看到了父亲去世供的灵堂牌位。他不相信自己的眼睛,揉了揉眼,"这是真的?"

秀华扶着戴母望着十多年没见的儿子泪流满面,悲喜交集。

"儿啊,你爹等不及,去年就先走啦。"

戴锦宏望着灵堂牌位,悲痛从心灵深处一涌而来,痛苦而泣。

"爹!您老怎么说走就走了呢?怎么不等等我?"锦宏跪地痛哭。

戴母和秀华也不由自主地哭出了声。

戴母哭诉道:"儿啊,自打上次你回来,过了个年又仓仓促促而去,你爹年年念叨盼你回来。可是,这一盼又盼了十年,他等不及啦。"

"爹,不孝的儿子回来晚了!"戴锦宏捶打着自己的胸口,又后悔地说,"是我的错,是我的错呀……我只顾我手上的那点事、那点活儿,急着盖宅子。怎么就想不到,您老岁数大啦,岁数大啦不等人呀。后悔呀!我真后悔……"

"儿呀,后悔有吗用呀?人已经走啦。秀华,快把我儿扶起来慢慢说。"

秀华上前拉戴锦宏,而他哭着就是拽不起。

"儿呀,你爹不会怪罪你的。你忙,也是为了这个家呀。"

戴锦宏摇着头说:"我自己个儿怪罪自己。我没有尽到当儿子的孝心,我有罪呀……我不孝!"

"儿啊,这尽孝得两说着,你在外奔命养活家,我们才能活这么大岁数,要不然我俩早完啦,这也算你尽了孝。再说啦,秀华守着我们老两口,也算替你尽了孝,你要谢,应该好好谢谢你媳妇。"

秀华擦着眼泪说:"妈,我这是应该的。"

"秀华,快把我儿扶起来。"

秀华扶起戴锦宏坐在凳子上,又递过来擦脸巾。戴锦宏擦了一把面,又跪下,给他爹牌位磕了三个头,点了三炷香,祭奠了亡灵,然后坐下问:"妈,我爹留下话了吗?"

"他去世前只留下一句话,等儿子回来让他去看看我,在阴间也就可以瞑目啦。"

"妈,我现在就去看我爸,让他老人家早点安心。"

"天晚啦,明儿再去。一会儿让秀华买点黄表纸,晚上做点吃的,明儿带上。"

人的一生如此短暂,还没醒过茬儿来,父亲就永远地没了。再想见,见不到啦。想说说话,人没啦。这钱花没了还可以挣,亲人没了再也找不回来了。他后悔应该多回来几趟,和父母多说说话,尽尽孝心。想着想着,戴锦宏又难受地落泪。

　　"儿啊,别哭啦,你哭,娘心里也难受啊。"

　　"妈,爹走得太急啦,我心里经不住……"

　　"其实啊,你爹三年前就病倒了,硬撑着,盼着能见你一面。可惜他没能等你回来……"戴母也说不下去啦。

　　"妈,您老身子骨好吗?"

　　"你瞧我这身子,只剩下一口气,也在等你回来,把秀华交给你,我也该找你爸去啦。"

　　"妈,您老可别这么说,您走啦,我怎么办?"

　　秀华听婆婆这么说,她很难受。她对她的未来充满未知,虽说和丈夫结婚二十多年啦,可真正在一起生活,加起来还不到两年。

　　"儿啊,秀华在我们身边二十多年,既当儿媳又当女儿。这次你把她接走,好好待她。"

　　"妈,我这次回来,就是来接你们的。"

　　"傻小子,你看我这身子骨,站着的力气都没了,能出远门吗?"

　　"妈,您不去,我也不去。"秀华央求着。

　　"好,好,好,过个好年,过了年再说。哎,我那大孙子哪? 他爷爷在世可天天念叨。"戴母有意把话题引开。

　　"妈,铁锁在焉耆替我独当一面,管着三摊子生意。"

　　"娶媳妇了吗?"

　　"孩子都有啦,今年两岁。"

　　"哎哟,好,好呀,我都有了重孙子啦。真好呀,我能见一面有多好。"戴母念念叨叨地合上双眼,脸上露出微笑。

　　秀华也高兴地说:"我真想儿子,离开我,这一晃都十年没见他啦。儿子长高了吧,长胖了吧? 他在这儿正是长身体的时候,可家里缺衣少食的,我真怕他长不起来。"

　　戴锦宏说:"如今,铁锁个头比我还高,变成了大老爷们。他不但管着焉耆的铺子,而且还管着酒厂的进料和推销,有时还抽空进山收购羊毛羊皮。"

　　"你看看,没想到这十年,儿子跟着你练就一身本事成人啦。那儿媳妇哪? 哪儿的人,人好吗?"

　　"儿媳妇是我相中的,甘肃人,和你一样的性情脾气,人好,叫土豆。"

　　"叫土豆? 这是个什么姓呀?"

　　"这孩子跟我有缘分,一言难尽呀,等有空我给你们好好说说。"

快进腊月的前一天晚上,姚家正在吃晚饭,隔壁青梅家传来了吵架声和青梅那撕心裂肺的哭声。

"青梅家怎么啦? 又哭大闹的?"姚父纳闷。

爱管闲事的姚大人放下碗去看个究竟,过了一会儿回来了。

心事纠结的姚修贤忙问:"爸,青梅家怎么啦?

"哎,青梅也真可怜呀。青梅她爹曾借债主几斗粮食,使全家能活下去,待明年再做生计打算。债主年终来逼债,本息翻番。其实债主早已看上青梅,要纳青梅为妾,顶十斗谷子。老实巴交的青梅爹一则还不起债,二则给女儿找一条生路。青梅爹当晚告诉青梅,债主年后来领人,青梅死活不依。"

姚修贤闻听,深深刺痛了他那痛苦的心,他只有求求他爹:"爸,儿子求您,救救青梅吧,我要娶青梅。"

姚大人:"你疯了,她家的债你能还吗? 老老实实地把安家闺女娶过来,你还能有口饭吃。"

姚修贤扑腾一声跪在父亲面前,哭着说:"爸,儿子我一生一世只求你一回,行吗?"

"你这是痴心说梦!"姚父对儿子的乞求很绝情。

"那我就谁也不娶!"姚修贤也很倔强。

"由得你吗? 除非你滚,永远别回来!"姚父火啦。

"走就走!"姚修贤很犟。

姚修贤的苦苦哀求,没有得到姚父的理解,他彻底悲哀失望了,放下筷子夺门而出。

"你到哪儿去?"

听到母亲在问他。同时听到姚父夺过话茬儿骂道:"别拦他,愿去哪儿就去哪儿,就算我没这个儿子。"

姚修贤的自尊心受到了冲击,他痛苦地自责,一个大男人,活着没点儿人味儿,去死,又没这个勇气。

第二天,披麻戴孝的戴锦宏在媳妇的陪同下去上坟。他的老母没有去,自去年就卧床不起,她留下最后一口气就是等儿子回来。

戴父的坟就是一个黄土堆,上面已经长上了荒草。戴锦宏拔去了坟头上的荒草,又培了培土,摆上了香炉,点了香,然后烧了纸钱,给父亲磕了头。

"爸,儿子回来晚了,没能……没能见到您老……儿子不孝……"戴锦宏又悲痛地泣不成声。

戴锦宏一边擦着泪,一边接过秀华手上的篮筐,供上了父亲爱吃的食物。

"爸,这是您老爱吃的猪头肉,这是锅贴,这是贴卷子、熬茄子,还有特意给您老买的狗不理包子。这些你老平时想吃而吃不起。爸,这是我从新疆带来的葡萄干、哈密瓜干,您老尝尝。"

戴锦宏又从篮子里取出酒和两只杯子。

"爸,您老爱喝酒,平时又喝不起,留点酒等我回来喝。这是我从焉耆酒坊专门给您老带来了一坛子酒。这是咱家的酒坊酿的酒呀,我给你老满上,先敬您老三杯。"

戴锦宏倒满第一杯,端起来跪着说:"爸,这第一杯酒,您老先尝尝咱家酒坊的酒。"然后向坟头洒去。

戴锦宏倒满第二杯:"爸,这第二杯酒,实现了您老的心愿,咱家富啦。如今戴家儿孙满堂,家业兴旺。"然后向坟头洒去。

戴锦宏倒满第三杯,端起来说:"爸,这第三杯酒,祝您老健……"戴锦宏说不下去啦,哇的一声大哭起来,端着的酒洒在他手上、身上。

戴锦宏趴在父亲的坟头上哭喊着:"爸呀,没想到上次您老送我上路的话,竟然是永别。您老的祈盼竟然是让我陪你喝点小酒聊聊天。我今儿才明白,您老吃了一辈子苦,受了一辈子的累,操了一辈子的心,为啥呀? 为了这个家,为了子孙。你享过一天福吗? 没有。"

秀华见锦宏后悔的样子劝道:"锦宏,爸没有埋怨你,他只是想你,你别太伤心啦。"

"可我心里埋怨自己呀! 我心里难受呀!"

戴锦宏抱起酒坛子,躺在坟上,往自己嘴里倒。

"锦宏,你不能这样喝。"

秀华抢过酒坛子,沿着坟头洒了一圈,嘴里念叨:"爸,锦宏没有早点回来看你,是因为他忙。他想多做点生意,多挣点钱,盖个大宅子,把二老接去,让您老享享清福。锦宏这次回来说大宅子盖好啦,一个大院,有九间房。锦宏这趟回来就是来接我们坐家眷车去新疆,他没想到您老先走啦。"

戴锦宏闭着眼躺在坟上,哭声停了,他的情绪似乎稳定了许多。

秀华接着说:"爸,您老的孙子已经成人啦,结了婚,给您生了个重孙子,并且掌管了咱家焉耆的生意,您老听了一定很高兴。"

戴锦宏仍然躺在那儿。

"锦宏,地下凉,起来吧,咱们该走啦。"

"你先走,我在这儿多陪一会儿爸。按理说,我应该在咱爸坟旁搭个棚子尽丁忧之孝,陪不了那么久,我起码陪三天。"

"锦宏,别忘了家里还有个患重疾的老母亲哪,别顾了一头丢了一头。妈更需要你陪着,别让妈操心。"

戴锦宏最终站起来,立在坟头说道:"爸,我这次回来就是接您二老和秀华去新疆,让你们去享享福,没想到您老先走了。爸,您老要同意,保我妈一路平安,行吗？爸,儿子不孝,您的坟儿子好好修缮一下,给您立个石碑。"

　　新世纪的第一年,腊月初八这个逢双吉日的一大清早,姚修贤终于被人们穿上新衣,被人扶上马跟着迎亲的轿子后面,踏上娶亲的路。

　　腊月寒冬,冷风刺骨。一名吹鼓手用冻僵的双手吹奏的乐曲,没有一点儿欢快的气氛,反而听起来断断续续的,孤单、沉闷,甚至在哀号。如果单听这唢呐声,分不清是迎亲还是送葬。

　　快到中午时,门口的鞭炮噼里啪啦地响起。

　　"新媳妇来啦!"

　　三邻五舍的邻里们都来看热闹,一睹新娘的风采。

　　安家老闺女身穿大红绸缎的棉袍棉裤,头顶绣着"喜"字的大红盖头,被伴娘搀扶着下了轿子,进了院子,又进了姚家门。在围观的人群中,有一个年轻女子,脸色苍白,目光痴呆。她最后看了一眼新郎新娘双双进入姚家门后,她匆匆离开这个院子,头也不回地向镇外走去。她,就是青梅。

　　拜堂、入洞房,一切程序在进行着,姚修贤像个木偶似的任人摆布,脸上毫无表情,他脑子里只有青梅。

　　在洞房的红烛下,姚修贤木讷地坐着。新娘子还头顶着红盖头,坐在炕上等新郎来揭。等了好一会儿,愣是不见他的动静。新娘子火了,自己掀下了盖头,砸向新郎:"你死啦! 没气啦!"

　　姚修贤看了她一眼,仍然呆呆地坐着。

　　说着话,新娘子又脱下小鞋砸向新郎。

　　姚修贤挨了砸过来的两只鞋,拿起鞋看了看,扔到一边,毫无表情,仍然呆呆地坐着,想着青梅。

　　新娘子气呼呼地拉过被子躺在炕上。

　　这时,隔壁青梅家传来了悲凄号啕的哭声。

　　"青梅投河了!"

　　姚修贤一惊,不顾一切地冲了出去。

　　新娘听到青梅投河寻死,掀开被子坐了起来。她没去追,也没骂街,她呆呆地坐在炕上发愣。这个挨了千刀的,他害了俩女人。害得我嫁得不明不白,害得人家投河自尽,这怨谁呢?

　　"我——的——天——哪! 我怎么——这么——苦呀——!"新娘只有大哭一场。

　　早春,在刚刚开封的、浑浊的、冰冷的运河边,冰块碰撞着,拥着,慢慢地向前漂移。河上空悬着一个苍白耀眼的月亮,像青梅悲伤的脸。他和青梅许多陈年往事,有快乐的、幸福的、愁闷的、痛苦的,在这里一幕幕闪过。青梅蒙在水雾里的迷人的眼睛,映现着美丽的脸庞忽隐忽现,那娇美的身躯和那双柔软而又弹性的双乳慢慢被冰冷浑浊的河水吞没了,慢慢地飘走,越来越远,渐渐消失得无影无踪……姚修贤觉得河水冰冷彻骨。隐隐觉得有哭声,谁在哭?是青梅,还是自己!分辨不清……

"青梅!青梅!"他叫着青梅的名字,每叫一声,头在河堤上磕一下。他终于精疲力竭地躺在地上,被一种绝望而又迷茫的情绪包裹着,犹如一头牵到集市上的驴,任他人摆布交易。

洞房花烛夜,新娘独守空房。新郎到后半夜才被人背着回来,接着是发高烧,迷迷糊糊地睡了一天一夜,新娘又气又恨又没法子。

"哎,我命苦,还有比我命苦的。这个青梅也邪了,怎么想不开哪,为了他,白搭上了一条命。嗨,值吗?"

第三天,姚修贤一早就走啦,他又来到运河边,看着这冰冷的河水,又坐了一天。姚修贤很晚才回来,坐在木凳上抱着头一声不吭。新媳妇的忍耐到了极限,拉过来一个枕头摔向新郎,咆哮着说:"你也去死吧!"

这天,新媳妇姚安氏独自回娘家了。

第三十五章　我来接你去新疆

乡亲们听说戴锦宏回来了,纷纷来看他,打听新疆的情况。

戴锦宏说新疆这二十来年社会还很太平,大家都生活得很好。这一下可打开了大伙的话匣子。

"唉!这几年啊,咱这大清国就没得消停,前几年中日战事刚罢,听说北洋水师全败。这小日本占了琉球,老佛爷向倭寇又割让了台湾,还要赔偿两亿两银子,这官府就向百姓们摊派。"

"到张家的豆腐坊要摊三两银子,可这几年哪有黄豆磨呀!"

"到李家的面馆要五两银子,李掌柜气得说,我这儿都改成粥棚啦!"

"冲着王家儿子说,你不是跑船的吗,交税十两!"

"还跑什么船呀!你把我投大牢吧,到牢里还不会饿死!"

"你老看看,这让我们没法儿活了。"

"前年,皇上要变法,可老佛爷硬是不准,杀了变法的人,把皇上都革了职啦。"

"皇上都废了,现在没有国啰。没有国,哪来的家呀?"

大家伙你一言我一语地发泄对世道的怨气。

天黑了,乡亲们都走啦,戴母也睡了。

秀华点亮了一盏油灯,给漆黑的房屋带来了微弱的光亮。秀华给戴锦宏铺好被窝。

"锦宏,大老远的路程,你也累啦,今儿又给爹上了坟,就早点睡吧。"

戴锦宏怎么也睡不着,他翻来覆去地想着。

"秀华,爸已经走啦,我没尽到当儿子的责任。如今,母亲又卧病在床,我不能再离开她,不能甩手一走,把妈再撂给你。可是不走又不行,那儿一大摊子生意,怎么办呢?还是接母亲到新疆去吧。"

"妈有病在身,又这么大年纪,几千里的路能行吗?"

"现在有家眷车,是咱杨柳青人刘万荣开的车行生意,每年往返两趟。咱就包辆车,让妈躺着去,三个多月就能到。"

秀华听着没吭声,她知道这事由不得她做主。凡事都由公婆和丈夫做主,他说走就走,他说留就留呗。

"秀华,这么多年你不吭声地操持这家,替我孝敬父母,你为这个家付出太

301

多。不能再让你这么累啦,也该让你享享福啦,还是跟我去新疆。"

"锦宏,有你这贴心窝子的话,我……知足啦,再说你妈是我的亲姨,也是血脉亲情啊。"

二十多年守护老人的辛劳酸苦,从小所遇到坎坷不幸的命运,这五味杂陈全涌上心头。当听到丈夫这爱怜贴心的话,秀华一头钻进戴锦宏怀里感动地哭出了声。

"孩子他爹,自打我俩成亲,你就走啦,这一走就是二十来年呀! 我都闹不清,我是爹妈的女儿,还是你的妻?"

戴锦宏紧紧搂着她。秀华跟了我,我又离开她,可我一天没有心疼她。我这一走二十年,反而把父母扔给了她。她替我尽孝二十年啊! 我以后得好好疼她。又想起新疆的小媳妇,任性娇气,享尽了福。可是,自己为什么把爱都给了她。想到这儿,我得感谢秀华为我所付出的一切。自己给她的爱太薄,关心太少,应该回报她。

他摸了摸躺在身边的妻子,一股爱情的源泉涌上心头,他掀开秀华的被子钻了进去。他用手擦拭秀华挂在脸上的泪花,抚摸着她的脸、她的身体。他觉得她是世上最好的女人、最该爱的人。他翻身爬在她身上,给她爱的亲吻。

"秀华,你是最好的女人,我要一辈子疼你。这一回,我一定要接你走,永远和你不分开。"

两行热泪又从秀华的眼角流出。

姚家的新媳妇,结婚第三天独自回了娘家,这一去就是几天不归,安家这个闺女的性子犯了,两头牛都拉不回来,两边的老人都犯了愁。仇有源,债有主,这病根还在姚修贤身上。

"新婚第一夜你就跑啦,你让人家独守空房,这不作孽呀! 青梅的事你掺和什么? 这不是添乱吗?"姚父越骂越气。

姚母在哄:"儿子,把媳妇接回来吧,给人家下个话,认个错。"

"我没错!"

姚大人:"你还没错哪? 人家一个大闺女嫁给你,头一夜你就跑啦,人家的脸往哪儿搁,娘家的脸往哪儿搁。人家闺女再出个事,你担当得起吗?"

"走,我跟你一块儿去,给人家赔个不是。"姚妈拉着儿子走啦。

姚修贤心静下来也在想,虽说自己对不起青梅,但人已经没了,和安家女的婚姻木已成舟,就凑合着过着看,不能再出个三长两短,过一天算一天,过不下去再说。就这样,姚修贤来到丈人家。

姚修贤来到丈人家,见到媳妇只说了一句话:"我爹娘叫我接你回去。"低头再也不语。姚妈连连给人家道歉说好话。新娘子连骂带闹,闹够了,收拾起个小包袱:"嫁给你这个挨了千刀的,我算倒了血霉!"

边骂边出了门,姚修贤紧随其后,新媳妇总算请回来了。

戴锦宏这次回老家,哪儿都没有去,成天陪在老母亲的旁边。转眼间快过年啦,这兵荒马乱的什么年货也买不到,街上和集市冷冷清清,没有一点儿年味,仅有的是一种对未来的忧虑和不祥的预感。不知这世纪之交,新的一年又要发生什么事情。

年三十晚上,全家三口人吃了一顿白面饺子,这顿团圆饺子吃得都很不容易。既然是过年,鞭炮还是要放的,不过这炮放得心思沉重,没有辞旧迎新的心思,更多的是消灾除魔的祈祷。吃完年夜饭,坐在炕上守着母亲,在昏暗的煤油灯下讨论今后的日子,锦宏又劝说母亲这次跟他迁往新疆。

"妈,我在迪化省城盖了个大宅子,这次回来就是接你过去享清福。"

母亲说:"我也是个快走的人啦,还能出远门吗?"

戴锦宏说:"妈,有车,您老躺在车上,拉着您去。"

"那也不成,恐怕到不了阳关,我这把老骨头啊,就该扔在那戈壁滩了,到阴间我找谁去啊。"老母缓了一会儿又接着说,"难离故土啊,你爹、你爷爷他们的坟谁管啊? 我走之前能亲眼见到你就够啦。你这次把你媳妇带去,她伺候了我们二十几年,也不易呀! 该让她轻松轻松啦。"

"妈,我走了您老咋办呀?"秀华说。

"我该去,去找你爸。"

"妈,您老可别这么说,我离不开您。"秀华哭着说。

"妈,您老不走,我就不回新疆啦,我守着您老。"

"那,那怎么行啊。"

老母说话开始迟缓不清,用最大的气息吐出那最后几个字:"秀……华……好啊。"缓了口气又接着说道,"你们去吧,让我睡一会儿。"这位老母亲话没说完,就合上了双眼。

"妈,我去给您老熬点粥。"秀华出去片刻,端了碗粥进来,"妈,你喝点粥。"

戴母没有反应,仍然合着眼。

"妈,妈! 锦宏,你看妈怎么啦?"

戴锦宏急忙跑进屋内,看母亲安详地闭着眼。

"妈!"戴母毫无反应。戴锦宏摸了摸母亲的脉,一惊。

"妈,妈!"

母亲见到了儿子最后一面,她满足了。她把儿媳妇亲手交给了儿子,她内心踏实了。她平静、安详地走啦。

第三天一大早,戴锦宏在墓地为母下葬。

戴锦宏和秀华披麻戴孝,把逝去的父母葬在一起。墓前立了一块石碑,碑前摆放着各种供品,香炉上的香燃着青烟。戴锦宏和秀华烧着纸钱,纸灰随风飘向空中。戴锦宏眼含泪水嘴里念叨着,秀华哭得已泣不成声。

秀华十七岁来到戴家,和公公婆婆生活了二十多年。在这个家里,她既当儿媳,又当女儿,辛苦半辈子。如今婆婆走啦,她要面对这个和她分离了二十多年的丈夫,既朝思暮想,又感到陌生。今后的日子怎么过,她反而心里没底了。

身后站着送葬来的亲朋,把这个哭成泪人儿似的秀华扶起来,安慰着。

戴锦宏这次回来,父母先后离世,对他是一次沉重的情感打击。他十八岁离开父母,如今他四十多啦,父母双亡,他感到太突然了,还没享受到家庭的温暖和对父母的回报,他们就都走啦,他很悲痛。

戴锦宏办完了母亲的丧事后,该启程了。

父母的老屋交代给他的小叔看管。他对他小叔说:"二十年后,我要把这老屋改建成一个大宅子,把我爹我娘请回来。"

戴锦宏对媳妇说:"这老屋的东西没有可带走的,都送人吧。"

秀华看着这破败的而又空荡荡的老屋,还有点不忍离去,她在这儿生活了二十多年。她小时候在这儿生活,后来又戴着盖头进来,又看着丈夫远去。她和公婆相依为命,又看着公婆离去。

"这儿,实际上就是我的家呀。"

秀华一边收拾着东西,一边低着头问丈夫:"铁锁他爹,你在新疆二十来年,就没有个女人跟着你?"

"这,怎么跟你说呢?"

"你就有啥说啥吧,我都这把岁数的人啦,没啥!"

"我在那儿是娶了一房,本来想跟你说来着,总是说不出口。"

"那也没啥,男人有钱不都纳妾嘛。更何况你一人在外,有个女人知冷知热地伺候你,我也放心。"

"秀华,你真是个好女人啊!"

"她年轻吗?"

"比我小十一岁。"

"真年轻……她长得俊吧?"

"俊……你年轻时也俊。"

"我哪能跟人家比……我老啰!"秀华接着又问,"没给你生个一男半女的?"

"没有。"

"铁锁和你们不在一块儿?"

"铁锁替我在焉耆独当一面。"

"他爹,我……要么……去跟铁锁过?!"

"那怎么成呢?!迪化是省城,条件好。家里有用人伺候,我让你享享清福。"

她的命运掌握在丈夫手里,他说让她留,她就留,替他承担责任;他说走,就跟他走,到一个陌生的地方又去承担什么呢?

过年的这些天,姚修贤无心在家,成天去从新疆回老家来的人家询问新疆的情况。从新疆回乡的这几位家中,来来往往的乡亲踏破门槛,有让捎信的,也有打听亲人的情况。姚修贤最终下定了决心,去找同宗兄弟商量着,去跟乡亲们赶大营。

"哎,走吧,这个家没法儿待了,我一个大男人,还靠父母养活?让他们管着我?你瞅瞅人家才出去几年,个个混得像个人样,难道我就不如人家。"

他瞒着家人准备着所需的东西,他不敢让父母知道。"他们要知道了,非把我锁起来。"也不能让新媳妇知道。"要让这个疯婆子知道了,非得闹翻了天。我的亲爹亲娘呀,你们为啥让我娶这么个女人过日子?就为了下崽?这不跟猪狗一样吗?我宁可一辈子不娶媳妇,也不受这份罪!"

此时的他不想考虑那么多了,他打算舍弃双亲,宁可成为一个不孝之子。

正月十六这天一大早,杨柳青的人们都会聚在菩萨庙前的古柳树下。

赶大营的津商们回来置办了一车车的货物,准备运往新疆,也有的接家眷去新疆,还有的青少年是首次去新疆谋生。这一时期,杨柳青人西迁形成了又一次高潮。更多的人扶老携幼为亲人送行,他们上香,向菩萨跪拜,保佑亲人一路平安。

姚修贤父母和姚安氏都去了,姚氏家族和安氏家族也有人去新疆,他们也来送行。姚修贤乘家中无人之机,返回家中去取行李,准备绕开众人去追赶赶大营的队伍。

姚修贤父母送走了西迁的人们回到家中,见房门半掩着,以为儿子在家中。

"儿啊!你怎么没去菩萨庙呢?"姚母叫自己的儿子。

不见有人回应,屋里屋外都瞅了一眼,没人。

"这小子哪儿去了呢?"

姚父:"兴许跟他媳妇还没回来?!"

姚母:"那怎么门也不关呢?!"

姚父:"咦,不对呀?媳妇一人去啦,没见他呀!"

正说着,儿媳妇玩够了,也扭着回来啦。

姚父:"修贤哪儿去啦?"

姚安氏:"我哪知道他上哪儿去啦!"

姚母:"你俩不在一块儿?"

姚安氏:"没有啊?!"

"坏啦!他是不是跟赶大营的队伍走啦?!我得去找他!"姚父说着话就往外追去。

"走了就走了吧,有他跟没他一样过。"姚安氏说。

姚母:"唉,这是怎么个说法?他是你丈夫呀!"

"啊,丈夫?!"

姚安氏这才反应过来,她的命运和这个姚修贤已经捆绑在一起。没有丈夫,意味着她要终身守寡。"亲爹亲妈死了,我依靠谁呀?"她也急忙出去找人,可是,已经晚了,赶大营的队伍已经无影无踪。

西迁路上。这是一支长长的西行队伍,与二十多年前挑担小贩赶大营不同的是,走在前面的是上千峰骆驼驮着迪化几个商号从京津购置大批商品的驼队。中间是数辆马车,车上坐着妇女和儿童。后面紧随着一大群初次西迁的青壮年,他们挑担背篓上路了。队伍弯弯曲曲像一字长蛇向西蠕动着,首尾见不到头。这支杨柳青西迁大军又踏上了那漫漫征途。

姚修贤瞒着双亲和媳妇离家出走,他跟在队伍的最后面,是喜悦?是伤悲?是后悔?说不清楚,他的情感是复杂而又沉重的。婚姻的不幸、青梅之死和民不聊生的困境促使他下了这样的狠心,去闯一条生路吧。可是这条路的前途对他来说是未知的,不免又心存困惑。

"戴叔,到新疆好找碗饭吃吗?"

"你是哪家的后生啊?"

"我姓姚,是姚……"

"噢,姚大人的公子,你爹还到我家去过。我离开老家二十多年啦,你们这代人都没见过。我和你爹还是发小哪。"

"听说你老在新疆生意做大啦。"

"在新疆只要你勤快,总能把自己糊弄住。不像我们当初那时,冒着枪林弹雨不说,人地两生两眼一抹黑,找谁去啊,全凭自己。蹚好啦,蹚出一条活路,蹚不好,早都见阎王爷啦。"

戴锦宏一副老前辈的姿态,还透着点得意。

戴锦宏带着秀华乘坐家眷车和大队人马一路向西。他坐在车上又和车行行主刘万荣攀谈了起来。

"刘师傅,你这车行有几挂车呀?"

"不多,才五挂,这次出来了三辆。"

戴锦宏:"这一趟能拉三四十人,也能挣个千儿八百两银子吧。"

刘万荣:"差不离吧,除去马料、住店、吃喝和车户的工钱能剩个小一半吧。"

戴锦宏:"跑了几年啦?"

刘万荣:"四五年啦,头两年挣回了本钱,只要马不病就能行。这两三年坐车的人多啦,有接家眷去新疆的,也有放长假回老家的。"

正聊着,远处传来了唱戏声,往声处一望,一个戏班向他们走来。一挂马车拉着戏箱和刀枪把子,后面跟着十七八个戏娃子,离他们越来越近。

"喂,请问你们是赶大营去新疆的吧?"

戴锦宏答:"是啊,你们是戏班子? 到哪儿去闯码头啊?"

"我们是找你们来的,跟着你们去新疆。"

"那太好啦,我在新疆待了两个本命年啦。离开老家,在新疆总听不到咱老家的河北梆子腔。"

这些人一听说这人在新疆待了二十多年,都围过来,一边跟着走一边问。

"新疆有唱戏的吗?"

"有,多了去啦。"

"都唱什么戏呀?"

"咱老家的河北梆子、湖南的花鼓戏,还有陕西桄桄戏,每年你来我往的,多了去啦。"

"有戏园子吗?"

"有,好几处戏园子哪。"

"新疆的天津人多吗?"

"多了去啦,迪化汉城活脱就是一个杨柳青,还有伊犁、古城子净是咱天津人。天津人啊,在新疆到处都有。"

"新疆有钱挣吗? 能吃上白面烙饼吗?"

戴锦宏也高兴了起来。

"你们先满足我一个要求,然后我一件件地告诉你们。"

"你老说。"

戴锦宏:"你叫啥名啊?"

"我叫赵德风,唱老生的。"

"我叫何金霞,学武行的。"

戴锦宏:"给我唱一段,先让我过过瘾。"

"好嘞,你老听着,唱一段梆子腔装新词。"

自幼儿,生长在这,天津地界。

哪料想,天灾人祸,年年连连。

为只为,在家中,难以立站。

一心儿,闯塞外,西征边关。

一曲粗犷而豪放的梆子腔在这西征队伍的众口中传唱,气势如虹。

就在戴锦宏一行人马离开老家四个月后,八国联军占领了天津,并向北京一路杀去,慈禧太后带着皇上经山西逃向西安。

第三十六章　"老窝的猪,下一个又一个"

戴锦宏带着大媳妇秀华乘坐马车一路紧赶慢赶,还算顺当,不到四个月就回到迪化。戴锦宏把这些新来的家乡青年人送到天津商会暂住。

天津商会坐落在大十字东八大巷里(今小十字电信局胡同里)。四周围墙青砖砌边,白灰勾缝。门楼上四个大字"天津商会"。

商会每年在这儿接待一些老家新来的人,帮他们联系在这儿的亲朋,也帮助介绍工作,暂时找不到工作的,可以在商会睡。吃饭时可以到任意一家杨柳青老乡家"打二饭①",他们都会热情接待。

分手时姚修贤感谢说:"戴叔,谢谢你老一路的照应。"

"谢什么呀,都是老家的人。如果找不到活儿干,就来找我吧。"

"戴叔,这儿有我同祖兄弟,我先去找他们。"

姚修贤望了望天津商会的双扇黑漆大门,见大门两旁青砖门柱上嵌一副对联,两侧写着:

西出阳关,便是千古流放地。
踏进此门,即有同根同源亲。

姚修贤寻思:"啊,没想到万里边关的迪化,尚有这浓浓的家乡情。"即推门进入。

秀华坐马车一进这迪化城就感到新奇,有高大的城墙,进了城门是一条街道,街道两边是一个挨着一个的店铺。行人来来往往的,人们操着老家的口音,也有内地其他省份的口音,偶尔还看到头顶大箩盘身穿长袍沿街叫卖大烤饼的维吾尔族人。到大十字街头,更加显得繁华,两个牌楼分立南北。马车一直向东,穿过胡同,来到一户大宅子门口,两扇黑漆大门紧闭,门上两个大铜环,大门两旁有两尊石狮子守护着。

戴锦宏说:"到家啦"。

"啊! 这就是咱的家?"

秀华看着这富贵的大门不敢相信自己的耳朵。

---

① 打二饭:初始来迪化的杨柳青人,因初来乍到无依靠,可以随便去老乡家混顿饭吃,对方热情款待,俗称打二饭。随之,打二饭成为俗语,去别人家吃饭都戏称打二饭。

看门的张大爷一看是老爷回来啦,冲着院里高声喊道:"太太,掌柜的回来啦。"

戴锦宏的小媳妇蜀秀,听张大爷喊"掌柜的回来啦!"从炕上一骨碌爬起来,趿拉着个鞋从里屋往外跑。一迈堂屋的门槛,一只鞋掉在屋内。她拾起鞋套在脚上,小跑着迎出门外。一眼就看到丈夫扶着一位上身穿黑色土布大襟夹袄,下穿黑色土布大裆夹裤,裤口扎得紧紧的,显得土里土气,长相似农村模样的中年妇人,从车上下来。她那满面喜悦的脸,顿时露出惊异的眼神。

蜀秀看着这位土里土气的女人,问:"这是?"

戴锦宏介绍说:"这是老家的大太太,快去叫用人把东屋拾掇拾掇。"

蜀秀似乎没听到大半年没见面的丈夫在说什么,她惊异地注视着眼前的这个女人。哎哟,他从老家带来的是谁呀?你瞧她长得多寒酸。噢,不对,老家的女人?她是戴锦宏的大老婆呀!他、他,还是把她给弄来了。小媳妇那一张脸,一下子耷拉了下来。

秀华也在注视着眼前这个年轻漂亮的少妇。那副白净红扑扑的面,一双清澈妩媚的大眼,小巧的嘴,嘴角微微上翘。身穿一件藕荷色大襟缎子袄,袖口、领子和下摆上,都刺绣着精密的豆绿色花边。高高竖起的衣领,衬得她的脖颈更加秀美洁白。两只高傲挺拔的乳房在衣内不安静地跳动。下身黑底红花长裙,一副贵妇人打扮,并有一股香气,随风扑鼻而来。

秀华看呆了。

戴锦宏:"快进去吧。"

秀华这才缓过神来。

进入门庭,迎面是一道影壁,遮挡着院子。从左首绕过影壁,一座大宅门内的四合院映入大太太的眼帘。哇,好大的院子,方砖铺地,正北三间房,一明两暗,东厢房两间,西厢房两间,靠胡同一面的南面还有两间。他们通过院子上了一层台阶进入北屋的厅堂。大太太如同刘姥姥进大观园一样,处处感到新奇,这种四合院在老家也有,那是富贵人家。

秀华又怀疑自己的眼睛,寻思着:"这是我的家吗?"

"都进来吧,我给你们介绍一下。"

戴锦宏的话打断了大太太的思潮起伏。

指着蜀秀,给秀华说:"这是二太太,你俩今后就姐妹相称吧。"

两人都没吭声,蜀秀都不正眼瞧秀华一眼,转身进了里屋。

接着又给秀华介绍三位用人:

"这是小花,陪着二太太的。"

"这是张哥,看护庭院,打扫院落。"

"这是张嫂,做饭和收拾房间。"

秀华寻思:"哎哟,还雇了这么多用人,这吃喝得花多少钱呀?这不跟老家顶富贵的人家一样吗？这是新疆吗？怎么这边关比老家还好。耳听为虚，眼见为实，真没想到锦宏在新疆这二十来年真是发达啦。二十多年一人在这儿，置了这么大的家业，真不易呀。"

"大太太，东厢房收拾得了，你去瞅瞅?"张嫂的一声唤打散了秀华的心思。

"哎，张嫂，让你老费心啦。"秀华客气地说。

张嫂把秀华带到东厢房，戴锦宏也跟了进去。

秀华进屋，外间一张桌子和两把板凳，房角一个脸盆架。进入里间是一个大炕，炕上铺着毡，毡上一条布单，上面是一床单人被褥。

戴锦宏："秀华，你对付着在这儿睡，还缺啥告诉我。等闲下来让张嫂陪着去扯上两套衣料。"

秀华忙说："这比老家强多啦，你就别操我的心，快过去陪着妹子，人家小一年没见你啦。"

"已经到家啦，不急，我得把你安顿好。先洗把脸换换衣服，缓一缓，等会儿吃饭。"

小媳妇蜀秀，此时在北房屋内坐卧不宁，心烦意乱。

小一年没见自己的丈夫，在这深宅大院，让她寂寞难耐思念难忍，她日日盼，夜夜盼，盼着他早一日回来。当她听到张师傅喊到"太太，掌柜的回来啦"，她是那么的喜悦而又突然，疾步往外奔，她恨不得立即扑进丈夫的怀里，不管身边有没有人，也不管寒碜不寒碜她都要……当她看到夜思梦想的丈夫扶着一个女人下了车，她恍惚了一下，随后明白了，心里恨恨地骂道："哼，他到底还是把她接来了。"就像一盆水，从头到脚，浇了个透心凉。就像吞下了五味粉，不知这心里是个啥滋味。看到他带来了老家的那个老女人，就像见到了一只癞蛤蟆，让我浑身刺挠。这个没良心的，居然还把她领进堂屋。这个忘恩负情汉，还让我与她姐妹相称。

戴锦宏呀戴锦宏，这好多年我把你伺候得多舒坦。俺豁出去一个比绸缎还细还白净的身子，比糖瓜蜜枣还甜的面，让你高兴地神魂魄散，尽着情地耍风流。

戴锦宏呀戴锦宏，你这个没心没肺的东西。我为了跟你，没了父母又没了女儿身；为了跟你，绝了父母情。

蜀秀越寻思越气，越想越火，冲着院子大声喊道："戴锦宏！走了一年啦，你还没个够！"

在东厢房的戴锦宏，这时听到蜀秀在上房里喊，一听，就知道小媳妇吃醋啦，怠慢了她，赶快出了屋。

秀华也听到了小媳妇的喊叫。哟，这妹子这么大的脾气呀，不好惹。可能是出身在富家的女子，人家又长得年轻、漂亮，我跟人家没法儿比。锦宏接我来新疆，说要守着我，让我享清福。嗨，这儿还有个二房，从她那瞅我的眼神，我就感觉这妹子不好处。我能享啥福呀？可是，不跟他来我又咋办……

秀华正寻思着，张嫂端着一盆水进来了。

"请大太太洗把脸，路上累啦，躺下先歇歇脚，我去做饭。"

秀华伺候别人一辈子，第一次受到别人的服侍，不知道说什么好，木讷地看着张嫂出去。这时听到上房的声音。

"你还没个够吗？！"

"我这不安顿一下吗。"戴锦宏向小媳妇解释。

"用得着你去安顿？你怎么把她也弄来啦？"小媳妇不满地质问。

"我爹妈都不在啦，就剩她一人，我不接来她怎么过。"

"你是个骗子！"

"我哪骗你啦？"

"我告诉你们，这儿我当家，我主内！"

秀华都听到了，顿时感到她是这个大宅院的外人，而真正的女主人是那个少妇人。

她撒泼，摔东西，闹够了，边哭边骂："骗子，你说过不接她来。"

戴锦宏也不吭声，他心里有主意，凡事都得让它闹出来，不闹出来怎么解决呀。他看小媳妇的性子也都使完了，他开始说话了："你说一个男人有两房三房的太太有错吗？"

"那你为什么瞒着我？"

"你先回答我有没有错。"

小媳妇不吭声。

"既然我娶了你没错，老家有个媳妇你也知道，那还有什么瞒不瞒你的呢？"

蜀秀被搅得无话可说。

"那我算啥名分？算妾，还是算姨太太？"

"都不是，你就是我的太太、我媳妇。"

"那你老家那个算什么呀？"

"也是我太太、我媳妇呀。"

"这家谁说了算？"

"好，好，好，这家里的事你说了算，行了吧。"

"记住，这是你说的。"

蜀秀寻思，既然把她接来了，那也没办法，我今个儿先给他们一个下马威。让她知道，我虽然是二房，但是这个家我说了算。让她知道，这个大宅子，我是唯一的女主人，有我，就没她的份。

戴锦宏寻思：这个宝贝儿吃醋了，女人嘛，心眼儿小，容不下人，这也是因为她太爱我啦。嗨，这女人呀，这才两个，就争风吃醋，这要娶个三个五个的，那不闹翻了天，慢慢开导她吧。哎，这男人吧，有点能耐就要耍风流，既需要爱情也需要婚姻。蜀秀是爱情，秀华是婚姻。这两样怎么就弄不到一块儿呢？罢了，一个得哄，一个得疼。

戴锦宏见蜀秀气消了大半，过去搂着她开哄："我回去了大半年，着急了？想我啦？我得安顿好啦再陪你吧。大媳妇这二十来年在家替我尽孝，我能忘恩负义吗？不能。你看上我了，让我娶你，这也是我的福气，这福气我也不能丢。再说了，她岁数比你大十来岁，不会跟你争宠，你就放心吧。你俩就姐妹相称呼，你照样享你的福。记住，赶快给我多生几个儿子，我就更宠爱你啰。"

小媳妇经戴锦宏一阵哄，扑哧一声笑出了声。

戴锦宏："今儿晚上我伺候你。"

大半年没见丈夫，蜀秀再也无法控制她那急盼之情，扑在丈夫怀里……

秀华关在这陌生的屋里，像在笼子里，不自由，不敢出这间屋，她感到孤独。她想起了自己苦命的母亲，想起了那记忆模糊而又没人性的父亲。想起自己稀里糊涂嫁给了这位表弟，我是姐，还是妻？他是我的夫，还是弟？自己也搞不懂。想起了在姨父母家生活了二十来年，倒还安生，幸亏姨父母待我像亲父母，他们走了，如今我像个没家的主儿。自己活着的唯一，就只剩下儿子铁锁。对！我去找儿子，明儿就去。

秀华待在这屋里也不敢出去，也没有精神头出去。她很累，自己也不知道该干点什么。心想，自己真是个穷酸的命，这大半年不干活儿吧，浑身觉得不舒服，让我躺就躺一会儿。秀华不知不觉睡着了。

这一觉足足睡到后半晌，浑身又乏又累又疼。睁开眼一瞅，这是哪儿呀？噢，是锦宏接我来到了新疆的这个家。从没出过门的我，连天津卫都没去过。都说天津好，那城大啦去了。老家，我还能回去吗？哎，回去也没人啦。这可倒好，离杨柳青四十里的天津卫没去过，这一蹦子蹦到了万里外的新疆的家。

"家？是我的家吗？"

"大太太，吃饭了。"张嫂推门进来请秀华。

秀华赶快下炕，拉着张嫂的手说："大嫂子，别称呼我太太、太太的，我听着生，听不惯，就叫我妹子，好吗。"

"好，请你老吃饭。"

"张嫂，你老多会儿来新疆的？"

"我俩从老家来了有几年啦，刚开始在古城子做了几年小买卖，赔啦。都说迪化大，是省城，好找碗饭吃，我俩就来啦。到了这儿，看看我俩老胳膊老腿的，挣扎不动啦，回老家又回不去，正好碰上掌柜的。掌柜的人好，心好。他说他没有哥嫂，都是老家的乡亲，就认了我俩，请我俩帮帮这个家，就来了。"

"嫂子，家里没个儿女？"

"哎，别提啦，都没留住。走，快吃饭吧。"

晚饭很丰盛，有老家的菜肴，也有新疆的手抓羊肉。秀华从来没有吃过如此豪宴,但是她吃不下去。戴锦宏时不时地给她夹菜,坐在一旁的小媳妇醋意地撒娇:"你怎么不给我夹呀?"

"妹妹,我给你夹。"秀华夹了块肉放在小媳妇碗里。

"我不吃肉。"蜀秀又把肉夹了回去。

秀华的善意得到了人家的白眼。

蜀秀端着碗,可眼睛一直瞄着戴锦宏。

"锦宏呀,你看看你走了这小一年了,都瘦啦,脸也晒黑啦,累着了吧?怪让人心疼的。今儿晚上好好泡个热水澡,我给你搓搓背,好好睡个觉。"

这个小媳妇故意在大媳妇面前卖弄风骚。

"得啦,得啦,你快吃吧。"

戴锦宏明白,小媳妇的言行是给大媳妇看,有意刺激她,他有点烦。

对此,小媳妇也有点生气,"你瞧你,好歹不知!"

三人各吃各的饭,小媳妇吃完了饭,一抹嘴进了里屋。

秀华站起来收拾桌子,"我洗碗吧。"

戴锦宏:"秀华,你撂下,有人洗。"

"我闲着也是个闲着。"

小花过来接过了碗。

戴锦宏:"秀华,这一阵子坐车,你也累啦,就早点歇着吧。"

晚上睡觉了,大太太只能睡在东厢房,二太太跟戴锦宏自然是睡北屋;两个女人躺在各自的屋里,想着既相同而又不同的心思。

论其名分,大太太是原配,应该在北屋住;二太太是偏房,应该住东屋。名分颠倒了,也属于客观现实存在。因为,大太太虽说是结发妻子,但她毕竟与丈夫没有较长时期地在一起生活,有妻子之名,没有妻子之分。自从她嫁到戴家那天起,她就心甘情愿地替戴家做事,赡养老人,传宗接代,这是自己的责任。心甘情愿地服从戴家的安排,这是自己的命。

二太太年轻美丽,从小与丈夫在一起相处,自然得到丈夫的宠爱。更重要的是,她生活在一个衣食无忧的小康商家,比起秀华家庭有天壤之别。但是,二太太也有软肋,至今她还没给他怀上孩子。可人家大老婆有儿子,儿子还在焉着掌管着买卖。以后,掌柜的走啦,这买卖和财产不是都成了人家的啦。到那时她还年轻,以后的日子怎么办?二太太越寻思越怕。

自从大太太来了之后,戴锦宏必须每晚到二太太那儿过夜,否则她就闹翻了天。她下决心,一定要给他多生几个儿子。可事情总是捉弄自己,当初年轻不想要孩子,而偏偏怀上了孩子,结果把孩子给糟蹋了。

第二次怀上了吧,伸了个懒腰就没了。是不是得罪了老天爷?不行,我得去赎罪。

每天,蜀秀带着丫头小花去城隍庙、娘娘庙、观音阁去求子,或者找算卦先生占卜。

秀华到了戴锦宏家的第二天,看到吃的就恶心。她想可能是水土不服,过一时期就好啦,这点小病不值得给谁说。秀华在老家时也经常有身体不舒服的时候,遇到这种情况她也是不吭声。她又能给谁说呢?丈夫不在身边,有谁疼她,有谁来护着她?没有。所以她也习惯了有病就忍着。即便是病了,该她干的家务还得干。在老家时,有一次发高烧两天,第三天早晨下地干活儿一头栽倒在地上,这时公公婆婆才知道她病了。公婆把她扶在炕上,她仍然处于昏迷状态。公公赶快请来了郎中给她瞧病。大夫说,她身体虚弱,遇到风寒所致。秀华在老家有点吃的先尽两个老的,老的吃完啦,剩下有啥吃啥,或者自己煮点野菜。她长期处于一种半饥饿状态。

秀华来到迪化第三天,她病倒了。

戴锦宏和蜀秀都过来看她,问问是怎么回事。

秀华说:"可能是换了个地儿,水土不服,胃口不好,心里发慌恶心。"

戴锦宏:"那就请个先生瞧瞧吧。"

"不用啦,过几天就好啦,你去忙去吧。"秀华打发他们走。

秀华的胃口不好,在来的路上就有啦,她也没吭声。总想着可能是坐车晃的,晕车;坐车颠的,恶心,没当回事。可到了这个家,天天闲着,天天躺着,这恶心越来越重,没法儿吃饭。

这天吃晚饭时,秀华没来,戴锦宏让小花去请大太太来吃饭。小花到秀华房间,秀华仍然躺在炕上。秀华告诉小花,她不舒服,晚饭不吃了。小花回到堂屋回复了戴锦宏,戴锦宏心中纳闷,心想:秀华两天没吃饭啦,看来是真的病啦?戴锦宏端起来的饭碗,又放在桌子上,站起身对蜀秀说:"我去看看秀华,是不是真的有病啦。"

蜀秀白了戴锦宏一眼,不高兴地说:"早晌不是看了吗?她说水土不服,又去请,还真请来了个奶奶。"

戴锦宏想了想,又坐下来吃饭,这顿饭吃得谁也没吭声。

戴锦宏寻思,秀华在路上颠簸了三个月,吃不好,睡不好,肯定是病了,明儿得请个大夫给秀华号号脉。蜀秀在饭桌子上,也在闷声不响地吃饭,她也在寻思,这个老东西,看来还是疼这个老家的老婆,你瞧瞧,他吃饭都心不在焉。

第二天一早,戴锦宏就吩咐用人去请大夫。不一会儿,先生来啦,戴锦宏陪着先生来到东屋,蜀秀也随着过来看个究竟。先生给秀华号脉,号了一会儿,站起来笑着对戴锦宏说:"是喜脉,恭喜掌柜的,太太有身孕啦。"

这突如其来的信息使三位听者都愣了。

戴锦宏不敢相信,他惊讶地问:"是真的?"

"是真的,绝对没错,怀孕有三四个月了吧。给太太好好补一补身子,她的身子太虚弱了,不用服药。"

大夫边说边往外走,戴锦宏边送客边想这突如其来的事。到这阵儿,他脑子仍然如缺氧似的头发晕脑发涨:"秀华怎么还能怀上呢? 这是喜事呀! 可,这又是个愁事啊。"送完客他赶忙到秀华屋,见蜀秀已经走了,只见秀华在擦泪。

"你这是怎么啦?"戴锦宏问秀华。

"说我怀孕,我不知这心里是什么滋味。"

"张嫂!"戴锦宏没等大媳妇说完就冲着院子喊。

张嫂进来了,戴锦宏对她说:"大太太有身孕啦,从今儿起你专给她做小灶,补补身子。"

说完赶快到北屋去看小媳妇。戴锦宏知道,秀华怀孕对蜀秀是一个极大的刺激。"该怀的不怀,不该怀的怀上了。"戴锦宏一边想着心事,一边进了里屋。

"给当家的道喜,你老婆又给你怀上孩子啦,还是老家的母猪好,下了一个又一个。"小老婆讥笑着说。

"你怎么这样说话呢! 都怪你没本事。"

戴锦宏一句半开玩笑的话,激怒了小老婆。

"是我没本事,你有本事,你的本事都使到她那儿去啦。我的妈哎! 我怎么就那么没出息呢。"

小媳妇控制不住地大哭了起来。

秀华躺在炕上听到了蜀秀又哭又闹,她很难受,她感到不应该到这儿来,影响了人家过日子,也给锦宏添了麻烦,令他为难。她摸着自己的肚子,痛苦地说:"这孩子不该来啊。"

从此,小媳妇不搭理大媳妇。

秀华的生活在这个大宅子里很尴尬,她决定主动地找蜀秀说说话,缓和关系。

有一天,她来到堂屋门口,蜀秀正在里屋穿着绸衣衫,起身下了炕。丫头打来了水,自己净了面,然后坐在梳妆台前对着镜子"绞脸"。绞脸,也叫"开脸",那可是古老的一种美容法,它随着家眷车的女人们西传。用一根韧纱线将面、额、颈部的汗毛和绒发绞去,还可以修眉。绞完了脸开始用官粉搽脸、胭脂擦腮,头上抹上桂花油,梳妆又打扮。

秀华静静地看着,不敢打扰,看着镜中那张丽面,自觉惭愧不如。

蜀秀也在镜子里看到大媳妇站在门口。心想,让你看吧。

"妹子,我能进来吗?"

"愿进来就进吧! 谁又没拦着你。"

秀华进到堂屋,看到蜀秀仍然坐在那儿涂脂抹粉。

秀华站在里屋门口说:"妹子,没别的事,就想跟你说说话。"

"那就说呗。"

"这,我听你、你怀了两次孕,都没留住。你还年轻,别着急,养好身子自然就有啦。越着急呀,就越怀不上……"

蜀秀话没听完就火啦,把木梳往梳妆台上一甩,回过身来说道:"饱汉子不知饿汉子饥,我怀不上你得意吧。"

"你怎么这样想呢?你怀上我也高兴啊,戴家不是人丁兴旺。"

"得了吧!猫哭耗子假慈悲,别在这儿装样。"

"你……"

好心变成了驴肝肺,秀华愕然地不知怎么办,进退两难。她伤心了,失望了,自己都不知怎么离开那屋。她回到自己屋里默默地哭着。抬头不见低头见,这个大院怎么待下去,她决定离开这个不属于自己的家。到哪儿去呢?去找儿子。十来年没见儿子啦,真想啊。告诉锦宏一声?不行,他要知道了,肯定不让我去,尤其现在怀着他的孩子。

第二天一大早,秀华收拾了一个小包袱,悄悄地走啦。人生地不熟的上哪儿去啊?她不知道,她只有一个目的,离开这儿,即使死在路上也比活在这儿强。

她只知道儿子在焉耆,怎么走?往哪儿走?有多远?她不知道。她以老家的村镇之间距离概念认为,从迪化到焉耆最多走一两天路程也就差不多啦,边走边问准能找到。

张嫂给大太太炖了鸡汤送进屋内,见大太太不在,就放在桌上。片刻后又进来,发现大太太还没回来,急忙报告戴锦宏。

"掌柜的,大太太一大早就不见了!"

戴锦宏把院里院外都找遍了,没人,这一下戴锦宏急了。因为最近发生的事他很清楚,对大老婆的冷落对她可能造成痛苦,二老婆的无理对她可能造成伤害。他自言自语:"她会想不开吗?她会去哪儿?"

戴锦宏赶快吩咐用人们分头找。

"张哥、张嫂,你俩赶快分头去找找。"

过了一阵,老张头回来报告:"掌柜的,我在南门口向一个摆摊卖豆腐脑的小贩打听,说大清早有一个妇女向他打听去焉耆的路怎么走,听她说话穿着和年龄像大太太。"

"张大哥,赶快去要辆马车来,我们去追。"

戴锦宏说着就赶忙走啦。

这时二太太站在院中看着这突然发生的一切,她也感到自己做得太过分了。

秀华出了南门,一直往南走去。翻过一道山梁走到郊外三甬碑,眼前出现一片茫茫戈壁,一直消失在地平线上,天空中一座座白雪皑皑的大山若隐若现。

她傻了,不知道怎么办。

身体的虚弱,精神上的打击,彻底击垮了她的意志,她瘫在地上。她心里意

317

识到,靠她自己是不可能走到儿子那里,在她面前只有两条路:一是就在此处了结自己的生命,二是低下头来再回到那个不属于自己的家。

"回去,不可能了,不如死了的好。"

她想起死去的母亲,想起养父和弟弟,想起在公婆家虽然吃苦受累,但是大姨和姨父把她当女儿待见,也知足了。

如今来到这个陌生的地方,没有了亲人,更没有了家。

秀华跪在高坡上,下面是深深的一条干沟,仰起头,头顶上是苍天。她望着无边无际的天空,问苍天大老爷:"老天爷呀,我来到这世上为什么不给我一个家?从小父亲抛弃了我和妈,住在一个小棚子里,四面透风,冬寒夏暑,那不是家,是个狗窝;我母亲改嫁到王家,好景不长,洋毛子霸占了我家的地,拆了我家的房,气死了我娘,我又没了家。十七岁到了姨父母家,嫁给表弟才几个月,他又走啦。他一走,我活守寡就是二十多年呀,我是有家还是没家呢?如今,他把我接到这里,偌大的宅院,容不下我,我还是没个家!"

秀华痛痛快快地大哭一场,发泄着这几十年来的痛苦、委屈。

"还是死了的好,死了一了百了。"

她环顾四周,"怎么个死法呢?这儿一棵树都没有。从那高坡上滚下去,变成个野鬼。"

她闭上眼,觉得眼前苍茫一片,尘雾蒙蒙。天,没了天;地,没了地;整个乾坤都在旋转,似乎到了另一个世界。在寂静的乾坤中,远远地有人在喊:"妈妈——,妈妈——!"

似乎有人在呼唤我?儿子来啦?还领着没见过面的小孙子,在云里雾里,从很远的地方,微笑着向她走来。

她揉揉双眼想看个真切。睁开眼,儿子和孙子又没了,眼前还是苍茫一片,尘雾蒙蒙。

"铁锁——!"她向大漠中喊了一声。

宇宙又死一般的寂静,静得令人可怕,她彻底绝望了,一步步地向那高坡走去,只要一闭眼,来到这世上的苦难全都解脱了……

"秀华!"

有人叫我,叫得真真切切,谁啊?这世上还有人叫我吗?

她回过头,顺着声音,转身一看,是他!他怎么来啦?

秀华顿时瘫倒在地下,等她醒来,自己躺在他的怀里。

戴锦宏:"秀华,你怎么想不开呢?"

她看到丈夫搂着她,他的两行眼泪流下,泪珠落在她的脸上。

"秀华,跟我回家!"

"回家?我哪有家呀。锦宏,求你,送我到铁锁那儿行吗?"

"秀华,你有身孕,我不能送你去。我求求你,跟我回家。"

"不，我不能回去，我在那个家，成天杵在那儿，人家看着不高兴。不高兴就要和你吵架，我这心里也难受呀，我怎么能待下去？今天你就让张大哥的这挂车把我送去，我求你啦!"

"秀华，到焉耆几百里地哪，都是山路，一路上颠颠簸簸，你这有孕的身子，出了事可就麻烦大啦。你要出了事，我怎么向死去的父母交代？怎么向铁锁交代？我怎么能安心地活着?"

"有那么远吗?"

"新疆大呀，一个城离着一个城至少都有几百里地，我接你来的时候，从古城子到迪化走了三天，那条路还都是大路。"

"我想儿子呀，十来年没见呀。"秀华哭了。

"秀华你别急，我明儿就托人给铁锁捎封信，让他回来看你，行吗?"

"那就求你快点给儿子捎个信去。"

戴锦宏抱着秀华一步步地下坡，向坡下的马车走去，马车旁还站着张大哥。

"锦宏，快把我放下。"

"不! 我要把你抱回家。"

第三十七章　这个家,我做主

秀华失踪,蜀秀也心里不安,昨儿的事自己做得过分啦。大太太恐怕想不开,真要出事了怎么办? 早上张师傅说,有人看见她出了南门。她出南门能上哪儿去呢……噢,恐怕到焉耆找她儿子去? 她一双小脚怎么去得了哪,真要是路上出了事,不就成了我的罪过。想到这儿,蜀秀也坐立不安。

到了晌午,还没见回来。

哎哟,这个女人到现在还没见回来,怕是真的出事啦。蜀秀也感到这事严重了,她也开始害怕了。这是一条命呀,我可怎么交代呢? 蜀秀此时如同热锅上的蚂蚁。

"二太太,饭都做得啦,掌柜的还不见回来,要不你老先吃?"张嫂说。

"嗨,我也不饿,再等等吧。"其实蜀秀这会儿怎么有心思吃饭呢。

正说着,门口传来了马车声。蜀秀急忙来到大门口,见戴锦宏把大太太从车上抱下来,要抱进屋。"锦宏,放下我,我自个儿走。"戴锦宏没吭声,抱到大门口瞅了一眼蜀秀,又没吭声。蜀秀见他那黑乎乎的脸,急忙闪在一边,看着戴锦宏把大太太抱进东屋。蜀秀回到自己屋里,坐在炕沿上发愣。

张嫂在院里喊:"掌柜的,饭早都得啦,吃饭吧。"

戴锦宏从秀华屋里出来说:"张嫂,你老两口吃吧,我们不饿。"然后怒气冲冲地进了堂屋。见蜀秀坐在炕沿上,他第一回冲着蜀秀发火:"铁锁妈出走是不是和你有关?"

"我没干什么呀。"

"你没干吗,她不会不告诉我一声就走!"

"你说我干吗呀! 我怎么啦?"

"自从铁锁妈进了这个家门,你就鼻子不是鼻子,脸不是脸的,她在这个家怎么待? 她犯着你什么啦?"

蜀秀心想,我可不能认输,输了就没了在这个家的做主地位,便回嘴辩驳。

"我对她怎么啦? 我这个当小老婆的还要供着她!"

"谁拿你当小老婆了? 正房你住着,我天天陪着你,你怎么还不知足呢? 怎么就这么容不下人。她,服侍了我爹妈二十多年,有口吃的,先尽我爹妈;爹妈病了,她一个个地服侍,然后又一个个送走;养老送终她替我做了;她吃了多少苦,受了多少累! 你受过吗? 我爹妈走了,把她接来不行吗? 到头来,还要让她受委屈? 我是个人,我不是无情无义的畜生!"

"我让她受什么委屈了？"

"谁是老家的老母猪？你介不是骂人吗！人家跟你说话你吊着个脸，爱搭不理的，我告诉你，她是戴家的功臣。"

"她离家出走，又不是我把她撵出去的。"蜀秀显然放低了声调，也自知理亏，坐在那儿不吭声了。她没想到戴锦宏会发这么大的火。

戴锦宏："你是没撵她出去，可你对她的态度，她在这个家怎么待？是我把你宠的是吧，我今儿告诉你，这个家是我当家！我说了算！"

蜀秀低头不语。但是，戴锦宏的气仍然未消，又说："我晚去一步，她就没啦。我怎么向我死去的爹妈交代？我怎么向我的姨交代，我怎么向我的儿子交代？"

秀华在东屋，句句听得真真切切。她感动丈夫对她的情义，有这知情知义的话，她知足了。她又担心是她一时想不开，怕搞得他俩口不安生。她在东屋坐不住了，出了东屋直奔北堂屋。

"锦宏！你别说了，你这样做我姐儿俩怎么处？蜀秀是爱你爱得深，她连自己的父母都不顾及跟着你，这点我不如她！你再这么闹下去，我也待不下去！你还是派个车，我现在就走，到儿子那儿去！路上有啥事不用你操心，我从老家一路上颠簸三个月不也好好的。"

秀华的一番话合情在理，蜀秀在内心中有所触动。秀华说着要回到自己屋内收拾东西。戴锦宏从来没见温柔贤惠的秀华也会发火，他也呆了。

"你怀着孩子怎么去呀？"戴锦宏哀求着。

秀华："孩子没啦就没了！"

戴锦宏一听这话，火了："你说什么？没啦就没了，这是一条命，是我的种！也是你的亲骨肉，能让他说没就没啦？那是作孽呀！"

戴锦宏对秀华也是第一次发火，他要在这个家树立绝对的权威。否则，这个家不得安宁。此刻，这个大院顿时一片安静。蜀秀坐在里屋发呆，戴锦宏在堂屋坐在太师椅上喘着粗气，秀华也坐在东屋不住地擦眼泪。

院内那棵长大了的柳树，摆动着那细细的柳枝，树欲静而风不止呀。

姚修贤来到迪化，在同祖兄弟那儿打了几天"二饭"。姚修贤心想，在人家家里蹭吃蹭喝也不是事啊，还得自己去找饭吃。唉，在家靠父母，自个儿跑出来了，靠谁呢？只有靠自己。

找吗事干呀？到饭馆子给人家当跑堂的混碗饭吃？不干！介比要饭好不了多少。还是到店铺去给人家站柜台当学徒？也不干！这让咱老家的人看着多丢面子。我好歹也是个官吏之家的后人，知书达理之人。

姚修贤没辙了，他不知道要干什么。还是同祖兄弟又给他出了个主意，给人家当教书先生吧。

"找谁引见呢?"

同祖兄弟说:"你去找商会的安文忠大掌柜,你媳妇不是和他有亲戚关系吗?"

"我媳妇?她是姓安,可她和安文忠是三竿子摸不着的亲戚。她也说不清是哪辈子哪门子的亲戚。"姚修贤挠着头,为难地说,"嗨,人家是长辈,我一个晚辈,又不熟,怎么去求人家呀。"

"那就找找周乾义,他是咱天津商会会长。"

"介还不一样吗。"姚修贤垂头丧气。

"不求人行吗?这么着吧,你去找戴掌柜的,他跟你爹熟,通过他找找安文忠或者是周乾义。"

"我跟戴叔来的时候,他也说过,有难事找他……那也只好去找找戴叔啦。"

焉耆。

戴纪斌这天在柜上收到了父亲的来信,打开信一看,信上说把他妈接来了。他惊喜若狂,拿着信跑出店就去给土豆说。

"土豆,我妈来啦!"

土豆放下手里的活儿,一边用围裙擦着手一边瞅了瞅院子,没见人影呀!

"妈在哪儿?"

"妈在省城家里。"

"嗨,我以为到这儿来啦。"

"哎呀,我十来年没见妈了,咱们明儿就走!"

"你就这么心急火燎的。"

"想妈呀,我恨不得一个蹦子奔到妈跟前。"

"那你准备准备明儿去吧。"

"你不去?妈肯定想见见你这个儿媳妇,想见见她的孙子。咱们全家都去了,她一定高兴。"

"我怎么去呀,孩子这么小,一会儿要吃,一会儿要喝,拉屎撒尿的,要蹦跶三四天才能到迪化。孩子受不了,他病了怎么办?让我说呀,你给爸好好说说,把妈接来不是得啦。"

"对,把妈接来。"

"给妈带点什么?"

"我带点钱,迪化东西多,妈需要吗,就买呗。"

土豆嘱咐:"还有,向二妈问问好,就说我想她。"

迪化,戴家大院。

秀华身体稍有恢复,就闲不住了。她待在屋里实在难受,就帮张嫂做饭,这样反倒觉得好受一些。

王生华来到戴家大院看望姐姐,一进院门,碰上张大爷正打扫庭院。

"哎哟!舅爷来啦。"然后冲着伙房喊道,"大奶奶,舅爷来啦!"

秀华闻听从伙房出来。

"哟,生华,你是多会儿到的?怎么这么长时间才来呀?"

生华:"姐,你和姐夫坐眷车走大路,我带着驼帮走绥远直插哈密那条戈壁沙漠路,比你们早到迪化。把这儿的货一家家卸下,又带着驼帮直奔伊犁,给安大人送完货,这才消停。"

秀华:"跑一趟可苦了你啦。"

生华:"现在这岁数还行,再跑上几年怕是吃力啦。"

"快到屋里坐,晚上跟你姐夫喝两口,咱们叙道叙道。"秀华引生华进了东屋。

这时,巷子里传来叫卖声。

"卖小白菜、半春子萝卜嘞……"

这是杨柳青人的菜贩子在叫卖,每隔三四天就来一次,戴家经常买他的菜。一来菜新鲜,二来是老乡,双方说得来。

张嫂赶快到院门口叫菜农。

"大兄弟,一会儿进来,要你点儿菜。"

菜农:"好嘞,您先忙着。"

过了一会儿,菜农挑着两筐菜进了院子。

菜农:"张嫂,您来瞧瞧,想要点儿什么菜。"

秀华和生华也从东屋出来。

"哎哟,想不到这儿还有咱老家的半春子啊!"秀华惊奇地问。

菜农:"你老是刚从老家来的吧?"

秀华:"是啊,来了不长时间。"

张嫂向菜农介绍:"这是我家的大太太。"

菜农:"我说呢,有点眼生。咱老家如今怎么样啦。"

秀华:"嗨,这年头一年不如一年。"

菜农叹了口气说:"哎,看来老家是回不去啦。"

张嫂说:"舅爷难得来一回,晚晌多做俩菜。"

生华:"不用,我就想吃咱老家的熬茄子、贴卷子,或者是大锅贴也行。"

张嫂:"行,这两样都做,让你解解馋,再炒俩下酒的小菜。"

生华话头一转问菜农:"咱老家的菜好卖吗?"

菜农说:"好卖!我这一挑子菜,跑几里地,专门进城,给咱老家的人供应,就图个乡里乡亲。介不,跟回到老家一样吗?"

生华:"家住哪儿?还跑上几里地?"

菜农:"宁夏湾菜园子。"

生华:"宁夏湾？住的都是宁夏人？"

菜农:"那是老年间的事啦。老年间南梁坡有个'清真王'建了个皇城。南梁坡下住着很多东乡人,后来因为打仗,城被毁啦。如今,宁夏湾有好几家咱杨柳青人的菜园子。"

生华又问:"靠种菜一家人吃喝没问题吧？"

菜农:"没问题,用渠水浇地,不靠天吃饭。你们忙吧,我这些菜打发完了也该回去了。"

生华:"你老走好。"

菜农:"回头见。"

菜农挑起挑子出院,生华始终目视着菜农离去,感叹:"姐,我这驼帮再跑个十年八年的蹦跶不动了,我就买块地盖间房种菜,图个清闲。"

铁锁马不停蹄地向迪化奔,到第三天下午就来到戴家大院,下了马,把马缰绳拴在拴马桩上,进了院子就喊:"妈!"

秀华闻听从屋里出来,"铁锁吧？"娘儿俩抱在一起,秀华喜极而泣。"铁锁,妈都认不出你啦。你离开我时才十岁,还是个孩子的模样,今儿相见,真成了条汉子,妈想你都想疯啰。"

"妈,我离开你都十来年啦,经常在梦里梦见你,接到我爸捎的信,我就急着往这儿赶。"

"媳妇和孩子怎么没带来？"

"孩子太小,路又远,怕孩子遭罪,这趟来看你,我想把你老接过去。"

"进屋说话吧。"

娘儿俩进到东屋。此时,蜀秀听到声音,走出卧室站在堂屋,看着这娘儿俩会面的一幕,她那心里不知是什么滋味。人家有了儿子,还有孙子,多欢喜呀。我这身边有谁呀？

铁锁进到屋内,见炕上只有一条被子。

"妈,你没和我爸住一块儿？你老应该住北屋呀？"

"嗨,住在哪儿不一样？这比老家强多啦,吃喝不用愁,还有用人伺候着,我做梦都没想到会享受这福。"

"妈,我二妈对你好吗？"

"好,你爸对我更好。"

正说着话,戴锦宏回来了。

张大爷给戴锦宏说:"掌柜的,大少爷来啦。"

"是吗？他来得真快。"

铁锁听到他爹的声音,从屋里迎了出来,"爸,你老回来啦。"

324

戴锦宏："接到我的信就赶来啦？"

"嗯。"

"看来想你妈想得厉害，你妈想你都快想疯啦，快进屋聊。"

三人进到东屋内。

蜀秀听到戴锦宏的声音，又从卧室出来，站在堂屋看着三人一块儿进了东屋。一种孤独、失落在她心中燃起。哎，我这算有福吗？住着北屋，穿着绫罗绸缎，专门有丫头伺候我，可身边没有亲人呀。看看人家，虽然住在偏房，穿着粗布，可人家有儿子孙子，有人疼呀。

三人在屋内聊着。

铁锁："妈，我来得急，没给你老带东西，我明儿陪你上街，你老缺吗我给你老买。"

"我啥也不缺，有吃有穿的就行啦。"

戴锦宏："铁锁，你明儿陪你妈做两身衣服。我给她说了好几回了，她就是不肯，总怕花钱，咱家又不缺钱。"

秀华："我知道不缺钱，可是这钱是用你的血汗挣来的，来得不容易呀。"

"铁锁，这事说定了，你明儿一定拉着你妈去。还有，铁锁呀，你在家待几天？多会儿回去？"

"爸，我想把我妈接到焉耆住上些日子。"

戴锦宏："不行。"

铁锁："为吗呀？"

戴锦宏："这话怎么给你张口呢……你妈有身孕。"

铁锁很惊讶："啊！我妈怀上孩子啦。"

戴锦宏："是，我不让你妈离开我。"

外面传来了张妈的喊声，"老爷、太太，吃饭啦。"

戴锦宏站起身来说："铁锁，走，吃饭，咱爷儿俩今天晚上喝一杯。"

秀华："铁锁，快去向你二妈问安。"

戴锦宏："对，你妈说得对，和你二妈多聊聊。"

戴纪斌："好，我这就去。"

戴纪斌在迪化陪了几天他妈，然后匆匆返回。

第三十八章　唤　弟

十月怀胎,秀华经历一番分娩的痛楚之后,为戴家带来一个新生命,给戴锦宏生了个女儿。

"一男一女多喜庆呀。"

婴儿响亮的啼哭声为这个大宅院带来了新的欢乐,奏响了一曲古老而又新鲜活泼的乐章。

可是,在北屋却传来了蜀秀悲哀的痛哭声。一心想生个仨男俩女的心愿,为什么老天爷处处捉弄我? 人家有儿呀,这又生女了。人家的儿子已经接管了焉耆的老店,再有了孙子,戴家的家业岂不都让她给霸占去啦,我老了指望谁呀? 都是他那个老家的母猪,打碎了我的好家境。人家有儿有女,夺去了他的心。看来呀,女人的贵与贱,就是要有儿有女。什么年轻漂亮呀,全是假的,等我老了,就被男人扔到一边去了。这不,自从老母猪又怀上了,老东西隔三岔五地就到她那儿去。女人就是一头猪,你给他下崽,他就填活你。你不下崽,早晚养肥了就把你宰着吃了。

"我的妈唉! 我怎么就这样苦啊?"

蜀秀越寻思越难受,我去算算卦,我到底是个啥命?

"小花! 走,跟我出去。"

她俩直奔西门边的城隍庙,庙前有好多算命的小摊,一张小桌一把凳子。有抽签猜字的,有看面相看手相的。这些算命先生都是野摊,任凭三寸不烂之舌招揽顾客。一位相面婆见蜀秀来啦,她一眼就猜测出来这是个富家小媳妇,为吗呀? 你瞧她那穿戴,身后还跟着一位丫头,那肯定是富家。看年龄三十左右,肯定求子心切,来算命的。算命婆便主动上前搭话:"哎哟! 这夫人你可是邪气缠身呀。"

算命婆首先开言,蜀秀非常奇怪,停住脚步问:"我怎么邪气缠身? 这邪气从何而来?"

"夫人快快坐下,我仔细给你看看。"

算命婆子的一声惊呼,把蜀秀绑定了。蜀秀坐在凳子上,算命婆看完了面相,又看手相。此时,算命婆下面说什么话早想好啦。

"夫人,你久久不得子,母以子为贵,没有子,怎么继承家业呀?"

"你怎么知道我求子心切哪?"

"你面相上说的。"算命婆子掐着手指算了算,说,"夫人怀胎三次都没留下……"

算命婆话没说完,蜀秀插嘴:"是两胎,不是三胎。"

算命婆眨巴眨巴眼,然后笑着说:"不,其中有一个是双胞胎呀。"

蜀秀惊奇地说:"啊,还有个双双?"

"然也。怀上了,为什么又流了呢?你这是有邪气缠身。"

"邪气从哪儿来的?"

"另一个女人。"

"是个老女人吧?"蜀秀心里立马想到,是不是大老婆秀华身带邪气缠了我的身?

算命婆说:"非也,是个年轻女人。"

算命婆为什么这么猜测呢?有钱的男人,十有八九在外面偷偷养女人。

蜀秀心中又一惊,心想:莫非他在外面还养着一个小的?戴锦宏呀,你身边有俩女人啦,还不够,回去我找你算账。

"大师,我还能怀上孩子吗?"

"一要你心静,二要抓住你男人,不要让他再沾别的女人,你自然有孕。"

蜀秀听了算命婆的话既信又不安。信的是,她怎么能看出来我求子心切呢?她怎么知道我怀孕两次都流了呢?神啦!不安的是,这个给我身上沾了邪气的女人是谁?是大老婆?她说不是。对呀,我两次怀孕大老婆还没来哪。莫非他外面还有女人?或者是窑子里的窑姐?不会呀,他每天晚上都守着我呀。也许是他白天去找野女人?我得好好留心。

蜀秀一边瞎琢磨,一边往家返。进了院门,来到堂屋,听到东屋婴儿的哭声,她的心那个烦呀,这明明是在气我。

生气管吗用呀,算命师傅说了,要心静,我这心思没法子静下来呀!

不行,我活一天就要享受一天,高兴一天,愁也没用,生气也没用。去玩,打牌去!让心静下来。

"小花!去叫马轿子,提上我的茶壶跟我走!"

这位二太太出去玩牌怎么还提把茶壶呢?

这是因为她日子过得太精细了。她思来想去,怀了孩子为吗留不住呀?认为家里的水有问题。

"你瞅瞅,院里这口井,隔不远就是渗坑。"

"渗坑,渗坑,这院子的雨水、浇花的水和洗衣服的脏水倒进渗坑,不都渗到井里去啦?"

"那你说吃什么水?"

"吃泉水呀!我看人家周太太家,就吃人家专门从山里拉来的泉水。大户人家都吃这水。"

当时的迪化城有专门用马车拉水的送水车,一大挑子水一个铜子。家里的垃圾往哪儿倒？也有专门的垃圾车，只要听到巷子里的铃儿响叮当，那就是垃圾车收垃圾来啦。最让蜀秀腻味的是，农户来家掏茅坑，挑着两个大粪桶，那个臭呀。还不只臭哪，那粪桶上沥沥拉拉滴屎尿。滴在院子里一拉溜。

蜀秀用手绢捂着鼻子喊："哎！掏大粪的，你瞧，你把我的院子弄得又是屎又是尿。"

你猜掏大粪的怎么说："我说夫人呀，这屎尿可是好东西呀，你老吃的粮食和菜全靠这屎尿水浇。"

"你给我把院子洗干净了。"

掏大粪的没理她走啦。

张哥只好说："二太太，我来我来，我来把院子和茅房弄干净。"

所以，二太太吃的水一定要买泉水吃。

"好，好，好，咱也不差钱，叫人专门给你送泉水吃。"

二太太的挑剔，这还没完哪。当送水的挑子来啦，二太太又发话了。

"告诉张嫂，挑子前的那桶水我吃，挑子后的那桶水我不吃。"

"介又是为吗？"

"那挑夫要放个屁，那屁股后边的那桶水能吃吗？"

你们瞧瞧，这位少奶奶吃喝都过得这么精细，她能怀上孕吗。

到晚上快吃饭的时候，这位二太太玩回来啦，进了门就吃，没有一句话。戴锦宏跟她说话，她也不搭理。吃完了饭，就进到里屋拉开被子就钻了进去。她能睡着吗？睡不着。今儿算了个命，那心情就更加烦了。带来邪气的女人，到底是谁呢？正琢磨着，戴锦宏推门进来啦。

"今儿怎么吃完了就睡呢？灯也不点。"

蜀秀没理他。

戴锦宏点上了灯，屋子亮了起来。蜀秀转了个身，头冲着墙。

"哎，今儿上哪儿玩去啦？"

蜀秀还是没理他。

"我问你话哪，你哑巴啦？"戴锦宏有点生气。

蜀秀腾地一下坐了起来，大声质问："你到哪儿玩去啦？"蜀秀终于沉不住气啦。

"我成天这么忙，哪儿有时间去玩呀？"

"你是不是经常背着我去逛窑子？"

"谁说的？"

"有人看见啦！"

"谁看见啦？你说出来。"

蜀秀不吭声。

"你这是吃饱了撑的，没事找事，闲得无聊！小花！"

戴锦宏马上意识到事出有因,要问问小花。小花答应了一声。

"你进来!"

小花开门进了里屋。

"你们俩今儿到哪儿去啦?"

"我陪二太太到周太太家打牌去啦。"

"还到哪儿去啦?"

小花瞅了一眼蜀秀没敢吭声。

"说!"

小花耷拉着个脑袋小声说:"陪二太太到城隍庙算命去啦。"

"算的什么命?"

小花耷拉着个脑袋不说。

蜀秀理直气壮地说:"就是算命去啦,算一算我为什么就怀不上个孩子。"

戴锦宏一听是这事,他稍有缓和地问:"说什么啦?"

"她说有个女人使我邪气缠身。我倒问问你,是哪个女人的邪气贴到你身上,使我两次怀上都流了?"

"真可笑,这种鬼话你也信呀?我沾不沾野女人我不清楚。你第一次流产是因为你摔了身子,大夫说了,容易造成习惯性流产。真的,你是闲得没事找事! 成天胡思乱想。"

蜀秀腾地一下坐起来,瞪着眼质问:"我问你,我俩在一块儿十几年啦,我为什么怀上就没啦? 而她,一个老女人,动不动就有啦,坐了三个月的马车,都颠不掉。而我……伸了个懒腰……就没了。"

蜀秀哭了,她实在想不明白,这到底是怎么档子事?

戴锦宏也想不通,难道她真是个"妃子得宠不得子"的苦命?

秀华在东屋听着锦宏和蜀秀又吵架了,她无奈地叹息:"嗨! 怎么办哪?"

孩子快满月了,戴锦宏听到婴儿的哭声,又高兴地来到大太太屋内看女儿。他坐在炕沿上,双手托着女儿欣赏着。小家伙睁着大眼睛看着爸爸。戴锦宏咧着长满胡茬儿的阔嘴,凑近粉嘟嘟的小胖脸亲着。婴儿被他的胡子扎得惊乍地又哭了。

"你的胡子硬得扎死人,看看,娃娃的嫩脸都扎红了,快给我吧。"秀华高兴地埋怨着。

这时蜀秀从门前过,听到屋里的欢笑声,醋意大发,"老窝的母猪,下了一个又一个。"

"你!"

戴锦宏听到小媳妇的话有点发怒,秀华赶快插话。"得啦,妹子没给你生孩子,她也挺苦的,以后别到这屋来啦。我给你生了一儿一女知足啦。我也老啦,不要你照顾了,只要你把她养大成人,将来选个好女婿嫁个好人家,让女儿不受委屈,我就谢谢你啦。"秀华看了一眼戴锦宏,又接着说,"我嫁给你后,自从你沾了我的身子,我感觉你是我丈夫了,天天盼着你回来。你一去就是二十多年,好不容易熬到头跟你来了,再不分开了,可一进家门,你在这儿又娶了一房。人家比我年轻好看,我自己觉得我在这个家都多余。要不是怀上她,我早就上儿子那儿去啦……"

蜀秀在门口偷听着。

"哎,她任性惯了。我不来你这儿,也是怕家里闹得鸡犬不宁,让人笑话。"戴锦宏愧疚地解释道。

"可别这么说,人家年轻轻的嫁给你,图个啥,不就图个一辈子守着你!从今儿起,我们夫妻关系结束啦,我不再是你的媳妇,我是你表姐,你快走吧。"

蜀秀听得真真切切,甚至对秀华的肺腑之言挺感动。

这时,她突然听到戴锦宏要出来的声音,赶快转身往堂屋走。

戴锦宏想不出什么词去安慰秀华,他透露着一丝愧疚和无奈,站起身走出门,这时看到蜀秀疾步往堂屋走。戴锦宏长长地叹了口气,出了院子。

孩子过百天,这是个喜庆的日子,戴锦宏来跟秀华商量准备大办。

"女儿百天,我想在饭庄办几桌酒席,庆贺庆贺。"

秀华:"别价,省点吧,在家过就行。"

戴锦宏:"那哪成啊,又不缺那点钱。"

"不缺钱也别大操大办!本来蜀秀两次都没怀上,心里就苦,你这不是更给她心里添堵吗。跟你生活了十来年的女人,你怎么就摸不透人家的心思呢?"

"那不亏了我这个闺女啦。"

"嗨,闺女的百天不在乎大办小办,咱这闺女来到世上将来过得好就行。"

"好,听你的,请个厨子来家弄。"

百岁这天,家里院里没有张灯结彩,请了个厨子做了一桌菜。除了戴锦宏和两个太太外,桌子上就剩下张哥张嫂,拢共五个大人加一个厨师。

"闺女过百天,实在有点冷清。"戴锦宏一边倒酒一边自言自语。

"我来啦!"

院子有人喊,秀华起身一瞧:"哎哟,她大舅来啦。"

生华一进院子就说:"姐、姐夫,我算这日子,今天应该是我那外甥女百日啊,怎么不见动静哪?所以我自己要着喝酒来了。"

"你瞧瞧,是我的不对,闺女过百天,连舅都没通知。秀华,你也真是,怎么不告诉生华呢。"戴锦宏埋怨秀华。

"我没把过百天当回事,都是你瞎吵吵,自家过过就得啦。"

戴锦宏:"那生华是外人吗? 真是……"

"姐夫你老别生气,我又不是外人,今儿来看看外甥女,送个红包图个吉利。"生华把红包递给了戴锦宏。

秀华："生华坐吧,来得正好,刚开席。"

戴锦宏接过红包,打开一瞧,是一条银项链,还坠着个小银花,花心儿上有把锁。

"哎哟,这玩意儿稀罕。生华,你真有心,让你破费啦。"

"姐夫,我姐生老大时,我正逃难哪,没赶上。生这外甥女,当舅的要给我这外甥女留下个念想不是。"

戴锦宏："你介话说得好,把闺女抱上来,让她舅瞧瞧。"

秀华："闺女来啦,让舅看看。"

"哎哟,我的外甥女长得真爱人,舅给你备了个项链,套在脖子上长命百岁。"

戴锦宏给生华倒酒。

"小花,你把厨子请来一块儿坐。"七个大人刚好围了一桌。

戴锦宏："张哥张嫂,你二老在这家里处处操心,跟我亲哥嫂一样。今儿在座的都是自家人。是自家人给我闺女过个百天,大家碰个杯,预祝我闺女长命百岁。"

厨师："掌柜的,这头杯喜酒我喝,老几位先吃着,我去上热菜。"

"炒好啦,就过来!"

张大爷："也不知咱这小姐名号叫什么,我俩当大爷大妈的,给小姐随个份子,算我俩的心意,祝愿咱这小姐一生健健康康快快乐乐。"

戴锦宏："你老这一说呀,我才想起都忘了给咱闺女起名啦。"

秀华："起什么名好呀,我们这丫头片子不要名。"

戴锦宏："那哪行啊,什么戴氏、王氏的,太俗。我的闺女大名小名都要。大名我想好啦,叫戴纪茹,随她哥的纪字辈。纪茹,多文雅呀。茹的意思,让她能吃,能喝,身体好。"

秀华说："这不成了吃货了。"

戴锦宏："哎,人这一辈子挣扎来挣扎去,就是为了吃。能吃,身体才好哪,没病没灾,长命百岁。这小名我还真想不起一个合适的。"

秀华见蜀秀席间不吭声,她知道她心里苦,有意引导蜀秀能开心,她说:"小名我想好啦,这丫头片子就叫'唤弟',让二妈给生几个弟弟。"

蜀秀苦笑了笑,没有插言。

戴锦宏也看出了蜀秀心思:"唤弟,召唤来个弟弟,好。那就让唤弟的二妈生个弟弟。"

戴锦宏刚说完,蜀秀失声痛哭,站起来跑到里屋,席间坐着的客人不知何故,但秀华和锦宏心里明白。

"锦宏,你还坐在这儿干吗,快进去劝劝。"

戴锦宏起身进了里屋。生华不解,小声问他姐:"二姐这是怎么啦?"

"你少问。"

席间突发异常,把这欢乐气氛顿时压了下去,谁也没说话,大家闷头吃饭。唤弟出生百日的家宴,就这样不欢而散。

唤弟出生,对蜀秀是一个极大的刺激。她感受到在这个富裕的家庭里,身为占据上房的贵夫人,无儿无女是对自己一个天大的讽刺和悲哀。她心中的苦又发泄不出来,也没有理由对大太太发泄。人家该让的都让了,还要怎么的。但是,在这个大院,一碰到这位大太太和大太太生的大小姐,就满肚子不舒服,好像是这肚子被灌满了醋,酸不溜丢,吐又吐不出来。又好比,"满身沾上了桃毛,浑身刺挠",真难受。

嗨,眼不见,心不烦,打牌去!这位二太太每天吃完早饭,叫上使唤丫头,提上茶壶,坐着马轿子走啦。到中午回来吃完午饭,躺在炕上迷瞪一会儿,起来,照着镜子梳梳头。"小花,咱去逛街!"又走啦。

时间,一天天过去了,蜀秀的生活一天天照旧。

小唤弟可一天天长大,一转眼快周岁了。戴锦宏要给女儿好好过个周岁的生日,可秀华说什么都不让过,她怕再刺激蜀秀。

戴家大院里,"唤弟,唤弟!"一天天叫着,盼望给二太太唤来身孕。

这事说来也怪,唤弟过了周岁后不久,二太太真的怀孕啦,全家人又惊又喜。蜀秀除了惊喜之外,还有怕,甚至是恐惧。

"大姐,我谢谢你,你生了唤弟给我带来了好运。"

"妹子,我早就劝你,心静下来,把身子养好,肯定能怀上。"

"大姐,我今儿肚子有点疼,我真怕……"

"妹子,你别慌,我给你请大夫来瞧瞧。"

"大姐,我今儿不小心又伸了个懒腰,我真怕……"

"妹子,你别紧张,不会的。你心里要踏实,这样对肚子里的孩子好。"

蜀秀怀孕全家人忙活。戴锦宏到处访名医,三天两头号脉给蜀秀服保胎药;张嫂想着法子给熬鸡汤、羊肉汤、百合红枣汤;小花一步不离蜀秀身边服侍着;蜀秀还常让戴锦宏陪着去娘娘庙、菩萨庙上香拜佛。

怀孕头三个月总算熬过来了,全家人那个累呀,是精神头累。

蜀秀开始出现妊娠反应,吃吗吗吐。伙房想着法子换着个地给她做。

秀华提前给婴儿缝制小衣服、小被子、小斗篷,准备尿褯子;蜀秀的肚子一天天鼓起来啦。

姚修贤来到迪化后,对经商他没兴趣。因为姚修贤从小生活在衣食无忧的书香人家,家庭教育重文轻商。他爷爷是个教书先生,给衙门的官吏和富家大户子弟当先生,虽说拿饷银不多,可处处受人尊重。父亲仅仅考取了一个秀才功名,混了个衙门里的差使。到他这一代正遇上乱世之祸,吃饭都成了问题。

经周乾义介绍给大户人家的孩子教念书,时间长了他烦啦。为吗呀?介孩子太调皮,他不好好学呀,我又不能打他。为了介碗饭,凑合着干吧。总得混口饭吃吧,总比在饭馆子跑堂强吧,总比在店铺当学徒好吧。

时光又翻过一年,在一个春光明媚的上午,戴家大院里的大柳树已经吐露出绿芽。一个女幼儿在咿咿呀呀地学着大人说话,给大院的人们带来了欢乐。她就是秀华所生下的孩子,唤弟。

蜀秀挺着个大肚子,在一旁看着唤弟乐。

蜀秀问小女孩:"唤弟,你摸摸二妈肚子里,是小弟弟还是小妹妹?"

唤弟说:"妈妈说,是小弟弟,小弟弟长大了我领他玩。妈妈还说,等弟弟生下来,给他起个名字叫金锁。"

"好!这个名字好听,金锁。"

戴锦宏听到院里的笑声也出来了。他抱起了女儿亲了一下,说"叫爸爸。"

小唤弟说:"爸爸的胡子扎。"

"好,爸爸一会儿就把胡子刮掉,好吗?"

"爸爸刮了胡子,才让爸爸亲。"

唤弟稚气的说话声,引来了大人们的欢笑。

"宝贝闺女,你真是爸爸的开心顺气丸。"

戴锦宏在四十岁的年纪上添了个女儿,这令他很高兴。没想到女儿的出世,唤来了二太太的身孕,这使他感到喜上加喜。

夏去秋来,收获的季节来啦。

蜀秀十月怀胎,肚子挺得老大,圆鼓鼓的。大家都说,肚圆是男,肚尖是女,怀的准是个胖小子。

"你看,这小子真不老实,又蹬又踹的。"蜀秀笑着说。

秀华:"看来是个调皮捣蛋鬼,将来能办大事。"

"大姐呀,你说时间都到啦,怎么一点儿反应都没呢?"

"早生十天半月或晚生十天半月的都正常。到这阵子啊,得多转转,让小花每天扶着你走走,遛遛弯儿,到时候好生。"

"大姐呀,到生的时候是啥感觉呀?"

"破了羊水,就该生了。"

过了一个月了,还没生,大家都不安。

蜀秀躺在床上不安地问戴锦宏:"都过了半个月啦,怎么还不生呢?"

"这孩子待在你肚子里又吃又喝多舒服,看来他还不想出世。"

"你还说笑呢,我又愁又怕。"

"怕什么?"

"这孩子越长越大就怕不好生啦,万一生不下来,我娘俩全都没命啦。"

"你别怕,我也打听过,也有生得晚。"戴锦宏虽然劝她,他心里也不踏实。生得晚也最多十天半月的,她怎么过了快一个月了,还没动静呢? 他也听说有的孕妇难产,生不下来,母婴全死。"嗨,介是怎么档子事呢?"

蜀秀说:"明儿,你陪我去趟观音阁,求求观音菩萨。"

"好,明儿去,去求菩萨,你快睡吧。"

第二天一大早,夫妻俩带着小花,坐着马车向观音阁驶去。

观音阁大殿内,在金色的观世音菩萨雕塑前上香,然后跪在佛垫上,合手,闭着眼,向菩萨祷告,心中的乞求词不同,内容一致,求菩萨大慈大悲让蜀秀平安生子,然后虔诚地磕了三个响头。戴锦宏先立了起来,恭敬地仰望观世音,菩萨微笑着看着他的信徒。蜀秀起身要站起,哎哟一声,摔倒了,戴锦宏和小花急忙去扶她。

"蜀秀,你怎么啦?"

"哎哟,我肚子疼。"说着话,腰都直不起来啦,豆大的汗珠从脸上流下。

"小花,快去找人! 二太太是不是要生啦?"

"老爷,找谁呀?"

"找,找……"戴锦宏也不知找谁去,他扶着蜀秀,慌了神儿,"快去找大太太,她知道!"小花急忙跑了出去。

"这位香客,夫人怕是要临盆啦。"一位尼姑上前问道。

戴锦宏不住地点头,不知说什么好。

尼姑说:"赶快把她扶进内室。"

小花满脸汗水跑回戴家。

"大太太! 二太太出事啦!"

秀华急忙跑出屋,"小花,出啥事啦?"

"二太太在庙里可能要生小孩啦!"

"在庙里?"

"张嫂,你帮我照顾一下唤弟,我去找接生婆。小花,快去屋里拿那条小被子来,还有纸。"

秀华和小花拿着东西急急忙忙跑出院子。

张嫂还呆呆地站在院里念叨:"哎哟,这个二太太可生啦,该消停了……给二奶奶做点吗吃呀? 赶快烧一大锅水,大人小孩都要洗呀。"

张嫂进了厨房开始忙活。

到了下午,一辆马车拉着蜀秀回来了,大太太怀抱婴儿跟在后面。三十多岁的蜀秀,经过十余年的盼望,终于为戴锦宏生了个儿子,真是不易呀! 戴家大院喜气洋洋。

很快,婴儿要满月了,戴锦宏给儿子在杨柳青饭庄举办了一个隆重的满月盛宴。

姚修贤勉勉强强干了两年教书先生,感到富贵人家的孩子难缠。他不好好背书,你能罚他站吗?你在上面讲课,他在下边撒尿和泥玩,你能打他的板子吗?这些孩子也摸着了他的脾气,越来越捣蛋。告诉他们家长,让他爹收拾他们。可他爹说:"我哪有工夫管他。你是先生呀,你管呀,你骂呀,你打呀!"可是,姚修贤天生不会骂人打人,气得他张着嘴不知道骂什么词。骂他"狗日的",这可不行,介是在骂他老子呀。骂他"小兔崽子",这也不行,介是骂他娘呀。打他!举起戒尺不知从哪儿下手。算啦算啦,爱学不学,教书我也教烦啦。

到腊月啦,把学生们放啦,我也清闲清闲。姚修贤溜溜达达出了门,上街转悠转悠。嗨,快过年啦,家家买年货。我这一个人在外,遇到过年最难受。苦呀!想起了老家,想起了老家的父母。我活的介是叫作吗呀,孤苦伶仃的,家没个家,业没个业。回老家,怎么个回去?要吗没吗,回去了又能干吗?在这儿我还能自己糊弄着自己。姚修贤一边想着心事,一边转悠,不知不觉来到城隍庙。

城隍庙前有好多地摊,其中有个地摊围着一堆人,他挤上前一看,发现这个地摊摆着冥币,还有财神爷、土地爷、灶王爷、门神爷的画张子,还有年画。这些画张子都是杨柳青年画,买的人很多。

"我说,你老这些画张子从哪儿弄来的?"

摊主说:"从老家呀!"

"我说哪,介儿没这玩意儿。"

摊主又说:"迪化城杨柳青人多,我从老家捎来了这么一堆,年前卖个试试,没想到呀,大家伙儿都抢。你知道为吗呀?就图个吉利,图个对老家的念想。"

"从老家往这儿好带吗?"

摊主:"介可难啦,怕拆,怕压,怕雨淋,比伺候我爹还难。"

"明年你还往这儿带吗?"

摊主:"我不可能年年回老家,带这几十张,挣的这点小钱,还不够塞牙缝的。我要是会这手艺就好啦,在这儿开个画坊,准行。"

摊主的一番话,提醒了姚修贤。

姚修贤拿起一叠冥币,看了看,上面还有财神爷的头像,有五两银、十两银、百两银,"嘿,印得真好呀,比活人用的银票印得还好看。"

姚修贤又拿一张画张子,看了看介是财神爷。"嗨,家家户户都供着你,有钱的更有钱,没钱的人家照样没钱。可人人都信你。"

介是土地爷。"土地爷呀土地爷,家家离不开你。你得住房子吧?请来土地爷,遇到地震屋不塌,遇到水淹房不倒。"在修建店铺、宅子、庙宇时,摆上香炉香案,挂上土地爷的画张子祭祀它。

介是灶王爷。"腊月二十三,灶王爷上天",这一天,家家户户都要在厨房贴

335

上灶王爷的画张子祭灶,祈盼灶火不熄,来年天天有饭吃。

门神爷。也是家家户户在大门上必贴的画张子。介叫避祸就福。

杨柳青年画,更是家家户户不可缺少的。

姚修贤小时候在老家戴氏画坊曾当过学徒,学会了描画样子、刻模子、印墨线、画坯子、着色、描金等工序,他都经过手,还没忘。

他把摊贩从老家带来的画,样样都看了一遍之后,心中大喜,天无绝人之路呀,这是老天爷给我指了一条路,这些东西我都干过。于是,每份都购得一张,带了回去,他决心试一试。他租了一间小房子,制了案子,寻着购买了木板、刻刀、纸张、彩墨、颜料,干了起来。"介活儿好啊,干得有意思。"

后来,他辞了给人家当家庭教书先生的活儿,干起了刻刻画画描描印印这个手艺。年画在年前还真是好生意。平时,也替商家刻印商业广告,到街上摆个地摊卖。倒图了个不受他人管教、约束,挣个吃饭的钱。钱有余了,给老家捎上两个子儿,算是尽了孝。

姚修贤自己干了两年,名声传出去了。有一天,衙门里来了个人,请他到衙门印刷坊,刻印衙门里的地方银票、告示、路条等。后来,他就留在省衙的印刷坊,图个小吏的身份、稳定的饷银和安稳的生活。

第三十九章　荣华富贵,人丁兴旺

一九〇八年,中国发生了一件大事,光绪皇帝和老佛爷相隔一天死去,溥仪即帝位,号宣统。

这一年,戴家也有一件大事,聚福盛掌门人戴锦宏迎来五十大寿。

戴家大院门口两盏大红灯笼高挂,进入大门,影壁墙上一个巨大的寿字。寿字两旁有两个条幅:

荣华富贵,人丁兴旺。

院落里也挂满了带寿字的大红灯笼。

大太太看着七岁的唤弟带着五岁的弟弟金锁在院内玩。戴锦宏身穿红寿袍和二太太从北屋出来。

"你瞅瞅,这红缎袍子穿在我身上,怎么就这么别扭。"

蜀秀:"今天是你五十寿,当然要穿红的。我费了心思给你选的料子,请最好的裁缝给你做的,你让大姐瞧瞧,多喜庆。"

秀华:"好,挺合身的。这是妹子的心意,你要领情。"

戴锦宏对唤弟说:"唤弟,爸爸的寿袍好看吗?"

唤弟:"好看。"

金锁:"爸爸,我也要穿寿——袍。"

大人全乐了,"小金锁,你穿寿袍的日子还早着哪。"

这时,有两个男孩跑进院子,叫着:"爷爷! 奶奶!"

"咦,老大他们来啦。"秀华高兴地说。

大太太跑过来拉着两个孙子的手,高兴地问:"你爸妈呢?"

话音未落,铁锁和土豆提着礼包进院啦。

"爸、妈、二妈,我们赶回来给爸过寿。"

戴锦宏见大儿子一家都来啦,高兴得不得了。

"我这两天一直想我这俩孙子能来给爷爷过五十的生日吗?"

土豆抢着说:"爸,您老的五十大寿我们肯定要来。"

戴锦宏:"来得好,咱们祖孙三代凑齐啦,我今儿高兴。焉耆那头安排好啦?"

纪斌:"安排好啦,关几天门耽误不了什么,爸的五十大寿那才是重要的

337

大事。"

戴锦宏高兴地说:"好! 那就多住两天,让我跟俩孙子亲近亲近。"

秀华抚摸着两个孙子:"几年没见孙子,都这么大啦。"

土豆:"小新今年九岁多啦,小疆今年六岁。快叫爷爷、奶奶,这是二奶奶。"

孩子依次叫着。

纪斌又指着唤弟和金锁,"爸妈,这是我小妹和小弟吧。上次回来小妹还小哪。"

"小新、小疆! 来! 你俩叫小姑、小叔!"

小新、小疆看着他们父母摇摇头。

小新说:"他们还没我大哪,为什么叫姑姑、叔叔。"

众人大笑。

"他俩的辈分大呀。"土豆向儿子解释。

土豆看到蜀秀站在那儿显得孤单,忙过来扶着二太太亲昵地问:"二妈,你老还是显得那么年轻。"

"年轻啥呀,老——啰! 这不,我都当上奶奶啦。"

戴锦宏高兴地对大家说:"从今儿起,我们的身份变了,高升啦。我是老爷辈分啦,这是大奶奶、二奶奶,铁锁是大少爷,土豆就是大少奶奶啦。"

土豆接着说:"这还有个小姑奶奶、二少爷。"

"哈、哈、哈哈!"院内一片欢笑。

戴锦宏对纪斌说:"走走走,屋里坐,给我说说焉耆那儿的买卖。"

爷儿俩进了堂屋。女人和孩子们仍然在院里尽兴地说着笑着。

戴锦宏和儿子进了堂屋,老爷子就急不可待地问:"焉耆的生意怎样?"

"焉耆那头的铺子和酒坊生意还都行,就是畜牧那块有点问题。当地的羊毛和皮子原材料很多。困难是,收购得太多我们消化不了啊。我每次去牧场,见到每个蒙古包或毡房都有皮子和羊毛,放的时间太久,有的生虫了,有的烂了,看着都可惜。"

戴锦宏听到这儿也皱眉沉思,他是不放过一点儿有价值的商业信息,自言自语地说:"要么在这儿建个皮毛作坊?"戴锦宏给儿子说,"这儿铺子的买卖也不错,磨坊到秋季忙一些,磨坊的收入足够咱全家吃喝零花的啦。还有,咱家的面食坊,除了卖面、卖米、卖棒子面外,而且咱还生产熟食。"

纪斌很有兴趣地问:"熟食都卖吗呀?"

"都是咱老家的,有烧饼、油茶、炸糕、晶糕、切糕、花糕、糖皮果子、大麻花。"

"哎哟,我小时候在老家时见过。那时家里没钱买,吃口棒子面的饽饽就不错了。到了焉耆,钱有啦,可这些吃食见不到呀。没想到今儿,咱自家有了食坊,我得空儿领着儿子到咱家的食坊挨着个地尝尝。"

戴锦宏高兴地说:"明儿咱一块儿去,让我俩孙子尝尝老家的吃食。"

338

爷俩说着话,李经理带着两名店员也来祝寿。

"掌柜的,我们来给你祝寿。"

"谢谢各位啦。"

戴锦宏和纪斌从屋里迎了出来。

李经理看到了纪斌,"哟,大少爷也来啦。"

纪斌恭敬地说:"李伯,你老身体好吗?"

"托掌柜的福,好、好。"

几位在堂屋寒暄客套。

张大爷在院门口高喧:"舅爷来啦。"

秀华和纪斌迎上前去。

秀华说:"你这个当舅爷的怎么才来呀,谱可真大,不到饭口不见人。"

"我来早了又插不上手,你们还得招呼着我不是?"

纪斌:"舅,你老好。"

生华:"哎哟,我这大外甥七八年没见啦,孩子都这么大啦。"

"舅,你老的驼帮怎么没再下南疆?"

"你瞧瞧,我如今都当上舅爷啦,驼帮的活儿还能干吗? 前年,帮主的活儿就交给别人干啦。"

"舅,你老还年轻着哪。"

"年轻什么呀,老喽!"

"哎,你可别在这儿卖老。"秀华笑着说。

生华:"对,在姐姐、姐夫面前我还年轻。"然后对纪斌说,"铁锁呀,跑驼帮这活儿,吃的是年轻力壮的饭。一年跑一万多里地,全靠这双脚一步步量出来的。像我这岁数,跑不动了,骆驼帮交给了咱杨柳青人潘家。"

纪斌:"你老就歇着啦?"

戴锦宏:"你舅能闲得住吗。去年在小西门外买了块地,盖了两间房,种了一亩地的菜。他过的清闲日子我都羡慕。"

纪斌:"舅又种上菜啦?"

戴锦宏:"你舅种菜纯属为了消遣着玩。"

土豆招呼小新小疆:"小新、小疆叫舅爷。"

生华看着外甥一家很高兴。

"姐,你可真有福呀。"

生华说:"还是姐夫有福,你老这是荣华富贵,人丁兴旺呀。"

戴锦宏:"是啊,三十年前我独自一人来到新疆,如今是有家有业,儿孙满堂呀。"

"老爷,寿宴开始吗?"张妈问戴锦宏。

戴锦宏:"有个贵客还没来啊,先摆桌子吧。"

众人忙活着,在院内摆了三张八仙桌,成品字形。

蜀秀问:"什么贵客呀?"

"你我成婚时的月下老,津商八大家的领头人周乾义大掌柜。"

"同盛和大掌柜到!"

站在门口的张大爷刚报完,周乾义带着一名后生,手提一件礼盒进了院子。众人纷纷迎了上去。

戴锦宏恭敬地迎上前,道:"说曹操,曹操到,主公,在下施礼啦。"

周乾义:"今儿是你唱主角呀,我当配角给你祝寿来啦。"

戴锦宏:"哎哟,大哥,你老可别这么说,没有你的帮扶我哪有今天呀。平日里请不动你,今儿,乘着我过五十岁的生日,你老可不能不来呀。"

周乾义:"我不但来啦,还带来一位。"

戴锦宏:"这位,我见过面,他是……"

周乾义:"我同祖兄弟周乾文,今年才十六岁,他爹供他八年寒窗,朝廷的会试取消了,没事可做,才从老家过来。"

戴锦宏:"你俩这岁数怎么相差……"

周乾义:"我爷爷和他爷爷是吃一口奶长大的,我爷爷排行老大,他爷爷排行老五,这一代一代下来,我小儿子恒正比他还大几岁哪。"

戴锦宏:"你别说啦,我前几天,在街上还向他求过几幅字哪,门口的字幅就是向他求来的,字写得好啊!"

周乾义:"他自个儿非要练练摊,卖卖纸墨文房四宝,给人写写字。"

戴锦宏:"好!好!年轻,又有学问,慢慢来,相貌又仪表堂堂。咦,周大哥,衙门里你熟,给他找个差使。就他那一笔隶书,衙门准能看上,将来不愁没饭吃。"

周乾义:"让他做买卖,埋没了他,我正在跑这事哪。"

蜀秀:"你别让人家杵着,请人家落座呀。"

戴锦宏:"对、对,请坐!"

首席落座的戴锦宏、周氏兄弟、舅爷、李经理、大太太、二太太,正好一桌。土豆带着孩子们一桌。剩下的店员和用人们一桌。

"老爷,上菜吗?"张妈问。

"上菜,倒酒。"戴锦宏高兴地说道。

厨师上菜,纪斌给客人们一一斟酒。

戴锦宏站起来致开场辞:"今儿我过五十岁的生日,在家小庆一下。因为今儿在座的都是我的亲人。我有今天,离不开周大哥。张哥和张嫂也是我的兄嫂,替我把持家务。李经理也不是外人,替我掌管买卖。亲人们难得相聚,我特意从杨柳青饭庄请来的大厨。在下,请大家举杯,庆祝我们的相聚,请大家干一杯。"

庆寿宴正式开始,大家推杯换盏,说着吉祥话。酒过三巡后,周乾义站起来举杯向戴锦宏敬酒,"祝贺兄弟五十大寿。"戴锦宏赶快站起连说不敢。

戴锦宏:"周大哥,为什么说不敢呢,你老是长,我是幼,哪有兄长给小弟敬酒的道理呢?"

周乾义:"哎哟,酒桌子上不分大小。"

戴锦宏:"没有大哥的引路和帮扶,我哪有今天哪。"

周乾义:"那就借你的酒,庆祝我们这些大营客们业盛家旺,共同干杯!"

几杯酒下肚之后,说起了赶大营,戴锦宏兴奋起来,说起了往事。

"周大哥,咱们背井离乡出来赶大营,整整过去三十二年啦。头一个十年那是把脑瓜子别在裤腰带上,那真是玩命呀,为吗?就为了全家能吃饱肚子;第二个十年咱是没白没黑地拼命呀,又是为吗?为了过上好日子;第三个十年咱成功了,如今是荣华富贵、人丁兴旺啊。"

周乾义:"是啊,当初你一个人赶来了,现在变成一大家子人,你现在是儿孙满堂呀。庆贺你这儿孙满堂,干一杯。"

戴锦宏听完了周乾义的这句话,干了这杯酒,情绪有点激动,想起了赶大营一路上的苦和难,说道:"三十二年前,我和石柱、铁旦三人同行,急着追赶你们,没想到半道上遇上土匪打劫,石柱没了⋯⋯好不容易赶到了哈密,说你们去了古城子。那阵子年轻,心急火燎地想早一天见到你们,也没想到新疆会这么大。结果,我和崔铁旦半道遇到了黑风暴。那风刮得真是飞沙走石,鸡蛋大的石头往你身上砸呀,飞沙能把你埋了,黑风暴能把马车掀翻,能把小孩刮上天。后来,铁旦又没啦⋯⋯"戴锦宏说到这儿,两眼充满了喜中含悲的泪花,"这三十二年,不易呀。"

周乾义:"你的命大,我当时一眼见到你,披头散发,衣服裤子被撕成一条条的,赤着脚,那脸上、身上、腿上全是青一块紫一块的,吓了我一跳。你比那要饭的还⋯⋯还要饭的。这些灾呀难的,我们也都遇到过,好歹我们人多。就这样,我们在道上还病死了俩兄弟⋯⋯戴老弟呀,这可真是印证了那句老话,大难不死,必有后福呀。"

戴锦宏:"我到了古城子,是周大哥他们接济了我。正赶上跟着大营攻打古牧地、迪化城。上前线给大营供营粮食、蔬菜、肉食、药材,运伤兵。那真是枪林弹雨,铁弹嗖嗖地飞,炮弹轰轰地炸,你眼前一片硝烟弥漫,尘土飞扬,那真是遮天蔽日。我一开始上阵,吓得我腿肚子转筋,不知往哪儿躲往哪儿藏,后来才不害怕了。"

周乾义:"这都不算吗,就怕半道上遇上骑马的土匪偷袭我们运输队。眼看着前面的湘军骑兵和匪骑面对面地厮杀,我们是躲没处躲,逃没处逃,躲在马车底下听天由命吧。"

戴锦宏:"我们进了迪化,乡亲们都盖房子建店铺不走啦。我身上没银子啊,还得跟着大营南下,那阵子又要离开乡亲们,那心里可真难受。"

周乾义:"我们那阵重建迪化城,苦啊。那时的迪化哪儿像个城啊,破败不堪,像个乱坟岗子。吃没吃的粮食,睡没睡的地儿,整整干了一年多,才刨出来了个十字街。当时我们两百名弟兄,谁也没想到我们刨出来个商业大厦。"

戴锦宏和周乾义你一言我一语,回忆赶大营一路上的七灾八难,回忆重建迪化城的艰难抉择,重温他们在异乡艰苦创业的艰辛……在座的人全都倾听他俩的讲述。过去的事说完啦,说家事,说完了家事,话题又转到了国事。

周乾义:"我们在光绪元年赶大营,一转眼过去了三十三年。今年,我们成功了,光绪爷死啦。"

"他能不死吗?老佛爷把光绪爷囚起来好多年啦。头天皇上死,第二天老佛爷也蹬腿啦,你说怎么这么巧?"

"介个老佛爷呀,阴!好专权。前面的同治帝上台时,她就铲除了八位顾命大臣,开始干政。你知道为吗叫同治朝吗?"

"为吗?"

"同治,同治,她要和载淳同治临朝。三十多岁的同治爷死啦,老佛爷又抱来四岁的载湉当皇上,叫光绪朝。为吗叫光绪呀?光绪,光绪,就是光许她一人在朝堂上白话,不许皇上插嘴,结果,大清朝彻底让她给玩完啦。"

"是呀,老佛爷垂帘听政几十年,没干一件好事,把国家折腾惨啦。"

周乾义:"她唯独干了一件好事!"

"她干吗好事啦?"

"你想呀,是她下旨让左大帅西征收复新疆,如果她听了李鸿章的奏本,新疆早就成了洋人的啦。"

戴锦宏:"你老说得也在理。"

周乾义接着说:"国不宁,家则不安。咱百姓能有好日子过吗?幸亏咱跟着大营来到了新疆,这三十年又幸亏新疆安稳,咱才有了今天。要不然,我这个泥瓦匠,仍然是自个儿没房住,专给别人修缮盖房子。"

"是啊,来新疆是被逼的。要不来新疆,哪有今儿,哪有儿孙满堂地给我戴锦宏过岁寿。"

"今年,老佛爷死了,死得好!宣统朝来啦,换了个皇上,希望宣统宣统,兴许能带来国泰民安。我也准备回老家喽。"

"你老回去养老?"

"不,再铺条路,想把我的同盛和商号挂到天津卫。"

"这儿一大摊子买卖不干啦?"

"这儿有大儿子恒正,还有大孙子耀廷哪。"

"你老介又是扩张,扩张到老家去啦。"

"不,介叫转移,拿出我多余的闲钱,再投到天津。"

"介又是你老教我的,让钱别闲着,钱生钱嘛。"

"对! 这儿的买卖都饱和啦,你不能让闲钱放在怀里揣着。另外,有句老话叫'树挪死,人挪活'。戴老弟呀,人在一个地儿不能待的时间太长,总有个衰的一天。做买卖也是一样,老待在一个地儿,买卖越做越抽抽。"

"同盛和真是财大气粗呀,又有远见,我聚福盛比不了。"

"你也了不起呀!"

俩人开怀大笑。

戴锦宏端起酒杯:"来来来,预祝同盛和将来在天津开业成功。"

周乾义也举起酒杯说:"祝戴老弟荣华富贵,人丁兴旺。"

饮完酒后,周乾义不好意思地说:"哟,话都让咱俩说啦。这话匣子一打开,陈谷子烂芝麻的事全都倒腾出来啦,不说啦。纪斌全家回一趟家也不易,剩下的你们家自个儿好好拉拉家常,我该走啰。"

周乾义带着乾文离席,戴锦宏一直送到大门口,离别时对乾文说:"你看看,乾文第一次来家,也顾不上跟你好好聊聊。乾文呀,我第一次见你,向你求字,我就感到咱俩有缘,有空来呀。"

乾文:"戴掌柜,我一定来。"

周氏兄弟客气地告别。戴锦宏回来落座,兴致不减。

"我今儿给大家备有红包,每人都有份。"

孩子们拍手称好。二奶奶进屋取来红包依次发放。

"第一份给舅爷……"

"哎哟,我这什么力也没出,受之有愧呀!"生华客气地说。

"我这个当姐夫的没有照料好舅子,反而是你,在那条死亡的戈壁路上,你来啦,我得救啦。"戴锦宏接着说,"你也是快半百的人啦,给你寻个老婆做个伴吧。"

"别价,我这大半辈子都过去啦,还讨什么老婆。"

秀华劝道:"你又没个儿女给你养老,等老啦没有伴怎么行啊?"

"一个人有一个人的好处,无牵无挂。等实在老啦,不能动的时候挖个坑,自己往那儿一躺……"

"行啦,行啦,别说不吉利的话,这大喜的日子。"秀华赶快拦住话题。

"嗨,你瞧我这张臭嘴。"

秀华:"以后的日子以后再商量,今天是给老爷子过五十大寿,孙子们等着给你祝寿哪。"

"祝爷爷福如东海,寿比南山!"小新和小疆举着茶杯给爷爷敬酒。

纪斌拿起酒杯:"爸,我代表土豆和唤弟、金锁祝您老健康长寿!"

李经理举起酒杯:"掌柜的,我敬你一杯,生意兴隆,财源滚滚来!"

戴锦宏应酬着大家的祝贺。

生华站了起来举杯道:"姐夫,今儿小舅子敬你一句掏心窝子的话,这把年纪啦,该悠着点啦。让孩子们去干,自己保重身体要紧,该享清福啦。"

戴锦宏:"你说得对,等老二长大啦,这儿的生意就交给他,这就叫改朝换代。我当我的太上皇,什么也不管啦。吃菜,吃菜,今天请来了杨柳青饭庄的大厨,大家尝尝。还有,晚上请大家去戏园子看戏。"

孩子们叫道:"太好了,晚上看大戏啰。"

蜀秀问:"看什么戏呀?"

戴锦宏:"八年前回天津老家那回,有一个戏班子随我们一块儿来新疆,几个戏娃子,如今都成了角儿啦。其中有个叫赵德风的演红生,他扮演关公威武英俊,嗓音洪亮圆润,身体魁梧,扮相好,将关老爷演得活灵活现,人称活关公。还有个叫何金霞的演勇猛武生,人称活颜良,他在《伐子都》扮演武将子都,能从四张桌子上翻跟头下来,落地纹丝不动。"

蜀秀:"不好不好,净是打打杀杀的。看个《西厢记》或者《霸王别姬》多好。"

小新:"爷,我就爱看打打杀杀的戏。"

戴锦宏:"我大孙子行,长大啦能当将军。今儿晚上就带孙子去看《白马坡》,小新好吗?"

"好!"

这天,下午的寿宴吃了,晚上上戏园子看戏去了,热热闹闹了一天一夜,该走的都走,该收拾的东西都收拾利索了。看完戏回来,在堂屋喝茶,而戴锦宏还在兴奋状态之中。他对大儿子纪斌说:"还有一件大事我要和你谈谈。"

"爹,什么事? 你说吧。"

"你要把大孙子小新给我留下,你们舍得吗?"

纪斌看了看土豆,没言语。

戴锦宏:"小新已经九岁了,该考虑他的前程! 我十二岁就跟着你爷爷开始走南闯北,今儿是家大业大,如今天下又不太平,咱家总得出一个人物保护好这份家业,你们说不是吗?"

纪斌不解地问:"让小新干什么?"

"上学! 将来拿枪杆子。"

纪斌点着头。

戴锦宏说:"我想送小新上讲武堂。"

"去哪儿上呀? 他才九岁。"纪斌问。

"先送他上几年的洋学堂,然后让他去上讲武堂。"

纪斌说:"咱家是该出个走仕途的或者从武的。"

戴锦宏:"仕者不如武者,一朝天子一朝臣,像走马灯似的一茬茬地换。握紧枪杆子,谁上来都得求他,你说是这么个理儿吧。"

"对！我听您的。爸，小新已经过了上小学堂的年龄啦，能上吗?"

"小新是我的长孙，总得给他弟弟们做个榜样吧。正因为他耽误了上学，那就得赶快补上。"

"到哪个学堂上去?"

"到咱天津商会办的，是一所新式学堂，从天津请来的先生，教习什么国语、算术，还有什么天文地理、古今史记这些没听说过的学问。学堂的名字叫左公祠学堂(今十二校)。"

"爸，那明儿咱去看看?"

"我也好多年没去啦，明儿带小新看看，顺便报个名。"

"好，让小新上新式学堂。"

戴锦宏十八岁独自一人离家乡赶大营，在新疆度过了三十二年，由一人变成了一大家子人，由一名挑担小贩变成一位富商，可谓是荣华富贵、人丁兴旺了。二十世纪一二十年代，戴锦宏的家业达到鼎盛。

第四十章　火烧津商

一九一一年岁末之际,津商和甘商同时从内地通过骆驼行运到古城子大批年货,都准备雇车把这大批货物赶在年前运到迪化,卖个好价钱。谁的货早一天上市一天,那利润差别大啦。

戴锦宏等几位津商掌柜带领几个伙计来到古城子货栈。此时,一个甘肃籍商人也来提取和验收他的货物。货栈掌柜见几位老家客主亲自前来,忙迎上前去。

货栈掌柜:"杨掌柜、戴掌柜,你们亲自来啦?"

戴锦宏拱手:"这次我们的货多,买卖大,亲自来通融一下掌柜的,及早拉回去赶个节前的好生意。"

"都是自家人,你们的买卖就如同我的买卖。"货栈掌柜转身对柜台上的伙计说,"大柜!别的货先放下,先给杨掌柜和戴掌柜他们办货。"

站在一旁的甘肃籍商人不高兴啦。

"哎!你说啥呢,总有个先来后到吧。"

戴锦宏闻其声,观其人。一副麻秆身材,长臂短腿,尖嘴猴腮,一双鼠眼长在八字眉的下面,此人姓钱名贵。

货栈掌柜笑脸对钱贵说:"别急,他们的货多,压久了损失大,他们办完了就给你办。"

钱贵马上拉下个脸:"你说啥的呢,货多哩损失大,货少哩就不损失哩?你们这些津商买卖大哩,槌子也大哩?日弄我们这些小买卖人。"

货栈掌柜忙给解释:"不、不,不是这个意思。"

钱贵:"不是这意思,是啥意思?把他家的,你们这是欺负人哩。"

"嗨,嗨!谁欺负你啦?"戴锦宏忍不住插话。

钱贵斜视了戴锦宏一眼:"就是你们天津帮的一群狗尿。"

戴锦宏怒道:"你骂人!"

钱贵凑到戴锦宏跟前昂着头说:"我就是骂哩,你咋个相!"

货栈掌柜见戴锦宏和钱贵要发生冲突,赶快上前制止,"钱掌柜的,我安排人给你们同时发货,行了吧?"

钱贵仍然傲慢地说:"不行!他们这是欺行霸市。我先来的,就该给我先办。我办不成,今天谁也别想办!"钱某一屁股坐在柜台上。

"嗨!谁欺行霸市,我看你在耍赖!"戴锦宏看不惯,上前去拉钱某。

钱某顺势推了戴锦宏一把。戴锦宏火啦,一把把钱贵从柜台上拉了下来。这一拉一推,双方扭在一起。

货栈掌柜和杨掌柜两头劝解拉开了双方。

货栈掌柜招呼伙计:"小李子,把人都叫来,给客户同时发货。"

钱贵仍然得理不饶人:"把他妈的,你们财大气粗是吧,你们人多势众是吧,球! 谁怕谁呢,我就不吃这一套,有本事一对一单挑……"

戴锦宏越听越气又欲上前争斗,"你说什么,什么单挑?"

"得啦,得啦,别跟他计较。"杨掌柜又上前拉住戴锦宏。

货物一捆捆地搬出,杨掌柜等人验货,戴锦宏出了门喊道:"你们这些车,全都过来装货,我多给你们付钱。"

戴锦宏把所有停在外面的货运马车都叫了过来,给津商装货,足足装满了十几辆车,车户们用绳子捆绑着。

这时钱贵的七八包货也都办理完毕,走出货栈叫车。他一看自己订下的那辆车也被津商占用,立即火了,并破口大骂:"你们这群驴日的,为啥用了我订下的车。"

戴锦宏:"咦,人家愿意拉我们的货呀,你管得着吗?"

"驴日的们,我的货运不走,你们的货也别想运走。"

钱贵上前把津商已经装好一车的货扒拉到地下。戴锦宏忍不住啦,上前踹了钱贵一脚。钱贵从地上爬起来和戴锦宏厮打起来。津商带来的两个年轻伙计,见掌柜的和钱贵打了起来,冲上前来把钱贵暴打一顿。最终还是杨掌柜上前制止住两位津商伙计。

钱贵吃了亏,见津商人多势众,自知再斗下去也没什么好结果,自己的货也不顾了。末了,他指着戴锦宏等人骂道:"驴日的们,走着瞧!"钱贵丢下货跑啦。

傍晚,津商十余车货物浩浩荡荡驶向迪化。行至平顶山哨卡处,一队兵勇拦住去路。为首一名哨官手一挥曰:"货物卸下,接受检查!"

杨掌柜上前说:"军爷,我们是津商,这些货物都是从内地进的商品,从古城子转运进省城。"

这位哨官根本就不理这茬儿。

"查的就是你们,卸下来!"

这队兵勇七手八脚把十几车货统统扔到地下。

"哎! 哎! 凭什么把货都卸下来?"戴锦宏上前要讨个说法。

"上面有令,伊犁有乱党私藏枪械混进省城。怎么着! 你敢违抗!"哨官又下令,"把车拉走! 不许进迪化城!"

兵勇强迫马车向北而去。戴锦宏拦着车,和哨官又争执了起来。

"你凭什么把车赶走,成心找碴儿是吧?"戴锦宏从哨官的口音,已经感觉到这与在古城子和钱贵的纠纷有关。

"怎么着,你想对抗,我这枪子可不是吃素的。"

杨掌柜赶忙过来把锦宏拉了过去,小声说:"得啦得啦,这茬儿不善。咱再想办法。"

戴锦宏气的,又没法子,眼看着马车没了踪影。

哨官对兵勇说道:"你们三人留下,其余的撤!"率领兵勇上山进了哨营。

杨掌柜对戴锦宏说:"这事肯定与钱贵有关。我回迪化去组织车辆来拉货,然后找省衙投个状子。你带着人在这儿看管货物。"

公正而言,津商势大欺人,把所有的车辆统统占有来拉津商的货,甚至把人家雇的车也拿了过来,造成甘商的年货滞留积压在古城子。钱某大为恼怒,丢下自己的货,找到了在清军担任哨官的老乡王东升为他出气。王东升带一伙部下在半路截了津商的货,强行卸下,让车辆返回古城子。

津商的大批货物被扔在半道上,害得杨掌柜徒步去迪化找车。而戴锦宏带着几个伙计在野地里看着货物,大冬天的冻了一宿。

第二天上午,杨掌柜和戴锦宏直接来到衙门,正好碰到在衙门当差的青年书吏周乾文。

周乾文三年前来到迪化,凭周乾义在衙门官员的关系,进了衙门当了一名文书差使,十六七岁就当上了公家的人。周乾文穿上了清朝的长袍马褂官吏行头,行走于衙门,倒显得很气派,俸银足以养活自己。

周乾文今儿坐在衙门里当差,见戴锦宏等人来到衙门,便上前询问:"戴掌柜,您老到此何干?"

"我来状告钱贵唆使平顶山哨官扣压我津商十几车年货。"

"戴掌柜,您老把详情仔细说来。"

戴锦宏把详细经过一五一十地说给了周乾文。

周乾文思考片刻问道:"钱某唆使哨官有证据吗?"

"他们是老乡,他不唆使那哨官,为何半路等着劫我们的车呢?"

"戴掌柜,推理不能作为证据,没有证据就不能把钱某捕来审。"

"合着,我们白吃哑巴亏啦?我这口气咽不下。"

杨掌柜也劝道:"吃点亏就吃点亏,吃亏免灾。"

"不行,我非出这口气!"

"戴掌柜,这么办吧,你们状告王东升,假传军令私扣民财。这样可以把哨官抓来审了,让他交代出幕后行贿唆使他人犯法,这事就好办了。另外,通过钱粮局帮办直接捅到巡抚大人那儿,就更有把握了,您看哪?"

"好、好好,看来干什么都得有门道。谢谢!"

"您走好,不便远送。"

"留步。"

津商一纸诉状把王东升状告到衙门。

省衙依赖津商增加财政税收,津商又把持省钱银局协办,必然偏袒津商。在省衙大堂,戴锦宏、杨掌柜作为原告在场。官司就这样开庭。

刑署官吏把惊堂木一拍,"带王东升上堂!"

王东升被带上大堂。

"王东升,你假传军令,设路卡私自拦截商户货物,扰乱社会,是否属实?"

"拦截货物查询属实,没有扰乱社会。"王东升辩驳。

"既然你私自拦截他人财物,还不算扰乱社会吗?"

"小人设卡,怕乱党混进省城。"

"人家运的都是商货,你不但劫下人家的货物,反而驱逐马车,你这是查乱党吗?

"小人知错。"

"有何人唆使?"

"没人唆使。"

"既然无人唆使,你为何做这样的勾当?"

"小人知道津商富有,想取得点过路钱,无奈其不买账。"

"作为朝廷军吏干此土匪勾当,你知罪吗?"

"小人知罪。"

"来人呀,扒去军服,杖责二十大板,贬为平民,自谋出路去吧。"

这位倒霉蛋,为乡党义气,挨了杖刑,还丢了公人的铁饭碗。但事情并没有完,他又闯了个惊天大祸。

王东升,新疆人,当他还是个碎娃子时,就是个泼皮无赖的小混混子,长大了些,成了在乡镇偷鸡摸狗、打捶闹事的二流子。他大拿他没办法,拿起扁担要把他撵出家。

"你这个尻球娃,我把你养活大哩,天天啥尻球事情都不干,还给我惹是生非,你给我滚!永远不要回来。"

他娘说:"娃他大,你把他撵出去,他吃啥穿啥?干脆你把他送到衙门去当兵,还管吃管穿。"

没想到这个混混子到了军队,没过二年混了个哨官。

这个王东升,拿了钱贵的银子,得给人家办事吧?

"不就是扣住津商们的货吗,把车放回去吗?这尕尕(小小)的事情,没麻达!"

钱贵说:"事成后,我请你喝茶吃酒。"

王东升万万没想到,这么个尕尕的事情,却被绑进省衙吃了顿官事。不但丢了饭碗子,而且还挨了一顿板子。

王东升捂着屁股一瘸一拐地往回走。心里骂着:"这帮津商们可恶!可恨!没想到这么个尕尕的事情,还告到省衙。这帮衙门里的狗官,不知吃了多少贿银,干尽了伤天害理的事情。这么个球大的事情,毁了我的前程,我这辈子还没受这么大的屈。砸了我的饭碗,就等于要了我的命根子!日他妈的,我跟他们没完!非得出这口气不行。"

在平顶山哨营外一个小饭馆,钱贵吃着茶,不停地看着外面。王东升垂头丧气,一瘸一拐地走来了。钱贵走出门向他招手。

"王哨官!"

王东升进入茶馆。

"日他个妈!驴日的们仗势欺人。"

钱贵:"衙门弄你去干甚?"

"说我私自扰乱社会。"

"怎么断的?"

"这帮津商们,和衙门的官串通一气,把我的官职给夺嘞,还扒掉我的褂褂子,打了我二十大板,还砸了我的吃饭碗,到现在我的沟门眼眼子还疼呢。我从来没受过这样的气,我跟他们没完。砸了我的饭碗子,我也砸掉他们的铺铺子。"

"你想咋个样?"

"我也知不道,反正我也饶不了他们。"

钱贵说:"津商这帮贼尿,他们欺行霸市,就没人管。害得我们挣不上钱,买卖干得细细的,都直不起个腰来。你看他们一个个财大气粗横行霸道。这次不给我发货,还打了我,还抢了我雇的车车子。恨得我呀,牙根子痒,不报此仇,我不姓钱!"

王东升问:"咋个样子报仇呢?"

钱贵想了想说:"把津帮们的铺子烧咧!"

王东升一听说放火,来了精神头。

"烧一家铺子管球用呢,人家一泡尿就把火给你浇灭哩。要放就往大里放,把大十字津商们的铺子都给他烧哩,来他一个火烧连营!让衙门的狗官们看着也难受。你的仇人是津商,我的仇人是津商后面的衙门,他们断案不公。你给钱,我给你放火。"

钱贵问:"你要多少钱?"

"你看嘛,我为了给你办事情,我的饭碗子都给砸咧,我上哪儿寻个吃饭的碗碗子去?你以后得管我吃,管我喝吧。"

钱贵起身犹豫了一会儿,恨恨地说:"此仇不报,我的心也不甘,我钱贵倾家荡产,豁出去咧!"

钱贵向王东升耳语,王东升不停地点头。

王东升说道:"放他一把火,解我心头之恨!"

钱贵:"记着,别干大咧,差不多就行哩。这些银子拿着,干完了你连夜就走,以后我跟你联络。"

一九一一年的除夕夜到了,城里到处弥漫着年节前的欢乐气氛。一些孩子们早就按捺不住激奋的情绪,在自己院内、在巷道、在大街上放起了烟花爆竹,花炮在地上旋转着,绽放出一溜儿烟花,引起孩子们一阵欢笑。偶尔也有冲天雷,尖啸着冲上天空,响出一声炸雷。

有的孩子唱着过年的顺口溜:

> 娃娃娃娃你别馋,过了腊八就是年。
> 腊月二十三,灶王爷爷上天。
> 腊月二十五,家家户户扫尘土。
> 大年除夕吃年饭,欢欢喜喜过大年。
> 正月初一迎财神,正月十五逛花灯。

戴家大院迎接新年的到来。

张大爷昨天就把房上的雪扫了下来,把院子的雪也打扫得干干净净,堆成两个小雪山。今儿又用马车往外拉雪,卸到西河坝。

小花在窗子上贴窗花,唤弟帮她抹糨糊。

蜀秀看了看说:"小花呀,贴完了窗花,把屋子里的年画也贴上。"

"二奶奶,您老房子的画张子挂哪个呀?"

"挂那张《霸王别姬》。哎,不不不,挂《西厢记》。"

金锁穿着一身新衣服,拿着铁铲在捣乱。

蜀秀嗑着瓜子,说:"金锁! 刚给你穿上过年的新衣服,就满院子捣乱,衣服弄脏了咋办?"

"我帮张伯伯铲雪。"

"用得着你瞎掺和,进屋去!"

张嫂和秀华在厨房忙活做饭。

舅爷王生华一大早挑着一担子菜就来啦,一个筐内装着白菜、萝卜和土豆,另一筐内装着两只鸡。

秀华迎上去高兴地说:"来就来了呗,你又拿菜来还拿鸡。"

生华说:"我不能空着个手来呀,菜是窖里的菜,鸡是家里笼子养的鸡,备着过年吃的。"

秀华前去拿鸡,这鸡它认生,扑扑棱棱从筐里跳出来,满院子飞。秀华跟着撵,就是逮不住这只鸡。

"嘿,这鸡也知道杀它给人吃。"

生华走过来说:"姐,你别管,我来抓它。"

生华伸出来一只手,嘴里还"咯咯咯"地叫那只鸡。鸡瞅了瞅它的主人,昂起头,挺着鸡胸一步步地走过来,生华一伸手,乖乖地卧在地。

"哎哟,这鸡真听你的话,叫它干吗就干吗。"

"我把它养了半年啦,我和鸡狗就是一家子。姐,你来宰吧?"

"我可不敢宰你的鸡。"

"姐,给我拿把刀,拿个碗来。"

秀华递过来一把刀和一只碗。生华把鸡的两只翅膀一拧,往脚下一踩,接过来碗和刀。刀是杀鸡的,碗是接血的。生华抓过鸡的脖子拔去了毛,拿起刀,吭噌一下……

"介人呀,可真狠心。"秀华转过脸说。

生华宰完了鸡交给秀华,"姐,拿去烫一烫拔毛吧。"

秀华把鸡拿进厨房。

生华看着张大爷在往筐里铲雪装车,便说道:"张哥,我帮你弄雪吧。"

"他舅呀,你老就歇歇吧。"

"嗨,我是个粗人,歇着难受。"

生华帮张大爷铲雪,把一筐筐雪倒在马车上。巷道的邻居也在打扫积雪,把雪堆积起来。

秀华从厨房出来,站在院中向大伙喊道:"中午可没饭,谁饿了,找点什么吃的垫吧垫吧。"

小金锁说:"大妈,有啥吃的?"

"哎哟,我的小祖宗,你饿啦? 有过年的豆沙包、馍馍、花卷,还有油炸的小麻花,你吃吗? 大妈给你弄。"

"我要吃糖。"

"糖不是饭呀。你先吃个豆沙包,等会儿大妈把过年的零食摆在堂屋,有水果糖、瓜子、花生、油炸大豆、小麻花,由着你吃。"

到了下午,过年的一切事都准备完毕。

院子扫得干干净净,窗户上贴满了窗花,每个门框上贴上了对联,屋檐下挂着一排排红灯笼,屋里墙上贴着年画。厨房已经备好了丰盛的年夜饭,就等着戴锦宏从店里回来。戴锦宏特意通知用人们,一块儿吃年夜饭。

巷子里和大街上已经传来了喜庆的鞭炮声,戴锦宏在鞭炮声中进了家门,看到在厅堂上摆好了八仙桌,八小盘凉菜已经上桌,碗筷已经备齐。

二奶奶笑呵呵地迎上来说:"就等当家的您开席呢。"

大奶奶端来铜脸盆,"你先擦把脸。"

女儿唤弟已有十二岁的年纪,她和弟弟金锁都穿了一身的新衣服跑了过来,嚷着要吃好东西,戴锦宏抚摸了一下儿女说:"好,马上就让你们吃。"

戴锦宏换完了衣服,擦了把脸,宣布说:"放炮!"

院门口乒乒乓乓响了起来，院门和庭院的大红灯笼也都点亮了。

李经理和店员也来了。

"李经理怎么才来呀，就等你开席哪。"

"掌柜的！咱柜上脱不开身呀。这批新货年前一上市，那真是顾客盈门，来年是个好兆头啊。"

"快请坐！"

戴锦宏招呼着李经理和店员落座。

戴锦宏端起酒杯致辞："今年是搬到省城的又一个年头啦，生意不错，盼来年生意红红火火。今天除老大家在焉耆生意上脱不开身，都到齐了，祝大家新年好，先干这一杯。"

李经理站起来端起酒杯："我敬掌柜的一杯，愿你财源茂盛，生意兴隆！"

戴锦宏："有饭大伙吃，有钱大家挣。干了一年啦，大家都辛苦，来年好好再干，干杯！"

推杯换盏，互相祝福。张妈开始上热菜，热热闹闹地吃年夜饭。

"掌柜的，这新货一上市呀，人们争着抢着买，尤其是布料子。有钱人买绸缎，没钱人买洋布，人人都要过年，人人都要穿套新衣服吧。就连少数民族老乡也抢着买条绒布，年底都有钱了。"李经理又接着说，"掌柜的，我有个想法跟您商量商量。"

"有吗事你就说。"

"我想请个裁缝。"

"请裁缝干吗呀？你想再弄个裁缝铺？"

"裁缝铺倒用不着，就请个裁缝。有钱人家自己不做，请人做。咱请个裁缝坐堂，按客户穿着喜好，量体裁衣。衣片锁边呀，绣花呀，做纽襻呀，细针缝合呀，这些细活儿送到做活儿好的人家，在家加工出成衣。这些妇女在家闲得慌，乐不得的在家挣点小钱花，计件付给工钱。这不省了场地，省了本钱，省了雇人，咱从中也可以取利呀。"

"好主意！介叫'空手套白狼'。想好了就去干，你是经理呀。"

李经理又说："还有，抢手的新货咱再提高点价码，滞销的旧货咱降价甩卖，让资金迅猛回笼。"

"对，不仅是衣料，咱店里的生活日用品、小百货、杂货，都可以这样办。不断地有新货上市，这买卖就活啦。"

秀华："别净说话呀，让李经理好好吃。李经理，来个狮子头尝尝。"

"哎哟，大奶奶，我自个儿来！"

戴锦宏："来，咱哥俩再喝一杯。"

"哎哟，这狮子头真好吃，谁的手艺啊？"

秀华："张嫂跟厨子学的。每次请厨子来呀，张嫂都要学一样好吃的菜。"

戴锦宏:"张嫂每天换着样地给我们做好吃的。张嫂,我代表全家敬你一杯。"

张嫂:"只要你们爱吃,我就高兴。"

李经理:"掌柜的,昨儿我看到钱贵贼眉鼠眼地在咱这条街上晃悠,不会有什么恶意吧?"

"就他那德性,连他们甘商都不愿意搭理他。这商场如同战场,你手软啦,他就会吃了你,客客气气生不了财。当然对顾客要和气三分,货真价实,不能贪图小利,人家才能来买你的东西呀。"

"爸!我吃完了,该发压岁钱了吧?"老二迫不及待地要红包。

"你碗里的饭还没吃完哪!都把它吃了!你是没挨过饿,饿你三天你就知道是什么滋味了。"蜀秀一边说着自己的儿子,一边端起碗往儿子嘴里又塞了两口。

"我吃不下啦!"

蜀秀:"反正我不吃你的剩饭,倒了去喂猫!"

秀华说:"我把它吃了吧,倒了可惜了的。"秀华把金锁的剩饭拨在自己碗里。蜀秀瞄了秀华一眼,说道:"倒了喂猫喂狗也是喂呀。"

"我在老家挨过饿,看着这些粮食糟践了就心疼。"

蜀秀:"大姐,你真是穷酸命。"

小儿子嚷叫:"爸,快发压岁钱吧!我还要放炮去哪!"

戴锦宏:"就你等不及!蜀秀,把红包都拿来!"

"姐!发压岁钱啰!妈,我跟你去拿!"

蜀秀:"这么一会儿,你都等不及,坐这儿等着!"

二太太进内室拿着一沓红包递给丈夫。

"人人都有份噢!给二少爷、唤弟的压岁钱。李经理辛劳一年啦红包要加码,张哥和张嫂的长寿红包。"

张大爷:"我们俩这么大岁数啦,免了吧!"

戴锦宏:"那怎么行呢!'家有老,是个宝',您两人真到了老的那一天,有我吃的,就有你们吃的。"

张大爷:"那可得谢谢您啦!"

"这份是给大舅爷的过年零花钱。"

"我就免了吧,吃饱了肚子没啥要花钱的。"

"那就拿着玩,看着它也高兴呀。"

"那就给我外甥、外甥女的压岁钱。"

"一码归一码,拿着。"

李经理:"掌柜的,酒足饭饱,我俩该走啦。"

蜀秀:"李经理别走,撤桌子,咱们打两圈!"

二太太提出打两圈牌,凑了四个人。

李经理:"大太太您来!"

秀华:"我不会,你来吧。我去给老家去世的老人烧点纸。"

李经理:"舅爷来吧。"

生华:"我这辈子不会抽烟,不会喝酒,不会玩牌,三不会,你们来吧。"

唤弟:"妈,我跟你去烧纸。"

秀华拿着黄纸,带着唤弟出去烧纸。

纪才(金锁)在院里边放炮,边唱着:

　　　挂红灯,贴年画。

　　　口袋装满压岁钱。

　　　穿新衣,吃年饭。

　　　守岁守到第二年。

　　　……

张嫂和小花在厨房收拾东西。戴锦宏、二太太、李经理和张大爷继续打牌。

"碰! 一条龙! 我又胡啦!"蜀秀惊喜叫胡。

戴锦宏:"今晚上你这手气怎么这么好! 我是一把没胡!"

到后半夜,外面的鞭炮声逐渐静了下来。张妈、小花和大太太在厨房包饺子、戴锦宏、李经理和张大爷仍然陪着二太太打麻将。其余各自回自己的房间"守岁"。

子夜后,过年的鞭炮已经没了声响,大地宁静,大十字街头的店铺早已打烊,马路上看不到一个行人。西北风吹得南北牌楼上挂着的大红灯笼飘来摆去,大风刮起了地上的积雪,满天飞扬。整个迪化城在风雪交加之中,显得模模糊糊。

有四个黑影,头戴皮帽,身穿黑袍,腰系黑带,身背一个大葫芦,腰后插着一根木棍,木棍头上缠绕着什么。这几人在满天飞扬的雪花中,不知从什么地方鬼鬼祟祟地钻了出来。他们向东南西北四条大街窥视了一阵,相互做了个手势。首先走向十字路口西北角的店铺前,取下大葫芦,拔掉塞子,向每个铺子的门板上泼洒着什么,一家挨着一家……直至把大葫芦的东西全都洒完,然后回到十字街口。他们拔出插在后背上的火把,只见小火星子闪了几下,然后腾的一声,着起了一团火,照亮了店铺的板门,火把往洒了煤油的板门上一贴,轰的一声,门板着起了大火。这几个黑影挨着店铺一家一家地放火。快到戴家的聚福盛时,大十字街口响起了急促的敲锣声和喊声:"着火啦!"

这锣声,惊天撼地。这喊声,声嘶力竭。

几个黑影在一团团大火、遮天蔽月的烟雾和风雪中消失了。

喊声、锣声,撕破了半夜的宁静。戴锦宏站起来听着:"这是哪儿着火啦?"锣声喊声越来越紧。

大家同时冲出院子,看到十字街火光冲天,浓烟罩住半拉天。

"不好,我得去看看。"戴锦宏穿上棉袍就往外跑,李经理、王生华和看门的张大爷也跟了出去。

二太太:"嗨!这是谁们家着火了呀?真是扫兴。"

戴锦宏跑到十字街口,见熊熊大火在各大小铺面燃烧。当夜有西北风,火助风势迅速向东南蔓延。当时店面门脸都是插木板,卸掉插板,店堂敞开,门口是一排一米高的柜台,里面都是木质货架。房屋是四梁八柱,屋顶是椽子。这种木质结构的房子着火很难扑灭。

戴锦宏跑到自己店前,见值班店员正惊慌失措。火势已经扑来。

戴锦宏喊着:"赶快把货转移。"

说话这阵子,街上全乱了套。男人、女人,喊的、叫的,担水的、端盆的,救火的、转移货的。

秀华带着人、拿着盆、提着桶也来救火。

"介上哪儿去打水呀!"

"唉,当初盖铺子那阵儿,就没想到着火这茬儿,快到邻近家借水!"

戴锦宏:"这火着得也邪性,怎么一溜大街都着呢?"

李经理:"四条大街都着啦!"

西北风呼呼地刮,一家连着一家火势冲天,整个大街烟雾弥漫。

戴锦宏脱下棉袍,扑打着门板上的火苗,踢开了几块门板,和几个爷们儿冒着店铺门脸的熊熊烈火冲了进去。好歹铺面房和后面库房中间是个小院,起到了阻隔火势蔓延的作用。几个人一边抢搬店内货物,一边灭火。

折腾了一夜,到天大亮了火势才得到控制。

戴锦宏、张大爷和店员满身黑灰、蓬头垢面地躺在大街上喘不过气来。

李经理和大太太等人把还冒着烟的货物清理出店外。戴锦宏坐卧在地上,喘着粗气看着眼前的场景:聚福盛的牌匾面目焦黑,只剩半个"盛"字。店门板全部烧坏,还冒着青烟。店内大堂烟熏火燎的漆黑一团。

戴锦宏看着眼前这一切发愣。

戴锦宏站起来向大十字街口木呆呆地走去,越往十字街口走,烧得越惨,有几家店铺整个坍塌。

"锦宏,你咋啦?!"蜀秀惊恐地赶了过来,她用手在戴锦宏痴呆的眼前晃了晃。

"我没疯!倒让我清醒啦!"

"这火着得邪性啦,怎么都从店门着呢?而且四条大街一块儿着?"戴锦宏一边痴呆呆地走着,一边嘟囔着说。

天亮了,大十字街周围大大小小的店铺彻底被火海吞没,损失极为惨重,受伤者不计其数,津商八大家全毁了。

女人们号啕大哭。

戴锦宏的店铺在大街的东头,烧毁了门脸和店内柜台货物,里面的货物和房子没受到太大损失,可算万幸。

李经理过来说:"掌柜的,有人看到后半夜有几个人往各商户店门上泼煤油纵火。"

戴锦宏:"我说哪,这着火也不是这么个着法!几十个铺子一块儿着火。查出来千刀万剐了他!"

李经理:"是何人纵火烧了整条街呢?这事得找找商会开个会合计合计。"

火烧大十字,给津商们提了个醒,总商会协同各省商会成立"水龙局"。

后来,水龙局靠集资、募捐筹款,到天津购得十余台水龙,并置办水桶等消防工具。在全市分几个消防点,报名的志愿者来自各行业。某处发现火灾,便鸣锣报警,只要听到锣声,志愿消防队员便拿着自家的水桶、盆子到火灾现场附近取水供给水龙用水。众人蜂拥而至,参与灭火。

大十字商业街火灾烧了津商老八大家。经过四年时间,津商新八大家取而代之,大十字才恢复昔日的繁荣。

第四十一章　迪化闹起了革命党

一九一一年十月十日,武昌起义爆发。武昌起义如黑暗中点亮了一盏指路明灯,在一个多月中,湘、陕、晋、云、贵、川等十五省,先后起义,宣布共和。一个个新的词语"革命""共和"迅速传进了成千上万普通百姓的耳中,传到了长江以北,也传到新疆。

同年,在远隔万里的边疆省城迪化,表面死水微澜,其实,"同盟会""革命党"这些新名词早在社会中传播。

饭馆、酒肆、戏园子也张贴"莫谈国事"的告示,这反而使百姓感到新奇。

"外面不让说,不让问,可挡不住在家说呀。"

"听说一个叫什么'会'的闹反了,让皇上下台。"

"叫同盟会。"

"皇上怎么能下台呀? 下去一个皇上,不是又上来一个皇上吗?"

"不价,闹着让大清朝下台!"

"嗨,自古以来都是朝朝代代,到头来,皇上还是皇上,咱百姓还是百姓,那哪能变呀。"

"现在闹共和,谁当皇上,由大家选。"

"新鲜,八辈子祖宗都没听说过,皇上是百姓选的。"

"你说这'共和'是啥意思呀?"

"立国号中华,就是五族共和。"

"哪五族呀?"

"满、汉、蒙、回、藏。"

"这回是哪族呀?"

"回,就是在咱新疆信伊斯兰教的各个回部。"

"这好呀。清朝是旗人的天下。这要共了和了,就是各族的天下了。"

"这话呀只能在家说,被衙门里的探子听到了,要抓起来送进班房的。"

戴锦宏晚上回来后,向蜀秀说着在外面听到的消息。

"内地闹革命党,要把皇上赶下台。"

蜀秀说:"口内闹就闹吧,咱这儿可别闹。"

"咱新疆也闹起来啦。"

"快吃饭吧,一直等着你,菜都快凉啦。"

戴锦宏坐在椅子上,拿起筷子夹起一口菜放进嘴里,"他闹他的,咱吃咱的。

这些人呀,闹来闹去吃饭的这家伙什儿都闹没啦。"

"你可别掺和这些事。"秀华提醒丈夫。

"我掺和这些干吗。只要迪化不闹,咱挣咱的钱,安安生生地过日子。"

蜀秀:"对! 每天两个饱一个倒儿。有那工夫,我还去摸两圈牌哪。"

戴锦宏:"咱呀,有钱就挣,吃饱了就睡,这日子过得比皇上省心。国家的事,咱也管不了。"

戴锦宏一家和千千万万个家庭一样,又过去了平平淡淡的一天。

没过两天的一个晚上,周乾义悄促促地来了。

戴锦宏惊喜地问:"哎哟,周大哥,你老怎么不吭一声就来啦?"

周乾义:"我来和你喧喧谎。"

戴锦宏神秘地说:"那一定有大事,否则你不会突然登临寒舍,快坐下说说,吗事呀?"接着对小花说,"给周掌柜上茶!"

小花端上来茶,退下。

周乾义喝了一口茶,定了定神说道:"最近听到什么事啦?"

戴锦宏:"不就是口内闹乱党,闹着让皇上下台,大清朝完蛋,咱新疆可别跟着乱。周大哥呀,这要闹得厉害了,咱的生意就不好做啦。"

周乾义:"我正是为此事而来。我那老二呀,从和田回来啦,他告诉我,和田已经乱啦。"

"为吗呀?"

周乾义:"听恒正说,去年,口内有不少哥老会成员进入和田宣传推翻清朝,成立五族共和。今年春,在策勒镇发生当地维吾尔农民反抗沙俄侨商和俄侨的剥削和欺压。哥老会激于义愤,帮助维吾尔民众反抗,包围了俄商住所,打死了俄商俄侨二十几人。喀什沙俄领事馆要让清府衙门派兵去镇压,这下惹恼了各地民众,反啦! 刺杀了衙门的人,这事闹大啦。我只好让老二把和田和喀什的分店关啰。你家老大焉耆那儿没事吗?"

戴锦宏:"还没听我家老大说有事。看来这世道真要乱啦?"

周乾义:"这还没完哪。听说哈密有个铁木尔闹反,鄯善和吐鲁番的变民也纷纷响应。我在吐鲁番的葡萄园和上百亩的棉花地也受到损失啦。"

戴锦宏:"哎哟,这可闹大了。"

周乾义:"这还不算是大事,还有更麻烦的事哪。"

"还有吗事呀?"

"看来要改朝换代啦,无论是省衙门内还是新军内,分成两派:一派闹着'革命',一派要保清朝皇朝。"

"革谁的命啊?"

"革皇上的命呀! 推翻朝廷啊!"

"革皇上的命? 这可是自古以来没听说过的新鲜事,把皇上的命革了,那不就天下大乱啦？"

"今儿我来就是给你提个醒，现在看不清谁输谁赢。离衙门的人远着点，大清国要是完啦，还不知道谁上台哪。咱商家就是衙门里的一张牌，由不得咱自己。咱哪，夹着尾巴做生意，能舍就舍，保住本就行。还有，别在一条道上蹦跶，给自个儿留条后路。老家乱了咱奔这儿，这儿要乱啦咱回老家。"

当夜凌晨，迪化响起了枪声，打破了这个边城的平静，戴锦宏在睡梦中被枪声惊醒。

蜀秀迷迷糊糊地问："这是哪个缺了德的，半夜三更放炮？"

戴锦宏："这声响不对，不是炮仗子，是洋枪响。"

戴锦宏赶忙穿上衣服下地。

"你干吗？"

"我在院子听听，顺便把院门顶上。"

"把灯点上。"

"不能点灯。"

戴锦宏到院内，站在院子中间，仰着头，天空漆黑一团，枪声更加激烈。张大爷也披着衣服出来。

"掌柜的，介是吗事呀？"他小声问。

"是洋枪的声音，在巡抚衙门那边。"

"衙门里怎么打起来啦？"

"张哥，用门杠把大门顶上。"

"我每晚都顶着。"

"那回屋吧。"

话音没落，响起了大炮声和炮弹的爆炸声，巨大的声响似乎就在不远处。孩子们给惊醒啦，躲在大人怀里直哭。

枪声响了一夜，戴家大宅的人们也一夜没合眼。天亮后，枪声渐渐稀疏，巷子和街上没有一个人影。

到中午，更夫敲着锣在街上喊着："昨夜乱党叛逆，叛逆者全部被捉，为首者被斩，首级悬在城门楼子上！大伙去看哟！"咣！咣！两声锣响，更夫又接着喊，喊声渐远。

巷子和大街上开始有了行人。

戴锦宏给蜀秀说："我去看看咱家的铺子，顺便告诉柜上先别开门，你们今儿别出门了。"

"你也小心点。"

"知道。"

"张哥，我出去看看，你老把大门还是顶上。"

"掌柜的，要么我陪你去？"

"不用啦,我一会儿就回来。"

戴锦宏出了巷子来到大街上,大部分店铺没有开门,人们纷纷敲砸食品店和粮铺,抢购食品。银票行大门紧闭,一群人挤在门外挤兑现金。

戴锦宏走到南大街,看到人们都往南门跑。

有人说:"南门的城门楼子上挂着人头,血糊淋剌的真吓人。"

戴锦宏随着人们来到南城门,上面确实挂着十余具血淋淋的人头。紧闭着的城门上贴着一张告示。前面有人在念:

"鄂籍乱党逆贼刘先俊,九月潜入迪化,宣传叛逆朝廷。昨夜纠集新军叛逆者唐小云、陈光漠等百余人发动叛乱,攻打巡抚衙署,被毙。特斩首示众。"

戴锦宏回到家中说起他看到的事。

蜀秀:"你说这些人闹腾啥呀?白白地死了,死了还被分尸。"

秀华:"我在老家的时候就闹洋人,闹得百姓多苦,可别再闹啦,让百姓消消停停地过日子不好吗?"

革命党在迪化起义,没有造成多大影响,很快就过去了,社会趋于平静。铺子照样开着,戏园子的戏照旧唱着。

第四十二章　改朝换代

一九一二年六月三日,新疆巡抚袁大化仓促东逃,清朝政府在新疆的政权也随之倒塌。杨增新接过了袁大化的巡抚大印,承认袁世凯的民国政府。袁世凯封他为新疆都督,新疆政权换汤不换药平稳过渡。

面对这种改朝换代和社会动乱,津商商会的商家们又坐在一起商讨事宜。各家掌柜们平日很忙,很少见面,今儿,好不容易凑在一起,你一言我一语地说笑着。

"清朝政府完啦,袁大化跑啦,杨增新接过了巡抚大印。他瞅了瞅这块巡抚大印,嗨,过去人人都想得到它,如今管吗用呀? 又甩在案子上。他琢磨琢磨,哎,有用! 既然大印在手,我就是新疆的王呀。于是,他摘下了黄龙旗,举起了五色旗,一封电报打到北京,他共和了,袁世凯封他新疆都督。"

"介是杨大人告诉你的?"

"介是我琢磨的。"

众人哈哈大笑。

"这一改朝换代是好事还是坏事呢?"

"当然是好事呀,清朝入关快三百年,到这岁数上已经是枯木朽也,该亡啦。"

"那么,共和就好啦? 共和了就把洋人撵出去啦? 这一共和天下就太平啦?"

"好不好,咱也只能骑驴看唱本,走着瞧吧。"

周乾义从外面匆忙进来。大家一见他那模样,先是一愣,然后是哄堂大笑。他的长辫子没啦,剪了个齐脖短发。

"你们笑吗呀?"周乾义疑惑地问。

"周会长,你介脑瓜子是个吗玩意儿,辫子哪儿去啦? 不伦不类的,简直像个秃尾巴鸡。"

又是一阵哄堂大笑,周乾义也笑啦。

"哎,你们不说我差点还忘啦,从今儿起,全都给我把辫子剪啰!"

"为吗呀? 介是爹妈给的,能剪吗?"

"介跟爹妈挨不着边,是长在你脑袋瓜子上的。"

"介是咱们老祖宗一代代传下来的。"

"不对! 介是清朝的象征。清朝一入关,就强迫关内人留这大长辫子,他是为了同化内地人，结果被内地人同化了。现在清朝亡了，进了棺材里去了。怎么，你打算还留着它当清朝的孝子贤孙吗？赶快剪啦，谁不剪，民国的新衙门就拿谁开刀。"

"那衙门里的人剪了吗？"

"孙中山一造反，他带着一大帮子海外流浪汉闹革命党，这些人的大辫子早都剪了。现在中华民国的大总统袁世凯也光着个秃脑袋，比我这个秃尾巴鸡还少，脑袋瓜子都没毛啦。"

"这么说改朝换代了，这脑瓜子也得换。"

"是这么个理儿。过去的皇上是子孙往下传，叫封建君主世袭制。今儿当朝的叫总统，是国民选出来的，叫那个，民主。"

"那都像你一样，剪成秃尾巴鸡就民主啦。"

又是一哄笑。

"好啦好啦，别起哄架秧子了，剪辫子是个正事。还有一件正事告诉大家。"

场下慢慢静了下来，周乾义开言道："各位商家，杨增新大人昨日召见迪化总商会去省衙，谈了两件事。第一，大清完啦，民国新政府内斗纷争，咱新疆不能乱。第二，新疆省衙面临财政危机，揭不开锅啦，让银钱总协办想想办法，让咱商家们想想办法。"

"他上台不久，就面临财政危机，介是怎么档子事呢？"

周乾义说："大锅被砸了，现在不是改朝换代吗，国家是另启炉灶新开张。咱新疆过去是朝廷的，大锅给你一大勺饭，各省衙门给一小勺饭。如今大勺没啦，人家小勺也不给啦，新疆介不断顿了嘛。也就是说，朝廷的库银没啦，各省给新疆的协饷也没了。杨都督大人手里没银子了，他怎么养活衙门一大帮人？怎么养活军队？怎么应付社会的开销？杨增新只有设法筹集资金，否则这都督府衙门就该关张啦，他也就下台了。这社会一乱，我们商家还怎么做生意？"

"那杨大人说怎么办呢？"

"他说要依赖我们津商发展经济商贸，我们有钱啦，衙门也就有钱了，这叫小河有水大河满，社会也就稳定啦。眼面前呢，他要向我们借贷点资金以解燃眉之急。衙门也要裁撤人员，削减军队。"

"他借了钱以后还吗？"

"老子向儿子借钱，那不就瞎啦。"

"那就等于是儿子孝敬了老子吧。"

周乾义说："他借咱的钱，顶以后的税收。"

"介可得让他留下字据！空口说话不算数。"

各商家感叹而言：

"哎！这一改朝换代，向咱百姓头上要银子啰！"

"这一改朝换代呀，这里面有好事，也有坏事。旧的不去，新的不来，这一折腾，又得二三十年。"

"算啦，关张！回老家！"

"你以为老家就安生呀，老家更乱啦。各地军阀抢地盘打来斗去的，弄得老百姓不得安生，商家没法儿做买卖。"

大家七言八语地议论着，对时局的关切和担忧，谁也没有办法。议论了大半天，人们各怀心事而散。

杨增新上台后，举起五色旗，实际上那是换了个幡。衙门仍旧是原来的衙门，大门里仍旧是原来的官吏，只不过是换了个名，大清国改为中华民国，新疆巡抚改成新疆都督。都督这个名字叫不惯，仍然叫杨增新为杨大人。不管叫什么，杨增新是新疆的王啦。可迪化仍旧是原来的迪化，市场仍然繁荣，马路上仍然是车水马龙。

省衙没有大变，但在衙门里当差的小吏一个个被裁撤了，为什么裁人呀？养不起啰。在衙门工作才两年的周乾文，失业了。

周乾文闲居堂兄周乾义家一段时间，也不愿意在周乾义那儿吃白饭。于是，他在城隍庙附近又摆了一个小摊，干起了他当初的手艺——卖字，专门给人书写牌匾、对联、书信、文书等，维持生计，很是艰难。

有一天，戴锦宏陪二太太上街转到这里，发现围着一圈人，这儿是干吗的？走近一瞧，一名英俊的年轻人，剪着齐脖的短发，身穿青布长衫，手握一只大号羊毫毛笔，在一张三尺的宣纸上挥毫书写了"塞上阁"三个大字，围观者叫好。又拿出两竖条宣纸、小号羊毫毛笔，写副对子。铺在条案上，在案前闭目思索。片刻，疾步上前挥墨即书：

> 西天神仙居，
> 塞上独一阁。

"嘿！好嘛。"字体古拙遒劲，颇有太古遗风，众人连连称道。饭馆掌柜的接过来高兴地说："好！好！好！"然后举着这两幅条幅对围观者说，"塞上阁，请大家都来坐吧。"给周乾文付了银子，欣喜地走啦。

戴锦宏拨开人群上前："哎哟，介不是周先生吗？你脱下官吏的行头，剪去辫子再换上这件青布长衫，我可真有点认不出来了。你这是？"

周乾文见戴锦宏很疑惑，便解释说："清朝完啦，朝廷每年拨付给新疆的库银也没了，主政的杨增新大人只有削减军政人员，我只有在此摆个地摊维持生计。"

"那你怎么不去找你本族大哥周乾义掌柜呢？"

周乾文为难地说："虽是本族兄弟，但他那里人手济济，我不愿意到他那儿白吃闲饭。"

在当时社会仍然重文轻商,戴锦宏看到文人落魄深感同情,"哎呀,才子摆地摊,真可惜呀……那,我请你到我柜上,给我当个账房先生可否?"

"戴叔那儿如有用我之处,那当然好。"

"实乃大材小用了。收起你这些家伙什儿,说走就走。"

戴锦宏带着周乾文直接回到戴家大院。

"张妈,你把这间南屋收拾出来,让周先生住。"

在院里玩的唤弟跑了过来。

唤弟问:"爹,这是谁呀?"

"要论辈分,他可是跟你爹一辈的。"

"叫我大哥吧。"周乾文接过话茬儿说。

"乾文,你就去把你的行李搬来吧,吃住都在这儿,晚上咱再谈事。"

"那感谢戴叔,我就去。"

周乾文走啦,蜀秀对戴锦宏说:"当家的,你把他弄来干什么呀,还住在家里。"

"咱家这一大摊子买卖,我一直瞪摸一个账房先生,总是找不到一个合适的人。这后生能写能算,人也本分,就他和周掌柜的亲戚关系,怎么着也能混碗饭吃。可他宁可摆摊也不攀富贵亲戚,用这人就靠得住。把账房设在我眼皮子底下也放心啊,以后让他替我跑跑焉耆,跑跑外面的事,这不又省得我动腿脚吗。"

蜀秀:"那倒是好,省得你总往外地跑。"

戴锦宏又接着说:"金锁不好好上学,功课不做,就知道玩。我忙,顾不上管,你哪,处处宠着他,要这么下去,这孩子成了废物点心一个,将来怎么接我的班呀?有了周先生,晚上检查他的功课,早上让他背会儿书,看着他去上学。这不又可兼作私塾先生啦。"

说得二太太也乐啦,说:"你这脑瓜子算计得真好,我同意。"

两口子正说着话,金锁背着书包溜回来啦。怎么?又逃学啦。正好让他爹逮了个正着。

"金锁!你怎么这么早就回来啦,是不是今儿又逃学啦?"

"没、没有啊,是、是老师病啦。"金锁胆怯得支支吾吾。

"你又撒谎,我今儿非收拾你不可!"

"妈!"金锁躲在蜀秀身后。

"得啦,得啦,兴许是老师真病啦。"

"你别护着他!"戴锦宏真火啦,指着金锁说,"你过来,给我说实话。"

戴锦宏把金锁拽过来,他不吭声。

"跪下!说!不说实话今儿我饶不了你。"

金锁跪在地上,唤弟闻声从屋里出来。

"金锁,快给爸爸说实话,要不然,我可告诉爸爸啦。"

金锁瞪了唤弟一眼,仍然不吭声。

蜀秀上前要拉金锁起来,并说道:"得啦!得啦!吓唬吓唬行啦。金锁呀,下回别再逃学……"没等蜀秀把话说完,戴锦宏一把把蜀秀推了个趔趄,又伸手把金锁打了个嘴巴子,吼道:"你说不说?"

蜀秀又扑上前来抓住丈夫的手喊道:"你疯啦?孩子就逃了一次学,你又打又骂的,没完没了。老大你打过吗?为什么对老二这样?他不是你亲生的?看着我们娘儿俩好欺负是吧。"

躲在东屋的秀华,隔着窗子看着外面的一切。她听蜀秀提到铁锁,不由得向门前迈了一步,想了想,又退了回去。

戴锦宏:"你介是哪儿跟哪儿呀?把老大扯出来干吗?铁锁十二岁接来干活儿,什么活儿没干过?还替我盯着柜上。你瞅瞅金锁的个头快赶上你啦,还把他捧在手心里捂着,你介不是害他吗?"戴锦宏转过脸来,又问唤弟,"唤弟,你给我说实话,金锁逃过几次学?"

唤弟看了看跪在地上的金锁,没吭声。

戴锦宏:"唤弟,你别护着你弟弟,你护他一次,就会有二次,这是害他呀。"

唤弟:"爸,金锁他这次逃学是第三次啦,二妈也知道呀。"

蜀秀一听唤弟揭了她的底,那气不打一处来。嘿,这丫头片子,也敢冲着我来,今后长大啦那还了得,冲着唤弟说:"我不知道!你在说瞎话,小小的丫头片子就学会了落井下石。"

唤弟也不服输,反驳道:"金锁逃学你都在家呀。"

秀华在东屋沉不住气啦,在屋里喊道:"唤弟!你少跟你二妈顶嘴!"

戴锦宏相信唤弟说的话,又不好在小辈面前,给这个当长辈的难堪。他对金锁说:"金锁,你的先生我可认识,你要说实话。你要跟我说瞎话,我可饶不了你。"

金锁哭着说:"是我逃学啦。"

"逃了几回学啦?"

"三回。"

戴锦宏怕惹起家庭纠纷,不想把此事扩大,又对金锁说:"金锁,我给你请了个家教先生,从明儿起,你每天的功课要让周先生检查,跟周先生学大字练书法,早晨给周先生背一段书再去学堂。我这辈子学得少,全凭自己爱看书垫了个底,我没机会上学,你替我补上。今儿我不打你,在这儿跪一个时辰,好好想想。"

戴锦宏走啦,蜀秀站在堂屋,满肚子的气还没撒呢。

蜀秀寻思:嘿,介个丫头片子,小小的年纪就敢跟我顶嘴,还揭我的短。介要长大了,那还得了。不行,我不能对这个小丫头片子服软。随后走出堂屋,站在台阶上大骂："丫头片子,你能耐啦,学会了跟长辈顶嘴,谁给你这个胆呀？金锁起来,有妈护着你。"

蜀秀把金锁从地上拉起来,领着儿子出了院子,临了冲着东屋说道："我生的儿子,我想咋管就咋管,用不着你们说三道四的。"

东屋里的秀华深深地叹了口气。嗨,她还是容不得咱呀,惹不起,咱就躲躲吧,也省得锦宏两头为难。

秀华："唤弟,咱上你大哥那儿住住？"

"我也想去看看大哥,咱咋走呀？"

"唤弟,过几天,这事消停了,你跟你爸提,就说我想你大哥想得要病啦。多会儿赶上去焉耆送货的车,把我们捎去。告诉你爸,我们在焉耆少住些日子,等有方便的车,我们再回来。"

"妈,你为啥不跟我爸说？"

"你爸听你的,他不听我的。"

改朝换代了,在衙门里当差的周乾文失业了。在衙门里当差的姚修贤还在衙门,他仍然留在银钱局。不过,换了个新名,叫财政局,财政局下的印刷坊。不过,印刷坊的名也换啦,因为进了几台印刷用的洋机器,所以叫财政局印刷厂。有了这些洋机器,印刷厂用不了那么多人啦,工人也减了一多半。

姚修贤呀,你现在是鸟枪换炮啦,这洋机器多省力,原有的那帮工人你得裁撤一半。虽然只剩六七人啦,你的官还不小,仍然享受管带的衔。

这"管带"是个什么官名呢？也就是清军的一营之长。管带管带,就是管着带着一营人马。不过现在不叫管带了,因为有了洋玩意儿,就应该叫洋名,这洋名就叫"厂长",你就是姚厂长啦,一厂之长啊。其实啊,也就是个车间主任大小的职,管着带着印刷坊的那几个人。当个小官,官职不大。他拿的饷银不多,但每天经他过目印的银票不少。

他每天到衙门上班,晚上才回家。这一晃,来新疆也十几年啦。

三十四五岁的姚修贤至今还是一个人。

工友们跟他开玩笑："你为吗还是一个人呢？你就不要女人,不想抱着女人睡觉？"

"我不要女人,什么爱不爱、情不情的,它们在这心里早已经死了。"

"那你总得娶个老婆有个家吧？"

"还娶老婆哪？老家的老婆就够我腻味的了。"

"那就在这儿娶一个妾。"

"得啦,没钱纳妾,也不想有老婆。老婆是个吗？不就是睡觉吗。我干一天活儿就够累的啦,晚上回家再在炕上干活儿？不干,不干。"

"哎,和女人睡觉可舒坦呢。"

367

"咱没享受到和女人睡觉的滋味,还给自己添乱。我一人活得挺舒坦,想睡就睡,想吃就吃,实在不想做饭吃,就饿上一顿。你们这些有老婆有孩子的,哪一个活得有我自在? 有我舒心?"

"你说得也在理,看来一人有一活法。"

姚修贤每天早出晚归,他的"家"仅仅是个睡觉的窝。

姚修贤虽然嘴上这么说,心里也常常惦记着老家。尤其是夜里,冷冷清清孤身一人,躺在炕上就想起了遥远的家。

"哎! 家是什么呀? 家就是吵架的窝。如今逃到这儿,没人跟我吵架啦。没个吵架的人,怎么也难受呢?"

"老家的父母也老啦,我这一赌气,把父母就撂了那儿啦,不孝!"

姚修贤这天睡不着啦,一骨碌从炕上爬起来,点着灯,放在炕桌上,又从炕角褥子底下拿出来一沓子信,一封封翻着看。介封是今年接到家里来的信,又重新读了起来:"……修贤儿,为父老矣,病卧不起,吾丧养生之力。儿弃父抛母十余载,难道仍责,仍愤? 终不返乎? ……"

"回去吧,给父母养老送终? 可是,又没攒下多少钱,回去也寒碜。可话又说回来啦,回去我干什么? 靠吗能耐养家吃饭? 不回去父母又咋办……对! 把他们接来,现在不是有家眷车吗。"

"咦,这几年老父亲的来信都没提及那个安家的老闺女,为吗? 那个安家的老闺女,我那个没沾过毛的媳妇怎么样啦? 都十几年啦,这不也把人家给害了吗? 真作孽呀。兴许人家改嫁啦? 改嫁了好,最好她改嫁了,不能让人家一辈子活守寡。她要改嫁啦,我这心里还踏实点。"

回封信去,我十来年就攒了二百两银子,寄回去让父母坐家眷车来。想罢,拿出笔墨给老家父母写信。

戴锦宏答应了秀华母女俩去焉耆小住。

戴锦宏寻思:自从秀华来到新疆,很少能见到儿子。她想铁锁,铁锁也想她。前几年唤弟小呀,怎么带她出这门呢? 现在唤弟已是大姑娘,带着女儿去看儿子,那就去吧,再不让去,秀华可真要憋出病来。再说啦,蜀秀虽然对秀华的态度好多啦,可是,稍一遇到一点磕磕绊绊的小事,这蜀秀就由着性子冲她娘俩发脾气。我知道,秀华不吭气,一来是她脾气好,二来是为了这个家能安生,少给我添麻烦,也是为我好。就拿前几天金锁逃学的事来说吧,明明是蜀秀知道金锁逃学,还护着他。唤弟说了句实话,你看她对一个孩子就没完没了,你是长辈呀,跟一个孩子较什么劲呢。秀华呢,屋门也很少出,甚至都不来堂屋吃饭,说不舒服。真的病啦? 我看是心病。去吧,到老大那儿散散心,再回来。让谁送她母女俩去呢? 哎,乾文来这儿时间不长,眼下他的事还不多。他年轻,头脑也灵,让他去。一来护送她母女俩,二来让他了解了解焉耆的生意,三者给老大那儿捎带着送点货去,一举三得,就这么定啦。

秀华坐在马车上,出南门往南走,路过三甬碑。哦,这儿我来过,那还是十多年前我刚来迪化。当时来新疆的路上一直在想,虽然锦宏在新疆又娶了一房,娶就娶吧,他一人在外总有个知冷知热的女人陪着吧。我又不是把着丈夫不撒手的女人,二十来年我都过来啦,如今自己也觉得老啦,我和她姐妹相处,也没啥过不去的。没承想,人家那么年轻漂亮我自愧不如。没承想,我又怀上孩子,她更加不容我。没承想,我盼望着自己有个家,可它不属于我。后来我自个儿偷偷地想找儿子,走到这儿,没承想儿子离我太遥远,我真想一了百了。这一回好说歹说,锦宏他终于送我们去儿子那儿。那遥远的焉耆,有儿子有媳妇有孙子,那才是我的家呀。我到那儿伺候儿孙,就是当牛当马做老妈子,我也高兴呀。

乾文第一次去南疆,他很快乐,既然来了新疆就到处走走看看。看看这里的大漠,看看这里的山水,看看这里的异乡风情,看看这里的汉唐古迹。可是,到了新疆在衙门里混了两年多,好景不长啊,遇上改朝换代,衙门裁撤了我。本想摆个书写摊,挣点小钱,云游新疆,没想到戴家收留了我,这次实现了我周乾文的梦,云游下天山。好啊!身边还有唤弟姑娘坐在身边陪着我,她像只百灵鸟,跟我又说又笑,问我这个那个。她真好,又懂事,还处处关心我。

唤弟在戴家大院长大,还没出过门,她如同从笼子里飞出来的小鸟。"哎呀,这天地真大呀,有望不到边的戈壁滩,有插入云端的大山。周先生,这山是什么山呀?"

"是天山。"

"为什么叫天山呢?"

"你看那山峰直插到云里,可山腰以下一片茫茫,是不是像天上的大山。"

"噢,对! 看不到山脚,好像这座大山就在天上。"

"那是什么树呀? 又高又直像个塔。"

"这种树叫松树。"

"咱城里怎么见不到呀?"

"这种树就是长在高山上。"

"这种树是什么树呀? 弯弯曲曲真好看。"

"这种树叫胡杨,它生长在戈壁沙漠。听说它生长千年,死后千年不倒,倒后千年不腐。"

"周先生,你懂得真多。"

"这都是书本上告诉我的。"

"书本上还有新疆的事?"

"有啊，两千多年前汉朝的张骞出使西域，就留下了他写的书。唐玄奘留下了《大唐西域记》，还有后来好多好多的官吏、将军和大诗人留有诗文，我就是看了这些书才想来新疆的。没承想啊，离开家，首先考虑的是吃饭问题。"

说说话，看看景，三四天的行程真快，一点儿也不觉得远，一点儿也不觉得累。

车户说："焉耆快到啦，下了这个坡，前面那一片树林、农田，还有一条大河，就是焉耆。"

"妈，焉耆到啦，你看焉耆多好看，大哥大嫂和小疆正在家等着咱哪。"

"好啊，可算到家啦。"

第四十三章　万里寻夫

天津杨柳青镇。

姚家每到年终盼望姚修贤回来。到年底有从新疆回来的乡亲,他们就去打听,结果都杳无音信。

几年后,终于有亲戚回来捎了个信,并托人捎回了银子,声称过几年待挣够了银子回来看双亲尽孝道。但对媳妇从未向她说什么,似乎媳妇是家中的外人。

全家人年年等,岁岁盼,这一等一盼,就等了十几年。父母也老了,盼儿越发心切。而姚安氏虽说和姚修贤并没建立起感情,但毕竟自己还有个丈夫,就这样活守寡,也不是个事呀。姚安氏也曾想,他是不是在新疆有女人啦?想起来这些事,她就一肚子气没处撒,想要去新疆找到丈夫好好算算这笔账。可是,新疆万里之遥,一个女人怎么去呀?最近几年来去新疆有了家眷车,坐车需要路费,住店需要银子,吃饭需要钱,怎么着也需百八十两,这些个银两不是个小数目,上哪儿去凑呀?

前几年,姚安氏的父母先后去世,父母的家产让她的哥哥们分啦。她有苦没地儿去说。她去哥哥家住两天,向亲哥哥们诉苦:"我的亲哥呀,爹妈把我嫁出去,我介是落了个吗玩意儿,活守寡,你们给想想办法。"

"我有吗法子?介是你命中注定的。"

嫂子们个个都吊个脸,没好气地说:"嫁出去的人啦,不在婆家待着,成天瞎鸡巴跑。"

姚安氏又忍气吞声地到姐姐那儿去诉苦:"姐呀,爹妈把我嫁出去,我介是有男人还是没男人,有家还是没家?"

姐姐们也没办法,劝说:"妹子呀,要么再嫁个人家?"

"还嫁人哪?一个男人一个毛病,十个男人十个毛病。嫁这一个挨了千刀的就害了我一辈子。再嫁人,我不得受几辈子的苦、几辈子的罪。"

姐夫说的更气人:"她还嫁谁呀?她丈夫既没死,又没休了她,能嫁人吗?"然后小声对姚安氏说,"这样吧,小姨子,只要你姐同意,你就住在我家,给我生个儿子,我养活你。"

姚安氏破口喊道:"去你妈的蛋吧!你妈下了你这么个臭蛋,满嘴喷大粪,你是人还是畜生呀!"

"介不是姐夫心疼小姨子吗?"

姐姐偷偷告诉她:"小妹呀,你也真可怜,要不我偷偷给你点银子,你去新疆找找他。"

"这也没别的法子了,公婆活着的日子也不长啦,他俩要命归黄泉,我连睡觉的窝儿都没啦。我——的——天——哪——"

姚安氏号啕大哭不见眼泪,在炕沿上坐着寻思了一会儿,愤恨地说:"找他去算账! 话又说回来啦,这么远的路,怎么去呀?"

最近,姚家收到了一封信和二百两银票。信和银票是姚修贤通过衙门的邮差捎来的。姚大人看了一遍,拿着书信的手微微地颤抖着,没有出声。

姚母问:"儿子说了吗? 快说说呀!"

姚父目光痴呆地说:"他捎来了二百两银子,让咱去新疆。"

姚母:"去新疆? 那怎么去呀!"

姚父:"看来,咱这个儿呀,是永远也见不着啦……"说着话,在那痴呆着的双眼流出了两行泪水。

"孩子他爹,你这是怎么啦?"

姚父用那双青筋凸起而又干瘪的手拉着衣袖擦了擦眼,说:"儿子这封信说让咱去新疆,说明他是不回来了,咱也没指望啦,死了这份心吧。"

姚母问:"咱能去新疆吗?"

"你知道新疆有多远吗? 上万里地呀。虽说是坐家眷车,可要坐一百来天。你瞅瞅咱这岁数,咱这胳膊腿,坐上十来天就把你我颠簸死。"

姚母是听明白了,他们去不了,儿子又回不来。

"那就给他打封信,把钱给他寄回去,让他回来,行吗?"

"他要能回来,给咱寄路费干吗? 话又说回来啦,他回来干什么差使养活家? 行啦,他在那儿的衙门里当差,足以养活他自己啦,他那头咱就放心吧。咱也没指望啦,死了这份心吧。可是,这个儿媳妇怎么办哪?"

说着话,姚安氏回来了,望着这俩落泪的公婆,又看到了炕桌上摆着一封信,她意识到姚修贤来信了,公婆哭,他那头发生了什么?

姚安氏问:"他来信啦? 他说什么了?"

姚安氏见公婆没有回答,判断他们的儿子肯定出了大事。不管发生了什么,和她的命运都有关。

姚父:"他没出事,他回不来了。介不,捎来了钱,让我们老两口去新疆。"

"那你们去吗?"姚安氏问。

"我们这岁数了,要死不活的,去得了吗?"

"嘿,真是个孝顺儿子呀,老爹老娘都不管了,他撂给谁呀? 我去找他!"

姚父:"儿媳妇呀,你真要去找修贤?"

"去! 不去我这辈子算个吗?"

在这种情况下,姚安氏向公婆提出去新疆找丈夫,公婆也没好办法。姚母私下对姚父说："去就去吧，留着她也没用，还多一个人的口粮。"

姚大人对儿媳妇说："儿媳妇呀，我俩也活不了几年啦，早晚要蹬腿去见阎王爷，有乡亲们帮忙刨个坑一埋也就得啦。可是你还年轻，总这样下去也不是个事呀，去新疆找他吧。他寄来二百两银子，你多带点，坐家眷车去。我们少留点，都买成粮活命，行吗？"

说到这儿，姚安氏哭啦。虽说跟着公婆磕磕绊绊过了十来年，到今儿要分手了，看着这俩老的，也怪可怜的。

"爹呀，妈呀，我不拿这么多，有五十两的车费，再带点路上吃住就行啦。剩下的，都给你们买成粮食慢慢吃。我要找到他，年年给你二老寄钱，让他也尽尽孝，不能便宜了他。"

姚父："儿媳妇呀，要找到他，你俩就双双返乡。否则，我们就见不到这个儿子了。万一你俩回不来，你就跟他好好过日子，好吗？给我俩呀生个孙子，就算他尽了大孝，我死了也知足了。"

就这样，姚家拿出了八十两银子交给儿媳。姚安氏决定随乡亲们去新疆，万里寻夫。

今儿，和每年一样，上路的人和送行的人们，都会集到菩萨庙上香，求菩萨保佑一路平安，然后起程。

乘车人要付给车户一定的银两，全程五十两。女人们换着乘坐，只付半程费用。姚安氏这次是跟随本家的亲戚去新疆。他们是返乡来接家眷的，正好与嫂子做伴同行，几个妇女小孩合伙搭乘杨柳青人的家眷车。姚安氏随身带有棉袍、棉裤，以及专门为上路准备的水袋一个、干粮袋一个，还有一把大铜勺用来烧水。

这一时期，到新疆是走一条大路，共计一百八十三站，站站有车马店，供吃供住，比三十多年前好多啦。

过了河西走廊终于望见了星星峡。

"到新疆了，到新疆了！"

人们高兴地喊着，这时姚安氏的脸上也露出了从没有过的一丝喜色，是啊，离别十几年的新婚丈夫越来越近了。同时，她又愁肠百结。

"介个挨了千刀的，要是在新疆又娶了一房……我就跟他闹个没完，让他也不得安生。咦，他要在新疆真娶了女人，为吗在信上不提，为吗寄路费让我们去新疆？兴许他没娶。话又说回来啦，闹也不是个办法。跟他闹，他就跟你过日子啦？我死给他看！介也不行，从老家到新疆跑了万里路，多苦呀。大老远地跑到这儿来找死，多亏呀？不能便宜了那个挨了千刀的。不死，可又怎么活哪？管他呢，他家要真有个女人，我就把她撵出去！我是原配，我是老大。不成，我就闹个鸡犬不宁，谁也别过。"

姚安氏坐在家眷车上，装着满肚子苦思冥想，一站站地进了迪化城。她没想到,这迪化城如此繁华,心想:怪不得介个挨了千刀的不回去呢。

随行的人劝她先暂住在亲戚家,打听打听姚修贤的情况。姚安氏一刻也待不了,她要立马见到这个离别了十余年的逃婚夫,解开这个心中的死扣儿。

在衙门当公差的姚修贤,这天正在印刷坊里转悠,来人找他,说老家有人来了。姚修贤很是疑惑,老家的父母真的万里迢迢来啦?便匆匆赶回家中。

姚贤家老远看到一位年轻人和一妇人在他家门口。

"你们找谁?"

"找姚修贤。"

"你们是?"

"这位大嫂从老家来的,她独单一人我怕她找不到地方,就送她来啦。找见就好,我走啦。"

姚修贤这才转过神来,看这个妇人一眼,顿时一愣:"你,你怎么一人来的?"

姚修贤见到姚安氏非常惊奇,在他的印记中仍然是那个凄凉和悲惨的花烛夜。相离十五六年后,心中的新娘又站在他的面前,只不过老了许多。似乎在梦中,但确是现实。她的的确确是和自己生活了仅仅一个多月的妻子。姚修贤见到妻子又非常感动,被她万里寻夫所感动,也感激她在这十多年陪伴双亲。

姚安氏见到丈夫时,如同打翻了五味瓶,分离十几年无依无靠的孤独、悲伤、怨恨、期盼和万里征途的艰苦与辛酸,一股脑儿涌上心头,欲哭无泪,欲喜无颜,只有陌生地看着对方。

"快进屋吧。"

姚安氏没有言语,也没有任何表情,痴呆呆的,随他进了屋。

这是在三角地僻静之处的一间民房,打开木栏是一个小棚院,院内有一间小棚屋,放置煤和柴火。打开住房门,是一间大点的屋子,小半间是火炕,炕上堆着被子和一个小炕桌。另半间一个土灶台,连着火炕,墙角堆着乱七八糟的杂物,这就是全部家当。

姚安氏看到土炕上只有一条被褥和屋里的简陋,说出了见面的第一句话:"这家就你一个人?"

姚修贤回了一个字:"嗯。"

姚安氏突然号啕大哭。

她的哭,发泄了十几年对丈夫的怨与恨,见丈夫始终独身,一个悬念不复存在,这唤起了她对丈夫的希望。

姚修贤到新疆十几年,并没再娶新欢,这跟他的爱情和婚姻经历有关。青梅竹马的爱情,其结果令他悲痛欲绝。强加给他的婚姻,使他品尝到的是苦果,他没有享受到女人的滋味。

姚安氏哭够啦,丈夫给她递上一条毛巾。

"先洗把脸吧,我去做饭。"

这是姚安氏享受丈夫对她的第一次关怀。

姚安氏擦完脸,收拾炕铺和零乱的房间,姚修贤第一次感到有家庭主妇的影子出现。

姚修贤从外面买来了面粉和菜,不知道做什么好,站在那儿束手无策。

修贤问:"吃什么呀?"

"我也不知道。"姚氏答。

姚安氏找了个盆和面。

姚修贤呆呆地看着。

"快架火吧,还愣着干吗?"

这顿饭做了好久,仅烙了两张饼,因为缺这少那的。姚安氏把饼放在炕桌上。

"吃吧。"

姚安氏可能也饿啦,拿起饼来就吃,姚修贤看着她吃。

"你瞅着我干吗?我脸上又没长花。看来你在家不做饭吧?"

"不做。"

"那你吃什么?"

"一个人怎么都好对付。"

"瞧你这日子过的……我来了这大半天了,你也不问你爹妈怎么样?"

"这不还没顾上吗。他们怎么没和你一块儿来呀?"

"你真是大白天说梦话,那么大岁数能来吗?那还不撂在半道上啦。他们让你回去。"

"那怎么回呀?"

"老婆不要了,你爹妈也不要啦?"

姚修贤一时无法回答。他寻思:老婆万里寻夫,实在是太突然了,自己没有一点儿思想准备。在这儿,自己是个小吏身份,吃穿不愁,回去全没了。

"我不是给家捎钱了吗?"

"就你捎的那俩子儿,能填活谁?"

"我想再多干几年,多攒点钱回去……"

"得啦得啦,净说攒钱回去,都十几年啦,把你亲爹亲妈扔给我,你倒成了甩手掌柜的。你们不明不白地把我弄到你们家,你拍屁股跑啦,十五六年啦……我,我这一肚子苦水给谁说呀……"姚安氏越说越气,号啕大哭。

"你别哭啦,是我不对,当初年轻不懂事,到这儿后,越寻思越觉得对不住你。对不住我那年迈的父母……我,不仁不孝。我没脸回去啊。"姚修贤也哭

375

了,发泄着十几年的痛苦和悔恨。

丈夫哭,她很惊讶,反倒止住了她的悲愤,等他哭罢了再说。姚安氏郑重地问:"那你跟我说明白了,我们俩怎么办?"

"你大老远地来啦,这十几年你也受了不少罪。那,就跟我过吧。"

"那就跟我过吧",说得很轻,但很肯定,似乎让对方饶恕自己的过错。

"十几年啦,你总算说了句人话。"她哽咽了。

姚修贤情感上受到了触动。

"你也累啦,我给你铺炕,早点睡。"

姚修贤把仅有的一床被子铺好让媳妇睡。

他第一次看他的女人脱衣服,露出了丰硕的胸乳,看她脱裤子,露出了白嫩的大腿和柔软的腰身,然后看着她钻进被窝。

姚修贤愣头呆脑地看着。

"你还愣着干吗? 不脱了睡。"

"只有一床被,我就在这头盖件衣服睡。"

"你还真以为自己修成仙啦,不食人间香火,榆木疙瘩!"

姚修贤被媳妇拽过来,扒下他的衣服,拉进了被窝。

他的身体第一次肉贴着肉地粘在她那细润而又温暖的肌肤上,是一种从没感受到的滋味儿,麻酥酥的快感,全身发热,心在突突突地跳。

姚修贤心里想:这就是他们所说的舒坦。

媳妇钻在他怀里哭泣了。

"你别哭啦,我跟你好好过日子。"

媳妇哭声更大啦,发泄着十几年的痛苦和委屈。

第二天中午,姚修贤提着大包小包的东西回来了,买了肉,买了菜,还买了油盐酱醋,一件件地摆了满满一桌子。

"咱们晚上包饺子吃,你看缺啥我再去买。"

"你下午不去衙门啦?"

"我请了半天假,下午陪你做做饭,收拾收拾这个家。"

"我还寻思着今儿吃吗饭呀? 缺这少那的。"

"这么着吧,下午我带你逛逛街,给你扯两件衣裤料子,你做上两身衣服。"

姚修贤忙活了一下午,把房子和小院打扫和归置得干干净净。炕上铺上了新炕单,钉上炕围子,两床新被子叠得整整齐齐,码放在炕里边。还买了一张桌子和两条长板凳,桌子上摆了一套新茶壶茶碗。火炉上的铁锅也是新的,姚安氏正在热气腾腾的锅里下饺子。饺子是猪肉韭菜馅的,怕姚安氏吃不惯羊肉,姚修贤特意趸摸为她买了两斤猪肉。

"饺子熟啦,快吃吧。"姚安氏招呼在小院劈柴的丈夫。

"你先吃,趁着天还没黑,我把这点柴火劈完。"

"一会儿都坨啦。"

"好,来啦。"

姚修贤进到屋里,姚安氏已经迫不及待地把一个饺子送到嘴里。

"饺子香吗?"

"我已经不知道什么是香味儿,别说吃肉了,这白面几年没沾牙啦。"

"那就多吃点,我把灯点上。"

姚修贤从墙脚旮旯翻出来一盏灯,把灯罩擦得锃光瓦亮,用洋火点燃,屋子立刻亮了起来,橙黄色的光还透着点这间小屋的温暖。

"介盏灯还是玻璃灯。"

"介是老毛子国家的洋灯,咱老家没有吧。这盏灯我基本上就没用过,今儿翻出来用。"

"为吗不用呢?"

"我一人也用不上,每天回家上炕倒头就睡。"

"你瞧你这日子过的,哪像个家。我来了是不是给你添乱了?"

"不、不、不,我这才感觉有点家的味儿。"姚修贤夹了个水饺送到嘴里,"嗯,这饺子真香,是咱老家的味儿,一晃十几年啦。"

"你在这儿常包饺子吃吗?"

"一年也吃不上一两顿。"

"有肉有面为吗不吃呢?"

"一个人嫌麻烦,吃着也没味儿。"

姚安氏:"这包饺子得俩人包,一人擀皮子,一人儿包。包饺子又得两手包,一手托着面皮子,一手放馅子,然后再两手捏在一起,这就是两口子过日子。"

姚修贤:"你说得对,包饺子就像过日子,把两人的心包在一起。"

姚安氏:"哟,你不呆也不傻呀,这话说得多在理呀。"

这两口子说聪明又不聪明,说傻吧也不傻。只因为俩人从小都受宠,养成各自独特的性格。一个内向,不善与人交往;一个放纵,喜欢联络人。一个不善言谈,一个大大咧咧。本来是性格互补,但是,角色颠倒了,男人不像男人,女人又不像女人。他们都有一个共同点,那就是任性和固执。这日子能过好吗?好歹,这对冤家夫妻终于团聚了,开始了他们的生活。

迪化,戴家大院。

自从秀华带着闺女去了焉耆,戴锦宏每天从店里回来,都觉得这心里空落落的。秀华在家,他心里踏实。唤弟在家,一天围着他转,他心里充实。都说闺女是爹妈身上的小棉袄,真是一点儿不假。关心我冷热的闺女不在身边,给我

377

端茶倒水的闺女不在身边,我这心里总是缺点吗,嗯,我介是想闺女啦。

金锁呢,也时不时地问我:"爸,姐姐多会儿回来呀?"

我问他:"你是不是想你姐啦?"他说:"嗯,没人跟我玩。"

自从秀华和唤弟走啦,蜀秀寻思,总算我眼前清净啦。可是时间久啦,这眼前的清净慢慢地变啦,怎么这大宅子变得空空落落,眼前就剩下我们娘儿俩。你瞅瞅,这人哪,真是个怪物,她娘俩在时,碍我的眼;人走啦,眼前也不舒坦。

戴锦宏想闺女,又急死忙活地把她娘儿俩接回来啦。

第四十四章　新疆有个杨柳青

迪化有多少杨柳青人？没见有人统计过,反是在新疆的当地人和外籍人,都把迪化城称"新疆的杨柳青"。

姚安氏在老家就听说,新疆有个杨柳青,要比老家还好。这里不但能吃饱,而且有在老家都吃不上的好饭食,有比老家玩不到的好去处。这儿照样有梆子戏、庙会、杨柳青年画,乡音、乡情浓浓似故土。

今天是个好日子,二月初二龙抬头。这一天,阳光明媚,虽然还有小北风飕飕地刮着,但毕竟已是初春天气。猫了一个寒冬的人们,脱掉臃肿的棉衣,换上夹袄,有事没事的,都拥到街市上逛逛,逛大街,看热闹,坐茶馆,吃年糕。

姚安氏一人在家闲得慌,每天出家门转转,街坊四邻都熟啦。走街串巷到邻里拉家长已不过瘾,今天她决定逛遍迪化城这个"小杨柳青"。

她从东大街来到大十字,以大十字的牌楼为中心的东、南、西、北四条街,各行各业的店铺一家挨着一家转。这些铺子,大部分是杨柳青人经营的,商品都以京津货为主。从店老板到伙计,从卖家到买家,从逛店的到行人,大都操着一口原汁原味的杨柳青方言。有时遇到娶媳妇的花轿吹吹打打穿街而过,也都是杨柳青人的婚俗。遇到过年过节,更是津味十足,卖窗花的,挂年画的,赶庙会的,踩高跷的,耍狮子的,小孩们抖空竹、踢毽子,热闹非凡。

姚安氏一出门,听到了锣鼓喧天。

她问一位街坊:"她婶子,街上吹吹打打,介是干吗呀?"

"大妹子,今儿是二月二龙抬头,总商会搞花会大游行,快去看看吧。"

"我来迪化有一阵子啦,还没好好逛逛街。在老家就听说迪化是个小杨柳青,今儿正好赶上这好日子。"

"你老快去吧。"

姚安氏往大十字紧走慢赶地就碰上花会队伍来啦。

起头的两个膀大腰圆的小伙子举着一面横标,上面写着"迪化总商会花会大彩游",紧跟着是吹着唢呐、敲着冬巴鼓和一群身穿各民族服的人跳着舞。

姚安氏问旁边的一位妇人:"介舞跳得真好看,女的舞动手臂转圈圈,男的甩开膀子把头摆。有的跳得真可笑,弓着步子学鸡啄食跳。这是哪个地方的秧歌舞呀?"

"这是当地的民族舞。"

"你瞧瞧,这些姑娘长得多俊,满头梳着那么多小辫子。"

"刚从老家来的吧?"

"嗯,来的时间不长。"

姚安氏开眼啦,她第一次看到穿着这花花绿绿奇装异服各民族的人边走边跳。打头的队伍过去后,跟在后面的是天津商会的"踩高跷"。跟老家见的一模一样,这叫高跷大秧歌。表演者扮成各种人物,手持道具,双脚踩着两三尺长的木棍,边走边舞。有《白蛇传》中的白娘子和许仙;还有《小放牛》《打花鼓》《樵夫》;最好看的要数《傻公子扑蝴蝶》,一艳装少女拿花竿挑着一只蝴蝶飞,引来了傻公子扑、捉、闪、滚、劈叉一些动作,令人叫绝。最可乐的是《大烟鬼》,扮丑角的烟鬼,满面花黑,打哈欠,流鼻涕,手拿一杆大烟枪,踩在棍子上走起路来跟头绊子的,惹得观众捧腹大笑。

接着是陕西商会办的"高抬"。七八岁的童男童女身穿彩装站在树枝上、荷花叶上,还舞着。姚安氏第一次见:"哎呀,托得住吗? 小孩掉下来怎么办,真悬哪!"

旁边一个老者说:"高台上焊接着铁棍,还有机关,固定在小孩身上,身服一遮,让观众看不见。你看着悬吧,其实掉不下来。"

"噢,真是奇啦,头一回见。"

再接下来,有甘肃商会的"跑旱船"、四川商会的"耍狮子",最后是山西商会的"汾阳花鼓"。

花会队伍都过去啦,姚安氏还望着,并自言自语:"没想到呀,这迪化城啥都有,比老家还好。"

听说城内还有几处庙宇,咱再去转转。

姚安氏向北,来到北大街的文庙巷(今解放北路一条东西方向的巷内),巷里有个老文庙。进到庙内,是阔五间深三间的大成殿,重檐歇山顶式,带前廊,殿顶均为金黄色的琉璃瓦,雕梁画栋,装饰精美,映日生辉;殿前有泮池、照壁、墨池、棂星门,都在一条中轴线上。殿左右凿有龙池、凤穴,泉水清澈,奇花异卉,古木森森。这样的好去处在老家也不多见。

在大兴巷(今解放北路至广场的一条巷子)内的戏园子,挂着水牌,晚上上演着河北梆子和湖南花鼓戏。

出了大兴巷到小十字向西一拐的北梁街(现民主路),是观音阁。香客云集,摊贩纷至。每天夜幕降临后夜市开放,津味小吃摊一个挨着一个,有狗不理包子、油茶、泡麻花、油炸糕、晶糕、切糕、卤肉烧饼、馅饼、五香驴肉、豆腐脑、天津锅贴等。那真是吃得痛快,玩得高兴。

姚安氏心想:怪不得这个挨千刀的,十几年啦抛父弃妻不回去呢,原来呀,这儿不愁吃,不愁喝,又有玩的去处,多好。

那时,杨柳青人大都聚居在大十字周围,如东西八大巷(现文化路两侧)、藩台巷(现明德路)、三角地(现天百至和平北路口)、北梁街。其住宅均为四合院结构,庭院古朴静谧。他们的生活仍然保持着家乡的老传统老习俗。

姚安氏从小西门(今人民电影院)又逛到大西门(今红旗路和中山路交会处),一座砖木结构的大型建筑进入她的视野。深红的廊柱,金黄交错的飞檐,坐北向南。有三个圆门,七八层台阶。正中的门楼上镌有"城隍庙"三个金色大字。

进了庙门下台阶是前庭大戏台,戏台上有几个顶天柱,雕龙刻凤,上悬一块大匾,上书"观人戏我"。两边的横梁上两块匾额"保境安民""神灵默佑"。廊柱上有天津金屯人书写的两副对联:

> 秉公无私,不阿崇正,本神正人先正己;
> 彰善瘅恶,感而遂通,告尔通古以通今。

> 明哲戒淫而保身,万恶淫为首;
> 圣人以孝治天下,百行孝当先。

戏台左右各有两个门,绣缎门帘上方写着"出将""入相"。台口两侧立着两块水牌,红底白字。一块上书:今晚上演,秦腔《窦娥冤》;另一块上书:明晚上演,桄桄戏《大登殿》。

大殿内有城隍爷雕塑像,后殿有城隍奶奶雕塑像。东西两侧配殿,是阴曹地府十殿阎王的泥塑群像,下面是十八层地狱惩治恶人的小鬼泥像群。

姚安氏出了城隍庙往回返,在街头有捏糖人儿的杨柳青手艺人,手拿各种颜色的糖料,能很快地捏出的糖人儿。有古代美人、孙悟空、猪八戒背媳妇,还有小动物之类的,一个个栩栩如生。既好看,又能吃。艺人一边捏,一边卖,围着一群人。

姚安氏遇到了在老家时常见的一个人。

"哎哟,这不是戴家的秀华婶子吗?"

秀华看着这位打招呼的年轻妇女,怎么也想不起是谁,"你老是?"

"我是杨柳青衙门里姚知事家的儿媳妇呀。"

姚大人秀华认识,那是我家的恩人,这可不能怠慢了人家:"哎哟,姚大人可是贵人呀,那年火烧洋教堂,姚大人还帮过我家哪。"

"那是哪年的事啦,还没我哪。如今姚家是一介草民啦。"

秀华问:"这为吗呀?"

"早被贬官啦。"

"介是吗事呀,可真是,好人没好报,好官长不了。"

"我那公婆盼儿盼的,都盼老啦,日子也长不了啦。介不,让我来新疆找他。"

秀华："嗯,我想起来啦,我家那个当家的,回老家接我来新疆,你男人跟我们一块儿来的。"

"对,对,就是那年,他偷着来的。"

一搭上十年前的话茬儿,姚安氏又想起令她伤心的事,仍然气愤地说："就是那年,他刚娶了我,就偷偷地跑到新疆来啦,让我在老家活守寡。"

秀华一听这话口,不愿掺和人家的家务事,赶快转移话题："你看看,十来年没见,今儿在新疆碰上啦,你是多会儿来的?"

"来的时间不长,来找我那挨千刀的,原本找他算算这十来年的冤家账,结果他要跟我过。"

"侄媳妇呀,凑合着过吧,我给戴家活守寡了二十四年,老的走啦,他把我接过来啦。到这儿一瞧,家里还养着个小的,这就是命,认命吧。"

"你看你老多有福啊,有儿有女的,这都是修来的。"

"你也该有了吧?"秀华小声问。

"这阵子胃老不舒服,爱吃酸的。"

"哟,兴许有啦。"

"不会的,我都三十好几的人啦,这辈子也怀不上啦,老天爷不会给我的。"

"你呀可别这么说,我上四十的这个岁数上,他回老家接我,就碰了我两回,怀上啦! 谁也没想到呀。别急,早晚能怀上。"

"你老有空到家去呀!"

没过多久。今儿一大早,姚安氏就风风火火地来到戴家,进门就喊。

"戴家婶子。"

秀华从东厢房迎了出来,"大侄媳妇,你来啦,快屋里坐。"

姚安氏一进屋门,就神神道道地小声说："婶子,我这月都过了好长时间,到这会儿怎么下身不见来红呢?"

"多长时间啦?"

"过了半个多月啦。平常也有早晚个三五天的,这次怎么就没有哪?"

"兴许怀上啦?"

"我这不是不懂吗,来问问你老。"

"有吗不舒服的?"

"现在还没有。"

"再等等看,如果胃不舒服,总恶心,想吃酸的咸的,那就是有喜啦。"

"好,我就不麻烦你老啦,我走啦。"

"有喜啦就告诉我一声。"

"哎,一准。"

姚安氏又风风火火地走啦。秀华望着她的背影,心有感触地说："哎,也是一个苦命的女人!"

在南屋,传来了朗朗的读书声。
戴锦宏从外面回来,听到读书声,随声来到屋门口。
屋内一张单人铺、一个书柜,上面摆放着账本和书籍。靠窗有一张桌子,桌上放着砚台、笔架和书。唤弟和金锁坐在周先生对面背诵诗文。

> 白日登山望烽火,
> 黄河饮马傍交河。
> 行人刁斗风沙暗,
> 公主琵琶幽怨多。
> ……

"嗯……忘啦。"金锁背不下去了。
周乾文:"又忘啦!"
唤弟:"我来接过背。"

> 野云万里无城郭,
> 雨雪纷纷连大漠。
> 胡雁哀鸣夜夜飞,
> 胡儿眼泪双双落。
> 闻道玉门犹被遮,
> 应将性命逐轻车。
> 年年战鼓埋荒外,
> 空见蒲桃入汉家。

戴锦宏走到门口,看到唤弟一口气背完,而金锁漫不经心。
"金锁!你怎么不认真读呢?都十二岁啦还贪玩。我像你这么大,都跟你爷爷走南闯北去干事啦。家境越好越没出息。"
金锁低头不语。
戴锦宏提问:"你们知道这首诗写的什么意思?"
金锁摇摇头。
戴锦宏:"唤弟,你知道吗?"
"周先生说,这是唐朝诗人李颀写的《古从军行》,讲的是唐朝将士征战西域、统一国家的事。"
"唤弟背得好,诗中的交河就是今天的吐鲁番,蒲桃就是你们今天吃的葡萄。谁背得好,爸爸就奖励,背不好就打板子。"

"掌柜的,你老看看唤弟写的大字,长进很大。"

周乾文拿过一沓书仿,递给戴锦宏。

"哎呀,这丫头没看出来,这正楷写得多好,将来兴许是个才女。金锁写的呢?"

周乾文拿过两张递上。

"这写的什么玩意儿,你糊弄差事啊? 手伸出来。"

戴锦宏拿戒尺打板子,刚打两手,儿子就可着嗓子叫:"哎哟,疼死我啦!"

蜀秀闻声从屋里出来。

"哟,这一大早是怎么啦?"

戴锦宏拿着金锁写的大字给蜀秀看:"你瞧瞧,简直在瞎写乱画,应付差事哪? 你再瞧瞧姐姐写的。"

蜀秀瞅都没瞅,冷笑道:"哎哟,女人家,念什么书呀!"

戴锦宏生气地说:"唉,看你说的,这都什么年代啦,不识文断字的行吗? 看人家张家、李家的闺女,请先生来教习。像你,账都不会算,把你卖了,你都不知道卖多少钱。我的女儿要让她在女人中出人头地!"

"女人出人头地,也是给人家养的。"

"你就惯吧,看你能把儿子惯出什么样子!"戴锦宏赌气走啦。

唤弟赶快跑出来安慰弟弟,"金锁,疼吗?"

金锁甩开姐姐的手。

"得啦,别充好人啦,还不都是你惹的。"蜀秀的怒气冲着唤弟发泄。

"金锁! 跟我出去。"

金锁很倔强地说:"我不走!"

"嘿,你这犟驴,跟你爹一样。"说着自己出了院子。

秀华:"金锁,听大妈的话,你是个男孩,将来要做大事,接你爸的班,好好跟周先生念书。"

秀华耐心教导金锁,金锁心服地点头。这一切,周乾文始终在门口站着看。

"金锁,来,我再教你写大字。"

周乾文把金锁领进屋,一笔一画地教他。

周乾文那温文尔雅的性格和戴锦宏一家处得很是和谐。他的生活也很有规律,每天早晨利用半个时辰给唤弟和金锁上课,中午饭后即外出跑业务,行走于与聚福盛有生意往来的各商号,负责资金业务,或者去商会处理公务。晚饭后,给金锁检查功课后,便伏案做账。

住在东屋的唤弟,越来越关注周先生。他那和蔼的面容令人可亲,他那温文尔雅的气质吸引着唤弟。

唤弟她成熟了。

姚安氏来到迪化不到一年时光,三十好几的高龄妇女,奇迹般地怀孕啦,妊娠反应强烈。这天,戴家婶子又来看望她。

"大侄媳妇,我来看看你。"

"戴家婶子,快进来坐,你老还抽空来看我。"

"嗨,我在家也闲着没事不是,家里的活儿都有人干,也插不上手,出来转悠转悠。你好点了吗?"

"好吗呀,吃点东西就吐,闹了两个多月啦,越来越厉害,真是受罪。"

"做女人呀,都得过这道关。不吃点东西也不行,身体受不了。有想吃的让你男人做点。"

"嗨,别提他啦,提起他呀,我那气就不打一处来。早晨一睁眼就走啦,天黑才回来,吃饱了撂下碗就睡,我怀着他的孩子还得伺候他,赶明儿个我也啥都不干。"

唤弟常在周先生不在家时帮他收拾房间,戴锦宏和大太太看在眼里也不说什么。有一次周先生吃完早饭外出办事,唤弟来到周先生的房间,见床铺上有换下来的一堆衣服,唤弟抱起到院子里,放在堂房窗下的大木盆里,然后端到井边,打水给周先生洗衣服。

小花从厨房洗完碗出来倒水,见唤弟准备打水洗衣服,忙说:"小姐,谁的衣服呀?"

"周先生的,他忙,我帮他洗!"

"放下吧,一会儿我洗。"

"小花姐,不用了,你忙你的。"

小花放下盆子接过水桶,帮唤弟打水。蜀秀打扮完毕从堂屋出来,看见了这一切,故意问道:"哟,这是哪个大男人的衣服裤子有劳大小姐亲自洗呀?"

唤弟知道二妈话里有话,没搭理她。

小花说:"是周先生的。"

蜀秀讥讽道:"哼,小姐不当,当用人。"

"我愿意!"唤弟也毫不客气地回了一声。

蜀秀白了唤弟一眼,"小花!走!"小花赶快放下水桶,取下围裙,跟了出去。

姚修贤白天上班不在家,姚安氏一人在家闲得也无聊,每天走街串巷找亲戚邻居聊天,家务事也不干了,有时饭也不做。姚修贤开始也不想跟她吵架,时间久啦,他也受不了。有一天,姚修贤晚上回来,灶是灭的,锅是凉的,壶里连口热乎水也没有,他忍不住啦。

正生着闷气,姚安氏扭着回来啦。

"你干吗去啦？这么晚才回来！"

"串门子去啦,怎么啦?"

"怎么饭也不做!"

"我是你雇来做饭的?"

"我养活你,当然你要做饭呀!"

"我怀上你的孩子,为什么你不管不问?"

"我得上班挣钱呀! 不挣钱你吃吗穿吗?"

"就你挣的那壶醋钱,就让人伺候。你要真修成了仙,还不得让人供着你?"

"你就不是个过日子的女人!"

"你一个大老爷们儿,回来就吃,吃完就睡,这个家你又干了什么?"

"你吃的喝的都是哪儿来的?"

"没有你,我反而活得自在!"

"那你到这儿找我干吗?"

姚安氏一听他说这话,火啦,"你这个畜生不如的东西,我是你老婆,我不找你去找谁? 我的天哪,我这辈子怎么就遇上了这么一个挨了千刀的,我可怎么活呀。"

姚安氏干号了两声,见丈夫还在一边冷笑,那火呀不打一处来,从火灶里抽出一根烧火棍就打了过去。

姚修贤穿一身白府绸裤褂,被媳妇的烧火棍打了俩黑洞。姚修贤看着这袖子上的黑洞,气急败坏地骂道:"你简直是个疯婆子! 不过了!"

"你给我滚得远远的! 永远别回来!"

戴家大院的一天早晨,唤弟见周乾文收拾行囊。

"周先生,你这是要出门吗?"

"对,昨晚你爹交代我有些货送到焉耆分店,顺便把那儿的业务结算一下。我收拾收拾就走。"

"要去几天?"唤弟问。

"路上往返就需六天,怎么着也需十天时间。"

"太好啦,我可以好好玩了。"金锁高兴地叫着。

唤弟说:"你都这么大啦,还跟小孩一样贪玩。"又问周先生,"周先生,你一人去吗?"

"有驼帮驮货,我们几家客商坐大车去。金锁,这些日子你俩好好背书。我走啦。"

周乾文出了院门,唤弟又追到门口。

"周先生,路上小心点!"

"知道啦!"

唤弟目送周乾文消失在巷口。

姚修贤不回家了。

随着时间一天天过去,姚安氏的肚子越来越大,行动越来越不方便,挑水没人挑,到城外拾柴火、砍柴没人帮,买炭买粮没人扛。

姚安氏自个儿骂骂叨叨。

"这个挨了千刀的,他把我的肚子弄大了,他舒坦了,我可遭了罪啦。"

姚安氏揭开缸盖,水缸里没水啦,"这水还得喝,饭还得吃,能指望谁呢?我挺着个大肚子,还得自己到井里去提水。"

姚安氏提着个木桶,出了门,刚走了两步,听到后面有人叫。

"嫂子,这是上哪儿去啊?"

姚安氏回头一瞧,是丈夫印刷坊的徒弟。

"嫂子,师父让我送点粮食来。"

"他怎么不来?"

"他忙。"

"撒泡尿的工夫都没有?你告诉他,我怀着他的孩子,隔三岔五地给我挑挑水,劈劈柴,要不然我非拿着烧火棍去衙门找他算账。"

"嫂子,我转告师父,今儿的水我去挑。"

金锁对念书不感兴趣。已经十几岁的这个儿子,确实令他爹头疼。戴锦宏只好让他到柜上跟李经理学做生意。可他在柜上没做几天,他又烦啦,坐在柜台上打盹。

"二少爷,昨儿晚上没睡好?怎么坐在这儿就犯困。"李经理笑着问。

金锁打了个哈欠,伸了伸懒腰说:"李叔,这做生意真没意思,天天趴在这三尺高的柜台上,进货、卖货,再进货,再卖货,满脑瓜子就是货呀钱呀。"

李经理笑着说:"嘿,没钱你能活吗?就算能吃饱肚子,你住得舒服吧,你穿戴得过得去吧,你还要下馆子、听戏,还要买生活用品,哪一样不得花钱?擦屁股纸还得花钱买哪。不养家你是不知柴米油盐贵呀。"

"您老说得也是,我怎么学什么都没劲呢?"

"你呀,生活在富家,没吃过苦没受过罪。我像你这么大,给东家当学徒,三年白干。不但柜上要干杂活儿,而且掌柜家里的活儿也得干。"

"家里有啥活儿呀?"

"每天天不亮就起来,给掌柜家里挑水、扫院子、倒尿盆,然后架炉子烧水,等掌柜一家起来伺候着洗漱。再然后领一个窝头边吃边到铺子,再清扫整理铺子,等掌柜开门营业。天黑关门以后,再去掌柜家吃晚饭,吃完了饭还要把柴火劈好,备好第二天用。"

"家务活儿也干呀?"

"掌柜的就可以省一个用人呀。"

"要是我才不干哪,没意思。"

"二少爷,那你说干啥有意思哪?"

金锁想了想:"唱戏! 唱戏好玩。"

"唱戏好玩? 你呀,干不了这行。"

"为什么呀?"

"你根本吃不了那苦。我告诉你,学戏得从小拜师学艺。天不亮就得起来练功,冬练三九夏练三伏。踢腿、劈叉、倒立、拿大顶、翻跟头,练得不到家,老师罚你。受的那罪大了去了,你一天都受不了。"

"听您老这么一说,什么活儿都不好干。"

"好干的活儿有!"

"什么活儿?"

"要饭!"

"嗨! 我还以为是什么活儿哪。"

十月怀胎,一朝分娩。

有一天夜里,姚安氏肚子一阵阵地疼,她想是不是要生了? 这大半夜,黑灯瞎火的去找谁呀?

到下半夜,疼得忍不住啦,但嘴里不忘骂她那个"挨千刀的"。她也听老人讲,生孩子要咬紧牙使劲,使劲……姚安氏此时是大龄孕妇,生孩子很困难。

她抓过一个小枕头死死咬着,使了很大的劲仍然生不下来,疼痛难忍,大汗淋漓。她把小枕头扔到一边,张着大嘴喘气。

"你这个……挨了千刀的……寻痛快时来啦……快活完啦走了。噢! 疼死我了!"

姚安氏又缓了缓,一阵疼又来了。

"我的亲爹亲妈吔……你们也忍心把我嫁出去……嫁给这么个挨千刀的,让我受这份罪,我还不如死了的好。"

在失去所有亲情的境况下,她都有了死的打算。在黑洞洞的屋内,无助地仰望着小窗投射进的微弱月光,她希望有人帮帮她。就是陪着我也行呀。这个还没出世的亲骨肉,难道带着我一同离开这个世界? 不能,我怀着他也遭罪了,总得让我见他一面,这个小东西长的什么模样? 要是像那个挨了千刀的,我就把他塞到尿盆里,留着也是祸害。

她休息了一会儿,干脆下地,摸到一个木盆,蹲下来,用尽全身所有的气力使劲。她突然觉得下身有东西出来,咬紧牙再使劲。姚安氏实在忍不住了,赶快结束这撕心裂肺的痛苦吧。她用两手向下身摸去,好像是小孩的头,再摸,是身子。干脆一咬牙把孩子像拔萝卜似的拽了出来,与此同时,小孩哇的一声哭了。

她也瘫倒在地下喘着粗气。

婴儿不停地大声啼哭,她举着他看着,那哭声似乎像报喜鸟的歌声,她笑了。

姚安氏自己忍受着虚弱的身体,用剪刀剪断脐带。从地下爬起来,点亮了油灯,又烧了锅热水给血糊淋刺的孩子洗了全身。

"呀,还是个带把的。"

又扯了一块布,把孩子包裹了起来。在微弱的灯光下把孩子抱在怀里,看着自己的亲骨肉。那张红扑扑的小脸,闭着眼,一张小嘴还在不停地嚼着什么。姚安氏把自己的奶放在儿子嘴边,小家伙本能地含在嘴里。姚安氏又笑啦,她一生中最亲的人,来到了这个世上。

"啊,我有儿子啦,冲着我儿,我也得好好活着。"

姚安氏想起了姚家和她那个挨了千刀的丈夫。

"我对得起姚家,姚家三代单传,给他们家续了香火。可那个挨了千刀的东西,对我却无情无义。从今儿起,跟他一刀两断。"

秀华闻声姚安氏生了个儿子,提着东西也来看望。

"我们那当家的一早催我拿点东西来看看你。"

"婶子,干吗还提着这么多东西。"

"我那当家的说,这是咱杨柳青衙门里姚知事家的大喜事。他父子俩都是独子,如今他有了孙子。三代单传姚家有后,这不是大喜吗?他还说,姚知事对咱家有恩,等姚知事的孙子百天,接到我家过。"

孩子出生两天后,姚修贤才知道消息,提了一堆吃的用的回家来看儿子。

姚安氏见姚修贤回来了,没好气地问:"你回来干吗?"

"我来看看儿子。"

"你还知道你有儿子?你顾我们娘儿俩的死活吗?我娘儿俩在阎王殿转了一圈,阎王爷可怜我们,我们又被送回来了……"姚安氏伤心地哭了。

"你别哭了,我做得也不对,有孩子啦,还得靠我俩养活。"

"你这辈子到今儿,才说了句人话。"

"我听你的,你以后也别总是撵我走,行吗?"

第四十五章　倒插门女婿

时光如流水,转眼间,周乾文来到戴家干了五六个年头,他来时才十九岁,如今二十多啦,还孤身一人。那时的大营客男人多,在新疆说个合适的媳妇很不易。唤弟由一个小姑娘变成待嫁的大姑娘了,他俩渐渐产生了说不清的感情。

周乾文又替戴锦宏出远门了,这一去就十来天,还没回来,唤弟坐不住啦。

唤弟站在戴家大院门口,眼望巷口,心里念叨着:"周先生走了十天啦,该回来啦。"

"唤弟!"

传来了母亲的呼唤声。唤弟赶快跑进院子,秀华正在院里洗衣物。

"不一会儿就不见啦,一天到门口跑几趟,让你帮着干点事,老是心不在焉,魂到哪儿去啦。"

"妈,你说啥呀,还让我干什么?"

"井里打两桶水,把这被单子清一清晾上。"

"大奶奶,先放那儿,一会儿我来干。"张妈从厨房出来倒水,看到后说。

"张妈,你一天做三顿饭够忙的啦,我闲着也浑身难受。"

"妈,你洗的是谁的被单,我爸炕上的? 小花怎么不洗呀?"

"陪着你二妈出去打牌去啦。"

"天天出去玩。"

"你别管那么多,她是你长辈。"

唤弟一边干,一边嘟囔着。然后去晾被单子。正巧,二奶奶带着小花进院了。

"哟,这不是我炕上的被单子吗,你怎么随便进我屋呢?"蜀华责问唤弟。

"谁进你屋了,我吃饱了撑的。你看看你屋门是不是锁着?"唤弟生气地反驳。

"二奶奶,是您今早让我撤下来洗一洗,我放在院子的木盆里,没来得及,您不是让我跟您去……"小花小声对二太太解释。

"那你重新洗洗。"二太太极不高兴地对小花说,然后进了房子。

"妈! 你以后少管那么多闲事,真是狗咬吕洞宾——不识好人心。"

"你骂谁来着,谁是狗呀?!"二太太从北屋冲出来站在台阶上质问。

"唤弟,你怎么这样说话呢?! 她是你二妈!"秀华又转身劝二太太,"妹子你消消气,大人不计小人过,我替她向你赔个不是。"

"哼！真是的,没德性。"二太太进了屋。

说着,周乾文出差风尘仆仆地回来啦。

"谁不知好人心啦?"周乾文笑着问。

"嘘……"唤弟用食指贴在嘴上示意小声点。

唤弟随着周乾文进了屋,一边帮他整理东西一边问这问那的。

"周先生,这次怎么又去了那么多天呀?"

"焉耆的事多,酒坊、牧场,还有你大哥那儿都有事办。还紧赶慢赶的。"

"我大哥好吗?"

"好,你那个侄子都成了大小伙子啦,能独当一面啦。"

唤弟看到周乾文衣服,说:"哟,这件衣服破啦,我给你缝缝。"

唤弟到东屋去拿针线盒,金锁进了院子。

唤弟:"金锁,你不在柜上好好盯着,回来干吗?爸爸知道了又要骂你。"

金锁不高兴地说:"铺子里又没啥事,闲待着。"

"你成天就知道玩。周先生回来了。"

"啊,这么快就回来啦,我去看看。"

金锁进了周乾文屋,随后,唤弟拿着针线盒也进来了。

"周先生你回来啦。"

"回来啦。你在柜上干得好吗?"周乾文笑着问。

金锁挠挠头笑而不答。

"二少爷,要好好学做生意,那里面学问大啦。做买卖的人多,可真正做成了,做大啦,有几个?你爸爸吃了多少苦才做到今天这份上,将来还等着你接他的班呢。"

"周先生,我明白。"

唤弟进来坐在铺上,开始穿针引线给周乾文补衣服。金锁趁机而去。

周乾文看着唤弟,初见时她还是一个没长熟的青果。这次来戴家后,天天与戴家姑娘见面,不知不觉地变啦,越看越像一个含苞欲放的花朵。而这个含苞欲放的姑娘,总觉得周先生的小屋有一股巨大的吸引力,不由自主地两腿往这儿迈,总找点机会想和周先生说说话。

他们各自想着自己的心思,一个低头不语地缝衣服,一个仔细地瞅着对方全身上上下下。相隔咫尺,已经感到对方的心跳。

"乾文,你回来啦!"戴锦宏进院了。

一声呼喊,并没打碎这美好的意境,戴锦宏的脚步声他们谁也没有听到。这些细节被戴锦宏捕捉到了。

戴锦宏迫不及待地回来要了解焉耆的情况。

"乾文,快给我讲讲老大那儿的情况。"

"戴叔,我抄录了焉耆分店、酒坊和牧场的账单,还带来三千多大洋的红利,请您过目。"

　　戴锦宏:"这事到晚上再说,我问你牧场皮毛的事。"

　　周乾文回话:"牧场积压了大量的毛皮,这些如不想办法处理,可就全长虫啦。我这次带回两车羊毛,您老已经见啦,品质好,毛长。"

　　戴锦宏问:"你有什么好法子吗?"

　　周乾文答:"如果把这些原材料让老毛子收购可无利可图,我在衙门时,常常有民间纠纷,跟他们打交道,总之,老毛子太霸道,好像这块地界是他们的。如果我们自己建个作坊,经过深加工,那利可就大啦。"

　　"好! 此话正合我意,我早有这个想法,只是精力不够呀。建作坊主要有哪些条件?"戴锦宏问。

　　"第一资金;第二场地;第三原材料;第四就是手艺人。"

　　"前三个没问题,手艺师傅好找吗?"戴锦宏问。

　　周乾文感到自己的建议掌柜的非常重视,谈话的信心大增,便滔滔不绝。

　　"羊毛收购后要按毛色分类,按毛绒分类,投入水池洗去土砂、粪便等污物,然后才能深加工纺成各色的毛线、绒线。那价值比原材料翻几十倍。牛羊皮需用硝、碱处理,除油腻、毛根、打磨、软化、上光、着色等十几道工序,才能做成柔软的皮革。把皮制成革,也需要好的手艺人。"

　　戴锦宏发愁地说:"这手艺好的人,上哪儿去找?"

　　"偷!"

　　"怎么讲?"

　　"一是派人到老毛子作坊去偷学,二是直接偷人过来,这需要从长计议。偷学就怕师傅那关键的秘方不传给你。偷老毛子的人,要慎重考虑,就是师傅乐意来,那老毛子也惹不起呀。"

　　戴锦宏高兴地说:"好! 你这一席话,说得我手痒痒。我是个急性子,有六七成胜算我立马就干。明天我就派人把焉耆的羊毛全拉回来。场地的事,我以前就经过实地考察,北郊有湖塘,这个地区有农民已经开垦农田,羊皮使用含硝和碱的废水会污染水源。南郊的三甬碑河湖地区已经有沙俄等好多外国商人在此设立羊毛作坊,当地百姓叫它'羊毛湖'。我们也在此处先把羊毛作坊建起来,等腾出手来再建立皮坊。明儿你陪我去羊毛湖。"

　　"好!"

　　姚修贤在老家从来没做过饭,从小衣来伸手饭来张口,如今要伺候月婆子,也难为他啦。姚安氏也不是个省油的灯,处处挑剔。开始,姚修贤忍着:"唉,谁让她给我生了个儿呢,今儿她是有功啦,我就得忍着。"

　　好不容易满月啦。

姚修贤心想:我该轻松轻松了吧? 嘿,姚安氏还想哪:这一个月子躺得我浑身难受,就跟被关进了篱笆子似的,我可得出去透透风。满月的第二天,就把孩子抱着串门去啦。

姚修贤火了:"孩子刚满月,你就把孩子抱出去乱跑!"

"怎么着,脚长在我腿上,我想多会儿出去就多会儿出去,有你的吗呀?"

"嘿,把孩子弄病了怎么办?"

"哟嗬,这阵儿你心疼孩子啦,给你! 你弄着孩子。"姚安氏把孩子放在炕上就走啦。

"你给我回来!"姚安氏头都不回,径直出了屋门。

孩子在炕上哇哇地哭,怎么也哄不好,一会儿拉屎啦,一会儿尿尿啦。尿襁子也没有,一瞅全在木盆里。拿起来一瞧,不是襁子上有屎,就是湿尿襁子,孩子怎么带的,真是个疯婆子! 儿子哭就哭吧,尿就尿吧,炕尿湿了都别睡。姚修贤端起这盆屎尿襁子在院里准备洗。提起一条,上面全是屎,这稀屎怎么弄呀?噢,想起来了,她是用一把小刀刮去屎,再用胰子(肥皂)洗。他去找小刀,小刀放在哪儿啦? 他去水缸舀水,嘿,水缸里没水。他一怒之下把水瓢摔在缸里,怒气冲冲地去找姚安氏。

姚安氏正在大杂院里聊天,姚修贤上去把姚安氏连拉带拽拖回了家。把屋门一关,他走啦。屋里传来了孩子的哭声和姚安氏的破口大骂声:"挨了千刀的,儿子是我一人的吗? 你永远别进这门!"

从这天起,姚修贤也不干了,有时晚上也不回来了。

戴锦宏这几天满脑子想着唤弟的婚事。他看中了周乾文,稳重,诚恳,有文化。他跟秀华商量,秀华听他的,可蜀秀阻挠这件婚事。

蜀秀说:"唤弟嫁人我不管,你可以多花点银子把她风风光光地嫁出去,嫁得越远越好。"

戴锦宏听了蜀秀之言,很不高兴,"唤弟不是你生的,你就这么嫌弃她?"

蜀秀也有她的理儿:"自古以来嫁女是嫁给人家,哪有嫁出去的女儿还不撒手,这不让人笑话。"

戴锦宏瞪圆了眼睛回道:"怎么着,我招女婿还不行吗?!"

蜀秀嘲笑道:"人家是没儿才招女婿,你这儿守着俩儿还招女婿吗? 人家愿意吗?"

其实蜀秀的心病不在唤弟嫁什么人,她是怕这儿的财产、买卖都让人家拿走,她亲生的儿子拿不上,将来有一天,老头子走啦她怎么过,这是她的心病所在。

戴锦宏认准的事,蜀秀也拦不住。他只要考虑成熟的事,就要去做。可这件事不好由他启口,可让谁来办呢?没人。干脆,还是我自己办。

有天晚上,蜀秀他们都睡了,他可没睡意,见周乾文屋里的灯还亮着,便过来敲门。

"乾文,还没睡吧。"

周乾文把门打开,"戴叔,你老还没睡。"

"心里有事啊,就睡不着,过来和你喧喧。"

"你老坐。"

"乾文啊,你也二十好几啦,自己娶妻生子的大事就没考虑?"

周乾文一听戴锦宏提这事,心中一喜,莫非戴叔对我有意,亲自给女儿提亲?他不好意思地低下头说:"戴叔,您老看我这处境,要不是您,我恐怕连自己都喂不饱,拿什么去娶媳妇呀。"

戴锦宏问:"你有看上的女人吗?"

"婚姻大事有父母做主,父母不在由长辈做主。我自己……上哪儿去找呀。"

"婚姻还是夫妻两人的事。咱也别来那么多烦琐的礼性,我们唤弟你喜欢吗?"戴锦宏可真是急性子,没有废话,单刀直入。

戴锦宏从自己嘴说出,他也觉得太直率太难为情。他看上了周乾文,图什么呢?首先,看上他干事勤奋,待人和气,敬重长者,又相貌堂堂。其次,如今的戴锦宏已经五十多岁了,身体大不如前,忙前跑后的也感到力不从心。二儿子还未成人,尚不能替他分担忧愁。况且,这老二自出生就在蜜罐里长大,跟他妈一样讲究享受,将来不是护家守业的材料,如此大的家业早晚要败在他娘俩的手上。这让戴锦宏心头总是个病。另外,女儿已经长大,将来总得出嫁,选一个称心如意的女婿,也提到了戴锦宏的议事日程上来。他相中了周乾文,考察他几年啦。

周乾文一时不知怎么说,或者不好意思说,他那两只手都不知道放哪儿。

"你若愿意,让你大哥来说亲,我也得跟唤弟妈说说。若不乐意,此话等于没说。"

戴锦宏起身要走,周乾文急忙站起来。

"戴叔,我喜欢唤弟。"

"好!我喜欢直来直去。我再问你,我要把唤弟给了你,你今后怎么打算?"

"戴叔,你看我这没房子没业的……我怕委屈了唤弟。"

"我要招你当女婿呢?"

"我这头没啥,父母又不在这儿。"

戴锦宏高兴地说:"好,我明白了。这事,不管怎么说是婚姻大事,你跟你大哥说说,听听你大哥的意思。"

姚修贤手里提着粮油等生活用品回家看儿子。姚安氏一见丈夫,那气就不打一处来。

"你来干吗呀!"

"来看儿子呀。"

"你还知道有儿子呀!"

姚修贤抱起儿子,儿子认生,哭啦,"这孩子,怎么见我就哭呢?"

姚安氏:"那是见不得你!长这么大啦,你抱过几回呀?就跟个没爹的孩儿一样。"

姚修贤:"咂,这话怎么说呢?你们吃喝哪来的,不都是我挣来的?这孩子还哭,还哭!怎么哭个没完哪?去,去,去,找你妈去!"

姚修贤看着媳妇给孩子收拾,说道:"孩子这么大啦该起个名啦。"

妻子没理他。

"按辈分是俊字辈,他这辈的有龙、凤,接下来是呈、祥。大名就叫俊臣,大臣的臣,小名就叫呈呈。哎呀,我祖上就推崇读书做官,就希望家里出个臣子。到头来,他爷爷才取得了个秀才,做了个知事。他爹我就更惨啰,跑到边关,在衙门里才混了个吏。我这儿子要让他好好读书,将来要比他爹强。"

"得啦,别躺在那儿做黄粱美梦啦。你一边去,孩子要吃奶。"

戴锦宏要来了周乾文生辰八字,请了个算命先生合婚,算八字。算命先生坐在堂屋的八仙桌一旁,看了双方八字,眯着眼掐算半天,眉头一皱。坐在另一边的戴锦宏和秀华心里也七上八下。又见算命先生一会儿摇头,一会儿又点头,他俩的眼睛也随着算命先生的头转。

半晌,算命先生又端起茶杯呷了口茶,捋捋下巴几根稀疏的山羊胡子:"好!好姻缘啊,天赐的!"

戴锦宏和秀华相视微笑,点点头。

戴锦宏因高兴,慷慨地给算命先生多给了点银子,算命先生屁颠屁颠地走啦。

戴锦宏如释重负地对秀华说:"总算对你和女儿有了个满意的交代啊。"

戴锦宏和周乾文谈婚事的第三天晚上,周乾文带着他堂哥周乾义提着礼品登门正式提亲。戴锦宏赶快出门拱手相迎,他已经明白周掌柜的来意。

"哎哟,周大哥,日子久啦没见,快请里边坐。"

三人坐定。

戴锦宏:"小花,快上茶!拿我那上等的香片。"

周乾义坐定没有客套话,一开口就直奔主题先发话:"我这次登门,是给我这个小弟提亲的。"

戴锦宏："小花,把大奶奶请来。来来来,先喝口茶。"

大太太进来,二太太也从里屋出来。

秀华恭敬地说："大哥您老好。"

二位太太落座。

"戴老弟和二位弟夫人,我家这个小弟在你们这儿待了多年啦,干得怎么样且不说了,他看上你们家的大小姐,我来提亲。"

"和周家联姻,我们戴家可是高攀啦。不过,这辈分不一,我和大哥是同辈人,这一联姻不屈了乾文啦,周大哥在乎吗?"

"唉,这辈分早都乱了。我的大儿子比他大二十来岁,还管他叫叔。就是同姓家族出了五服也不在乎这些啦。"

"我是看上了乾文,唤弟妈的意见呢?"戴锦宏问大太太。

"我们家的事,当家的做主。"大太太笑得合不拢嘴,她也很满意。

周乾义："我看这档子事,就这样定啦。今天我来算提亲,哪天我在杨柳青饭庄订上几桌酒席咱就定亲,然后选个吉日我就把这个女婿给你送过来,这可是你招女婿哟。"

"那敢情好,我又多了个儿子,按规矩我摆酒席!"

周乾义："我们两家谁也别客气。这事办了,也算了了我一桩心事,对老家我那位老伯伯也有个交代啦。好啦,就这么说定! 我走啦。"

周乾义说话做事干脆利落,这不,说走就走。戴锦宏把周乾义一直送到胡同口,高高兴兴地进了屋子。

蜀秀也观察到了这一场戏给她带来的后果。她心里说："原来是想要招女婿呀! 嘿,这个老东西呀,还说什么给儿子请来老师呀,替他跑跑外呀,全是幌子,把我蒙在鼓里啦。他们算计得真好,招来个女婿就是个儿呀。焉耆的买卖让他们给占了,招个女婿又打这儿的算盘。等我的儿子长大啦有他的吗?"

送走了周乾义,戴锦宏让秀华去跟唤弟谈谈,他回到堂屋。戴锦宏一进屋,蜀秀劈头盖脸地说："你们的算盘珠子打算得真好,焉耆的买卖你们的大儿子霸去啦,如今又想招个女婿霸占这儿的财产,等你一蹬腿,我娘儿俩不得去要饭吗?"

戴锦宏听了蜀秀的话很不高兴,"你介是哪儿跟哪儿呀,真是小心眼儿!"

"那你招女婿为吗?"

"这是你肚子装的那点酸水,一天乱猜疑!"

蜀秀动火啦,向戴锦宏摊牌了。"我算是哪壶呀,我今个儿才明白,到底是结发夫妻呀,我即便是小妾,你也得给点什么吧。老东西! 我告诉你,我是带着家财嫁过来的,这儿的家财有我的一半!你嫁女儿可以,出去住,愿哪儿待着,就哪儿待着去,老娘这儿不留!"

二太太滔滔不绝破口大骂，只怕东屋听不见，又拍桌子又摔碗的。

东屋的秀华听得真真切切，她实在坐不住了，起身要出去。

"妈，你老别去，让她闹着。"唤弟要拦着她妈。

"闹下去也不是个事呀，你爸也这么大岁数啦，他有个三长两短的怎么办？"

秀华出了东屋，来到堂屋，看到里屋满地碎碗碴子。

"锦宏，你出来我有话说。"

"你别来添乱啦。"

"我不是添乱，我同意妹子的意见，把唤弟嫁出去。我来求你给租套房子，让唤弟在外面结婚，我也搬出去。"

"你这不是添乱是什么？这个家要拆散呀？！你们都是鼠肚鸡肠，都想着自个儿。"

事闹大啦，戴锦宏也火啦。他又指着蜀秀说："你的心眼儿跟针鼻子一样小，只知你个人的得失，不想家的大局。我问你，咱金锁不是还没成人吗，他即便成人啦，就你宠得他一天只知道吃喝玩乐，将来这么大的买卖没准让他给败了。到那时，你喝西北风去吧。"

蜀秀争辩："女婿就是女婿，你又不是没儿子，为什么要招女婿哪？明摆着的事，把这儿的家业将来再给你女儿是不是？我们纪才长大啦喝西北风去？我早就看出来啦，你就看不上纪才。他也是你亲生的，不是捡来的。"

"是，我对纪才就是不放心，我死了以后，我几十年挣来的家业，不能毁在他手上。我得找个人扶助他、帮他，外人不可靠，不放心。女婿虽说也是外人，可他总算是自己家的外人吧。"

蜀秀："今儿，你给我说明白了，这儿的家业将来传给谁？"

"还能有谁，纪才继承，女婿扶持呀。"

蜀秀心里还是不踏实地说："那你得留下字据，将来你走了，我找谁去？"

戴锦宏生气地说："你这是盼着我死呀。好！我现在就给你留字据。"

戴锦宏原本也想将来留下财产继承的遗嘱，既然如此，提前立下也好。于是，他拿来纸笔立下字据。

秀华让戴锦宏顶了一句，听他讲得有道理，见他写字据，转身要走。

"你回来！既然来了，就听着。"

戴锦宏写好字据交给蜀秀。

戴锦宏："今天，我把话都摆在桌面上。我也是过了半百的人啦，黄土也埋到胸前啦，有些事该说清楚。第一，唤弟的婚事，家里由大奶奶多操点心，新房设在东厢房。咱是招女婿，不是把女儿嫁出去。唤弟结了婚，南屋那间就留给大奶奶。"

"我不要。唤弟结了婚，我去和老大过。"大太太插话。

"要不要是归你的。西厢房将来留给老二。"

戴锦宏接着说:"第二,等我走啦,焉耆的买卖归老大掌管。迪化的买卖商铺将来由老二继承,女婿扶持。听明白吧,二奶奶有啥意见?"

二太太没言语。

"没有就定啦,你以后安生过日子,别再疑神疑鬼净添乱。"戴锦宏怒气冲冲地走啦。

第四十六章　喜事成双

戴锦宏给女儿筹办婚事的同时,他还有一件大事急着办,要为筹建自己的毛皮坊去选址、建厂,迎来了本年的喜事成双。

毛坊厂址最终确定在羊毛湖。

羊毛湖,当年在城以南的山梁下,叫南梁,湖河成网,是大大小小的水塘和沼泽地。天山一带的冰雪融化汇集到此,形成小河、小湖、沼泽地。四周有低矮的灌木林,每到春夏之季野花盛开草木葱葱。沙俄等好多外国商行,在此水塘雇用百姓洗羊毛,当地人把此处称"羊毛湖"。

这一天,周乾文陪同戴锦宏来到这里,只见一个个用铁丝网和围栏围起的羊毛作坊。他们来到一处较大的羊毛作坊场子,推开围栏的门,一位洋行雇用的守门人拦住了他们。

这位男子三十多岁,维吾尔族,满脸胡茬儿,上嘴唇留一撇小胡子,相貌朴实憨厚,眼睛又透着聪慧,穿一件破褡袢。

戴锦宏问:"这是哪家的毛场?"

小伙回答:"天兴行的。"

天兴行设在迪化的"洋行街",这条街又叫洋行贸易圈子。沙俄政府以一系列不平等条约,得以在天山南北随意经商而不纳税,得以在迪化、伊犁、塔城、喀什设置领事馆和贸易圈,圈里的一切事务都由领事馆管理,中国官方无权过问。这些洋行经营的进口货以洋布、铁器、毛线、棉线、石油、纸烟、火柴为主,换取新疆的牲畜、羊毛、羊皮、羊肠、棉花、兽皮出口。天兴行是俄国洋行八大家之首,在新疆多地设有分行。每年按季节不同,或直接派人,或委托中国商人到各产区订立收购合同。洋行收购的土产和原料在外运前要经过加工。

戴锦宏又问:"你在这儿管事吗?"

"是,我是这儿的工头。你们有什么事吗?"

"我们是本地的商人,能进去看看吗?"

"可以。"

"你叫什么名字?"

"阿不都拉。"

阿不都拉领着戴、周二人来到湖边,一群维吾尔族老人和妇女儿童按不同的程序在工作。收购来的羊毛按毛色分类,投入水槽搅拌,洗去土砂、粪便等污物,再晒干,打包。工人们在捡毛,洗毛,晾晒,干着各自不同的活儿。周围的棚子里堆放着洗过的和没洗的羊毛。

戴锦宏用维语问阿不都拉："你们洗一天,给你们多少卜鲁(钱)?"

"哪有钱呢,我们早早地干,到中午时一个人一个发给馕,接着又干。到晚上太阳没有的时候,他们才来检查,一会儿这个不行,一会儿那个不行。完了以后,好的嘛给两个馕,不好的一个馕。洗完的毛如果分量不够啥都没有,干一天白捞毛。"

迪化有句土语"白捞毛",就是从这儿来的,意思是白干了,什么也没得到。

戴锦宏问:"你干一天几个馕?"

"四个馕,家里人多,吃不饱。"

戴锦宏说:"一会儿我请你吃饭。"

阿不都拉:"真的?"

戴锦宏:"真的,我来叫你。"

戴、周二人出来后边走边说。

戴锦宏问:"这里怎么样?"

"戴叔,离洋行的毛坊远点,省得惹事,到那边儿看看。"

戴锦宏转了一个多时辰,最终选中一处水塘。

戴锦宏:"明天就派人围起来,然后搭几个工棚,购置一些大缸、盆子。先干起来再说。"

周乾文问:"让谁在这儿盯着哪?"

"我看上了刚才那个维吾尔族小伙子。"

"行吗?"

"凭我的眼力,我看行。你去把他叫来,我请他吃饭再聊聊。"

中午时,戴锦宏领着阿不都拉来到一家维吾尔族人开的小饭馆。

饭馆内烟熏火燎,还夹杂着一股浓烈的莫合烟呛味。小小的桌子上摆满了烤羊肉、烤包子和一大盘抓饭。戴锦宏和周乾文吃了两串烤肉和两个烤包子,看着阿不都拉吃。

阿不都拉一手拿着烤肉,一手拿着烤包子大口大口地吃着,嚼着,咽着,顾不上说话,旁若无人,似乎只有他和这些吃的。

戴锦宏也不吭声地看着他。

阿不都拉吃得差不多啦,才抬起头来抹了一下嘴,看见对面还坐着俩人。他不好意思地笑着说:"咦,你们咋不吃?"

"我请你吃,吃饱啦再谈生意。"

"跟我谈?哎——,你们跟前说胡话的哪,我有什么生意。"

他摇摇头,两只手在褡裢上擦了擦,把右手四个手指并拢,用手在抓饭盘子边上一抹,一撮抓饭就塞进嘴里了,然后喝了口奶茶,用油乎乎的手抹了一下嘴巴说道:"掌柜的叫什么,我还不知道呢。"

"这就是聚福盛的掌柜,戴锦宏。"乾文介绍。

"哎,胡大,你就是聚福盛的戴掌柜。"阿不都拉赶快起身,手放在胸前弓腰,行了个少数民族礼。"戴掌柜叫我到底有什么事?"

"你吃饱了吗?"

"吃饱了。"

"这些剩下的,谈完啦你带走,让老婆孩子们吃。"

"好!好!太好啦。我们一年只能在库尔邦节和肉孜节吃点肉。"

"你给俄国人的毛坊干了几年啦?"

"三年,啥活儿都干过。一天给四个馕,全家人吃不饱,穿的用的没钱买。一个工期八个月只给八个卢布,去年的卢布到现在还不给。就是给了,老毛子的钱没人要,跟擦屁股纸一样。"

这些沙俄籍商人仍然在新疆使用沙俄时期的卢布。苏联新政府成立后,废除了沙俄旧币,启用新版苏联货币。他们用旧卢布套换中国白银或银票,造成中国商人损失巨大。

戴锦宏说:"我准备在羊毛湖建一个毛坊,前期是洗毛、捡毛,准备好原料。然后把羊毛加工成毛线、毡筒和花毡。毛线运往内地,毡筒、毡套,汉族人维吾尔族人都需要,花毡维吾尔族、哈萨克族平常人家都要,地下铺、炕上铺、墙上挂都行。我请你当我的毛坊二掌柜,你看行吗?"

"当二掌柜?我?哎,你跟我开玩笑的哪。"阿不都拉不敢相信。

戴锦宏说:"你给我负责管理。干活儿的人你招,每个人一天五个馕,干满一个月十五个铜钱给。"

"那我的啥给?"阿不都拉问。

"每天你们一家吃多少馕,海买斯(全部)给,管饱。一年八个月的工期十六两银子给,肉孜节、库尔邦节,一个红包给,行吗?"

阿不都拉不相信地问:"真的吗?!"

戴锦宏肯定地回答:"真的!"

阿不都拉高兴地将将小胡子说:"胡大啊,我不是在做梦吧,有这么好的事情。"他又拍了一下自己的额头念叨,"不是梦。哪天开始?"

戴锦宏:"明天。"

阿不都拉:"亚克西,明天!"

戴锦宏:"从明天起,我们签个合同,你就是我的经理啦。"

戴锦宏在羊毛湖建羊毛作坊,付给工人的报酬比老毛子作坊的待遇要高,必然吸引大量洗毛工来这里干活儿。

在回来的路上,周乾文有点担心地问:"戴叔,我们加工毛线、毡,行吗?这可是洋行垄断经营的项目呀。"

"怎么不行？他们把我们的原料白白拿走，制成毛线、毡筒、皮衣和洋布再拉回来高价卖给我们，大量的银子又流入他们的腰包，这样下去行吗？这是中国的地界，我就要碰碰这些洋人。"

民国八年五月上旬的一天，是戴锦宏羊毛湖毛坊开工的日子，戴锦宏来到这里。

阿不都拉请来了几个乐人，敲起冬巴鼓，吹着唢呐，甚是热闹。在木棚门口支起一张桌子，两个伙计坐在那儿，一个登记一个发牌，阿不都拉维持着秩序。因为这儿的待遇要比外国洋行高，洗毛工不但能得到一顿能吃饱的午餐，而且干一个月还能领到几个铜板的工钱。前来报名的人很多，有妇女有儿童。报上名的开始领取羊毛、胰子（肥皂）和盆。因为是试投产，招收的工人有限。所以，还有些没有报上名的，阿不都拉不断地给他们解释。

看到这一情况，戴锦宏也满心喜悦。他心中多年的愿望终于实现了。他向阿不都拉交代了几句话就离开了。他还有件大喜事要办，那就是要为他的女儿举办隆重的婚礼。这不仅是对女儿的爱，更重要的是回报他的结发妻子秀华所做出的巨大付出，让她高兴，以弥补他心中对秀华的愧疚。

民国八年六月初八，这是一个年月日都逢双的大吉大利的日子，戴锦宏给女儿举办婚礼。

结婚这天来了好多亲朋好友、商界名流，就连督办衙门府也派员贺喜，场面之大轰动了整个省城。

一大早，乾文身穿大红袍褂，佩红戴花，骑高头大马，跟在花轿的后面。结婚队伍前是锣鼓开道，唢呐奏乐《百鸟朝凤》《喜鹊登梅》，中间是四人抬喜轿，后面紧跟着几辆马轿子，坐着沾亲带故的女眷，婚礼一切按照老家习俗进行。

不但如此，而且还请来了婚庆自愿者服务队，这个服务队是由几个上岁数的大妈大娘自愿帮忙。社会上给她们起了一个好听的名字，叫"民间忙活人"，姚安氏就在其中。谁家办婚丧嫁娶、新媳妇陪房、伺候坐月子、孩子过满月等，她们的任务是帮助主人料理一切事宜。她们办事认真热心，了解民间习俗，教授礼节，料理家务。新婚陪房和伺候月子，主人要付费用。红白喜事一般不收费用，报酬是宴席中的剩饭剩菜一折笸，"忙活人"可以打包带走。

姚安氏呀，遇到这事必到。

"你瞅瞅，多热闹呀，跟过节似的。给人家帮个忙，人家还可以给我带回去一点剩菜剩饭的，够我娘俩吃两天的。"

娶亲队伍吹吹打打来到戴家大院门口，两串带喜字的大红灯笼吊在大门两旁。看热闹的四邻五舍挤满了半条巷子，一群半大的小子、小丫头更是跑前跑后的。噼里啪啦的鞭炮声在戴家大院门前点燃，新郎撒着装有小钱的红包和糖果小包,场面可是热烈。在鞭炮声中,小孩子们在烟雾中穿梭,抢红包,争着,闹着。

经过规定程序,大门才打开,请新郎进院。新郎进到堂厅向老丈人、大娘、二娘拜三拜,然后接新娘上轿。话说乾文属于招女婿,怎么把新娘要接走呢?迎娶新娘还得要走个过场。把新娘接出门,在街上转一圈,风光风光呀。唤弟身着凤冠霞帔、云锦八带,头顶绣着喜字的大红盖头,送进花轿。再吹乐敲打着沿东西南北四条街游上一圈,然后再来到戴家。负责娶亲的女子上前掀开轿帘,新娘被两人搀着,在红毯上迈着小步,迈过大门内的火盆,进入堂屋,结婚仪式才正式开始。

婚礼主持高声颂道:"吉时已到——新人就位。"

"一拜天地——跪下——叩首! ——起。"两伴娘把新娘扶起。

"二拜高堂——跪——起——。"

"改口——。"

众人一片哄笑,这新娘不用改口呀。

"爸、大妈、二妈。"被笑声淹没。

戴锦宏和两位太太各备两个红包递给一对新人。

"夫妻对拜——,礼——成!"

"新郎抱斗——。"

新郎抱起案上的木斗,木斗用红布裹着,里面有枣、花生、瓜子。

"入——洞——房。"

新娘入洞房,其余人到饭馆吃喜酒。

夜晚,年轻人们来闹洞房。洞房花烛夜也有一定程序,厨房要准备一盘七八成熟的饺子,还有花生、瓜子和枣,在新娘未进洞房前就将花生、瓜子和枣事先铺在床上的床单下,寓意早生子,并且"花搭着生"。

晚上闹完洞房等人散去,小两口准备睡觉前,陪伴新娘的大妈就要出场。

这个伴娘大妈一定要找个多子女的,包括给新郎新娘缝被子的人,也得找一个多子女的大妈来缝,这种人,民间称"全乎人"。

这时,伴娘大妈端上来那盘七成熟的饺子递进去让新娘吃,有关家人躲在外面听着。

伴娘对新娘发问:"生吗?"

新娘一定要回答:"生!"

伴娘又问:"身子下有啥呀?"

新娘答:"枣(早)、花生。"

然后伴娘离开洞房,新房内就只剩下新郎新娘了。

第二天,新娘新郎起床后,伴娘大妈要进去亲自收拾卧具,看一看床单上是否见红,如果见红,就喜笑颜开地跑去告知:"老爷、太太,见红了!"见红意味着娶来的媳妇是处女。

从这天起,新娘就要更名,戴氏改成周戴氏,妇随夫姓,这也是老风俗了。此时的戴锦宏不兴这套老风俗:"戴纪茹改成周戴氏,不好听,不好听,这都什么年代啦,就叫戴纪茹。"

戴锦宏忙活了几天,也深感疲惫,毕竟是年龄不饶人啊。他躺在炕上休息,脑瓜子还想着前后的事。昨日女儿的大事办完啦,准备今天休息一天,明天送老大一家回焉耆。秀华非要跟大儿子走,走就走吧,跟着儿子和孙子生活,恐怕要舒心一些。唉,她也六十的人啦,受了一辈子的苦,该享清福了。

戴锦宏想完了这些事,又想起他那新开业不久的毛坊,给闺女办婚事,十来天没顾上去,干得怎么样啊?嗨,不想啦,累啦,睡一觉,明儿把老大和秀华送走,后天去毛坊。

戴锦宏在迷迷糊糊似睡非睡之中,突然有人慌慌张张地从外跑进来,大声喊着:"戴老爷,毛坊出事啦!"

戴锦宏猛不愣子翻身起来,一看来人是毛坊的一个伙计,慌慌张张上气不接下气地一头闯了进来。

"怎么啦,慢慢说。"

"戴老爷,毛坊去了一帮老毛子,非要见老板,不然就要砸场子。"

戴锦宏穿上鞋,就往外走。

"张哥,赶快给我备马。"

家里人听到喊声都出来啦,只见老爷已经出了院。等周乾文、纪斌和伙计到了院门口,戴锦宏骑着马一溜烟疾驶而去。

第四十七章　血染羊毛湖

戴锦宏独身骑马急驰羊毛湖。

马驶出南门，奔驰在洋行街上，向南梁奔去。马蹄的"咯嗒，咯嗒"声，踩踏出戴锦宏满腹的愤怒。

可恨的洋人啊，在中国的地界，为什么如此横行霸道？在老家，到处占地成为他们的洋人区；到处占地修他们的兵营；到处占农民的土地，逼迫农民修铁路；到处占地修教堂……逼得千千万万个像姨父那样百姓家破人亡，背井离乡。如今，这群老毛子，你们的沙皇国家都没啦，如今在我们新疆还那么耀武扬威，祸害我们中国人。我戴锦宏虽然老啦，我这把骨头还硬着哪！我要和你们这群洋鬼子再拼一拼！

戴锦宏越想越义愤填膺，不大一会儿，戴锦宏急驰来到他的洗毛场。

毛场作坊内围了一堆人，为首的一个老毛子带着十来个手持棍棒的打手。工棚内有七八口大缸已被砸碎。阿不都拉看到戴锦宏疾驶而来，迎了上去。

"戴掌柜，老毛子带人要砸场子，说你们老板一刻不到就砸一个缸，两刻不到就砸两个缸。老板不来就把场子全砸了。"

戴锦宏跳下马来到老毛子跟前，手指着他的大鼻子质问："你们为什么要砸我们的场子？"

老毛子飞扬跋扈地说："这里是我们俄国的贸易圈子，我们的租界地，不许你们中国人在这儿设场子。"

戴锦宏义愤填膺地回道："你他妈的，你们沙俄皇上都没啦，还有什么租界不租界的，还想继续霸占我们的土地。"

老毛子又开腔："你在这儿办场可以，必须向我们洋行交税。不然统统砸掉，把你们赶出去。"

戴锦宏骂道："球！该走的是你们！"

领头的老毛子向手下一挥手，"砸！"十几个打手举棍上前。

戴锦宏捡起一条棍子，站在大棚里，高呼："有种的来吧！"

他的盛气凌人，一时震住了欲上前的打手。

老毛子再次挥手，"砸！"

打手们蜂拥而上，十几个人连砸带推，大席棚轰然倒塌，戴锦宏被埋。

"老掌柜的！"

阿不都拉激愤上前去救戴锦宏。瞬间，席棚被顶破，戴锦宏从席棚里突然钻了出来，手持木棒怒气冲天，犹如一尊铁打的金刚。六十的老人了，如此铁骨铮铮，这惊险一幕令周围的人惊呆了。戴锦宏一个箭步跳到老毛子打手跟前举棍便抽。洗毛场工人，加上被激怒的围观群众，捡起地下的石头砸向这帮野兽，打手们招架不住。突然，老毛子掏出一把左轮手枪向戴锦宏开枪，阿不都拉上前护卫戴锦宏。随着枪声，戴锦宏和阿不都拉同时倒地。一股鲜血从戴锦宏左肩渗出，阿不都拉胸部渗血。

这时，周乾文、铁锁哥俩带人也赶来了。

"爹!"周乾文和铁锁兄弟扑上前来扶住他爹。铁锁抢过他爹手中棍子想去拼命。"老毛子手里有枪!"铁锁被周乾文和工人拉住。

"快! 救阿不都拉!"戴锦宏喊道。

周乾文和几个维吾尔族老乡把阿不都拉扶起，靠在周乾文怀里，他的鲜血已经染红了前胸，染红了这块土地。

"阿不都拉!"

阿不都拉挺着腰板儿，睁着眼，看着戴锦宏吐出几个字:"掌柜的，我们的场子被他们砸啦，以后的日子怎么办?"

阿不都拉靠在周乾文身上一动不动。

周乾文用手试他的鼻孔:"爸，阿不都拉他……他快不行啦。"

戴锦宏顾不得自己受伤，扑了过来抱住他大喊:"阿不都拉兄弟!"

阿不都拉为了救掌柜的，被老毛子当场开枪打死。他的老婆也是个洗羊毛的女工，扑在丈夫身上哭诉着，"我丈夫给打死了，胡大呀，我们一家老的老，小的小，今后我们咋办哪?"

群情激愤的各族群众把老毛子团团围住，谴责声谩骂声此起彼伏，老毛子胆怯了。

这时一队沙俄领事馆持枪的卫队骑马赶到，见老毛子和这几个打手被愤怒的群众围困，持枪的卫队朝天鸣枪，群众迅速散开。

领头的老毛子来了精神头，傲慢地对手下说:"把这个领头的中国猪带走。"

几个打手上来要抓戴锦宏，铁锁死死抱着他爹，铁锁和打手又推搡起来，一群维吾尔妇女有的手拿木棍和石头也拥上前去。"叭、叭"又是两声枪响，群众顿时安静下来。

戴锦宏挨了一枪，阿不都拉生死难料。此刻，他的脑子清醒了，深怕事闹大了，再次伤害到维吾尔族老乡或是儿子，急忙制止。"大家听我说，老毛子无法无天，不要硬来，否则要出大事。我跟他们去，看老毛子能把我怎么样!"然后对铁锁说，"快去告诉你周大大。"

老毛子带走了戴锦宏，周围的群众不愿离去，跟在后面向沙俄领事馆走去。

戴锦宏的作坊，厂棚拆了，水池砸了，几十口大缸砸成了瓦片，羊毛散落得到处都是。

戴锦宏被抓进俄国领事馆,领事馆外人山人海,群情激愤,把领事馆围了个水泄不通。

铁锁、小疆带来的人已经挤满了领事馆大门外。围观的各族群众,他们对沙俄的蛮横无理和欺行霸市、剥削压榨民工深感愤怒和不满。

周乾文带着周乾义、府衙一名官员王大人,还有一群商界的掌柜,或骑马或乘车来到沙俄领事馆门口。

戴锦宏毛坊雇用的一群维吾尔族妇女,向王大人和周乾义说着事件经过,骂着老毛子。

"我们一家人给他们老毛子干活儿,还吃不饱。好不容易碰到了戴掌柜办的场子,肚子吃饱啦,钱也有啦,今天,他们跟前把场子给砸了。"

"我们给洋行干活儿就像毛驴子一样,喂上一点点草,从天刚刚亮就干,一直干到天黑黑的。哪不对了,还用鞭子抽,把我们根本就不当人。"

"三月天气,湖里的冰刚刚化成水,哎!冰碴子还有哪!他们就逼我们来洗羊毛,你要不来嘛,就把你海买斯不要。我们洗到天也热的时候,手开始疼啦,脚也疼啦,浑身的骨头都开始疼啦……"

"我们的戴掌柜,像自家兄弟一样,把阿不都拉升成二掌柜。刚干了一个多月,肚子也吃饱啦,掌柜的钱也给啦,日子好啦,他们俄国人就把场子砸啦。"

……

持枪的老毛子门卫紧闭铁门,经过交涉,只让王大人和周乾义进去。

这时各族群众越聚越多,堵塞了领事馆门前的马路。他们在门前喊着骂着,有的小孩和年轻人往门里扔石块、瓜皮。十几个持枪的门卫也惊慌失措,一个手持手枪的老毛子向天开了两枪,企图震慑百姓,没想到更加激怒了群众。

在领事馆内一个不大的房间,房角是一个大壁炉,向南两扇俄式玻璃窗,屋中间一个长条大桌子,王大人和周乾义坐在椅子上,门口站着两名警卫。

沙俄领事馆没有人来接待,只听到领事馆外的吵闹声。

等待许久,仍然不见人来。周乾义坐不住啦,来回踱着步子。外面的闹声越来越大,似乎人越聚越多。

等了有一个时辰,王大人实在坐不住了,走到门口冲着门卫喊道:"送我们出去,如果发生民变,我们政府衙门不负责任,一切后果由你们承担!"

停了一会儿,进来两位老毛子,"请坐,让你们久等啦。"

双方坐定,老毛子开门见山。

"你们这些个不法刁民,不但抢占我们的区域,而且还打了我们的人!该怎么办呢?"

王大人:"先生此话差矣,羊毛湖地区并非是你们的租界,请你查看一八九五年你们沙皇政府和我大清国签订的条约有没有这一地区？你们的商人为什么不允许我国的百姓在自己的土地上建场？"

"你们的人,打了我们的人!"老毛子无理狡辩。

"先生此话颠倒黑白,是你们的人砸了我们合法商人的作坊,才引起纠纷……"周乾义话没说完,外面闹声此起彼伏。

"你们的商人非法经营,把我们洋行毛坊的工人都偷偷地弄到你们那去了,使得我国的商人无法经营! 必须交纳罚金一万两,我们的放人!"

"你们雇用我们的百姓做工,不给钱,还不让他们吃饱。他们不愿再给你们干,是人家的权利……"

周乾义话没说完,王大人把他拉过去,来到老毛子跟前质问:"你刚才说你们的国家,什么国家? 是沙皇俄国还是苏联? 你们沙俄政府已经完蛋啦! 你们开枪打了我们两个人,一个受伤还被你们扣压起来,还有一个被你们枪杀,你们必须负责。否则我们新疆政府向苏联政府提交照会,让他们来惩罚你们。"

王大人的这句话击中了老毛子的要害。

一名老毛子进来向这位老毛子头儿耳语了几句。老毛子头儿皱了皱眉头站起来,举起手甩了甩说道:"放人!"说完,这俩老毛子退场。

领事馆门外,城里的市民不断地往这儿拥,一队青年学生打着标语"沙皇老毛子滚出中国"。整个皇城十字路口人山人海。洋行区的中国雇员、居民、商户,受洋人剥削、压迫和歧视的愤怒,被压抑了几十年,终于因这一个事件引爆了。临街的外国商行纷纷关门,唯恐激奋的群众把事态闹大伤及自己。

又过了一个时辰,领事馆开了一道小门,周乾义扶着面色苍白的戴锦宏和王大人出来啦。在场的群众鼓掌欢呼,个个脸上扬眉吐气。

戴锦宏被铁锁、周乾文等人抬进内屋,惊慌失措的大奶奶、二奶奶和唤弟围到炕前。见戴锦宏的左肩膀衣服被鲜血浸透处于半昏迷状态,二奶奶吓得直哭。

秀华急得喊道:"快去请大夫呀!"

不知谁在说:"乾文去啦。"

不大一会儿,乾文带着大夫和护士赶来啦,护士手中提着救护包。大夫看了看戴锦宏,向护士说:"快剪开他的衣服,把酒精拿出来。"然后对屋里的众人说,"请你们都出去。"大夫关上了门。

堂屋里站满了人,大家静静地等待着,只听得蜀秀不停的抽泣声。

过了好一会儿,大夫出来啦,对家属说:"戴掌柜的伤不大要紧,子弹在肩胛骨旁穿过,真是万幸啊。伤后没及时处置失血过多。每天用酒精消毒,然后用金创膏药涂抹包扎。"

大家听后松了一口气。送走了大夫和周乾义,大奶奶给丈夫喂了止疼药。

经过这场生死较量,上了岁数的戴锦宏心力交瘁,再加上受伤,不一会儿就迷迷糊糊似乎睡着啦。可是,迷瞪了一会儿,又突然惊醒。

戴锦宏瞪着眼着急地问乾文:"阿不都拉为救我……人家一大家人怎么办呢? 乾文备车,我去阿不都拉家。"

"爸,你老伤成这样怎么能去呢?"

大奶奶、二奶奶也极力反对。

"等你好点再去也成呀。"

"人家为了我,命都没啦,我怎么躺得住呢?"

乾文说:"爸,我替你去,你有什么吩咐?"

"先带些银子,替我去慰问人家,安排好阿不都拉的后事。此后,我要亲自登门拜访,要解决人家的日后生活呀。"

天已经很晚啦,家里人都坐在堂屋,都没话说,有的打着盹。大奶奶从里屋出来说:"你们都睡去吧,我守着。二奶奶也睡吧。"

一盏油灯,墙壁投着一尊独影,影像渐弱。

天渐亮,大太太在堂屋守了一夜。

第二天,大奶奶端了一碗粥,和二奶奶一块儿进来。

"老爷,我给你喂碗粥吧。"

"你今晚别在外屋守着啦,怪累的,我没事。你去把老大一家叫来。"戴锦宏吩咐秀华。

"大姐,我来喂。"蜀秀接过了碗。

纪斌一家赶来参加小妹的婚礼,原打算婚礼过后返回焉耆,没想到出了这事。

戴锦宏望着纪斌说:"我这一忙,又出了这么档子事,和孙子都忘了亲近哪。小疆来,让爷爷好好看看。一晃都长大啦,可以替你爸独当一面了吧。"

"爸,等您老缓好了,跟我们一块儿去焉耆住几天,让我们也有机会尽点孝心。"土豆诚恳地请求。

"我也想去,哪儿能脱得开身呀。焉耆是我创业的发祥地,我有感情,没有焉耆哪有今天。你们要守住焉耆这份产业。"

"我们记住了。"

"你小妹的婚事也办完啦,原本到馆子里全家吃一顿送你们走,又摊上了这么一档子事。明天在家吃饺子,送你妈和你们走。"

"他爹,你现在这样,我走啦放心不下。"秀华说。

戴锦宏有些激动地拉着秀华的手,深情地看着她说:"秀华,从你跟了我,没享过一天福,却替我尽了孝……"戴锦宏哽咽了。秀华也眼含泪花。

"去老大那儿休息休息,我这儿有蜀秀,还有唤弟、乾文和小花。我这伤没关系,又不影响下地,个把月就好啦,你放心去吧。"

蜀秀说:"大姐,你放心去吧。"

"我现在走,哪放得下心呀。"

土豆也说:"我们先不走,爸爸的伤好点再说。"

几天后的一个晚上,周乾义来看戴锦宏。戴锦宏赶快从炕上坐起来说:"周大哥,你那么忙,又这么大岁数,还来看我。"

"老弟呀,你已经给咱商界出气啦。这几十年,我们哪敢惹他们洋行。我在喀什受英国鬼子、俄国老毛子的气大了去啦,欺行霸市,垄断买卖。他的生意、地盘你不能靠,他经营的买卖你不能沾。乡下的原材料那简直是连抢带夺,没理可讲。"

"那天你和王大人是怎么把我弄出来的?"

"我和王大人可没有那么大的能耐。当时我在想,你被弄进去,不是死就是断胳膊断腿地把你扔出来。果然,他们咬定你侵占他们的租借地,咬定你首先行凶打人。放人可以,一则向他们赔礼道歉,二则交高额的赔款,把你的家业都卖啦,你都赔不起。"

"那老毛子又怎么把我放了呢?"

"是百姓,是民众!跟他们交涉时,不停地有门卫进来小声向他们报告,我懂俄语,门卫说成千上万汉人、维吾尔人包围着大门,把整个路都堵啦。老毛子放你走,这不是百姓的力量吗。"

"他妈的,我自创业还没有失败过,实在咽不下这口气。"

"不急,你带人敢棍打洋人,洋人还不得不把你放出来,你给中国人争了一口气,你给我们商家出了一口气!"

"哈哈哈。"

"还有解气的好消息哪。老毛子把你放了后,事情并没完。学界和咱商界举着标语到督办衙门请愿,要求废除老毛子的不平等条约,收回洋人的贸易圈子。总督府感觉这也是好事呀,并呈文给民国政府,同时也电告苏联政府把这些白俄老毛子驱逐出境。他们一听慌啦,听说一些老毛子头头携金跑啦,下面的人要求加入中国籍,洋行的商人也老实啦,他们经商也得纳税。并且,苏联政府废除了沙俄的买卖圈子,洋行街收回来啦。"

"这么说,我挨老毛子这一枪值!"

"咱商会决定,等你好啦,摆一桌出气的酒席,庆贺庆贺哪!"

正说着,乾文进来了。

"爹,您让我打听的事,打听到了。"

"什么事?"周乾义问。

"我被弄到领事馆时,发现了钱贵的身影。"戴锦宏告诉周乾义,又说,"我怕吃不准,让乾文找洋行的人打听打听。"

乾文说："钱贵因王东升火烧津商闯了大祸后,躲在了洋行,后来到南疆替洋行收购皮毛、棉花,自己也捞了不少钱。清朝亡后,衙门人换啦,王东升的纵火案也就搁置。去年底他回来啦,听说在南关洋行区开了个赌场。"

戴锦宏又说："我怀疑他参与了毛坊的事。"

"没有证据呀。"周乾文说。

"老弟呀,事到此为止,消财免灾吧!老毛子的国家乱,咱这儿也不安宁。你就先好好养伤吧!我走啦。"周乾义告辞要走。

"乾文,替我送送你大哥。"

第四十八章　家里出贼了

蜀秀发现她自个儿的钱宝匣子里少了很多钱,她很纳闷。咦,我卧室的钱宝匣子怎么最近老丢钱呢? 开始,她总认为自己记错了,她花钱又不记账。这次少的钱,可不是个小数目。

她寻思:"咦,我出去都锁门呀,更何况我的钱匣子没人有钥匙呀,少了这么多的钱,哪儿去了? 莫非有人偷我的钱? 对! 有家贼。是用人? 不像是,借给他们这个胆都不敢。是那丫头片子? 嗯,有可能。她对我总有一种嫉恨。她现在成家啦,缺钱用。嗯,很可能就是她干的。我得找她算账去!"

二奶奶寻思着就出了门,直奔东厢房。可走到门口,她并没推门进去。

"不行,捉人要捉赃。我得亲手抓住她,到时把她撵出去,看那老东西还说什么。"

就这样,二奶设计了一出抓贼的戏。

有一天,她故意没锁她的房门,大嗓门冲着看门张大爷说:"张大爷,我出去打牌,晚上吃饭再回来。"

"知道啰!"

她出去转上一会儿,突然返回。

"二奶奶,你老怎么这么快就回来啦?"张大爷问。

"嗨,我忘了拿东西。"

这位二奶奶真不嫌麻烦,一连折腾了几天,没抓着家贼,她不甘心。

功夫不负有心人,这天她又突然转悠回来了,转身进入堂屋,见她的房门虚掩着,屋内有动静,她的心哪也跟着突突直跳。心想:这次我可逮着啦! 推门而入。

她入室一看,顿时惊呆啦。她的宝贝儿子金锁正在打开她的钱匣子数钱哪。

"你! 你! 你怎么拿我的钱? 钥匙哪来的?"

这二少爷当时也吓了一跳,见是他妈。既然暴露了,也就无所谓了。

"你有那么多钱,又花不完,我替你花点还不行吗,将来你走啦,还不都是我的!"这二少爷还振振有词。

二奶奶气得伸手就要打他。这二少爷一把揪住他妈的双手,反使她动弹不成。这二奶奶反而气得直哭,"我告你爸去,叫他收拾你!"

这一招还真灵,儿子马上服了软,承认自己偷了几次钱。

"妈,妈,我是拿过你的钱。"

"你偷钱干吗呀?"

"和别人玩钱,输了。"

"你赌钱啦?"

金锁点点头。

"哎哟,我的天哪,你爹说对了,你真是个败家子儿。要让你爹知道了非打断你的腿不可。"

"你不是也老去玩钱吗?"金锁反驳道。

"我那是玩牌! 玩的是小钱,不叫赌。"

金锁嘴里仍然嘟嘟囔囔地说:"大钱小钱不都是个赌嘛。"

蜀秀被她的宝贝儿子问了个张嘴结舌:"我……我,你和我玩的不一样,要让你爹知道了我也跟着受埋怨。"

"你别告诉我爸不就得啦。"

"我的钱匣子你怎么打开的?"

"我有钥匙呀。"

"你的钥匙哪儿来的?"

"我配了一把。"

"你真是个不争气的东西!"

这事就被二奶奶隐瞒了下来,张扬出去,娘俩面子上都不好看吧。

戴家二奶奶所生的少爷纪才,此时也年过二八,在那时十六七岁的男人已经出去挣钱了,但他却吃喝玩乐无所事事。让他读书不愿读,让他学经商他没兴趣。二少爷到这个年纪,对于吃喝玩乐之事已经不感兴趣了,他需要趸摸新的乐子。

有一天他游游荡荡地来到南关一家赌场,进去看看怎样个赌法。

进入赌场,摆设几张桌子,有玩牌九的,也有打麻将的,这些都是小赌。里面还有一间小屋吵闹非常,二少爷挤进去看了看是掷色子的真大赌。他瞅了一眼转身到外屋,和一个人撞了个满怀,一看是一位长得俊俏的女孩。两人那一瞬间的对视使他一脸尴尬,紧张局促,脸上沁出一层细密汗珠。女孩两眼发直看着二少爷,竟然手里的茶杯掉到地上碎了,她才醒过神来。妩媚地转身跑出去了,留下二少爷半张着嘴愣愣地站在那里。

姑娘低着头拿着簸箕和笤帚清扫地下的碎片,二少爷赶忙接过来。

"是我撞了你,我来扫。"

姑娘看着他扫完,又接过来,出了房门,有一个小院,倒在墙角。二少爷也傻乎乎地跟了过来。

"打碎了你的茶杯我赔吧。"

"你是第一次来玩吧？"姑娘所问所非答。

"嗯……头一回来。"

"会玩麻将牌吗？"

"会一点儿。"

"走，我陪你玩一会儿，这是我们家开的赌场，输了算我的。我叫钱莉莉，你是哪家的少爷？"

"聚福盛是我家开的，我叫戴纪才。"

"噢，聚福盛家的少爷呀，常听我大说，你家做的是大买卖。"

姑娘大胆又大方地和戴二少爷聊了起来。初次聊天，没什么好深入聊的。钱莉莉说："我陪你玩会儿麻将。"

戴纪才不好意思地说："我玩牌，也就是过年和家里人玩玩。"

钱莉莉笑着说："你怕输吗？不会的，我保证你输不了。"

这位姑娘大大方方地和二少爷坐在一起，陪着他玩麻将。

"戴家少爷，你别只看你手上的牌，看下面……碰！这不是碰了一副牌吗。"二少爷摸了一张牌，看了看，打了出去。

钱莉莉斜着眼偷看了下家的牌，急忙说："嗨！你干吗要呢？拿回来，你这是摸张停，能和三张牌呢。"

"碰！你和啦！你看看赢了吧。"

钱莉莉把钱划拉到二少爷跟前。

对方不高兴啦，"嗨！是你玩还是他玩呀？你看看，让我们白输一回。"

钱莉莉说："他不会，我教他。"

"那也不行，不会就多练练。你一帮他，等于你们四只眼，我们输得起吗？"

"好，好，好，我不说了。"

这一局以戴纪才赢钱告终，大家哗啦哗啦洗牌。

另一玩客说："你俩是相好吧？这年头真是变啦，可以自己找婆家，这叫什么……恋爱自由。"

新的一局又开始啦。钱莉莉把嘴是闭上啦，可她那只手上了牌桌，有时帮二少爷摸牌，同时那双眼也在滴溜溜转。

"哎！你又和啦！"钱莉莉不知何时在桌面上偷了一张牌，戴纪才在钱莉莉的帮助下又和啦。钱莉莉帮着戴纪才把赢的钱搂了过来。

对方又不高兴啦，"嗨！你们这是多了一只手，咱可得防着点。"

其实，二少爷坐在这儿，那心思就没在玩牌上。一个大闺女家紧紧贴着他的身子坐在一条板凳上，他那心呀，突突突直跳。心里那种滋味，从来没有过，说不清道不明。

事后，二少爷每次想起这初次遇钱莉莉，那两个小酒窝，用手背掩着嘴，一脸妩媚的微笑，他的心便无端地狂跳起来。从此，二少爷的两条腿隔三岔五不由自主地迈向这里。

而钱莉莉时常想起二少爷那双深邃的眼睛,满溢着那种热烈灼人的光,烧灼得令她坐卧不宁了。她在想:我也见过几个到这儿来耍的男娃,见到我,不是贼眉鼠眼地望着我,就是嬉皮笑脸地来耍我。有的坏尿趁着我给他倒茶,就偷偷摸摸地在我屁股蛋子上摸上一把。我悄悄地告诉我大,可我大他说啥呢,"摸就摸一把,有啥呢? 又摸不掉你屁股蛋儿上的一块肉。只要他来咱赌场,他要摸就摸吧"。想想这戴家二少爷可不一样,人家不但长得俊,而且规规矩矩。他看着我,还有点羞呢。他越是羞,我也跟着害臊。

如果哪天没见二少爷来,钱莉莉每天不是不由自主地在赌场门口等候,就是独自坐在自己屋里发呆。想着和二少爷初次两人撞了个满怀,他那尴尬局促的样子,想着二少爷和她说话时那含羞的眼神和那迷人的微笑。想到机敏的二少爷怎么一见到她,就变得木讷起来。想到这些,她会不由自主地扑哧笑出声来。有时被她妈看到了,就嗔怪地骂一声:"死丫头! 你疯啦? 一个人坐在那儿傻笑。"

莉莉笑笑,"妈,我笑你还管呀!"

娃她妈一指她的额头,"死丫头! 我还知不晓你?"

这一对少男少女是"王八瞧绿豆——对上了眼"啦。

而二少爷呢,往赌场跑的次数也越来越勤。

钱莉莉她妈私下对娃她大说:"丫头这些日子不对劲呢。"

娃她大眨巴眨巴眼,"咋个不对劲?"

"戴家二少爷老往这哒儿跑,该不该是咱娃看上那个娃了?"

娃她大犹豫地说:"不会吧?"

娃她妈叹道:"丫头大了,心也野了。"

"嗯,有这事?"娃儿她大狡黠地笑了笑。

赌场为何在洋行街? 老板是什么人? 这要从八年前说起。

王东升火烧津商后,祸闯大啦,钱贵躲进洋行街一家老毛子人开的商行。后来到南疆替老毛子掠夺当地资源,他从中获利不少。清朝政府亡后,王东升纵火案逐渐不了了之。近年,钱贵返回迪化,投靠洋行保护自己,当上了洋行的二掌柜,并借洋行名义开了一家赌场。

二少爷上瘾了。

开始玩小钱时,莉莉有时趁着给赌客倒水之机,向二少爷暗示一下,二少爷也赢过几次钱。赢了钱就请她去吃馆子、看戏。

有一天,二少爷赢了钱,对莉莉说:"咱今儿上哪儿玩去?"

"嗯……咱听戏去。"

"看戏都是晚上呀,你能去吗?"

"咋不行,我大今晚不在家,肯定他又去逛窑子了。"

"逛窑子你妈不管?"

"谁能管得了他。"

"那今晚咱在戏园子门口见。"

戏园子今晚演的是《大闹天宫》,台上是咚咚咚锵锵锵,台下是吆喝声、叫好声,热闹非凡。在楼上一个小小的雅座,二少爷和莉莉紧挨在一起,喝着茶,嗑着瓜子,又说又笑,台上演的什么全然不注目,反正就是一出闹剧。

莉莉嗑瓜子嗑累了,把瓜子往小几上一甩,用手搭在二小爷的肩膀上,媚笑着说:"二少爷,你看我长得好看吗?"

钱莉莉突如其来的一问,二少爷的心哪,突突突直跳,血液直涌脸上,不知道说什么好。

"你害臊呢。"

戴纪才涨红着脸,两张嘴唇哆哆嗦嗦地说:"好看,你真好看。"

"那你吃我个老虎(亲嘴)吧。"

戴纪才鼓足了勇气,用嘴在她脸蛋儿上亲了一下。

"我让你吃老虎,你吃我的脸蛋子干啥呢?"钱莉莉说着,把戴纪才的脸双手捧过来亲吻,然后说,"你娶我吗?"

戴家二少爷面红耳赤,可心里激情万丈,嘴里说不出话。

"你看,把你吓的,又不是说现在娶我,我是说你愿意不愿意?"

二少爷不住地点头。

莉莉顺势搂上了二少爷的脖子,在他脸上又亲了起来。

正在这个节骨眼上,茶役掀帘给客人续水。

"哎哟!呵,介是……我可什么也没看到。"

俩人都很扫兴。

二少爷说:"莉莉,咱走吧,我怕熟人看见了,告诉我爹。"

"看你,胆小的。"

而后,二少爷常来找莉莉,钱越玩越大,后来可就玩大发啰。再后来偷他妈的钱,反正他妈有钱,他妈的私房钱没数。这次发生的事还没算完,更大的事还在后头哪。

二少爷戴纪才偷钱的事暴露之后,他妈连零花钱都给他断了顿。在家待了十几天,一方面手痒痒,瘾犯了。另一方面也想找那女孩玩玩。这天,不由自主地两条腿就迈到这儿来啦。钱小姐正好在门口。

"哎,二少爷,怎么好久没来呀?"那丫头忙上前问。

"嗨,老娘给断了银子啦"。二少爷小声说。

钱小姐把二少爷带进赌场,正巧钱贵和二少爷碰了个照面,瞅了一眼二少爷,叫他女儿过去。

"这娃是谁家的?"

"是聚福盛的戴家二少爷。"

"他经常来?"

"好长时间没来啦,他父母不给他钱。"

钱贵琢磨了一下,一声冷笑,然后小声对他女儿耳边说了几句话,离开。

"二少爷,你不想玩玩?"

"拿什么玩呀,找你玩吧。"

"你想我啦?"钱小姐拍了拍二少爷的脸。

"都想啊。"

"哎,你要想玩,我借你钱,你只须打个借条。你要赢啦,给我付对半利。输了,不要你的利息。"丫头爽朗地说。

"真的?"

"我大说的。"

原来,钱贵不但开赌场,而且还放高利贷,这下二少爷陷进去啰。

那丫头并无害他之心,他不来玩,她心里总像没了魂似的。钱莉莉给二少爷借钱玩,赢了钱归他,输了钱归她。

女孩的热情、大方,二少爷还真受到了感动。

这位二少爷借了一百块袁大头进了赌场。一进这个赌场,气氛非同小可,满屋子乌烟瘴气,赌客和看客围了一圈,个个瞪大了眼珠子,注视着操盘手手下那个扣着的小碗,小碗在他手下摇来摇去,一会儿左手倒右手,一会儿右手倒左手,口中还念念有词。人们都目不转睛地盯着,那小碗在操盘手手里摇得你眼花缭乱,摇得你心惊肉跳。介碗里是吗? 是色子。色子每个面一到六个点。就这小小的色子决定着赌客输赢的命运。这小小的色子,它能让你一夜暴富,也能让你卖房子卖地倾家荡产。操盘手手下的小碗突然停住,人们屏气凝神,当一揭开小碗,立即爆发出一片惊叫或哀叹。有人举手狂叫,有人拍胸跺脚。紧接着,赢家伸开双臂,把满桌子的赌注,揽入怀中。

二小爷心想:嘿,介玩意儿好玩! 全凭运气。不像玩麻将、打牌九有技巧,有门道,咱玩不过人家,害得我把把输。既然我借钱玩,我想玩大的,把我以前输的钱捞回来。

二少爷正琢磨着,听到有人招呼他,"戴家的少爷来嘞,不坐下要一哈?"

二少爷抬头一看,是钱莉莉她大。

"钱叔。"

钱贵对赌客们说:"戴家少爷来嘞,给让个位子,人家可是初来乍到,让人家玩好。"

钱贵给赌客打完招呼退出赌场。

二少爷坐在赌桌上,该他下注了,下多少赌注? 二少爷看了看站在他后面的钱莉莉。

"先少下些,试一哈你的运气。"钱莉莉说。

"那就下两个银圆。"

操盘手说:"你要几个点?"

二少爷又看了看莉莉。

"六、六六大顺嘛。"

操盘手:"好,你们四位各要,幺、三、五、六,好运这就来啦。"

赌客换了个新手,这赌桌的运气和风水会发生变化。四位赌客的赌注都下得不多,赌客们的脸上显得轻松。赌客们又瞪大了眼珠子,注视着操盘手手下那个扣着的小碗,小碗在他手下摇来摇去,一会儿左手倒右手,一会儿右手倒左手,然后小碗停在桌子中央,等待着操盘手揭开。

操盘手揭开小碗,露出色子,色子的正面是四个点,谁都没有。随着一声叹息声,操盘手又重新开始。再揭开小碗,色子又是四个点。操盘手第三次扣上色子又反复地摇。

揭开碗,赌客们齐声叫道:"六!"

这位二少爷刚上场,第一轮就赢啦,赢了对手共六块大洋。二少爷心想:嘿,这撒泡尿的工夫,银圆就到手啦。这比打麻将好玩,刺激! 打麻将划拉来划拉去,手中的牌怎么也凑不上一条龙。刚才我要是下五块银圆,这一把可就赢了十五块大洋呀,要下十块,这阵子三十块大洋就到手啦……

新的一盘开始啦,二少爷大胆地下注:"十块大洋!"

"这碎娃有胆量,刺激!"有人喝彩。

"我下十五块!"

操盘手:"有人下十五块啦,还有大赌注吗!"

"二十!"

"好! 好……"

戴家二少爷,每隔二三天,就被勾了魂似的,偷偷地往这儿跑。这儿好耍、好玩、好刺激呀,还有钱莉莉陪着。

在戴家大院。

戴家在堂屋吃早饭,戴老爷和二奶奶坐在上首,下方是乾文和纪才。

戴锦宏不见女儿来,便问道:"唤弟呢?"

"她最近身体不舒服,不想吃饭。"周乾文答道。

"生病了吗? 没找大夫瞧瞧,这孩子从小身体就不好,叫她来。"

"姐,爸叫你!"纪才去叫唤弟。

唤弟脸色不好,来啦。

"唤弟,你脸色不好,是不是病啦?"戴锦宏问。

"不想吃饭,喝水都吐。"

"你莫非怀孕啦? 今儿找大夫号号脉。"又冲着二奶奶不满地说,"你这个当二妈的也不关心。"

"我怎么知道呀,她又不跟我说,真是的。"蜀秀不高兴地反驳。

"哎哟,我姐怀小宝宝喽。"纪才高兴地说。

"你快当舅舅啦,应当懂事啦,从明天起每天按时到柜上,别三天打鱼两天晒网的,再这样混日子我饶不了你!"

戴锦宏又教训起儿子来啦。

"好啦好啦,快吃饭吧。"

二奶奶又护起了儿子。

焉耆戴家宅子。

秀华在院子内锅台上做饭,院内凉棚下有一个小桌,把饭做好后放在小桌上。

"土豆呀,叫他们来吃饭。"

土豆从屋里出来,"妈,接你到这儿来,我们张嘴就吃现成的。"

"我干惯了,不干活儿浑身难受,在你爸那儿不自在,做饭有人,帮他们洗洗衣服吧,还嫌弃我。要不是为了唤弟,我早就待不住啦。唤弟不知怎么样啦,怕是该怀孕了吧?"

"妈,接你到这儿来,你老又惦记那头。"

戴纪斌不知什么时候进院啦,"妈,我妹那头你就别操心啦,又用不着她干什么。"

"这当妈的呀,都这样。小疆呢?"

"小疆让他在店里盯一会儿,咱们先吃。"

"老大呀,寻着买点黄表纸,给你爷爷和奶奶烧点纸送点钱去。"

纪斌:"妈,您老是谁都惦念。我最近也是老做梦,梦到爷爷和奶奶。"

"自从你离开老家后,爷爷奶奶天天念叨你,尤其是你爷,想你呀,都想疯了。哎,临末了,你爷爷奶奶也没能再见你一面。嗨,如今咱老家也没人啦。"

有一天,戴家大院来了一位不速之客。

张大爷正在门口坐着,有人上门要找戴掌柜的。

"你们掌柜在家吗?"

"你是?"

"我是南关钱掌柜。"

"我去通报一声。"

419

钱贵随着进院。

戴锦宏从屋里出来见到钱贵,不觉一愣,他还没反应过来,钱贵拱手施礼开言道:"哎哟,几年不见戴老板,依然是风采依旧啊……"

"你有什么事?"戴锦宏打断了他的话。

"听说戴老板去年出了点事,大难不死必有后福,小弟特来登门问候。"

"黄鼠狼给鸡拜年——没安好心,你就直说吧。"

"戴老板不请我进屋,在这儿说出来大家听了都不大好意思吧。"

二奶奶、唤弟和乾文都从各自屋里出来了。

"就在这儿说!我怕我屋里沾了晦气。"

"好,那我就当着你家人的面说啰。"钱贵从怀里掏出一份账单递给戴锦宏,"戴老板先看看这个。"

戴锦宏接过来一看,怒不可遏。

"金锁!你给我出来!"

二少爷从西屋出来看了看钱贵不知所措。

"你看看这个,怎么回事?"

戴锦宏随手把账单扔给了二少爷,二少爷捡起来看了看是茫然失措。

"有没有这档子事?"戴锦宏问。

纪才:"没、没、没有这么多呀!"

钱贵又从怀里掏出来一沓二少爷亲笔写的借据,拿在手里晃了晃:"白纸黑字,借账还钱天经地义,本金和利息总共五百多块大洋,限三日内还清,否则,衙门里见。"

戴家人目瞪口呆,钱贵说完转身而去。

"老二,这是怎么回事?"

纪才:"我是借了他们的钱。"

"借钱干什么?"

"在赌场里耍钱。"

戴锦宏火冒三丈,抄起花瓶里的鸡毛掸子向金锁劈头盖脸抽来。

"你这个逆子,我打死你!"

金锁脸上顿时一道血印,他俩手抱着头,直叫妈。

"老爷是我的错呀!"二奶奶拦腰把丈夫抱着。戴锦宏一把推倒了二奶奶,继续用鸡毛掸子往金锁身上抽。老爷子边打边骂:"我打死你!"儿子边跑边叫妈:"妈呀!"二太太从地上爬起来抱住金锁,声嘶力竭地喊道:"你打吧,打死我们娘儿俩好啦,我也不活了……"

戴锦宏气急败坏,气喘吁吁,两脚站不稳,手里的鸡毛掸子落地,他靠在椅子背上喘着粗气,话也说不出来。

"老爷!"二奶奶又过来抱着丈夫惊恐地叫。

"爸呀!"唤弟跑过去抓着她爹害怕地哭。

乾文赶过来扶着老丈人说道:"赶快扶到屋里躺下缓缓。"

二少爷又怕又气跑了出去。

二少爷出了院子也不知到哪儿去好。他怕他爹不饶他,怕他爹被气坏了身子,他又气钱莉莉她爹为什么讹人。

他寻思着:我明明只借了二百多块大洋,为什么讹我五百?钱莉莉呀,你可是明明白白地告诉我,要赢啦,给你付对半利,输了,不要利息呀。如今你老子亲自登门要账,你为什么不告诉我?莫非你父女俩串通一气害我?不对呀,钱莉莉是真心和我好,她对我不是铁公鸡一毛不拔呀?不行,我得去找钱莉莉,问问她,你爹上门讨债为什么瞒着我,弄得我怎么在家待?是不是你爷儿俩蹿腾着骗我?为什么你不告诉我是高利贷,用利滚利害我?

第四十九章　钱家小姐

二少爷戴纪才跑到赌场门口,大喊道:"钱莉莉,你给我出来!"

钱家小姐出来一瞧那二少爷气呼呼的样子还不知为哪般。

"你为什么害我?"

"我怎么害你啦?"

二少爷便一五一十地说了事情的经过。

"啊!还有这事?我爹说借你的钱,你赚啦还利息,你赔了就不还呀。你不信,我叫我爹。"钱莉莉向屋里喊,"爹!你出来对质!"

"啥事情,你叫唤啥呢?"

钱贵出来一看,是戴家二少爷,幸灾乐祸地说:"哦,是戴家碎娃呀,你,还账来啦?"

戴纪才问:"我总共只借了二百来块大洋,为什么要还那么多?"

钱贵蔑视了戴纪才一眼,仰着头说道:"五成的利息,加上利滚利,你不会算呀?叫你爹算去。"

钱莉莉急了:"爹,你不是说他赚啦还利息,赔了就不还呀!"

钱贵火了,冲他女儿说:"你姓钱还是姓戴呀?胳膊肘儿朝外拐!我做的这是生意,不是施舍要饭的,借贷还息天经地义。"然后又冲着戴纪才说,"你不服是不是?不服咱们打官司。给你三天时间,不还债,衙门里见!嘿,把他家的,还找上门来闹,你没理还老到得不行。"

钱贵说完进了赌场,可钱莉莉这头犯难了。

"爹,你说话不算数呀!"钱莉莉追进去找她爹理论。

戴纪才现在明白了,钱莉莉是真心对他好,而她爹却借他女儿之口给我放高利贷。"嗨,后悔也晚了呀。怎么办呢?回家去吧,我爹能容我?不回家吧,又到哪儿去?"他站在那儿寻思了一会儿,"哎,还得回去吧。那五百块大洋对我爹来说那是九牛一毛。我一进院就给我爹跪下,向爹认个错,要打要罚由他啦。再说啦,还有我妈护着我哪。"

片刻,钱莉莉出来一看二少爷走啦。

"唉,我大也真是的,说话不算数。你看看,我现在落了个两头不是人。咋办呢?二少爷恨我哩?我还得找他去,向他认个错。"钱莉莉去追二少爷。

钱莉莉找到戴家大院,抬头一看这门楼子,"啊,好气派呀。以前只是听说戴家买卖大,有钱,今个儿一见这大院的门楼子,就把我给震着哩。我好像比人

422

家矮了一截子,这让我都不敢进哩。不进,我和这家的二少爷从此就断了线线哩,进去吧,我又怕被人家给轰出来。钱莉莉呀钱莉莉,走到这一步你就尿哩,沟子臭哩?跟戴家娃还好不好?进去找二少爷,还有机会。如果不进,跟戴家娃就吹了灯哩,从此就没想哩。进!进去再说。"

钱莉莉悄悄地迈过大门的门槛,又悄无声息走到影壁墙下往里张望。

"哎呀!好大的院子,好多的屋子,我要能住在这样的院子、这样的房子,我真是细溜溜地美滋哩。哎呀,二少爷怎么跪在院子中央。屋里传出女人的哭声,可能是他妈。哎!我把事情弄大啦。咋办呢……到今天还能有啥办法?得哩!死猪不怕开水烫,我豁出来哩。脸皮厚吃得饱,我就厚着脸皮进去。干脆,陪着二少爷一块儿下跪。或许二少爷能原谅我,或许戴家有人能受感动,这就叫个啥……委曲求全,对,委屈一哈,没麻达。"

"二少爷,是我不好,我和你一块儿跪。"

钱莉莉扑腾一声也跪地下,二少爷没理她。

唤弟从东屋出来,"哟,这是谁家女孩?"

"我是钱家女娃儿。"

"你跪在这儿干吗呀?"

"是我惹的祸。"

戴锦宏和二奶奶听到声,走了出来。

"你来添什么乱,出去!"戴锦宏怒气未消。

"大爷,我把我自己的零花钱拿来给二少爷补上。"钱莉莉诚恳地说。

"不稀罕!"

"乾文!从我账上提五百大洋给姓钱的送去!这个姓钱的是跟我干上啦,老毛子那笔账我还没跟他算呢!走着瞧吧!"戴锦宏准备进屋。

"姑娘,这儿没你的事,你走吧。"唤弟劝钱莉莉回去。

"她愿跪,就替她爹给我跪着吧!"戴锦宏说完进屋。

"这位妹子,你快起来,你跪在这儿不是更添乱吗?快回去吧。"

"大姐,不怪二少爷,是我大他说话不算数。是我弄错的事情,我来向戴家请罪,打我骂我我都认哩,只是二少爷他亏哩,我心里难受得很……"

钱莉莉哭起来了,唤弟也心软了。

"姑娘,你这样跪着也解决不了问题呀,我明白了你的心意,我去劝我爸。你赶快起来,回去吧,要不然我爸他心里更烦。"

唤弟把钱莉莉扶起来。

钱莉莉对纪才说:"二少爷你原谅我吧,我不是故意的,是我大他说话不算数。"

"姑娘,你回去吧,你在这儿搅和,越搅和越乱。去去,回去吧。"

唤弟把钱莉莉劝了出去。

时间在分分秒秒地流失,二少爷跪在地上的影子在顺时针地转,越来越长,越来越暗,直到天黑。戴纪才面壁而跪,一天不准吃饭。到晚上,二少爷确实支撑不住了。大家都来说情。

　　"爹,让纪才起来吧!"唤弟来说情。

　　"老爷,儿子跪了一天啦。"二奶奶来说情。

　　"都是你惯的,他现在成了什么样子啦,还给他求情。你不是在疼他,而是在害他。他都十七啦,这样下去不是成了个败家子,他还能继承家业吗?这么大的家业交给他,你放心吗?"

　　戴锦宏斥责了二奶奶,二奶奶也感到老爷子说得有理,她只有听着。老爷子训斥完啦,气呼呼地闭着眼躺在炕上。他寻思着:"对这个儿子,我心寒呀,怎么养了这么个败家子。哎,这也怪我,净忙着挣钱,可对这个儿子没管好,只知道养儿,不知道教育儿。我们小时候那么穷,只知道吃苦挣命,他们这一代怎么不珍惜呢?噢,还是富啦。这可应了老话说的,'穷家出孝子,富家出败家子'。我从小读过《三字经》,上面说啦:'儿不孝,父之过。教不严,师之惰。'不行,得让他吃点苦,让他知道这家业来得不易。可话又说回来啦,怎么让他吃苦?就他妈护着他,宠着他……对啦,让他到焉耆去!在酒坊跟工人们一块儿干活儿,一块儿吃住。到牧场待上一阵子,让他放羊,割草,住在羊圈。最后让他在老店里站柜台,磨磨他的性子。对,就这么办!还有,让他和钱贵的闺女彻底断了,要不然,将来是个祸害。"

　　老爷子在屋里想着怎么教训儿子,可二奶奶在堂屋看着儿子受着体罚,心疼得坐立不安。这俩老的,一头静,一头动,都为这儿子发愁。

　　在东屋,唤弟也不安地问乾文:"你倒是想个法子呀!"

　　周乾文坐在桌案边整理着账目,不紧不慢地说:"我有啥法子。"

　　"真急死人!"

　　唤弟没办法,只好走到堂屋,对她爹大声说:"爹,你不让弟弟起来,我也去跪下。"

　　唤弟说完,来到院中和二少爷跪在一起。这一下可真灵,戴锦宏急忙从炕上起来,赶出来去扶唤弟。

　　"闺女呀,你有身孕,快起来。"

　　"爹,弟弟都跪了一天啦,我不忍心再看着。"唤弟边哭边说。

　　"好,好,起来吧。"

　　戴锦宏扶女儿起来,二奶奶赶快过来把她儿子扶起来欲往西屋去。

　　戴锦宏又说:"等等!我还有话。明天收拾收拾你的东西,过两天跟着李经理到焉耆去。看看你那大哥和你侄子是怎么干的,看看你爹像你这么大的年龄,在焉耆是怎么起家的。"

　　蜀秀问:"他爹,你让他到焉耆干吗去?"

戴锦宏赌气说:"让他玩去!"

蜀秀很纳闷:"玩去?"

"让他大哥带着他在焉耆老店干半年,在酒坊跟着工人们干三个月,让他侄子带着他在牧场干三个月。"

蜀秀:"这么长时间啊?"

"我还嫌短哪,没我的话,不许他回来!"

南门城墙根下。

钱莉莉焦急地走来走去,她和戴纪才约定在这儿见面。过了好一会儿,看到他来啦。她跑过去,紧紧抱住纪才不撒手。戴纪才好像还在生她的气。

"你叫我来干吗?"戴纪才问。

"我告诉你,不是我骗你,是我爹……我喜欢你还喜欢不过来呢。今天我在这儿发誓,我真心爱你,行吗?"钱莉莉信誓旦旦。

"你松手,这么多行人,让人看见告诉我爹,我又得挨打。"

"你告诉我,我俩相好行吗?"

戴纪才仍不吭声。本来,他见不见钱莉莉很犹豫。不见她吧,她又老在自己心里晃悠;见她吧,又生她的气。跟她好吧,家里人不会答应;不跟她好吧,又舍不得离开她。这不,这两只脚怎么不知不觉地就来啦。

"你快说呀!"钱莉莉催促着让戴纪才表态。

"我俩家有仇,你爹能同意吗?"戴纪才反问。

"我爹要不同意,我就在他面前装着寻死,他就没办法啦。"

"我爹可不行,他打死我都不会同意的。"

"你爹那头,咱们想办法呀。你先告诉我你愿不愿意和我好?"

戴纪才看着钱莉莉那副真心的、不顾一切的眼神,可爱的厚嘴唇,猛地抱住她亲了一口。

"你快说呀,可急死我啦!"

"我不是说了吗。"戴调皮地回答。

钱莉莉明白了。哦,他吃了我一个老虎,说明他爱我,我要抱着他吃好多好多个老虎。钱莉莉抱住戴纪才,俩人疯狂地吻着。激情过后,还要面临现实,戴纪才松开手说:"我爹那头,他是不会同意的。"

"我有办法!"钱莉莉坚定地回答。

"你能有什么办法?"

"我们各自从家里弄一笔钱,走得远远的。"

"噢,你是说偷钱私奔!不行,不行!我做不到。"

"我还有别的办法,一准叫你爹不同意也得同意。"

戴纪才急问:"什么办法?"

"现在不说,到时候再说。"

"哎,我爹明天叫我随车到焉耆去。"

"去多久?"

"不知道。"

"那你早点回来,我想你。"

姚安氏今儿领着儿子来串门,正好戴锦宏也在家。

"戴家爷,我来看看妹子,有身孕了吧?"

戴锦宏:"怀上啦,谢谢你惦记着。哎哟,呈呈一转眼都满地跑啦。"

姚安氏:"托您老的福,您老给呈呈过了百天,这个子一天天地往上蹿,现在学会叫人啦。呈呈叫爷爷。"

呈呈望着戴锦宏,没吭声。

姚安氏:"介孩子跟他爹一样不爱说话,死性,不活泛,将来也是个三杠子压不出屁来的人。"

戴锦宏:"哎哟,姚大人要是能见到他这个孙子,不知有多高兴啊。老家有信吗?"

姚安氏:"前几天邮差捎来了一封信,让我们谢谢您老给他孙子过了百天。"

戴锦宏:"有什么好谢的,在老家时姚大人给我家帮了多大的忙啊,我谢都谢不过来哪。姚大人身子骨好吗?"

姚安氏:"信上说,怕是见不到儿子和孙子啦。"

戴锦宏:"姚大人是好人呀,他有恩于我家。我们这些来新疆的大营客,能有今儿的富裕,也多亏了他。可惜离得太远,我真想把姚大人请来,让他看看新疆的杨柳青。"

说着话,唤弟出来了,"姚嫂子来啦。"

姚安氏:"来看看你的身子,怀上了吧?"

唤弟笑笑点点头。

姚安氏:"怀上了好,戴家的灶火兴旺呀。保重身子,等生的时候言语一声,我来服侍你。"

戴锦宏:"侄媳,等我们唤弟生的时候少不了请你。你常来串串门,唤弟她妈不在,她也闷得慌,跟我们唤弟说说话。"

姚安氏:"好嘞,您老忙你的,我姐俩会好好聊聊的。"

在去南疆的天山山道上,有几百峰骆驼行进着,驮的都是各商家往南疆运送的货物。驼队后面有三挂马车,戴纪才和李经理坐在中间的车上。

戴纪才一路上观赏着天山风景异常兴奋,时间久了兴趣也没啦。

"李叔,什么时候才能到啊?"

"天不亮就走,天黑停下来,路上不耽误也得三天。"

"这么远呀。"

"这还算远呀,你爹赶大营那阵子,要走一百八十天,那罪遭大啦。"

"夜里住哪儿呀?"

"走到哪儿住在哪儿,没吃没喝是常有的事,有时候还遇上土匪劫道,那病啊灾啊的随时找到你头上。一个人小时候不吃苦,长大啦没饭吃,你没尝过挨饿的滋味吧。"

"没有。那我这三天不吃饭,尝尝挨饿到底是什么滋味。"

李经理:"三天不吃饭? 我看呀,你没那个能耐。"

"你不信?"

"根本不信!"

"那咱俩打赌。"

李经理:"这样吧,赌两天。今儿你可以放开肚子吃,能吃多少吃多少,明后两天只准喝水不准吃东西。"

"好! 一言为定。"

"一言为定!"

迪化,在戴家大院。

唤弟坐在院里晒太阳,她的肚子微微隆起。

张妈端了一碗鸡汤过来,"大小姐,趁热把这碗汤喝了吧。"

"张妈,我不想喝。"

"不行,老爷交代给我的,说你身体不好,想办法给你补补。你不喝可就难为我啦,我怎么向老爷交代。"

"好,我喝。"

唤弟喝完,又出现呕吐。

"怀孕都五个月啦,怎么还吐呢?"张妈也自言自语。

戴锦宏闻声从屋里出来,"张嫂啊,家里的其他杂事你老就别管啦,唤弟的饮食你就多操点心,需要什么就买去。"

"知道了,老爷。"

"小花!"

小花从二奶奶屋里出来。

"老爷有事吗?"

"你有空多陪大小姐出去转转,老坐着躺着不行。"

"哎!"

"小花!"二奶奶在屋里的叫声。

"哎!"

"去叫个马轿子,我要出去。"

"你又上哪儿去?"戴锦宏问。

"上李家大奶奶那儿打牌去。"二奶奶在堂屋回答。

"你怎么天天出去呢?"

二奶奶从屋里出来站在台阶上不悦地说:"你让我糗在家里干吗? 整个大院空荡荡的。金锁也不在,我这心里呀……"蜀秀从怀里掏出手帕,捏着一个角沾了沾眼角。

"你跟唤弟说说话也行嘛。"

"说什么呀! 谁听我的?"

"去、去、去!"戴锦宏也火啦。

"爸,别说啦。"唤弟劝她爸。

"爸今儿不出去啦,陪陪我闺女。"戴锦宏到屋里拿了一把椅子放在唤弟旁边坐下。

"二奶奶,轿子车来啦!"

"小花,带上我的水壶,走!"

戴锦宏目送着二奶奶和小花走出大院。

"爸,二妈愿意到哪儿,就让她去吧。她待在家里也闲得慌,再说啦,金锁不在家,她也心烦。"

"你真是我的好闺女,和你妈一样。"

"爸,我想我妈。"

"哎,你妈在就好啦,到时候我托人捎个信,让你妈回来,给你伺候月子。"

"现在就托人把我妈接来吧。"

"现在不行,金锁去了不长时间,接你妈回来,他肯定要陪着回来。"

"爸,你让金锁在大哥那儿待多长时间?"

"起码让他待一年,让他好好吃点苦。否则,这孩子就废了。"

"卖萝卜哟——卖青菜!"院外传来叫卖声。

"我舅来啦。"

"你舅一人也过了一辈子,也不易呀!"戴锦宏感叹道。

说着,这人就进来啦。

"舅,您老来啦。"唤弟站起来,迎上去。

"姐夫,怎么今天有空在家待着?"

"又送菜来啦……"所答非所问。

"唤弟不是快生孩子了吗,这得补补。我别的没有,新鲜水灵灵的菜有,顺便送点来又不费事。"

张妈接过菜去。

戴锦宏:"你也快奔六十的人啦,挑两箩筐菜走几里地,也够呛。"

"还行,累啦咱就歇歇。我这身子骨还能挑个十年八年的,到干不动的时候再说。"王生华开朗地回答。

"我走啦,唤弟好好养着。"

"舅,中午来家吃饭吧。"

"不啦,我还有两筐菜,卖完啦也就转回去啦。"

"生华,等你姐回来,到家团聚团聚。"

"好嘞,姐夫您留步。"

焉耆。

李经理和戴纪才带着几驼货来到焉耆老店。秀华和戴纪斌出来相迎。

秀华:"李经理,您怎么亲自来啦?"

李经理:"大奶奶,乾文脱不开身,我带着二少爷看你来啦。"

戴纪才:"大妈! 大哥!"

秀华:"哎哟,金锁来啦,好哇,大妈想你。"

"大妈,您老身子骨好。"

"好好,快到屋里歇着。"

李经理:"先把货卸了。"

戴纪斌:"小疆! 来卸货。"

大家忙着卸货,土豆也出来啦。

秀华:"土豆,这儿你别管,快去做饭。"

戴纪才:"大妈,我都快饿死了,两天没吃饭。"

"怎么两天不吃饭呢?"秀华不解地问。

李经理边搬东西边说:"大奶奶,纪才要尝尝挨饿是什么滋味,饿了一天就忍不住了,偷着吃。"

"我哪偷着吃啦,保证两天没吃东西。"

李经理:"还不承认呢? 我都看见了,只不过我睁只眼闭只眼,我也怕把二少爷饿坏了,那我可担待不起呀。"

戴纪才:"大妈,这挨饿可真不是个滋味呀。"

李经理:"怎么个滋味呀?"

戴纪才:"心发慌,浑身没劲,恨不得抢别人的东西吃。"

秀华:"土豆,先拿点吃的来,让金锁垫吧垫吧。"

土豆拿来一张饼,戴纪才接过来就往嘴里塞。

秀华:"哟、哟,金锁慢点吃,别噎着啦!"

众人看着他的吃相大笑。

李经理:"大奶奶和大少爷,我带二少爷来,老爷可有交代:让二少爷跟他侄子在山上牧场至少待三个月,去放牧、割草。到酒坊跟工匠干活儿三个月,跟工匠们一块儿吃一块儿住。这是老爷下的一道圣旨,老爷说啦,谁也不得违抗。"

秀华和纪斌面面相觑而惊异。

"这是怎么回事呢?"

"掌柜的给大少爷写了道圣旨,回头我交给纪斌。大奶奶,我去酒坊找张师傅有事,大少爷您陪我去一下。"

秀华:"完了事都回来,给你接风。"

"好嘞!"李经理回应着。

第五十章　戴家添了个外孙女

一个风和日丽的上午，唤弟坐在院子里，一边晒太阳一边缝婴儿衣衫。老人们都说，孕妇要多晒太阳，给肚子里的孩子补补钙，小孩长得壮。唤弟怀孕快八个月了，不久就要临产。戴家大院沉醉在期望孩子降临的喜悦之中。

戴锦宏早早地从店里回来，手里还拿着一个小孩儿玩的拨浪鼓。

"唤弟，晒太阳哪。你看，给我外孙买了个玩意儿。"

"爸，孩子还没生哪，就给他买玩的？"

"我介不是在街上碰上啦，就捎带着买了。"

"就是把他生下来，他也不会玩呀。"

"姥爷我逗着他玩。"

戴锦宏瞅了瞅这老房子，似乎有感而发："哎呀，你瞧这日子过得多快呀，我把你妈接回来时，好像就在昨儿，没想到你妈到了这儿就生了你，这一转眼你都有孩子啦。你说，你爸怎么不老哪。"说着话，把拨浪鼓抖动了一下，啵啷啵啷响。冲着唤弟的肚子说，"小宝贝，快从你妈肚子里出来吧，姥爷给你买一大堆好玩的。"

"他能听见吗？"唤弟问。

"他听得见，肚子里的胎儿就学着听大人们说话。老话说，要多跟孕儿说说话，他生下来就会叫妈妈。"

"哪有那么神呀，出生就会叫妈。要是大人不和胎儿说话，孕儿出生会是哑巴？"

"这可难说，拿着。"唤弟接过拨浪鼓。

唤弟摇了摇拨浪鼓，抚摸着肚子说："小宝宝，姥爷给你买了个好玩的，你能听到吗？你看看，你还没出生姥爷就开始心疼你。"

"是啊，我已经当了爷爷，又要当姥爷啦。我如今有儿有女有孙子，你再给我生个孙女，我就成了全乎人啦。"

"爸，您老上了岁数啦，别没黑没白地挣扎着干，该心疼自个儿的身子骨啦。"

"是啊，我也感到力不从心，外面这一大摊子事，要不是乾文帮着我呀，那我就惨啰。"

"爸，您老歇会儿去。"

"哎呀，你妈走了一年多啦，她不在你身边，我这心里呀，总不踏实。"

"我也想我妈,我要坐月子怎么办呢?"

"是呀,我也想这事哪。让张妈伺候月子吧,她的家务活儿又太多。实在不行把姚家侄媳妇请来。"

"姚家嫂子身边还有个吃奶的儿子哪,能顾得过来吗?"

"呈呈是满地跑了,毕竟还小。接你妈来吧,你弟弟就得跟着来。我真不想让他回来。"

"为什么呀?"

"你弟被你二妈宠得都没个人样啦,再不扳扳他,让他吃点苦,他就废啦。我本打算让他在焉耆待上一年。在酒坊跟工人们干上三个月,把他熏一熏,让他知道干活儿的苦和累,和工人睡大炕,让他尝尝被虱子臭虫咬的滋味;到牧场再让他放三个月的羊,割羊草储冬料,让他体会体会风吹日晒和孤独的煎熬;然后让他跑上三个月的销售,让他看看乡下的百姓有多苦;最后让他盯在柜上,让他学学做生意的不易;不知我使的这番心血在他身上管用吗?"

"哎哟,他那小身板能盯着干一年吗?"

"盯得住,盯不住都得让他吃点苦,我就怕你妈心疼他。更重要的是让他和那个姓钱的丫头分开,断了他们那份念头。"

"爸,金锁也到了谈情说爱的年龄了,硬是断了和那丫头的念想也难,不如你给他揣摩一个好人家的闺女。"

"嗯,没想到我闺女真长心眼儿啦,我都没想到这一层。是该给他踅摸个对象啦,哎,找个合适的闺女也难呀。"

焉耆。酒坊内热气腾腾,加上一股浓浓的酒曲味儿。在气雾弥漫的场棚里,一个人影拿着一把大铲子,翻搅着大锅里的发酵粮食。张师傅走过来说道:"二少爷,过来缓口气,歇会儿。"

纪才从气雾中出来,上身只穿着一件布兜儿,满头大汗地走了过来。拿起小几上的茶碗,咕咚咕咚往嘴里倒水。

"二少爷,累吗?"

"这活儿,真不是人干的。我都快成了酒曲子了。"然后瘫坐在麻袋包上。

"你爹用心良苦呀!这是在磨炼你,让你成大器。"

"干苦活儿能成大器,不干苦活儿就成不了大器?我爸他干过什么苦活儿呀?"

"你爸遭的罪你哪知道。当初你家的房子、铺子,是一个一个土块垒起来的。这儿的泥土碱大,用脚和泥,用手坨土块,两脚两手都裂口子,那血往外渗。一直干了仨月,才把铺子盖起来。"

"那怎么不雇人干哪?"

"肚子都吃不饱,哪来的钱雇人哪?你爹不吃大苦受大罪,你哪有今天呀。

老天爷公平得很呀,你付出多少,才能得到多少。"

"张叔,你们这代人都吃过苦遭过罪?"

"那可不,你前半生吃苦了后半生就享福,你前半生享福后半生就遭罪。"

"张叔!"传来了纪斌的声音。

"你大哥来啦。"

纪斌:"张叔,我来看看我这个小弟。他干得怎么样呀?"

"二少爷干得还不错,这得慢慢来。"

"张叔,我爸下旨,让我监督他。让他在这儿至少干满三个月,跟工人们一块儿干,一块儿吃,一块儿睡。"

"你爸的心也忒硬了吧。"

"是啊,我妈心疼纪才,让我过来叫他晚晌回家吃饭,晚上还是在家睡吧,我们哥俩也可以好好聊聊。"

"净吃苦也不行,关键让自个儿的脑子开窍,你这个当哥的多开导开导他。"

迪化,戴家大院。

唤弟怀孕还不足月,羊水破了,这可忙坏了戴家。

这天早晨,唤弟叫周乾文:"乾文,你快看,我这儿流的是什么呀? 白糊糊的还透着亮?"

"我怎么知道呢,我去叫张妈过来看看。"

张妈进来看了看,说:"像是白带,莫非大小姐要生了?"

唤弟说:"还没到日子口哪,不会吧?"

张妈:"会不会要早产呀?"

唤弟:"乾文,你快去告诉爸爸。"

戴锦宏和蜀秀急急忙忙过来看。

蜀秀说:"呀! 这是羊水,要生了。"

"还有一个月哪,不会吧?"唤弟疑惑地说。

"乾文,快去请先生来看看。"

戴锦宏也不安地吩咐姑爷。周乾文匆匆忙忙出了屋子。

戴锦宏:"唤弟,你肚子不疼?"

唤弟摇摇头:"啥感觉都没有。"

戴锦宏稍有放心,说:"这小家伙,跟你妈闹着玩哪?"

"再等等看。"

吃完早饭,先生请来了,先生进了唤弟屋。不一会儿又从唤弟屋里出来,直奔堂屋告诉戴锦宏:"戴掌柜,你家小姐羊水破了,要早产。既然破了最好能早点生下来,晚了,对大人孩子都不好,你们随时准备好接生,老夫告辞了。"

戴锦宏送走了先生,来到唤弟屋。

"唤弟,你是不是把日子算错了,怎么早产一个月?"

"爸,我没记错。"

蜀秀进来说:"大小姐,羊水破了就得赶快生,拖的时间久了,羊水没啦,那孩子可就死在肚子了。"

"你怎么这么说话呢! 没你的事,你走。"

戴锦宏感到蜀秀的话说得不吉利,他有点火。

"好,好,好,我走,我这是多余操心! 真是的。"

"张嫂!"

"老爷,吗事呀?"

"张嫂,麻烦你老跑一趟,告诉姚家侄媳,就说唤弟快要生了,她有工夫接生吗?"

张嫂急匆匆出去,不大一会儿,姚安氏领着呈呈跟着张妈来啦,一进院门就喊道:"戴家妹子,听说你快生了,我随时候着哪。"

戴锦宏迎出门问:"侄媳妇,你带着个吃奶的孩子,能行吗?"

姚安氏痛快地说:"行,我家呈呈给口吃的,就自己个儿跑着玩去啦。"

"那就请你候着,到时候请你来。"

"你们都忙去吧,有我哪,我一准给你们平平安安地接生个胖乎乎的外孙子。"

焉耆,在戴家的牧场。

小疆陪着他小叔叔纪才边放牧边割草。

"小疆,地上长着这么多的草,还割它干吗呀?"

"小叔叔,这都是备份着冬天的饲料。冬天下雪,羊就没得吃啦。"

"到冬天没草吃,那就把羊杀了都卖了吃肉不是结啦。"

小疆笑了笑说:"那就第二年不过啦,牧场也不要啦,畜牧生意也不做啦?"

"那还有铺子、酒坊呀?"

"若是这样,那酒坊也不做啦。咱投入这么大,年终结算还得分一半给人家。那这生意不就越做越抽抽,家业也就越做越败。"

"嘿,你这小子没看出来,把我给问住啦,还教训起我来啦。"

小疆嘿嘿笑道:"我岁数比你大,经历的事比你多呀。"

"嘿,在我跟前卖老,我是你小叔叔!"

"小叔叔,你老是辈分大,年纪小,是你在倚老卖老呀。要累了你就歇歇。"

戴纪才撂下镰刀,躺在草地上。

"哎,这人呀,还得伺候羊。割一天的草,这腰都疼得直不起来啰!"

"小叔叔,迪化的铺子和大宅子哪来的? 那都是爷爷从这儿起的家,盖了铺子,建了牧场,合伙搞起了酒坊,一点点地攒。攒了十年,在迪化才有了铺子,又有了大宅子,才有了今天的好日子。"

嗨,人真是个怪物,当父母长辈苦口婆心地开导他,他反而听不进去,认为这是教训他。侄子的一番有意无意的话,打动了这位当叔的。

戴纪才感叹道:"这人呀,活得真不易。"

"小叔叔,我爸给我说,人哪,活在世上有三条路:你要想吃饱肚子就得受累;你要想活得想个人样,就得一辈子吃苦加受累;你要不想吃苦受罪,就只有去要饭这一条路了。"

"你爸说得对。小疆,你想走哪条路?"

"当然是要活得人样来着,像爷爷那样。"

"对! 活人就得活得像个人模狗样的,要么就别活。"

"干活儿!"戴纪才从地上爬起来,继续割草。

迪化,戴家大院。

姚安氏匆匆来到戴家,进了唤弟屋。

"戴家妹子,有动静吗?"

"嫂子,没有。"

"咦,羊水破了两天啦,怎么还没动静呢?"

"嫂子,我二妈说,羊水干了,孩子就死在肚子啦?"

"你别瞎琢磨。下炕活动活动,别老躺着,有动静叫我。"姚安氏又匆匆而去。

下午,唤弟在院里活动。戴锦宏回来了。

"唤弟,你怎么出来啦?"

"姚家嫂子叫我下地活动活动。"

"还没动静?"

唤弟摇摇头。戴锦宏皱了皱眉头。

第三天上午,唤弟的肚子开始一阵阵地疼。戴家赶快请来了接生婆姚安氏。

姚安氏自认为经她接生的孩子都顺顺当当,没想到这次可遇到困难了。从上午到下午,就是生不下来,难产。大家都急得团团转。

这个婴儿可能不想出世,心想,我出世了也没好日子过,还不如待在娘的肚子里不出来呢。

唤弟疼得声嘶力竭地叫着,姚安氏满头大汗地忙活着,周乾文急得满院子转悠着,戴老爷又烧香又拜佛的,嘴里不停地念叨着,"这孩儿怎么就生不下来呢……羊水没了孩子也活不成了? 哎哟哟,老天爷呀您老开开眼,别让我闺女受罪啦……菩萨呀,您开开恩,让她母子平安吧。"

姚安氏一边助产,也一边念着:"我的好儿,快出来吧,不然你妈都疼死啦……宝贝蛋呀,你不想出来是不是? 不想出生怎么成啊? 听大妈的话,你不出生你娘俩都……妹子,你缓一缓,休息休息,怕是你折腾得没劲啦。嫂子给你擦擦汗。"

"嫂子,怕是……生不下来……我娘俩都活不成啦?"

"可别这么想,能生下来,一准能生下个白白胖胖的孩子。"

"妈!"门外的呈呈叫着。

"你叫啥,我这儿忙着哪,去跟着张奶奶。"

"妈! 姑姑她要,她要,生个小妹妹。"

姚安氏一愣,"你怎么知道生个小妹妹?"

"我想的,长大啦我和她玩。"

"妹子,我家呈呈说你要生个妹妹。"

唤弟咧开嘴笑了笑,"哎哟……"

"妹子,又开始疼啦,忍着点,憋足了气,使劲!"

唤弟又一次使劲,黄豆大的汗珠子从脑门上往脸上流。

"我的小祖宗呀,别让你妈遭罪啦,行吗? 快出来吧。别怕,有大妈守着你。"也不知这婴儿在胎里能听懂话,还是可怜他妈,婴儿露头啦。

"妹子,出来啦! 再使劲! 好,好! 使劲!"

屋里的人紧张地战斗,屋外的人更着急,戴家人都在院里焦急地等待着。

经过一阵折腾,院子里的人突然听到大嗓门的姚安氏喊:"生下来了,生下来了!"

婴儿的啼哭声令所有的人松了一口气。

小花和张妈听到喊声赶快拿着木盆和烧好的热水进屋。停了一会儿姚安氏出来报喜:"老爷、二太太,生了个闺女,你们家又添了个外孙女。"

戴锦宏高兴地说:"好,好,孙子、孙女都有啦。侄媳呀,从今儿起我这个新出生的外孙女就认你当干妈啦。"

"哎哟,我介是高攀啰,没白忙活,我多了个干女儿。"姚安氏笑得合不拢嘴。

戴锦宏:"乾文呀,给姚干妈双份的酬劳。"

"我还得双份呀? 有个干女儿就结啦。"

"干女儿是干女儿的事,接生的酬劳也不能少。"

"谢谢您老。"

姚安氏不仅接生而且被雇用当"月嫂",伺候月子并照料婴儿。唤弟因产前身体不好,造成奶水不够。这时姚安氏的儿子还没有断奶,于是姚安氏又承担了婴儿奶妈的角色。

姚干妈一边给婴儿喂奶,一边说:"看来这孩子跟姚家有缘呀。"

第五十一章　不是冤家不聚首

按照老爷子的指令,二少爷在焉耆待了大半年。老爷子让二少爷去的目的很明确,就是让这个不争气的儿子下乡吃点苦锻炼锻炼。因唤弟早产生了孩子,老爷子才打发人,让二少爷纪才陪大太太秀华赶快回来。

秀华和纪才坐着马车急匆匆往家赶。

年过六旬的秀华,坐在马车上心潮澎湃。她一生坐马车长途跋涉共有三次,每次心情都不一样。

第一次在二十年前,随锦宏从老家来新疆。

嗨,老家没有亲人啦,老的,我一个个地伺候走啦,我身上的担子卸下来啦,一身轻松无牵无挂。现在丈夫把我带到哪儿,我就跟着去哪儿,跟着丈夫去个遥远的新家。没承想到了迪化这个家,才感到这个大宅子不是我的家,这个家有女主人。在那个大院活得累呀,不是身累,而是心累。家,不像是我的家,丈夫不是丈夫,而是表弟。闺女结婚了,有了她自己的家,我还留在大宅院干吗?

第二次在几年前,乾文护送她母女来焉耆。

离开那个大宅院,是一种逃离囚着我的笼子,是一种解脱。快到焉耆去吧,那儿有我的儿、我的孙,我到了那儿,就是当老妈子,我也舒心。儿子家就是我的家,这儿有儿有孙还有知冷知热的儿媳妇,一路走得踏实。在焉耆和儿孙愉快地生活了才一年多。锦宏又让我回去,他说闺女生了孩子,我不得不去陪着我的亲闺女。

这次,纪才陪我又要回到那个大宅子。

闺女生了孩子后身体很不好,我心里急呀,说外孙女没奶吃,我心里也不踏实呀。虽然只有三四天的路程,可我心里怎么就这么乱,觉得这路怎么就走得没个头呢?

纪才一上车就躺在车上睡着了,似乎他被发配到一个遥远的地方做了半年的苦役一样疲惫不堪。车摇摇晃晃走了三天,他在车上晃晃悠悠地睡了三天,怎么都醒不来。

"纪才呀,快醒醒,吃点东西。"

二少爷眼皮子都没抬,哼哼唧唧地说:"嗯哼,大妈,我不饿,我困得很。"

"一天没吃东西啦,饿坏了怎么办,吃点干粮吧。"

大奶奶把饼给这位二少爷递到手上。二少爷拿着饼,仍然躺着,闭着眼往嘴里塞。

大奶奶心疼地说："哎，这孩子累坏啦。临走的头天才把他从山上叫回来。"

坐在马车上走了三天，到第四天中午回到了迪化城。

马车一过三甬碑，戴纪才来精神头啦。

哎呀，终于回来啦！这两年可真是过得大喜大悲。因为和钱莉莉的事，老爷子真狠心，罚我到焉耆做了半年苦役，你就不心疼你儿子。不过，这也是老爷子的一片苦心。这苦心，下得也忒狠啦。到焉耆看了看老爷子年轻时创业的地儿，说实话真苦。看了看大哥，真为戴家出力啦。看看我那侄子，我真不如他。哎，惭愧呀。

在焉耆这大半年，怎么钱莉莉总是在我脑瓜子里晃来晃去的。想起初次和她撞了个满怀……想起在戏园子看戏……想起在南门城墙根下……钱莉莉真心对我好呀，可老爷子怎么就看不上她呢？钱贵是钱贵，可她是她呀！哟，前面是二道桥，莉莉家就在前面，真想下车去见见她。

当车路过赌场时，钱贵在屋里看到了，他从屋里出来，瞅了瞅，确认是戴家二少爷时，他也在琢磨心思。

我这个女娃儿看上仇家的儿子，真是冤家路窄。可又说回来了，女娃大了管不住了，她早晚得嫁人吧。嫁女娃收彩礼，能要多少钱？戴家可是家产万贯呀，等老厮死了，家财还不都留给那碎娃了……我这个丫头子要真的能跟了这碎娃子，凭我娃的脑子，非得把那碎娃子管得定定的。我这辈子是斗不过那个老厮了，让我女娃儿去斗吧。

"莉莉，你出来！"

"大，啥事？"

"你天天都出来望，是不是盼着戴家那碎娃儿？"

钱莉莉不回答。

"他回来了，你看。"

"看什么呀？"

"马车上坐的就是戴家的那二娃子。"

钱贵指着远去的马车，转身进了屋。钱莉莉不知她爹何意，追了进去。

"大，你啥意思？"

"你不是看上那娃儿了吗？我同意你跟他好。"

"真的！"钱莉莉没想到她大这么痛快地同意她和仇家的二少爷好。

钱贵对她说："你可以去找那小子，但你要听我的话。"

"大，只要你同意，我啥都听你的。"

钱莉莉寻思着：二少爷回来啦，大半年没见他了，他现在对我变心了吗？半年前发生的那事，不怪我呀，全是我大闹的。我去见见他，可是，那戴家大院怎么迈进去呀？不能再跪一次吧，我得想个办法。

唤弟的孩子出生还没满月,戴纪才陪同秀华回来啦。秀华一进院子,张妈就迎上前去。

"大奶奶您老可回来啦,大小姐生啦,给您添了个外孙女。"

"好呀,我去看看。"

"我当舅舅啦,我也瞧瞧。"纪才说着也要进去。

"还没出月子,你不能进屋。"

戴锦宏和蜀秀从北屋里出来。

"你回来啦,回来就好啦,唤弟生啦,你又不在,我这心里总不踏实。先到堂屋坐坐,去去身上的寒气。"戴锦宏站在台阶上说。

"金锁,怎么去了那么长时间啊,当妈的都快想死啦。"蜀秀上来先拉着儿子的手端详着。

众人都进了堂屋,说着话。小花端来一盆热水让大奶奶擦把脸。

"金锁,你这次到了焉耆都干了啥?"戴锦宏开始询问儿子。

"爸,我遵照你老的安排,老老实实地都做啦,不信你问大妈。"

"当家的,金锁去了焉耆就像换了个人似的,成天跟着他大哥、跟他侄子东跑西颠的可忙啦。"大奶奶替戴纪才说好话。

戴锦宏:"焉耆好玩吗?"

戴纪才:"不好玩。"

戴锦宏:"那就对了!要不是接你大妈回来,我还让你在那儿待着。"

戴纪才:"是,我明白了。我还不如我侄子呢,他都能替我大哥独当一面啦。"

"行啦,才进门就唠叨,完了你爷俩慢慢说去。"蜀秀插话。

姚安氏抱着婴儿来啦。

"给大奶奶瞧瞧,戴家的小外孙女。"

"快让我抱抱,哎哟,你瞧瞧这张小脸红扑扑的,眼还没睁开呢。"

一家人高兴地瞧着小婴儿。

秀华:"好啦,我抱过去吧,我去看看唤弟。"

戴锦宏:"给孩子盖上,别受了风。"

秀华抱着孩子和姚安氏进了东厢房。

钱莉莉在家等了两天,不见二少爷来,她心里七上八下,像猫抓的一样心慌。难道他真的变心了? 我得去找他,让他说清楚。他要真变了心,那个漂亮的大宅子跟我就没缘啦。我就跟他撕破了脸,当着他大的面,说他儿子勾引我,抱过我,跟我吃过老虎……他要还没变心,我就想个办法牢牢抓住他。

想个啥办法呢?

第二天,钱莉莉手里提着一包用红纸包裹的东西来到了戴家大院。

张大爷迎上去问:"你找谁呀?"

"我来贺喜的,看看唤弟姐姐。"

张大爷见过这个闺女,上次陪二少爷下跪的那个女孩,他一时不知怎么处置。

"老爷!有人来……您看……"

戴锦宏、蜀秀、纪才出来了,一见钱莉莉都很惊异。

戴锦宏问:"你,你来干什么?"

"唤弟姐姐生孩子了,我来向她道喜。"

"用不着,你回去吧!"

戴锦宏很不客气地拒绝。但是,钱家闺女表面上又出于善意,不能粗暴地轰人家出去。

钱莉莉又请求道:"大伯,您老别生气,我能和纪才说句话吗?"

"就在这儿说!得寸进尺。"戴锦宏不悦。

"爹……"纪才为难地有央求之意。

戴锦宏虽然不悦,又没有驳回的理由,于是他进了屋。

纪才见他爹进了屋,快步来到钱莉莉面前。

"金锁!你干吗?"蜀秀问。

"我把她送到门外还不行吗?"

"送走了就回来,别再找事啦。"

纪才把钱莉莉送到大门口。

"你怎么知道我回来啦?"

钱莉莉小声说:"我在街上看见啦,你一走就大半年,想死我啦。所以,找个借口来看你一眼。"

蜀秀在院里喊:"金锁!你快回来吧,要不然你爹又发火啦。"

钱莉莉:"我爹已经同意我俩相好,他最近不在家,你来找我……"

蜀秀跟到大门口,"金锁快回去!"

纪才不高兴地瞅了他妈一眼,"我知道啦!"

钱莉莉看到这种处境,只好说:"这包东西送给你姐。"把东西递到二少爷手里,并抓了一下二少爷的手,做了个暗示。

钱莉莉走啦,纪才赶快进到院子,听到他爹说:"……这个闺女可不简单啊!"

钱莉莉冒着被戴家轰出去的风险来会二少爷,确实有胆量,令二少爷感动不已,更加燃起了他心中爱的火花。"嗨,我这个男子汉还不如一个姑娘家。"他甚至有点自愧不如。他心想:钱莉莉让我去找她,去!

钱莉莉在家中,盼着二少爷早点来。她断定,他肯定会来,在戴家见到二少爷时,他的眼神告诉了她他也有一种强烈的渴望。

钱莉莉寻思:自打我第一次跟他撞了个满怀,我怎么就喜欢上了他。他长得好看,人又实诚。再说啦,他家万贯家产,将来不都是他的。再看我家,虽然不愁吃喝,总不如人家风风光光。这十来年跟我大东躲西藏,真是受了罪,我大到底犯了啥事? 我也不知道。这两年来到迪化,倒是安稳了,可全家守着个赌场,总是紧紧巴巴。看人家戴家,开着几家铺子,住着大宅子,还有用人伺候着,多美。如今我大同意我跟他好,是我大也看上了仇人家的小子? 不是。我看,他也看上了戴家的财。怎么才能心想事成呢? 我得想办法让二少爷离不开我,想什么办法呢? 男人呀男人,都好女人身上这口。我大,都老不咔嚓的了,一有钱就往窑子钻。对! 只要二少爷钻进我的怀里,那个戴家老屌,就由不得他了。今儿,是二少爷回来的第三天,我猜他一准就来。

戴家二少爷找了个机会,偷偷摸摸地来了,进入钱家。

在钱莉莉的屋内,戴纪才一进屋,钱莉莉从炕上爬起来要上前……"哎哟! 疼死我了……"

"你怎么啦?"戴纪才上前扶住钱莉莉惊异地问。

"刚才起得太急哩,把腰闪了。"钱莉莉皱着眉头一副痛苦状,借势搂着戴纪才的脖子。

"怎么办呢? 请先生看看。"

"不用了,我躺一会儿再说。"

戴纪才扶钱莉莉躺在炕头上,他呆呆立在旁边,不知怎么办好。

"我是不是岔气了,你帮我揉一揉。"

钱莉莉仰面朝天,戴纪才不知怎么下手。

"揉哪儿呀?"

戴纪才心跳了起来,嗓子眼似乎被什么堵着了。

"你上炕揉揉我的腰。"

戴纪才帮钱莉莉翻了个身,跪在炕上双手挨在钱莉莉的细腰上下轻轻地搓,再往下就碰到隆起的圆润臀部了。戴纪才浑身开始燥热,心似乎已经跳到喉咙眼了。

"再往下点。"

戴纪才也由不得自己,双手捂在两个肥硕的屁股蛋子上,他喘着粗气。

钱莉莉突然转身,双手钩住戴的脖子,红涨的脸,双眼闭着,嘴里喘着粗气,娇滴滴地说:"揉揉我的胸口。"

他的双手触摸在她那对温热而起伏的丰乳上。她身上那件白色碎花的洋布衫儿绵软而光滑,温热的肌肤透过薄薄的洋布传感到戴纪才的手掌心,通过手掌传遍全身,他胸腔里便涨起汹涌鼓荡的潮水。

钱莉莉的双手从戴纪才的脖子上滑下来,解开自己衣衫上的纽襻,敞开了她那白净而又丰润的酥胸,双手又去解开戴纪才的裤腰带,甩到地上……

二少爷咬着嘴唇,觉得血液已涌上大脑,脸发烫,下身某种东西在不停膨胀着。二少爷哆嗦颤抖着声叫道:"莉莉,我受不了啦。"

钱莉莉突然坐起,脱掉自己身上所有遮羞布,喘着粗气。两条身体紧紧地贴在一起……她嗷嗷地呻吟着。戴纪才的浑身像遭到电击一样,一股奇异的感觉从腹下喷射了出来。他趴在她身上,几乎要融化成水,身子渐渐松软了,疲惫了,轻松了。

激情过后,钱莉莉说:"我实在受不了这种朝思暮想的痛苦日子,你从你家柜上拿笔钱,咱们走吧,找个远点的地方过日子。"

"不行,我爸早就告诉柜上,不许我沾到钱,没钱能去哪儿啊?再说,我也是个大男人啦,应该干点大事,不然将来怎么接手我家这么大的家业呢?我侄子都比我强。我妈说,如果我还是游手好闲不务正业,我家的家业就落在我姐夫手里了。"

"那你不打算娶我?!"钱莉莉生气啦。

"想啊!我做梦都想。我先问你,你爹答应吗?"

"我爹拗不过我。"

"我爹那头只有想办法了。"戴纪才无奈地回答。

"想办法?……我可告诉你!我把身子都给你了,你可不能骗我!"

"我发誓,你给我一点儿时间。莉莉,我该走了,别让我爹发现了。我每天都在柜上,有事到柜上找我。"

戴纪才匆匆离开钱家。

女婴满月啦,戴锦宏原本打算在杨柳青饭庄摆上几桌,给自己的外孙女过满月。只因唤弟病得仍然下不了炕,只好从简在家过了。除过自家人外,戴锦宏请来忙了一个月子的姚安氏,她领来了自己的儿子呈呈。

呈呈已经两岁,老实,听话,把他放在哪儿,他就老老实实待在哪儿。多年没见小孩的戴家人都喜欢他。

"呈呈,爷爷今天也给你一个红包,你和这个小妹妹一人一个。"

呈呈看看他妈。

"快拿着吧,是爷爷给的,明儿买好吃的去。"蜀秀说着把红包塞进呈呈手里。

"快给爷爷奶奶磕头。"姚安氏抓着儿子下跪,顺便把红包塞进怀里。

"行啦,行啦,别那么多礼数。"戴老爷说。

周乾文:"爸,您老给您的孙女起个名吧。"

"那还得姓周,你当爸的起吧。"

"还是请您起,您是姥爷呀。"

"那就按你们周家辈分排,是恒字辈,起个……洁字吧,大名周恒洁,小名就

442

叫小洁,时尚。"

"好、好。"

"小洁,你有大名啦。"秀华怀抱着婴儿高兴地说,唤弟在一旁逗着婴儿的小脸。

面对一大桌子菜,唤弟一口也吃不下。

"要不姚干娘把唤弟扶回去歇着吧。"戴锦宏心疼地说。

"妈,把小洁也抱过去吧,这儿人多。"

秀华抱着婴儿,姚干娘扶着唤弟回房。

看着这一大桌喜宴,大家并没有食欲。秀华放下婴儿回来啦。

"姑爷啊,唤弟一直吃着药怎么不见效呢?"秀华担心地问。

周乾文:"我请了几个大夫啦,都说不出什么来。"

戴锦宏:"那打听个好大夫,盯着吃一个人的药。还有,找个神算给唤弟算算。"

周乾文:"哎,我明儿就办。"

"老爷,娘儿俩都睡了,我该回去了。"姚干妈进来说。

戴锦宏:"姚干妈,有些剩的菜你打包带回去吧。"

"谢谢您啦。"

张妈过来把一些剩饭菜倒进盆里,递给姚安氏。姚安氏一手端着盆,一手领着呈呈走出院子。

戴纪才今儿又偷空来到钱家,直接进了钱莉莉屋,钱莉莉在炕上躺着。见戴纪才推门进来,莉莉蹭着坐起。

"你好些日子没来啦,干吗去啦?"

"柜上最近很忙,大柜又不在店里,我成天待在店里支应着。"

"你在店里支应着,就不管我啦?"

戴纪才逗笑:"你想我啦? 那我就抱抱你。"戴纪才一下爬在莉莉身上。

"呦呦,快起来!"

"怎么啦?"

钱莉莉笑着说:"别碰我……我怀上你的孩子啦。"

戴纪才惊异地问道:"什么?!"

"你摸我这肚子都鼓起来了。"钱莉莉拉着戴纪才的手抚摸她的肚子。

"怎么会呢,我们才一次。"

"保不齐这一次就有了。"

戴纪才紧张起来了:"这怎么办呢?"

"怕啥,告诉你爹,让我们结婚!"

"我爹要知道啦,非得打断我的腿。"

"尿了吧,我就不怕,我找你爹去。"

"别、别,我们想想办法。"

"想什么办法?"

"莉莉……把这孩子打了吧。"

"不行! 你不心疼,我还心疼哪。"

戴纪才傻啦,一言不发,他没了主意。

钱莉莉说:"我俩一起去,我跟你爹说!"

戴纪才:"不行! 我爸非打断我的腿。"

"瞧你这点胆,跟兔子似的。要么咱从今儿起一刀两断,你别来找我。去!"

"莉莉,咱想想别的法子。"

钱莉莉:"有啥法子? 行不行,都得过这道坎!"

戴纪才:"到这一步啦,那就试试看……莉莉,如果我爹把我从家赶出来,咋办?"

"那也好呀,咱俩单独过,有我哪,饿不着你。再说啦,你妈那么多钱,能不偷偷地给你? 放心吧,你爹他早早晚晚也得认咱。"

过了几天,戴纪才和钱莉莉双双进了戴家院子,俩人低着头,只看脚下的路,双双穿过院子进了堂屋,一声不吭地又双双跪下。似乎在向戴家大院所有的人宣誓,我俩要相好,我俩不分开,我俩该干的事都干啦,你们看着办吧,要打要骂要杀要剐任凭发落吧。

蜀秀从里屋惊讶地出来,"哟,这是怎么回事呀? 老爷!"

戴锦宏从里屋出来,也很惊异,看到了钱莉莉面色从容不迫,而金锁低垂着头,恐慌不安,似乎等待着极严厉的宣判。戴锦宏似乎感到了他俩已经发生了什么,问钱莉莉:"你怎么又来啦?"

钱莉莉从容地说:"大伯,您别生气,我俩出事了。"

"出了什么事?"

"我……怀上了……纪才的孩子。二奶奶您瞧。"钱莉莉故意摸摸自己的肚子。

戴锦宏一下蒙啦,极愤扬手拍打着自己的脑门。

"我怎么养了这么一个儿子呢?"

戴锦宏突然挥手把八仙桌上的果盘抛向纪才,果盘碎了,水果撒了一地。

秀华、乾文、唤弟闻声都跑了进来。

"你这个不孝的逆子!"戴锦宏顺手拿起鸡毛掸子劈头盖脸地抽纪才。

钱莉莉抱住了纪才的头。

"大伯,要打就打我吧,是我的错。"

戴锦宏见钱莉莉奋不顾身地护自己的儿子,他没想到,他的手也下不去啦。

"老爷!"蜀秀和秀华跑过去拉戴锦宏。

戴锦宏喘着粗气说:"你们俩,走!给我走!"

蜀秀央求道:"你让他到哪儿去呀?你看看闹出了这么一档子事,总得想个法子吧。"

"想什么法子?都给我滚!"

秀华也看到这突如其来的事当下是说不清的,扶起钱莉莉问道:"这位姑娘,你的话当真?"

钱莉莉点点头。

秀华又问:"这是多会儿发生的事?"

"二少爷回来不几天,他来我家,我俩就……"

"你的月经多久没来啦?"

钱莉莉低着头说:"快两月了,最近吃东西就吐。"

秀华长叹一声,说道:"姑娘,你先回去,这事呀,大人们总得说道说道。"

纪才和钱莉莉只好走啦。

小花在收拾被打碎在地下的东西。

蜀秀把老爷扶坐在椅子上,秀华给老爷倒了杯茶,他也没喝。

秀华说:"当家的,我琢磨一个闺女家不会拿这种丢人现眼地说事、说谎吧?"

蜀秀也说:"是啊,她说是金锁回来不几天干的这事,算日子也俩月啦。一个姑娘家拿这事来作假,她不嫌丢人吗?"

戴锦宏气愤地说:"怪就怪这个金锁,愚蠢!"

一场激烈的冲突之后,全家人都沉默寡言。

戴锦宏靠在椅子背上,扬着头,闭着眼,喘着粗气,在寻思着什么呢?

仇家的丫头怀上了戴家的血脉,真是作孽呀。这是谁的主意?居然使出美人计来啦。这钱贵也忒缺德了吧,拿着自个儿的丫头当诱饵。这丫头也不简单,居然厚颜无耻一点儿都不在乎。罢了,既然你钱贵不要脸,我戴锦宏怕什么?

他又寻思了一阵儿。

不行,假若这丫头把孩子生下来啦,算怎么档子事?认,还是不认?不认吧,那丫头生的是我的孙子呀,那就让她把孩子打啦!可是,打不打由不得咱呀,孩子在她肚子里哪。

"爸,事已至此,生气也没用,还是商量怎么办吧。"这时戴锦宏才发现乾文扶着唤弟,站在门口处。

"唤弟,你怎么站在外面,快回屋歇着去。"

"爸,弟弟出事啦,我能歇着吗?"

"那你进来坐,站着多累呀。"

唤弟坐在戴锦宏对面,乾文坐在唤弟旁边,秀华和蜀秀依然站着。

唤弟："爸，生米已经做成熟饭了，生气不成，还得想个辙呀。"

戴锦宏："你说怎么办？"

唤弟："我看这姑娘是真心对金锁好，今天一块儿来的目的，就是向您提出要结婚的，不如就成全了他们吧。"

戴锦宏："那不行，姓钱的是我的仇家，火烧十字街和砸咱的毛坊场，我怀疑都是钱贵干的，这两笔账还没算哪。"

唤弟："钱贵是钱贵，可这丫头没祸害咱呀，他俩好到这份上啦，她不嫌丢人呀。"

戴锦宏："不管怎么说，我不能和仇人结亲家。"

唤弟："爸，那丫头怀的是咱戴家的血脉呀！您不要啦？"

戴锦宏站起来蹀着步子，显然为难极啦，他要在仇家和血脉上做出选择。

"乾文，你说呢？"戴锦宏要听一听姑爷的看法。

"爸，咱家为难，钱家更难。自家的闺女不明不白地肚子大啦，这多丢人呀。可我们还有进退的余地。可话又说回来了，这闺女怀着的是戴家的血脉呀，弃之不忍，纳之又怀有怨气，两者只能选一。"

"我寻思寻思，你们去吧。"

纪才被他爹赶出家门，最近一直在柜上睡。

蜀秀每天提着篮子进入店铺，给戴纪才端出饭菜，看着儿子狼吞虎咽地吃着，心疼地摇摇头。

"嗨，你这是自找罪受，怎么干了这么一档子蠢事哪？"

"妈，你少说我，你看看你自己个儿，为了跟我爸，父母都不要啦。"

纪才的一句话，把他妈噎了回去。

蜀秀指着她儿"你、你、你"了半天，吐出了一句："你怎么这样跟你妈说话呢！你爸他对我好！"

"你怎么就知道莉莉不对我好哪？"

"好，好，好，我管不了你，你自己作践自己去吧！"蜀秀生气地走啦。

夜幕降临，戴家店铺的小店员插门板关门。在一盏独灯下，戴纪才抱出铺盖卷，铺在柜台上而卧。李经理看着二少爷，为难地摇摇头而去。

戴家大院堂屋。

晚饭后，小花收拾碗筷，擦桌子，撤走。

屋里只剩下老爷、蜀秀和乾文三人。这两天，戴锦宏沉默寡言，心事很重。

周乾文看了看戴锦宏言道："爸，纪才的事这么耗着也不行，得有个解决的办法。"

"你看怎么解决？"戴锦宏反问。

"如今木已成舟,答应让他们结了吧。姑娘是自愿找上门来的,没必要找钱家商量,我们也不丢这个面子。"周乾文回复。

"这里面有两档子事:一个是他们俩结不结,怎么个结? 其二呢,这钱贵不可能不知道,他为什么没有丝毫动静,令我怀疑。老二这小子没脑子、任性、愚蠢,将来姓钱的父女俩连手耍点阴谋诡计的,我这一辈子打拼的家业可就不姓戴啦,我得防他们一手。"

蜀秀听了老爷的话后,脸上流露出微妙的反应:哼,老头子的家业也不能改姓周。

周乾文想了个招:"这么着,结婚那天不张灯结彩,也不拜堂成亲,就雇个轿车到钱家把姑娘接过来齐了。"

话没说完,蜀秀插嘴:"老爷,儿子结婚是个大事,总不能这么草率。"

戴锦宏生气地说:"结什么婚? 还听不明白吗? 真是妇道人家之见! 接来的是儿子的妾,不是明媒正娶的儿媳妇!"

蜀秀气呼呼地离开,回到自己屋里。

戴锦宏琢磨了一阵儿,自言自语地说:"眼下也只能这么办啦!"

戴锦宏接着向周乾文交代:"你哪,跟着老二接人去,如果遇到情况,就这么着办……"戴锦宏向乾文耳语。

今儿,钱家张灯结彩,到处贴着双喜。钱莉莉穿着新婚盛装,头顶盖头,等着婆家来人接亲,一女伴相陪。钱贵和他老婆也穿红戴绿,亲朋好友们把他俩涂了个花彩脸,钱贵脖子上还挂着一串红辣椒。

隔壁传来了划拳猜酒令的喧闹声:

> 螃蟹一呀,爪八个呀,
> 两头尖尖这么大的个呀。
> 该你喝呀,你就喝呀,
> 你要不喝这么大的个呀。
> ……

一辆马轿上坐着日常穿戴的纪才、周乾文,还有柜上的那位年轻店员,他们一起来到钱家。一门丁上前,纪才和周乾文下车。

周乾文对门丁说:"请告诉你家钱掌柜,我们来接钱小姐。"

门丁向屋里叫着:"钱掌柜! 接亲的来啦!"

钱贵也披红挂彩,和一帮宾客出来接应。钱贵自语道:"怎么没一点儿响声呢?"走到门口一望,蒙了。一辆马轿子,加仨人。戴家二少爷没有那新郎官的扮相,没有迎亲花轿,也没有吹鼓手。

"这，这像个接亲的吗？嗯?!"钱贵受到侮辱般地质问。

周乾文不紧不慢地回答："钱掌柜，我们不是来接亲，我们来接人。"

众人听了非常诧愕："这、这……这是怎么回事？"

"你们戴家一窝浑蛋，这不是糟践人吗?!"钱贵怒了。

周乾文又心平气和地说："钱掌柜，是你心急啦，既没有媒人说媒，两家又没坐下来商量娶亲的事，这能算操办婚事吗？再说了，这俩年轻人也太过分了，没结婚就把姑娘的肚子弄大啦。您说，挺着个大肚子上花轿，这不是让人看见寒碜吗？"

"那你们这些球尿来耍猴呢？"

乾文也笑了，说："耍猴的不是我们。你姑娘怀上了戴家的种，我们不能不管呀。"

钱贵气得浑身哆嗦，说不出话来了。

乾文又说："我家掌柜的说，你家姑娘怀上了戴家的血脉，总不能挺着个肚子在你家待着吧，那不让人家指着鼻子骂吗？所以，由戴家负责把姑娘接过去好好伺候，等生下孩子再说结婚的事。"

后面站着的宾客们，有点头的，小声议论的，也有偷着笑的。钱贵脸上是青一阵紫一阵地下不了台。

"领人走可以，我养活这女娃子也不容易，放下千金彩礼，再把人拉走！"

乾文："千金彩礼！钱掌柜，你还是想不开呀！这不是迎婚嫁娶，你也不是卖女儿。我们是看你家脸面上难堪，才出此下策，替你钱家解难。"

"你！你们……"

钱贵受到如此大的侮辱气急败坏，又无言以对，对纪才说："滚！驴日的！"

周乾文对纪才使了个眼色说："金锁，人家不嫌难堪，咱戴家还怕啥。让咱滚，回去吧。"

纪才满脸愁容，只得上了车，跟周乾文打道回府。

钱掌柜气急败坏地转身把门口挂着的彩绸、喜字、红灯笼统统撕下，并踩上几脚，又怒气冲冲进入屋内把一桌宴席掀翻。

"我日他戴家八辈子祖宗，跟那老东西没完。"

钱莉莉听到骂声、砸桌子声，提着婚礼裙子惊慌地跑了出来。

"大，咋回事？"

"咋个屁，都是你！让我丢人现眼，让我这老脸往裤裆里塞！"

"你看你看，是你同意让我跟他好撒！"

"我没让他把你的肚子弄大呀，你这个不知害臊的东西，我咋养了你这么个尿球娃呢。"

钱莉莉问："他们家接亲的人呢？"

钱贵气急败坏地骂道："接个球！那小子丢下你走啦！"

"啊!"钱莉莉提着裙子哭着跑了出去。

宾客们也自知待着没趣了,陆陆续续走啦,只剩一人来到怒气未消的钱贵身边劝解道:"钱老弟,容我一劝,事已至此,女娃肚子也大嘞,不能留在家里,还是吃个哑巴亏送去吧。来日方长,再做计较。"

"日他妈的,我这是哑巴让驴给日哩,有苦说不出。"

宾客劝道:"走到这一步,有苦也得往肚里咽呀。"

钱贵:"我早晚要让那个姓戴的老厾人财两空,走着瞧!"

当天晚上,戴锦宏一家齐聚堂屋,等待着。

"老爷,兴许不会来啦。"蜀秀说。

"不可能!姓钱的现在是骑虎难下,他没别的路了。"转而对纪才说,"老二,我给你说明了,那闺女有可能看上了你,可她爹,图咱家的财。上次赌债那件事我就看出来啦,他跟咱家没完哪,你要长点心眼。"

张大爷从门外进来,小声说:"老爷,那闺女来啦。"

"我说准了吧。"戴锦宏很得意地说。

一老妇陪着钱莉莉来到堂屋。

老妇:"戴老爷,我把这钱家女娃给你送来哩。"

戴锦宏:"还有其他事吗?"

老妇:"钱掌柜说,希望善待他家女娃儿。"

戴锦宏:"那当然。没啦?"

老妇:"没了。"

戴锦宏:"你就回吧。"

老妇人走了。

戴锦宏:"莉莉呀,你坐。"

钱莉莉就座。

"我和你爹结怨十几年啦,本来不该连累你们这一代。可你俩偏偏要凑在一起,也只好委屈你了。把孩子生下来,只要你和纪才好好过日子,我们也不会亏待你。西厢房给你们收拾好啦了,你俩去吧。"

戴锦宏望着蜀秀带着纪才和钱莉莉到西厢房。他满面露出无奈的神情,向前走了两步,没有迈出这道门槛。他仰望灰蒙蒙的天空,不见星星不见月亮。他深深地叹了口气,说道:"不是冤家不聚首呀!"

钱莉莉虽然名不正言不顺地来到戴家,她内心仍然埋藏着无限的喜悦:哎呀,不管怎么说,我是糊弄住了戴家的老厾,住进了戴家大宅子。可是,我的算计露出马脚咋个办呢?不怕,只要是和戴家二少爷睡一个炕,早晚给他戴家生个娃,到那个时候,我就是戴家大院的少奶奶哩。不过现在还要小心谨慎一些,夹着尾巴当牛马。

这位二少爷也勤于店铺的生意,戴家的日子倒是安稳了一段时间。

第五十二章　母女相克

周乾文请来一位相面先生,带进唤弟的房间。过了一会儿,周乾文和秀华跟着相面先生出来,把他让进戴锦宏的堂屋,戴锦宏不在家。他们在堂屋说了一会儿,周乾文脸色忧郁地把相面先生送了出去,大奶奶擦着眼泪。

周乾文回到屋内,坐在炕沿上看着妻子和女儿。唤弟躺在炕上拉过来丈夫的手问:"相面先生说啥啦?"

"他说你因为生孩子造成气血空虚,需要慢慢养着,不能着急。"

"看了小洁又说什么啦?"

"说这孩子命运坎坷啊。"周乾文忧心忡忡地说。

这句话引起了唤弟的不安。

当天晚饭后,金锁和钱莉莉吃完饭就走啦,剩下戴锦宏、秀华、蜀秀和乾文四人在堂屋。

"唤弟吃饭了吗?"戴锦宏问秀华。

"我给她端过去一碗小米大枣粥,吃了点。"

"孩子呢?"

"晚上喂了点粥汤,上午姚干妈过去给孩子喂了奶。"

"哦……"戴锦宏好像在思想着什么。

"乾文,请人来了吗?"

"从城隍庙请来了一位先生。"

"说什么啦?"

乾文看了看秀华,意思是唤弟这病怎么说呢? 戴锦宏从他们脸上看出了有难言之隐。

"有啥就说!"

乾文:"先生说这母女俩相克。"

戴锦宏:"母女俩相克!"

一语出之,戴家笼罩在一种疑虑和忧愁之中。

戴锦宏:"哎,这是哪辈子造的冤孽,怎么就落在唤弟头上啦?"

秀华:"急也没用,想个法子吧。"

戴锦宏:"这么着吧,把孩子先送到姚干妈家中喂养,让母婴先分开避一避,待唤弟身子好点再说。"

乾文:"唤弟她一刻都离不开孩子。"

戴锦宏:"那也得分开呀！大奶奶找个说辞,好好给唤弟开导开导,可千万别讲实情。"

第二天,乾文守着唤弟,唤弟在逗着女儿。

"乾文你瞧,她看着我笑。"

"小洁,你跟妈妈笑哪,你看爸爸,跟爸爸笑一笑。"

婴儿仍然望着妈妈,似乎一分一秒也离不开。

"小洁,看爸爸,爸爸在这儿哪……她就是不瞅我,你这个小东西,怎么不看爸爸一眼哪。"周乾文也爬在炕上逗着小孩。

秀华推门进来。

"小洁,看！姥姥来啦。"

小家伙目光转向姥姥,也笑了笑。

"唉！这孩子多爱人啊！"秀华感叹了一声,见到这种情况,她怎么开口呢?想起相面先生那句话,不说也不行呀。

"唤弟,妈跟你商量个事。我和你爸、姑爷一起商量……哎！你这身子也不见好,又没奶……这怎么说呢……"秀华说不下去了。

周乾文接过话茬儿说:"把孩子先寄养在姚干妈家……"

"不行！为什么抱去她家? 我不让孩子离开我。"

"你先听我说,你又没奶,孩子不吃奶怎么行呢。姚干妈的呈呈带得多好,让她喂养,这也是为了咱的孩子好。另外,孩子跟着你,你也休养不好是不是,让你尽快地养好身体,咱再把孩子抱回来好吗?"

"我想孩子怎么办?"

秀华说:"咱去抱来给你看,隔得又不远。"

唤弟沉默。

"姑爷,你去把姚干妈请来。"

周乾文出门。

张妈端了一碗面进来:"大小姐吃点面吧,鸡汤荷包蛋面。"

"张妈,我吃不下。"

秀华:"不吃你身子怎么好呢,你就当药吃。"

唤弟吃了几口就不吃了。

"怎么不吃了?"

"我实在咽不下。"

"那就把鸡汤喝啦。"

唤弟端着个碗,像喝药似的喝着。

"妹子,我来看你来啦。"姚安氏人未见,声音先到。

周乾文带着姚干妈风风火火地来了。

"妹子,好点了吗?"

"还那样。"

"你呀,身体本身就不太好,生孩子气血不足,又在月子里落下了个病没好。再加上自个儿带孩子累呀,不停地把屎、把尿、换褯子、喂奶,白天晚上都不得休息。我帮你带一阵子,你放心,我不是孩子的干妈吗,保证给你把孩子养得白白胖胖的,行吗?"

"那就烦劳你啦。"

"你要乐意我现在就抱走。"说着就要抱孩子。

"姚干妈,我先抱抱孩子。"

唤弟说着抱起了孩子,用脸贴了贴女婴的脸。孩子的小嘴还不停地嘬嘬,仍然在熟睡中。

"你多会儿想,我多会儿给你抱来。宝贝儿,跟干妈走啰。"

"姚干妈,把孩子裹好!"

"你放心吧!"姚干妈又风风火火地抱着孩子走啦。

秀华把婴儿的衣被、尿褯子收起来跟着走啦。

唤弟控制着自己不要流泪,周乾文赶快过来安慰妻子。"哇"的一声哭,唤弟倒在丈夫的怀里。

有一天,戴家大院的男人们都出去忙生意,秀华提了一些婴儿用的物品去看外孙女。蜀秀今天没出去玩,她不知是什么样的心情,来到唤弟的屋内。

"大小姐!"

"哟,二妈来啦,您老快坐。"唤弟也很纳闷蜀秀来看她。

"前阵子咱家出了那么多事,二妈也没顾上看你,你的病好点了吗?"

"是好了点,还是胃口不好,夜里也睡不着,老想这个那个的。"

"想什么呀?"

"想我女儿这么小,不能跟我在一起,真是亏待了她,多可怜呀。也想我这病,那么长时间也不见好。唉,怎么办呢?"

"唤弟呀,大夫说你没大病,生孩子亏气贫血的,好好养一养。只是这孩子……嗨,相面先生不是说……"

唤弟见蜀秀吞吞吐吐,急问:"相面先生说什么啦?"

"'母女相克',要保着大人,孩子就……"

"二妈! 你说什么?!"唤弟惊恐地问。

"你妈没告诉你?"

"没有。"

"哎哟,你看看我这张臭嘴。"

"母女相克?!"唤弟一双惊恐痴呆的眼睛望着窗外,不停地念叨着四个字。

二奶奶没想到唤弟会这样,慌忙站起,劝不能,走又不可,进退两难。

"我要孩子! 她才来到这个世上。老天爷! 我——要——孩——子!"

唤弟似乎疯了,二奶奶吓了一跳,赶快跑出去。

"张嫂!快去叫大奶奶来。"

秀华、戴锦宏、乾文先后赶回来了,见唤弟痴呆地瞪大眼睛,嘴里还念叨着"我要孩子"。二奶奶不敢进屋,在门外看着。

戴锦宏见状说:"这是怎么档子事呢?"

秀华:"最近好好的,突然就这样。"

戴锦宏:"快把孩子抱来,给她看看。"

秀华赶快出门去抱孩子。

乾文拉着唤弟的手:"唤弟、唤弟,你静静,妈给你抱孩子去啦。"

戴锦宏出来问蜀秀:"怎么这样呢,是不是受了什么刺激啦?"

蜀秀:"我准备出门去,听见唤弟在喊,我进来一看就这样。"

秀华抱着孩子来啦,"唤弟,孩子来啦。"

唤弟看到孩子,嘴里不停地叫"小洁、小洁",乾文把唤弟扶起来,她紧紧地抱着孩子,生怕失去她似的。

孩子看见妈妈小嘴笑着。大家也舒了口气。

戴锦宏对秀华说:"孩子先别抱走啦,你帮着带带。"

生活始终处于矛盾之中,戴家的事一波未平一波又起。

在堂屋,戴锦宏对蜀秀说:"你没问问莉莉的身子怎么样啦?她来咱家也不短啦,没见她肚子大起来呀?"

蜀秀:"这我倒不在意。"

"那你在意什么呀?该你用心的事不用心,不该用心的事你计较。"

"我计较什么呀!真是的,我在这个家能管住谁。"

"唤弟怎么回事?!你以为我老糊涂啦!你把你儿子管好啦就行,他们俩到底是怎么回事?别的事你少掺和。"

当天晚上,蜀秀在屋内小声对戴锦宏说着什么。

戴锦宏听了大吃一惊:"这么说是假的,嘿,这丫头真有心计,使了这么个阴招,把我都糊弄住了……自从出了这事我心里一直犯嘀咕,她左一回右一回的究竟图什么?……这事得捅破了。"

第二天一早,纪才对他爹说:"爸,我去店里了。"

戴锦宏:"今儿你别去啦,等会儿家里有事。"

纪才问:"有吗事呀?"

戴锦宏:"有吗事?一会儿你就知道啦。"

纪才心里也犯嘀咕,看来莉莉假怀孕的事老爹他知道了。莉莉编这个瞎话是为了嫁给我呀,我当时也信了。哎,纸是包不住火的,任凭老爹发落吧。

周乾文带着一个大夫进到院子。

戴锦宏迎出来说:"烦劳您啦,乾文,让大夫给娘儿俩号号脉。"

大夫号完脉出来,到堂屋向戴锦宏说着唤弟病况。

"戴掌柜,大小姐产后气血空亏,脉象太弱啦,主要是这儿的病啊(指脑门子),只能吃药调理。"说罢写药方。

戴锦宏:"金锁,你把莉莉请来。"

"爸,叫她来干吗?"

戴锦宏斜视了儿子一眼,说:"请大夫给她也把把脉。"

戴纪才不解地问:"给她号什么脉呀?"

"叫你去你就去!"然后对蜀秀说,"你也坐下听听。"

钱莉莉有点不安地来到堂屋。

"莉莉,来,坐到那儿,让大夫顺便也给你摸摸脉。"

钱莉莉低着头不敢正视老爷,她也揣摩着她的作假是否露出马脚,小声说:"老爷,我没、没病。"

"你怀孕好几个月了,让大夫看看。"

钱莉莉忐忑不安,又无可奈何地坐下。大夫摸了会儿脉,皱起眉头,又换了只手摸了一会儿,收手。

大夫说:"不对呀! 怎么就没有一点儿怀孕的脉象呢? 怀孕几个月啦?"

戴锦宏问莉莉:"你进门时肚子就有啦,应该有四个月了吧?"

钱莉莉知道事情瞒不过去啦,扑腾一下跪在戴锦宏面前。

戴锦宏明白了,一切事情得到证实,他此刻反而心静下来了。他好像没发现莉莉给他跪着。他把大夫送出大门外,然后返回来坐下。

戴锦宏:"莉莉,前阵子肚子都大啦,今儿怎么又没了?"

二少爷也扑腾一下跪下急忙说:"爸,我先前真以为她怀上啦,我也慌了神儿。接她来的那天晚上才知道是假的,我不敢告诉你。"

戴锦宏:"你们俩都起来吧。你们没错,我有错。"

俩人起来后,低着脑袋站着,好像是等待宣判似的。

戴锦宏:"莉莉,你为什么装怀孕呢?"

钱莉莉走到这一步,也只有实话实说,任其发落吧。

"我怕老爷不同意我俩在一起,也怕我爹不答应,才……才骗了你们。心想我俩在一块儿早晚要怀上,没想到……怎么……就……怀不上呢……"她急哭了。

纪才和钱莉莉预感老爷发怒的那一幕并没有发生。反而,戴锦宏平静地说:"你们俩在外租房子自己去住吧。既没有拜堂成亲,又没怀我戴家的孩子,你住在这儿,岂不是戴家霸占民女吗? 你爹要是到衙门告我一状,那我可就吃不消啦。今晚就走,租房钱我掏。"

蜀秀见当家的要把儿子撵出去,着急地说:"你把儿子撵到哪儿去呀?"

戴锦宏压着火,说:"现在就去收拾你们的东西,自己找地方住去!"

蜀秀见儿子和钱莉莉一块儿去了西屋,又辩解道:"儿子又没错。"

戴锦宏终于忍不住了:"那谁错了?是我错啦!我在这世上活了几十年,什么样的事没遇到,如今,让一个女孩子把我给糊弄啦。下这么大的本钱,是为了爱吗?天知道!到现在你还护着咱这个宝贝儿子。"

唤弟的孩子快八个月了,都学会爬了,可唤弟的病呈现越来越重的趋势。她看着可爱的女儿,就想起算命先生的那句"母女相克",心思越来越重。每晚眼睛一闭,不是被妖魔鬼怪缠身,就是被逼到悬崖边把女儿抢过去抛下深渊,要不就是被小鬼挟持或被恶狼撵得无处可逃……每次她都是又踢又叫大汗淋漓从噩梦中惊醒。

唤弟的饭量越来越少,精神时而恍惚。她可能得了一种中医不能诊断的怪病。戴锦宏寻思:"唤弟真是魔鬼缠身啦?"他既舍不得女儿又丢不下外孙女。

怪病乱投医。戴锦宏今儿亲自又请来了红山上的老道士,为女儿驱魔。

王道士站在院子中央四处张望一番,走进唤弟的屋子。王道士迈进唤弟屋门的时候,眉头微微地皱了一下,回过头瞄一眼远远站着的戴家老小,才把抬起的一只脚放进屋内。

屋子分里外间,外屋内陈设简单。里屋一面土炕几乎占了半间屋子。土炕前是一个榆木大红柜,黄铜的虎头铆扣。柜面上摆着煤油灯盏和女人梳妆盒之类的用品。土炕上放着一排炕柜,被褥叠放在上面。炕的正面墙上贴着一幅杨柳青年画,画两边是两幅红双喜剪纸。

唤弟微皱着眉,精神忧郁,忐忑地半躺半卧在被子上。

王道士盯着唤弟看了几眼,站在屋子当中,闭上眼掐算了半天,舒了口气走出屋子对周乾文等迎上来的戴家老小呵呵一笑:"没啥没啥,尕尕的事情。"他对周乾文说,"准备一只白公鸡、一块红布、一道黄纸,拿来我用。把门窗蒙严实,不能透光。"

乾文赶忙去办,张妈在里屋蒙窗子。王道士被请到外屋喝茶。

不大一会儿,大太太拿来了红布和黄纸,周乾文抱来了一只白公鸡。

王道士吩咐把唤弟的屋子门窗都蒙了个严严实实,不透一丝光亮。在柜上摆了纸扎的小人,旁边是绑着爪子静卧着的白公鸡。

王道士点燃黄纸,一手挥舞着桃木剑,嘴里念念有词地在屋子里转来舞去。王道士脸映在烧纸忽明忽暗的光亮里,显得有些狰狞诡异。

火光里白公鸡犹疑地喔喔叫着,唤弟也惊恐不安地蒙上了眼睛。

纸烧完了,整个屋子漆黑,只听到王道士大喊一声:"呔!往哪儿跑!"随后听见公鸡哀鸣声和翅膀扑棱挣扎声。唤弟也差点惊恐叫出声。

王道士喘息着,嘴里还嘟囔:"怪球事,还老到(厉害)得不行!"然后用桃木剑把纸人挑起,点燃,长长地舒了一口气。一切都慢慢消停下来,王道士推开里屋门走了出来。

乾文赶忙迎上,王道士站在屋门外又挥舞了一下木剑,绑上那块红布,悬吊在门上的屋檐下。他让人扯去门窗上的布。道法做完了。

乾文请王道士上堂屋喝茶吃饭。

王道士喝了口茶说道:"附在小姐身上的妖魔是降服哩,我也该回庙了。"

王道士接过周乾文给的银两,揣在怀里转身扬长而去。

乾文也顾不得送他,急忙跨入屋内,一惊。屋内乌烟瘴气,死鸡躺在屋中,满地鸡血、纸灰。唤弟满脸惊恐像痴了一般躺在那里。

唤弟被闹腾了大半天也累啦,乾文安抚着唤弟,守着她,让妻子好好地睡了一大觉。其余的人来到堂屋。

戴锦宏神色疑惑地自语:"大夫也请了,药也喝的不少啦,唤弟的病情反而越来越重。今儿老道来做道法,管用吗?"

秀华:"我就想不明白,算命的说母女相克? 怎么会是这样呢?"

戴锦宏:"唤弟从小体质就弱,看来自打你怀上了她,孩子缺食少奶呀,再加上几个月路途的奔波,可能受到了邪气。"

秀华:"那会儿,也不知道会怀上了她呀。"

戴家笼罩在忧郁之中。秀华上香,为女儿祈祷。

唤弟睡了一觉,醒来了,俩人急忙到东屋来看唤弟。没想到唤弟出人意外地说:"妈,我想吃熬茄子、贴饽饽。"

唤弟的这句话可把老两口和周乾文高兴坏了。

戴锦宏对秀华说:"她妈,快去让张嫂做。"

"小洁呢?"唤弟又问。

"在你妈屋里,乾文快去抱来。"

"爸,我想坐起来。"

戴锦宏赶快把唤弟扶起,让她靠在被子上。

"小洁来啦。"乾文抱着孩子进来。

"把小洁放在炕上,我看她知道找我吗?"

周乾文把孩子放在炕上,小孩坐在那儿,看了看爸爸,又看了姥爷,然后看了看妈妈,笑着朝妈妈那儿爬去。唤弟高兴极啦,抱在怀里亲着,瞧着。

唤弟:"乾文,要好好养着我们这个孩子,你看多可爱呀,可别亏待她。"

周乾文:"是。"

戴锦宏:"唤弟,你好好养病,别操那么多心。"

戴锦宏看出女儿的状况出人意外的好,心想"这跳大神的巫师还真能驱魔除病",他长长舒了一口气,出门回自己屋去。

周乾文:"唤弟,你抱着孩子累了吧? 把孩子给我。"

唤弟："今儿不累,我再抱一会儿。"

周乾文："那我去看看饭好了吗,你不是饿了吗。"

周乾文出屋,片刻,听到孩子哭声。

周乾文："唤弟,饭好了。"

乾文端着饭,秀华紧随进屋,发现孩子趴在唤弟身上一直在哭,而唤弟歪着头仰着脸躺在被上,一动不动。

"唤弟,唤弟!"秀华上前摇了摇她,唤弟毫无反应。

"唤弟!"

周乾文端的碗落地粉碎,熬茄子、贴饽饽撒了一地。周乾文用手背在唤弟的鼻子处试了试,又摸了摸妻子的脉,惊恐地说:"妈,唤弟她……她没气啦。"

这一声,如晴天霹雳! 戴家大院被这突然的厄运惊乱了套。

"唤弟!"

秀华扑到女儿的身上痛哭。出生仅仅八个月的小洁,似乎本能地感觉这人生世界的悲剧降临,她仍然趴在妈妈身上恐惧地哭着。周乾文抱起了小洁,孩子挣脱着,要找她的妈妈。秀华又起身抱过小洁,小洁仍然哭着要她妈。周乾文一屁股出溜在炕角,痛苦地捶打着自己的脑袋。戴锦宏、二奶奶、张妈等闻声跑来,看到这突如其来的厄难,谁也没有想到。二奶奶站在那儿跟着落泪,张妈去搀扶泣不成声的大奶奶。戴锦宏面对这种悲痛欲绝的场面,也控制不住自己的悲情,跌跌撞撞扶着墙,扶着门,出了屋,瘫在门口抽泣。

戴纪才闻听姐姐突然去世,风风火火地赶来,大门上挂着的两盏红灯笼已经罩上了白布,张大爷正在用白纸扎好的白花,盖住影壁墙上的福字。

他推开唤弟的房门,迎面是两条长板凳上搭着三块木板,一条白布单从头到脚盖在唤弟的身上。

"姐! 你怎么就走了……"戴纪才望着眼前突然发生的变故,他不相信和他从小生活在一起、处处护着他的姐姐就这样走了。

唤弟她走啦,永远地离开了她深爱着的仅八个月的女儿——小洁。

天边之上,远处的天山雪峰在灰蒙蒙的天空中若隐若现。细蒙蒙的雨丝夹着零星的雪花,正纷纷淋淋地向这片苍凉的大地上飘洒着,寒冬快要降临了。

妻子走了,痛苦的阴影始终笼罩在周乾文心头。他每天晚上躺在炕上,就想起身边的妻子。想着从前的事:当初我来到戴家才十八九岁,唤弟才是个说大不大说小不小的姑娘家。我教她念书,教她写字。她给我洗衣服,给我沏茶。慢慢地自己感觉身边好像有了个女人,好像有了个"家"。不知不觉唤弟长成了个待嫁的大姑娘。我喜欢她,爱上了她。我想娶她,可这话说不出口呀。我是一个穷光蛋,可人家是个大家闺秀的人家。没想到老丈人亲自开了口,把自己的闺女嫁给我，我有了幸福的家。哎，好景不长呀，怎么就遇上了丧妻的伤心事，丢下了八个月的孩子，破了家。

炕上不能睡啦，躺下就想伤痛事。那就拿着被褥在外屋地下睡吧，换了个地儿，还是睡不着，又想以后的事。

唤弟走啦，我的身份不是戴家的女婿啦，还赖在这儿？即便人家留我，我也不能待了，我不能日日夜夜生活在唤弟的阴影下。离开这儿！到哪儿去哪……到喀什去吧，好歹，那儿还有个亲戚。可是，这仅仅八个月的女儿怎么办？找老丈人商量自己的去处吧。

"爸，我决定离开这里。"

"你准备到哪儿去？"

"去喀什。"

"喀什？"

"我大哥年纪大啦，准备着回老家。迪化的生意由我的两个侄子打理，南疆仍由大侄周恒正管理，我不可能在侄子的屋檐下苟安，我自己搭锅灶做饭，吃着心里踏实点。"

"你为什么非要到喀什去呢，一个人咋弄呀？"

"爸，我想去个远点的地方。唤弟的影子始终围着我，我摆脱不掉呀。"

"那孩子怎么办？"

周乾文说："这正是我发愁之处。"

戴锦宏说："乾文呀，孩子太小啦，你没法儿带。小洁也是我戴家的血脉，你如果放心，把孩子放下，雇请姚干妈带着，我们也好对唤弟有个交代。"

"我倒是这么想来着，只怕是撂给姥姥姥爷我心里不安。"

"你别这么想，把小洁推出去不管，我们心里也不安。再说了，我怎么对得起我女儿。"戴锦宏又接着说，"你到喀什创业会遇到困难，好歹那儿有你本家亲戚，多少有所帮助。我给你一笔钱，你去另立门户吧。"

不几日，周乾文踏上了南下喀什的路。

前脚送走了女婿，后脚秀华又进来啦。

"锦宏，唤弟走啦，外孙女也要送到姚干妈那儿喂养。我在这儿一天也待不下去，我想到老大那儿去。"

"你也要走……嗨，走吧！到了老大那儿，有儿子孙子陪着，你会过得痛快一点。"

"我走啦，你也要保重身子，可别想不开呀。"

"你不是也想不开才走的吗？"

"唤弟走啦，我的心也跟着走啦。我留在这儿又帮不了你，我自个儿呢也怕生出病来，再拖累你。到老大那儿有儿孙在眼前晃着，总能解解忧。"

"那就晚上吃顿饺子，给你送行。"

当天晚上,在堂屋的一张大圆桌上,摆上了一大盘热气腾腾的饺子,戴锦宏、蜀秀和秀华三人,冷冷清清地吃了顿送秀华出远门的饺子,席间谁也没话,也不知说什么好。三人都吃不下,剩下了大半盘。

"大妹子,你俩慢慢吃,我吃饱啦,回屋里收拾我的东西。"

"大姐,你没吃几个饺子呀。"

"我这胃口顶着,吃不下。"

戴锦宏:"小花,那就把桌子撤啦。"

第二天吃完早饭,秀华就回到自己屋里。蜀秀穿戴整齐带着小花,来到秀华门口说道:"大姐,我就不送你啦,到焉着住住再回来。"

"你忙你的去吧,别操心我。"

蜀秀出了院门,坐进了马轿子,到张太太或是李太太、周太太家打牌去了。小花提着暖水壶随着轿车而去。

不多时,张大爷在院门口喊道:"老爷!大奶奶!车来啦。"

戴锦宏从堂屋出来,张大爷把秀华的行李一件件地装在车上。

"秀华呀,你把衣服都带上啦,还有这个针头线脑盒带着干吗?"

"到老大那儿,闲着没事可以给他们做做针线活儿。"

"都这么大岁数啦,还想着伺候别人,快上车吧。"

戴锦宏扶秀华上了车,还没等坐稳,她又要下车。

"等等,我去看看唤弟。"

秀华急匆匆地进了院子,推开东厢房屋门,里外间转了一圈,摸了摸空荡荡的炕,定了定神,走出屋外念叨:"噢,唤弟已经走啦,你看,我成了老糊涂了。咦?我那外孙女小洁呢?"

戴锦宏:"小洁在姚干妈那儿,你就放心吧。"

"你有空替我看看。"

"哎。"

"还有,小新在讲武堂学成了,去老大那儿看看我。"

"好,我一准让他去。"

秀华走出院子回头看了一眼戴家的大宅门,似乎对宅院说:"我走啦!"她来到马车前又停下来,突然握住了丈夫的手,眼含泪花说道:"锦宏,孩子他爹,你也要保重呀,别累着啦,心疼点自己。"

戴锦宏紧紧握着秀华的双手,那手轻轻地颤抖着。

"秀华呀,看来你是不回来啦?"

"我这一去呀,连我自己个儿都不知道还能不能再见到你。"

"你可别这么说……"戴锦宏的眼眶浸满了泪水。

戴锦宏那双含着苦泪的眼,模模糊糊地望着秀华坐在马车上远去。

秀华走啦,她愿意走,愿意离开这个并不属于她的家。

戴锦宏孤零零地站在这个空荡荡的大宅院中,仰望着无边无际的长空,发出一声悲凄的感叹:"嗨……都走啦!"

　　日后不久。

　　二奶奶带着小花,兴致勃勃地从外面进来。

　　"当家的,钱莉莉怀孕啦!这回是真的。"

　　戴锦宏:"你怎么知道是真的?"

　　蜀秀:"我天天去他们那儿,莉莉最近一直害口。我让小花去请大夫号了脉,确实是有啦。"

　　戴锦宏不语。

　　蜀秀:"当家的,叫他俩回来吧,你看这空荡荡的大宅子,没有一点儿人气。"

　　戴锦宏听到这个消息,既突然又在预料之中。

　　仇人家的闺女,怀上了我戴家的血脉,你说这叫吗玩意儿呀?喜,喜不起来,不管又不行。这个钱莉莉真是个人精,把我都糊弄了。她当我的儿媳妇,总觉得像吞到嗓子眼的一块臭肉,想咽,咽不下去,想吐,又吐不出来,心里怎么就这么恶心。又像眼中长了刺,拔还拔不掉,老觉得碍眼。可恨这个老二,脑子让狗吃啦?完全让那丫头诱惑了。可是,这个钱莉莉怀的孩子,那是戴家的血脉呀。

　　戴锦宏思考很久,对蜀秀说:"哎,和钱家的仇……冲着这个孙子,还要解呀。那就选个日子,用四抬大轿名正言顺地把钱莉莉请回来吧!"

第五十三章　路,在哪儿?

民国十年,小洁出生不满周岁,周乾文离开女儿走了。

他坐在一辆毛驴车上,眼前天昏地暗。他仿佛置身于飘浮迷漫在宇宙间的沙尘里,看不到天,也看不到路,更看不到一棵活着的树。只听到车轮子压在地面发出咯吱咯吱艰难滚动的车轴声,大地似乎也在发出哀叹。

他在车上想起了唤弟和他相处的岁月,这是他人生最美好的记忆,为什么这么短暂而就流逝。他想起自己的女儿小洁,这孩子命苦呀,才出世八个月,没了亲妈,走了爹。他又想起离开老家的父母和亲人出来赶大营,为了什么? 不是看到本家的大哥和侄子们一个个都富了,过上好日子啦。

来到新疆,通过同胞大哥周乾义的关系,好不容易在衙门找了个差使,这差使我爱干,才干了二年,改朝换代了,我就被裁撤啦。我怎么混得就这么难哪!

后来,戴家收了我做上门女婿,有了家,有了孩子,过上了不愁吃不愁住的舒服日子,可我爱着的女人又永远离我而去,还不到两年就家破人亡。哎! 我为什么就混得这样悲惨哪?

"老天爷! 你对我不公! 让不满周岁的女儿生下来就受苦吗?!

"我的路,在何方?

"我的家,又在哪儿啊?"

……

周乾文昏昏沉沉郁闷地不知走了多少天,来到一个陌生的地方。他不知道他的未来干什么,他只知道这儿有他本家的侄子,还有很多杨柳青人。这里叫喀什噶尔。

喀什,地处喀什噶尔绿洲中心,是我国古丝绸之路通往中亚的要塞,东来西往的骆驼商队,无论是进还是出,都必须在此停留。所以,早在一千多年前,商贸交易就非常发达,也成为新疆南部最大的城市。

天津杨柳青商人,来到喀什、和田的人不少,面对外国商人霸占市场、强行买卖、掠夺资源,无理地享受经商不纳税的特权,在这样的商贸环境下,也举步维艰。虽然有不利的一面,但这里商品匮乏。虽然贫饥,因周围地区资源、土特产丰富,畜牧业发达,地毯、丝织和具有民族风情的手工作坊很多,所以也蕴藏着很大的商品经济发展潜力。

周乾文来到喀什,两眼一抹黑,他只有去找周乾义的儿子周恒正。他一路打听着同盛和,很快便找到了。周乾文也没心思看什么店面啦、市场啦,直接问店员:"你们掌柜在吗?"

店员一听是杨柳青口音,"老家来的吧? 你老稍候。"

"掌柜的,老家来人啦!"

不大一会儿,里面的小门帘一掀,走出了周乾义的大儿子周恒正。

周恒正一瞧来人,不禁一愣,"哎哟! 介不是小叔叔吗? 你老怎么到这儿来啦?"

周恒正说是周乾文的侄儿,可岁数要比他还大,那也得叫叔。

"哎,两句话也说不清。我媳妇生完小孩就因病去世了,我还能在戴家待吗? 还能在迪化待吗? 问了问你爹,就奔这儿来啦。"

"你老打算怎么办?"

"我还真没有什么想法,只不过是想离开令我伤心和不顺的地方。"

"那就在我这儿先对付着,有想干的就干点什么,不会让你饿肚子的。"恒正说。

"恒德在哪儿?"

"他在和田,那儿还有个分店。"

"这儿的买卖行吗?"周乾文问。

周恒正说:"刚开始不行,外国洋行欺行霸市。我们凭借买卖公平、物美价廉的优势,慢慢地站住了脚。然后采取赊销和批发的办法赢得了客户。"

周乾文说:"我还是老主意,奔三十的人啦不能在你们这儿吃闲饭,先踅摸个小门脸,弄点货,够吃喝的得嘞,以后再说。实在不行挣点钱回老家。"

周恒正:"那就在我这拿货赊销,好卖的多拿点,不好卖的拿回来。"

赊销,是一个大商户先批货给零售小贩,售完再结算的方法,当时在新疆比较盛行。

"恒正啊,我先在你这儿拿点货,走街串巷地卖卖。晚上在你店里暂时住住,等我找到了住处我就搬走。"

"你老在家住吧。"

"不麻烦你们啦,我一个人,有个遮风挡雨的地儿就能睡。"

"小叔叔,你怎么脾气一点儿没变呢,万事不求人,做事不求人不行,咱是亲戚,又不是外人。吃饭就回家吃吧!"

"吃饭就更不愁啦,我一个人的肚子好填活。"

"好,好,随你。"

迪化,姚家。

小洁被姚安氏抱到家中。八个月的孩子已经学会爬了,也会认人啦。她只认得她姥爷,见了姥爷,睁着一双大眼睛就笑,可是让她姥爷心疼。还认得干妈和呈呈,她知道十妈和哥哥是她最亲近的人。小洁在炕上爬,两岁的呈呈就守着她,呈呈很懂事,他怕这个小妹妹从炕上掉下来。

姚安氏闲不住,除了在家搞家务外,她还常常出去拾柴,到庄稼地捡菜。她一出门,家里就剩下呈呈和小洁,好比虱子带虮子,这也没办法呀。

小洁能听懂大人的话,叫她不动,她坐在那儿一动不动。过早地接触到这世上的事理。

姚安氏刚把里里外外忙活完了,姚修贤提着一口袋面粉回来啦。

姚安氏:"嘿,你瞧你回来的时候多好,我刚忙活完。真是,有福之人不用忙,没福之人累弯了腰。"

姚修贤问:"做饭了吗?"

姚安氏:"饭?那儿有屎你吃吧!"

姚修贤问:"嘿,我怎么一回来你就没好气呢?"

姚安氏:"你自个儿找去,有吗吃吗。"

姚修贤翻出来一个菜饽饽,一边吃着,一边看着小洁。小洁也瞪着一双大眼看着这位生人。

"嗨,这孩子真爱人,咱们留着吧,将来给咱呈呈当媳妇。"

姚安氏一听这话,眨巴眨巴眼,寻思了一会儿,说:"人家孩子还有个亲爹、亲姥爷,又是个小姐身,能……"

姚修贤:"有亲爹怎么不带走呢?"

"她亲爹养不了,再说这孩子我接生,我喂她奶,带了小一年了,我也离不开这孩子啦。"

姚修贤:"嗯,没瞧出来,你还有人情味……"

姚安氏骂道:"去你娘的臭脚,滚远点!"

唤弟走了,对秀华的精神上是一个沉重的打击。纪斌来接她,她在回焉耆的路上就病倒了。她躺在马车上迷迷瞪瞪,想起刚到迪化时,就怀上了她。这是天意?可老天爷给我带来了多大的麻烦呀。那时我真想不要她,可我怎么跳腾,她就是不愿意离开我。我想去死,可锦宏他又找着了我,把我弄回来啦,怀在我肚子里的唤弟,命真大。唤弟生下来啦,我只好陪着她活吧,这一活就是二十几年。如今,唤弟先走啦,我也该歇歇啦,歇歇啦……

秀华迷迷瞪瞪中睡着啦。

"妈。"

"咦,有人叫我妈?是唤弟声音。"

"你是谁?你是唤弟?我怎么看不到你呀?"

"我就在你身旁。"

"在我身边?你在哪儿呀?"

463

"我能看见你。妈,你为什么要离开迪化?"

"迪化的大宅院已经不是我的家,我跟你大哥到焉耆去。"

"妈,你不陪着我吗?让我一人在这野郊野岭?我多孤单呀。"

"唤弟,你让妈怎么陪你?戴家大院我待不下去呀。"

"妈,你的外孙女也不管啦,她才八个月呀,就成了没爹没妈的孤儿,不可怜吗?我娘儿俩孤苦伶仃……孤苦伶仃……"

"唤弟!唤弟!你别哭,妈,妈就去陪你……"

土豆:"纪斌,妈怎么哭啦?"

纪斌:"妈!妈!"

秀华在昏沉沉中睁开眼睛,眼里还浸着泪水。

纪斌:"妈,你怎么啦?"

秀华:"我梦见了唤弟,还梦见了小洁,她们孤苦伶仃……"

纪斌:"妈,你想我小妹啦?想小洁啦?妈,你老别操心啦,那儿有我爸哪。焉耆快到啦,咱们回家去,有你儿子、儿媳,还有亲孙子陪着你老,让你老好好过几年好日子。"

秀华:"纪斌,咱把小洁接来行吗?你小妹还托梦给我,说小洁孤苦伶仃。"

纪斌:"妈,我爹他舍不得呀。再说,小洁还有她亲爹哪,没准她亲爹在外地安顿好啦,人家还把小洁接走哪。妈,等两年小洁大点了再说。"

秀华:"唤弟走啦,我这心里就堵得慌。我疼爱的外孙女还不到八个月呀,就没爹没娘,我这心里难过呀。"

纪斌:"妈,到了家里您老好好养养身子,等您老身体好啦,我去接小洁。"

第五十四章　富家小姐沦落为童养媳

戴锦宏每月付些费用或送点食物到姚干妈家。到小洁三岁时,自己完全可以料理自己的生活,而且还可以帮助姚安氏干活儿,扫地、刷碗、洗洗自己的小衣物。有一天中午,戴锦宏吃完午饭,来姚家看小洁。小洁在低头洗自己的衣服,稚嫩的小手把衣物揉成一团,吃力地捞出来拧,怎么也拧不干水分。满脸的水珠,身上也湿了一片。

"小洁!"

"姥爷,您老来啦。"

"我来看看你呀,姥爷想你。"

戴锦宏蹲下身子抚摸着小洁还很幼稚的小脏脸,一双小手显得粗糙,衣服又脏又破还不贴身。戴锦宏不由得一阵心酸。

"你干妈呢?"

"干妈和呈呈哥到城外拾柴去啦。"

"干妈多会儿走的?"

"早晌就走啦。"

"你一人在家不怕吗?"

小洁摇摇头。

"吃饭了吗?"

小洁又摇摇头。

嗨,多可怜的孩子,戴锦宏暗自伤心。

"走,跟姥爷回去吃饭。"

小洁又摇摇头说:"我怕干妈回来找不着我。"

"那你等着,我让张奶奶给你送点吃的。"

戴锦宏离开时,又看了小洁一眼,幼小的外孙女,眼神流露出一种孤苦伶仃的无奈与可怜的祈盼。戴锦宏立即返回家让张嫂给姚家送些食物。

整个下午,在他的脑海里,反反复复重现着小洁那幼小而可怜的面容。他忍受不了啦,决定把小洁领回来。

当天晚上,戴锦宏再次来到姚家,姚安氏迎了出来。

"她姥爷,您老怎么有空过来?"

"她干妈,我来跟你商量点事。"

"您老说。"

"我想把小洁领回去。"

"是啊,这孩子在我这儿是受屈啦。哎,小姐的身子,怎么就落了个丫鬟的命呢,没爹没娘的。她跟着我三年啦,这孩子一走,我还真舍不得。"

戴锦宏安慰说:"是啊,养个小猫小狗时间长啦还有感情呢。你想她呀,就过去看看,也可以领她过来住两天。"

姚安氏看了看小洁,给她整了衣服,无奈地说:"成,在姥爷您那儿,总亏不了这孩子。"

戴锦宏又说:"小洁在你这儿学会了料理自己,晚上睡觉自己也能睡,让张嫂陪着她,你就放心吧。"

"也好,我放心。"

戴锦宏又问小洁:"你跟姥爷回去吗?"

小洁看看姥爷,又看看干妈。在她幼小的心灵中没有自己的家,任凭大人们的弃留和摆布。

姚安氏:"小洁,到姥爷家住住,想干妈了就回来。"

姚安氏目送着这位老的手里牵着一个小的,消失在巷口。

"嗨,这么小的孩子,没爹没妈,真可怜。"

戴锦宏把小洁领回了戴家大院,蜀秀这心里可犯病啦。她认为小洁克死了她亲妈,这孩子放在这大院里不吉利呀。

蜀秀不高兴地问:"你把这孩子领回来干吗?"

"把她放在她干妈那儿我总觉得亏了这孩子。"

"亏什么啦?月月送吃的去,有时你还给钱。"

"小洁长大啦,自己都会照顾自己了,还放在那儿合适吗?"

"那就把她送到她爹那儿去。"

"那怎么行啊,她爹一个光棍,能带这孩子吗?"

"嘿,你瞧,放在姚干妈那儿你觉得亏啦,把她送到她爹那儿,你又可怜,你放在这大院里谁带?"

"我带,行了吧!"戴锦宏也不高兴啦。

"你带?她把她妈都克死啦,她再克死你?我告诉你,她少上我屋里来,她进来我就把她轰出去。"

"你怎么这么狠心,小洁是我的外孙女,我的亲骨肉!她才三岁呀,我不能眼瞧着她过孤苦伶仃的日子,我心里不落忍!"

戴锦宏和蜀秀在院里就吵起来了,大院的人个个在自己屋门口听着,谁也没法劝。

戴锦宏:"张嫂!你把东屋给我收拾收拾,我和小洁睡这屋。"

张嫂:"老爷,您老要信得过我,我带小洁。"

戴锦宏:"张嫂,你也岁数大了,白天还得忙活做饭,再带个孩子?"

张嫂："行！你就放心吧。"

小洁从三岁后，又回到了戴家大院。白天自己玩，吃饭时跟用人吃，晚上跟张奶奶睡。

新年又来临了。

过年是孩子们最盼望的日子，穿新衣，吃好的，放鞭炮，大人给压岁钱，还能去赶庙会。

这一年三十晚上，戴家全家和用人、店员在家里吃了年夜饭。只有过年过节，小洁才能和戴家人坐在一个桌子上。

纪才的儿子小季和小成穿上了一身棉衣棉裤，里外全新。

小洁的棉衣棉裤已经穿了三年，袖子短了，露着手腕子，裤腿也短了，露着脚脖子。二姥姥给她做了一件花罩衣，罩在棉衣上，小洁满心喜欢。

"姥爷，你看二姥姥给我做的花罩衣，多好看。"

"嗯，好看。"戴锦宏转身对蜀秀说，"她二姥姥，你看小洁的罩衣太长啦。"

"长点好呀，小孩子长得快，明年后年接着还能穿。"

"棉裤又太短啦，都露着脚脖子。"

"嗨，再穿过这个冬天就不要了，明年不是做新的吗？"

戴锦宏蹲下身子给小洁整了整衣服，拽了拽裤脚。

"小洁，冷吗？"

小洁摇摇头。

纪才带着俩儿子到大门口开始放鞭炮。

"点灯，吃年夜饭啦。"

吃完年夜饭，打牌的打牌，包饺子的包饺子，包好的饺子冻在院子里。每年大年初一，是家家户户迎财神的日子。

戴家每逢大年初五，全家老少去南关财神楼子迎财神。这是过新的一年必去的地方，老家的风俗也跟着大营客传到了这里。

这天早上，吃完了饺子，小洁目送着姥爷、二姥姥、二舅、二舅母带着小季小成坐在马轿子里走啦。

财神楼子供着财神爷，是人们崇拜的偶像。戴锦宏全家点了香，磕了头，拜过了财神后，要把花钱带回来的金银元宝，供在自家的香案上。

这天中午，戴家老小从财神楼子欢欢喜喜地回来，人人都捧着纸做的金元宝。小季手上拿着个金元宝，看到小洁站在院里。

"姐姐，你怎么没去呀，我的给你。"送给了姐姐小洁。

"小季！"

金元宝被舅母钱莉莉抢了过去。

"真不懂事，这能给人吗？丢了今年的财运。回去！"

小洁看着人们都各自回到了自己温暖的屋。

张奶奶在屋里都看到了,叹息:"可怜的孩子,姥姥不疼,舅舅不爱。当爹的也不管。哎!"

大雪纷纷扬扬地下着,覆盖着地,覆盖了屋顶,天空白茫茫一片。一个小女孩站在院子中央,被飘飘洒洒的雪花笼罩着。

正月十五元宵节,戴家老老少少上午去赶庙会,晚饭后又去观灯。

大十字东南西北四条街上的店铺门楣上,张灯结彩,挂上了各式各样的灯。有大红灯笼、八扇宫灯,最吸引人的要数刘家的玻璃灯。

刘桐声父子在天津就做这门手艺,几年前来到迪化,在北大街(今大十字邮局附近)租赁一间小门脸,专门制作玻璃灯,人称"玻璃刘"。正月十五这天,刘师傅的店铺两侧挂满了各式各样的玻璃灯,有玻璃宫灯、八角灯、六角灯、四折灯,灯里点燃蜡烛,灯罩上有彩色图案、古代仕女图。观灯的、买灯的络绎不绝。

二奶奶看上了一款灯,是四折扇形的,上面画着古代四大美女的图画。灯高一尺,折扇五寸。

蜀秀:"这灯真好看,还能折叠,晚上提着它又能照亮又好看。"

"嗯,好,夜里你提着它上茅房更好。"戴锦宏打趣道。

"去你的,我说的是正经话。"

"我也没说瞎话呀,你瞧着喜欢就买吧。"

戴家一家人高高兴兴的,拎着大包小包回来啦。张妈见主人一家都回来了说道:"老爷,二奶奶,我估摸着你们也该回来了,元宵也煮好啦。"

戴锦宏:"那就一块儿吃吧。"

"吃元宵啰。"小成叫着。

"小洁呢?"戴老爷问。

张妈:"小洁吃完睡啦。"

"你们也一块儿吃。"

"我俩岁数大啦,晚上吃多了不消化。"

吃完夜宵,二奶奶张罗着打麻将。

戴锦宏说:"忙活了一天,你不嫌累呀?"

"你说干吗? 大眼瞪小眼地互相瞅着?"

"是啊,咱戴家大院的娘娘吃完了就是玩。我可是上午拜财神,下午去柜上,晚上又陪你们观灯,这又招呼着打麻将。"

"你不玩算啦,把李经理叫来。"

"得、得,人家忙了一天,晚上不陪陪人家老婆孩子呀? 我陪你打两圈吧,要不你睡不着。"

二少爷拉开桌子,拿出了牌。

戴家大院灯火通明,小季在院里噼里啪啦放炮,堂屋内,哗啦哗啦地传来洗牌声。戴家大院被一派欢乐祥和的氛围笼罩着。

咚咚咚,一阵急促的敲门声。

张大爷:"谁呀! 门敲得这么急,又不是催命。"张大爷边说边去开院门。打开院门,是邮差。

邮差:"你家从焉耆发来的加急电报。"张大爷接过电报,关上大门,插上门。

"老爷,大少爷来了封加急电报。"张大爷拿一张电报单进堂屋递给戴锦宏。

"什么事啊,这么急?"戴锦宏心里有点纳闷。

戴锦宏站起来接过电报看了一眼,脸色突变,电报飘落到地下。

"爸,你怎么啦,什么事呀?"二少爷急问。

戴锦宏痴呆呆地说:"你大妈走啦。"说完,瘫坐在椅子上。

蜀秀也吃惊地问:"这是真的?!"

二少爷捡起来电报小声念道:"母,长期卧床不起,今晨病逝,望父速断。纪斌。"

"爸! 大哥让你拿主意哪。"

戴锦宏似乎在迷滞中醒过神来。

"老二,快去电报局给你大哥发封加急电报,让他速速把你大妈护送回来,快去。"

戴锦宏扶着桌子站了起来,站在那儿沉默了一会儿,看得出他此刻很悲痛。这突如其来的噩耗,使他脑子里很乱。

蜀秀:"哎,这年还没过完哪,这老姐姐怎么就走啦?"

戴锦宏:"张哥,请你老现在去一趟菜园子,把他舅叫来。"

"好,我就去。"

"蜀秀,你去把姚干妈叫来,商量秀华的后事。"

戴锦宏一一做了安排,几位都匆匆而去。

"莉莉,你带孩子回你屋去,让我在这屋里安静一会儿。"

新年的最后一天,戴家大院一片喜庆祥和的气氛,顿时被悲哀所笼罩。这一夜,戴家大院的人们出出进进,忙碌着大奶奶秀华丧葬的事。

第四天中午,在东山山梁唤弟的墓旁,又添了一座新墓,一座黑色石碑上刻着"戴王氏秀华之墓"。戴锦宏身着黑袍、黑裤、黑帽,腰间系一条白带,盘腿坐在墓前。墓碑旁摆放着点燃的香炉和供品,还有一堆燃尽的纸灰,纸灰堆上还冒着青烟。

戴锦宏身后站着身穿素服的蜀秀、生华和全身披麻戴孝的老大纪斌、老二纪才一家。还有姚安氏和姚修贤带着小洁和呈呈及一帮亲友。

西北风呼啸着,还夹杂着一星半点的雪花。

"当家的,起来回吧,坐在地下冻坏了身子怎么办?"蜀秀劝道。

戴锦宏没有理会,似乎根本就没听到。

"姐夫,我姐已经走啦,别伤悲了,你老还得保重身子呀,这一大家子人还都得依赖您哪。"生华也在劝。

戴锦宏头也不回,身子也不动,说道:"生华呀,你和亲友们都请回,我在这儿清静一会儿,陪陪你姐,我这身子骨能扛得住。"

蜀秀又上前拉戴锦宏,"回去吧!怪冷的,冻坏了身子怎么办?"

戴锦宏甩开了蜀秀的双手,咆哮地说:"你让我跟秀华好好地说说话不行吗?我俩几十年啦,就没有工夫好好敞开心扉说说心窝子的话,你们都走,谁也别留在这儿!"

阴沉沉的天空,刮起了一阵风搅雪,把山梁上的雪也扬了起来,雪花飞舞,天地混沌。

戴锦宏迷迷糊糊地看到眼前的这块墓碑动了起来,墓碑上出现了秀华那模模糊糊的脸庞。戴锦宏急问:"秀华吗?你怎么不打个招呼说走就走了呢?"

那模模糊糊的脸庞清晰了起来,秀华微笑着对锦宏说:"我来到这个世上,该办的事都办了。对上伺候老人,我一个个地都服侍走啦。对下养育儿女,我该做的都做啦。唯独你,我想伺候你,也伺候不成呀,你身边有人。我放心不下的是,你这把岁数啦,别拼了命地蹦跶。挣钱哪有个够呀,你想建个毛坊,差一点儿把老命都搭进去啦。你留给俩儿子的不少啦,够他们花两辈子的。给你自己留点时间轻松轻松,行吗?我哪,身体也不行啦,勉强活着,不是给儿子添麻烦吗?我走,上女儿那儿去,陪着她,别让她一个人在那儿孤孤单单。"

"秀华呀,你说我俩这一辈子,怎么就没好好说回话呢,你就走啦。"

"锦宏,快回去吧,这儿冷,别冻坏了身子。"

"秀华呀,你这一走,我才后悔。我们小时候一起玩,你是我姐姐。可是,你十七岁来到我家,你又变成了我的媳妇,我怎么都转不过这个弯来。见到你反而没话可说,我始终闹不清,到底是姐姐呢还是媳妇?我们睡在一起,有了儿子,嗯,才觉得你是我媳妇。平时呢,又觉得你是我姐。后来,撂下你,伺候我父母,我来到新疆。每当我想你时,还是感到你是我姐。我把纪斌接来后,又感到你是我媳妇。想一想啊,是你在老家伺候我的父母,替我尽孝道,这一来,就是二十多年,苦了你啦。"

戴锦宏内疚地哭了。

"锦宏,你别给自己心里添堵。我到了你家,就把姨父母当作我的亲爹亲妈,弥补了我心里的缺失。我伺候他们,是尽咱俩人的孝道,我不觉得苦。要说苦呀,是惦念着你一人在新疆。儿子跟你去新疆,又添了一份苦。"

"我接你来新疆,就是让你在后半辈子享享福,填平我对你心里的愧疚。可是,蜀秀她容不得你,处处让你受委屈。两头都是我的亲人,我也真没办法,让你在后半辈子又受屈。秀华呀,你这辈子真苦呀,我也很难受。"

"锦宏,你可别这么想,一人一个命,我认命。姨父母把我当亲闺女,这不是

470

父母说的亲上加亲吗？你关心我，我知足啦。快回去吧，跟蜀秀好好过日子，我走啦。"

秀华的脸庞又模糊起来。

"秀华，你别走，我还有好多话哪……"

秀华的脸庞渐渐隐去，戴锦宏急忙抱住她，泪水滴落在石碑上，顺着石碑往下流，结成冰溜子。

又是一阵扬风搅雪，西北风裹着大片大片的雪花漫天飞舞，隐蔽了山梁上那墓碑和墓碑前直挺挺坐着的人。

戴锦宏回去后就大病一场，他这个岁数已经经不住寒风的侵袭。

民国十六年，小洁八岁了，不知哪股风把小洁她爹吹来了。

一天晚上，周乾文突然来到戴家大院。

张大爷正好在门口，"哟，姑爷来啦，快里边请。"然后冲着堂屋喊，"老爷！姑爷来啦！"

周乾文进入戴家大院，又熟悉又陌生，在这个大院里发生过许多令人难忘的事。院子依然如故，不过陈旧了许多，但仍然显得很有气派。看了一眼东厢房，墙皮有些脱落，门窗紧闭，窗帘把屋内蒙得严严实实，好像一直没有人住。

"乾文来啦！快进屋。"此时，戴锦宏已经站在堂屋门口迎他。

"爸，您老身体可好哇。"

"老啦，有点力不从心。"

翁婿两人坐在堂屋，戴锦宏迫不及待地问道："你一走就是七年，这次来迪化是来看小洁还是要办别的事？"

"主要是来看孩子。"

"张嫂！让小洁过来，她爸爸来啦。"

张妈领着小洁进了堂屋，"快叫爸爸。"

周乾文俯下身子想抱小洁，小洁躲到张嫂身后，瞅着这个没见过的生人。张嫂再次推她过去，"去你爸爸那儿，张奶奶还有事做。"

张嫂前脚走，小洁后脚就跟着跑了，这使周乾文非常尴尬。

戴锦宏："孩子大啦，她出生不到一岁你就走啦，在她的记忆中就没有爹妈，你也不要怪孩子，这孩子苦啊。"

"我不怪孩子，怪自己没尽一点当父亲的责任。"

戴锦宏问："你在喀什成家了吗？"

"前年娶了一位维吾尔族姑娘，这家维吾尔族人对我很好，就把他们的女儿给了我。"

戴锦宏又问："你这次来想小洁怎么办吗？"

"来前决定把小洁带过去，来了这么一看，孩子大啦，不知她跟不跟我走。"

471

戴锦宏说:"为这事我也挺为难。她在这儿有小季小成一块儿玩,跟我亲,还跟张奶奶和姚干妈亲。带过去她跟谁玩,跟谁亲? 不去吧,她又成了没爹没娘的孩儿。"

"小洁有亲爹,你干吗这个那个地总拦着。"蜀秀不高兴地掺言。

她对小洁住在戴家大院最大的心病就是,这孩子把她妈都"克"死啦,她住在这儿会给戴家带来不吉利。戴锦宏知道蜀秀的心病,他总觉得这孩子太可怜了,不能再让她受苦。

他听到蜀秀掺言,不高兴地说:"我怎么拦着啦? 也得为孩子想想呀。"

"她跟着你就好了,你管她什么啦?"

"你也没管她呀?"

"我没管她,怎么长大的?"

"那不是姚干妈和张嫂管她吗?"

"你忍心她没了妈,又没爹吗?"

周乾文看到老两口吵起来了急忙说:"爸,我去和小洁谈谈,还是我带走吧。"

这种僵局,周乾文也看得明白,他只好去找小洁。小洁八岁了,能跟着这位突然降临的爸爸走吗?

果然,张嫂屋里传来了小洁的哭闹声。

"我不去! 我不认识你!"

小洁的哭声,站在门口的戴锦宏听得真真切切,心头不是个滋味。有舍不得之情,也有怜悯之心,还有担心这孩子的命运。此刻,他突然想起小时候的土豆。虽然,周乾文不能与土豆爹比,他一个男人怎么带呀? 更何况,小洁是我的外孙女,我不能一推六二五,凡事都得替孩子想。小洁八岁啦,她懂事啦,不是谁想带走谁要留那么简单。这不,孩子哭了吧。"不能让他带走。"戴锦宏已经下了决心,可人家毕竟是小洁的亲爹,这话怎么说?

小洁的去留成了难题。

正在此时,姚安氏来啦。

"小洁! 干娘看你来啦!"

人还没到,姚安氏的大嗓门传了进来。

戴锦宏:"说谁,谁就到,小洁的干妈来啦。"

"好些日子没来看小洁啦,这孩子怪让人想着。"

姚安氏领着呈呈,说着话就进来啦,一眼望见刚从张妈屋里出来满脸愁容的周乾文。

"哎哟,这是小洁的爸爸吧,一晃就好多年没见啦。"

"姚干妈你可好,哟,呈呈都这么大啦,几岁啦?"

"十岁啦,能当个小伙子用啦。"姚干妈又对呈呈说,"你不是要找小洁吗?

小洁呢？去找小洁玩吧！"

姚安氏的到访，打断了戴锦宏和周乾文的为难境地，他俩都陷入沉默。

姚安氏："怎么，耽误了你们说话啦，我走。"

"不不不，我们在谈小洁哪。"

"小洁怎么啦，姑爷要把小洁带走？"

周乾文："我想带她去喀什，可她跟我很生，闹着不愿去。"

姚安氏心直口快地说："可不是吗，她生下来才八个月，你就扔下她走啦，她能认你吗？再说啦，你一个大老爷们怎么带呀？孩子也跟着受屈。"姚干妈又接着说，"你来得正好，小洁的姥爷也在，小洁就留给我养着，这一转眼的工夫，小洁不就成了大姑娘啦，我让她和呈呈成亲，不是很好的一对吗？你们要不嫌弃我这个穷家，就这么定啦，成吗？"

快言快语的一席说，说得戴锦宏和周乾文惊异地对视。挺难办的一件事，这位姚干妈提供了一条解决矛盾的办法。

蜀秀从里屋出来接过了这个话茬儿，"姚干妈说的是个好主意，小洁又能在姥爷身边，随时可以过来看姥爷，等长大啦和呈呈成亲，姥爷也就去了一件心事。你说呢，老爷子？"

姚干妈："好啦，你们商量吧，我今天就把小洁带过去住两天。你们要同意就把小洁的衣服拿过去，要不同意，就把小洁领走。"

呈呈领着小洁从张妈屋出来。

姚干妈又问小洁："小洁，你跟干妈走吗？"

小洁听了干妈的话，点了点头。

姚安氏回过身，笑着对他们说："你们瞧瞧，这孩子乐意。"

戴锦宏和周乾文送走了姚干妈，又回到屋内。

戴锦宏："姚家是个好人家，当年姚修贤他爹还常帮着护着我们家，对我家有恩。就与姚家结为亲家吧？"

周乾文："事到这一步，我听您的。"

戴锦宏寻思："嗨！富家小姐，沦落成童养媳。"

这一年，周乾义要回归故里。这位杨柳青人赶大营的领头人之一，没有让大家伙在酒庄设宴为他送行，而是带着戴锦宏等几个较早的赶大营客，一块儿来到大十字转了一圈，这是津商的发祥地，他要再看一眼大十字街。他回忆说："你们可曾记得，当年我们挑担背着行李卷儿首入迪化城，最后选定在这十字路口安营扎寨。五十年过去啦，当年破败不堪的驴车小道，如今变成了东南西北四条大街。"

"来之不易呀！"

"想当初，刘锦棠大将军收复新疆第一仗在古牧地打响，我们冒着生死给军营输送生活日用品,冒着枪林弹雨拉运伤员。回想起来,我们哪来的精神头呀?没有在古牧地大战的付出,就没有刘大将军嘉奖我们首入迪化城,也没有了重建迪化、坐地经商的后来事。"

周乾义又对戴锦宏说:"锦宏呀,记得五十三年前诸葛小神仙给你相面算的卦吗?"

"记得。"

周乾义拍了拍戴锦宏的肩膀:"老弟呀,见好就收吧。希望有一天,咱们这些大营客,能在老家菩萨庙前的老柳树下,好好地聊一聊咱这辈人怎么从赶大营的小贩成了丝绸之路上的骆驼客。"

第五十五章　世道变了

　　民国十七年,在中国发生了一件大事。蒋介石在头一年发动四一二反革命政变。这一年,他当上了南京国民政府总统。

　　这一年,在新疆迪化也发生了七七政变,新疆的主政者易主。

　　在这年同月同日,戴锦宏举办七十岁大寿,把聚福盛的掌门人位置移交给次子戴纪才。

　　家和国一样,有兴有衰,都在更替。只不过,家道和世道更替的方式不同。最终,世道变了,影响家道。

　　戴锦宏十八岁赶大营,到这一年已经到了七十古来稀的岁数。经过五十多年的打拼,创立了如此大的家业。虽说,在分布全疆几千多户杨柳青商人中算不上"八大家"那样的巨商,但在商界也是赫赫有名的人物。

　　今年,他准备干两件事:一是,庆贺自己的七十大寿,然后准备告老还乡;二是,分配家业,把掌门人的权力移交给两个儿子。

　　在这次寿宴上,戴锦宏要宣布退位,宣布将家业交给两个儿子。头天夜里,戴锦宏怎么也睡不着。继承家业之事是戴锦宏的头等大事,他希望经过他五十多年创造的家业能发扬光大。可是,情况又发生了变化。

　　二十年前我就留下字据,迪化的总店由老二掌柜,女婿周乾文扶持,那是被蜀秀逼的。如今,情况变啦。周乾文走啦,由女婿扶持老二的计划破产。现在,焉耆老店要撤啦,我也准备回老家养老。迪化的家业家产总得让可靠的儿子掌舵吧,还让老二继承接我手上的舵,行吗?这个老二虽说也老大不小的啦,懂了一些道理。可他媳妇钱莉莉可不是一般的女人。别看她一天不吭声,她那双眼滴溜溜转,她是在忍着。等我走了,老二娘俩加起来,都抵不上她那脑子。如果让老大接管总店,也不行,蜀秀非闹个鸡飞狗叫。罢了,眼前先交给老二掌管。等我告老返乡,把老二一家带走,再安排老大在迪化盯着。

　　睡吧,睡吧,这岁数不饶人呀,明儿还有大事哪,不睡足了觉,这么大的事那精神头可顶不下来。

　　今晨,蜀秀早早起来,就开始忙活。今儿是大喜的日子,老头子老啦,过七十大寿,在这个当口,要把戴家在迪化的家业传给儿子。可了结了我几十年的愿望,我今儿也特别高兴。蜀秀起来就开始给自己梳洗打扮,净了面,用上海生产的美人牌雪花膏涂面。对着镜子,照自己的这张面。

"嗨,当初跟他来迪化时,是个十六七的大姑娘,那脸是白白净净光光溜溜的,自己都看着好看,这一晃就过去了几十年,老喽。"

戴锦宏比蜀秀起得还早,他几十年来养成了早起的习惯。天一亮就下地,到院子里舒展舒展筋骨,有时还比画两下太极拳。他虽然已经七十,但腿脚利落,精神头好,尤其是脑袋瓜子清楚,一点儿不糊涂。

戴锦宏在院子活动完筋骨,进了屋子,见蜀秀还在那儿捯饬。

"你怎么还坐在那儿磨蹭哪? 吃完早饭咱得早点去呀。"

"哎哟,你看,岁数真是不饶人呀,我这脸上又多了几道皱纹,快奔六十啦。"

"嘿,瞧你说的,你跟了我都四十年啦,能不老吗?"

蜀秀一边照着镜子,用香粉扑腮颊,一边说:"有四十年吗? 我总觉得是昨儿的事。"

"你十七跟我到的省城,你自个儿算算。"

"今儿是大喜的日子,你看看我穿吗出门啊?"

"你不是又做了两件旗袍吗? 拿出来穿上。"

"哎哟,我这把岁数啦,新式样的旗袍能穿出去吗。"

"你穿上试试呗。"

蜀秀打开衣柜,拿出一件紫红底金花旗袍,在身上比了比。

"你瞅瞅,这袖子太短了吧,露着大半个胳膊。"

戴锦宏瞅了一眼没言语,蜀秀又翻出来一件白绸红花旗袍又在身上比了比。

"哎哟,这件更穿不出去啦,开衩开到了腿肚子上,露着个腿肚子,这不叫人们笑话。"

戴锦宏问:"你穿不出去做它干吗?"

"看别人穿着好看,我寻思也做两件,看来是穿不出去啦,放在柜里,'看不吃,摸张停'吧。你说今儿是大喜的日子,我到底穿吗?"

"嗯,今儿是喜日子,你儿子今儿要接我的手,你这心也该踏实了。我哪,也该养老啰。"

"你不能老,你可得好好陪着我,你就是我的钱匣子,陪我活到一百岁。"

"那不成了老妖精了,讨人嫌的。"

在西厢房,钱莉莉也在收拾打扮,对着镜子卷她的头发。戴纪才还在炕上和俩儿子睡觉。

"纪才,你还不起呀。"

纪才没有反应。钱莉莉站起来,掀开被子,拍着纪才的背说道:"你还不起炕呀,你快到饭庄再看看去,准备得怎么样呀!"

"哎呀,我昨儿都交代好啦。"

"我可告诉你,今儿是你露脸的时候,八方宾客要来祝贺。老爷子第一次交你办的大事,你要弄砸了,聚福盛这个总店的掌柜,老爷子可就不给你啦。盼了十来年,不就泡了汤。"

"他不给我,还能给谁呀?"

"给你大哥呀,你没听见你大哥两口子一大早就起来忙活着,这是做给你爹看。你要不争气,把你发配到焉耆去,你信不信。聚福盛是老爷子的命,为了这个命,老爷子什么事都能干出来。如果真有这么一天,老爷子把你发配到焉耆去,我告诉你我可不去,咱俩就散伙!"

戴纪才翻身起来穿衣服。

戴纪斌和土豆一家三口,为了给老爷子过寿,昨天晚上就赶来了。今儿,土豆一大早就帮着张大妈忙着做早饭。纪斌和小疆帮着张大爷扫完了院子,又在挂寿灯,往大门上贴福字。

戴纪才穿好了衣服,擦了把脸,急匆匆出门,碰上了纪斌正扫院门外。

"金锁,你这是干吗去呀?"

"大哥,我到饭庄再安顿安顿。"

"吃完了早饭去也来得及。"

"那儿的事多。"纪才匆匆而去。

"吃早饭了。"土豆招呼着。

土豆和小花在堂屋支起了大圆桌,摆好了椅子,张妈端上来小菜。戴锦宏和蜀秀从里屋出来。

土豆:"爸,您老先坐。"

土豆上前要搀扶戴锦宏。

"不用扶我,我这腿脚还行,这都是几十年练的。"

蜀秀:"今儿早上吃吗呀?"

张妈:"吃现成的。大少奶奶一大早买的豆腐脑、糖皮果子,还帮我做了两小菜,熬的粥,熥的花卷。"

戴锦宏:"哎哟,这么多呀,大家都坐吧。纪斌,小疆!"

"来啦。"

大家都坐定。

蜀秀:"老二屋里怎么还没动静呀。"

纪斌:"二妈,金锁一早就去饭庄了,他说那儿的事多,他去再安顿安顿。"

戴锦宏:"那就咱们先吃。"

小花去请钱莉莉:"二少奶奶,吃饭啦。"

"哎,来啦。"

随声,钱莉莉带着小季和小成推门出来了,边走边说:"这俩小祖宗才起,这么大啦,我还得伺候他们。"

只见钱莉莉身穿白底蓝色碎花新式旗袍,把腰身裹得紧紧的,旗袍开衩到大腿根,一迈步,露出了又白又嫩的大腿。一团蓬蓬松松的头发乱纷纷地披在白中带青的圆脸上,一对滴溜溜转的黑眼睛,下面是红得可怕的两片嘻开的嘴唇。

这种扮相和装束是海派,不知不觉也传到了迪化富贵追求时尚的家中。这与京津味的宽大旗袍格格不入,十分扎眼。

蜀秀望着她又惊又呆。戴锦宏瞅了一眼,眉头一皱,没有吭声。心想:不识庐山真面目,今儿,她是得意忘形了。

土豆站起身来,客气地说道:"妹子,快坐下吃,饭都快凉啦。"

戴锦宏:"土豆,你坐下吃你的。"

蜀秀:"土豆呀,你怎么不做两身像样的衣服穿哪?"

"二妈,我穿惯了,在家一天忙活着干活儿,穿好的也没用。"

小成:"奶奶,你看我的衣服好看吧?"

"嗯,好看。"

院里传来了小新的声音:"爷爷,我来了!"

大家抬头一看,一位军装少年,腰肢挺得笔直,清秀而带点威武气概的脸上半含着笑意,眼光炯炯有神地来到面前。

"哎哟,小新来啦!"

戴锦宏高兴地站起来,迎接他的大孙子。小新啪的一声,立正,行了个军礼。

"爷爷,小新前来报到!"

戴锦宏:"好好好,爷爷盼着你来呢。你怎么有工夫来呀?"

"爷爷,我请了半天假,就是来给爷爷过七十大寿的。"

戴锦宏:"好好好,你这一来,咱们一大家人都到齐啦。"

小新的到来,增加了戴家大院的欢乐气氛。

吃完早饭,戴锦宏全家老老少少,坐着马轿子,早早就去了饭庄。

在杨柳青饭庄外的大街上,停满了马轿子。饭庄的门楣上悬挂着横幅大红布标,上书:庆贺聚福盛掌门人戴锦宏七十大寿。门脸内外挂满了带寿字的大红灯笼。

戴纪才一边搀扶着老爷子,一边禀报安排的细节。

"爹,我一切都安排妥了,请了风水大师,确定了举行仪式的时间是在正午前一个时辰,正值红日高升之际。台案在大堂北侧,坐北向南。大堂的门口用两排屏风遮掩,这叫聚而不疏。堂内一十六桌,西侧那个小台子供给戏班子唱堂会使用,东边案子是收受贺礼处。"

戴锦宏满意地点了点头,同时又说:"饭庄门脸上搞得太花哨了吧?整个迪化城都惊动啦。"

"爸,这是七十大寿呀,你老一生到这份上,有几个和你比呀,这是荣耀!"

会场的布置,以及不同嘉宾的座次、座位、方向等,安排甚细,目的只有一个,那就是让家族企业一代代地兴旺发达。

戴锦宏一边查看宴会大厅,一边高兴地赞扬戴纪才。

"没看出来,老二安排这种场面还面面周到。"

"那是,都是您老这些年对我的雕琢呀。"

"嗯,说话也有长进,让人爱听。"

蜀秀也笑着掺言:"是啊,你爹在你身上花费了不少心思。"

"是啊,从今儿起,这家业算是交到他手上啦,你也安心啦。"戴锦宏也笑着看了蜀秀一眼。

蜀秀:"你老啦,别挣扎了,陪着我过个清静的晚年,我这是心疼你。"

"好,你心疼我。喂,老二,戏班子的人请了吗?"

"请啦,生、旦、净、末、丑都有,一人来一段清唱,都安排好啦。等一开席,下面吃着,台上唱着。末了,给戏班子专门安排了一桌。"

"好,好,都要安排到了。"

"爸!会长来啦。"纪斌在门口迎宾客。

"戴家老掌柜,给你贺寿啦!"

戴锦宏拱手相迎,"请,请。"

一拨拨的宾客都陆陆续续来啦。

这天中午,由天津商会会长主持,在杨柳青饭庄举办戴锦宏的七十大寿。各商家送来了贺礼,省府衙门的杨增新大人也派人送来了贺信,可谓风光无限。

仪式开始,由津商商会会长主持,庆贺戴锦宏七十大寿。各家商号的掌门人纷纷向戴锦宏和蜀秀敬酒庆贺。

坐在主席上的人们都是第一代商人,第一代商人已所剩无几,在座的都已是年过七旬的老人啦。安文忠、周乾义几位已告老返乡,还有多人已去世。健在的老前辈们,回忆着赶大营时的乱世风云,和经商五十多年的酸甜苦辣。

戴纪斌和戴纪才,分头招呼着各商号的第二代掌门人。

第一道程序过后,戴锦宏站起来向商界宣布家业的交接。

"各家掌柜,我聚福盛焉者分号、酒坊、牧场的买卖由大儿子戴纪斌掌管。迪化总店的买卖由二儿子戴纪才掌管。我将告老引退,安安心心地度过余生,今后买卖上的事不再插手。过去我与各商家的借贷关系由我处理。请各家掌柜对我家的新掌门人鼎力相助,谢谢各位啦。"

戴锦宏宣布完了之后,各家掌柜纷纷向纪斌、纪才祝贺。

坐在主席上的这几位老掌柜关心的是自己的养老和去向。

"咱老几位也是聚一次少一回啦,咱得说说养老的事啰。"

"我听说杨增新大人也做告老退位的准备啦,听说他去年拉了百十辆大车细软金银去北京,准备置房置地养老。"

"他是云南人,怎么不告老返乡,去北京呢?"

"云南人恨他,把他在云南的祖坟都挖了,他敢回去养老吗?"

"介是怎么档子事呢?"

"这是民国五年袁世凯废除共和要当皇帝,杨增新上奏折子拥护袁世凯登基。袁世凯册封杨增新一等伯爵,委任他新疆督军兼巡按使。不久云南首先反袁,这一下,全国各地都树起了反袁的旗帜。在这个节骨眼上,杨增新反而通电声讨云南反袁,并且杀了在新疆的几十口子云南人,这可把云南人惹怒了,挖了他家祖坟,他还能回云南吗?"

"后来哪?"

"后来袁世凯当了几天的皇上,就吹灯嗝屁啦。杨增新不得不承认共和,又举起了五色旗。"

"我听说杨大人拉了百十辆大车细软金银,半道上被马步芳劫啦,他是干吃哑巴亏,不敢声张。"有个老掌柜的悄声说。

"哼,都是不义之财,他一个一省总督为啥不敢声张呀? 那是他心里有鬼。"

"咱迪化老八大家的老二杨绍洲怎么死的,杨增新委任他管钱局总办,那是替他敛财。他的手也不干净,想脱身回老家,杨增新设卡不放他走,还乡无望,就这样忧心而死。"

"看来周乾义高,当初他就是不揽这总商会会长的差使,如今人家安安稳稳地在老家养老。"

"哎,伴君如伴虎呀,哪个官不贪,他借你的手替他敛财,到时候把你也搭进去。"

"介档子事呀,咱也管不了,谈谈咱自个儿吧。"

"戴掌柜,你老打算几时回老家养老?"

"早就有这个想法,人老啦就想落叶归根。"

"是啊,安家、周家、韩家这不一个个都回老家啦。"

"初始,安文忠和周乾义带着我们几十号人赶大营,到今儿,就剩下我们这老几位啦。想想那阵子,咱们年轻、气盛,把脑瓜子挂在裤腰带上,闯他一条活路出来,谁也没想到,闯荡成啦,现在个个家大业大,富啦。"

"没想到的事多啦,咱这一闯呀,每年一帮帮的老家人往这儿赶,把半个杨柳青的人都带来了。"

"现在,儿子辈的、孙子辈的都起来啦,交给他们管吧。"

"是呀,我们这老一代人,该考虑考虑我们养老的去处。"

"上哪儿去养老? 回老家?"

"我是不回去,虽说洋人不闹了,可各路军阀相互斗,咱口内呀安生不了。"

"说的也是,咱们能有今天的日子,多亏了新疆这五十年的安生。"

"那也不能把这把老骨头撂在这儿呀！"

"嗨，哪儿的黄土不埋人呀。"

"口内到处战乱，新疆能这样继续安稳下去？"

"难说。"

"新疆可别出乱子，新疆要乱啦，咱想回都回不去了。"

宴会的前半程气氛热烈而融合，宾客和主人相互敬酒说着吉祥话，其乐融融。酒过三巡之后，话匣子都打开啦，碰杯声、店小二的报菜名声、唱堂会的吹拉弹唱声，交织在一起，热闹非凡。

丸子汤上桌啦，预示着菜上齐啦，客人们喝完该走了。

戴老爷开始忙活着一拨拨地送客。客人送得差不多了，戴老爷也站不稳了，只因年龄大了，今儿又喝了好多酒，二奶奶、纪斌、土豆和几个孙子搀扶着就提前回家。

此时，有几桌人还在继续喝，看到贵客和年长者都陆陆续续走了，这两桌年轻人的猜拳声此起彼伏。

"五魁首呀，七个巧呀！"

"七个巧！七个巧我赢啦，你喝！"

"咱俩好呀，八匹马呀，四季来财！"

"喝！"……

二少爷接掌家业的仪式宴会才真正入戏了。二少爷跑前忙后地支应着这些人，宴会的后半程出武戏了。

有两个年轻人已经喝到八成了，由猜拳喝酒发生争吵。

"我已经干了，你，你，凭什么，赖着不喝？"

"我赢了，你喝！"

"你，你他妈的耍赖，你手上出、出的，是什么数？"

"嗨，孙子！我要赖还是你要赖？"

"你他妈的才是孙、孙子！丫儿生的。"

"你他妈的骂人！"

"骂你啦，你，你怎么着？三年前的那笔账，你赖、赖到今儿。"

"你他妈的讹人！"

"我讹你？我他妈的揍你个丫头养的！"

说着话拿起一盘剩菜砸了过去。对手躲闪不及，这一盘剩菜剩汤正好给对手来了个满脸开花。被打者也不示弱，顺手操起一把椅子抡起来砸向对方。这张桌子成了双方对打的战场。

戴纪才一见急啦，"嗨！你俩怎么档子事呀，吃我的喝我的，临了还砸我的场子？！"

无奈两人不听劝阻。

481

饭庄的经理也赶过来喊道："哒,你俩要打上马路上打去,真是吃饱了撑的!"

两人仍然没罢手,围着桌子攻防。

这下把戴纪才也惹火啦,骂道:"我操你们祖宗! 今儿是什么日子? 我家老爷子的七十大寿! 让你俩给糟蹋啦!"

"我让你俩打!"戴纪才说着掀翻了酒席桌子。

这一下子,在场的人都惊呆啦,大家望着地下,被掀翻的桌子、撒了满地的菜、摔破的盘子、打碎的酒坛子,戴纪才气得直咬牙根子。

饭庄经理看着这一片狼藉叹道:"哎,介是吗事呀,真不吉利。"

戴老爷今天很高兴,回到家后躺在摇椅上,喝着土豆给沏的醒酒茶,儿孙都到齐啦,看到家和业都很兴旺,一种成就感油然而生,端着茶,眯着眼,嘴里哼哼着《骆驼客》:

> 哪里来的骆驼客,哎——亚丽美,
> 天津来的骆驼客,沙里洪巴嗨。
> ……

"爷爷,你也会唱新疆歌?"

"嗨,这首歌唱的就是我们商家,有商家客就需要有骆驼帮。听说,这首歌在这条道上唱了上千年啦,有驼铃声就能听到这首歌。我听了五十年啦,能不会唱吗。"

"爷,您老今儿累啦,躺到炕上睡一会儿。"小新关心爷爷。

"哎哟,大孙子好久没来看爷爷,我这一高兴忘了和你说会儿话啦。小新,你上军校都学了些什么?"

"开始是军纪军风,课程主要是操练和文化课。现在上器械装备和使用维护。下面的课程是战术课,军校要求可严啦。"

"你们的教官是哪儿来的? 是保定讲武堂还是云南讲武堂的?"

"新来了个教官,留学日本的陆军大学,叫盛教官。听说,可厉害啦,人家学的是世界上最先进的军事课程。我们到高级班他才教我们。"

"从小日本那儿学回来的,学什么呀? 学武士道。中国的武术是小日本拳法的祖宗,哼,跟小日本能学什么真功夫。"

"爷爷,时代不一样啦,现代战争用的枪炮、机械装甲。"

"嗨,那些洋玩意儿有手就能使,那像咱中国武术,那功夫深了去啦。"

"我们也有武术课,叫搏击。"

"哎,这就对啦,有了中国武术再拿着洋枪洋炮,那一个顶俩。想当年,湘军打阿古柏,湘军将士一手拿枪一手拿大刀,赶着匪兵撒丫子南逃。"

"爷爷,你真行,我还没上过战场哪。"

"那是五十年前的老皇历啦。"

爷孙俩正说着话,街上传来了几声枪声,并伴随着嘈杂声。

"介是怎么啦,街上乱哄哄的?"戴锦宏躺在摇椅上问。

"我去看看。"纪斌说着出去了。

"爷爷,怕是有事,我得赶快回军营。"小新匆匆离去。

不一会儿,纪斌回来啦。

"爸,省军把四个城门都关啦,大十字戒备森严不让行人通过。"

"介是吗事呀?太太平平的日子怎么舞刀弄枪呢?"

"发生了什么事还不清楚。"

"纪才怎么还不回来?咱家的铺子关了吗?"

"我去找找他。"

纪斌拔脚又出了家门。

戴锦宏不安地站起来,走到院门口张望,街上的行人神色紧张,来往匆匆。

不一会儿,戴纪斌进了家门,紧张地对老爷子说:"爸,省衙门好像出事啦!省军把省督办府围得严严实实。"

戴锦宏沉思了片刻说:"这世道要变啦?"

戴纪才满脸阴沉也回到家中。

戴锦宏问:"老二,外面怎么啦?"

"谁知道怎么啦?"

戴锦宏看到老二脸色阴沉,衣服上被溅了一身油渍,奇怪地问:"老二,到底发生了什么事呀?"

"没有发生什么事呀。"戴纪才企图隐瞒饭庄打架的事。

"不对,我看你这脸就肯定有事,你这衣服为什么这么脏乎乎的?打架啦?"

戴纪才知道瞒不过父亲的眼睛,说了饭庄后来打架的事,戴锦宏听后也脸色阴沉了下来,心里犯嘀咕。

"咳,介事闹得可不吉利,掀翻了桌子打碎了饭碗……今儿的日子口不对?"

寿宴打起来啦,衙门里也打起来了,给戴锦宏带来了忧虑和不安,这是不祥的预兆。他对老大说:"老大,安文忠早都收市回老家啦,你周大大也走了,看来有道理,该收市啦。焉着那地儿,离得远,有个什么乱我们也顾不上。我看你回去先把牧场和酒坊盘出去,收拢回资金备着。万一有乱,拔脚就走。这两年,我也收拢些资金让老二回趟老家盖个宅子以备后患。"

晚上,小新又回来啦。

"爷爷,爸、小叔叔,你们都在家,今天上午省府出事啦。"

"出什么事啦?"戴锦宏急切地问。

小新:"杨增新被杀了。"

大伙闻声大吃一惊。

"这杨增新要退位了,还杀他干什么呀?"戴锦宏不解。

"爷爷,杨增新要退位,由谁登上新疆王的宝座还不确定,那肯定他手下的官员都在蠢蠢欲动,盘算谋其位。那就看谁的势力大,谁使用阴谋、暴力,谁就上台。"

"嗯,我孙子成人啦,说得有道理。"

纪才说:"管他谁上台呢,我们照做我们的生意。"

戴锦宏:"不对!我们商家自古以来就被官家在手心里捏着,对他有利时,他举着你。他不想用你,就放在脚下踩着你。杨绍洲不是例子吗?今天走了个杨增新,别天再上来一个,照样不是个东西。"

今天,戴家给老爷子风风光光地搞了个祝寿活动,老爷子退位了。

同一天,迪化省城发生了流血的政变,杨增新死了,谁上台呢?

第五十六章　祸国殃民的败家子

戴锦宏过七十大寿后第三天的傍晚,戴纪才从外面神神秘秘地回来了。

"爸,金树仁上台了。"

"金树仁,他怎么上去了?"

"听人说,昨天上午,新疆军务厅厅长樊耀南刺杀了杨增新。民政厅长金树仁下午率省府卫队包围了省署,又杀了樊耀南。"

"这就奇了,樊耀南是军务厅厅长,他有军权呀,姓金的没军权呀?"

戴纪才:"还有,总商会通知,明日各商家都到甘肃商会开会,必须去。"

戴锦宏:"到甘肃商会?"

"对!"

"自打成立总商会都几十年啦,天津商会就是总商会。怎么改换门庭了?又奇了。我不去,从昨儿起我就不管啦。"

第二天上午,戴纪才来到甘肃商会,这里挤满了各省商家,人们议论着。大家都是冲着政局和种种疑问来的。不一会儿,甘肃商会会长出场。

"各位商家掌柜们静一静。"

说话声仍然嗡嗡嗡的,大家压根儿就没把这人放在眼里。

会长急啦,拍打着桌子,"你们能不能把嘴夹住一会儿,有重要的事告诉大家!"

场上静了下来。

会长拖着长音喊道:"现在,请新任迪化市财政局局长钱贵大人发布公告,大家鼓掌欢迎。"

戴纪才在下面,一瞧他丈人亮相,心想:嘿,还真当上了官。

下面鼓掌者寥寥无几,只是一片嗡嗡嗡声。

戴纪才那双拍巴掌的手也缓缓止住。他看了看周围,人们在议论他的丈人。

"没听说有这么个人啊?介是从哪个窝里翻出么个鸟人呀?"

"嗨,你老不知,此人在南关街开过赌场,还放高利贷。"

"介是坑人的买卖呀。"

"十几年前他还是洋人街的二毛子。"

"真是个现世宝,他怎么能当上官呢?"

嗡嗡嗡声吵得钱贵无法开口讲话。

钱贵气急败坏地破口大骂:"你们这群驴日的,不能把沟门眼子夹紧吗?"

场子静了下来。

"现在,我奉命宣读金树仁新政府公告。七月七日杨增新都督被樊耀南杀哩,企图发动政变篡权。金树仁厅长果断处置,粉碎了政变,使新疆免遭政乱。金树仁大人,立即电告南京国民政府。国民政府立即回电,任命金树仁为新疆省主席,筹建省政府,并兼任省保安司令。各地县政府、各民族必须服从金主席、金司令的领导,违者按政变罪格杀勿论!"

下面又开始议论纷纷,又惹恼了台上的钱大人。

"哎!哎!哎!我还没说完呢!你们的沟门眼子让驴日哩,夹不紧哩?"

不知是谁喊了一声:"嗨,钱贵!你是哪个笼子的鸟呀?站在台子上瞎吵吵。"

"我!钱贵,是金主席任命的,当迪化市财政局局长,谁不服气?站出来!"

"哎哟哟,咱迪化的赌徒掌柜摇身一变成了官老爷啦。"

"谁说啥的呢,你站出来……驴日的。"

又是一阵哄笑声。钱贵干咳两声,提了提神又说道:"我任命苗掌柜为迪化总商会会长,各商会必须听他的。"

"嗨!钱贵!迪化总会长是八大帮商会推选出来的!不是哪个人说了算的。"

"对呀,你钱贵有什么权力任命总商会会长?"

台下人们的质疑声,激恼了钱贵。钱贵声嘶力竭地骂道:"哎,你这球尿,我可是政府任命的官员,我这局长就是管你们这些球尿的,我就指定他当总会会长,这是命令,谁不听,就是反抗我,反抗我,就是反抗政府!"

下面乱哄哄一片。

钱贵无奈脱下鞋拍打桌子,下面稍有安静。

钱贵又接着说:"下面我宣布金树仁政府的税收公告……"

"又是吗税呀?"

"肯定是变着花样的苛捐杂税。"

"这是变着法子敛财。"

又传来了拍打桌子声。

有人大声喊:"钱贵!又收什么税呀?"

钱贵:"第一项税是人丁税……"

"什么是人丁税呀?"

"年满十四岁的娃,都属于征兵的年龄,不愿当兵的,都要缴人丁税。还有雇用店员税……"

场子上已经完全听不清钱贵在说什么,钱贵心里也清楚,他也无法控制人们的不满情绪。最后只听到他说"完球子哩!"便匆匆退场。

这时听到有人大声喊："钱贵！你这个局长花了多少银子呀？我想捐个厅长,你去给说说!"

下面哄堂大笑。

钱贵像个人灯似的,立在当间,放了一阵屁,冒了一会儿烟,匆匆走了。会议散了,人们边走边议论,边走边骂街。

戴纪才目睹了钱贵的表演和众人对他的瞧不起,也深有感触。怪不得我爹对钱贵那么讨厌呢,他还真是个现世宝。没办法呀,他终究是莉莉的爹、我的老丈人呀。

戴纪才回到家,没提钱贵的丑态百相,只把钱贵确实当了官、总商会换了主和收杂税的消息传达给老爷子。

戴锦宏在屋里踱来踱去,说了半句话："被周乾义说准啦……"

"周大大说什么啦?"纪才问。

"自收复新疆以来,已经度过了五十年的安生日子,咱商家才能发展光大。杨增新老了要换代啦。每逢改朝换代,世道必乱,咱商家的好日子也就到头啦。"

金树仁上台的第一年,迪化百姓的生活一天天发生着变化,这种变化是明显的。粮食开始短缺。尤其是物价,天天一个价地往上涨,市民逐渐承受不了啦。

戴锦宏退下来养老,一天没事反而觉得不舒服,溜溜达达上了街。街还是原来的街,大十字还是原样,见不到一点儿新鲜样。

他路过一家粮店,店门口挤满了人,吵吵嚷嚷的。

"这粮价怎么涨疯了?"

"还让人活吗?"

"趁着粮荒涨价,你们商家真是黑了心啦。"

粮店掌柜向大家解释："官价突然涨起来了,我们有什么法子呀,小麦每石由先前的票银二十八两猛不丁地就涨到了五十两。大米每斗官价由原先的四两涨到八两,你说,介叫吗玩意儿,说不定明儿又涨呢。"

戴锦宏摇了摇头,心里念叨:这粮价涨得太离谱啦,到自家粮铺看看去。

戴锦宏自养老告退后,不再插手生意上的事,让儿子管去吧,让他在生意场上历练历练。而纪才在生意上的大事也问问他爹,小事由他做主。戴锦宏不一会儿来到自家粮铺,老远就看到铺子门口围着人。来到跟前,只想买粮的人议论纷纷。

"老掌柜的来啦。"

一位上了岁数的人问："老掌柜的,这粮价怎么这么高呀?拿着一口袋银票买不了几斤粮,这叫咱老百姓怎么活?"

戴锦宏说："你们几位别急,我进去瞅瞅。"

门口的人给老掌柜的让开一条道。店门开着一小半,店里俩伙计见老掌柜的来了,急忙把门打开,戴锦宏侧着身子进到店内。

"咱家的粮价是多少?"

"回老掌柜的话,少掌柜的让跟着市价走。"

戴锦宏皱了皱眉头又问:"店里还有多少粮啊?"

"回老掌柜的话,最多卖个两天,店里还进粮吗?"

"这么吧,现存的粮,降价两成,卖完了关门。"

"好,听老掌柜的。"

戴锦宏迈出店门。伙计对店外的人们喊:"我家老掌柜开恩,粮价减二成。买粮的排好队一个一个来。"

那位上了岁数的买粮人喊道:"老掌柜的真是个大善人呀!"

戴锦宏离开自家粮店,路过一家商号,里边的掌柜隔着柜台就喊:"戴掌柜,今儿怎么这么清闲,在街上遛弯儿?"

"哎哟,刘家掌柜,你老怎么上柜啦?"

戴锦宏进了铺子和人家攀谈起来。

"你没见这衙门里的幡换了吗,现在变着法子增税。只要你开店,他就来要税,这叫买卖税;出入城门要交税,这叫进门税;你家里要有十四岁以上的后生,要去当兵,不当兵就要你交人丁税……"

"当兵吃粮,想当的人多了去啦,怎么还强行征兵呢?"

刘掌柜小声说:"这是冲着咱们买卖人来的。你想啊,咱的孩子愿意送去当兵吗? 不去,那就掏钱呗。"

"嗯,我明白了,敛财!"

"还有哪,这两天又增了个新税,叫店员税。你店里有一个伙计,收一份税,有十个,就要交十份税,我介不是辞了店员,自个儿又得站柜台。嗨,过两天又不知出什么新花花肠子哪。"

"我看这都是那姓钱的编出来的花花肠子,哼,一肚子坏水!"

"哎,姓钱的和你是亲家呀。"

"狗屁! 是冤家! 死对头! 我和他几十年的账还没算清呢。"

"老掌柜呀,你也得顾及点您那儿媳妇的面子不是。"

"我要顾面子,就没了里子啦。要不看在我孙子的面,我根本不会让她进我家门。"

店里进来了顾客。

"好嘞,不耽搁你做买卖啦。"

"老掌柜走好,有空到家里坐坐。"

"好嘞——!"

戴锦宏来到大十字街口,见几个工人在拆大十字牌楼。

"嗨! 你们干吗拆牌楼!"

"是衙门让拆的。听说衙门里从老毛子那儿弄了几部四个轱辘的电驴子车,那轱辘一转,屁股后面还冒烟,说这牌楼碍事。"

另一个人说:"我听说不是这么回事,衙门的大人说,这牌楼是天津商人建的,金大人瞧着碍眼,拆!"

戴锦宏心痛地看了一会儿,摇摇头骂道:"上来了一群祸国殃民的败家子儿!"

戴锦宏不知不觉转到自家店里。

"爸,您老怎么来啦?"

"在家闲着难受,出来遛遛弯儿。"

"你老到里面缓缓。"

"不用了,还没到走不了道的时候哪。"

店员过来倒了杯茶,"老掌柜的您喝茶。"

"纪才呀,我过来给你说件事。我刚才去了咱家粮店,看到围了一圈人在抱怨粮价忒高,老百姓都买不起呀!"

"爸,我知道粮价太高,咱随着市场走呀。"

"那也得看什么时候、什么货。这粮食牵扯到人的命呀,现在正遇粮荒,老百姓买不起粮要饿死人的,这种财咱可不能发,不能让全城的百姓骂咱是奸商。我给店伙计讲了,减两成出售,卖完了关门。"

"成,我听您的。"

正说着,进来了二位差役。

"哪位是掌柜的?"

"二位有什么事?"纪才迎上去问。

"你们铺子雇了几名店员?"

"雇用两名,怎么啦?"

"纳税! 雇一个人头,一月交一块大洋,不要银票。"

"这是个什么税呀! 谁规定的?"

"新政府!"

"我怎么没听说过,你们这税那税的我们商家怎么经营?"

"你怎么经营我们不管,只要你开门,就得交这些个税。如果抗税,我们钱局长说了,封店!"

戴锦宏坐在后面一直不愿搭理他们,听到说钱局长仨字便火冒三丈。

"给我出去! 少拿姓钱的来喝三吆四的,他是个什么东西!"

两名差役很是诧异,不知这老头儿有什么来头,是钱局长他爹? 这不对呀。

"你骂我们钱局长,你等着!"

"我等着!"

"哈、哈、哈哈。戴掌柜! 我来拜访你来啦。"钱贵两脚迈进门槛,不请自来啦。他向戴锦宏施了个罗圈揖,戴锦宏仍然坐着没理他。

纪才见莉莉她大来了,急忙上前称呼:"爸,您来啦……"

"你爸在这儿坐着哪!"戴锦宏没好气地说。

纪才赶快把后半截话咽了下去。

"我说你这老屄呀,那么大岁数了,还是一头老犟驴。看在我俩是亲家的分上,我不和你计较。税,我替你交上,行了吧。"

戴锦宏拍案而起怒斥:"你这是横征暴敛,你那满肚子的坏水能瞒得了我!"

"好、好、好,我看在我丫头的面面上再让你一回,行了吧。"

钱贵下了台阶骂咧咧地走啦。

"这个驴日的老屄。"

戴锦宏一家吃完午饭后,爷俩说着话,小新回来啦。

"爷爷,小叔叔。"

"吃饭了吗?"

"吃啦。"

纪才:"小新,你陪爷爷聊会儿,我去柜上。"

"叔,你老慢走。"

戴锦宏看了看小新这身行头,诧异地问:"今儿怎么换了一套西装呢,军服不穿啦?"

"我们靠边站了。"

"这是怎么个意思?"

"金树仁一上台,就任命他五弟当上了军务厅厅长,把他四弟派到喀什当了师长兼南疆保安司令,把张培元派到伊犁。他把省军中的军官全换成甘肃人了,就连我这个小见习官也就靠边站啦。也好,管饭吃不干活儿。"

"不懂军事的主儿,去领兵打仗?介不打镲吗!"戴锦宏嘲笑地说。

"还有哪,他把那个十几年前纵火犯王东升委任连长派到哈密去了。"

"嘿! 他把这种人物都从阴沟里也翻出来啦?"

"不仅是这些,凡是他的老乡,不管是地痞还是流氓都弄进军队中。军中流传着一句顺口溜,'只要会说河州话,腰里就把洋刀挎'。"

"这简直就是一个山大王! 这下要大乱喽。"戴锦宏忧虑地说。

"金树仁还到处搜罗雇用'归化族'①,打算把他们武装起来,变成自己的私人雇佣军。"戴小新接着说,"金树仁还卖官,一等州县十条黄金,二等六条,三等

---

① 归化族:二十世纪二三十年代,对欧洲移居新疆的民族统称,主要成分有俄罗斯族,亦有少量日耳曼人。分布在乌鲁木齐、伊犁、塔城、阿勒泰经商、从军、务农。一九三一年,金树仁雇募白俄军人组成归化军。

穷县四条。这还是卖给他老乡的价码。阿克苏原县长柳敬堂不买他的账,被撤啦。"

"介不成了祸国殃民的败家子吗!"戴锦宏紧锁眉头在屋里来回踱步,转身对小新说,"金树仁祸害社会,祸害百姓,不出三年他准完蛋。小新呀,你若有时间去你爸那儿一趟,告诉他赶快收市,不要贪恋那一亩三分地,新疆要乱啦。"

爷孙俩正说着,纪才慌慌张张跑回家,"爸!咱家粮店被人抢啦!"

"谁抢的?"

"挨饿缺粮的市民抢的。"

"走!看看去。"

纪才和小新陪戴锦宏匆匆赶到粮铺,只见店里店外散落满地面粉、大米、苞谷粒、豆子,几个粮柜全空了。两位伙计垂头丧气地坐在柜里柜外,他们见老掌柜的来啦,恐慌地站了起来。

"老掌柜的,店里的粮全被抢了,是我们没看好店。"

"怎么抢的?"

"老掌柜的,您老来铺子说降两成卖粮,我俩就按您老的意思办。买了粮的人高高兴兴地扛着粮走啦。他们到处嚷嚷,说咱家的粮便宜,这呼啦呼啦的人就往这儿跑。后来的人怕粮食没了,就往里挤,这下全乱了……就开始哄抢。"

"抢就抢了吧,不怪他们,也不怪你俩,怪我。"

"爸,这粮店?"

"关门!"

戴锦宏转身便走,纪才对老爷子粮店被抢之事毫不在乎的态度大惑不解,紧赶两步小声问道:"爸,你老怎么说抢就抢了哪? 咱报官呀。"

"报什么官呀,把这些抢粮的人都关起来? 他们是被逼的。"

"那咱也不能受损失呀?"

"咱损失什么啦? 你该赚的都赚啦。再漫天要价地赚黑心钱,咱这头上就戴上了一顶奸商的帽子。你想想,咱的生意咋做? 我让降两成卖,那是为了摘掉这顶帽子。当然啦,我料到这一降价,那百姓就会往咱这儿拥,就会发生抢粮的事。"

小新也恍然大悟,"爷爷,姜还是老的辣呀。"

金树仁上台后推行货币改革,用纸币替代金银和内地发行的"袁大头"。金树仁需要大量的钱,去支付征兵带来的装备和饷银,他以银票替换政府公人的饷银,用大量的银票替换黄金白银在市面上流通。他非常关心财政厅的银票印刷坊,并派钱贵专门负责印纸币。

姚修贤是印刷坊主管,他在这儿干了十几年啦。杨增新时期把这儿定为专门印刷银票的部门,虽然也大量地印刷纸币,但还能有所节制。金树仁上台后则让印刷坊开足机器昼夜都印。

这一天，钱贵又来督察，他进到工坊便问："你们的姚主管呢？"

姚修贤听这口音，就知道是钱贵来啦，赶快跑了过来，"钱局长，您老来啦。"

钱贵都没正眼看姚修贤一眼，昂着头，瞪着那双鼠眼。

"你们这些球屁，不加快干活儿，闲谝啥呢？！怎么就这几个屁人。"

"报告局长大人，我们就这几个人。"

"再增加人啊！"

"局长大人，加人就得加饷，可，不给饷啊。"

"那你们这几个人就加班干！"

"加班也有个点呀，不能不吃不睡吧？"

"你犟啥呢！我不管你们吃不吃，睡不睡，白天晚上都得干。每天晚上我来拉票子，印不够数，就不给你们官饷！"

"你不给饷，工人们家家吃啥喝啥？再说啦，过去官饷给银圆，现在变成了纸币，这纸币不顶钱用呀！人口多的都用来买粮，全家都不够吃，工人们还得加班加点，黑天白夜连轴转。就是毛驴子拉磨，你也得给它草料吃，晚上也得让它休息呀。"

姚修贤敢顶撞他，钱贵火啦。

"你们就是毛驴子，不用鞭子抽就磨洋工。白天晚上给我连轴转！"

"局长大人，那机器也不能连轴转，它也需要休息，需要保养，需要给它上油呀！"

"你这球屁，哪来的这么多话！还骚情得不行。快干！完不成一天的量，我先卸你一条腿。"钱贵转身而去。

工人们气愤地撂下手中的话，商量对策。

"咱撂挑子不给他干啦！"

"不干了就没饷，我家六七口子靠我一人挣钱吃饭，那不都得饿死。"

一位工人悄声说："哎，这擦屁股纸天天从咱手上过，何不拿点补贴家用？"

"印多少可都是有数的，上有监察，咱这儿还有姚主管。"

"给姚主管说说。"

姚修贤说："我吗事都没看到。"

从此，钱贵每天晚上拉当天印好的一车车银票。

492

第五十七章　银票毛了,物价涨了,

百姓没法儿活了

　　金树仁上台,发行银票,造成迪化物价天天上涨,不到半年小麦从每担票银二十八两,涨到五十两。煤炭也翻番地在上涨。百姓手里拿的是银票,可商家只收银圆不要纸币。银票毛了,物价涨了,老百姓没法儿活了。

　　姚修贤他们每月官饷不发银圆了,发银票。工人们非常恼怒,但又无法,就消极怠工,工人在岗位上,就是不出活儿。因每天印不够指定的数目,钱贵派来了监工,每天盯在车间里。工人们悄悄地商量对策,姚修贤也睁只眼闭只眼,他深知工人们的苦处。

　　机器经常出毛病而停机。

　　"这台机器怎么又不转了呢?"监工过来问。

　　"官爷,你看这机器一天到晚地转,它能不出问题吗? 人一天不睡觉也要出毛病吧。"工人辩护。

　　"那就快修! 再磨洋工就辞了你,属核桃的,非得砸着吃!"监工骂骂咧咧。

　　派来的监工可以轮换着睡觉,四台机器六名工人没法儿调呀,机器还让连轴转,工人们终于反抗了。

　　"老子今儿不干啦! 谁爱干谁干。"

　　"不干啦,不干啦,都不干啦!"

　　监工问姚修贤:"姚修贤,你看咋个相,他们都不干了? 你要不管,我就报告上面。"

　　姚修贤不紧不慢地说:"我管不了,你们管,你们是钱大人派来的监工呀。"

　　监工:"你们都反了,哦,好,我去请钱大人来,一个都不许离开这儿!"

　　不一会儿,钱贵来啦。

　　"姚修贤! 你还日能的不行,罢工哩,你们还反了不成?"

　　姚修贤看了钱贵一眼,没把这位钱大人放在眼里,一转身蹲在那里一声不吭。

　　"咦,你哑巴啦,咋不说话? 你们干还是不干?"

　　姚修贤站起来走到钱贵跟前:"我们是人,不是毛驴子,毛驴子还要吃料,还有个休息时间。我们干可以,有两个条件:第一,官饷我们要银圆不要银票;第二,中午给我们吃饭休息的时间,晚上给我们睡觉的时间。"说完斜视了钱贵一眼,一转身又蹲在那里。

这位钱大人的权威受到了他下属的挑战，他暴跳如雷："你们就是毛驴子，来人呀，把他给我绑了！送警察局！"

那两名监工上来就要绑姚修贤。没想到几名工人积压的怨气愤然而起，怒火向钱贵逼来。

"你，你，你们想干啥呢？想造反？！"

"不答应我们的条件，就造反！"

钱贵见苗头不对，直往后退，指着这几位工人说："好，好，你们要造反，你们等着！"转身狼狈而退。

商家们有的歇业了，因为挣不到银圆，还得给伙计们发工钱，掌柜的干脆给他们放长假，让他们回老家。因发生戴家粮铺被抢的事，迪化大小粮铺子全都关门了，给付银圆的客户私下交易，或者把粮食囤积起来，藏起来，怕市民逼急了抢粮。

迪化城的老百姓忍无可忍了，成群结队地来到省衙，把省衙围了个水泄不通。

"我们要活命！"

"我们要吃饭！"

"我们不要银票！"

"银票还不如擦屁股纸哪！"

"当官的！你们把银票收回去，给你们八辈祖宗烧纸去吧！"

人群激奋，无法控制。衙门被围得水泄不通，而且每天越聚越多。金树仁调来了警察驱逐群众，更激怒了群众。民众用石块击打衙门，军警鸣枪。

有一位老头儿，拍着自己的胸脯对军警喊道："来，来，来，冲这儿打，怎么着都是个死！"

群众怒不可遏了。

终于，从省衙里出来了钱贵。

"我说乡党们，父老们，咱金主席有旨，请大家静下来听我说。金主席说，彻查滥印银票的人，查出来砍头！第二，所有的粮铺子三天之内全部开业！持银票不给卖粮的，粮铺子的掌柜游街示众。请父老乡党们先回去，乖乖地在家先等上三天，政府马上就办。"

三天过去了，市民拥挤在粮店门口，店门开了，粮店伙计先挂出一张牌子上面写着：售价一块银圆二十斤，一两银票二斤。

同值的一两银圆和一两银票，实际比价一比十，银票大大缩水。

市民们提着一捆银票买不到多少粮。有的粮店门大开着，伙计却挂出一块牌子上面写着：本粮店暂时无粮。

群众仍然骂骂咧咧。

民以食为天,百姓们没粮吃,就要饿死。迪化,这个省城已经有了饿死人的事情发生。看来,迪化要出大乱子啦。

金树仁犹如热锅上的蚂蚁,慌了手脚,连夜召集军务处、警察局、财政局、民政局的头头脑脑开会。开的什么会,百姓们不知道。百姓们只看到,衙门口增加了岗哨,城门口有了持枪的士兵把守,街上贴出了安民告示。

这天上午,一辆卡车出现在迪化街头,人们好奇地驻足观看。介是吗玩意儿啊?前后四个大轱辘转着真快,车头像个轿子,里面坐着三个人,一个是警察局长,一个是钱贵。车厢上站着一排拿枪的黑衣警察,车屁股后面还冒烟。从警察局出来向南大街驶去。行人们猜测,这个铁驴子轿车出来肯定有大事。有人想看个究竟,跟着这铁驴子轿车跑,铁驴子轿车向财政局印刷所驶去。

姚修贤他们几个人,在印刷所撂挑子了,坐在外面晒嗦子。他们等待财政局的答复,饷钱要银圆,不要他们亲手印的擦屁股纸,否则不开工。

铁驴子轿车驶进这印刷所小院,跳下来十几个警察二话没说就把他们六个人捆绑了起来,弄上了车,每人头上罩了个大麻袋拉走了。

姚安氏和呈呈拿着口袋提着一点粮食往家走,碰上了戴锦宏。

"她姥爷您老吃了吗?"

"刚撂下筷子,出来遛遛弯儿。这是买粮去啦?"戴锦宏问。

"我家里那挨千刀的拿回来一口袋银票,说是官府的饷,全买粮也买不了几斤呀。"

"这也不怪他,衙门中下面的人,官饷不发银圆了,就发这擦屁股纸。"

"家里早就断顿了,只好去挖点野菜对付着填肚子。"

"我跟你去看看我那外孙女,好长日子没见啦。"

"她也常念叨姥爷您哪。"

跟着姚安氏来到姚家。小洁正洗野菜。

"姥爷!您老怎么来啦?"

"来看看我的外孙女呀,想姥爷吗?"

"想。"

"哎哟,我的小洁又长高啦,该十岁了吧?"

"快十一啦。"

"你看看,转眼快三年啦,姥爷怎么不老哪。"

戴锦宏抓了把野菜看了看。

"这能吃吗?"

姚安氏说:"嗨,能不能吃,填饱肚子就行啊。"

戴锦宏从腰里掏出两块银圆。

"她干妈,这点钱你拿着,急需时应个急。我回去让张嫂给你再送点粮来。"

"她姥爷,您老总是接济我们,怎么好意思。"

"你看你,见外了吧,咱不是一家人吗。小洁命苦,没妈,亲姥姥又走得早,她爹又撂下了她,我当姥爷的心疼啊。"

姚安氏接过钱说:"谢谢她姥爷啦。"

戴锦宏出门时对小洁说:"小洁,我走啦,想姥爷就过去。"

"嗯!"

"她姥爷,您走好!"

戴锦宏正准备走,突然闯进一个老头儿。

"侄媳,不好啦,修贤大侄子和他手下那几个人被警察都抓起来啦。"

"介是吗事呀?!"姚安氏急问。

"听说去了一帮警察,二话没说,进了工房就把人全抓走啦。"

戴锦宏:"修贤挺本分的人,凭什么说抓就抓?"

"这我就说不清了,是别人叫我给侄媳报个信,快想想法子吧。"

姚安氏低头念叨:"抓就抓吧,有他没他都一样……"

报信人:"你怎么这么说呢,修贤有个三长两短,你孤儿寡母吃啥喝啥?"

姚安氏:"对,对……那可怎么办呢?"

戴锦宏:"我去打听打听,她干妈,你千万别着急。"

戴锦宏匆匆而去。

听到这突如其来的消息,姚安氏呆若木鸡,一屁股坐在了地上,慢慢才醒过茬儿来,"对呀,他要有个三长短,我娘俩吃吗喝吗,怎么活呀?"

戴锦宏来到自家的铺子,见到纪才,悄声对他说:"姚修贤被抓啦,你去打听打听,为什么抓修贤?"

戴锦宏在纪才耳朵旁说着,纪才不住点头。

"爸,我这就去,您老别急。"

下午,纪才回来了,直奔堂屋对他父亲汇报。

"爸,我打听了,金树仁抓姚修贤的罪名是滥印和盗窃银票罪。"

"放屁,他们这是嫁祸于人! 转移百姓们的视线,掩盖他们自己的罪孽!"戴锦宏气得大骂。再寻思给姚修贤扣的这罪名,印票子是衙门要印的;至于盗窃就更没谱啦,谁担这么的罪去盗窃擦屁股纸? 再联想最近物价暴涨而造成的社会混乱,戴锦宏已经意识到:修贤这事,麻烦大啦!

戴锦宏越琢磨越觉得姚修贤被抓事态的严重。当天下午又来到自家的铺子找纪才,悄声对他说:"你现在回去找钱莉莉,叫她去找她爹打听打听,姚修贤的案子有多大? 能赎出来吗?"

"好,我这就去。"

这天晚上吃饭时还不见钱莉莉回来。

戴锦宏晚饭都没心思吃,坐卧不宁。姚修贤挺老实谨慎的一个人,会犯着啥事呢?他如果出事了,这孤儿寡母的怎么过呀?我那外孙女的命,怎么就这么苦呢?

正寻思着,钱莉莉回来啦,直奔自己家,纪才也跟着进她屋里。不一会儿,纪才过来向他爹汇报。

"爸,姚修贤等人已经定为死刑犯,近日即开刀问斩。"

戴锦宏大吃一惊,他总觉得姚修贤的罪名是强加的,最多关进班房待个几年,日后总有办法保出来。

"怎么才抓起来,审都没审说斩就斩呢?杀人也有个说法吧!"

"说是不杀不足以平民愤。"

"放屁!这是草菅人命!是他们激起来的民愤嫁祸给下面干活儿的。我明儿去会会这个钱贵,说道说道。"

"爸!您老别去啦,多一事不如少一事。"

"这是什么话呢,一条活生生的命说斩就斩了,真是无法无天!"

"老爷子,纪才说得对,你别给咱家找事!"蜀秀闻听披着衣服从里屋出来也劝说。

"咱又没犯法,我怕什么!"

"这又挨不着咱家什么事,你管这么多干吗?"

"我那外孙女怎么活!那孤儿寡母怎么办?"

"你管得过来吗?给你那外孙女救济救济也成啊。"

"这是两档子事!"

"你管,你去管吧,我看你能管出个什么?到时候还连累到咱家。"蜀秀赌气地回到里屋,砰的一声关上了门。

戴锦宏认为这是草菅人命,他除了气愤之外,还心疼他那外孙女。姚家出了这么大的事,以后怎么办?

"爸,你真的要去?"

"不去,我心里不安哪。"

"让莉莉陪你去?"

"用不着!"

第五十八章　让冤魂,回归故里吧

第二天,戴锦宏一大早到衙门找钱贵。

他走出巷子,来到东大街,一股秋风呼呼地扑面而来,他顿时觉得浑身凉飕飕的。哟,出门急,忘了套件坎肩。这老天爷也乱了规矩,这寒风不该来得这么急呀。回家再套上件衣服?算啦算啦,走走路,兴许身上会暖和一些。

街上行人不多,显得冷冷清清,店铺一个个开门,准备营业。这一切,都不在他的眼里,他满脑子装着的是姚修贤被五花大绑奔赴法场。戴锦宏一边走,一边寻思:姚大人呀,姚大人,你这独子获斩刑。这要搁在老家,凭你老多年在衙门行走的人情,兴许能救你儿一命。这偏偏是在万里外的边疆,你伸手也够不着呀。你老这独子如果没啦,你老那独孙怎么活呀?姚大人,你老对我家有恩,我在这儿不能不管,否则我心也不安呀。

来到衙门口,大门还没开。你瞅瞅,心急火燎地来早啦。站在这儿等等吧,怎么着,越站越冷,肚子里还咕咕叫。说来还是老喽,禁不住风寒呀,找个食摊,来个热汤热饭的吃吃。

戴锦宏转到街角,见一个小摊,支着一口朝天大锅,锅里热气腾腾,锅后站着一位面颜白白净净的中年妇女,拿一把大勺在锅里不停地翻,时而舀起一勺汤,高高举起,时而把汤又倒入锅内。白色的蒸汽四处飘散,看着它都觉得浑身暖和。戴锦宏向小摊走来。

老板娘吆喝:"老汤炖羊杂碎!"

戴锦宏走近一瞧,锅内滚动着羊肝、羊心、羊肚、羊肺,全是杂碎,没一样正经玩意儿。

"来一碗。"

"你老坐里边。"

旁边有一个席棚子,挡风寒。棚子里两张桌子,几条长板凳。戴锦宏坐定。那妇人拿来一只黑不溜秋的大土碗,在碗里撒了一撮芫荽。妇人向碗里舀了满满一大勺杂碎,又舀了一大勺汤。

"有胡椒面吗?"

"有,胡椒、辣椒、酱、醋、盐,你老随便用。"

戴锦宏夹了一大筷子心带着肺塞进嘴里,又端起碗来喝了一口汤。

"嗯,这味儿好,这味儿地道。真是狼心狗肺的东西!"

妇人纳闷,怎么还骂人哪?

498

"老爷子,这是羊心羊肺,不是狼心狗肺。"

戴锦宏猛然醒悟,他笑道:"我前句是说你的汤好,后半句想起了衙门里狗日的们。"

妇人也笑了,"你老是来打官司的吧。嗨,跟衙门的人打官司,打不赢。"

"打不赢,也得说道说道。"

戴锦宏又把烧饼掰碎了放进碗里,连吃带喝,顿时觉得浑身热了,气也足啦。吃完了这碗羊杂碎汤,再去找衙门里的杂碎,算算这账,凭吗乱杀人。

妇人道:"这钱我就不收啦,打官司要花大价钱,有人倾家荡产还打不赢哪。你老吃了我的杂碎汤,觉得好,就替我吆喝一声,就算你老付了钱。"

"哎哟,我说大妹子,你让我说吗好呢。这样吧,改天我把全家人领来,吃你的杂碎汤,到时候一块儿算账。"

"你老替我吆喝吆喝就成,衙门旁的杂碎汤铺。"

"好嘞!"

戴锦宏吃完了杂碎汤,衙门的大门也开了。他到了衙门口,门卫阻拦。

"你找谁?"

"找钱贵!"

门卫一听,来人气挺粗,不知此人什么身份,小心客气地问:"找钱局长,他很忙,他不、不让人打扰。"

"他不见我? 我踹他,你信不信!"

"我去向钱局长禀报一声。"

门卫前脚走,戴锦宏后脚就跟了进去。

门卫进了钱贵的办公室说:"钱大人,有人找你。"

"什么人找我?"

"不、不知道。"

"你这驴日的,闲人找我撵出去!"

钱贵话音没落,砰的一声,门被踹开了,进来的是戴锦宏。钱贵一时很惊讶,手指着戴锦宏结巴着说不出话来,看见门卫站在那儿,火气撒在门卫身上。

"你,你,你还不给我滚出去!"

门卫赶忙退了出去。

"把门关上!"

钱贵的气没消,拿过鼻烟壶,在大拇指上沾了沾,按在鼻子上吸了一下。鼻子顿时抽搐了几下,"啊——嚏!"然后坐在太师椅上,眯着眼,想着什么,似乎这屋里没别人。钱贵寻思:这个老厌来干啥,我跟他斗了十几年,他处处占上风。就拿我女娃来说,嫁给这个眼前的仇人当儿媳妇,我没拿回一文的彩礼钱,还把我美美地臊了一顿。哼,你等着,君子报仇十年不晚。我先忍着,总有一天你这个老厌得死,你那万贯家产就要姓钱哩。

499

想到这儿，他抬起眼皮子，蔫蔫地说："你这老尿，干啥来啦？"

"找你这个亲家聊一聊不行吗？"

"算了吧，你有啥屁快放。"

"你为什么抓姚修贤？"

钱贵一听，拍桌子站起，指着戴锦宏骂道："你是个什么东西，到我衙门里来指责政府官员，要不是看在我娃的面面上，轻者，我把你轰出去；重者，我把你绑了，送你到班房去。"

戴锦宏一见钱贵盛气凌人，不能在他跟前示弱，也指着他骂道："你这个王八蛋，你管着姚修贤，印银票是你指示的，要抓先抓你。你们大量印这擦屁股纸，套取金银贪赃枉法，造成物价暴涨，老百姓都快反啦。走！咱们到大街上说说去。你敢吗？"

"你这是煽惑百姓造反！"

"那是被逼的，百姓造了反，金树仁先抓你，你信不信？"

戴锦宏的这句话击中了钱贵的要害，他深信，事要闹大啦，他钱贵肯定是金树仁的替死鬼。他也深信，这个老尿天不怕，地不怕。十年前，洋人砸了他的毛坊，他居然煽动成千上万的百姓围攻老毛子的领事馆，最后逼得老毛子都跑啦……不能跟这头疯驴子硬来。钱贵马上缓和了口气，拿起他那鼻烟壶，在鼻子上又吸了一下，连打几个喷嚏。向戴锦宏摆了摆手，示意他坐下。

"他们偷盗票子，你知不知道？他们罢工闹事，你知不知道？"

"你查出来了吗？偷了多少？为什么不公开审？你们怕百姓反了，才转移视线嫁祸于他人！"

钱贵做贼心虚，坐在太师椅上说："抓不是我抓的，是警察局抓的。我劝你少管闲事，免得引火烧身。"

"为什么要处死？"

"是金主席定的死案，谁都挡不住。看在我女儿的身上，奉劝你少管。实话告诉你，你要把事挑大了，老百姓反了，金树仁随便给你栽个罪名，把你也杀了，你信不信。我也跟着当你的替罪羊。"

钱贵的话是实话，戴锦宏不得不权衡，抱打不平将给自身带来灾难。

"不能赎出来吗？"

"你们戴家倾家荡产也救不了姚修贤的命。"

钱贵拿出一张处死姚修贤等六名滥印盗窃银票案的告示，拍着说："你看看，省府衙门定的死罪，让他家人准备后事吧。"

"真冤呀！"

"我也知道冤。不找几个替罪羊，那上面的大人没法儿向百姓交代呀！行啦，行啦，你千万别惹事，闹得老百姓反了，那上头随便给你安个罪名，你一大家子人全完啦，连我的女娃也得搭上。"

天津杨柳青镇。姚家。

古稀之年的姚大人卧床已经大半年啦,思念儿子的心情愈加强烈,令他欣慰的是,几年前已经得知自己有了孙子。最近,天天做梦梦到儿子。

第一次梦到儿子回来了,只看到儿子的一张脸,模模糊糊,忽隐忽现。

"儿啊,你去新疆赶大营已经走了快三十年啦,你为吗不回来哪? 还在生爹的气?"

儿子没吭声,看了他爹一会儿,脸一转,没啦。

"哎,你别急着走呀,跟爹说说话呀……"

一眨眼,黑咕隆咚的屋子。自己躺在炕上寻思:嗨,怎么做了这么一个梦,总算在梦里见到他啦,儿子长的还那样,三十年啦一点儿没变。

第二次又梦见了儿子。

"儿啊,你为吗飘浮在空中不下来哪? 你下来让我摸摸你,行吗?"

儿子的面孔又渐渐模糊,渐渐淡去。

"儿啊,你又要走吗? 下回能不能把孙子带来让我看看?"

一眨眼,黑咕隆咚的屋子。自己躺在炕上又在寻思:嗨,又是一场梦,儿子不说话就不说吧,每天夜里让我见见他,也知足啦。

第三次,儿子又来啦。

"儿呀儿,你又来啦。我知道你也想我,可你为吗不说话呢? 我已是快要走的人啦,撑不了几天啦……"

飘浮在空中那儿子的面孔,又渐渐模糊,渐渐淡去。

终于有一天,儿子又来啦,但这次来与前几次不同。他披头散发,身穿一件红坎肩,坎肩血红血红的,胸前模模糊糊有两个字,什么字辨不清,脚上穿一双黑色的小鞋。姚大人寻思:怎么穿了一双小鞋呢? 还没等姚大人开口,儿子姚修贤站在空中先说话了:"爹呀爹,我天天夜里来看你,我没脸跟你说话。三十年前我从老家偷偷地跑出去,到了这西天。三十年啦,没回老家,没有在父母身边尽孝,我是不孝之子呀……"

"儿啊,你别哭。儿啊,你别这么说,爹也有对不住你的地方。你快点回来见我一面,我留在这世上的日子不多啦。"

"爹呀,我回不去啦。过去回不去是因为没有攒够钱,没钱回去干吗? 人家回去是腰缠万贯,我回去是穷小子一个,还给你老丢人现眼。现在更回不去啦,您老没见我穿着小鞋,是坏人强行给我套在脚上的,我没有脚了,没脚走道我回不了老家啦。"

"儿啊,这是怎么档子事啊?"

"爹呀,你老就别问啦,我说出来,您老更伤心。"

"儿啊,你为吗穿个血糊淋刺的坎肩,还透着一种血腥味儿,我在衙门待过,像是死囚穿的衣,不吉利呀！快把它脱了。"

"爹呀,姥姥死了独生子——没舅(救)了。你老没见狗官们硬是给我把这双小鞋穿,我这辈子是脱不下来这死囚穿的坎肩。今天我是来向您老道声别,这辈子咱爷儿俩缘分已尽,下辈子你还当爹我还当儿。爹呀爹,咱俩以后要托生转世,下辈子一定要选个太平的世道。否则,咱做猪做狗都比做人强。"

"儿啊,你慢点走,爹随你去,陪你到阎王爷那里打官司。"

"爹呀爹,阴曹地府也黑暗,到那里阎王好说鬼难缠。就让我的冤魂回故里吧,围着老家的土地转。"

"儿啊,还有一事我的心放不下,我那没见面的孙子留在异乡怎么办?"

"爹呀爹,你老放宽心,游子心中永远系故土,就好比落叶最终要归根。即便是您老的孙子回不去,我的孙子一定回老家去寻根问祖,让他们代代往下传,让他们世代记住,咱的老家在杨柳青。"

飘浮在空中的儿子说完了这句话,他的身影又渐渐模糊,渐渐淡去。

"儿啊,你慢点走,爹这就跟你去。"

黑咕隆咚天,黑咕隆咚地,一盏孔明灯从老家缓缓升起,向西天飘去。

小新休假,按照戴锦宏的吩咐来到焉耆。

戴纪斌带着小新来到酒坊,正赶上张师傅给酒勾兑。

"哟,小新回来啦,你回来是专程看父母,还是为别的事呀?"

"都有,一来看父母,二来给您老捎我爷的话儿。"

"嗯,看来是大事,遇到小事他从来不管。什么事呀?"

"我爷让我爸尽快地在焉耆收市撤资。"

"收市！撤资?"张师傅很惊讶,他琢磨了一会儿说,"这是为什么呀?"

"具体我也不清楚,我爷说这世道要大乱啦。"

"看来是大事,不然你爷他不会收市撤资。走,账房里谈。"张师傅思想着:嗯,你爷爷想得有理,我生在新疆,我年少时赶上了阿古柏之乱,年轻时碰上了老毛子之乱。是该做准备。

纪斌和小新办完了酒坊的事,小疆带着小新骑马上山来到牧场,看他家的那一千只羊。

迪化城,满街张贴着"滥印、盗窃银票案"处死姚修贤等人的布告,围观者议论纷纷。有替姚修贤等人喊冤的,有对这个案子怀疑的,还有骂街的。这件事成了迪化城街头巷尾谈论的主要话题,它一时掩盖了发生在省城民众抗议物价飞涨和滥发银票造成的社会矛盾和混乱。

张贴后的第三天晌午,从北大街驶过来一个车队。打头的鸣锣开道,三声锣声后喊道:"滥印、盗窃银票案,六案犯今日开刀问斩啰!"

哐、哐、哐三声锣响。

"滥印、盗窃银票六案犯,开刀问斩啰!"

哐、哐、哐又是三声锣响。

街上的行人纷纷拥到路边。

左右两队持枪警察,头戴黑色大檐帽,身穿黑鞋黑裤黑褂,小腿上打着白色缠布,耀武扬威,从头排到尾。中间是囚车,车身在路上摇晃着,似乎缺油的车轴发出吱吱嘎嘎的声响。每辆马车上,有一个大木笼子,囚着一个个披头散发的囚徒,一张脸被头发遮掩得模模糊糊,分不清面目,嘴里还塞着布。脖子后背插着一块长条死刑木牌,上面写着大红色的字"滥印、盗窃银票犯某某"。每个囚车旁跟着一个穿黑衣、腰扎板带、戴一顶红帽子、面涂公鸡血呈紫红色脸庞的刽子手,手里提着宽阔的杀人屠刀。

第一个囚车上就是姚修贤。

钱贵在前面骑着马跟着,最后是警察局长压阵。

车行至大十字准备左拐走东大街时。在人群中突然冲出一个中年妇女和俩披麻戴孝的半大孩子,这是姚安氏带着呈呈和小洁。呈呈两手捧着碗,小洁抱着个小坛子,拦路截住了囚车。

大十字路两边围观的群众有些乱了,两队警察急忙把背在肩上的枪握在手里面对民众。

钱贵急忙驰马前来。

"你这个婆姨为啥拦道!"

"你长了双狗眼看不出来吗?给我丈夫送行!"

人群开始议论。

钱贵耀武扬威地吼道:"把这婆娘赶走,寻衅闹事者抓起来!"

两警察上前欲绑姚安氏。

姚安氏撒泼似的喊道:"印票子是衙门定的,你们为什么抓他?抓人为何不审?为何不让探监?我送我丈夫一程为什么不许……"

一连四个为什么,问得钱贵无语可答。路边的路人也都议论纷纷。

"是啊,既然有罪为什么不审?怕是嫁祸于人吧。"

"滥印银票是他们的罪吗?! 天知道。"

"嗨,这是抓了几个垫背的,冤啊。"

"你瞧,这孤儿寡母多可怜呀。"

呈呈和小洁哭着扑了上去,死死地抱着呈呈他娘。

人群骚动,警察哗啦一声散开,端枪上膛,对着两边人群。

姚安氏躺在地下,拦下囚车,俩孩子抓着她。

姚安氏可着嗓门儿喊道:"我们娘仨今儿就死在这儿……"

这一场面顿时乱了营,警察局长从后面疾驶而来,说道:"把这女人放开,答应她的要求。"

场上静了下来。

姚安氏从地下起来,接过小洁手里的小酒坛子,向碗里倒满酒。

"呈呈,给你爹送去!"

一警察上车,把姚修贤嘴上的布解开。

呈呈上了马车,把酒递给囚笼里父亲。姚修贤看了一眼呈呈,微微一笑,一仰脖,一碗酒倒进肚里,然后把碗一摔,大声吼道:"冤枉啊!是他们强逼我们没昼没夜地印票子,晚上一车一车地拉走,到头来嫁祸给我们,他们黑了心啊!"

"快!快!把他的嘴堵上!"

钱贵急忙向警察喊,两名警察跳上车一个按头,一个绑嘴。姚修贤把头一扭又接着喊:"这帮祸害百姓、贪赃枉法的狗日的们,你们也不得好死!"

姚修贤的嘴被塞上了,人群开始骚动,指责、谩骂者不绝于耳。

姚安氏说:"姚修贤!你今天才像个爷们儿,我下辈子还跟你!你——听——好——啦!"

囚车向小东门疾驶,围观者也跟着往东跑。

"姚修贤!我那挨了千刀的,你走啦我们怎么活?!"

"爸!"

姚安氏娘仨淹没在人群里。

在大唢呐的悲鸣声中,囚车飞快地向东山一道山梁下的法场驶去,囚车后面紧跟着一群小跑着的市民。胆大的想目睹法场砍头是怎么个砍法,胆小的是凑个热闹,还有一部分是囚犯的亲朋好友去送行的,家属们则披麻戴孝去收尸,总不能把囚尸抛在野外让野狗去啃吧。

姚安氏在呈呈和小洁的搀扶下,跌跌撞撞地落在队伍的最后面。

姚修贤等六人,被十二个身穿号衣的公人架持着,从破烂不堪的囚车里弄出来,沿着山坡,架着上了一个半尺高的执刑台。

在后面的山梁梁上,几十个手持大枪、身穿黑衣黑裤、头戴大沿黑帽、腿扎白脚带的警察连成一线,把围上来的民众拦在那道山梁梁上。

大唢呐悲鸣不止,一声比一声凄凉。

姚修贤等六人,被身穿黑衣、腰扎板带、戴一顶红帽子、面涂公鸡血、手里提着宽阔的杀人屠刀的刽子手按着,让他们跪在执法台上。

姚修贤坚决不跪。

警察局长厉声问道:"你死到临头为何不跪?"

姚修贤:"大丈夫生来只向父母下跪,要跪我面向东方!"

钱贵:"咦,你这快要死的人哩,还老到得不行。"

警察局长:"答应他的要求吧,转过身去。"

姚修贤转身面向东方,仰望苍天,他那黑瘦的脸庞上蒙着一层悲壮的神色。

自从被抓进班房,夜夜梦见他的父亲。想起他小时候受到父母的疼爱,想起父亲教诲他唯有读书做官的黄粱美梦,想起因婚姻与父决裂,想起今日走上了一条不归路。此刻,他完全想开了。

他对天呼号:"老天爷呀,我活在这个乱世,被贪官栽赃陷害,公理何在?这个国不像个国、家不像个家、为了活命受尽人间疾苦的世道,有何可恋?生,痛苦呀。死,有何惧!不如了此一生,图个安静。唯独不落忍的,是我那双亲,我那故土。"

午时快到啦。执刑台后面立着的测量日影的木头杆投下的影子,即将与木杆成一条直线。

任监刑官的警察局长高喊:"准备执刑!"

姚修贤挺起身子,对天大声疾呼:"爹呀!你生我养我,我有负您老呀。到下辈子我还要托生做你的儿子再报答你!爹呀!我的身不能返乡见您,让我的冤魂回归故里吧。"

姚修贤说罢,他率先双手撑地,伸直了脖子,脖子放在木头上,向手握大刀的刽子手说:"师傅,请你下手干净利落,谢谢你啦,来吧!"

刽子手说:"大哥,对不起啦,我让你痛痛快快地上路。"

刽子手双手举起了大刀,此时听到山梁上呈呈大喊:"爸爸!"

姚修贤听到儿子的哭喊声,又抬起头来对呈呈喊道:"儿啊,爹对不住你们,你好好活着,长大啦替爹回老家看看。"说完低头,伸长了脖子。

警察局长高呼:"执刑!"

刽子手一刀砍下,身首分家。

只见姚修贤那身体还杵在那儿,一动不动,而砍下来的头,在地上转圈。随后,生成一股旋风,越转越快,又形成一股强大的力量。刮翻了执刑台后面监刑官坐的木台子,刮倒了监刑官坐的红椅子,刮飞了红椅子后面的红幡子、红伞子,把警察局长和钱贵刮向空中一人高,随后重重地摔了下来。警察局长和钱贵被刮飞了帽子,刮跑了鞋子。两人爬起来,一个瘸着个脚,一个抱着个胳膊肘子,连滚带爬、屁滚尿流地往山下跑。随后,天空一声惊雷,只见那颗头在空中化作一股青烟,向东,向东,向东飘去。

有人在喊:"向东,东面遥远的地方是咱老家,让冤魂回归故里吧。"

空中传来了回音:——让冤魂回归故里吧。

在对面的山梁上,上来了一驾马车,车上坐着戴锦宏和戴纪才父子,车上放着一口棺椁,后面还跟着几个人。

戴锦宏:"侄媳妇,我来送修贤。"

风还在刮着,把这光秃秃的山梁扬起了满山的土,弥漫了整个天空,似乎这个世界是灰蒙蒙、阴森森的。

东山一座山梁梁上,黄土埋人,多了一座新坟,新坟坟头没有留下墓碑。姚修贤和成千上万的杨柳青"大营客"一样,从遥远的天津赶到这里,客死他乡。

深秋的天气,突然飘起了鹅毛般的雪花,漫天飞舞。雪花又变成了纸钱。纸钱又化作云烟。云烟向东飘去,回到了阔别三十年的故乡。

第五十九章　商道断啦,骆驼客散啦

在戴家堂屋,戴锦宏和小新爷孙俩聊天。

"爷爷,这次我回焉耆,我爸叫我带回来五十根金条。酒坊完全撤股,清算完了。牧场的一千只羊,巴特尔爷爷帮着降价卖掉,羊圈就留给巴特尔爷爷。店铺里咱赊销出去的货物和借贷关系一时还捋不清,还需要清理。"

"抓紧时间弄,我看这世道被金树仁糟践得不成样子。如果大乱,先乱下面。"

"爷,哈密发生民变,已经乱了。我回来盛世琪旅长邀我去他那儿。他告诉我,金树仁的那些旅长、团长们,真正遇到打仗全败下阵来,让变民武装撵着屁股跑。金树仁不得不起用他哥掌握省军的一部主力,准备派他到东线镇压民变。"

"哎呀,哈密可不能乱,哈密要乱啦,岂不是把通往口内的大门堵啦,咱这些骆驼客今后的生意怎么做?"

当天晚上,戴锦宏把纪才叫到他屋,安排让儿子即刻准备回老家的事宜。

"老二啊,你得尽快回老家一趟,在老家盖个宅子,准备退路。我数了数,咱杨柳青的十来家大户,走了快一半啦。"

"这儿的买卖全都撤?"

"不是全撤,老家有了宅子,我们先搬回去。现在住的大院再把它卖了,用这个钱再回老家投资,开铺子。让老大从焉耆撤回来在这儿守着,这儿和老家两地相互照应,留有回旋余地。"

"回老家盖宅子,需要准备多少钱呀?"

"我把资金全部回笼,还向银号借了点,总共有这个数。"戴锦宏用手比画了个数。

"银子?"

"不,全换成条子,两百根,好带。"

"哇? 两千两黄金。"

"记住,我一辈子的心血全在这儿哪,路上一定要小心,藏好啦。联络几家一块儿走,你处处跟着它。"

"我都记住啦,你老放心。"

"还有,走的时间放在开春。"

"为吗?"

"开春是春耕大忙季节,流民们都有活儿干,劫道的少,明白吗?"

一九三一年三月,戴纪才和其他七八家津商雇用了杨柳青人潘家的驼行,装载了整整二百峰骆驼的棉花包,还有百十峰毛皮之类的原料,准备出发。

戴锦宏不放心,和王生华一块儿前来送行。

"爸,舅,您老这么大岁数啦,怎么还来送呀?"

戴锦宏:"我心里呀,总不踏实不是。"

王生华对纪才说:"你爸说,我是骆驼行的老把式啦,让我也来出出主意看看走哪条路,二来给你们送送行。"

"爸,没事,潘伯的驼行都跑了多年啦,从没出过大事。"

戴锦宏:"不是听说哈密有点乱吗? 世道乱,盗匪蜂起,要小心啊。"

王生华说:"我看呀,还是绕开哈密,走巴里坤那条路。这条路我走过,全是沙漠戈壁,劫匪少。"

潘家侄子说:"王大大,那条道早断了。"

王生华:"北路也断啦,那可没辙了,只有走哈密。"

纪才:"嗨,三百峰的大驼队,再加上十几人押运,途中有几个小毛贼怕啥呀。"

戴锦宏小声问:"那玩意儿放到哪儿啦?"

纪才:"放在棉花包里啦。"

戴锦宏一听急啦,"你看,我让你弄点马肠衣放进去,你怎么不听啊?"

纪才:"大家都放在棉花包里。"

"人家是人家,咱是咱,夜里住店也好带在身边不是。"

"夜里大家轮流守夜,放心吧我的爹。"

几位正聊着,潘宝鑫一眼瞅见了戴锦宏和王生华,边说边走了过来招呼。

"老掌柜的,你这么大岁数啦还要亲自押运回老家?"

"哎哟,潘驼主,你老这个驼帮,就剩这三百峰骆驼啦。"

潘宝鑫:"老掌柜的,今儿不能和过去比啦。在这条骆驼路上修了路,从老毛子那儿弄来的大汽车拉货,屁股一冒烟,四个轮子就跑啦,一天能跑四五百里地,半个月就能到老家。我侄儿跟我合计,把骆驼卖掉买辆大汽车。我寻思,把骆驼全卖了,买大汽车,靠谱吗? 再说啦,现在的骆驼不好卖啦。"

戴锦宏:"人家年轻人想得也对,咱老啦,这脑袋瓜子过时啦。咱让位给他们干去吧,兴许能开个汽车运输行哪。"

潘宝鑫:"是啊,你瞧人家王生华想得开,说不干就不干啦。我这岁数也蹦跶不动啦,介不让我侄子潘贵林接了我的班。"

王生华:"我这把子年纪,又没个后人。买块地种点菜有吃有喝,养老得啦。"

戴锦宏:"这两年路上牢靠吗?"

潘宝鑫:"我跑了三十多年没被黑过,这您老放心,我包期,包赔。"

戴锦宏:"这趟包期多少天哪?"

潘宝鑫:"九十天一准到,放心吧您哪!"

戴锦宏:"真是快多啦。"

潘宝鑫:"这条路呀,就是闭着眼走,哪儿有沟,哪儿有坎,哪儿有风,哪儿有雨,哪条道近,哪条道远,都准准地在脑子里装着。"

戴锦宏:"这条道不易呀,咱骆驼客和骆驼帮连手,风风雨雨几十年呀。"

潘宝鑫:"可不是吗,这辈子都撂在了这条商道上啦。"

戴纪才招呼道:"爸,我们走啦!"

"走好啦,我等着你的信!"

戴纪才骑坐在骆驼上,他屁股下的大棉包内藏着有两千两黄金。随行的七八家津商大户,都抱着同样的目的,返乡盖宅院或投资老家开店。

这个驼队自从迪化出发一路顺畅,天不亮出发,天黑后才住店。尤其赶上一个好天气,一路顺风。经过阜康、吉木萨尔,第三天来到古城子。

古城子是个大县,尤其是杨柳青商户很多,他们在这儿停了两天,装备些食物和水。因为下一段路,行程艰难,从木垒到哈密一线都是戈壁荒漠,这个路段有两个大风口,风沙很大,要格外注意天象。

在古城子遇到从哈密过来的驼行老板。

戴纪才问:"掌柜的,哈密一带途中是否安恙?"

"听说有人遇到过流寇,我来时尚未碰到,但常有一些盗贼出没。还听说哈密亲王的属民闹反了。"

戴纪才他们一行几家商号的押解人员和驼行帮主的一起也商量分析过,认为:哈密亲王的属民闹反,是在反抗王爷,跟我们没有关系。再者,土匪劫道有一定规律,一般在年前有大批的驼队往口里去,携带金银而劫财,年后有商家从口内办货回来而劫物。如今是阳春三月天,正是农牧区大忙季节,对劫道土匪来说是个淡季。嗨,没事! 没事!

于是,驼队上路了,向东驶去。

戴纪才高兴地说:"呵,老天爷开恩,这一路没遇到沙尘也没遇到风雪天。"领驼人潘贵林说:"是啊,希望这一路能顺顺当当,前面就到了哈密地界啦!"大家说笑着,唱起了《骆驼客》这首歌:

> 哪里来的骆驼客,哎——亚丽美,
> 天津来的骆驼客,沙里洪巴嗨。
> ……

快到哈密的一个山口处,突然从地下冒出来几十个衣服褴褛手拿长枪或打猎用的杈子枪的,挡住了去路。

戴纪才:"坏了! 怕是遇上了土匪?"

潘贵林:"怎么这么多的人呢? 这伙人还拿着几把真家伙。"

大家紧张了起来。潘贵林感到情况不妙,过去有遇到过拿着火药枪的劫匪,潘贵林只要拿出短家伙朝天放两枪,劫匪就不敢上前。可今儿,几十人的劫匪手持几杆真枪,还从来没遇到过。

大家的心提到了嗓子眼上,只好硬着头皮过去。

哈密这地界历来就有小股土匪当道,官兵一来,他们就散,官兵一走又聚集在一起抢劫路人。他们一般是劫财,只要你不反抗,他们也不伤你,否则也断了他们在这条商道上的财路。

这几十人根据他们的身着和大多手里拿着打猎用的杈子枪,可以断定是一帮贫困农牧民。戴纪才他们不知道,哈密发生的变民造反,已经闹大啦。

这些人拦下了驼队,让骆驼上的人全部下来。他们也能分辨出哪些人是驼行的帮主、跑脚的驮夫,哪些人是商家押运货的。他们只对商家搜身,而不搜帮主驮夫,似乎已经达成一种默契。

搜出了戴纪才他们几人随身所带的一点银圆。

有些人分头搜索驼上的口袋,看看是食物,又逐一上前摸了摸大包内装的全是棉花,便把搜到的银圆统统交给那个领头的。

领头的数了数银圆总共有百八十块,嘴角露出一丝笑意。从表情上可以看出他内心的表白:"今儿个蹲点运气还不错,有收获。"即摆了摆手示意放行。

戴纪才他们提着的心一下放了下来,驼队前行。

正在这个节骨眼上,领头的骑着马又追了上来,又让驼队停了下来。派人解开了最后两峰骆驼,又摆手示意放行。原来,他们要留下两驼棉花。

"棉花包里可藏有条子!"

"啊! 有条子! 快走快走! 等他们发现棉花包里藏金条,岂不追上来啦!"

当驼队远离这帮土匪的视野后。商客让驼队快行,逃离开这危险地段。驼队日夜兼程往东奔跑,怕土匪再追上来。

奔走了三天两夜,快到星星峡啦,大家松了口气。稍做休息,人驼都进了点食,三天两夜没合眼啦,人们睡了一觉,又继续赶路。

行进中隐隐传来急促奔腾的马蹄声。尘埃渐近,马蹄声越来越近,奔腾的马蹄敲击着大地,就像敲击着人的心,使人心里涌起一股不祥。戴纪才回头观望,三十来骑瞬时奔了过来。几声尖啸的枪声划破天空,带出一串哨音。人马散开将驼队紧紧围住。一个穿翻毛羊皮袷袢、头戴狐狸皮帽子、左手持一手枪、骑一匹黑马的黑脸大汉在驼行帮主面前勒住缰绳。

黑马四蹄不安地在地上踩动着,低头挣缰,前蹄不停地刨着地,粗大的鼻孔喷出气雾。大家惊恐地望着他。

黑脸大汉转过身,一挥手里的马鞭,"海买斯下来!"骆驼上所有的人一个个都下来了。

大汉说:"都过来,转过身去蹲下! 快点!"

大家一声不吭地就地蹲下。过来几个持枪的土匪跳下马,每人用枪指着一个人。

大汉然后对剩下的土匪说:"一个一个骆驼地搜!"

一个土匪把第一峰骆驼上的棉花包用刀割断绳子,棉花包掉在地上,土匪用刀划开棉花包,一个布袋露出来啦。

"金子! 金子!"一阵狼嚎似的狂笑。

一位押运的货主扑了上去,叫喊着:"你们不能抢呀! 这是我一家人的命呀!"他死死抱着那个金袋子不撒手。

只听得"乒、乒、乒"三声枪响,戴纪才偷着瞅了一眼,只见戴狐狸皮帽子的大汉,右手举着的枪口还冒着白烟。那位货主身体抽搐了几下,不动啦。

戴纪才吓得浑身发抖。

劫匪来到戴纪才坐过的棉花包前,举起尖刀,向棉包划去。

戴纪才本能地转身,跪在那儿哀求:"大哥,求求你,给我们留一点儿,留一点儿行吗?"不住地磕头。

戴皮帽子满脸横肉的大汉,从腰间拔出一把刀,举起明晃晃的刀,划在纪才的脖子上。纪才心唰地凉了,牙齿咯咯地打抖。他觉得自己的头发齐刷刷地竖了起来,心里像缺血似的惊悸。

"掌柜的,老实一点儿。我只要金子,不要你们的命。留着你们的小命再去挣吧。要不然! 你们的命和金子,海买斯都没有啦!"

戴纪才感到天旋地转,脑袋瓜子痴呆了,神经错乱了,仰天哭叫。

眼瞧着他们把一袋一袋的金子提走啦,放在马上,跨上马,向天鸣枪,似乎在庆祝他们发财还是胜利。然后骑着马,咯嗒咯嗒地飞驰而去。那马蹄的咯嗒声,似乎在踩踏着他的心,疼痛得喘不出气来。他用手捶着地,终于,他发疯似的喊了出来:"我爹一辈子攒的这两千两黄金就这样没啦?!"

几位商家痛哭一场之后,一合计,共有两万两黄金被劫。

在这条商道上,二百来包棉花全被捅开,棉花散落得到处都有。一条鲜活的生命趴在一个棉花包上,从他身上流出来的鲜血,染红了棉花,染红了这条商道。

戴纪才从地上爬起来,跌跌撞撞地去追那些四散而去的骆驼,嘴里不停地唠叨着:"骆驼跑了,金子抢了,商路断了,老家回不去了。骆驼跑了,金子抢了……"

突然刮起一股狂风,吹起满地的棉花,在空中飞舞。那棉花在空中像雪白的花儿,在空中飘若浮云,又像送葬队伍扬到空中的纸钱,在这条商道上飘飘洒洒。棉花、纸钱、尘土、狂风,淹没了戴纪才的身影,淹没了这条丝绸之路。

吹面不寒杨柳风,又一个春天来临了。

戴家院内那棵杨柳枝条随着春风摆动,柳枝吐露出青绿色的叶苞。

戴锦宏站在戴家大院内看着这棵他亲手栽育的柳树,如今长成了一棵大树。

"老爷子,你站在这儿看着树发什么呆呀?"蜀秀端着铜盆出来倒水。

"我看这树哪。"

"这树有什么好看的?"

"你忘啦,把你从焉耆接来,我俩结婚后,又盖起这个大宅子,我第一件事就是种了这棵柳树。"

"哎哟,你这么一说都四十多年啦。"

这话也引起了蜀秀对往事的回忆。

"那时我才十七,一转眼都奔六十啦,跟做梦一样。想想那阵子年轻,真不懂事,父母都不要啦,一门心思要跟着你。"

戴锦宏:"看着这棵树,从一棵小树苗长成了参天大树,它伴随着我长粗了,长壮了,也长老啦。当初种它呀,是为了对老家留下个念想。今儿,让老二回老家盖宅子,也是为了圆我的梦,落叶归根呀!再看看这个大宅子,就想起我年轻那阵子,一个人,不要命地干,花费了我一辈子的心血。如今这宅子也老啦。这几十年,住在这宅子的由最初咱两人,后来慢慢地有了一大家子人。有人生在这儿,也有人从这宅子走啦……可是呢,你让我离开它,还真舍不得。"

蜀秀:"咱焉耆还有老屋老店哪。"

戴锦宏:"说到这儿啊,我真想到焉耆看看我和你爹在那儿亲手搭建起来的老屋、老店。哎!这辈子真不易呀。"

"是啊,自从我跟你来到迪化,再也没有回到焉耆。我也想去看看从小跟父母生活长大的地方。"蜀秀也附和着。

戴锦宏:"一晃就是五十多年。我已经过了古来稀的年龄啦,该安排晚年的日子。"

"那你打算怎么安排?"蜀秀问。

"纪才这次回老家,在老家的地界盖个宅子,咱们老啦,还是回老家安度晚年吧。"

蜀秀:"那老大老二家呢?"

"不是安排老大把焉耆买卖结了,赶快撤回来嘛,让老大在这儿,等老家的宅子盖好咱就走。"

"爷爷奶奶,我们也回老家。"小季和小成不知什么时候从屋里出来。

"哎哟,你瞧,还有咱这俩小孙子呢。"蜀华乐着说。

戴锦宏:"那可得带上。什么都可以不要,这俩小祖宗不能落下。"

戴锦宏弯腰搂着小季小成说:"小季小成呀,爷爷带你们回天津上洋学堂。"

小季:"爷爷,老家是个什么模样?"

小成:"爷爷,老家有这儿好吗?"

"老家比这儿好。老家的东边就是大海,咱家的旁边就是一条大运河。"

小季:"爷爷,什么是海呀?"

"海,就是望不到边的大湖泊。"

小成:"爷爷,大运河有咱这儿的西河坝大吗?"

"比西河坝大多啦,大运河上还能跑船哪,河里有鱼和虾,还有螃蟹哪。"

小季:"爷爷,我没见过船,船是啥样儿?"

小成:"爷爷,虾和螃蟹是啥样,和鱼一样吗? 能吃吗?"

"哎哟,我这俩孙子提了这么多问题,爷爷一个一个给你们讲。首先说船,这船呀,有小船和大船,小船在河里跑,大船在海里跑,大船上还有房子哪……"

"船有轱辘吗?"

"船没有轱辘。"

"那怎么跑呀?"

"靠桨划着跑呀。海边上的渔民划着船到海里捕鱼,河里的船主要是南来北往地拉货物……"

"爷爷,虾和螃蟹好吃吗?"

"哎哟,我这个小成就惦记着吃,虾和螃蟹比鱼还好吃。"

小成高兴地拍着手说:"好啰,回老家吃螃蟹去。"

小季:"爷爷,天津有咱的家吗?"

"有! 你爸这次回老家,给咱家盖个大宅子。"

"有这个好吗?"

"比这个好!"

"太好了!"小成高兴地跳着。

小季问爷爷:"老家的房子多会儿能盖好? 爸爸多会儿能回来呀?"

"哎哟哟,小季比爷爷还着急,老家的宅子盖起来,爷爷奶奶带着你们就走。"

"好啰,要回老家玩去啰。"

小季和小成高兴地在院子跑着跳着,一家人看着他俩乐。

戴锦宏望了望天,自言自语地说:"你爸爸估摸着才出了新疆,还在回老家的路上哪。"

戴纪才披头散发疯疯癫癫、痴呆呆地拖着沉重的步子,被人送到了戴家大院。那人一敲门,张大爷开了门,只见二少爷痴呆的样子惊恐地说:"少掌柜,你怎么啦?"

张大爷一边扶着二少爷一边喊:"老爷!少掌柜的回来啦!"

戴锦宏和蜀秀听到喊声,从里屋赶忙出来站在台阶上,看到儿子疯痴的样子,急问:"纪才!怎么了?"

戴纪才嘴里唠叨着:"完了!全完了!两千两黄金被劫啦!骆驼也跑啦,全都没啦。没啦,完了……"说完,大哭了起来,瘫在地上。

"儿子!"

蜀秀疯了一般地跑过去把儿子扶起。钱莉莉听到后,推门出来,看到这一情景也吓哭了,跑过去摇着丈夫。

"纪才你这是怎么啦?"

戴纪才嘴里还在唠叨:"全完啦,全完啦……"

戴锦宏急问:"张哥,老二是怎么回来的?"

"老爷,有个人把二少爷送来的。"

"那人哪?"

张大爷和戴锦宏急忙跑出院门,巷子里没有一个人影。

戴锦宏已经猜出了八分,路上肯定是出了大事。他回到院内,看着眼前的情景,没有话说。他久经沙场,九死一生,表面上镇定,可内心翻江倒海,是恨,是怨,他也说不清,毕竟是自己大半辈子的心血换来的,这下全完啦。他勉强控制住自己的情绪,靠在堂屋外的廊柱上,呆痴地望着眼前的这一幕。

"把老二先扶到屋里歇歇,泡杯茶压压惊。"戴锦宏吩咐。

蜀秀和钱莉莉架起纪才往西屋拖。

"老二呀,钱没了还可以挣,人好好地回来就行。"戴锦宏安慰着儿子。

蜀秀和莉莉扶着纪才进了屋。

戴锦宏望着苍天,他想不明白,老天爷为什么对我如此无情。两千两黄金呀,全让土匪劫啦。这不是个小数目呀,是我拼死拼活拼了一辈子的心血呀,你老天爷就这么看着……戴锦宏强忍着满腹的痛苦和那说不清的怨恨。怨谁?怨不得儿子。恨谁?他也不知道。哎,也怪我呀!听说哈密有变民,怎么就没留心呢?嗨!还是回老家心切呀。这倒好,回——不——去——啰——。

回不去老家,事还算小啊,这里面还有借贷的钱哪,怎么给人家还?没了资金,聚福盛总店怎么经营下去?聚福盛不会盛啦,它要衰啦。它如同一座空中大厦,没了根基。没了根基的大厦随时都会坍塌。我这岁数的人,没啦就没啦,塌啦就塌啦。可,还有儿还有孙,还有一大家子人哪。

戴锦宏想到这儿,感觉一阵天旋地转,四肢无力。

"不行,我得赶快进屋。"

他跌跌撞撞地迈了两步,终于扶着了门框,歇了歇,喘了喘气。

"怎么,这腿提不起来了呢?怎么,这门槛越看越高,自己往上长?我就不信,没有过不去的坎!明儿,我拿斧头把这道坎砸喽!"

戴锦宏又努力地抬起右腿,要迈过去。可是腿还是没抬起来,他停下脚,想了想:难道我真的迈不过七十三岁这道坎啦?不行,家业遭到这么大的劫难,我不能甩手就走啦!一家老小撂给谁?要迈过这道坎。

最终,头发晕,眼前一黑,扑通一声,直挺挺地摔倒在地。

这一幕正好让张大爷看到了,他喊道:"老掌柜的!"边喊边扑过去扶掌柜的。没想到,怎么就赶得这么寸,心一急,房廊的台阶没迈过去,快奔八十的老人,腿脚不利索啦,又心急地去扶他的主人,他也接着摔倒了。完了,还挣扎着向西屋呼叫:"二奶奶,老爷摔倒啦!"

二奶奶冲出西屋,见地上躺着两人。张大爷摔倒在门廊的台阶上,老爷摔倒在门槛上,上身倒在屋里,两只脚还留在门外。显然,戴锦宏没有迈过这道门槛儿。

她惊呼:"老爷子,你怎么啦?"

莉莉、张妈、小季和小成急忙跑出来,看到这一幕也惊呆了,只见戴老爷子趴在地上不省人事。

"哎哟,这怎么办哪?快把老爷扶起来!"蜀秀惊慌失措。

"等等!先别折腾,把老爷扶过来平躺着,让他喘过气来。"张大爷连忙制止,他知道这是气过去了。

人们都忙活老爷子这头。这时的二少爷,疯疯癫癫从西屋出来,嘴里不停地嘟囔着:"完啦,完啦,金条没啦,骆驼跑啦,老家也回不去了。完啦,完啦……我去找骆驼骆驼驮着棉花包,棉花包里藏着金条,找骆驼,找骆驼,骆驼在戈壁滩上……"

纪才一边嘟囔,一边出了院子,谁也没理会二少爷走出院子。

在堂屋,人们都围着戴锦宏。

蜀秀:"快!掐人中。"

钱莉莉掐人中,蜀秀掐虎口。

蜀秀:"小季,快去叫你呈呈哥还有小洁。"小季跑出院子。

片刻,戴锦宏长长地吐了口气,睁开了眼,望着众人都围着他,不解地问:"我这是怎么啦?"

蜀秀这才突然大哭:"你刚才死过去啦……可,可把我吓坏啦,快,抬到炕上。"

戴锦宏说:"我自个儿起。"

戴锦宏刚一用手撑地,"哎哟,疼……这条腿……不能碰。"

大家伙扶的扶,托的托,终于把老爷子搀扶到了里屋炕上。

戴锦宏还喘着粗气说："别管我,去看看张哥。"

这时,呈呈来到院子,看到张奶奶坐在地上抱着张爷爷掉眼泪。

"张奶奶,张爷爷怎么啦?"

张奶奶擦了把眼泪说:"他走啦。"

呈呈:"啊!张爷爷走啦?姥爷!张爷爷走啦!"

戴锦宏吃惊地探起头,睁大眼睛:"怎么!张哥走啦?!"

躺在炕上的戴老爷子听说张哥走啦,眼泪夺眶而出,悲痛地说:"我七十三岁这道坎是张哥替我迈过来啦,他替我……"

钱莉莉回西屋,又从西屋出来,惊恐地喊道:"妈!纪才不见啦!"

蜀秀:"啊!他不是躺在炕上吗?"

钱莉莉:"人没啦!"

蜀秀惊慌失措地对戴锦宏说:"当家的,纪才不在西屋,他疯疯癫癫的到哪儿去啦?"

戴锦宏:"快去找找!"

呈呈、小洁、钱莉莉、小季、小成分头到处去找,没找着。

戴家少掌柜疯啦,失踪了。

戴锦宏躺在炕上,闭着眼,不停地念叨:"有人送老二回来了,怎么不见送的人呢?老二怎么突然又没了呢?莫非是纪才的魂回来的,给我报了个信,他又走啦……"

蜀秀:"当家的,你可别这么说,我怕!"

戴锦宏:"再去找!到驼道上去找!"

戴家派人到古城子方向一路寻找,没见戴纪才的身影。与此同时,姚安氏和呈呈帮着料理了张大爷的后事。

几户津商两万两黄金在哈密被劫,迅速传遍迪化,又传到南北疆。这条自古以来开通的商道彻底断了,驼铃声消失了,《骆驼客》这首歌听不到了。

迪化的百姓议论:

"津商两万两黄金在哈密被劫,为什么呀?"

"听说哈密变民闹反。"

"为吗反呢?"

在乾隆朝,皇上封了个哈密郡王,封了大量的土地和属民。属民是哈密王的奴仆,没有人身自由。关内闹辛亥革命,清朝亡啦,皇上没啦,可哈密王还在,继续当他的王。可是,属民不干啦,要求"返土归流",就是要求把土地分给属民,属民变成农民。于是,爆发了铁木耳领导的属民起义。当时新疆都督杨增新怕事态闹大,对铁木耳采取招安,平了这起乱。

一九三一年哈密王死了,老王的儿子聂孜尔继王位,再度引发属民反叛。金树仁认为这是个大好机会。他早就想取消了哈密郡王的封地,可以安插由甘

516

肃自流来的难民屯垦增田,增加田赋。于是,他削了聂孜尔的王位,哈密王的属地归政府分配。

哈密郡王的属民们,斗争了几十年的封建枷锁终于打碎了,他们获得了人身自由。但是,他们很快发现,"返土归流"的经济利益并没有获得。封建王爷没了,却换来了省府官僚沉重剥削。这引起维吾尔族农民的极大不满。于是,哈密王府属民武装起来,反抗金树仁政府。恰巧这年三月,天津商人的骆驼队路过哈密,驼队被劫。

戴锦宏自从见了疯疯癫癫的儿子回来,得知财资被劫,驼队失散,儿子疯了,再加上摔了一跤,右腿骨折,此后卧床不起。

戴纪才失踪了半个多月,王生华、呈呈和钱莉莉找遍了迪化方圆几里地,又派人一直找到古城子,不见纪才的踪影。

"生不见人,死不见尸呀!"

这期间,蜀秀每天替儿子祈祷:"儿呀儿,你就是娘的命。你回来晃了一眼就不见啦,到哪儿去了呢?是你的魂回来一趟就走啦?娘的心都碎了。"

蜀秀没有别的办法,只能来到菩萨庙。待俺进去求求菩萨,让他老人家显显灵,保佑我儿还活着。

进了菩萨庙,庙里怎么也黑咕隆咚,俺两眼发花看不清。几个大蝙蝠,撞得梁头扑棱棱。俺的眼闭了会儿,这才慢慢地看清,脚下不知被什么东西绊了一下,差点儿没摔倒。

"呀!怎么在菩萨面前横躺着个人。"

"哎呀!像我儿。"

再瞅瞅,不是,躺着的人是个要饭的。是死是活也不知,吓得俺脑仁子发麻,腿肚子转筋。赶快退出菩萨庙,望着他……

"菩萨呀菩萨,人都死到你跟前,也不发慈悲救救人。看来您老人家也遭了罪,这菩萨不是菩萨,神不是神。"

戴锦宏是白天等,夜里盼,他不知道能等来什么盼来啥。他想不明白,纪才突然疯疯癫癫地回来报了个信,怎么又突然之间没了呢?莫非他已经死在了骆驼路上?是魂,报了个信?

戴锦宏嘴里念叨着,心里想着,迷迷糊糊好似喝了迷魂药。他隐隐约约听到了儿子的呼唤声。那声音断断续续,悲切切,凄惨惨:"我的爹……妈……呀,遭了大罪了……"

"儿呀!你在哪儿?"

"我在骆驼路上,找咱家的骆驼队,骆驼驮着棉花包,棉花包里有咱家两千两金子……"

"儿呀!别找啦,你快回来吧!儿啊!儿啊!纪才!纪才!"

"当家的！你怎么啦？"

蜀秀推醒了戴锦宏，又是一场噩梦。

这一年的年末，外面传来了更坏的消息。

从甘肃来了个尕司令叫马仲英，率领几千杆子兵，扛着洋枪，拉着洋炮，北路占了古城子，南路占了鄯善、吐鲁番。

"尕司令的杆子兵打到迪化来啦！"

迪化百姓人心惶惶，城外的百姓往城里逃。呈呈到城外找王生华，让他到城里躲一躲，这个舅爷说死不肯来。

"姥爷，舅爷说，他一个孤身老头儿怕啥。城里就安全？你们没听说，古城子被屠了城，他留在城外，两头好有个照应。"

戴锦宏寻思：完啦，完啦，遇上了战乱，完啦，完啦，完啦！商道断啦，骆驼客也都散啦！

第六十章　尕司令闹反，围攻迪化城

　　哈密民变武装怕省军前来镇压，派人到甘肃请马步芳，没想到在途中遇到流窜于西北三省的军阀马仲英。

　　别看人民称他"尕司令"，他可不尕。他敢和西北国民军，和西北"三马"争地盘，都打遍了，最后让马步芳赶到肃州。正在走投无路之时，尕司令受到哈密反金树仁政府民变武装的邀请后，纠集八百多武装，于一九三一年夏入新疆。尕司令仅用了三个月，在哈密一带攻城略地，便在新疆发了一笔横财。一九三二年元月，尕司令在肃州武装了人马，配置了一些重武器，向新疆卷土重来。他的目的很明确，攻占省城迪化，做新疆王。尕司令控制哈密后，分两路向迪化杀来。

　　迪化城外的百姓不断地往城里拥，省守备军队紧张地在调动。

　　百姓感到大战临头，三人一伙、五人一群地在街头巷尾议论着，传递着各种恐怖的小道消息。

　　"尕司令已经占领了达坂城！"

　　"古城子被屠城啦！"

　　"听说，尕司令的手下个个都是杀人不眨眼的土匪，能打仗，把金树仁的省军一路追着撵着跑。"

　　"他的兵都是些杆子悍匪，破了城，男人杀掉，女人不管老幼通通掳走，供那些贼厮日弄，腻了，年轻漂亮的卖给窑子，老的小的杀掉，可残忍了。"

　　一时间，各种真真假假的坏消息，越传越邪乎，迪化市民人心惶惶。迪化市郊的人弃家逃往城里，各庙宇、戏园子塞满了拖家带口的难民。

　　金树仁乱政，马仲英闹反，老百姓遭殃了！

　　二月二十一日清晨，戴锦宏在屋里听到城外枪声大作，他非要架着拐出来看看。

　　"蜀秀呀，怕是城外已经打起来了。"

　　城里响起了炮声，一颗子弹曳着哨音，似乎直冲他们头顶飞过。不久枪声从四面八方响了起来。尕司令的部队已来到城边，开始攻城了。

　　二十二日拂晓时分，攻城战十分激烈，大炮的轰击声把门窗上的玻璃震得直响。炮声足有三四十响，机关枪几乎一直不停。迪化有史以来还是第一次遭到这样的现代炮火的洗劫。

　　二十二日夜，枪声还是不停。听说马部攻城主力集中在西大桥、西公园和邻近的纺纱厂。

二十三日，城防司令下令炮轰西大桥长达一里的"小教街"，制造了震惊全国的迪化"小教街惨案"，死伤各族百姓两千多人。

戴锦宏躺在炕上念叨："生华呀，他怎么那么犟呢，让他进城躲躲，他就是不来。这下完了，西门外死了那么多人。"

蜀秀："他说他老啦，一个人没牵没挂怕啥？你就别操这份心啦。"

"还有焉耆的老大一家，不知道怎么样啦？现在到处闹乱，省城都打成了这样，那些下面的县……唉！能不操心吗？"

"你操心有吗用？"

戴锦宏："好！我躺着，等着，等不来准信儿，我死不瞑目！"

蜀秀哭了，流着泪说："你可别这么说，你走啦，我也不活啦。"

尕司令的杆子兵，围城一个月了，守城的军民，每天都有死伤的被抬下城墙。城里的粮食没啦，炭和柴火也没啦，每天都有冻死的饿死的。迪化百姓恐惧万分。

就在迪化百姓绝望的时候，归化军骑着马，挥舞着刀枪，"乌——啦！乌——啦！"地喊着，把杆子兵赶跑啦。

"迪化城解围啦！"

"百姓得救啦！"

城里的居民在家囚禁了一个月，男女老少高兴地跑到街上喊着跳着，庆祝他们躲过了这一难。

焉耆。

尕司令围攻迪化城之前，戴锦宏给老大纪斌发去一封电报，让他全家上山躲一躲。老大舍不得撂下焉耆的铺子和老宅子，劝说土豆带着小疆进山，自己留守在家里。土豆不愿意离开丈夫，把丈夫一人留在这儿她也不放心。

土豆说："尕司令也就是在省城闹一闹，他一个山大王能打得过省军，我不信。再说了，我一个老婆子，怕啥。"

纪斌劝他老伴："听说尕司令的杆子兵，个个是凶煞恶神，像虎狼一样，杀人放火奸淫掳掠，连老女人都不放过，咱爸不放心，你还是带着小疆去巴特尔大伯那儿躲一躲。"

三月初，归化军增兵迪化，赶跑了杆子兵。尕司令兵败撤兵迪化，退到达坂城、托克逊、吐鲁番一线，并派出一个团进驻和硕和焉耆。

"杆子兵真的来啦！"

焉耆城的百姓们紧张了起来，尤其是妇女儿童，携带着值钱的东西，成群结队地往山上躲。戴纪斌把金条银圆藏在茅房里，把妻儿送上了山，安顿好了后，他又回来了。

没过两天，一支队伍开进了焉耆镇。这支队伍有百十来人，一人背一支黑不溜的长枪，还扛着三支带两腿的快枪。这群人身着黄衣黄裤黄制帽，腿上打着黄腿带，清一色的稀屎黄，个个耀武扬威，他们直奔县衙。

路边的人悄悄说："尕司令的杆子兵不像凶神恶煞的土匪呀？"

"但愿他们别祸害百姓。"

"谁也知不道他们日后咋样？"

焉耆的百姓们稍微安了点心。

第二天一大早，几个穿稀屎黄的大兵砸开了戴纪斌的院门，闯了进去。戴纪斌养的那头老黄狗跑过来，"汪、汪"直叫。有一大兵举枪，"叭、叭"两声，大黄狗身上腾起红色的血雨肉雹，大黄狗顿时倒地，鲜血从狗的头上身上淌流下来，曲曲弯弯在地下漫流，散发出一股腥气。与此同时，拴在马棚的那只马前蹄腾空，也惊恐地嘶叫。

这一突然发生的惨状，吓了戴纪斌一跳，他战战兢兢迎了上来。

"军爷，来我家有吗事呀？"

领头的兵没理他，推开了戴纪斌，向其他几个大兵一挥手："搜！"这几个大兵推开了房门，砸开了店，翻箱揭铺搜了一阵，出来对领头的说："班长，也没啥东西。"

领头的班长问戴纪斌："你们家的人哪？"

"我们家就我一人。"

"哼，给我说胡话呢，婆姨和丫头子都跑了吧？只要你们听话，我们是不祸害你们的。"

领头的班长一边转着圈一边又说："没人好哇。"然后停下来对戴纪斌说，"从现在起，这院子、这房子、这挂马车，还有你这人，我们统统都征用了。一会儿，商贩们在你这大院里开会。"

"军爷，我把这死狗收拾掉。"

"用不着，就摆到那儿，让人们来了看一看。"

这时，街上传来敲锣声，随着锣声听到有人喊道："各家商铺掌柜的，听到锣声到戴家院子开会，不到者查封店铺，并按军法论处！"咣、咣……

不一会儿，又来了一队杆子兵，为首的身披黄大衣，腰间插着一把盒子枪。后面跟着焉耆县长，县长手中提着一面锣。县长身后跟着一群各商铺的掌柜，最后面又是一队端着大枪的杆子兵。这群商户掌柜一个个像赶羊似的被赶进了戴家大院子。一个个进了院子，首先看到的是，躺在院子门前那只鲜血淋淋惨不忍睹的狗。人们都关进了院子，周围全是端着枪的大兵。那位身披黄大衣的军头站在院门口，伸了伸脖子，整了整领子，斜着眼看了一眼他前面躺着的狗，开始发话："这只狗是不是见了我们认生，不听话，还想咬我们？打死的好，这就是它的下场！嗯,言归正传。我们在尕司令的率领下,受中华民国政府的派遣,受新疆穆斯林兄弟的邀请,来到新疆,把你们从金树仁政府的残酷压迫中解救出来。让我高兴的是,你们的县长投降哩,他还当他的县长。更让我高兴的是,焉耆这儿,有这么多宁甘青陕的乡党,好哇,我们是一家人啊,我们来保护你们。话又说回来哩,自古以来当兵吃粮,当兵发饷。你不给饷,谁能把自家的头别在裤腰带上耍命呢？谁来保护你哩？今天的会就是把商家叫来征饷银。大商户缴纳一百块大洋,中户缴纳八十块大洋,小户缴纳六十块大洋。名单都在县长手上呢,按名单缴纳,期限三天。抗缴者的下场,就是这条狗！完哩。"

这位马连长讲完话,转身就走了。这群商户个个愁眉苦脸地也散啦,"哎,舍财保命吧。"

焉耆县虽然还没有出现杀人放火的大灾难,但奸淫掳掠的事每天都在发生。

"哎,幸亏把土豆娘儿俩送到了山上,要不然可就遭了殃。"

戴纪斌的房子让一个班的大兵住了,"哎,让他们祸害吧,总比把我的房子铺子烧了强。"

戴纪斌连同他的马车被强征,干吗去呀？被杆子兵押解着到乡下征粮食去。

土豆和小疆躲在山上,不久,焉耆城里的一位回族老大爷偷着上了山,给他的儿子儿媳、丫头、老伴来报信:"可别回去呀,幸亏我让你们上了山。这些杆子兵,进了人家房子就搜,见了人家的婆姨和女子就奸。"

土豆从这位老人的嘴里得知,自己的家被杆子兵占了,孩子他爹被强征服役。土豆听到这个消息后日夜不安,后悔自己为什么不把孩子他爹留在山上。土豆吃不下,睡不着,闭上两眼就做噩梦。她白天坐在山尖尖上,望着山下远远的焉耆城。嗨,虽然啥也看不到,可那儿是我的家,那儿有惦挂着的人。坐在那儿想着过去的事,一件一件数不清。

戴纪斌赶着家里的马车,去乡下拉被杆子兵抢来的粮食。每天,由杆子兵押着,从乡下拉着抢来的粮食送到县衙门。到了晚上这些被强征的人,赶到张伯的老酒坊关起来。"还是张伯好呀,听了我爸的话,早早关了酒坊的门歇了业,躲过了这一劫。"戴纪斌一天天一月月地煎熬着。

杆子兵被归化军赶跑啦,迪化解围了。

今天早晨,戴锦宏的精神似乎突然好了一点,让蜀秀给他擦了把脸,然后坐起来漱了漱口,并出人意料地提出想吃点稠乎乎的稀饭。蜀秀赶忙出去告诉钱莉莉给老爷子熬点粥,然后回到屋子里。

戴锦宏坐在炕上瞅着这陈旧的房子,已经破败不堪。纸糊的顶棚,已经坠下来了一大角,露着黑洞洞的一个窟窿。屋顶上可能有漏雨的地方,雪水或雨水渗进房顶,又渗到墙上,沿着墙角墙面渗了下来,阴湿了一大片,留下一道道灰黄色痕迹。墙皮也多处脱落,斑驳陆离。

戴锦宏自言自语:"嗨!看看这老屋,没钱雇人收拾它呀。"又对蜀秀说,"老二他妈,咱这房子住了有多少年头啦?"

"三十多年啦。"

"哎哟,一晃三十多年,这房子也老啦。"

钱莉莉端着一碗粥进了堂屋:"妈,粥好啦。"

蜀秀接过来,给戴锦宏喂,戴锦宏勉勉强强吃了半碗,然后他挪动着身子要下地。

蜀秀问:"你要干吗?"

"我想出去看看咱的这个大宅子。"

"你腿脚行吗?"

戴锦宏没言语,蜀秀扶着他站起来,架上拐走了两步,又停下来。

蜀秀:"瞧瞧,腿上没劲了吧,还是靠在被子上缓缓。"

戴锦宏又躺到炕上,靠在被子上喘了几口粗气,说道:"你把钱莉莉给我叫来。"

"叫她干吗?"

"我得安顿好后事呀。"

"嗨,你这是要干吗呀?"一边说着一边走到堂屋门口,"莉莉啊,你爹叫你。"

钱莉莉来到里屋。

"爸,有事吗?"

"你俩都坐下,我有话说。"

戴锦宏说:"莉莉,纪才可能找不回来啦,家里的日子还得过呀。小季和小成还是俩半大小子。你妈岁数也大啦,这个家只有托付给你。张妈走了后,你接过了家务活儿,还要去柜上盯着。从今天起,家里的事就别管啦,交给你妈。家里不景气,你和柜上的伙计崔三交接交接,给俩银子打发他走吧,让小季跟着你在柜上。小季大伯一家能回来就好啦,总有个男人撑着这家。如果回不来,我走了以后,你们的日子……"

戴锦宏说不下去了。

"爸,你让我掌管铺子?"钱莉莉略带惊喜。

戴锦宏先点点头,后又摇了摇头,打岔说:"一辈子的心血落到这份上,家败啦,剩下的人老的老,小的小……"

戴锦宏没在接着往下说,似乎还在寻思着什么。

"爸,就这事?还有别的吗?"

戴锦宏摇摇头。

"那我从今儿开始就盯在柜上。"

戴锦宏没吭声,摆了摆手,示意让她走,钱莉莉走啦。

戴锦宏叹了口气,说道:"嗨,这也是没办法的办法。"

戴锦宏又让蜀秀扶他下地,在柜子的小抽屉里取出几张契约。

"有些事不能当着莉莉的面说,生意场上总有借贷的债务关系。有别人欠我的,也有我欠别人的。这些事哪,纪才都清楚。他、他,至今不知死活,只好告诉你。把别人欠咱的要回来,你放着养老,别大手大脚地玩钱,供你一二十年的生活开销没问题。咱欠别人的,就把这大宅子抵押出去还债,富余的钱你存着,留给俩孙子。你们剩下这四口人都搬到店铺的后院住,靠这铺子营生。这儿有两头的房契,你可一定放好,记住!"

蜀秀:"我可不跟儿媳妇住,跟她合不来。"

"这莉莉呀,跟咱生活了十来年啦,看她平日少言寡语的,可她心里有主意。我这心里跟明镜似的,把这世道看得清清楚楚。纪才没了,我要走啦,你可就受气啰。实在过不下去就撵她走,把小季培养起来,这个孙子心眼儿好,对你错不了。"戴锦宏停了一会儿,缓了口气,又说道,"撵她也别明着说,她还年轻,给她一笔钱让她改嫁,打发她走。剩下你们仨再熬个三五年,等俩孙子大啦,也就熬过来啦。"

"你可别走,我怕……"蜀秀悲痛地哭了。

"老二没啦,焉着的老大一家也凶多吉少呀……嗨!是福不是祸,是祸躲不过,人生一世,生死在天。我担心的就是你。"

蜀秀抱着共同生活了一辈子的丈夫哭得泣不成声:"我怕,怕你走啊,你走了我可怎么办哪……我跟你走,要死,就一块儿死。"

"你净说傻话,迈腿还有个前后脚呢。再说,还有俩没成人的小孙子啊!我就想不明白,我这辈分的人,死的死,受难的受难,到儿子这辈也这样?这世道真变了,变成个魑魅魍魉的世道啊。"

尕司令撤出迪化城后十余日,省城迪化发生兵变,归化军和省军真刀真枪地在城里打了起来,为吗呀?

归化军是金树仁的雇佣军,归化军赶走了尕司令的杆子兵,可是金树仁不付雇佣金。归化军围了省衙门、城防司令部和公安局,从而引发"四一二政变"。金树仁跑啦,金树仁的亲信被杀了,钱贵也成了替死鬼,拥兵自重的盛世才坐上了省督办的位置上。

尕司令得知省府迪化内部打起来啦,感到机不可失,率军二围迪化,这一次他下定决心一定要攻破迪化城,做新疆王。

一九三三年一月,第二次迪化战役又打响了。没想到盛世才搬来苏联红军,尕司令的杆子兵损失惨重,手下几个团长剩了一半。身边就剩下"鸭子"团长和马世明,以及不足两三千人马。尕司令二次兵败,率残军向南疆逃去。

迪化二次解围,尕司令率残部住南疆。小新随盛世琪的机械化旅配合苏军南追。迪化城民众组织起来修复清理城内外被毁的城墙、民房和道路,掩埋城外百姓的尸体。呈呈受姥爷的委托到西门外菜园子找舅爷。

钱莉莉成了没落聚福盛店铺的掌柜人。迪化解围的这天,她和店伙计崔三边倒腾货物的库存和统计账目的资产,边聊着天。

"少奶奶,老掌柜的身体欠安?"

"七十多岁的朽木了,早该走啦!"

"我在戴家十年啦,今儿终于抬起了头。"

"那恭贺少奶奶接班掌柜啦。"

"恭喜什么呀,就落下两套房产,账上还欠着账呢……哎,崔三,你今年多大啦?"

"三十好几啦。"

"你怎么不娶个媳妇呢?"

"拿什么娶呀,娶媳妇、住房子、生孩子不都得花钱?"

"那也不能一辈子打光棍呀?"

"骑驴看唱本——走着瞧吧。"

"我给你寻一个。"

"你?!"

"我替你看好了一个。我自己呀,也得算计算计我的后半生怎么个活法。"

"少奶奶你如今接管柜上啦,那戴家的房子铺子以后不都成你的啦?"

"老头子死了,还有个老婆子呢,她且活着哪。把她伺候死了,我也老啦,我靠谁呀? 在戴家十几年,我是低三下四的,连个用人都不如。"

"你还有俩儿子哪!"

"有儿子能给我什么? 我不能后半辈子再伺候他们,我要有自己的一大笔钱,风风光光地享受享受,不能白来这世上一回。"

俩人都在沉思,算计各自的未来。

"你知道吗,老头子让我辞了你。"

"这我都想到了,万一有这么一天,我就卷铺盖卷儿走人。"

"你能走哪儿去呀?"

"哎,车到山前必有路,走一步算一步吧。"

"你放心,我留着你。"

"那我可谢谢少奶奶您啦。"

钱莉莉抿着嘴乐着,拿过来一条板凳,站在板凳上取货架上的东西。一边抓弄着,一边寻思:看来这个老东西自个儿明白,熬不了两天啦,他才把这个店交代给我。我得有一大笔钱,足够我花一辈子的,钱比男人重要,有钱啦养个男人,不行啦再把他一脚踹开。对!就这么办,想办法把房契拿到手,偷偷地把铺子卖了,带着这笔钱……

钱莉莉想着心事一走神,只见她晃了两下,"哎哟"摔在地下,起了三次才勉强站起来,手扶住柜台却移不动脚步。

崔三忙过来问:"少奶奶,你咋咧?崴了脚腕子啦?"

"怕是岔气啦。"钱莉莉疼痛不堪地蹙着眉头。

"哎哟,疼死了!"

崔三站在旁边不知所措。

"你扶我到屋里,躺一会儿就没事啦。"

钱莉莉伸过一只手给崔三。

崔三挽扶着钱莉莉的胳膊,刚走了两步,"哎哟"一声,崔三忙搭上另一只手,揽住钱莉莉的腰。她借势趴在他的肩膀上,双手从后肩和前胸搂住他的脖子。他浑身燥热,心似乎已经跳到嗓子眼,腿肚子发抖。她那温热的胸脯贴着他的身上,她那柔软的头发蹭着他的脖颈,他浑身痉挛。

崔三把她挽进屋里。

她躺在屋里崔三的铺上,闭着眼,呻唤一声:"你帮我揉一揉。"

她闭起双眼,脸上透着红晕。

"少奶奶,你舒服一点了吧?"

"舒服,多少年啦,没有这么舒坦过。"

静静的屋里,只听到钱莉莉舒坦的哼哼声和顶棚里两只耗子吱吱吱的嬉闹叫声。

半个时辰后,钱莉莉坐了起来,扣着衣扣。

"少奶奶,你好点了吗?"

"以后别叫我少奶奶。对外叫我掌柜的,咱俩时就叫我莉莉。"

"哎,我听您的。"

"那你叫我一声。"

"莉莉。"

"唉,我给你交代个事。"

"你说。"

"咱的货和这铺子、房子,请人估个价,值多少钱。"

"要卖吗?"

"这你别问,照我的吩咐去办就是啦。"

"哎。"

"妈!"小季在铺子外敲着铺板喊着。

钱莉莉急忙迎了出去。

"什么事呀,这么慌慌张张的?"

"妈,舅爷死啦。"

钱莉莉跟着小季往家一边走一边问:"怎么知道你舅爷死了?"

"呈呈哥到城外找舅爷,舅爷的房子全塌啦,后来在菜窖里发现了舅爷。"

钱莉莉回到家里,见呈呈和小洁站在戴锦宏身边。戴老爷子他那被压抑的痛苦情绪,终于控制不住啦,仰着头张着嘴,似乎揣那口气,又揣不出来,只见他抽搐了两下,身子一软,瘫倒在炕上,昏了过去。

蜀秀大惊:"孩子他爹,你怎么啦?"戴老爷子没有反应。

"莉莉,快去请大夫! 小季,你也跟你妈去!"

呈呈摸戴锦宏的脉搏:"嗯,姥爷有心跳。"

蜀秀过来给他按摩心口。过了一会儿,戴锦宏竟然慢慢地睁开了眼,望着大家没说话。

这时,大夫请来了。大夫上前给把了一阵脉,说:"这么大的岁数啦,他已经心脏衰弱,遇到悲痛的事容易昏过去。"

钱莉莉别有一番心思:这个老东西,命怎么这么大呀。

戴锦宏躺在炕上,望了望周围的人,喘了口气,"生华也走啦,自个儿死在菜窖里……他是不想麻烦人。"

蜀秀:"你就别想那么多啦。"

钱莉莉:"爹,您老别太伤心,还有俩孙子需要您哪,你老好好睡一会儿。"

钱莉莉拽了拽婆婆的袖子,示意她出来。出来后,对婆婆耳语。蜀秀随钱莉莉进入她的屋子。

"小季,你到柜上去替我盯一会儿。小成去挑担水。你俩也不小了,该给大人分担点事。"

钱莉莉把小季和小成支出去后,对蜀秀小声说:"妈,老爷子看来也就剩一口气啦,早晚的事了,我们孤儿寡母的怎么活呀?"

钱莉莉一把鼻涕一把眼泪的。

蜀秀问:"你说怎么办呀?"

"把铺子卖啦!"

"铺子卖了拿什么挣钱呀? 咱孤儿寡母老的老,小的小,怎么活?"

"妈,你以为有个铺子就能来钱? 这乱世上哪儿进货? 是你去进货还是我去进货? 再说啦,就是铺子有货谁买呀,到处都有冻死的饿死的。"

"这……"蜀秀感到莉莉的话不无道理,她犹豫了,可是老爷子有话呀……蜀秀说,"老爷子可都安排啦。"

"老爷子怎么安排的?"

"老爷子说外面还有些债,如果老大回不来,就把大宅子卖了还债,我们都搬到店铺后院住。"

"还债?！都什么时候啦还想着给别人还债？妈,老爷子真糊涂了。您老在大宅院住了一辈子啦,到老了老了去住小土房子,您能住吗？我看还是把铺子卖啦。卖的钱,你和俩孙子这辈子都花不完,留着铺子是能吃还是能穿?"

蜀秀是犯糊涂了,无言。

"那你说怎么办?"

"把店铺当了,把房契找出来,我去问问能卖多少钱。"

"要么再等等?"

"还等什么？万一老大从焉耆回来了,还有你的吗？赶紧吧!"

这句话打动了蜀秀的心:是啊,老大从小我就不待见,他一家子若真的回来,还有我的吗？蜀秀最终把房契交给了钱莉莉。

钱莉莉:"您老一定记住,要背着老爷子,那个店铺是他的命。"

第六十一章　聚福盛在烈火中化为灰烬

迪化二战,尕司令再败,撤退到托克逊召集部下训令:

"弟兄们,如今我们到了最难的时刻,全军将士精诚团结,明日,吃饱了,喝足了,全军拔营开赴喀什。在这一路上,筹军粮,筹军饷。本司令放开戒令三天,该日弄的就日弄去吧。"

三月初,尕司令率残部步步南撤,从托克逊败退下来一路掠抢,将仇恨发泄在平民身上。

三月的一天,戴纪斌在店里收拾货物,店外张贴着"给钱就卖"的告示。土豆进店帮助丈夫收拾,她看着这些货心疼地说:"都贱卖,这不是亏了吗?"

纪斌边收拾边说:"贱卖,还没人要哪。这三年闹杆子兵闹得到处不得安宁,新货进不来,旧货销不出去,这生意也没法儿做了。咱这条街上好几家店铺关门了,咱在这儿硬撑着,赔得更多。"

土豆问:"还有这么多货,怎么办呢?"

"卖不掉,就寄存别人家代销吧。爸来电报让咱快收市,怕这儿不安全。嗨,哪儿安全呀?省城都打了两年啦,我还担心他们那儿哪。"

土豆心疼地说:"这一收市损失太大啦。"

"爸说,别舍不得那点家当,该摺下时就摺下,要不然就误了大事。还有啥大事呀,不就早一年或晚一年的回迪化吗?这儿一大摊子的事得处理,牧场还有一千多只羊怎么办?"

土豆动情地说:"嗨,我还真舍不得离开焉耆这地方。我五六岁跟着我大一路要饭来到这儿,实在活不下去了,我大要卖我。幸亏碰到咱爸,是他救了我,才有了今天。焉耆是戴家的福地,也是我的福地呀。"

"我跟你结婚后来到这儿,接过爸留下的家业,一晃都三十多年啦,大半辈子都摺在这儿了。回迪化也好,咱爸也老啦,该陪陪他了。"

"是啊,我也该在咱爸跟前尽尽孝了。再说了,咱小新都二十出头了,他要不是上了几年军校,不在军队上干,恐怕我今儿该当奶奶啦。"

"也好,咱也老啰,挣扎不动了,回迪化养老抱孙子。"

土豆咯咯笑道:"你说老了,可别在咱爸面前说。"

正在这时,小疆骑马从牧场回来了。他在店门口下马,拴好缰绳进店,提着一个袋子进来。

529

小疆："爸,咱牧场的羊卖了一半,一块大洋一只,收回来了五百大洋。"

戴纪斌："把它装在坛子里,埋在老地方,现在就去办。"

"哎,我现在就办。"小疆提袋子离开。

土豆："他爸,一只羊才卖一块大洋呀?"

戴纪斌："一只羊养二三年,料钱、工夫钱、雇人放牧钱,都不够。这也没办法呀,能收回来多少就收多少。"

在通往焉耆城区的路上,一辆大卡车上拉着手持大枪、身穿稀屎黄军装的杆子兵。车头处还架着一挺机关枪。汽车颠颠簸簸、摇摇摆摆地奔驰着,车后面立刻扬起了土。飞扬的土,遮人耳目,不知道后面还有多少人马多少车。

焉耆百姓一看身穿稀屎黄军装的大兵,就认出这是尕司令的杆子兵。

杆子兵刚一进入焉耆城,就从车上跳下来,四散开来,见民宅就进,见商铺就闯,疯狂得像一群凶神恶煞。

不知街上谁吼了一声:"杆子兵来了!"

这一惊恐的大喊,焉耆犹如投下一颗重磅炸弹,整个城镇顿时紧张慌乱了起来。

焉耆百姓听到马家军又突然来了,街道两旁的店铺纷纷关门。

戴纪斌和小疆关好店铺,又关闭了院子大门。

"小疆,马仲英抓兵,你快藏在柴草垛里。"

戴纪斌把柴火扒开,让小疆躲在里面,纪斌和土豆把柴火垛封着。

戴纪斌嘱咐小疆:"小疆,不管发生什么,千万别出来,要把咱藏的东西送到你爷手里!"

刚准备就绪,就听到街上吵吵嚷嚷了起来。砸门声、枪声、叫声,传了过来。

"孩子他妈,你快到屋里躲起来。"

"我一个老婆子怕吗呀?"

"杆子兵个个都是畜生,他不管是老的还是小的,去年我亲眼看到过,快去屋里躲起来呀!"

"你怎么办呀?"

"我在这儿支应着,快去!"

土豆刚进了屋,就听到几个兵来到铺子门口。

他们抬头一看聚福盛的招牌。

"这家开的铺子大。"

然后就是砸店门的声音。只看着铺板被砸开,紧接着是在店里乱翻的声。

"驴日的,把钱都藏起来哩,到里边搜!"

匪兵们疯狂地又来砸院门,不一会儿院门倒了,几个匪兵蜂拥而入。

戴纪斌无奈地迎了上去。一个满脸长着疙瘩洼什横肉的杆子兵,腰带上插着手枪,手里拿着皮鞭,闯了进来。

"军爷,要什么,铺子里随便拿。"

拿皮鞭的家伙用皮鞭点着纪斌的脑门吼道:"要钱！不管是金子还是银子都拿出来。"

"军爷,本店小本买卖,没有几个钱。"

"你在哄两岁半的娃呢,是不是？这么大的铺子,没钱？把银子拿出来,留你一条命,要不,先尝尝这！"说着拔出手枪就是一枪托,戴纪斌脑门的血顿时就流了出来。

戴纪斌又愤怒又恐惧地望这个兵头。

"还不想拿出来是不是？我知道你们这些做生意的贼尿,个个都是舍命不舍财的东西,我今儿就在这哒儿,设堂会审,不交钱的,上个刑,杀鸡给猴看,让你们这些尿们都看看,是掏钱呢还是掏命呢？"然后对身边的杆子兵说,"把他捆在这棵树上,把那些不掏腰包的富人、商人都绑在这儿来,让他们见识见识。"

杆子兵把戴纪斌捆在了树上。这位兵头说:"给我拿把凳子来,我来审。"杆子兵拿来一条凳子,放在戴纪斌的对面,兵头坐定。兵头的身后就是柴火垛。不一会儿,杆子兵押来了七八名百姓来到大门口,他们是商户或是有钱人。

"报告排长,抓来了这几个,还去抓吗？"

满脸横肉的兵头站起来说:"够哩够哩,让他们见识见识,出去做个宣传。"说完,站起来,走到戴纪斌面前吼道,"把金子、银子、袁大头都交出来！交出来了,我就留你一条命。不交！我就在你身上放血,让你尝尝是啥味道,让他们……"兵头又指着院门口抓来的那七八个人,"也见识见识！然后,你们自己掂量掂量,命和钱哪个东西重要！"

戴纪斌瞅着他不吭声。

"不交是不是？我今天豁出去了,犯一次军规,把他的衣服扒了！"

上来两杆子兵扒开了戴纪斌的衣服,前胸裸露了出来。兵头举起皮鞭便抽。戴纪斌的脸上身上,随着鞭落,一道道血溜子渗出血来。

戴纪斌忍受着鞭刑的痛苦,愤怒地骂道:"有钱也不能给这帮畜生呀,把他们养饱啦,养肥了,到处祸害咱老百姓……"

"你还老到得不行,再让你尝尝这。"

说着"啪"的一声,朝戴纪斌的腿上开了一枪。戴纪斌立马两条腿软了,鲜血从裤子里渗了出来。

土豆从里屋冲了出来:"军爷,别开枪！我去给你拿。"

满脸横肉的家伙用枪管推了一下帽檐,龇牙冷笑一声:"婆姨出来咧。"

土豆见丈夫受了伤,扑过去扶他,并哀求道:"他的腿腕子断了,放开他行吗？"不等那匪头说话,土豆把绳子解开,戴纪斌出溜一下坐在地上,靠在树上。

"不来硬的就舍不得掏,拿去吧！"

土豆看了看丈夫,向屋里走去。

满脸横肉的家伙对大兵说:"去!跟这老婆姨进去搜。"

三个杆子兵随土豆进了屋。土豆知道这帮土匪不得到一点钱是打发不走的,随即从炕洞里掏出一个袋子,交给一个杆子兵。

这个杆子兵把袋子夺过来,摇了摇,哗啦啦响,又打开看了看,里面是银圆和铜板,不满足地说:"就这?"

"军爷,这两年买卖不景气,挣不上钱,不信,你们搜。"

"搜!"

杆子兵们翻箱倒柜、挖炕砸罐地翻了起来。土豆拿了一块布急忙出来给丈夫包扎伤口。那位大兵也出来把钱袋子交给那个兵头。

那兵头拿过钱袋掂了掂。

"就这点?"随手把钱袋丢给那个大兵,走到戴纪斌跟前,蹲下来,用枪指着纪斌的额头说:"你说,你是惜命呢,还是惜财呢?全部给我拿出来!不拿,我就一枪崩了你!"

"军爷,求求你饶我丈夫一命吧!"土豆跪下求饶。

"就给这些,你们是打发要饭的呢?你们这铺子是全县最大的,就拿出这点哄人呢?不管是金子还是银子,全部献出来!"

土豆:"军爷,这几年生意不好,就这些银圆啊。"

"舍不得是吧,不给点颜色,你们是不往出掏。弟兄们,把这老婆姨扒光了日弄去。"

三个匪兵架起土豆就往屋子里拉,土豆挣扎着哭喊着,被拖进屋内。靠在树上不动的戴纪斌,挺身扑向那个拿手枪的家伙,向大腿咬了一口。

"哎哟!"

匪首转身,啪!啪!啪!三声枪响。戴纪斌不动了,愤怒的双眼还睁着,身上的血像蚯蚓一样从弹孔里缓慢流动。

房子里传来了土豆的惨叫声。

小疆在柴垛里透过缝隙看到这一幕,他怒不可遏地轻轻推开一捆柴火,顺手拿起旁边砍柴的斧头,扑上去向那家伙头上砍去。匪首当场倒在地上,猩红色的血夹着白浆流了出来。在院门口持枪押解那几个百姓的大兵,此时才反应过来,举枪指向小疆。

小疆又抡起斧头……枪响了,小疆也躺在血泊中。屋里传出来土豆的惨叫声,紧接着屋里几声枪响。

院子门口的那个杆子兵喊道:"排长被打死了!"

一个大兵从屋里边系腰带边走出屋外,看到躺在地上血流满地横七竖八的尸体,惊恐地喊他屋里的同伙。另两位大兵跟着跑出屋,看到眼前这一幕也惊呆了。一杆子兵望着兵头喊道:"拐子排长,打了几年的仗你都好好的,为啥被这贼娃子给日弄嗒了。"

"这咋弄呢？脑浆子都出来哩！"

"一把火全烧了它！"一位匪兵发疯似的吼叫着。

随后，他们把柴火堆在屋子和铺子的门前，开始放火。

戴锦宏亲手搭建的屋子、铺子，在大火中燃烧，聚福盛老店的牌匾，在烈火中化为灰烬。

钱莉莉拿走房契的第二天，崔三就领了个人来看铺子，看了看门脸，又看了看店铺，然后进到后面的小院。

看房人说："咦，还有个小院和三间房。"

崔三搭腔说："那是，既能做买卖又能住家，一举两得。"

看房人说："嗯，这房跟我有缘，掌柜的开个价？"

崔三看了看钱莉莉，钱莉莉说："你开价吧。"

崔三和看房人用手指在袖筒里捏价。

然后崔三说："不行，不行，你没瞧瞧这是什么地段，大十字黄金区，不管什么玩意儿都能变钱。要不是我家掌柜的急着回老家，才不卖哪。哎，我可给你说，看上这铺子带房子的不只你这一家，你要含糊，我明儿就给另一家。做买卖就是这样，我只认钱，不认人，谁给的价高，我就卖给谁。"

"能不能容我想想，和家里人商量商量？"

"不行！过了这个村，可就没这个店啦。期限就在今晚上，你现在就回去商量吧。"

当天晚上，在一盏孤灯的照射下，三个黑影映在墙上进行着黑色的交易。

在焉耆。纪斌三口遇难，房子铺子被烧了，第二天，杆子兵们全走啦。山上的巴特尔知道后，让他的儿子骑马翻越天山，从焉耆赶来给戴爷爷报信。

"焉耆的老店被杆子兵烧了，纪斌、土豆和小疆全家被杆子兵杀了。"

这突如其来的噩耗，戴锦宏闻听后悲愤欲绝，瞪着大眼，一声没吭，因为他已有预感。可那双眼睛里充满着怒火，瞪着天棚，嘴巴在抽动着。那双青筋纵横而又干枯的手，紧紧撕扯着前胸，十个指头似乎要抠出五脏六腑。心口剧烈起伏，像什么东西堵着，这口气捯不出来。捯了一会儿，终于骂出了一句："这是什么世道呀？我操他们八辈子祖宗！"随后，口中喷出一股鲜血，眼含怒火不瞑目。

蜀秀哭喊着，摇着老爷子："老爷子，你怎么了？你看看我！"

戴锦宏走了。他那圆瞪着双眼的怒火，似乎去拼命似的。他张着血红的大嘴，又似乎向老天爷控诉杀人魔的罪行。

蜀秀一下瘫软在地上，她突然觉得天塌了。丈夫是她的天，丈夫走了，她的

533

精神世界塌了。她六神无主,想哭,张着大嘴哭不出来,她的胸间淤积着一团什么东西,堵得她气上不来。她的手拍打着自己的胸口,觉得被这团淤积的东西憋死了。她极力伸长了脖子,终于"哇"的一声号哭。

　　站在旁边的呈呈说:"小季,赶快到铺子去找你妈。"

　　小季哭着跑了出去,找他妈报丧。

第六十二章　花开花落送故人

迪化聚福盛总店,这几天一直关着铺子。

这一天,在后院的屋里,钱莉莉和崔三俩人躺在铺上商量着事。

"哎,莉莉,买卖合同都签了好几天啦,贾老板的定金也给咱付了,你怎么还磨蹭呢?"

"我想再等等。"

"还等什么呀!汽车公司我也打听啦,每天早上天不亮就发一班车,拿了钱咱就走吧。"

"你是一身轻呀,我还有俩儿哪。"

"你儿能跟你过一辈子?再过几年你儿子一成家,你当老妈子去吧,有你的吗?你身边还有个老婆子呢,你要明白,她是你婆婆不是你妈,你不但要伺候她,你还受她管。她能让我俩在一块儿?她能让你再嫁人?你要下不了决心,你以后的命运就是当个老妈子,活守寡!"

"想一想,你说得都在理,就是下不了狠心。"

"舍不得孩子,套不着狼!"

此时此刻,钱莉莉在掂量着,左手是俩儿子,右手是黄金白银,哪头轻哪头重?哪头是我一辈子想得到的?是儿子吗?钱莉莉嘴角咧了咧,哼,儿子是戴家的,儿子是我一辈子的讨命鬼、填不满的无底洞。打小生他们,养他们,伺候他们,等把他们养大啦,娶了媳妇啦,我就没用啦,等我老啦,就嫌弃我啦。我大不就是这样的人吗?我那个乡下的奶奶他从来不管,奶奶死了他都没回去。儿子靠不住,他们给我带不来富贵。再说了,我给戴家生儿子图了啥?不就图个能住上这豪门贵府吗?不就图个有黄金白银吗?我图上了吗?再想想我在这大院住了十年,跟个下人似的,处处小心。他们就没把我当少奶奶待。比一比那个要过饭的老大媳妇土豆,反而把她当亲闺女。再想想待我,把我当仇人的女儿。我受了十年啦,还糗在这儿干啥?难道为了他们,我再披麻戴孝?

"老天爷呀,是你给了我这么个机会……"

突然,敲门声打断了她的思绪,店铺外传来了小季的哭喊声:"妈!妈!家里出事啦!妈!"

"妈!快开门呀!爷爷他不行啦……"

钱莉莉和崔三悄无声息地从后院来到前店,从门缝里看着小季敲了一会儿门板,见里面没动静,小季走了。

崔三说:"这下死心了吧!老掌柜的死啦。"

"走,找贾老板去。"钱莉莉下了决心弃子而逃。

"房契带上。"崔三叮嘱。

"等等,咱俩逃到哪儿去?"

"反正是新疆不能待。"

当天夜里,钱莉莉和崔三变卖了店铺、房产和货物,第二天清晨携巨资逃了。

小季没找到他妈,回到家里告诉奶奶,他妈没找到。蜀秀已经哭得死去活来的,对钱莉莉也没在意。

戴家突然的变故,已经乱成了一锅粥。幸亏姚安氏对处理婚丧嫁娶轻车熟路。在她的指挥下,呈呈给姥爷全身上下用白酒擦身;然后穿寿衣,里外七件,春夏秋冬都有,还有寿鞋、寿帽。此后,把鼻、口等窍用棉花塞上。穿戴完毕之后,将遗体移至堂屋的三块板上,盖上白布单。

姚安氏给小洁和小季腰系白布带,让他们赶快去给亲朋报丧,请他们来商量后事。

一切安排好之后已到半夜。

戴家大院门上挂着两个大白灯笼,上面写着"奠",两灯笼中间挽挂着白花白布带。进入大门的影壁墙的"福"字被一个"奠"字覆盖。

戴锦宏的灵堂就设在堂屋,条案上摆着灵牌、香炉、两盏白蜡烛和一些祭品。待把遗体移至院内灵棚里,用两条长板凳搭着的三块板上,铺金盖银。

姚安氏一手安排着给亲家姥爷操办丧事。帮忙的人来了不少,姚安氏给老老少少分派着活计。呈呈带着年轻人在院子搭建灵棚,搭锅垒灶,派人去坟地挖坑垒墓;年老的安排他们绑花圈、孝棒,扎金男玉女、金马铜牛,糊寿宅子,叠金银圆宝和剪纸钱;女人们发面蒸馍,剥葱剥蒜,切菜切肉;一帮老婆扯布编麻绳,缝孝服;各有各的活儿,安排得井井有条。

前来吊唁的老人们,有的说要停放七天,至少也要停放三天,看这家只剩老幼三人,最后决定停放三天。

小洁披麻戴孝,来到灵前点燃了香,插进香炉里,又烧了几张纸钱投在瓦罐里,然后叩首。此时,她悲哭得已经起不来了。姥爷是她一生中最疼她的人,如今她最亲的人走了,永远地离开了她,她怎能不悲痛欲绝呢。

蜀秀和小季、小成跪坐在灵旁。蜀秀已经哭干眼泪。人们看着这偌大的一个家庭就剩下这老小三人,无不跟着落泪。

在这个秋末初冬的日子,屋子里凉飕飕地寒气逼人。悲凉的唢呐声在一片铿锵的响器里更有一种哀婉凄凉,刺激着每一个人的神经,许多往事涌上心头。

五十多年前,十八岁的戴锦宏离开家乡杨柳青,拜庙西行赶大营,经历了七灾八难、九死一生，从一个挑担小贩，经历五十多年的打拼，成为第一代富商。从一个人，到儿孙满堂。本该安享天伦，可不知为什么就几年工夫，死的死，亡的亡……

"原本偌大的家门，竟然零落到如此悲惨的地步，这是为什么呀！"

"老天爷！你瞎了眼？"

蜀秀拍打着胸脯，涕泪纵横，向吊唁的人们诉说悲情。

第三天上午，出殡的程序都准备好啦。

姚安氏发话："小季、小成、小洁，送你爷爷（姥爷）上路了！"

随着一阵哭声，小季抱起瓦罐，在院中央把瓦罐摔碎，悲怆的唢呐声响起。

小季和小成披麻戴孝，举幡拉纤，牵引着猩红棺木走出戴家大院。蜀秀也穿好孝衣孝帽送她丈夫最后一程。

纸钱飘摇纷飞如纷扬的雪花，唢呐声在萧条的大十字街穿过，在空旷的东山山野间回荡，在戴家坟地里又添了一座新墓。

戴锦宏葬礼刚过，戴家大门的门槛"火"了起来。讨债的人每天来来往往，有本城的、古城子的，还有伊犁、喀什的。有戴家赊了人家货的，有贷了人家款的，还有合伙投资赔了的。人家拿着契约找上门来啦。

"老太太，你瞅瞅，这是两年前老掌柜借我的黄金三百两，说要回老家盖宅子用，这是打给我的借据。你瞧这是老掌柜按的手印，这是担保人按的手印。没想到老掌柜和少掌柜突然都没啦，你老可得认账呀。念咱们是乡亲，你老把本给我就行，那利息我不要啦。看着你们老少仨怪可怜的。"

"老夫人，您看这是我和你们聚福盛前几年一起在京津进的货，还欠人家商行一大笔钱没还清哪，这剩的钱不能让我一家还吧？"

"大妈，介是我和少掌柜一起送往喀什的一批货，半道上让土匪劫啦，这不能让我一人担着吧。弄得我没吃没喝没地儿住。您这赔的钱要不给我，我只好搬进你这大宅子住啦。"

"我看戴家破啦，人也亡啦，咱不能受损失吧。不行，咱联名打官司！"

……

蜀秀头都大啦，她没有一点儿主意。

真是"破鼓万人捶"呀。其中也不乏有趁火打劫的，有人威胁要打官司的，有人来闹，还有的干脆赖着不走啦。

可别人欠了戴家的，没有一人找上门来，永远也找不回来了。蜀秀二奶奶傻了，晕了，没主意啦。

蜀秀让小季赶快叫呈呈和小洁一家人来，姚安氏一进门就怒气冲冲。

"你们介是干吗？欺负戴家没人啦？真的假的都来讨债？趁火打劫是吗？"

"谁趁火打劫啦，我们这儿有证据，不行咱们打官司！"

"打就打,怕什么!"

这种乱局,呈呈最终听明白了,看了看讨债人手上拿的字据问蜀秀:"二姥姥,姥爷留下字据了吗?"

"有,他告诉我,有咱欠人家的债,也有人家欠咱的债,实在不行把宅子卖了还债。"

"二姥姥,姥爷留下的字据我看看。"呈呈看完了戴锦宏留下的字据,又问蜀秀,"二姥姥,宅子卖了你们住哪儿去呀?"

"搬到铺子去住。"

"搬到铺子去住? 那舅母知道吗?"

呈呈的这一问倒把蜀秀给问愣啦,这才想起几天没见钱莉莉。

"小季,家里发生了这么大的事,你妈到底哪儿去啦?"

"奶奶,我妈一直没回来,店铺早关门啦。"

"啊! 那也得去找呀!"

呈呈已经知道钱莉莉卖铺子的事,他还以为是二姥姥让卖的,加上这两天忙着安葬姥爷,钱莉莉这事就没顾上给二姥姥说。两档子事摆在面前,看着眼前这乱局,先把讨债人的事打发了再说。于是,他对讨债人说:"各位掌柜的,你们和戴家的债贷纠纷,我看找个中间人核对。中间人找谁呢? 我看找商会,由他们核对。如果你们手里的字据,和我姥爷留下的字据合卯啦,戴家欠你们多少还多少,实在没钱还账卖房子,这是我姥爷留下的话,请你们放心。如果确实有人趁火打劫,戴家告你们敲诈勒索罪。"

"好,好,这个办法好,省得戴家老少吃亏。"

呈呈打发走了这群讨债人,然后对二姥姥说:"二姥姥,舅母找不着啦,这事您老可得挺住呀。"

"她跑啦就跑啦,我挺得住。"

"二姥姥,这事没那么简单,咱们回屋里说。"

进到屋里,呈呈一时不知从哪儿开口,可姚安氏首先沉不住气啦。

"这个钱莉莉,可真是个挨了千刀的,她扔下小季小成,把卖了铺子的钱卷着跑啦!"

"啊? 还有这事! 她把钱卷走了我老少怎么办?"蜀秀一下蒙啦。

"二姥姥,我舅母在姥爷去世那天就已经把店铺给卖了,和崔三一块儿跑啦。"

"什么! 她跟崔三跑啦?"

蜀秀得知钱莉莉卖掉铺子卷着钱跑啦,像被雷击了一下,瘫软在地上,不省人事。

"姥姥!"

"奶奶!"

"快,掐人中!"小洁和呈呈抢救着蜀秀。

蜀秀终于吐了口气,缓缓地睁开了眼睛。她絮絮叨叨地对小洁说:"这个钱莉莉真阴呀,她从我手上骗走了铺子那头的地契,把铺子卖了。我怎么就相信了她呢?我真傻呀!她把钱卷着跑啦,我和俩孙子靠什么活呀?我的天哪,我们仨,老的老,小的小,这可怎么活呀……"

蜀秀哭得泣不成声。

小洁安慰道:"二姥姥,您老别气坏了,你身边还有小季和小成,想想他俩,咱还得活下去呀。"

躺在炕上的蜀秀看着这屋子,又哭出了声:"老头子,这大宅子是你花费了二十年的心血盖起来的,我俩在这屋里生活了三十多年。老头子,我对不住你。你离开我之前说,最放心不下我。你一再嘱咐,别上了钱莉莉的当,我怎么忘了你嘱咐的话?落到今天的地步,都怪我!都怪我呀!"

蜀秀痛不欲生地打自己的嘴巴子。

"二姥姥,你老不能这样,小季和小成还没成人哪,你老有个三长两短,他俩怎么办?"

蜀秀望着眼前这两个孙子哭着说:"小季、小成,你们妈偷着把铺子卖了,跟着那个崔三跑啦,撂下你俩不管,她还是个人吗?"

"奶奶,我去找她,把她揪回来!"

"小季呀,她肯定和那个崔三跑得远远的去啦,你上哪儿找去?"

"二姥姥,你老可别想不开,没有过不去的坎。"

蜀秀她后悔上了钱莉莉的当,一夜之间,她的头发全白了。

蜀秀只好变卖了大宅院,值点钱的家具全当了。她离开戴家大院的一大早,来了一帮人,是当铺的人来抬家具,从北屋、东屋、西屋往外搬东西。被柜、衣箱、碗柜、八仙桌、大圆桌、太师椅、摇摇椅、圆凳、梳妆台、大瓷瓶、茶几、脸盆架……搬出大院,装在两辆马车上。

当铺掌柜的从怀里掏出一个小布袋,掂了掂,摇了摇,哗啦啦响。

"戴老太太,这是二十块大洋,您老拿好啦,咱们两清。"然后扬长而去。

蜀秀跟着追出大门,似乎对这些物件有感情,舍不得。"嗨,房子都没啦,大宅子都没啦,留这些东西往哪儿搁呀。"眼睁睁着两大马车的家具被拉走啦。

当她离开戴家大宅门的那一刻,站在院子中央,双目巡视了一圈。堂屋门敞着,隐约见到戴锦宏年轻时的身影,模模糊糊一闪进了里屋。蜀秀揉了一下模模糊糊的双眼,追到里屋,人影没啦。又看到他中年时候的身影,走出堂屋,又追出来,人影变成老人,走出院子,人影没啦。而后,又疾步向堂屋走去。

"二姥姥,你干吗去?屋里吗都没啦。"

蜀秀头也不回地进了堂屋,空荡荡的。

又进了里间卧室,空荡荡的,只剩下墙上贴着那幅破旧的杨柳青年画《金玉满堂》。

"小季,把那幅画张子取下来带上。"

"奶奶,那画都破了。"

"破了也带上,那是你爷爷亲手贴上去的画张子。和你爷爷整整过了五十年,今天他倒好,撂下我就走啦,真狠心。"

小洁搀扶着蜀秀:"二姥姥,走吧。"

走到院子又抬头看了看,看到了那棵大柳树。

"这棵树是怎么啦,树叶都掉没啦,蔫啦?"

小季:"奶奶,树已经死啦。"

"怎么会死哪?"

"自打爷爷躺在炕上起不来了,树没人管了,它慢慢地就死啦。"

"这树都有灵性,那是跟你爷爷去了。"

走到东厢房门口,蜀秀又站住啦。

"我想进去看看,告诉她们一声。"

小季:"你老想告诉谁呀?"

"告诉我那个老姐姐,我找她们去行吗? 我向她认个错,过去我一直对不住她呀……"蜀秀哽咽了。

"二姥姥,您老别想那么多啦。"小洁劝慰着。

"这间屋啊,一件件发生的事,这两年老是在我脑子转。你姥姥从老家来住在这房……后来生了你妈……再后来你妈又生了你,再后来就一个个都离开了这屋。"

小洁扶着蜀秀出了大门,下了台阶,她又转过身子,看着这门楼,大门两边的护门石狮子仍然张着大嘴。大门上贴着的两幅斑驳陆离的杨柳青年画《护门神》依稀可辨。蜀秀望着这两扇大门:"门神爷呀,门神爷,我白白供奉了你们几十年,有吗用呀?"

然后又顺着门过道望去,影壁墙上的"福"字越变越大,越变越沉重,像一堵冰冷的巨石,顷刻间倒塌了,向她压了过来,她眼前一黑,便一头栽倒在地上。

来了两个黑衣汉子,咣当一声关上了大门,用一把大铜锁,牢牢地把门锁上。

当小洁扶着二姥姥呼叫时,她才醒来,但双目痴呆,望着小洁说:"外孙女,我的眼睛怎么啦? 我怎么什么也看不见了。"

小洁说:"二姥姥你老是气的吧? 可别气坏了。"

"生活了几十年的家,怎么不见了,说没就没啦?"

"二姥姥,这大宅子不是卖了吗,人家今天来收这宅子。"

"噢,想起来啦,卖啦……那咱就走吧。"

小洁搀扶着二姥姥,后面跟着背着铺盖卷的小季和小成,出了巷子,向大街走去。

"小洁啊,你再带我到咱家的铺子去看看。"

小洁搀扶着二姥姥来到自家的店铺门前。店门紧闭,她上上下下地寻找着什么,似乎寻找旧时的回忆……

突然,几个伙计走过来,打破了她的梦幻。

这几个人,他们搭着梯子,上去拆聚福盛的商号牌匾。

"你们这是干什么?为什么取我家的字号!"

话音没落,牌匾从空中摔落,聚福盛摔得粉碎。

"二姥姥,咱走吧,这儿不属于戴家的啦。"

"几十年的心血啊,说碎就碎啦,家——没——啰!这个家说败就败啦,为什么呀?老天爷,你说个理儿!"

小洁:"二姥姥,您老别难过了,难过有啥用呀,还伤身子。富有富的过法,穷有穷的活法。"

"你说得对,人啊,不可能一辈子享福,老天爷总给你吃苦受罪的时候。"

"没有天,就没有地,没有蛋,就没有鸡。没有情,就没有戏,没有国,就没有家呀。"

"那个钱莉莉呀,她是在造孽,早晚把自个儿作践死。"蜀秀边走边唠唠叨叨。

"二姥姥,您老也别太难过了,这不,还有我们哪。"小洁安慰姥姥。

"小洁,你小的时候我没有好好地待你,没想到,到老了我却得了你的济,过去我不该对你那样……"

"二姥姥,您别这么说,是戴家把我养大的。"

这位二姥姥,享了大半辈子福,到这岁数上,没能逃脱人祸,为吗呀?世道不好。

天涯沦落人,她向末路走去。迎着落日的余晖,周恒洁望着两个表弟搀扶着他们的奶奶消失在茫茫的西边荒野中。

在西边茫茫的一条商道上,隐隐约约传来了驼铃声,伴随着一首歌:

> 哪里来的骆驼客,哎——亚丽美,
> 天津来的骆驼客,沙里洪巴嗨。
> 骆驼驮的啥东西,哎——亚丽美,
> 绸子缎子茶叶子,沙里洪巴嗨。
> 一尺你卖多少钱,哎——亚丽美,
> 三两三钱三分三,沙里洪巴嗨。
> 天津来的骆驼客,沙里洪巴嗨。

这首歌在天边回荡。小洁望着二姥姥的背影和还未长大的两个表弟慢慢地消失在这条悠长并带有风沙的小路上，也油然想起了自己的父亲、大表哥在这个乱世之秋会如何生存，自己还会见到他们吗？二姥姥和这两个表弟以后的路该如何往下走？自己和眼前的呈呈我们以后的生活还会遇到什么样的起起伏伏？在杂乱的思绪中，耳边似乎已听不见了那首熟悉且悠长的歌声，它消失在茫茫的西边荒野中。

　　从此，骆驼客也消失在了这条丝绸之路上。

献给母亲的书

我，一九四四年出生在迪化，从我记事起，就听母亲讲述家族的故事。

我母亲一九二〇年出生在戴家大院，那是戴家最富盛的时期。可是，母亲的命不好，她出生仅八个月，她的亲娘和亲姥姥相继病逝，亲爹离她而去。母亲在戴家大宅子过着二姥姥不疼、舅舅不爱的日子。

母亲八岁那年，一个富家小姐，送给穷人家当了童养媳。就在这一年，天变了，这地界也乱了。短短几年，母亲亲眼目睹戴家走向家破人亡。

人到老，眼面前的事，一会儿忘得一干二净。

可老年间的事，记忆犹新，始终在她脑海中一幕幕地再现。

母亲晚年时，我每次回家看望年迈的她，总见她手拿半截铅笔，在纸上写着什么。

"妈，您老在写什么？"

"咳，我躺在床上，就想起了我小时候那些陈芝麻烂谷子的事。"

"都是些吗事呀？"我好奇地问。

母亲陷入沉思，然后断断续续地说："想我小时候在我姥爷家……我的姥爷那么富贵，住着大宅院，一帮用人伺候着，怎么就慢慢地败了呢？败得家破人亡，为什么呀？

"想起我后姥姥，年轻时坐马轿子去打牌，还跟着个丫头伺候着。喝水只喝泉水，不喝井水……享了大半辈子福，到老了，受罪了。一个人孤苦伶仃住在郊外的破房子里。夏天吃河水，冬天吃雪水。

"说了归齐，家败啦。"

"为什么家破人亡了呢？"

"没有国，哪有家呀。国破了，家也就碎啦。"

母亲还说："我到三十岁那年，解放了，赶上好时候啦，饿不着了，冻不着了，太太平平地又活了五十多年，比死了的亲人们都幸运，我知足了。知道为什么赶上了好日子？

"那是有了国，才有了家。"

我读懂了母亲心中的百年遗梦。

"没有国,就没有家。国破,家就碎。"

我二〇〇三年退休后,决定把母亲讲述的这段百年历史的真实故事写出来,献给母亲,献给祖国,献给老家天津杨柳青,留给我们的后人。

姚 鹏
2015 年元月于乌鲁木齐

记住这段不可遗忘的历史

——天津杨柳青人西迁的历史贡献

二〇〇二年，我在中央戏剧学院求学，暑期回到乌鲁木齐，看到父亲的桌案上、电脑旁堆集着很多书。

我问父亲："您的画不画了，又开始写书？"

父亲说："画画是我的生活，写书是圆我母亲的百年遗梦。我从小就听母亲讲家族的故事，令人刻骨铭心。退休了，决心把这段历史写出来留给后人。"

于是，我和父亲攀谈起来。这一聊，聊了整整一个暑假；这一聊，聊出了一段惊心动魄的百年史。我对这段未知的家族故事产生了浓厚兴趣，它时不时地在我脑海中浮现。

二〇〇五年，父亲完成了初稿，我读完之后，感到涉及面太窄，仅仅是一部家史。我对父亲说："一个家庭的命运，是社会命运的具体体现。"父亲把初稿推翻，深入阅读、研究当时那个年代的历史，重新构思。

二〇〇七年，父亲带着他的书稿来到北京家中。他拿出这厚厚书稿的第一句话是："哎呀，我研读了新疆近百年历史之后，发现家族的兴衰存亡之因，在当时的社会历史背景下，都找到了答案。"

我问父亲都读过哪些书，父亲给我说出了八九本，有新疆社科院编著的《新疆简史》、包尔汉著的《新疆五十年》、纪大椿主编的《新疆历史词典》、刘荫楠著的《乌鲁木齐掌故》等。我送给父亲最近在天津书市买的王鸿逵编著的《杨柳青人赶大营史实》、白秉刚编著的《杨柳青人赶大营寻踪》。

我用了几天时间，看完了父亲写的这部书稿后，很有兴趣。但是，它仍然是一部历史。我建议父亲改写成一部历史小说。

父亲说："写小说？我没有写过小说呀！"

我鼓励父亲，祖辈留下了这么丰富的文化遗产，不用费尽心思去编造，这些真实的故事就能写成一部好的历史小说，让后人记住这段不可遗忘的历史。

父亲又阅读了几部小说，其中有莫言的《檀香刑》和李健的《木垒河》等。

二〇一三年，为祝贺父亲举办个人油画展，我带着妻子和儿子，回到乌鲁木齐。父亲的个人画展，在乌鲁木齐美术馆举办得非常成功。父亲几十万字的小说初稿也已完成。我阅后，又对父亲说，小说的故事跌宕起伏，惊心动魄。但是，骨架立起来啦，要展开，让它有血有肉，让各种人物活生生地展现给读者。

父亲在两年多的时间里又经过四次修改，才完成终稿。今天，终于和读者见面了。

今天，重温这段历史，我们应该知道，对一百四十年前天津杨柳青人西迁新疆的历史意义及其贡献，值得好好研讨。

一、天津杨柳青人挑担背篓赶大营的起因

长久以来，凡是知道这段历史的人，始终有个疑问：为什么远在渤海之滨的天津杨柳青，会有成千上万的人，不顾生死离别万里迢迢，挑担背篓去新疆做小买卖呢？

这是因为，当时杨柳青镇的穷苦百姓没法儿活了。

十九世纪后期，随着海运兴起、京杭漕运衰退，杨柳青码头经济萧条，无业而为。再加上光绪元年起又连续三年大旱，饥饿死亡威胁着杨柳青穷苦百姓的生存。必须离开老家找条生路，到哪儿去谋生？

正值走投无路之际，左帅西征，收复新疆，招募随军小商小贩，为军队提供生活必需品，客观上给他们提供了一个求生存的机会。

但是，在当时到新疆去，那是使人望而生畏的事，其要承担的凶险是不敢想的。衙门张贴告示，鼓励商贩随军做生意，为军队提供后勤服务。但是，各地无人敢应征。

为什么天津杨柳青人敢随军西征呢？

这是因为杨柳青出了个胆大的安文忠。他曾在西北做过随军小贩，并挣了银子回家经商，后因翻船血本无回。安文忠再度鼓动家乡年轻人一块儿去赶大营。也就是小说中，为了求生存，提着脑袋迎刃而上的人们，他们寄托神灵保佑，"拜庙西征"。他们说服家人，与父母生死离别，踏上了一条生死未卜的西征路。

没想到第一批"大营客"获得了成功，这鼓励着老家的后来者。在这条丝绸之路上，驼铃声再度响起，东来西住的天津客商随着骆驼帮，在这条商道上繁荣了半个多世纪，唱响了一曲曲的《骆驼客》。

这就是天津杨柳青人挑担背篓前仆后继去新疆的原因。

二、天津杨柳青人西迁这一事件所产生的历史意义及贡献

自清末到民国初期，国难当头，天灾人祸频发。中国普通贫困百姓为了求生存，有几次大规模的迁徙。如山东人"闯关东"、山西人"走西口"、闽粤人"下南洋"。有人认为，天津杨柳青人赶大营要比"闯关东"更险，比"走西口"更难，比"下南洋"更要承担有去无回的风险。

我认为，天津杨柳青人赶大营的历史事件，不在于它的艰、险、难，也不仅仅是他们创造了商业奇迹。更重要的是，它对国家的统一，它对新疆的建设、发展与稳定，产生了深远的影响。其历史意义在于：

他们随军西征，为维护祖国的统一做出了贡献；

他们创建了一个迪化商城，并为其发展成省府都市做出了贡献；

他们为建设新疆、发展新疆经济做出了贡献；

他们在各行各业为社会发展、文化传播做出了贡献；

他们为新疆各民族的团结和社会稳定做出了贡献。

（一）天津杨柳青人，为维护祖国的统一做出了贡献。

所谓"大营客"，就是为左宗棠大军收复新疆做后勤服务工作。他们经历了枪林弹雨的生死考验，支援了前线，为收复新疆做出了贡献。

左宗棠率十万大军在一年多的时间内，使新疆回到祖国的怀抱。这期间，没有全国民众的支持，没有新疆各族人民的支持，仅靠那个腐朽没落的清王朝，新疆回归是难以实现的。

（二）天津杨柳青人商贩群体，在一个破败的迪化城堡落脚，为后来创建一个新型都市——乌鲁木齐，做出了贡献。

首先搞清楚一个地理概念。在今日乌鲁木齐这块土地上，在一百四十多年前，有四处独立的城堡。他们是乾隆朝时在河东建的迪化城（汉城），周长五里；西山下的巩宁城（老满城），周长九里；道光朝时，在迪化城东北方又兴建了满营土城（新满城）；同治三年时，陕西回人妥明在南梁坡修筑城堡，并称王，当地人称此城"皇城"。

湘军收复这一地区后，天津杨柳青人商贩这个群体因"助军有功"，因此获得了"首入城者，可择地建店坐商"的优先权，以及协助军方在废墟上重建迪化城的使命。这是他们由行商转变为坐商难得的机遇。

当年的迪化城，已经是破败不堪。所谓的城，就是用夯土筑墙，围起来供民居的城堡，它有城无市。经过杨柳青小贩们艰苦付出，在迪化城内创建了一个新型商市，为后来一八八四年新疆建省，定迪化为省府，奠定了基础。同时，定迪化为省府也为他们的商贸发展，第二次提供了难得的机遇。津商占领了一个高的平台，日后成为新疆"八大商帮"之首。在后来的几十余年，津商在这个城中建立了商业大市。迪化城百分之九十的店铺都是杨柳青人经营的。津商随后继续向南北疆迅速扩张，形成了津商商号遍布天山南北的局面。

今日之乌鲁木齐，是新中国初命名的。它以昔日迪化城为中心，逐步发展成一个大城市。昔日的迪化城址，仅仅是今日乌鲁木齐市天山区的一小块，即大十字周围一平方公里的地段。所以，没有当年杨柳青人把迪化建成一个大商市，就没有今天的乌鲁木齐。大十字地区，至今仍然是乌鲁木齐市最繁华地区，是城市的心脏，如同北京的王府井、上海的南京路、天津的劝业场。

（三）天津杨柳青人，为新疆经济繁荣做出了贡献。

众多人有一个误解，认为天津杨柳青人在新疆都是做生意的，其实不然，他们做着各种各样的工作，如建筑师、工匠、医师、教师、艺人等。

中华人民共和国成立前的迪化城，除了京津百货店外，还有津商开的银票行、银楼、书店、饭馆、骆驼行、杨柳青年画店、药房、诊所、照相馆、电影院、戏院、钟表店、当铺、扎彩铺、纸坊、澡堂子等。

古代时,天山以北是游牧区。到清代乾隆朝才开始屯垦,主要生产粮食。杨柳青农民进疆,带来了蔬菜种植技术。在中华人民共和国成立前的迪化城南门外、西门外、北门外,都有好多处杨柳青人的菜园子。他们不但传来了内地先进的蔬菜种植技术,而且带来了新的蔬菜品种,如半春子萝卜、小白菜、茄子、芹黄、韭黄、百合、山药、芫荽等,丰富当地人民的饮食结构和饮食文化。

天津杨柳青还迁徙来了好多工匠,修建了至今仍存在人民公园的"丹凤朝阳阁""阅微草堂"和已经消失了的牌楼、四合院、衙门、会馆、戏楼、庙宇。

京津独特的餐饮业和小吃在迪化城经久不衰。迪化的天津小吃有油茶泡麻花、晶糕、炸糕、切糕、粽子、豆腐脑、馅饼、锅贴、烧饼、油条、糖皮果子、京津酱菜等。除此之外,街头有卖北京糖葫芦的、捏糖人的等。

(四)天津杨柳青人,把京津文化带入新疆。

随着迪化城内的杨柳青人越来越多,迪化城获得了一个别名——"新疆的杨柳青"。乌鲁木齐解放前后,在大十字四条街,大部分是杨柳青人的店铺。周围的东西八大巷的四合院内,居住的大多是操一口杨柳青方言的居民。戏园子每天都有京戏和河北梆子等。每年能看到各种表演,大到社火、灯会,社火上有踩高跷、扭秧歌、耍狮子、舞龙等;小到抖空竹、拉洋片。过年时家家户户贴杨柳青年画,写春联,贴门神,贴窗花。文化生活丰富多彩,京津味十足。

(五)天津杨柳青人,为新疆各民族的团结和社会进步做出了贡献。

津商在商贸活动中,主动学习民族语言,尊重少数民族的宗教信仰和当地风俗习惯,与他们结下了友谊和命运共同体。津商在新疆各地的商贸活动,带动了当地少数民族商人的发展。在津商新老"八大家"中,基本上都与少数民族商家有商业往来,形成了互利共赢的局面。在津商的带动下,骆驼帮东来西往,使"丝绸之路"活跃达半个多世纪。

三、津商为什么能在新疆商界独领风骚

当时那个年代,在新疆已经有陇商、秦商、晋商和川商、豫商、湘商、鄂商,加上津商,称八大商帮。靠挑担背篓赶大营起家的津商小贩,为什么能跃居八大商帮之首呢?

其中原因如下:

其一,杨柳青小贩从一开始就抱团,形成一个有组织的商贩群体,并不断地补充力量,由弱变强。如果仅靠三五个人单打独斗,是形成不了气候的。

例如,在新疆的天津杨柳青人有句老话:"老家来人啦!"这句话流行了半个多世纪。凡是初来新疆的老乡,只要一踏进天津商会会馆、杨柳青人的店铺和老乡家,都有人热情地接待,或帮着找工作。

还有一句老话叫"打二饭",意思是"白吃"。初来新疆的老乡或在此地生活遇到困难的老乡，可以到任何一家白吃饭，住家都会像亲人一样接待。

可见，身处遥远的新疆杨柳青人，很重视乡亲间的情义。他们无形中产生一种团结、互助、亲情、友善、抱团取暖的心理和抱团奋斗的精神。这种乡音乡情，促进了大批杨柳青人长期西迁。

其二，刘锦棠率湘军收复迪化后，有军方对津商嘉奖，津商小贩获得了"首入城者，可建店经商"的先机。随后，迪化建省城，这等于占领了商贸制高点，可谓天赐良机，津商占据了天时、地利、人合。

其三，因为津商财力雄厚，诚实守信，在新疆建省后，清政府调拨的"库银"和各省对新疆的"协饷"，都由津商替官方帮办，这为津商在融资和流通方面提供便利。

其四，从清末新疆巡抚刘锦棠到袁大化，从民国的杨增新、金树仁到盛世才，几代官方都倚重津商。可见津商在新疆经济界举足轻重，津商的势力遍布全疆，天山南北各地的商会会长几乎都由津商担任。

当然还有其他诸多原因，如津商创建金融服务业、兴办社会福利、做买卖诚实守信等。

西迁来新疆成千上万的天津杨柳青人，为维护祖国统一，开发建设边疆，付出了巨大的痛苦和牺牲。百分之九十多的人，永远没能回到老家见到亲人。老家的父母临死没能见儿孙一面，好多留守在老家的妻子终身守寡，赶大营使津新两地亲人终身骨肉分离，造成了一代人的情感痛苦。

至今，生活在天山南北的"大营客"后人们，他们心中永远有个老家的梦——"我的老家在天津杨柳青"。

巴尔扎克有句话："小说，被认为是一个民族的秘史。"

我要说的是——请记住这段不可遗忘的历史。

姚一博

2016 年春节于北京家中